司馬中原

司馬中原精品集 33

靈河

司馬中原 著

/ 目錄 /

靈河

第一章 天降隕石

靈河的名字很美，但靈河實際上並不是一條美麗的河。由於上游的水源和水量很不固定，它的河岸彎曲成許多鋸齒形，當它消瘦時，它是和緩清澄的，它在暴怒的時刻，灰沌沌的含沙的激流，像是一條張牙舞爪的巨龍，直撲而下，彷彿要撕裂荒野，吞噬人畜。而在乾旱高亢的原野上，流水總是有助於萬物滋長的。因而，榛莽在這埋蔓延，林木在兩岸密舉，野蘆野草，綠火燎天，各種獵物，包括飛禽、走獸和水族，都跟著衍繁，而靠水維生的人們爲了存活，也逐漸的結聚成村，繁衍成族，並且逐漸適應了依傍著這條蠻野的河川而生活了。

在這種偏僻的荒蠻裏，天是荒的，地是野的，連石塊都是多稜多角的，人們受了野稜稜的風物的感染，不用說也充滿了那種原始的野性，它剛健、正直、暴躁、單純兼而有之，但它也像激流一般的渾沌，在人們原始的心胸裏，由於缺乏文明的教育，在他們遇著紛繁複雜的事象，超越過他們能夠解釋的範圍時，他們就迷茫起來，僅能靠著荒謬的傳說，靠著沉默的自然面貌給他們以啓悟。

無論在什麼樣的環境裏，人，生下來，總要朝前活下去的，這就像山裏洪水積蓄到飽和時，要一路衝撞出來，尋覓它本身的出路一樣，它可以彎曲，可以迂迴，可以形成不同的式樣，但沒有任何力量，可以阻遏它朝前莽莽的奔流。生命和流水相同，環境，際遇，可以從表面上改變它的生活型式，那只是表面上的變易，不管人生的際遇是平坦的，坎坷的，哀傷的，憤怒的，或是充滿欣悅的，但它的生存的本質，卻從沒有更變過。

什麼是原始?什麼是文明？人們朝前活下去，永遠都在摸索當中，歷史所顯示的過程，只是人類遺留下來的摸索的痕跡罷了，靈河這樣的一條河，從古遠時日就這樣的奔流著，若干世代的，在靈河兩岸存活的人們，都在它的奔流中歸入墳墓，而它仍然流著，在後世人們的眼裏，自然也成爲這一角荒天野地上的歷史的象徵，和一般有記載的文明歷史不同之處，是它不需經過史家的代言，只能讓人在天和地的靜默中，直接獲得靈性的參悟，因而，他們的摸索，也很夠艱難。他們的生活型態，正和混沌初開的圖騰社族一樣。

最先被人們一致認定的靈河這個名字，是附屬於一項古老的但仍可以證印的傳說。據說在很久很久之前，靈河還只是一條沒有名字的河川，靈河兩岸，也是野曠無人的荒地，有兩個帶著家小逃荒的漢子，挑著逃荒擔子，一路摸到這條河的岸邊來，一個姓荆，一個姓葉，他們一路逃荒，互相幫助，相處得頗爲和洽，兩人都有意思結拜爲異姓兄弟，問詢起來，姓荆的年齡較長，便稱爲老大，姓葉的年齡略差幾歲，便成了老二，他們插草爲香，拜了兄弟之後，便打算在這塊荒野地上安家落戶，搭起窩棚來從事開墾。

開墾要是合在一道兒開，固然在工作上有幫手，但開出來的田地算誰的呢？儘管荆大葉二倆人情同手足，彼此可以不分家，但傳到日後兒孫手上，那就扯不清了，倆人有了這一層顧慮，便指河爲界，荆老大帶著家小，住在河的東岸，葉老二帶著家小，住在河的西岸。

兩人沿河察看過，靈河兩岸的荒地上，全是石筍、石稜，和大大小小的石塊，土地不肥還不講，耕種時，連犁尖部很難插下土去，只有在河中段打彎的地方，現出一塊數里寬長，由流水沖積起來的大荒灘，灘地是細粒黃沙淤積而起，灘上樹林濃覆，蒿草叢生，多的是紅狐、野兔、黃鼠狼和值錢的水獺，既能墾田播種，又是一塊自然的好獵場，他們便各自選了荒灘對面安頓下來了。

那個夏天的夜晚，晴朗的夜空裏，星圖繁密，荊葉兩家人，各自在宅前的砂石場上歇涼，忽然看見天頂上起了流星，那顆流星曳著一串長長的、亮灼灼的光尾，在夜空裏劃了一道眩目的斜弧，直掛下來。

照理說，夏季星圖繁密，在乾亢的大氣裏看見劃空而降的流星，是極尋常的事情，有時逢著流星雨，一剎間能見到天頂四周，此起彼落，紛繁如雨的光弧鼠竄。但這顆流星卻不一樣，它筆直的彷佛朝人的頭頂上落了下來，銀白的光弧越變越大，幻成一片橘色的流火，不甚解事的孩子們都驚惶又喜悅的大聲喊叫著：

「看啊，看啊！斗大的流星燒天啦！」

「它要落到這裏啦！」

喊著喊著的，流星真的落了過來，他們只聽見轟然一聲巨響，使河兩岸的土地都興起輕微的震顫，那塊熔紅了的巨石，果然落到河的西岸邊的荒草地上了，把沿河的荒草點燃起來，燒出一片紅毒毒的大火。

二天火熄後，兩家人都跑去看視那塊從天外落下來的殞石，它像一座房屋那樣的高大，形狀像一隻巨龜，通體光潔黝黑，看著很覺得怪異，因爲它是天降的神石，不同於一般人世上的石頭。

荊老大和葉老二倆個，叼著煙桿蹲在那塊石頭面前計議著，兩個人都是沒讀過書進過塾的粗人，知識有限，荊老大認爲殞石形狀像龜，龜和鶴是一般人意識裏長命百歲的動物，主壽考的，當然也是主吉祥的。葉老二點頭同意荊老大的看法，認爲天下這麼廣闊，流星不朝旁的地方落，偏偏落在他們所擇定的落戶安家的地方，也許這是天落靈異，發爲瑞徵，象徵著荊葉兩家人日後子孫興旺，繁衍綿延，既有這種好兆頭，就該豎起一塊石碑來紀念它，讓它接受兩家的香火供奉。

碑石就是這樣豎立起來的，荆老大和葉老二兩個人，跑到遠處去央託有學問的人，替那塊殞石取名爲神龜石，替那條荒蕩的河川取名爲靈河，意指這宗落石河濱的神蹟，充滿了天降的靈異。

這傳說聽來是荒渺的，但住在靈河兩岸的人們，並不認爲它有任何荒渺之處，因爲那塊神龜石和石前豎立的石碑，都遺留在河岸的野路邊，足見那是真實的。

只是時間輾轉過去，離開初的日子很久遠了，據說靈河落石之後不久，便有更多的人紛紛匯聚到這裏開荒行獵，如今河的兩岸炊煙不絕，星羅棋布的屯子有好多處，人煙雖不算繁密，但跟當初只有兩家人的光景，已經大不相同了。

河東的荆家屯子和河西的葉家屯子，隔著荒灘，遙遙相對著，每個屯子都有好幾百戶人家，繁盛的光景不亞於遠處的集市，靈河上游近山口，有一處石家老莊，那兒的居民真的是靠山吃山，他們開設鋸木廠，石灰窯，開採條石和石板，有一部分人家雕鑿磨盤，舂臼，碾場舊的石碌碡，靠了石匠手藝，販賣成品維生，下面一些的楊家莊，多半是些獵戶人家，有的追狼，有的逐兔，有的獵取水獺，或是硝製皮毛出售牟利，在荆葉兩座屯子附近，更有不少的散戶人家，他們一樣是就地取材，從事生產，有的種植白柳和觀音柳，編織籮筐、提籃、簸箕等類的物件，有的採取大片的野蘆桿，編成蘆蓆批售；有些製網製獵罟（**按：張在陸地上獵獸的巨網通稱為罟。**），有些從事漁撈，也有些開闢渡口，結紮成巨型木筏，在靈河上擺渡，接引來往通行的渡客。

沿著渡口附近，也有了麇居的商戶，他們以當地的居民，過往的行商，麇集的獵戶，以及收取皮毛的商賈爲對象，開設吃食鋪、茶館、或是做販賣日用品，各式雜貨的生意，像煙絲、燈草、草鞋、蔴製車攀、油鹽、碗碟、布疋之類的貨品，都是銷行極旺的，另有一些行業也很應時，諸如搖鼓貨郎、獸醫，從事修蹄釘掌的，看相算命的，巫童和巫婆，僧道之屬的人物，也都點綴其間，彷佛是藥中的甘草。

無論是世代安居在這裏的老戶，還是新移屯來此的人們，無論他們從事哪類行業，但凡住在靈河兩岸的人，都熟知殞星落地的傳說，也都尊重那塊黝黑的神龜石，奉以香火，並且把神石落地的那一天，定爲節日，全體居民們都會自動的聚集起來，舉行盛大的祭典。他們是藉著這個隆重的祀祭儀式，表示出他們對於上天的感恩。

大體說來，這裏的人們，一向習慣用荒蠻的野地和傳說來教養他們的子女，河西岸的渡口邊，小賣鋪裏的溫嬌靈，就是這樣長大的。

嬌靈是個女娃兒，自小長到十多歲，不知道胭脂花粉像什麼樣子？走出門去，瞇起眼迎著風，用風沙洗臉，把她的臉都洗粗洗黑了，除了腦後拖一條壓住脊樑的辮子，跑起來兩邊悠晃，她跟男孩沒有兩樣。

小賣鋪的茅屋蓋成丁字形，座落在河崖的丘頂上，一面朝向渡口，一面臨著河。房舍那樣低矮，簷口常會打著人頭，當然都是高個子男人首當其衝，所以，她每遇著高大的客人進店，就大聲嚷叫著：

「當心碰著頭！」

誰知有些人偏就那麼冒失，走起路來，急急衝衝的朝前撞，彷佛要爭著看什麼熱鬧似的。她一聲還沒喊完，熱鬧就來了，對方已經一頭撞在簷口上，落了一頭草屑，卻讓她搖鈴般的笑著，白撿了一場熱鬧瞧。

有些漢子竟然是那樣粗心又健忘，進門撞了一回，出去時總該記得彎彎腰了罷？嘿，竟然又撞上了門框，這一回門框是硬的，腦門撞得咚咚響，再揉也會腫起一個大疙瘩，嬌靈的笑聲可會惹出被撞的漢子發火了，叱喝說：

「笑？什麼好笑？慣會幸災樂禍的，丫頭片子，小黃毛！只怪妳家屋子蓋得太矮了，有什麼法子叫人不撞著頭，妳說說看？」

「有啊！」嬌靈說：「找把鋸子，把你的腿鋸短一截，包你不會再撞著門框。」

「嬌靈，不許跟客人開這種鬼精靈的玩笑，」這時刻，拖著一把白鬍子的爺爺就會捏著長長的煙桿出來解圍了，他笑得擠出一臉桃核似的皺紋，指著被撞腫額頭的客人說：「人家是福大命大，個頭也大，不慣進出低門矮戶的人家，我老頭兒雖不是看相的，也敢打賭，人家這一輩子，決不會窮困得住進寒窯的。」

爺爺嘴裏的寒窯，只是習慣上的比方，靈河岸不是西北的某些省分，也沒誰真的住過寒窯，只不過唱野戲的經常唱到薛平貴回窯，這兒的人們都曉得窯屋是貧窮人居住的地方。爺爺這麼一說，被撞的人可樂了，臉紅紅的笑著，謙遜的說：

「老爹您真會比方，相府千金住的地方，咱們哪會有那種命咧？只怕想住還住不進去呢！」

客人一走，嬌靈就歪起頭來問：「爺爺，薛平貴回窯，是不是也像剛剛出去那個人一樣，額頭上撞出一個大疙瘩？」

「我怎麼會知道？」爺爺叭噠叭噠的吸著煙說：「就算真有，戲上也不會演出來的！」

「應該加一段，怪笑人的。」

可是爺爺不愛笑，一臉的皺紋，彷彿都是常年悶聲悶氣鬱出來的，由此測得出，平時爺爺當著客人的面，捏著長煙桿，打出響亮的哈哈，都是裝出來使出來的，他心裏並不真的想笑，要不然，爲什麼等客人一走，他那張臉立刻就冷了下來？

怕看爺爺悶聲不響的噴得一屋子煙霧，嬌靈就會拔腿跑到屋外去，屋外的天地是開朗遼闊的，荒路邊有一排楊柳椏樹，樹邊留著許多野炊用的糊鍋洞，樹下橫著一排獨木挖成的驢槽。嬌靈總覺得大人們硬把那東西叫「驢」槽，實在太霸道了一點，因爲她明明看過那兒也拴過騾子和馬，有時也拴羊和牛隻。

實在的，嬌靈看不慣有幾匹長耳朵的驢子，牠們太不老實，放著槽裏拌妥的麵粉草料不吃，偏要伸長頸子，吱起大牙去啃樹皮，再讓牠們那樣亂啃，楊椏就會被牠們啃枯了！所以她不放心，常要跑出來看看，有沒有那種饞嘴的騷驢偷啃她家的楊椏樹？

這兒過路的客人不多，驢槽經常空著，她便安心的坐在驢槽上，悠蕩著小腿，哼哼唱唱的望著遠方，靈河在流著，灰沌沌的流水波漾波漾的，從不知名遙遠處流過來，又流向不知名的遙遠……

朝下游望過去，平野又渾圓又遼闊，到處鋪著拳大的砂石稜兒，灰白灰白的，像無數大鵝蛋。流水那邊是荒灘，水蘆和旱蘆連成一片，水鳥和陸地上的鳥蟲飛到一起，成天吱吱喳喳的在爭吵著。灘上的林叢密得很，樹梢擠著樹梢，像一柄倒豎的梳齒，獵戶們常搭何禿子的木筏，到灘上去圍獵，隔著河，她當然看不見獵物，但她常常記起年老的爺爺講給她聽的，那些使人神往的，行獵的故事。

爺爺在家時，嬌靈的日子是好的，爺爺喜歡在晚飯時喝上幾盅酒，讓酒暈染紅他蒼老的臉，和他滿頭稀疏的白髮相襯映。帶著幾分酒意的爺爺閒著沒事了，打著飽嗝，拖一條長板凳在門前坐著，長凳的一端，擺著小茶壺和一隻裝煙絲的小扁盒，他總是先捏著煙絲，裝滿一袋煙，打火吸著，一面用蒼老僵涼的嗓子，對她講些奇怪的故事。

其中有一個很恐怖的，爺爺偏偏講了兩三回，他說，早年裏，荊家屯子和這邊的葉家屯子一直相處得很和睦，互婚互市，都算是老親世誼，那年河西葉家屯子族主的第三個兒子葉爾昌，帶著幾捆貴重的皮毛到遠處去販賣，賣得一筆好價錢回程，在經過河東荊家屯子東南角黑松林子的時刻，被人用悶棍打殺了，搜盡了錢財，把葉爾昌的屍體掩埋在黑松林子當中。

葉家人怎會曉得？成天伸長脖子盼望，一等也不來，二等也不到，把眼珠子都急紅了，也沒看見葉爾昌的影子。葉老爹提心吊膽怕出意外，特別差出大兒子葉爾靖，率同幾個槍丁，騎著牲口，乘木筏過河，順著葉爾昌走過的那條道路一路追查過去，路上沒有發現，他們一直追查到縣城裏面。

年富力強的葉爾靖有過多次出遠門的經驗，辦起事來精明幹練，葉家屯子的人都稱他做小族主，他一到縣裏，就查出他家老三落宿在老茂昌客棧，租的是後套房，前後住了五宿。

葉爾靖問店家：「他可帶的皮貨？」

店家想了想說：「不錯，他騎的是一匹大青騾子，帶有兩大捆皮貨，聽說是賣給姓海的大皮毛商了，收的是現大洋，雙馬子揣得鼓鼓囊囊的，……他回程那天，還有人跟他同路呢！我記得他要小二替他牽牲口時說過：有個伴兒也好，錢帶得太多，一個趕路，真怕出岔子。」

「誰跟他同路？您還記得不？」

「看相的呂鐵嘴，」店家說：「說起來您認得他，每年冬頭上，靈河岸開設野集售貨，他常去那兒設相攤子，替人看相。他們同路同到哪兒爲止，我就不清楚了，至少，那天早上，倆人是在這裏同時起腳的。」

葉爾靖在城裏找不到呂鐵嘴，多方向人打聽，說是呂鐵嘴若沒去靈河岸，就是去大龍家寨去了，大龍家寨在靈河東七十五里地，除了縣城之外，它算是四鄉最熱鬧的集鎮。

葉爾靖心急如火，牲口沒鬆肚帶，僅僅略加些草料，就連夜趕奔大龍家寨，很容易把呂鐵嘴找到了，問起那天的情形，呂鐵嘴顯出極驚詫的神色說：

「怎麼？葉老三他還沒到家？那可就怪透了，當天我和他一道兒動身是沒錯的，他身上帶了不少現大洋，我也知道，在路上，我還要他留意點兒，銀錢帶多了，一個人趕長路不甚方便，萬一遇著歹毒的人，就不好辦了……葉老三根本不理會，他拍拍驢袋囊，說他帶的有短柄火銃，足夠防身的。我們是在晌午前分手的，當時走到三岔路口，我朝東來大龍家寨，他朝西北奔靈河，三岔路口老孟在那兒擺花生攤子，我們坐下歇了一會，臨走時，各人都買了兩捧花生。不信您去問老孟就知道了，我奇怪的是他沒回到家裏，又會到哪兒去了呢？」

「呂鐵嘴，你說的都是實在話？」

「囉，小族主，」呂鐵嘴苦笑說，「我是在跟什麼人回話？我敢講半個字假話？我是走江湖混飯吃的人，日後還要到靈河兩岸去做生意呢，老孟他會替我做證的。」

「好！我這就去找老孟，問個清楚。」葉爾靖說：「我家老三一天沒回去，你就一天脫不了干係。」

葉爾靖離開大龍家寨時，和同行的幾個槍丁計議過，大家都覺得呂鐵嘴是個瘦得皮包骨頭的傢伙，憑葉爾昌的骨架和身手，一拳能把他打飛兩三丈遠，再說，這多年來，呂鐵嘴常跑靈河岸，有根有絆的一張熟面孔，他也不會見財起意，勾結歹人幹這種劫奪的案子。

對呂鐵嘴最有利的，是三岔路口擺花生攤的老孟，力證當天晌午前，他和葉爾昌確曾在那裏坐了一陣，拴妥牲口，喝了茶水，吃了些炒花生，然後分路的。老孟自己種花生，是個和善誠實的老人家，說話有一句是一句，從來不打謊的。那麼，葉爾昌一定是在三岔路口朝西北，一直到靈河岸邊這段路上失蹤的了。

他們朝回查，查到黑松林子那裏，看見許多烏鴉在林梢飛旋下去，哇哇的噪叫，葉爾靖念頭一轉動了疑，進林子去細察，果然找到一隻鞋子，他一眼認出是他兄弟葉爾昌穿的，一個槍丁發現附近有一堆軟塌塌的新土，他們刨著試試，誰知刨下去沒幾尺，就把葉爾昌的屍首刨出來了。他的臉孔發紫腫大，眉目還算清楚，致命的傷痕是在後腦上面，被人用鈍器打裂了，大青騾子、雙馬子和銀洋全都不見了。

「這宗無頭命案，是許多年來頭一宗。」爺爺嗨嘆著：「打那時起始，靈河就不太平了。葉家屯子的人，認爲命案發生的地點，是在荊家屯子的地面上，十有八九是姓荊一族裏的敗類幹的，荊家聽著這種風傳，大爲不滿，認爲事無憑證，葉家屯的人怎敢血口噴人？……說著說著的，這事業已過去十年了，兩個屯子都還記恨著，而命案也曾訪報過官，葉爾靖也不斷在暗中查過，直到如今還沒有絲毫頭緒，看樣子，葉爾昌算是埋冤啦……」

嬌靈不喜歡聽這個恐怖的故事，爺爺偏偏講了。

爺爺還講了許多和這種命案有關的傳言，據說鄉野上有一種歹人，練就一雙賊眼，即使過路的客商行旅所帶的銀錢不露白，他們單憑一雙眼，遠遠的看上一看，就能知道對方身上有沒有貴重的財物。

「那些歹人判斷客商行旅所攜的財物怎麼看呢？」爺爺說：「首先是看他走路的樣子，假如把頭伸在腳尖前面，一股垂頭喪氣的樣子，這個人即使不是乞丐，定歸是窮愁潦倒的人物，假如腳踢得像馬蹄，一步就是一步，腳尖總超過人的鼻尖，這個人多半是腰懷多金，正合上俗話形容的：腰裏揣著錢鈔，走路胸脯都挺得高些兒！……這只是一般的看法，靈不靈不定十分準確，那些歹人還有大訣竅，那就是看來腳下飛起的沙煙，……如果是個沒錢的，沙煙最多飛昇到腰際就不再上騰了，如果他有些錢，沙煙可以昇到肩胛骨那麼高，如果他懷揣金元寶呢？嘿，沙煙就會飛到他的頭頂上，盤結成一朵朵的黃雲了。」

「爺爺，您是說葉爾昌被害，就是被人看出他身上帶了很多錢財的嗎？」

「當然，」爺爺說：「葉老三練過拳腳，銃槍又用得熟悉，加上當年他年輕，心高氣傲，沒把歹人放在眼裏，孰不知暗中被人踩上了，才在黑松林著人放倒的。這些事，妳都得記著，日後也好教教旁的人。」

嬌靈並沒出心想記，偏偏也像雕刀刻在心底一樣，牢牢的記著了。十年前，葉爾昌命案鬧出來的時刻，她才四五歲年紀，她並沒見過葉爾昌這個人，也許見過他，但她已經完全記不得了。不過她相信這故事和一般傳說不同，因爲命案是真的，葉家屯子的老族主過世了，葉爾靖管事，他是個紅臉大漢子，也常到小賣店裏來找爺爺聊天，也在低矮的門楣上撞過一回腦袋，而那個呂鐵嘴，更常常掮著他的長招，路過小賣店，添些煙絲和打火石，然後到對面酒鋪去喝酒。

嬌靈正想著爺爺說過的故事，荒路那邊有人衝著小賣鋪走來了，她抬起頭，遠遠的就看得出他是誰來了，那不是相士呂鐵嘴還有誰！

呂鐵嘴雖然自稱鐵嘴，但他終年奔波勞碌，也混不飽他的肚皮，反而越來越瘦了，他整個身子裹在過分寬大的灰布長袍子裏，簡直彷彿沒有了，風把那袍袖吹得飄飄漾漾的，像一隻敗落在地上隨風滾動的風箏。

「嗳，嬌靈，妳怎麼坐在驢槽上？當心跌下來，摔破妳的臉蛋兒！」相士掮著布招，站在風裏說：「瞧妳兩眼瞇瞇的，都在想些什麼？」

嬌靈朝他眨眨眼，沒有搭理他，相士雖然朝她笑著，她總覺得他那張瘦削的臉，尖尖的下巴，兩撇老鼠鬍子，笑起來陰陽怪氣的，彷彿是一隻山狸，有些嫌人的味道。

「妳爺爺在屋裏？」相士湊過來說。

嬌靈朝那邊呶呶嘴，漫聲的嗯應了一聲。

呂鐵嘴聳聳肩膀上的雙馬子，在斜西的陽光裏，費力的爬上坡，走進小賣鋪去了。

嬌靈仍然在驢槽上坐著，踢動她的小腿，迷迷惘惘的信口唱著她所能記得的，一些不完整的俚曲兒，也不是淒傷，也不是憂鬱什麼，只是每到太陽快落山的時刻，黃昏光搧動無數朦朧的小翅膀，飛著落著，在她身邊圍繞著，她心裏便塞滿了說不出的嘈切的言語，像靈河岸邊層層疊湧的小波小浪。

她不很快樂倒是真的。她還記得六七年前，也就是葉爾昌命案發生後的第三年冬季，荊葉兩座大屯子爲了爭著開設野市，雙方行過一次大械鬥，她並沒親眼看過械鬥時的慘烈光景，但從木筏上運回來的死傷的人看來，已經把她嚇呆了。

爹在兩族械鬥時，處境很尷尬，因爲媽是河東荊家屯的姑娘，嫁到河西來的。河西葉家屯是人多勢眾的大族，這一帶外姓的居民，多半要仰承葉爾靖的鼻息，兩座屯子行械鬥，不用說，河西的居民都要站在葉家這一面，但爹考慮了很久，決定不參與這件事，捲起行囊離開家，說是要到遠處去謀生，他走後，便沒有再回來過。

而媽在爹離家後的第二年，就患染傷寒症死去了，她的墳墓，就埋在離渡口不遠的砂石崗子上。

「嬌靈，嬌靈，妳快回屋裏來罷！」爺爺蒼沉的嗓子又在叫喚著了。

「我就來啦！」嬌靈答應著。

這一問一答的聲音，都朝遠方波傳開去，撞起一片空幻而巨大的回音。

爺爺年紀大了，膽子也越變越小了，每到太陽落山，就要把嬌靈喚回屋裏去，怕她會遇上覓食的野狼。

嬌靈生長在這兒，她也知道荒野地上有狼群夤夜活動著，但狼群多半居住在荒灘朝南部分的草叢和崖穴裏，靈河水漲的季節，他們絕少到岸上來，只能隔著河，遠遠的嗥叫著，給人一種恐怖的壓迫感。

她回到屋裏去，小賣鋪櫃檯上的陶燈已經點燃起來，搖搖曳曳的黃光，映照著對坐在小方桌邊的相士和爺爺倆個人的臉。

「老呂，你不要走，」嬌靈聽見爺爺留客，他說：「咱們倆個，有好久沒聚在一道談天了，今晚上，我鍋裏貼了一圈鍋貼兒，有酸菜燒牛肉佐餐，你要喝幾盅，我甕裏有協興坊新運來的原泡老酒，我也陪你喝一頓。」

「到店裏來就叨擾您，怎麼……好意思呢？」呂鐵嘴口裏是這樣遜謝著，但一個「酒」字進耳，他那兩條腿便已軟得站不起身來了。

爺爺把酒菜端上桌，要嬌靈一道兒用飯，他指著嬌靈，對呂鐵嘴說：

「這孩子長得多快，像蘆葦茁節一樣，轉眼就快成人了，她爹人不回來，連封信都沒朝回打，一想到他，我心裏就結了一把疙瘩……那場械鬥真把人給害苦了！她爹若是不離家，她媽也許就不會染上那場傷寒症，我除了怨命，還能有什麼話講？」

「我是個走江湖的人，一向抱定和氣生財的想法！」呂鐵嘴說：「河東河西我都走動，對於荊家和葉家是非，很不方便多嘴，我這只是對您局外人說：葉爾靖做事，性子也太急了一點，他家老三那宗命案，他並沒找到絲毫證據或是跡象，怎能一口咬定是荊家屯的人動的手？他沒有道理記恨人家呀！」

「說葉爾靖性子急，是不錯的，」爺爺咳了兩聲說：「但他爲人很剛直，並非是蠻不講理的人物，對方的族主老荊龍，脾性也夠火爆的，他不願在暗中幫著查案，就一口咬定葉爾昌的命案，絕不是姓荊的幹的，這也難免有過分護短之嫌罷？我們局外人，說的是公道話。」

「但願葉爾昌的陰魂不散，不論時間去得多麼久，疑凶總會被查出來的，」呂鐵嘴說：「要不然，葉爾靖總拿白眼珠子看我，好像我雖不是疑凶，也跟疑凶一鼻眼通氣似的，這種夾棍罪，太不是滋味了！」

「嗨！」爺爺直起上身，微朝後仰著，發出一聲嘆息說：「老古人常說，天上星多月不明，地上人多心不平，一點也不錯，靈河岸當年初開墾的時刻多麼安詳和樂，如今人多了，事雜了，風風雨雨，是是非非也都跟著來了，日後會鬧到什麼地步，誰敢預料呢？」

這聲嘆息，把倆人的談話扼住了，呂鐵嘴再沒說什麼，倆人只管一杯進一杯的喝著悶酒。一室的氣氛彷彿被一把鎖鎖住了似的。

屋裏一沉靜下來，外間的一切動靜，在嬌靈敏銳的耳裏便更清楚了，從沒遮攔的河面上吹來的風聲，簷前乾葫蘆的碰擊聲，荒灘上野狼的嗥叫聲，甚至於崖腳下流水拍岸的低沉音響，都給和在一起；這許多聲音被黑夜包裹著，使她產生一股神秘又玄異的感覺。

呂鐵嘴在酒足飯飽之後，腳步踉蹌的到坡下的小街上投宿去了，年老的爺爺拎著燈，前前後後的巡視了門戶，這是他多年來的老習慣，倒不純是爲了小心火燭，而是防狼，防獾狗之類的動物潛進宅裏來。儘管這些年來，並沒有什麼野獸潛進小賣鋪，但爺爺仍然小心提防著，從來也沒曾疏忽過。

爺爺他是這樣的人，把一肚子稀奇古怪的傳言放在心裏，嬌靈便很自然的受了他的影響了。夜晚睡在床上，玩弄著枕角，那些傳言和故事，便化爲一幕幕活動的景象，在她夢的邊緣麇聚著，舞踊著，拖著能掃著地面的長尾巴的大白狼，貪饞的野獾狗，狡猾很像小賊一樣的黃皮子，頸披長毛的大黑熊，這些野物，都是靈河岸林莽中的神秘的精靈，只有獵戶們經常接觸牠們，真正懂得牠們，一般傳講的故事，多半是從獵人口裏聽來，又輾傳出去的。

嬌靈聽爺爺講過，說荒灘上的狼群，原都穴居在靈河上游的大山裏面，但那裏多是裸石，缺少林木和篙草，一般的小獵物不多，狼群經常忍飢挨餓，尤其到了多來落雪的季節，山被冰雪封蓋了，餓狼的哀嗥聲充滿山和谷，彷彿牠們就要面臨絕滅的噩運了。

後來，狼群接受了牠們聰明的夥伴——狽的主意，由其中一隻特別壯健的大白狼領著，沿著山溪和亂石灘向外走，成群的遷移，轉換環境，結果，他們便選上了亂生林莽的大荒灘。

若干年來的繁衍，荒灘上究竟有多少隻狼？幾乎沒人數算過，楊家屯的獵戶頭兒楊大郎形容說：至少在三百隻之上。他有一年冬季，率著獵隊在荒灘上圍獵，曾經一再告誡那些初出道的獵手，不准他們越過荒灘靠近南端的那棵老榆錢樹，那棵樹有兩百多年的歷史了，生長得有雙人合抱那麼粗，比別的樹木都要高大得多，據說大白狼常在那兒出現，靈河兩岸的人依據傳言，直認白狼是狼群裏的神，便把那棵樹尊爲神狼樹，推選一個巫女，守在樹北一座巫堂裏，每天黃昏時，在高高的神狼樹上，懸吊起一盞紅燈籠，藉以警告來往荒灘的行客和獵人們，不得越過人與狼的分界處。

楊大郎在月夜裏看過荒灘南邊狼谷坡脊上的狼群，這兒一堆，那裏一簇，到處都是狼的影子，綠眼熒熒，像鬼火般的飄忽無定，越是逢著月夜，牠們越顯得活躍，正合上野狼嗥月那種形容。

嬌靈也很怕狼，因爲爺爺在許多傳說中告訴她，狼是聰明又狡猾的野獸，牠們成群活動時，對人畜的傷害更大了，河東就有個散戶人家，大人出去把門掩妥，但野狼仍然會扒窗子進去，叨走了他家的嬰兒。在兩岸的獵戶裏，很少有人主動去獵狼的，除非狼群害了人，人能認得哪隻狼確是凶手，才會在不驚動整個狼群的原則下設法翦除牠。

即使是膽氣再壯的獵人，對於狼，多少總存有一份原始的懾怖。

和狼群比較起來，野獾狗一樣夠麻煩的。

野獾的狡獰不次於狼，但牠的活動和對於人的騷擾卻更勝於狼，牠之侵擾人宅，主要是在於偷竊，牠善於打穴，使人防不勝防，牠更會像人一樣的拔門子開門，在翻掘糟蹋之後，溜之大吉。

獵取野獾是極困難的事，因爲野獾的奔行快速，跑起來像一縷滾動的煙，牠們又是穴居的動物，挖掘的速度極快，挖洞條條相連像一座迷宮，煙薰火燎難不住牠，挖掘和灌水都沒有效用，唯一的方法，是以多桿獵銃埋伏在牠經常出入的洞口附近守候著牠，趁牠探頭出洞的那一刹開銃轟擊牠，或是預佈網罟尾追牠，使牠落進罟中。

黃皮子呢？那種專門拖雞的野物，當然會爲家宅帶來些麻煩，牠的身體柔軟，略有縫隙就能鑽，但人們獵取牠們的方法也很多，夾板，籠子，都可獵獲牠，牠們的皮毛可以製筆，售價很昂貴，人們有時故意用雞隻來誘引牠們出來，好剝取牠值價的皮毛。

至於黑熊，有人管牠叫熊瞎子，因爲牠們的頸毛很長，獵人見了牠故意順風跑，惹怒黑熊追逐他，風從背後吹來，把熊頸的長毛吹到前面來，擋住牠的眼睛，牠就看不見了，這時牠容易被獵銃打中，或是踏上預佈的獵獸陷阱。

嬌靈躺在床上，不管睜著眼或是閉上眼，心裏都會想著這些，因爲她常從人們嘴裏聽著這些，這些生物和靈河岸的荒野是不可分的，也很自然的變成人們的生活背景了。

她在這片土地上長大，她需要學習這些事情。學習人與人的關係，人與獸的關係，人與自然的關係。在屬於她的白天，她常跑到屋外去放野。望著灰沌沌的河水，墨刁刁的積雲，在風中奔跑，或是在砂石稜兒上打滾。雲隙間流下來的陽光，照亮了開花的旱蘆葦，搖成一片白茫茫的波浪，浪尖上常有一兩隻紅頭禿尾的大癩鵰，一動不動的展平翅膀，安閒的趨風遊弋著，發出一串古碌碌的叫聲。當響晴的日子，滿天的雲彩全蜷臥到天腳去了，頭頂上的天空像一汪清澄的水，天腳的白邊兒上鑲著狗牙般的黑林齒，像一幅活動的畫。

畫是任誰都看得懂的，人就不然了；爺爺常用慨感的聲音說話，說是做事容易用人難，說是人心隔肚皮，虎心隔毛衣，又說什麼知人知面不知心……這些言語，沉沉鬱鬱的像拖了一串黑色鎖鍊。

人和人見面寒喧著，笑語著，爲什麼會使一個活了大半輩子，具有充分生存經驗的人，平白興起這樣多的感嘆來呢？

看樣子，她儘管睜著眼，也像睜眼看黑一樣，一時是看不透的了。但嬌靈不怯懼這些，她還年輕著啦，未來的日子，多過樹上的葉子，她有太多太多明天……。

第二章　歲月悠悠

每隔了個把來月，小賣鋪的溫老爹就會備起他那匹瞎了一隻眼的老驢趕一趟長路，到縣城裏去販貨回來，這時刻，他不得不把孫女兒嬌靈一個人留下來，讓她看守店鋪，這可是他最放不下心來的事情。

逢著爺爺出門去販貨，嬌靈就覺得日子很難過了，儘管爺爺每次都反覆叮嚀著她，告訴她怎樣對待顧客？怎樣注意門戶？怎樣防火和防狼？她表面上顯出很鎮定的樣子，其實心裏空盪盪的，又有些怕，又有點兒慌。

這感覺，白天也許還不怎麼強烈，到了黃昏近暮的光景，心底那份駭懼便逐漸的浮昇上來，使她的掌心沁著汗水，微泛潮濕，一顆心在腔子裏朝上亂撞，咚咚的，彷彿在打鼓一樣。

掛在楊椏樹梢上的風，一陣低一陣亢的哭嚎著，嗚呀嗚的，和遠方的狼嗥聲攪和到一起，彷彿有一隻怪異的巨獸呲著森森的白牙，撕扭著，咬扯著，想把屋外的天和地都撕裂了，一口吞噬下去。

其實，小賣鋪的斜坡下面，還有著一條很熱鬧的小街，夜夜都有許多人湧集到街上來，有投宿落店的商客，有沽酒賭錢的獵戶，葉家屯的人也常到這邊來喝酒。白天感覺很近的小街，夜晚會變得很遠，那些昏黃的，眨著眼的燈火，隔著一大片黑地，好像和這邊完全割開了，自成一個世界。

真的要有歹人來了，狼來了，怎麼辦呢？

她不止一次這樣擔心過，早些年，她還會摟著枕頭，低低的哭，把枕面都哭溼了，如今，枕面上還留著一些沒有洗脫的淚斑。

但隨著日子的滾逝，嬌靈擔心的事卻一宗也沒有發生過，熬過兩天夜晚，爺爺便騎著驢子揹著貨物趕回來了。她在滾動的日子裏，學會了很多事情，恐懼的感覺也跟著逐漸減弱了。她從沒把內心的怖懼跟爺爺講說過，寧願咬著牙，把它留在自己心裏，這是她一個人所保留著的，成長的秘密。

真的，她已經逐漸能跟這片蠻荒滾成一片了。爺爺也許不會知道這些，知道她已能從風聲裏抓住季節的變換，能像一頭水獺般地在靈河心的怒浪上翻滾。她望著大癩鷹在天空盤旋，便能一眼判定哪兒有野兔藏匿，迎著風中散播出的特殊氣味，抖手扔出石塊，便能驚走草叢中的紅狐。

爺爺這些年來常常哄著她，逗著她，把他滿肚子的故事都說完了，平常祖孫相對著，也不再說什麼話，但嬌靈明白，爺爺愛她的心，卻一天比一天深。

爺爺每回進城去販貨，回程時，總會在驢背囊裏揹帶了一大把女孩兒家心愛的小物件，什麼胭脂啦，花粉啦，銀卡攏兒啦，刨花兒啦……而嬌靈從來不會梳妝打扮，她把爺爺帶給她的那些，都放在媽留下的妝台抽斗裏。她不是不喜歡這些，而是不習慣拿這些從城裏帶回來的東西裝飾她自己，她總覺在鄉角裏，一個女孩兒搽粉戴花，即使不是妖精，也會被別人譏指爲妖精。

「我說，嬌靈啦，」爺爺這回出門時對她說：「眼看到了交冬的時刻，靈河岸的皮毛野市就要開設了，我得進城去，多販些貨物來，也許會多耽誤一天半日的，我走之後，妳得跟往常一樣，小心照管著店鋪，除了做買賣，少跟陌生人答腔……妳想要些什麼？跟爺爺說，我要記得替妳揹回來。」

「您放心去罷。」嬌靈說：「我會小心看著鋪子的，您平常帶的脂粉，我也用不著，有好剪刀，替我買一把，我好跟坡下丁嬸兒學學剪紙花和鞋花。」

「難得妳有這種興致，」爺爺說：「打妳媽死後，宅裏沒有婦道人家教妳女孩兒該會做的一些事，妳是越長越粗野了，爺爺正擔心著呢。妳總像腿上綁著甲馬（**按：一種符咒**）成天瘋呀，這如今，慢慢長大了，也該做些文靜的活計了。」

爺爺騎驢過河去了，嬌靈一個人留下來守著店鋪，屋外的陽光亮亮的，使一野的砂石都變得光鮮起來，臨到交冬前的十月裏，正合上十月小陽春的俗諺，天氣變得特別的溫暖晴和，和店鋪裏的狹隘沉黯相比，越發顯出屋外的天地遼闊可愛了。

每年這季節，皮毛野市的開設，是靈河兩岸人們一致等待的大事，通常，野市設在河東還是設在河西，習慣上是由荊葉兩屯的族主，在荒灘巫堂裏拈鬮決定，決定後不再更易。

野市多半設在靠近渡口不遠的河岸邊，寬闊平坦的砂石地上，參與野市買賣的人，依照劃定的界限，紛紛搭建起臨時的棚屋來，使它變成一座新興的街市。

這種臨時的集市，在交易上多半以各式皮毛的標售為主，由於這裏是皮毛產地，售價比較低廉，野市開市前，從遠地放車來收貨的皮貨商，便紛紛在這兒麇集等待著了。

除了皮毛，當地各類的土產品也都堆積在市上待價而沽，石家屯子出產的石器，劉家老鋪的線香和盤香，散戶們編織的籃子、筐簍、草蓆，也都是行情很俏的貨品。另有若干從城裏來的商販們，帶來了當地居民需要的貨物，像成桶的火藥，新的銃槍、漁網、鑿石開山的工具、煙草、糧食、犁尖、麻袋、碗盤等灶房用具，一部分年貨也在這當口陳列出來，讓人們預先購妥，好在年節時應用。

野性的嬌靈，等待野市開設的心情是很渴切的，她可以想像出來：平常荒邋邋的河岸邊，經過幾日夜的功夫，就突然出現一座有街有巷的新的鎮市來，這該是多麼令人驚喜的，神奇的事？……打樁的，豎棚的，抬木頭的，運茅草的，張蓆棚的，舉布篷的，人群像一窩忙碌的螞蟻，打樁的榔頭聲，隨著河波傳到很遠的地方去。

逢到那時，擺渡的木筏就忙煞人，不但是運載人群，還要運載牲口和車輛，手車、雞公車、有篷的獵車、牛拉的大轂輪車，都朝野市上匯集，嗡嗡的人聲，老遠聽來像哪兒落來一大窩蜜蜂。

嬌靈曾經跟著丁大嬸她們趕過野市，如今想起來，她還深深的迷戀著那些平常少見的，熱鬧的風光。

最是開市的那一天，居民們要舉行各種慶祝和祀祭的儀式，隆重得和過新年一樣。他們最先是延請僧道和巫婆，舉旛去祭拜天上落下來的神龜石，感謝它的佑護，使靈河兩岸的人煙興旺；鼓手們精赤著胳膊，拚命的擂著鼓，高過人頭的盤兒香豎在香架上，由兩個壯漢抬著，獻到神龜石的面前去，四面八方的人群都湧過來上香，嫋繞的煙霧升到半空去，變成一朵祥雲。

祭完了神龜石，各屯各族的首領執事們，還要搭乘木筏到荒灘的巫堂去，拜火神，祭狼神，最後才拜祭當方的土地公。

不管是荊家屯或是葉家屯，村頭的土地廟都很寒傖，渡口南邊的土地廟，只是一口倒覆著的破瓦缸，廟頂有塊碗大的窟窿，這樣大的空間，容不得土地公和土地婆的雕像，只能放一塊小小的牌位，兩邊的燭台是用番薯刻成的。

即使是這種寒傖破落的小廟，但在人們的心目裏，也總是當方的守護神，一樣有滿把香燭獻上來，廟裏插不下了，就插在破瓦缸四周的草地上。

人們也替土地爺的廟後換上一根幾尺高的新旗桿，把一隻小小的，風乾了的葫蘆，用紅絨線拴繫在旗桿斗上，據說土地廟只有那麼一根旗桿，其實那並不是旗桿，而是土地公的拐杖，那麼，那雙風乾了的小葫蘆，準是送給土地公裝酒用的了。

這些儀式都舉行過了，才到了真正鳴炮開市的時刻，附近的人們即使不買賣什麼，也都扶老攜幼來湊熱鬧。

那些熱鬧，是嬌靈永難忘記的，野市的街道上，豎立起許多粗大的木樁和鋼架，架上晾著各式的皮毛，有些新硝製的皮毛上，仍迸發出一股濃鬱的獸肉的腥味，使貪饞的大癩鷹成群的盤旋不去，但又沒有膽量朝下落，只能發出古碌碌的鳴叫聲。

人群這裏那裏的洶湧著，那邊一條街都是賣石器的，再過去是賣編織用具的，每家都用特有的喊叫聲招徠顧客。男人們捏著煙袋桿，一邊叭煙一邊走，滿街都散發著辛辣得嗆人的煙草氣味。

賣碗碟的地攤子總把碗碟都攤開來，顯得他們的貨品琳瑯滿目。即使他們販來的器皿最好的也不過是粗白的土瓷製品，但在看慣了黑陶器皿的鄉下人眼裏，那已經算是異常昂貴的珍寶了！藍花雙鯉魚的大瓷盤子，紅花大蝦的大碗公，只有在婚喪喜慶坐席的時刻才會使用！——那還得看是什麼樣的人家呢！有些孩子蹲下身，好奇的動手去摸那些瓷器，大人便立刻伸手像拉雞似的把孩子拉開，一面呵責說：

「怎麼能碰那種貴重東西，弄破一雙碗，要賠幾升糧呢！」

碗販子一聽，便笑著，放意抓起碗來，丟到沙地上，表示他的碗看起來細緻，其實比陶器結實，他說：

「不關緊，不關緊！這種碗，只要不硬摔，能用上一輩子，幾升糧換個光鮮，划得來呀！」

野市上的街道有很多條，逛也逛不完似的，中間的空場子上，人群圍成許多圈兒，有的是耍刀弄棒賣野藥的，有的是測字打卦，玩黃雀抽籤把戲的，賣年貨的，賣吃食的，打琴賣唱的，拉大洋片的，彷彿把城裏所有的好熱鬧都搬到靈河岸來了。

嬌靈曾經問過爺爺，野市爲什麼從開市到收市，只有一個月的光景，而不能常常設市呢?!爺爺說：

「這妳就不懂了，靈河岸的這些住戶，都不是經常做買賣的商戶人家，他們一年做的器物，獵得的皮毛，只要在入冬前的野市上一次售出去就夠了，……至於城裏來的商販人等，也都是趁這機會收貨售貨，有的在這兒賺上一筆，有的在這兒買，到旁處賣，誰會常留在河岸邊喝風？總之，靈河岸一年能有這麼一場集市，已經夠好了！假如野市常年開設，貨都賣給誰啊？」

爺爺說的道理，嬌靈不是不懂得，但說她懂，卻又懂的不怎麼完全。正因野市不常開，每年都害得她引著頸子等待，日子越是迫近，等待得越是渴切，恨不得拿起樹枝兒，像趕牲口一般趕著慢吞吞的太陽。

爺爺出門第二天，渡口的周禿子和幾個鄰舍跑來找爺爺，說是有要緊的事情商量，嬌靈說：

「他進城販貨還沒回來，周大叔他知道的，怎麼又來找他呢？」

「嗨！你瞧瞧我這個腦袋，真夠糊塗的！」周禿子賞了他自己腦殼一巴掌說：「遇事一急，就急迷糊！溫老爹坐我木筏過河去的，我竟然忘得一乾二淨啦！」

「你幹嘛那麼急？又有人找你去相親嗎？」嬌靈笑說：「人講，禿子禿，有後福，腦瓜上沒毛，這一輩子，剃頭錢也能省許多，那些嫌你禿的大閨女，我看都是沒有計算的人。」

「鬼丫頭，妳別伶牙俐齒的在這種節骨眼兒上說笑話了，」周禿子紅著臉說：「今年爲著開設野市的地點，神槍荊龍和葉爾靖兩個起了爭執，他們兩座屯子舊賬沒算得清，這回又鬧開了，……說不定又要起械鬥哩！」

「這就怪了？」嬌靈皺著眉說：「他們早年不都是按照老規矩行事，到荒灘巫堂裏拈鬮決定的嗎？」

「是啊！」丁大嬸說：「但西邊葉家屯的運道好，連著三年都抽中了，使野市設在河西岸，這一來，東岸的各村各屯子都說了閒話啦！」

嬌靈點點頭，她記得爺爺曾經告訴過她很多關於野市開設的事情，尤其在地點的選擇上，實在很要緊，假如設在東岸，對於東邊來的商客比較方便，反過來，假如設在西岸，東邊來的商客，就必須搭木筏渡河，車輛、貨物、人和牲口的食宿都要多一層麻煩，按照靈河附近的地勢來說，東岸接著平陽廣地，朝外可通眾多的市鎮，而西岸再朝西去，山丘相連，重重環抱著，人煙稀落，一片荒涼，因此，河東的荊家屯子結合了楊家屯、石家老莊，早就有意廢掉傳統相沿的拈鬮辦法，單獨在東岸常設野市；而西岸以葉家屯子爲首，糾合了部分的山戶和散戶，爲了保持他們應享的利益，堅持著仍採拈鬮的方法，在兩岸輪流設置野市，葉爾靖提出來說：

「假如河西岸不設野市，不用三年，它就會荒冷得沒有人煙了，要咱們放棄祖先開拓的地方，遷到河東去另起爐灶嗎？這種事萬萬行不得，荊龍那老傢伙，未免太打如意算盤了！」

嬌靈雖說年紀輕，這一點她還懂得，當周禿子和丁大嬸把這消息帶來過，她就覺得事情嚴重了。河東人不滿拈鬮的辦法，加上神槍荊龍那種火爆的脾性，在今年的野市開市之前，真不知會鬧出什麼樣的事情來呢？

「這種事，你們就是找著我爺爺也沒有用啊！」嬌靈說：「他一大把年紀在身上，平時又不管事，他回來又能做什麼？」

「溫老爹的人緣好，」周禿子說：「葉爾靖跟他處得很投契，即使老荊龍那種火爆的人，溫老爹說出的話他也會聽進三分，如今兩邊群情激憤，他若出面，兩頭拉拉彎子，勸解勸解，多少會好些兒，……無論如何，咱們不願意再見著流血械鬥的場面啦！」

「那總得再等兩三天，他才能回來。」嬌靈說。

一個人心裏若是沒有什麼事，兩三天的日子晃眼就過去了；假如心裏有事牽掛著，時辰簡直會像駱駝穿針眼一樣的慢法，說多難捱有多難捱。嬌靈心裏記掛著周禿子所說的事情，便天天伸長頸子等待著，盼望爺爺早一點回來。

天氣仍然是那麼晴和，當陽光普照的白天，身上覺得暖洋洋的，使人覺得有些慵懶，四野靜靜的，一點也不像有什麼事情會發生的樣子。有時候，嬌靈會覺得周禿子和丁大嬸兒也許言過其實，聽著風就是雨的，把事情渲染得太過分了。荊家屯和葉家屯在一年一度的野市開市前，不忙著準備貨品，藉著這時候去交易牟利，難道一定在這種節骨眼兒上興械鬥嗎？

等過了兩天，爺爺還是沒回來，有人到小賣鋪裏來，帶來新的消息，說是河東岸的荊家屯業已邀請楊大郎、石紅鼻子幾個族主和執事，商議著巡在河東設市了。不過，楊大郎和石紅鼻子以為，天上的神石落在河西岸，他們也不願過分排斥河西的各莊屯，一樣邀集他們在野市上設攤位，做買賣，而且推舉荊龍和幾個年長的，乘木筏渡河來拜訪葉爾靖，不使葉爾靖覺得面子上難堪。

「荊龍荊大爺既然能夠就事論事，這樣委屈他自己，葉小族主也應該給他這個面子了，」一個說：「其實，野市設在河東，對河西岸的人並沒有什麼不方便的，咱們帶著貨品上市設攤，難道還怕多走兩里路？多渡一條河嗎？真是……」

「咱們當然是這樣想，那葉爾靖怎麼說？」

「據說是冷哼一聲，勉強答應了，面色卻不怎麼好看，」另一個姓史的漁戶說：「看樣子，械鬥暫時是不會有了，只不過，葉爾靖始終記著他家老三那宗多年沒破的命案，怪荊龍護短，不肯出力，他們兩座屯子的人要像當初那樣和諧，可不是短時間就能辦得到的了，除非荊龍能破得那宗案子，證實和荊家屯無關，……事實也辦不到。」

嬌靈把這些議論，一句一句的聽在耳朵裏，她的心便放寬了許多，朝後的事，她想不了那麼遠，至少今年野市能照常開設，日子能平平安安，熱熱鬧鬧的度過，這是最要緊的。

那天黃昏時，爺爺搭乘周禿子的最後一班木筏渡河回來了，爺爺的驢背上放了一大堆貨物，驢囊裏也揣滿了東西，嬌靈老遠聽見驢頸鈴的響聲，便奔出來迎著他。

「爺爺，人家等著您，把頸子都盼疼啦！」她說：「您搭木筏來時，周大叔把這裏的情形都跟您講了罷？」

「沒事了，」爺爺說話時，神情很開朗，樂呵呵的笑出聲來說：「在河東，經過荊家屯口，遇著荊龍，他請我喝了一頓酒，把事情跟著都說過了，荊家和葉家原有姻親，是骨頭連著筋的關係。葉爾昌甭說揣著銀洋過路，他就是穿金戴銀，荊家也沒誰會把主意打到他的頭上……當年葉爾靖那樣一口咬定，使荊家族人覺得太難堪，他才說了幾句氣話，誰知過後竟會出一場大械鬥，如今在河東設市，爲了顧全遠道來客的方便，他曾拜訪過葉爾靖，把話說清楚了，葉爾靖嘴裏沒說什麼，心裏仍不願意，他託我回來再跟葉爾靖去說一說呢。」

「他說了沒用，您說了會有用？」

「話不怕多說，說了才能說得開啊！」爺爺說：「天快黑了，妳回屋把燈給掌起來罷，瞧瞧我在城裏替妳買來的新衣料，紅得很豔的，妳請丁大嬸幫你裁樣子，縫件小襖，加條皮毛領子，穿起來一定光鮮。」

嬌靈聽了，滿心快樂得小翅亂抖，彷彿是一朵花上落了許多隻蝴蝶似的。衣料可要比那些胭脂花粉好得多了，媽死後，她的衣裳都是拾舊的，請丁大嬸兒幫她改了穿，這幾年，沒添一根新布紗，平常在家守這鋪子，也還不覺著怎樣，一旦走出門，到野市熱鬧的人叢裏去，滿眼看著別的閨女們一個個穿戴得那麼整齊，打扮得那麼光鮮，自己跟人一比，就彷彿矮了半截兒啦！

在燈底下抖開爺爺帶來的紅布料，桃紅的顏色，真的越看越豔，看得捨不得丟開手啦，爺爺買的不是綢，不是緞，只是普普通通的粉紅洋布，但在嬌靈的眼裏，這已經是不能再好了，若是換了織錦緞的面子，穿出去與眾不同，使旁人都直著眼看自己，那怎麼好意思朝外走呢？嬌靈用手掌摸著那塊料子，閉閉眼，想著它縫成後該是什麼樣子？

「今年的天氣寒得早些，」爺爺說：「白露和霜降的日子相隔得很近，爺爺替妳買了布料，卻沒把棉花買了捎回來，等到野市開市後，才有棉花賣呢。」

嬌靈一聽，那怎麼行？她早盼著她能穿一件新襖子去逛野市的，她等不及了。

「我也不用買新棉花啦，爺爺，」她說：「家裏還有一件舊襖子，拿到彈工張五那邊去，請他加點新棉翻彈一彈就行啦！趕明兒，我就去找丁大嬸兒，要她幫我去辦。」

爺爺仍然嗨嗨的笑著，在燈底下咂著嘴，搖著頭：

「爺爺早該知道的，嬌靈長大啦，懂得愛俏啦！早些時爺爺替妳買的胭脂花粉，也該派上用場啦！」

爺爺這麼一逗，嬌靈那張臉，不用胭脂也紅得和她手捏著的布料一樣了。

「爺爺您喝了幾盅酒？怎麼亂說酒話？」她說：「您甭忘了，這好幾年裏，您是頭一回替我買新襖子呢。您是要我穿破衣逛野市，替您丟臉？」

祖孫兩個說著，都縱情的笑起來，笑聲感染了燈燄，也一搖一晃的，彷彿手舞足蹈的樣子。低簷矮屋的小賣鋪，儘管荊棘編的門擋不住風，也洋溢著一股溫暖的氣氛，有爺爺在，嬌靈就不再感到孤寒了。

「明兒妳先甭急著去找丁大嬸兒，」爺爺說起正經事來：「人說：受人之託，忠人之事，荊龍請我去找葉爾靖，這番話我得替人家說到，明天一早，我騎牲口到葉家屯去一趟。」

「好嘛，」嬌靈說：「我先把衣料縮縮水，也得等乾了以後才能裁，舊襖裏的棉花也要先拆出來，才能送過去翻彈呢。」

二天沒用溫老爹出門，葉爾靖便帶著一批人到渡口的鄔家酒鋪來了，河西岸除了葉家屯子，還有山戶的首領人物劉厚甫，漁戶莊上的史福老爹，渡口周禿子，錫匠吳奇欽，一共十多位趕來議事的，嬌靈也扶著爺爺，趕過去湊上一份兒。

「今天兄弟煩請諸位到這兒來，不想替諸位添任何麻煩，」葉爾靖嗓子粗沉沉的，有些悒鬱發啞：「諸位想必都已聽到消息，荊龍作主，把拈鬮決定野市開設地點的老規矩廢了。本來嘛，任何規矩，當初立它的時刻，多少總有些道理在，咱們老祖先並不是白癡，不過麼？……任何規矩，也並不是千年萬載都能一成不變的，如今，野市設在河東的荊家屯附近，也並不是荊龍和荊家一族的意思，對遠道趕來的商客確實方便，外間傳說我葉爾靖因為記恨我家老三被謀害的那宗老命案，不諒解荊家屯，要藉機煽動西岸的人和東岸行械鬥，兄弟萬不能承認，我只是約聚諸位，商議怎樣在野市上設攤子銷貨……不論野市設在哪兒，河西岸跟河東人一樣有權。」

「我說，葉老弟，您究竟是有了年紀，經驗多，閱歷足了，脾性跟早年全不一樣啦。」史福老爹說：「荊家屯的老荊龍，在這事上也算穩實，他能過河拜訪，把話誠誠懇懇的跟您說明白，早年他也不會這麼幹的。」

「不錯，」葉爾靖說：「荊龍說得很實在，楊家屯、石家屯也都有這樣的意願，河東各莊屯的戶數人頭都多過咱們這邊四五倍，多數人的意思，我當然不能不聽從，荊龍拍過胸脯，把野市中央最好的地段空出來，留給河西岸的人設攤子，今年咱們不妨試試，好在河西連著開設野市三年了，咱們並不吃虧。」

「聽到葉兄弟的話，我想講的話就不必再講了，」小賣鋪的老人說：「俗說：和氣生財，願當地住戶今年都順順當當的大發利市就好啦！大家夥兒不爭氣，爭個熱鬧才是好的。」

葉爾靖這一回沒再跟荊龍嘔上，大家都覺得很寬慰，爭熱鬧總比意氣之爭好得多，大家也都非常樂意，因為在野市開市前，除了各種應行的祭典，還有許多類乎賽會的節目，藉以吸引更多遠道來的客人，使當地的山產和土產貨品能銷售得更多。

在這些節目當中，賽槍法該算是極為轟動的大熱鬧，早些年裏，荊龍的槍法一直壓倒兩岸各莊屯的漢子，連山戶和獵戶也不是他的對手，所以人們才加給他神槍的綽號。

除了賽槍，還有鬥鼓，各村屯都有鼓手結隊參加，有的推出裝在鼓架上的頭號巨鼓，有的使用橢圓形的兩面雙敲的腰鼓，有的使用圓形大鼓，有的使用四圍帶著鬧鈴的單面手鼓，他們分別擊出各種不同的鼓點子來，由各族推舉的執事們，就鼓手們的鼓技、節奏去品評高下。

由於冬季是天乾物燥的季節，野市結束前，還有一項與若干地區相同的祭典，那就是火神祭，依據當地的傳統習俗，一過火神祭就要開始禁獵，必須等到天降頭場雪後，消除了起野火的顧忌，才開始恢復冬獵。

靈河兩岸的火神祭和別的地方不同，他們在夜晚的多砂石的野市上，覓一塊平坦的大空場子，升起一堆又一堆罩有竹籠的篝火，所有參加祭典的人，每個人都提著燈籠，執著葵棒製成的火把，圍到這裏來，年輕的漢子們行跳火遊戲，並且蹈舞著唱俚俗的歌，閨女們拎著燈籠，圍繞著場子走一圈。

最後，把她們手提的燈籠丟到篝火堆裏去，讓火焰升騰起來，旺盛起來，這種焚燒燈籠的儀式，表示人們尊重並感謝火神給了人間火種，也希望用這種燃燒，能代替荒灘林叢中所起的可怖的天火。

正因爲有這些節目，各村屯的人都忙碌起來，練槍的，練鼓的，練歌的，結紮燈籠和製作火把的，使河岸邊的各戶人家都興起像慶節一般的熱烈氣氛。而嬌靈只一心記掛著縫製她的新棉襖，有了那件新襖子，她才願意過河到野市上去參與那些熱鬧。

掐著指頭計算，離野市開市的日子越來越近了，西岸的人們成天朝渡口湧，他們帶著繩索、糙木尖椿、大榔頭、蘆蓆捲、一些打樁和搭棚的用品，搭乘周禿子的木筏，先期過河去準備，據丁大嬸兒說，今年河東所選擇的野市開設的地點，在荊家屯南半里多地的河岸邊，也還是他們四年前設市的地方。

靈河並不算寬，即使在河彎處有一道荒灘相隔著，使一道河彎成兩道河，打直了算，也不過四五里的距離，其中荒灘的陸路就佔了四里多。但嬌靈感覺到河東實在很遠，除了趕野市，她就沒有機會到河東去過，平常無事，去做什麼呢？即使外公家在荊家屯，媽死了，那門親彷彿也斷了，她記憶裏，連外公外婆的形貌是什麼樣子，也連一點影跡都沒有。

「我說，爺爺，這回去野市，您能不能帶我到荊家屯走走，摸摸我外公的門兒？」嬌靈想起來說：「這些年，我連我外公叫什麼名字都不知道呢！」

「不用去荊家屯啦，」溫老爹對孫女兒說：「我記著多帶一份紙箔，領妳到妳外公外婆的墳地上去燒化燒化也好，算是妳這做晚輩的對尊長盡了一份心。」

「他們都死了？」

老人沉沉嘆了一聲說：「只怕骨頭都生黃鏽了。」

老人說了這話，裝了一袋煙，就火慢慢的吸著，吸了好一會兒，才慢吞吞的說：

「其實，他們活著，跟我們家也不常走動，倒不是因為隔著一條河，而是當初妳媽嫁來時，妳外公很不願意，父女倆為這事起過爭執，妳外公向我們討聘禮，要了兩條牛和五隻羊，這是出賣閨女的價錢，妳爹一生氣，便寫了一張羊皮卷，要妳外公畫押，妳媽臨走時，剪下一條辮子，扔給她爹媽，氣惱他們對婚事的刁難，……當初大家都在氣頭上，鬧得很絕決，還沒轉過回來，倆老和妳媽卻都辭世了，人麼？真像夢幻泡影啦！」

嬌靈沒有爺爺那麼一把年紀，當然也沒有爺爺那麼深的感慨，對於她童年的事情，總覺深深黑黑的，用再多的話也描不亮它了，媽埋在屋外不遠處的一座墳裏，墳上蒿草離離的，她常到那兒去，坐在墳上發呆，說悲哀嗎？也不覺著悲哀，說感慨嗎？更不覺著感慨！她只覺心裏空空的，像眼前的平野一樣空蕩，彷彿……彷彿失落了一份什麼？究竟是什麼，她也說不出來。

如今，穿新襖趕野市去瞧熱鬧的心，更把當年發生過的那些事情給沖淡了，爺爺的嘆息聲，像一陣微風般的拂過去，轉眼就飄得無影無蹤啦。

丁大嬸兒旁的都好，就是做起針線活來太慢，一面消停的縫著，一面捏著針和鄰居們聊天講話，講到熱鬧處，兩手僅在空裏比劃，也不認真去縫了，嬌靈真擔心著，她會不會在野市開市前，把那件新襖給縫好？

她做夢都夢著這個。

渡口的周禿子這些日子可忙得夠瞧的，爲了應付兩道河的木筏擺渡，他把他的兩個兄弟——稀毛周二和癩痢周三都找來做幫手，人不夠，還得加雇兩個拉縴夫。

正因爲他經常兩頭跑，也就變成傳遞消息的熱門人物，他一回家，便有人圍攏他問長問短。

「各地收皮貨的大商客，就是來得早的，」他說：「新王集的錢長壽，縣城的大發皮貨行老闆鄭旺，都已經牽著好些牲口來到荆家屯了，還有遠地來的疤眼陸，胖子老倪，也都放棚車來等著，……我敢說，他們來的人越多，皮貨的行情越看漲，價錢喊出去，沒有競標，那就高不起來了。」

「你也先甭高興，」溫老爹悒悒的說：「這些皮商都是些眉毛眼睛會說話的老狐狸，他們的花樣多得很，說不定會聯手殺價，要是在地頭不能低價進貨，損了賺頭，他們會從大老遠的地方奔來？」

「老爹說得對啊！」丁大嬸兒的丈夫丁瞎子說：「尤獨是鄭旺那傢伙，是皮貨商裏最精最鬼的一個，很多花樣都是他耍出來的，用槍枝火藥換皮毛，他帶來的槍枝卻是賒來的，買空賣空的轉手賺錢，只有城裏人才有這種鬼腦筋呢。」

「錢長壽倒是比較實在些，」劉厚德說：「他瞧看貨色，穩穩的出價，出得很規矩，當地獵戶們心裏有數……，常耍花招，騙不倒人的。」

除了當地出產的皮毛，對遠地的商賈構成較大的吸引，其他的貨品也不愁銷路，平原地上需要石器，大轂輪車緊接著也放過來了。據周禿子說：今年野市的規模，比往年要大得多，遠地來的人貨更超過了當地所設的攤位，開市後的熱鬧，是不消說的了。

丁大嬸兒總算在開市前一晚，把嬌靈的新襖子縫妥送過來了，她笑哈哈的說：

「我不是自誇針線，這件鑲皮毛領的襖子，最合嬌靈這種年歲穿，要是我老婆子穿上它，人就要笑我老妖怪啦！嬌靈穿上它，簡直就像個小新娘。」

「妳說嬌靈嗎？」溫老爹說：「她才只十四歲，還差上一截呢。」

「日子淌得像靈河水，老爹。」丁大嬸兒說：「再有三兩年，還怕花轎不上門？她竄得像是吐條發枝的小樹，兩胸發莢兒啦！」

嬌靈捧著新衣裳，當著人面不願試，躲進屋去，剔亮了燈，對著媽留下的妝台，對著那面受了潮濕，起了雲斑的鏡子穿起新襖來，扭側著身子，試著，又看著，儘管水銀斑駁的鏡面模模糊糊，照人有些起暈，她也能看得出，那人影就恍惚是自己所想所夢的樣子，蒼黃的古老的鏡子，鎖不住她湧發的青春。

「爺爺，您明兒一早就帶我過河看熱鬧去罷？好不好？」她說。

「爺爺懶得動彈了。」老人說：「人越老，越是怕擠，太陽曬在腦門上面，人堆裏熱鬨鬨的想著都有些發暈。我看，你還是去找街上的姐妹淘一道兒去的好，七巧、喜妹、丁大嬸兒家的桂英，不是也有三四個好結夥麼？到市上，手要牽緊，甭叫人潮沖散了。」

「您放心，我們不會摸迷掉的。」嬌靈說。

「我這兒還有些零角子，」老人說：「妳把它揣在小荷包裏，中晌時，自己買點兒吃的。等到這陣子擠過鬧過了，爺爺再帶妳去一趟，順道去看妳外公外婆的墳，爺爺人老了，記性還在，說過的話，不會忘記的。」

「好，」嬌靈說：「您不講，我也記著呢。」

「傍晚下市時，早些搭木筏回來。」老人又叮囑說：「中間路過河心的荒灘，要跟大陣的人走在一道兒，經過神狼樹那兒，最好莫逗留，太陽不落山，狼群不會出來擾行人，晚了，那就說不一定了。」

「我知道，」嬌靈說：「桂英說過，我們要帶根葵火棒子，回來也好點燃它……假如天快落黑的話，有了火就不會駭怕什麼了。」

人說：人老嘴碎，不單指老太婆，就像爺爺也全一樣，有些叮囑的話，平常她不出門，爺爺也左一遍右一遍的，反來覆去講了無數遍，像出門不要跟陌生人閒搭訕啦，像在城裏人設的攤位買任何東西，都要狠狠的殺價啦，像狼怕火，鬼怕擦頭髮，因爲髮上有真火啦，那些到底靈不靈，她並沒逐一試驗過，但他從傳言裏學來的任何知識都傳給孫女兒，要她當成在荒野中生活的經典。

他不憚繁瑣的說著，說著，一直到一盞燈油快耗盡了，他才打了個長長的呵欠，窸窣窸窣的爬上床去，把沒說完的言語交給簷口上的風。

不過，嬌靈也十分睏倦了，她把新襖子脫下來，小心的摺疊整齊，放在床頭，咈的一口吹熄了燈，讓風和黑夜去糾纏去，她等的，要的，不在今夜，都在明天。

很快的，夢圖便在她均勻的呼吸裏展開了。夢裏的太陽黃黃亮亮的，像一塊熱烘烘的烙餅，聲音鼎沸著，驚得林裏的鳥雀飛飛落落，鼓聲和急促的心跳相應和。皮毛在風裏抖著，抖起一層一層柔軟的小浪。野市是一座五顏六色的迷宮，她擠在人群裏，魚游著，她的辮梢兒左搖右晃的，辮結是飛舞的彩蝶。

終年只有這一季，靈河兩岸才不會荒涼。

等她夢醒了，天也放亮了。她聽見桂英輕叩著門叫喚她的聲音。她跳下床來，真的，她同時也聽見遠遠傳來的鼓聲。她就要走進自己的夢裏去了。

第三章 粗獷

嬌靈和桂英出門時，東面剛剛燒早霞，河面映著霞影，彷彿是一條七彩的琉璃板，那邊不是七巧和喜妹她們麼？倆個全穿的一身紅，像兩隻熟透了的沙裏紅的果子，加上明豔的霞光一映，更顯得嬌嫩了。

白蒼蒼的蘆花在晨風裏舞著，一大群麇集在渡口的人都在等著木筏，風緊時，蘆花被吹成散縷，雪一般的漫天飄舞，遠望河心的荒灘，炎夏裏蒼鬱的林木，如今都卸脫了葉子，裸露出萬千參差的枝枒，顯出一片蕭落的秋情來。

嬌靈正在呆望，忽然聽見爺爺喘吁吁的叫聲：

「嬌靈，嬌靈，爺爺忘了交代妳一宗事啦！」

爺爺趕到渡口邊來說：「人老了，腦筋也打疙瘩了，昨晚想起來，多給妳一些錢，妳到野市上去，看著好的紅狐皮買一張回來，請丁大嬸兒替妳縫個袖筒兒，今年天氣冷，出門套上手袖，不會凍傷了手。」

「哎，爺爺，紅狐皮的價錢昂貴，您還是省下那筆錢罷，」嬌靈說：「我年輕輕的，受點兒凍算得了什麼?套上狐皮袖筒，不怕旁人看了會笑話?」

「我要省錢做什麼？七十多歲的人了，風裏的燭似的，一口氣不來，能把錢帶進棺材？」老人樂呵呵的說：「橫豎我把錢交給妳，妳若不喜歡買狐皮，隨便妳挑揀些樂意的買，空著兩手閒逛，也沒有什麼意思，那些祭典關目，妳早先又不是沒瞧看過。」

等到周禿子的木筏重新放過來，嬌靈和幾個鄰居姐妹上了筏，離開河岸了，老人還迎著風，瞇著眼，在渡口站立著。

嬌靈捏著爺爺遞給她的皮製小錢袋，淒瞇瞇的笑著，眼角卻顯出晶瑩的溼潤來。她這些年和爺爺共守小賣鋪，知道一文錢一文錢都是怎麼熬賺來的，除了野市開市前後這段日子，平素這兒很少過往的行商，偶爾聽見車軸的滾轉或是牲口的頸鈴炸響聲，心便興奮得怦怦的跳，即使客人進了小賣鋪，買些煙絲車襟之類的雜物，又能賺得幾文錢？日子熬久了，爺爺便養成節儉的習慣，吃飯時，桌面上撒一絲芝麻麵屑兒，他都伸出食指把它們沾起來，送進嘴裏去。夜晚不來客人，點油盞只留根燈草芯兒，說是多了費油，一根燈草的焰舌熒熒獨獨的，沉黯得使人悶塞，爺爺卻搬出古老的教訓來，告訴她：

「德是積出來的，財是嗇出來的。」

只有一樣事，爺爺非常慷慨，那就是嬌靈想要什麼，爺爺就給什麼，從來不打折扣，有些自己心裏有那麼一點兒意思，還沒跟爺爺說出口呢，爺爺就猜著了，他自己常說年紀大了，腦筋打疙瘩了，但對於她的事，爺爺卻記得比誰都清楚。他的心，都放在自己身上啦！

她當想及黑裏的童年，一心空蕩酸切的時刻，有爺爺這塊石頭一壓，便壓穩了，不再發飄了。想到這一點，她真不知該哭好？還是該笑好？

木筏擋著流水，水花發出嚕嚕的牛喘聲，在粗重水濕的縴繩曳引下，排波前進著，不一會兒功夫，就逐漸的渡過頭道河，接近荒灘了

也許由於眾多關於野狼的傳說的影響，即使筏上的人很多，又逗著朗晴的大白天，嬌靈看望著林梢密岸的荒灘，仍感到渾身寒瑟瑟的，泛出一些禁不住的輕恐。

傳統的規矩，這片荒灘是巫堂裏女巫的轄地，不論是乘筏過路也好，到荒灘上行獵也好，都得按照巫堂所訂的規矩行事，駐堂的女巫有這種權限。因爲這個女巫，是由靈河兩岸各村屯在眾多閨女當中卜選出來的，人們迷信著她。

據爺爺說：巫堂裏的女巫的命運並不算好，從他年輕的時候到如今，一共換了九位女巫，其中有一位是遭野狼噬斃的，一位拋棄了巫堂，跟一個外鄉人私奔了，兩位是精神失常，上吊和投水死的，另有兩個悒鬱早死，只有兩個女巫是生病老死的，如今這個女巫姓趙，是河東散戶挑豆腐挑子的趙大歪的閨女，被上一任的老女巫卜中了，進了巫堂。

趙大歪原本不叫大歪，大歪是他的綽號，也正跟他的綽號一樣，大歪爲人歪斜不正是出了名的，他酗酒賭錢，醉呼呼的和人毆鬥，賣豆腐賺得的幾文錢，不是買了黃湯，就是送進賭場，他老婆嘔不過氣，跳井死了，沒人再幫他起早睡晚的磨豆腐，生意做不成了，他便把腦筋轉到三個女兒的身上。

大歪的長女趙杏，是被在野市上標賣掉的，一張打上火印的羊皮賣身契，契上寫的不是字，只是記號，長的是麥子，圓的是火藥，成串的是錢數，方的算是牲口。他把賣得的錢，花在東西鎮上一個土娼的身上。

他的二女兒小狸奴比較機伶，當她知道做父親的想打她的主意時，趁夜捲逃離家，一直沒有消息，大歪記恨著她，發誓說：假如捉回小狸奴來，要把她活活釘在棺材裏，抬出去埋掉。

做女巫的這個，是他最小的女兒，前年送進巫堂時才十八歲，如今剛滿二十，在靈河岸的巫堂裏，巫女是不許嫁人的，但大歪看在女兒豐足的香火費份上，仍然把她割棄了，當他窮極的時候，就會暗中向女兒伸手，用她作爲另一種搖錢的樹。

嬌靈不敢想像，一個年輕輕的女孩兒，是怎樣長年久月的單獨在荒灘巫堂裏生活下去的？黑沉沉的屋子泛出長年煙燻火烤的顏色，枝影猙獰的神狼樹，紅燈籠打著轉，樹梢上掛著終夜不歇的風聲。

儘管心裏說著森森的寒意，木筏停靠在荒灘邊了。一行人跟著牽手，縱穿過荒灘中段的林中小徑，走向第二道河去。走不上一會兒，嬌靈就看得見那棵古老的神狼樹了，樹南邊，篙草亂蓬蓬的，不遠處就是野狼聚居的狼泓。

「妳見過女巫小桃沒有？」桂英輕輕的對她說：「年紀比我們大不了好多，模樣兒生得挺俏的。」

「我只在野市上見過，站得離她很遠。」嬌靈說：「她穿著寬大的白袍子，被風吹得飄漾飄漾的，看上去彷彿不是真的人，她的臉被白巾裹著，我可沒看清她長得像什麼樣子。」

「我在巫堂裏看見過她，」七巧說：「那天我妹妹發寒熱，我媽在鏡面上站銅錢，卜問說是犯了陰魂，那枚銅錢直直的豎著不倒，沒辦法，只能過河來找巫女，行關目化解。……她穿的是一件桃紅緊身小襖兒，黑夾褲，紮著鵝黃的褲腳帶兒，身段小巧，臉很俊俏，只是有些蒼白蒼白，好像終年沒曬過太陽似的。」

「做巫女的，多少總有幾分怪氣，」喜妹說：「笑起來也不出聲，帶些狐狸的味道。」

「嗯，喜妹，妳說話可要當心點兒，」桂英說：「要是傳進她耳朵裏去，她會氣得牙癢，會行關目來整妳的，比方施魘啦，唸咒啦，要妳舌尖上生疔瘡什麼的。」

桂英也許只是說的玩笑話，隨口吐出來的，但年輕的喜妹真的被嚇得噤住了，她大睜著眼，吐了吐舌頭，不敢再開腔啦。

嬌靈和喜妹一樣，對於靈河兩岸的傳說聽得太多了，她們在夜晚的燈下講故事，每講到狐仙和野狼的時刻，就會習慣的翻過一隻茶盅，卡在桌面上，相信那樣做，會掩住了狐和狼的耳朵，使牠們聽不到人們背地的議論，因爲長一輩的人們相信，狐和野狼都生有靈敏的、神秘的耳朵，能在很遠的地方聽到人們的竊議，翻卡住一隻碗，就能破掉狐和狼天生所具的神秘魔性，不會再擔心牠們會聽著了。

至於以狐和狼爲膜拜對象的巫女，是不是也具有這種神秘的魔技呢？傳言裏找不到明顯的例子，但人們仍然相信，凡是修習過巫術的人，總要比一般人多一份超常的能力，她既然和平常人不同，大家對於女巫便具有一種很自然的凜懼了。

嬌靈也聽人講過很多女巫的事情，說是有些女巫懂得圓光術，能在一張白紙上，經畫符唸咒讓它顯現出亡魂的形象來；有些女巫會召魂術，能夠召來亡魂在她腹中和他的家人共語；有些女巫會使魔殃，以紙人、豆子等類的物件，放入被魘者的床下，使人得到咒詛。還有扶乩的，修陰陽眼，能過陰司的，形形式式，是數也數不完的。自己算是嬌蠻膽大的人，一樣會生恐懼，甭說是嬌小瘦弱的喜妹了。

在大家逐漸走近狼泓北那棵神狼樹的時辰，看見巫堂的屋頂，雜亂的談話聲便自然的減弱了，很顯然的，那些推著車，牽著牲畜，或是攜著貨品去趕野市的漢子們，甭看他們長得結實精壯，像是能鬥得虎，獵得熊的樣子，但他們心裏那份對於原始神奇的懼怖，卻也和她們幾個半熟沒熟的黃毛丫頭一樣。

巫堂的黑門緊閉著，兩邊圓形的小窗洞，像兩隻骷髏骨呈露出的眼眶一樣，有些猙獰可怕，裡面大約正在焚著香，有幾縷煙篆從窗口騰遊出來，在陽光裏顯得分外真切。走過巫堂門前，嬌靈聽到巫女擊打三聯磬的聲音。

「她在練關目，準備去行祭啦，」一個說：「她從蔡大奶奶手上接過香火堂子之後，香火更要比早年旺盛得多，她伶牙俐齒的，比蔡老婆子會說得多。」

「聽說遠地來的商客，也有很多來上香的。」

「嗨，說來還不是那回事，」推車子的矮個子顯出很不信邪的樣子：「大家都對趙小桃懷著一份好奇心，倒要看看這個年輕的女巫究竟長的是什麼樣，……早年不是沒開過例子，那個跟遠方人捲逃掉的，也是跟她差不多大的年紀，心裏熱成一把火，什麼能包得住？」

「算了，」原先說話的那個搖著頭：「除非有遠方來的陌生客，不懂靈河兩岸的習俗，不知利害深淺，要不然誰敢動她……不怕各族會把他捆了丟進狼泓去餵那些餓著肚子的饞狼？」

「你不信？你真的不信，我不妨說句話放在這兒，日後你會見著的，」矮個子聳聳肩膀上的麻車襟，吐口吐沫，搓搓手掌說：「什麼樣的規矩能擋得饞貓偷魚吃？縣城裏的法場上，揮著鬼頭刀砍人的腦袋，不犯案的就不犯案，那些犯案的，仍然照犯不誤！……人慾不光是禁就禁得了的！」

「你當真是要打賭？」

「嘿嘿嘿，」矮個子放縱的大笑起來：「我說老哥，這種事不關己的事情，咱們走路無聊，只是閒聊聊，您何必這麼當真來著？咱們並不是荊龍和葉爾靖，不是那些當家執事的人，你只當咱們是抬槓好了！」

談談說說的，腳下走得快，連一些不聲不響豎著耳朵聽話的，也都覺得時辰很容易消磨，幾里地不經走，轉眼便到了二道河的渡口，嬌靈隔著河望過去，被樹林遮掩住的野市上空，煙騰騰的，興起浪樣的喧嘩，她也聽得見不同的鼓點子咚咚的震響著。

「快到了，真的快到了！」喜妹興奮的說。

上岸走不上一會兒，越過岸邊一道野林子，野市便展現在眼前了；從各處來趕集的人潮洶湧而來，在灰黃的野地上，一道一道的人線像蛛絲一樣的牽過來，騎驢牽牲口的，推車挑擔子的，一片鈴喧軸鬧的聲音，使曠野上的空氣都彷彿動盪起來了。

野市真有那麼大，好像七百里連營似的，一條街接著一條街，有些街道是臨時搭成的茅棚子，看上去整齊又光鮮，有些街道是篷車和轂輪排列成的，城裏來的商販們，就在車尾掛起貨品來做交易，鮮豔的紮褲帶、紮頭帶子，彩條般的在風裏飄著，用紅綠松香鑲嵌成的小圓鏡掛成一串兒，風來時，叮噹舞弄得像鐵馬似的，在皮毛的場子上，許多粗大的橫樁豎立著，樁上牽了幾道繩索，那些皮毛便掛上繩索上。有些山戶人家，還把紅布縫綴的吉祥符、獸骨鈴和各式古老的銅錢串成長串，掛在木樁上，一面喊叫著，招徠顧客，一面用手拍動鈴串，使它嘍鈴鐺鎯的，震發出應和的音節，增加交易場上喊價的氣氛。

「哎，大客商，要買皮貨這邊來！嘍鈴鐺鎯，嘍鈴鐺鎯！那大毛的羊皮筒子一楂長，水獺皮毛，一不沾雪，二不沾霜！」

粗沉啞氣的嗓門兒居然也喊出節奏來，彷彿唱謠歌和拉洋片似的。

「荊龍荊大爺來了！」人叢裏，有人悄悄的說。

順著那人的手指，嬌靈抬起頭，果然看見一個粗壯高大的紅臉老頭兒，在一群人的簇擁下，邁著大步，颳風似的走了過來。

他的臉，是方正多稜的，輪廓彷彿是利斧劈出一般的剛硬，連臉上的皺紋也一道就是一道，沒有半點含糊，他的頭髮大半都已變白了，綰成一條捽在肩膀上的辮子，泛出一種隱隱含青的油白色。

他穿著一件羊皮大襖，沒扣扣子，攔腰用黑巾勒著，他的左邊小臂上加了一個皮製的袖套，套上架著一隻毛豐羽潔的兔虎兒（按：鷹之一種，對捕兔極為靈敏，遠過於常鷹），那隻鷹也正像牠的主人一樣，顯出一股穩沉的氣勢。只是牠的兩眼被皮製的黑眼罩罩住了。

嬌靈聽獵戶們講說過，說是鷹眼銳利無比，能在高空中一眼看出藏匿在幾里外草叢中的兔子，假若不加眼罩，當牠見著任何獵物時，便會掙脫鍊子飛出去，因此一般玩鷹的人，不在行獵時，架著鷹出門，總替牠套上眼罩，牠才會穩穩的蹲在人的胳膊上。

跟隨在荊龍左右的，也都是年輕精壯的彪形大漢，一個三角臉尖下巴的漢子，兩邊靴繞子上，插了十幾把小攮子，有認識他的，說他是荊家屯護屯的師傅，人都管他叫飛刀柳和，另一個生著一圈絡腮鬍子，也是護屯師傅，原先幹販馬的營生，人都叫他土鱉子老雷，另有幾個是荊龍的族侄，全是苦練功夫的人物。

荊龍的氣勢很威武，但他做人卻非常和氣，一路走，一路朝野市上的棚戶和商客們抱拳拱手，笑著招呼。

「今年在敝屯南邊設市，兄弟沾諸位的光，算是半個地主，若有不方便的地方，儘管吩咐兄弟，自當盡力改善，總盼大夥兒和氣生財，交易暢旺，」他宏宏敞開嗓門兒說：「等歇由巫堂裏的趙姑娘領著去拜祭神龜石，人多筏少，過河務請當心。」

荊龍過去不一會兒，河西岸的葉爾靖也率著人到野市上來了。

葉爾靖和荊龍比起來，年紀相差十來歲，人顯得清朗俊秀些，也許常經風沙打熬的關係，他的兩鬢也微現出白色的霜斑來，劉厚甫、吳奇欽、史福老爹等一干在各村屯執事的人，跟他走在一起，他見人也笑著打招呼，卻沒說什麼話。

拜祭神龜石的人群，拎著香燭和供品籃子，準備過河去了，但野市上仍然鬧鬨鬨的，在正式開市前就做起買賣。嬌靈和幾個剛剛過河來逛的姐妹，都手牽手的在市上流連著。

「我媽叫我帶雙大點兒的鯉魚盤子回去，要紅鯉，不要藍花的。」七巧說。

「我要去挑幾絫繡花的絲線，于鳳記的絲線好，顏色又正，又不褪色。」桂英在這方面，顯出心思靈巧纖細的女孩兒的性情：「尤其是繡的時候，不起毛，不分叉，繡出來的花要利朗些。」

「我媽叫我先不急著看年貨。」喜妹說：「等到野市快收市的時刻再買，那時近年根了，貨又多，又便宜。」

「我嘛，」嬌靈說：「爺爺給我這許多錢，要我挑一件紅狐皮做袖筒，還是要買的，不過，我們不要走散了，一個人買貨，大家在一邊長長眼，也是好的。」

七巧抬眼望望說：

「忙什麼呀？天還早著呢，我們四處走走逛逛，趁機多賣賣呆，瞧瞧熱鬧去，等到有空時，再順便買買東西就行了。」

半大不大的閨女，個個都是玩心重，只要有熱鬧可瞧，能把吃飯都給忘掉。

那邊有個打琴賣唱的瞎子和一個長得端正的姑娘，正在唱著歷史上的故事，開場的一段俚俗而有趣：

「擰一擰墜子呀，扯開了弓弦唷，

俺打一套那洋琴，奉君聽……

一不說那前朝並漢代呀，

二不說那洪武爺去點兵……
聽武的，人人都愛聽楊家將，
聽文的，誰個不愛聽老包公，
老頭子愛聽老奶奶呀，
老太太愛聽老公公，
少年人都愛聽閨女戲，
那大閨女，羞答答的心裏卻想聽那小相公……」

桂英聽了，紅著臉，低低的啐了唱戲的瞎子一口，暗自扯扯嬌靈的衣袖說：

「聽瞎子胡說八道的，咱們走吧。」

「走就走，」嬌靈也有些不好意思起來，自覺兩頰有些燥熱，她扭轉身子，順手又扯扯七巧，不過，當七巧又去扯喜妹的時候，喜妹睜大眼睛，微張著嘴，腳下像生了根似的，聽戲聽呆啦，左右擰動一下身子說：

「幹嘛那麼急，再聽聽嘛，妳不是說要賣呆瞧熱鬧的麼？人家正聽到興頭上，又急匆匆的扯著人家。」

「別處熱鬧多著呢，」七巧急了，「咱們瞧熱鬧，也只是邊逛邊瞧，誰要蹲在這兒聽戲？妳要真的不願意走，咱們就走了，把妳一個人留在這兒。」

喜妹一聽，心裏發慌了，但仍不情不願的嘟著嘴，勉強一搖辮子跟出來，四個閨女手牽手，連成一條花花綠綠的長龍，在人堆裏覓路朝外擠，人群裏有些漢子發覺這幾個情竇初開的小閨女，是因爲臉皮子薄，被瞎子的唱詞羞得擠出來的，更拍手打掌的鬨笑起來。更有個好事的出聲逗著她們說：

「不要紅著臉走開嘛，下面是後花園幽會，熱鬧得緊呢！閨女長大了，人人都有這一遭，學學戲裏的人也好，甭等那時候，說不出心裏的話來。」

「哼，嚼什麼舌頭根子！」嬌靈罵了一句話：「死後準下割舌地獄的！」

依照嬌靈嬌蠻任性的脾氣，真想轉回頭，叉著腰，立住腳步，狠狠的再罵他一頓的，但桂英硬是把她拖拽著，一面低聲勸她說：

「不跟他們一般見識，嬌靈，忍一句就算了。」

「人多的地方不要鬥嘴，」七巧也說，「鬥起來，人會越圍越多，不是把笑話送給別人看嘛？」

「怕什麼？」嬌靈心裏有氣朝上頂，嘴上當然不肯認輸，恨聲的說：「人多正好給人評評，是誰無聊透頂？咱們佔著一個理字，就不怕誰來笑話。」

說是這樣說，但腳下還是在走，轉眼就已走遠了。她們剛穿過一條小街道，就來到另一個空場子上，這裏的熱鬧更多，有耍黃雀抽籤卜卦的，變戲法的，玩猴兒的，弄木偶的，扯開狼嚎般的嗓門兒拉大洋片的，嚷著三個銅子兒看一看，裏頭有稀奇古怪的西洋景兒，拉洋片的匣子足有一人高，匣前放著一隻長條凳兒，看的人坐成一排，眼睛就在玻璃圓孔上，津津有味，彷彿被吸進去的樣子，嬌靈和桂英她們幾個，對於旁的熱鬧都還熟悉，只是沒有嚐試過這種由城裏來的洋玩意兒，不知能從那個小小的圓孔裏看見什麼樣新奇古怪的東西，想看，又不好意思的，不看，又難以抗拒那種好奇的吸引。

「噯，朝裏頭看，往裏頭瞧啊！

西洋的景兒，出奇的妙啊，

長鼻子大象，捲樹像吃草。

看那鱷魚、河馬還有虎和豹啊！」

盤著辮子的漢子，人長得瘦乾乾的，那嗓門兒約莫是常年扯著粗了的，吼起來有些震耳朵，他一面吼，一面轉動精明狡猾的眼珠子，瞧著四面站的人，老年人多了，他就變換了詞兒，專撿老年人喜歡瞧看的事物來嚷；要是孩子們多了，他就專撿孩子們覺得新奇的事物來叫，彷彿那隻木製的洋片匣子裏，不知藏了多少稀奇的圖景，像靈河上的流水永也淌不完似的。

「怎麼樣，這總該瞧瞧了罷？」喜妹說：「看一次，才三個小錢，難道又在一邊站站就走了？」

「妳先一個人去看，」桂英說：「要是真的稀奇古怪，我們就也看看，要是騙人的，我們幹嘛不省下那三個子兒，買串冰糖葫蘆吃，還甜甜嘴呢！」

「哼，妳們拿我當傻子？」喜妹說，「拿我去墊刀頭呀？妳怎麼不先去瞧？」

「是妳先說要瞧的嘛！」

「橫豎我不要一個人瞧。」喜妹說：「要上當，四個一起上當，誰也甭想省錢去買糖葫蘆吃。」

「好罷，」七巧臉一紅，發狠說：「瞧就瞧好啦！」

四個小閨女細心捏出角子來，手牽手的上前，把角子交把盤辮子拉洋片的傢伙，等著空位坐上去，津津有味的看了，大約一袋煙的功夫，一套洋片拉完，這四個臉都紅得像新染的桃紅布似的，一言不發，低著頭，拉起手，像遇上鬼掐一樣的跑了出去。

嬌靈只覺心裏砰砰亂跳，但她不願首先罵出口來，什麼鬼城裏的洋片攤子，真該拿石塊把它砸得稀爛，那西洋景兒裏，夾雜著大閨女洗澡的，豬八戒大鬧盤絲洞的，還有……還有些永也說不出口來的……真是淫穢下流，好像把人的心和眼都給染汙，再也洗不乾淨了！

「生瘟害汗的！」喜妹這樣的罵了一句。

「妳還罵呢！」桂英埋怨說：「都是妳惹的。」

「怨我？」喜妹瞪著眼：「我怎麼會曉得洋片裏有那些鬼東西！看過了，冤枉我有什麼用？」

嬌靈心裏慌得很，彷彿跑多了路，嘴乾舌苦的，一直用手掌心抹著胸口，走了好一段路，還是定不下來。她在靈河岸邊生長這些年，放過野，撒過蠻，可就從來沒朝過這方面想過，人和人勾肩搭背，親嘴咂舌……拉洋片的漢子，該砍頭的傢伙，竟然敢把這些不堪入眼的東西拉去騙人的錢！她心裏暗自罵著。

但罵著儘管罵著，罵不走那些已經賴在她心裏的那些景象！早時，那是一扁關閉著的黑門，如今已悄悄的打開一絲縫隙來，使她隱約的窺見裏面是些什麼了。她的感覺有些憎嫌，又有些好奇，說不出來，只覺得有些異樣，跟平常不同了。彷彿有一隻手伸到她心裏摸索著，攪和著，使她慌躁，又有些昏亂。

風吹在她的臉頰上，越吹越覺得臊熱。

過河去拜祭神龜石的人，已經陸續的回來了，挑著旗旛的行列，由巫女小桃率領著，兩岸各村屯的族主執事們都跟隨在後面，各村屯派出來的鼓手們，也都結了隊，攜著他們的鼓，一路試著鼓點子跟過來了。

十月是無雨的亢旱季，大氣是乾燥的，鼓聲也火亢亢的，聽來特別的響，鼓聲一響，滿林的鳥雀都著了慌，從這邊飛起，朝那邊落下，但，旋又飛了回來，有些亂飛亂撞，不知如何是好的感覺，只有猛禽類的大禿鷹，平張著翅膀，好奇的掠過來，彷彿也要瞧瞧地面上的熱鬧，一隻，兩隻，古碌碌的叫著，頗有呼朋引類的意味。

嬌靈看見河東的荊龍和河西的葉爾靖走在一起，論身材，荊龍要比葉爾靖高過半個頭，亮出半個肩膀，但葉爾靖精悍靈敏，步履輕快，相較之下，好像一個是雄昂的老虎，一個是敏捷的豹子。

賽鼓的地方，在野市當中，一塊很寬大的平場子上，很多隊與賽的鼓手，都在場子四周集結著，等候順序輪流出場，荊龍和葉爾靖兩個互相推讓著，最後，還是把荊龍推讓出來說話了。

「在場的諸位鄉親世誼和遠來的貴客，」他說：「野市上賽鼓賽槍，在靈河岸算是行之有年，也算是敝地慣有的習俗了，考其用意，無非是替野市上添一份熱鬧，鄉角落裏的這點兒末技，正像俗謂的沙裏紅果子——上不得檯盤，諸位遠客裏倘有行家高手，看了請勿恥笑，深盼多包涵，多指點。今年野市設在河東，荊家屯算是半個地主，但在這兒設市的，還有河西各村屯，爾靖老弟他一樣算是半個地主，鼓賽既推兄弟我主持，夜晚的槍賽該輪他主持了。不論野市設在哪裡，兄弟都希望諸位買賣順暢，交易興旺，大家一團和氣，彼此不傷感情……。」

他這番話說得非常得體，四周圍著的人群，都拍手打掌的為他喝采，緊接著，有人抬了一座賽邊的大銅盆來，裏面滿積柴薪，女巫用火把點燃它，鼓賽就開始了。

這是一種原始而單純的競技，沒有其他的響器和樂器配合，只有各型各式的鼓。

嬌靈自小就愛聽這種聲音，曠野太廣大，太空盪，也太荒涼了，使人的言語在感覺裏變得微弱低沉，而且常常隨風飄走，很難填塞這種空盪，唯有咚咚擂鼓聲是原始的，單調而豪壯的，彷彿能敲迸出熾熱的火星兒來，驅走那份能直浸人心的曠寒，同時，鼓聲也具有一種野性，能融進她的血流裏去，使她覺得到某一種神秘的助力，安心的在這塊野胡胡的天地中生活下去。

頭一班鼓手出場了，那是石家寨子來的，他們穿著腥紅的馬甲，黑裩褲，裸著粗壯的胳臂，半袒出多毛的胸脯，共抬出了五面號次不同的鼓來。大號的鼓是主鼓，鼓聲粗而有力，其餘的鼓是擂打的鼓，鼓越小，音越亢，因此，雖然打的是同一種鼓點子，聽來卻有不同的音韻，這一班鼓手，敢情是經過很久的磨練，擂鼓擂得非常熟練，而且下鎚準確，每一鎚都擊在鼓面適當的部位上，因此鼓聲在緊密中見穩沉，顯出他們不凡的功力，俗說：打鼓難打節節高，五面鼓，五種不同的音階，一節一節的朝上翻，越翻越亢，贏得了四周熱烈的釆聲。

接著出來的，是楊家屯的獵戶，他們打的是橢圓形的小腰鼓，不用鼓鎚，而是用手指彈擊鼓面，一面響著鼓，一面輪覆的唱著粗俚滑稽的歌。那是獵戶們在曠野行獵的時辰，喝著酒，在火堆邊度夜，爲了打發寂寞，臨時信口編成的急就章，鼓點子輕快滑稽，唱起來更使人笑破肚皮，有些人直不起腰，有些人把眼淚鼻涕都笑出來了。

嗆×隆的咚，八×隆的咚，咚咚嗆東咚咚嗆。

一個傢伙歪著嘴，扯開粗嗓門兒唱了：

「嗳，那西邊的對面，就是東呀！

嗆×隆的咚，八×隆的東，」

另一個接著唱：

「那白菜地裏，冒出一顆好大的蔥！」

指彈的鼓聲是輕快活潑的，音節可低可亢可長可短，極盡變化，使四周瞧熱鬧的人心，也像浮在水浪上，或高或低的跟著它起伏浮沉。一圈兒轉過來，鼓聲又變了，鼓手們用手指彈著鼓邊的木質部分。

嗆×嗆×嗆××，聲音是急促而詭異的，有點像年前年後乞丐們所打的蓮花落子，一個羅圈腿的矮個子，歪呀歪的學鴨子走，開口唱說：

「莊頭上有個好吃的鬼啊，」

第二個急忙接著唱：

「他一天到晚淌口水啊！」

第三個帶著裝出來的哭腔唱：

「他娶了個老婆是吊死鬼啊！」

第四個一時情急了，想不出妥切的詞句來，便亂轉著眼珠，隨意胡講了一句，唱說：

「他生出個兒子來，上頭好模好樣的，朝下看，我的乖兒，他只有那麼一條腿啊！」

人群笑開了，一片白牙在陽光裏開著花，嬌靈看著別人笑，自己也跟著笑，笑著笑著，心裏昇起一股泡沫般的笑浪來，把自己打得東倒西歪，想停也停不下來，再看桂英、喜妹、七巧她們，笑著咯答咯答像雞生蛋，哪裡還像溫柔的姑娘家？早先聽說笑會笑死人，根本不相信，如今覺得這樣笑下去，真會把人給笑死的。

好不容易強忍著，把一匹野馬般的笑意收住韁了，回頭認真想想爲什麼要這樣笑？有什麼覺得好笑？越想越想不出道理，正因爲沒道理，偏偏把人笑成個傻子，這才真可笑呢，幾個抬起臉，妳看我，我看妳，看著看著的，又鬨鬨的笑起來啦。

嬌靈不知怎樣的，被那種男性所展佈出的粗野狂放的世界吸引著，有些沉迷了。想想這些穿呢皮毛大襖的獵手們，經常不剃頭、不刮鬍子不洗澡，穿的戴的都是獸皮，夜晚也睏在獸皮上，日子過得那麼原始，像一群骯髒的黑熊似的，他們走到哪裏，都帶著辛辣的酒味，嗆人的煙草味，男人特有的汗腥味和皮毛散發出的氣味，有時也有些嫌人。但他們是很容易滿足和快活的，只要能攫取獵物，腰裏揣上洋錢，煙有了，酒有了，他們就咧開闊嘴，噴出響亮的笑聲來，好像他們整個的人都只是個空洞的殼子，裏面滿裝著笑聲，全不像有許多垂眼低眉的婦人，偶爾抬眼望，望什麼都是空茫茫的，彷彿等著盼著什麼？有時坐在燈盞邊，就著燈頭綠暗的小火燄，刺呀，繡呀，縫呀，補呀，把滿懷的心思都鎖在針線裏面……兩相比較，男人過得天遼地闊，太迷人了。

鬥鼓場上真是又熱鬧又刺激，嬌靈看得呆呆的，兩腳落地生椿，簡直不願再挪步了。但老成溫厚的桂英在說話了。

「嬌靈，咱們不能總在這兒呆著，早點買妥了東西，也好早些回去，妳爺爺交代過的，可甭玩得忘記了時辰，天黑不回去，家裏會擔心的。」

「嗨，我長了這些年，瞧熱鬧從來沒瞧痛快過，」嬌靈肩膀一沉，一口氣嘆得像個老大人似的：「走就走罷，橫豎夜晚的槍賽是看不成啦！」

敲擊還在響著，換成懸在鼓架上的巨鼓了，四個閨女卻從人群裏擠了出來，去逛人群並不多的市街，那邊是劉家香棚子，劉大叔和劉大嬸兒忙著整理待售的香燭，劉大嬸兒笑著招呼說：

「原來妳們頭一天就過河趕熱鬧來啦？一個個打扮得花枝招展的，像小新娘似的，當心野小子看直了眼，會把妳們像攫雞似的攫回去成親！」

「敢？」喜妹說：「誰有那麼七個頭，八個膽？」

「嘿，」劉大瞎兒兩眼瞇縫瞇縫的笑著：「妳等著瞧罷，嘴頭上硬不算硬，手牽得緊點兒罷！」

「怕什麼？」七巧仗著她們有四個人，膽子壯些，便也在一邊幫腔說：「大嬸兒，妳也甭拿話嚇唬人，在靈河兩岸，那種野小子還沒生出來呢！」

「真要是那樣，妳們可糟了，一一不成都做老姑娘？」

劉大嬸兒是熟人，又是長輩，平素好說笑，跟小輩姑娘們說笑逗樂弄慣了的，嬌靈當然不會發脾氣，認真的跟她紅臉，她卻反嘲對方說：

「大嬸兒，妳這是想趁機會做香燭生意呀？告訴妳，咱們即使嫁不出去，蹲在家裏做老姑娘，也不會買妳一把香燭去叩頭許願的，心底下偷偷想著，才真難以為情呢！妳說是不是？喜妹？」

喜妹在別的事上傻乎乎的，唯獨提到這宗事，也知道羞窘臉紅，兩眼溜溜的瞟瞟嬌靈，又瞟瞟劉大嬸兒，卻沒說出話來。

「妳瞧瞧罷，」劉大嬸兒笑說：「旁人有旁人的想法，誰會跟妳一樣？人人都依妳這樣倔強脾性，劉家香鋪早就開不成啦！」

「妳呀，妳就省一句罷，」還是劉大叔在一邊拉了彎兒，扯扯劉大嬸兒說：「專門逗人家小閨女，逗得人家臉紅脖粗的，妳倒瞧著樂乎？替我來理貨罷！」

幸虧劉大叔出面緩頰，四個才算過了關。

從香棚繞過去，那邊就是城裏販子擺設在篷車尾上的攤位了，桂英想買紅鯉的盤子，她們便在賣磁器的攤位前徘徊著，那許多細白的磁器，上了各式彩釉，看得人眼花撩亂的，有尺把高的南極老壽星，白磁的送子觀音，淡藍色的碎磁花瓶，大堆的磁盤之類的器皿，摸摸這樣，也好，摸摸那樣，也好，而桂英帶的錢，也只能買一隻鯉魚盤子，還不是頂大的。

「那邊鬥鼓鬥得挺熱鬧，」賣磁器的城裏販子說：「妳們幾個不去瞧，卻跑來買盤子？足見妳們選對了時辰啦，等到大夥兒都湧過來，就不好挑揀啦！」

「我想買隻紅鯉的盤子，」桂英說：「你開價太貴了，哪有賣那麼貴的？」

「妳甭嚷著價錢貴呀，小姑奶奶，」城裏販子大驚小怪的，彷彿不知受了多少委屈，喊冤般的叫說：「妳得仔細瞧瞧是什麼樣的貨色？俗說，一分錢，一分貨，這可是假不得的……這可都是前朝官窯的磁器，一個盤子買回去，就是傳家之寶呢。」

「哼，你們城裏人做交易，舌頭上翻花，會說著呢，哪句話不揀好的說？」桂英說：「貴就是貴，你心裏有數，有喊價的，就有還價的。」

「不信妳到旁處走走問問去，」賣磁器說：「俗話講得好，貨買三家不吃虧，我販盤販碗這多年了，不願失信用，別家跟我賣的貨色若是相同，價錢又比我的便宜，我決不貪圖多做這一筆！」

「城裏人最會說話了！」七巧在旁邊提醒說：「妳瞧他說得像真的，其實都是連哄帶騙的；有一年，我媽買件真絲的料子，只下兩次水就走了樣兒了，結果全是人造絲的，換句話說：就是假貨……我媽告訴我，朝後在城裏的攤子上買東西，還價都要對半還，叫做攔腰砍，這樣，吃虧也就有限了！」

「對呀！」喜妹說：「照你的價錢去一半，你賣不賣？」

城裏的販子聽了，把臉氣得白白的，搖著頭，嘆著氣，浮出一腦苦笑來說：

「妳們這幾個鄉下小姑娘是好騙的嗎？老天爺！我要都遇上妳們這樣的主顧，只有張著嘴喝風的份兒了！這樣罷，我的盤子，本錢是四十八個角子，我也不多貪賺妳們一文，只是照本賣，加兩個角子買碗水喝，妳們若是不相信，到旁處去買罷，賣磁器的不是我一家，讓我省點吐沫星兒，好做旁的生意。」

碗販子這樣把話說絕了，桂英只有掏錢的份兒，五十個角子買了一隻盤子，四個女孩，每人都幫著長眼，對著太陽，仔仔細細的舉起盤子看了一遍，查查有沒有缺了角？崩了邊？或是裂了縫的地方？碗販子瞧著她們那種小心火燭的樣子，沒好氣的說：

「要看，不妨再多看兩遍，買賣是兩廂情願的事，貨出門，不管退的，看清楚了再拿走。」

「那當然，」嬌靈說：「我們又不是瞎子。」

盤子總算買妥了，她們自覺這回沒有吃虧上當，要比老一輩人強些，手牽手轉到另一條街上，看見也有賣同樣盤子的，嬌靈試著一問價錢，那個年老的販子說：

「五十個角子起價，妳們可以還價，只要妳們說出道理，我會照本賣的。」

「您的本錢究竟是多少呢？老爹。」

那販子笑起來，露出兩顆長而翹的，七歪八拐的門牙說：

「妳們的媽媽沒告訴過妳們，對城裏攤子買東西，還價要來個攔腰砍嗎？我開價五十文，本錢當然只有二十五囉！高高興，也許只賣二十三呢！」

「啊！那個天殺的，真會騙人！」桂英失聲尖叫起來：「看他說得像真的，誰知全是花言巧語的，耍了花招兒，多賺了我一半錢去！」

「這可沒有什麼稀奇的！」年老的販子說：「做生意不練就一張會說話的嘴，誰買他的貨？妳已經買定了，叫有什麼用？上回當，學回乖，明年再來，就不會再吃這種虧啦！妳們沒聽人說過：生意嘴，生意嘴，說出話，像淌水，三句倒有兩句鬼，還有一句留個尾，妳們要學著專掀他的尾巴根，他就騙不了人啦！」

嬌靈眨著眼，心想怨不得爺爺老是說：逛野市買東西，是增見識，添學問的，看來真有幾分道理，在靈河兩岸，一般出售土產和山產的人家，看利只看一分利，把利看高了，旁人就會笑他們太貪心，誰知城裏人看利，都看對本對利，說不定還要帶拐彎兒，這是多麼難懂的世界呀！她只是憤憤的把這意思放在心眼兒裏，默默的盤算著，一時也研究不出是什麼道理來。

她們轉到另一處賣洋貨的攤位上，喜妹和七巧兩個，要買小圓鏡、紮頭繩之類的小物件，由於桂英買紅鯉魚盤子吃了大虧，幾個人便齊聲的還價，大砍大殺的和那個賣洋貨的販子糾纏，結果那販子還是服了輸，把東西照她們所還的價賣了。

「嗨！」等她們走後，那販子掂掂手裏的角子，自言自語的說：「鄉角裏的這些鬼丫頭越來越精，瞧光景，朝後大錢是賺不著了，只能略賺幾文小錢啦！」

四個閨女買了圓鏡和紮頭帶子之類的小零碎，轉回皮毛市場上來，幫嬌靈長眼挑皮貨。鼓聲還在那邊響著，賽鼓正賽到熱鬧的當口罷？她走著走著的，腳步忽然慢了下來，一家河東人設置的皮毛攤位吸引了她，真的數遍這條街道上所有的皮毛攤位，就算這個攤子上的皮毛多，貨色好，尤獨是一張極大的紅狐皮，毛色非常純，又十分光豔，使她情不自禁的伸出手去，摸摸它柔軟光滑的毛尖兒。要是能買下它來，除了夠做一雙袖筒，多下的，還夠剪一雙鞋墊，做一付護耳給爺爺戴的。

「買皮物？姑娘。」

皮毛架子背後，鑽出個年輕結棍的漢子來，黑黝黝的臉上掛著笑，朝她露出一排齊整的，野性的白牙來。

嬌靈被他灼亮的眼睛看得很不自在，彷彿被火炙著了似的，一剎時，她的嬌蠻和野性都消失了，有些無依無恃的羞怯，說話也低低細細的，費了很大的力氣，才從喉管裏擠出聲音來：

「我想問問這張紅狐皮的價錢怎麼算？」

年輕的獵戶不知是楞呢？還是傻呢？兩眼直直的盯視著嬌靈的臉，彷彿尋找什麼似的，她所說的話，彷彿一陣颳過去的風，穿耳過去了，他根本沒覺著，這種著了魔一般的神情，很使嬌靈氣惱，她跺了一跺腳說：

「哎，這張紅狐皮，什麼價錢？」

年輕的獵戶總算聽著了，抖手扯下那張毛皮來，攤放在嬌靈的面前說：

「姑娘真是好眼力，能在這一街的皮貨當中單單挑上它，這是一隻百年以上的老紅狐！神狼樹下打的窟，一窟七個洞，洞洞相連，各有出口，我光為獵牠，前後守候了十多個夜晚……你們瞧瞧，這般柔軟厚密法兒，真是覓遍全市也找不著呢！」

他即使不說這些，這夥在靈河岸出生的閨女們也都瞧中它了，七巧伸著摸著，喜妹悄悄的套著嬌靈的耳朵，慫恿她無論如何要買下這張皮毛，如果她帶的錢不夠，她們寧願省下午飯錢，打夥兒湊給她。但年輕的獵戶只是一味的誇稱他的貨色好，說了半天，他並沒說出究竟是多少價錢。

「你總要說個價罷？」嬌靈一心想買下它，心裏癢癢的，急著催促說。

「嗨！」年輕的獵戶有些困惑了：「旁的皮毛喊出個價錢來，多少總有些準，離不了大譜兒，唯有這張皮毛，喊高了，旁人會以為我存心訛詐，喊低了，我費了多少精神獵得的，真又有些不甘心，……除非，」他頓住聲，拿眼望著她，幫點懇求的意味：「咱們講個手價好了，不論價錢高低，一個願打，一個願挨，全是買賣雙方自己的事，妳我都不說出去，和旁人無干，怎樣？」

聽他這麼說，嬌靈的臉一紅，躕躇起來了。

她多少懂得些野市上買賣的傳統習慣，有些競價激烈的交易，為免刺激同行同業，大多用說手價的方法，兩人伸手在袖子裏，或是在皮毛下面，用不同的手勢摸索著談價錢，出價和還價若干，彼此嘴裏不說，心裏有數，這叫做暗盤，相鄰的攤位不會注意。

說手價，她並不是沒說過，遇上旁的人全好說，怎麼會遇上這個兩眼火灼灼的年輕漢子！瞧他的年紀不過廿歲上下，真太尷尬了！若說是掉頭就走罷，實在捨不得這張上好的皮毛，除了它，到哪兒還能挑到同等的貨色？說是主動伸手到毛皮下面去，讓這個陌生小夥子捏著，又該多麼臊人。

她猶豫著，朝左右看一看，想向桂英和七巧她們求援，誰知她們不知搗什麼鬼，竟然都逛到別處的攤位上去了，也許她們覺得談手價和付錢是兩造的事，不願讓她爲難罷？

求援沒求著，嬌靈急得額角都沁出汗來了，那年輕的獵戶也真粗獷，一翻皮毛蓋住她的那雙手，她怵然一驚，想抽開手，但還沒來得及，一雙手都已被他緊緊的握住了。

對方那雙手，又粗又大，又那麼有力，掌心溫熱的，帶著一股火炙般的異樣熱力，使她的心猛可的狂跳起來，渾身起了一陣輕微的，不自禁的顫索。她臉上的紅潮向上湧，眼窩和耳根都是臊紅的，一張臉像燒了霞。

但她盡力克制著，不願意讓對方看透她臊怯慌亂的內心狼狽，反留個笑柄在他手裏。她首先用手指點了一點，那意思是催促他開價。

年輕的獵戶不理睬，臉逼著嬌靈的臉，像要把她一口吞嚥掉似的，他漆黑的瞳仁是兩面透明透亮的圓鏡，鏡子裏映出她透紅的臉，臉上留著惶急的嬌羞，她想隱藏的，已全被他看透啦！

「妳是河西哪戶人家的人？」他說。

「放開手。」她咕噥說：「問這個幹嘛？誰同你敘親戚來著？」

她惶急，但又不敢放大聲音。

「我真願意拿這皮毛攤子來換妳。」那年輕獵戶輕輕的說，但聲音像燒著火一樣。

「你做夢！」嬌靈說：「我爺爺還沒窮到那步田地，拿孫女兒換取麥子、火藥和皮毛！你說價不說價？這張皮毛。」

「丟一個銅子兒，你就去罷！」對方鬆開她的手說：「我不說送，妳也無須說謝，就這樣扯平了，妳覺得怎麼樣？」

嬌靈楞住了。她怎樣也沒想到對方會這樣慷慨，肯把這樣一張極好的紅狐皮換取一個子兒，——這等於是白白的送掉。但她立刻想起剛剛對方對她的那種態度，分明是存心佔她便宜。爺爺常把兩句俗話掛在嘴上，說是：討得便宜柴（財），燒了夾底鍋，她才不願意在這種情形下貪圖這份便宜呢！

「你這是開什麼玩笑？」她退後一步，冷下臉來說：「你存心不賣就算了，做生意，哪像是做生意的樣子？憨皮厚臉的！」

「誰開玩笑來著？」年輕的獵戶認真的說：「我說出來的話，決不反悔！我說送，咱們人生面不熟的，妳也不好意思拿，妳丟一個角子取貨，這是買賣！」

「好！」嬌靈說：「話可是你親口說的？這兒是錢，狐皮我要拿走了。」

「那當然。」年輕的獵戶說：「妳從河西來，我想向妳打聽一家人，妳要是曉得，萬請告訴我。」

「你說罷！」嬌靈說。

「河西有家靠近渡口的小賣鋪，姓溫的，」那年輕的獵戶說：「有個老爺爺帶著個孫女，妳可曉得？」

他這樣脫口一問，真把嬌靈嚇了一大跳，難道他是認識自己，偏偏故意這麼問的？要不然，天下那會有這麼巧的事，問人問到自己的身上了？她在沒弄清對方的底細之前，不願意說出來，便反問說：

「你問小賣鋪溫家幹嘛？你跟他們是沾親？還是帶故？你既然知道他們在河西，搭上木筏不就去了？還用繞著彎兒來問我幹什麼？」

年輕的獵戶幽幽的嘆了一口氣，搖搖頭，彷彿有些難以啓齒的樣子，但想了想，還是說了：

「我姑媽就嫁在他們家，害傷寒病死了……聽說當初爲那宗婚事，兩家鬧得不愉快，一直都沒走動過，我爹也不願讓我過河去探親，但我總在心裏記掛著。」

「那麼說，你是荆家屯的？」

「不錯，」對方說：「我叫荆鐵山，妳若回去遇著溫家的人，煩請替我捎個口信，問候一聲，人說：姑表親，代代親，不能爲著當年那點嫌隙，就成了路人。」

嬌靈楞楞的聽著，禁不住的脫口說：

「嗨，這真是大水沖倒龍王廟啦，你猜我是誰？我就是溫家小賣鋪的，我叫嬌靈，我該叫你鐵山表哥，對不對？我記得爺爺跟我提起過你們，只是沒說出名字。等些時，爺爺還打算帶我去上外公外婆的墳呢。」

「原來妳就是……？」

鐵山興奮得跳起來，但話頭被噎住了，再也說不下去了。親是親，隔是隔，究竟他們從沒在一起相處過，總像有層陌生的網把人阻隔著，他等了一晌，才接著說：「怨不得我適才見著妳，就覺得有些不一樣，我太粗野，幹打獵營生弄慣了。」

嬌靈沒說什麼，只是笑一笑。實在她不好說什麼，河西的山戶獵戶們她不是沒見過，他們全都是這樣，笑聲像烈酒，滿口粗魯的話，從不知道臉紅。比較起來，鐵山這個人還算是好的。他很誠懇實在，多少懂得些禮數，彼此既是表兄妹，又初初碰頭，即使有些地方使她爲難，事情過去了，她也就不願再提了。

「怎麼不去看賽鼓？妳們幾個。」他說。

「剛從那邊過來的，」嬌靈掠掠鬢髮說：「爺爺關照我要早早回去，我們傍晚就得動身回程啦！」

「她們三個都是鄰舍？」

「嗯。」

「我請妳們吃晌午飯罷！」鐵山說：「那邊有飯鋪。」

「我看不用了。」嬌靈說：「你照應你的攤位罷，我們還得到處去走走逛逛呢！」

倆人臉對臉站著，鐵山望著她說：

「嬌靈，我心裏塞滿了話，原想跟妳講，但心裏亂亂的，一時理不出頭緒來，也不知說什麼才好？……不管我爹怎麼想，我心裏忘不了這門親戚，冬天雪後，我會到荒灘圍獵，我也會過河去看望老爺爺和妳。」

「你儘管來嘛，我爺爺不會不認這門親戚的。」

「對啦，這張紅狐皮，無論如何，妳得帶著，」鐵山期期艾艾的：「我也沒旁的好送妳……」

他剛剛那種野性全消失了，連話全接不下去啦。

嬌靈也有些迷迷惘惘的，心裏也不知是甜是苦？是喜悅還是悲愁？河東荆家的這門親戚，像斷了的線又接上了，接的太突然，使她有些驚惶無措，她怎麼也沒想到，爲挑這張紅狐皮，在這兒遇上鐵山。假如媽不死，假如早年爲她的婚事，大家不嘔一口氣，兩家怎麼會生分到對面不相識的地步？

幸好三個女孩轉回來，才把這種面對面的僵凝沖淡了。

臨別時，鐵山一直重覆著，說是等冬天雪後，他會過河去看她。她捏著捲妥的紅狐毛皮和鐵山告別，手指尖觸著柔毛，正和她心裏的感覺一個樣。

也不知怎麼地，遇上了鐵山之後，嬌靈心裏塞滿意緒，像狐皮般的柔軟，細密，又輕飄，忽又沉重，滿眼的野市上的熱鬧，她都無心再看了。

「世上真有那許多無巧不巧的事，」桂英說：「妳怎會在買狐皮的攤子上遇上妳表哥的？要不是這張紅狐皮，咱們還不是三腳兩步的就走過去了。」

「看他真是個精明能幹的好獵手，一副發家的樣子！」七巧說：「他該參與夜晚的槍賽的，要是槍賽上奪了魁，他便有機會接替荊龍，在河東管事啦！」

「也許有人不喜歡管什麼。」喜妹說：「自家只管自家的事，沒有糾葛，沒有牽絆，也不會平白無端的開罪什麼人，年輕輕又好強爭勝的，才不好呢！」

「不談這些了，」嬌靈說：「天過晌午時啦，咱們找家飯鋪兒去用飯罷。」

鼓賽還在進行著，約莫也快結束了。鼓賽場的那一邊，一條街上全是飯鋪兒，低低的長簷朝外伸，支起許多用蘆柴編織成的窩棚。飯鋪兒雖多，賣的吃食卻總是那幾樣，他們把菜的樣品陳列在店門前的一條白木長案上，滷野味、紅燒靈河鯉魚、鹹辣豆、鹽水花生……每樣菜上，豎插著一支大紅的羊角椒，飯是大餅和煎餅兩種任選，湯卻只有一樣，——白水豆芽菜湯。

四個人圍成一桌，一頓飯，每人花了七個角子，剛吃完，就聽見街心響起長串的鞭炮聲，有人一路奔過來，拉長了嗓子報訊說：

「鬥鼓會上，葉家屯的鼓隊贏了，他們把荊家屯的鼓隊壓下去啦，葉爾靖大爺真不含糊，野市設在河東，河西人要在旁的事上露露臉！」

「哼，妳們聽那聲音，活像火燒屁股似的。」喜妹說：「賽贏一場鼓又算什麼？老實說，兩岸各村屯鬧翻了臉，十次有九次都爲的是賽會，沒有它，日子還會過得平靜些呢！」

嬌靈和桂英她們一面說著話，人還沒走出飯鋪兒呢，就聽見外面起了更大的喧鬧聲，有人狂嚷說：

「不好啦！草棚子起火啦！」

幾個閨女一聽見火字，把腿都嚇軟了，十月裏無雲無雨，物燥天乾，鄉野上最忌諱火字，把它看得比野狼更爲可怖，因爲各村屯多半是土牆茅屋，四周圍著林叢和灌木，一旦起了火，轉瞬便會燎原，使閭里成墟，尤其在臨時搭建的野市上，棚屋挨擠著，密如蛛網，各村屯的人把一年獵取或編織的貨品全部攤陳在這裏，真要起了火，那可就完了。

她們惶急的朝外奔，一出門就被急湧的人潮捲進去了，火確是燒起來了，正在野市當中的街道上，集市上的人都紛紛朝外跑，白天看不清血潑般的火光，但一陣陣滾湧的黑煙像迷霧般的流漫過來，帶著一股強烈得嗆人的氣味；黑色的火蝗子飛舞著，不斷落在人的臉上和肩上。風勢很猛，牽著火頭向外蔓延，隔著好一段，仍能聽見劈哩啪啦的木頭炸裂聲。

人跑得很兇，擠得更兇，有些人一路衝撞，像崩山時滾落下來的石頭。有些人被擠得跌倒，其餘的人便從他們的身上蜂湧踐踏過去，留下短促而刺耳的哀呼。有些和父母跑散了的孩子，一味哭嚷著，也沒有誰停腳去理會。風趁火勢，火藉風威，真是快如奔馬，轉眼工夫，四周被大火捲啦，連空氣都變得灼熱起來。有許多商客臨時搶了一大把貨物，邊跑邊撒，也有些把皮貨草草打成一捆，在地上拖著奔跑。

一個賣瓷器的販子在收拾他的攤子，但湧來的人潮從碗盤上踩過，使那兒變成了碎瓷場，一地都散著盤渣碗渣兒。劉家香棚的香架橫倒在路當中，香枝被踩得變成黃泥了。而人群越來越擠，全像瘋了般的跑著，發出恐懼的叫喊。

煙像蛇舌似的追逐著滾動的人頭，逐漸的，火焰的嗶剝聲更響得密了，那些草棚子經不住紅紅的火舌一捲，便像野墳焚燒紙人紙馬一般，只落下一付焦糊的骨架啦！人群在煙火的圍困中，跑也拿不定方向了，你推我擠的亂鑽亂撞，活像一群沒頭的蠅子，其中有人比較聰明，發聲叫喊說：

「大家甭亂撞，順著風勢跑，要不然，就陷在火窟裏，出不去啦！」

經他這樣一提醒，人潮才算勉強順上了溜，但仍不時的被那些從橫街橫巷裏撞出來的人群堵住，經人再發聲叫喚，才算勉強疏通，繼續朝街尾奔過去。

嬌靈和桂英她們原是手牽著手跑的，剛跑不久，便被人潮沖散了，她一個人被人推撞得跌跌蹌蹌的，很多漢子都從她背後急奔過去。

濃煙嗆著她，也迷障著她的眼，在她的感覺裏，連日頭都變了顏色，一個抱著孩子的婦道在她身邊跑著，一面用帶哭的聲音哄著驚啼不已的孩子，身後的火窟裏，不時傳出長長的慘號聲。

「燎原的火，天降的劫呀！」一個婦道宣著佛號，這樣的說。

火在飛竄著，滿天都飛著紅羽鴿般的火信，那是被烈焰衝向天空的碎木、殘樑、斷柱、繩結之類的燃燒物，它們帶著忽吶忽吶的響聲，落到哪裏，燒到哪裏，不一刹工夫，四面八方都有了火苗，一部分婦孺老弱被陷住了，竟不知該朝哪兒逃啦！

嬌靈在惶急著，忽然看見斜刺裏撞出幾個精壯的漢子，其中領頭的一個，正是鐵山，他肩上揹著捲妥的皮毛，手裏掄著一根粗木長椿，他們是從大火當中，用長椿推倒火牆硬竄出來的，每個人的身上和臉上都是黑色的灰跡，彷彿在鍋膛裏打過滾似的。

「鐵山哥！」她這樣叫了一聲。

鐵山一抬臉便瞧見了她，急忙撲過來，用手朝西一指，急促的說：

「跟我來，打這邊走，直奔河邊罷！」

他端著長椿在前面開路，掃倒了兩處已經起火的棚屋，總算把一群跑在後面的婦孺給救了出來。一出火海，嬌靈就瞧見葉爾靖，正招喚了一批漢子從河邊搶水去救火，已經熾燃的大火是救不了啦，但總能搶救火場邊緣的一些棚戶和商品。

逃出火場的人團在河邊灘地上，大都變呆變傻了，誰也沒料到，野市開市的頭一天就遭到火神光顧，這可是多年來頭一回遇上的事，眼看著一個臨時興起的集市，一轉眼間便化成紅的火和黑色的灰燼。有些篷車逃了出來，但車上的貨品幾乎都丟盡了，陷在火場裏的牲口，東西騰突不出，不斷的發出哀鳴聲。有人在排隊傳送水桶，希望能阻止大火蔓延，有些在剷出火路，不讓火苗接燃野市外的林木，幾個年紀大的蹲在地上，一臉恐懼的神色，談起這場突來的火劫。

「這把火一燒，靈河岸各村屯的生計真是斷絕了！」一個說，「皮毛，編織的籃和蓆全完啦，朝後的日子怎麼過？硬巴巴的地面又不出糧，誰能啃得動這一野的砂石稜兒？」

「這該嚴辦火首，全是他粗心大意，拖累了人！」另一個恨聲的說：「誰是火首，還是查得出來的。」

「我看，這把火起得很兀突，」第三個說：「說不定有人存心搗亂，故意縱火的，要不然，火勢哪會起來得這樣快？這樣猛？」

「您這話也只能說是胡亂猜測罷了，可不能隨口說出去，」葉家屯有位執事說：「您又沒有握住什麼樣的真憑實據，怎麼斷定是誰放的火？」

「無論怎麼說，野市已經燒掉了！」原先那個長嘆著：「朝後怎麼辦？得看荆龍和葉爾靖怎樣區處啦！」

嬌靈喘息著，她發現自己手裏還挾著那張紅狐皮和爺爺給她的小錢袋，她受過驚，遇過了險，但她總算跟著鐵山闖出了火場，算是有驚無險。

鐵山扔掉手裏的長木樁，他搭的棚屋被燒掉了，而他的皮毛物品都已被他打成捆兒揹了出來，也算沒有什麼損失，只是她心裏記掛著被人潮沖散了的桂英、七巧和喜妹她們，也不知她們逃出來沒有？

「這把火真的起得怪！」鐵山說：「我也疑心有人在暗中搗亂。……我一聽著火警就捲皮貨，也只一眨眼的工夫，火勢就蔓延開了，平常的火不會有這樣快法。」

「誰會在暗中搗亂呢？」嬌靈眨著眼，困惑的說：「靈河兩岸的攤戶決不會這樣做的，沒有人會自己坑害自己啊！」

「要是我料得不錯，外地有人想朝靈河伸腿了！」鐵山凝重的說：「自打葉家屯的葉爾昌命案發生，引起荊葉兩族的械鬥之後，就有一團看不見的黑影壓在人的心上，……你瞧著罷，朝後去，靈河兩岸不會太平了。」

鐵山陪著她，在狼狽的人群裏尋找她的同伴，總算在渡口附近找著了桂英和喜妹，喜妹的衣裳和辮結都被火舌舐黑了，人嚇得呆呆的，直淌眼淚，七巧也和她們走散了，沒見著人影。

渡口的人群麇集著，大都是等待木筏渡河的，在這裏，鐵山和嬌靈分開了，他要趕回去尋找他的獵戶夥伴，設法撲滅餘火，搶救受傷的，或是還陷在火場裏的人。

望著他粗沉宏大的背影，想著他所說的話，嬌靈的心裏塞進一股異樣的感覺，這些年來，她在野胡胡的高天下面活得很安靜，彷彿眼前的日子像靈河的流水般的流過去，不會有什麼改變，但鐵山的話觸動了她，也驚駭了她，她望不透未來的沉黑裏，會竄出什麼樣的人物？帶來什麼樣的事故？爲何他們會選上荒涼的靈河？

她和桂英、喜妹兩個總算搶上了木筏回到河西了，兩個時辰之後，七巧才搭另一班木筏回來，據她說：整個野市上，近千戶的棚屋全都燒光了，大堆的皮毛或其他貨品搶出來的不到半數，火場裏燒死不少人，遭劫的人家，都在荒野上哀哭著，而野市的殘火沒熄，仍然滾騰著一股股的濃煙……

木筏上的周禿子帶來的消息，說是荊龍正跟葉爾靖會商著，如何追查火首？如何重建野市？而外地來的皮毛商，正在火場外面趁機殺價購買皮毛。

「總而言之一句話，那邊糟透了，也亂透了！」他啞著嗓子說：「歷年沒有過的事，一旦遇上了，哪有不亂的道理？幸好荊大爺和葉大爺還算穩沉，要不然，這個爛攤子恐怕更難收拾啦！」

小賣鋪裏的老人隔河看過火，他到渡口去等著嬌靈，當他等到孫女兒回來時，他的眼淚鼻涕都哭出來也笑出來了，對於這場火劫，他憂心的沉默著，只是搖著頭，沒有說什麼，他只能嘆息著這場災變。

嬌靈把那張紅狐皮塞給他看，他摸摸捏捏，又察看了一下毛色，點點頭，誇她有眼力，當他問起價錢時，嬌靈伸出一個指頭說：

「您說便宜不便宜，只一個角子。」

「亂講！」老人說：「天下哪有這麼便宜的東西，那可說是白送的。」

「您猜對了！」嬌靈說：「在野市起火前，我跟桂英她們逛攤子，發現這張紅狐皮，您知誰是賣主？是舅舅家的鐵山表哥，後來野市起火，我幾乎陷在火窟裏，還是他把我領出來的。」

「嗯，荊家難得還有這麼個好孩子！」老人欣慰的說：「他在大火裏救了妳，我真不知該怎麼感激他呢！」

在小油燈沉黯的夜晚，祖孫倆說著這些，彷佛像平常的日子一樣，事實上，這場火卻使他們的心沉重起來，各種原定的賽會都沒了，木筏連夜渡人，謠啄紛起，有些人說這場火是外地的皮毛商販慫恿人施放的，也有些河東岸的人懷疑到葉爾靖的頭上，認爲他記恨荊家屯出面，不經由拈鬮決定，擅自把野市設在河東，故施報復，但河西認爲這種說法毫無道理，因爲這把火使葉家屯受到的損失很慘重，除非葉爾靖發了瘋，他怎會自己縱火傷害自己？

小賣鋪的溫老爹最恨這些謠言，他說：

「咱們街坊上決不要伸著耳朵信這些，但凡無事生非，造謠惑眾的，他們自己的心裏就是有鬼，荊龍和葉爾靖他們一定會有妥善區處的。」

溫老爹的話說得沒錯，靈河兩岸各村屯管事的人，在荊龍和葉爾靖兩人合力率領之下，經過兩日夜的整頓，便已清理了火場，另行撥出一塊曠野地，重新搭建蘆棚，荊龍說得好：

「咱們絕對不讓一場火就把野市真的毀掉，餘下的貨品，照樣的交易，野市結束後，還有一整年的日子要過呢！」

除了重建集市之外，他跟葉爾靖議妥，由荊葉兩座屯子合出槍隊，防範有人趁機滋事；他們更警告那些貪利皮毛商販，不得趁亂殺價搶收當地的土產貨品，這樣雖仍不能彌補火劫的損失，但總使得各棚戶在一片混亂裏安定下來，重新有了幾分希望。

關於這場火起火原因的追究，雙方也都在追查，荊龍和葉爾靖分別傳問了若干目睹起火的人，參證各人的說詞，各有各的說法，根本查不出頭緒來，僅僅知道起火的地方不是一處，而且是幾處同時發現的，他們依照這一點推測，極可能有人在暗中縱火，如果是有人不小心引火成災，不會幾處地方同時冒起火頭來。

「這可是個大難題。」小賣鋪的溫老爹跟街坊人們聊天的時候，不禁提出他心裏的疑惑來：「如果說有人在暗中縱火，會是誰呢？他們又爲什麼這樣做呢？假定火是外地來的人放的，在野市上，各處匯集來的外地人實在太多了，各行各業的人都有，他們有的是批發主顧，有的是出售日用貨的商販，到哪兒去查去？」

火劫後的野市重建起來，無論就規模和貨品哪方面，都不能跟原先的集市相比了，但各村屯的執事還是聚集起來，在荊龍和葉爾靖的率領下，祭火神，拜狼神，完成了傳統要做的那些關目。

一個起風的夜晚，出乎嬌靈意外的，葉爾靖、荊龍和石紅鼻子、楊大郎、劉厚甫、史福老爹、吳奇欽這一干人，都聚到小賣鋪來了，他們各帶著槍丁，拎著燈籠，很緊張又很神秘的在屋裏聚會，顯得是商量著一宗要緊的事情。

「去大龍家寨的人回來沒有？荊大叔。」葉爾靖最先問說：「我以爲在那邊多少能得點兒消息的。」

「您說柳和？他下午才回荊家屯。」荊龍說：「他只探聽到一點，鄭旺跟幾股土匪的頭領都有交情，他不但做大盤的皮物生意，還走黑、運酒、運械，我也想過，幹這些行當，跟黑道人物多少會有些關係，這和野市上的這把火還是沒有什麼牽扯。咱們不能認定鄭旺跟這事一定有關。」

「疤眼陸怎麼呢？」石紅鼻子說：「那傢伙看起來陰森森的，也不是什麼善類，他是從遠地來，他的背景如何，一時很不容易摸得清。」

「石兄說得不錯，」楊大郎說：「他跟胖子老倪倆個捻成股兒，在收購皮毛的買賣上經常和鄭旺搶生意，也許有幾回在搶購方面沒能得手，燒掉野市洩憤，讓姓鄭的也空著手走路。」

「要查，也只能暗地裏查察，留心一些可疑的人物。」周禿子說：「要是撕下臉來，把外地來的人都看成可疑的人物，那樣野市再開設起來也是空的……外地的人一走，哪還會有交易？」

「我想，荊龍和葉爾靖他們不會不顧慮到這一層的，」溫老爹思忖著說：「不過，若真有歹人混跡到野市上來，幹下這種歹毒的事，靈河兩岸錢財貨品損失不說，單就火場上的這許多條人命就值得追究！要不然，他們會以爲這兒沒有主事的人物，得寸進尺再幹旁的勾當，一般住戶可就難得太平了！」

和外間的世界比較起來，靈河兩岸各村屯實在算是寒傖困頓的，荊龍和葉爾靖他們多少見過些事情，使他們不願輕易開罪那些有財勢的皮毛商客，他們手腕靈活，聯成一氣，而且多年來一直扼著靈河岸人們的頸項，這兒的貨品要靠他們收購運銷到外地去，這兒所需的日用品要靠城裏的商販供應，甚至行獵的槍枝、火藥、槍彈，都要向他們交換或購買，這種情形，甭說溫老爹明白，一般住戶也都清楚。

荊龍和葉爾靖還算是有擔當，能撐持的人物，他們對外地商客，一向不卑不亢，本身拉起槍隊，按照祖上的習俗過自己的日子，那些商販們雖然狡猾，這些年來，還沒有明目張膽的硬討便宜，這已經算是不錯的了。如今，憑空起了這場火，在沒有握住真憑實據之前，荊龍和葉爾靖兩個人還不至於和外地人撕開臉來的。

「我看不可能，」葉爾靖搖頭說：「若說皮毛商客之間，同行相妒的情形是有的，他們都是唯利是圖的人，再怎麼內部有嫌隙，也不會用掘根的方法火毀野市上的皮貨，那樣弄得三敗俱傷，對他們絕沒好處。」

「無論如何，事情已經鬧出來了，」荊龍皺著眉毛說：「依照火場跡象推究，有人縱火是事實，我們雖不願一口咬定是誰幹的，但我們不能不盡力防範著有人在暗中蠢動，靈河岸的土質薄，不出糧，我們一年的日子全靠這一季野市的交易，萬一再出紕漏，我們就完了。」

「靈河兩岸這樣遼闊，防範起來，真是談何容易，」楊大郎說：「咱們各村屯的槍丁銃隊，人數不算多，又無法結聚在一起，東西兩岸有靈河相隔著，這邊有事，那邊呼應不易，那邊有事，這邊鞭長莫及，……咱們總得要研究出一個詳密妥當的方法才行。」

沒曾捏熄的燈籠，都放在每人面前的桌面上，火燄透過變得蒼黃的油紙，影影綽綽的閃跳著，映照出這群漢子的面顏和他們巨大奇幻的身影。

嬌靈坐在後屋裏，她只能從門窗的縫隙中窺看他們，並聽著他們的談話，他們沉默的思索著，過了一會兒，葉爾靖說：

「楊老大顧慮得不錯，咱們的槍枝人頭，比起外間來並不算強，我們必須緊緊的擰合起來，才能應付突變，俗說：一支筷子折得斷，一把筷子擰不彎，在方法上確實要好好的商量。」

「我看，仍得以靈河爲界，把河東和河西的槍銃隊組合起來，仍由荊大爺和葉大爺分別統領。」石紅鼻子說：「每一地區的各村屯槍銃隊裏，挑選精壯的編成一隊，其餘的各守原地，這一隊精壯，歸荊大爺和葉大爺運用，靈河上的渡口要增開幾處地方，分別派人扼守，遇有聚急事故，好立即渡河相助各渡口，要架設高臺，有了急事，以舉火鳴角爲號，能使各村屯輾轉傳告，諸位覺得如何？」

「方法是不錯的，」荊龍點頭說：「這也都是各鄉各地聯莊會使用的老方法，我覺得，除了這些之外，咱們還得要遣人混跡在賭場、飯鋪、茶肆，和人群麇集的地方，多佈耳線和眼線，蒐集各種消息，最好能在事情沒發之前，就能摸清底細，設法消弭它，等到野市收了市，靈河上結冰，情形就會好得多了。」

「荆大爺說得對，」葉爾靖說：「經過這場火劫，咱們會想到靈河兩岸的人，利害得失都是分不開的，咱們千萬不要輕信那些無根的流言，前幾年，荆葉兩屯就已經吃過大虧啦……人說：明槍容易躲，暗箭最難防，咱們勢必要照荆大爺關照的，隨時留意查察，今夜請各位到這兒來議事，也是盡量避人耳目，不使咱們的一舉一動都落在旁人的眼下，這可是最要緊的。」

「諸位都說得好，」溫老爹說：「誰都想使日子過得平安無事，但當事情來時，事先的防範和商量頂頂重要，我們若是聽著什麼風吹草動，自會告訴葉大爺。」

打靈河兩岸各村屯的執事們在小賣鋪夤夜商討之後，當地的火槍銃隊、纓矛和刀會，很顯然的擰合起來了，在河東，荆龍握有一股馬隊，由他的護屯師傅柳和率領著，這廿多匹馬擔任野市的巡護，他的兒子荆朋和荆朔兩個，分率著銃隊和刀隊，合計也有三四百人，經常屯駐在荆家屯子左近一帶地方，包括新舊渡口。

在河西，高崖上高臺架設起來了，葉爾靖把槍丁銃隊分爲三隊，一隊由他親自統帶，駐紮葉家屯，一隊駐紮渡口，另一隊是山戶，槍銃刀矛混編，由劉厚甫兄弟率領，屯在後面的山麓。

通常，在鄉野地面上，防範宵小和抗拒匪徒捲劫，這些槍隊銃隊，原先也都是有的，只因爲長年沒有什麼事情發生，無形中就鬆懈下來了，有些人掛起刀銃，各自照管生業，有些人根本不信會有什麼樣的災變會落到靈河兩岸來，而這場無端而起的火劫把他們驚醒了，他們認清，必得要維持住野市的正常交易，來年才能溫飽，假如被人用暗中搗亂的方法把野市毀裂掉，那會產生異常嚴重的後果，他們不得不加意提防著。

雖說火劫的印象一直留在嬌靈的心裏，但跟著來的日子還算平靜，至少在表面上看不出什麼變化來，她明白當地有了防備，心也逐漸的寬鬆了些，她知道，過了這一段天乾物燥的日子，臨到風雪季，野市一散，這裏就很少外地來的人了。到那時，有誰想趁機興風作浪，可就不太容易啦！

她又想起送她紅狐皮，更曾在濃煙滾騰的火場裏領救出自己的鐵山來，那天她是驚惶駭懼變得呆傻了，在東岸的渡口和他分別時，竟沒有說什麼話，連個謝字也都忘了吐出口。當她閉上眼，被一縷搖曳的思念牽引著時，她眼前便自然浮現出他壯碩的身影和笑著的臉龐來，那雙火熾的眼睛彷彿仍在燒灼著她。

離靈河封凍還會有好一段日子，她不知道今年是否跟往年一樣，獵戶們還會放出成陣的轂輪車，渡河到荒灘上去行獵？他說過要來看望爺爺和她的，他真的會記得過河來嗎？在嚴寒和風雪交加的時辰？

她到丁大嬸兒家去，跟她學著做針線，她不會用針箍，針尾常常從針箍的凹洞裏滑脫出來，扎痛她的指肉，她呼痛時，丁大嬸兒就會笑她說：

「野馬剛上絡頭，都會不習慣的，但妳總是個女孩兒家，慢慢長大了，變成大閨女了，總不能腿綁甲馬（**按：一種符咒**），成天到荒天野湖裏去放野，也該學學女孩兒家的耐性和溫柔啦，桂英早兩年還不是和妳差不多，如今可就好得多啦！」

嬌靈聽了，不禁想笑，她一點兒也不覺桂英跟她有什麼不同？只是當著人面，略爲懂得裝乖一點，幾個女孩在一起時，說笑起來，桂英懂得比人多，她算是個精靈鬼的頭兒。做媽的誇她女兒乖巧，往往是不算數的。

第四章 迷離的命案

在新建起的野市的東南角，岔路口有座村落龜伏著，這個村莊不算大，初看也很寒傖破落，並不打眼，但它的位置正座落在大路邊，大路從縣城通過來，朝西通向靈河兩岸，朝東通向大龍家寨子，過往的客商行旅都要經過這裏打尖用飯或是落宿野店，使這個寒傖的村落逐漸的熱鬧起來。

有些商販們很省儉，也很謹慎，打尖時，叫點兒吃的喝的，剝一碟落花生，嚼得滿嘴油香味，打總也花不上幾文，落宿時，銀錢不露白，要間房，弄盆溫水抹把臉，燙燙腳，早早關上房門歇了，第二天天不亮就起身上路。也有些短途的商販們，腰裏賺得了一些錢，又不急著趕路，在半途上歇下來，總希望找點兒消遣，因而這個叫孟莊的村子，便開設了茶肆，有說書的，唱曲兒的，在晚上點綴著。

人說，銀子是白的，眼珠是黑的，一瞧著這兒人頭聚得多，外地便有些會打歪主意的商人，特意過來買地搭蓋房子，開設煙館、酒鋪、賭場，有賭必有娼，緊跟著，也有了開暗門子的，使這兒變得複雜了。

這天黃昏時，孟莊莊頭一個叫二馬開設的賭場裏，開了一桌骰子和兩桌牌九，由年輕的二馬嫂和兩個殘花敗柳型的女人在招呼著。

二馬賭場的宅子，是一座三合頭的房子，一樣是土牆草頂子，屋裏除了賭桌、木凳、賭具和茶水，並沒有旁的鋪陳，不過，屋裏點的是煤油吊燈，燈光要比一般人家的菜油盞光亮些。

好在這些嗜賭的漢子來到這兒，一心就在賭字上，並不在乎旁的，哪怕是豬窩狗圈呢，只要有了賭具和檯子，他們一樣會賭得興高采烈。

擲骰子的柱子上的人數比較多，由皮貨商疤眼陸和胖子老倪倆個合夥做莊，前面圍坐著六七個，後面還有幫釆的，大部分都是來野市上做買賣的販子，夜晚沒事，就逛到孟莊來找樂子，而賭是最夠刺激的。

明間裏在呼么喝六的賭著，暗間的榻上卻點上了煙燈，大皮貨商鄭旺由二馬陪著，在那兒燒煙，一面低聲的聊著天。

「荊龍這個老傢伙也真是不夠意思，」鄭旺聲音悶悶的說：「老實講，我是在縣城裏有招牌，有字號的正經商人，在商言商，野市上的皮毛使我有些賺頭，這可是真的，要不然，我每年這一季不在城裏過舒坦日子，奔下鄉來受這個罪幹什麼？……當然是收貨收到地頭，不是嗎？買賣是雙方樂意才能成交的事兒，一個願打，一個願挨，我可沒逼得誰非把貨賣給我不成，這回野市遭了火劫，皮毛毀了不少是真的，但他怎能硬把縱火的嫌疑栽派到我們的頭上來呢？」

「您也甭當真，」瘦長臉的二馬說：「我也不過是道聽塗說，從旁人那兒輾轉聽來的，其實荊龍並沒指明就是誰幹的，他認為有人縱火倒是真的，據講起火當時，有人眼見不止一處冒出火頭。」

「起火原因，他們當然是該查的，懷疑到我們頭上來，那可就不必了！」鄭旺仍然滿臉的不快意，「他沒想想，這場火，不止是靈河當地人受了損失，城裏下來的人也被燒燬了不少貨品，有些人連棚車都被燒了——誰會尋自己的開心？除非那個人是瘋子！」

「您也不必這樣說，鄭大爺！」二馬說：「城裏來野市的人不在少數，流品複雜，其中也許有人別具用心，您自信對這些人都能弄得清楚？」

鄭旺勉強笑一笑，擰動著煙籤兒說：

「這年頭，我是只管自己，不管旁人，我可沒有必要去跟荊龍那傢伙打保單，他們也不必差人出去，在暗中盤我的底兒，……我跟大龍家寨，單家溝，老王集的那些黑道人物有交情是一回事，在野市上存心縱火卻又是一回事，我弄不懂這又有什麼相干？」

「真對不住，鄭大爺，」二馬陪笑說：「我這是拿油來滅火，您心裏這股火，可是越燒越旺了。」

「不錯，」鄭旺說：「你沒瞧著這些天，荊龍叫飛刀柳和領著幾十匹馬，成天繞著野市打轉，把城裏來的人當著賊防，我們要收貨，算是靈河各村屯的主顧，他這算是待客之道？……甭看他在靈河兩岸算是領頭的人物，在我看，他只是個沒見個世面的，火爆倔強的土佬罷了；這號換在城裏，真是半文不值，我只會斜著眼看他！」

「提防他的就是了，」二馬說：「會對您怎樣？」

「說是對我怎樣？談都甭談。」鄭旺冷哼著說：「做生意，不欺不詐，能走遍天下，除非靈河不設野市，獵戶不售皮毛，他荊龍也罷，葉爾靖也罷，誰敢作那個主，把當地人的嘴吊起來，讓他們家家挨餓，戶戶受飢？我們做收購的買賣，是不犯法的，誰也動不了我們一根汗毛！」

「我看，您息息氣，抽完這個泡子，去推兩條牌九去。」二馬說，「您既然這樣理直氣壯，就該不嘔這口氣才對，犯不著自己嘔惱自己。」

「我也只是說說罷了，」鄭旺聲音緩和了些：「我有什麼好嘔的？」

在煙燈陰綠的光亮裏，倆人陰晴不定的臉色也在變幻著，彷彿各有各的心思。鄭旺噴出的煙霧，把兩張靠得很近的人臉阻隔開了。

「其實，憑他荊龍手底下的那點兒本錢，實在並不怎麼樣，」二馬說：「不夠玩的。他那副耀武揚威的樣子，誰又看得慣呢？但兄弟我，如今在人家的地盤邊兒上設賭混口飯吃，我只好把一口氣硬吞下去，俗說：人在矮簷下，誰能不低頭？」

「嗯，」鄭旺咧開肥篤篤的腮幫兒，皮笑肉不笑的：「二馬，我說，你老弟倒是能屈能伸的漢子。」

「您這是在罵我了，鄭大爺，」二馬笑裏帶著奉承：「我是爲了口腹，不得已呀！」

「荊龍和葉爾靖這幾個在當地管事的，有許多事說來也沒道理，」鄭旺說：「靈河兩岸百里地面，多的是沒經墾拓的荒山獵地，那不能說它就是原先居民的產業，誰願來，誰就能來，爲什麼若干新的墾戶要受他們的拘限？……比如說，在靈河上流獵獺，他們一年只用一季行獵，所得的獺皮當然極爲有限，這明明是見著錢不拿，反朝水裏扔……什麼保護水獺，不讓牠滅種？換句話說，就是不讓外人插手。」

二馬點點頭，會意的轉動眼珠。「他們護著水獺，還有可說，在荒灘上養著大群的狼，就更不可思議了！人說入境問俗，我不懂，也沒處去問，荒灘的巫堂裏，傳說還供著狼神，這種怪事，怕只有在靈河岸才能找得到，任誰也改不了啦！其實，狼皮褥子不是挺値價的麼？」

鄭旺的眼裏，亮出貪婪的光。

「這情形，荊龍他們很明白，所以他才像防賊似的，提防著咱們外路人，他們不獵狼，是他們火器不足，東岸和西岸各村屯也互有疑忌，暫時把狼皮寄放在狼身上，日後究竟會怎樣？咱們局外人就弄不清楚了……」

「靈河看似荒涼，」二馬說：「其實真是一塊肥地，單是到秋天，荒灘蘆叢裏的雁就是一筆大財產，那玩意透肥的，比家鵝還要重，但當地的人寧願吃粗糧，並不去獵雁。我說過，我手底下沒有人槍，本身沒有斤兩，要不然，我會糾合個獵隊，過河試試看。」

「還用得著試嗎？」鄭旺笑起來：「荆龍和葉爾靖是不會讓人在這兒分肥的，就算你在這兒設賭，業已使他們惴惴不安，暗地裏皺眉頭了，……這兒靠近靈河，但還不算他們的地界。不信，你把賭場開到荆家屯和葉家屯試試？看他們不把你夫妻倆扔下河餵魚了才怪呢！」

「這個我明白，」二馬說：「正因這樣，想打這兒主意的人就更多了：大龍家寨的牛鬍子，單家溝的陰陽眼，老王集附近的活剝皮老許，這些黑道上的人王，誰不想拉槍過來分杯羹？這些人，您都是熟識的。」

「當然熟識，」鄭旺壓低聲音說：「我走皮貨，走黑貨，要靠四方朋友的抬舉，不然準栽。但這些人一臨到利字當頭，誰能信得過？……他們若是扳倒了荆龍和葉爾靖，佔了獵場，咳，只怕我連皮毛都收購不到了。」

「假如不藉外力，您又有什麼辦法呢？」

「等著瞧罷，」鄭旺說：「人說，有理沒理錢朝前，我寧願走新路，來它個撒錢成雨，這玩意兒，可比早先傳說裏的撒豆成兵的魔法靈驗多啦！」

「您若是不嫌棄的話，」二馬也低聲的說：「我夫妻倆旁的談不上，替您跑腿辦事，倒是敢於自薦的。」

「嘿嘿嘿。」鄭旺笑著，把肥厚的手掌輕輕拍落到二馬的肩膀，那意味雖沒用言語說出來，卻也有約定成交的那麼一種默契。

隨後，二馬親陪著鄭旺去賭牌九。他們彼此都明白，他們在賭桌外邊押了一注更大的，他們希望能贏。

新設的野市，交易還算很旺盛，市面也算很平靜，一場火確使靈河岸的人大受損失，但還沒把他們燒垮。爲了穩住這種局面，荊龍在宅裏設了酒，由葉爾靖、石紅鼻子、楊大郎、劉厚甫作陪，特意請外路來的商客們吃飯，當然包括了皮貨商鄭旺、錢長壽、疤眼陸和倪胖子在內，連在叉路口開賭場的二馬也被請到了。

荊龍在酒席上倒是開門見山，把來意說得很明白，他首先向外來的商客主顧們抱歉，由於這場火，使大夥兒受驚受損，實在由於防範疏忽，使做地主的人難以卸責，火後他才整頓槍隊，想來彌補，這些防範舉措，當然也會爲大家帶來許多新的不便，務乞大家能夠見諒。

「窮鄉僻壞的小地方！」他說，「咱們經不得再燒一場大火的了。我想，假如真讓諸位有不方便的地方，還得請諸位多多包涵。」

「荊大爺，您這是太客氣了。」皮毛商裏比較忠厚的錢長壽首先抱拳說：「人分三六九等，人一多了，自然是良莠不齊，咱們誰也不敢大拍胸脯，擔保外地來的人裏面沒有宵小人物夾混著，這次野市起火，連兄弟也覺得可疑，您查究自保的舉措，都是應該的。」

「對啦，咱們都跟錢兄的想法一樣。」鄭旺笑著說：「咱們下來收購皮毛，說來跟貴地的關係很密切，應該都算是自己人了，您荊大爺、葉老兄都不必把咱們當成外人看，您有話這樣直說，真是好極了！」

「說來慚愧，」二馬說：「兄弟是團賭混飯的下三流，不登大雅之堂的，今天得蒙荊大爺相邀，真是受寵若驚，您朝後有什麼吩咐的，兄弟決計照辦，決沒有二話好講的！」

「二馬兄說的是哪兒的話？」荊龍笑笑說：「你幹的行業，好歹也是三百六十行之內的一行，哪有什麼高低之分，日後也許借重你的地方呢。」

「荊大爺說得不錯，」二馬旁邊的倪胖子有了幾分酒意，咬著舌頭說：「賭場地方雜，人頭也雜，有什麼消息，容易刮進耳，二馬他耳風刮著什麼事，要他照實告訴您就行了。」

「這倒得先謝謝二馬兄啦，」葉爾靖發聲說：「我也只是聽人傳言，說是大龍家寨的牛鬍子，單家溝的陰陽眼，老王集的活剝皮老許，這干子人王，對靈河這塊窮地方有了興致，……說是還差了臥底的，你二馬兄耳靈目廣，若果聽著見著什麼，還望多幫助，咱們算是唇齒相鄰，說來都是不外的。」

二馬一聽，不由噝了一口吐沫，舔了兩遍嘴唇，這才哈著腰，連連作揖說：

「當然，當然，兄弟若真聽著什麼，決不會瞞著您和荊大爺半句的，要不然，您儘管掀翻賭枉子，兄弟決不敢吱吱牙，放一聲響屁，夾著尾巴就走。」

「衝著你二馬兄這幾句話，足見您是見過世面的人物，」荊龍說：「很夠義氣，夠朋友，那麼，咱們算是正式拜託了！」

荊龍的宅院很大，分爲內外兩層，內層宅子是四合頭的房舍，青石牆，大瓦頂子，寬大而有氣勢，酒席擺在前廳，人頭上吊著巨大的鏤花罩燈，這宅子和做主人的荊龍的那種不怒而威的氣概相映，使得二馬有些心虛情怯，連大皮貨商鄭旺也不禁收斂了他的狂態。

二馬是老混混兒，懂得聽話聽音兒，荊龍說話還寬一些，葉爾靖的話頭就夠銳的了，明明是話裏套話，直對著自己來的，他哪有聽不懂的道理？但葉爾靖顯然有些聽著風就是雨，胡打亂撞，他二馬卻不是替牛鬍子他們臥底來的，二馬自己心裏有數，表面就更不動聲色了。他儘管不十分憚畏葉爾靖，但他實在有些怯於面對荊龍，荊龍棗色的臉上，那雙眼睛像電閃般的掃著人，彷彿只要看上一眼，就會把人從裏到外的看穿看透，無怪乎鄭旺那隻老狡狐，也從心裏懼著他。

「靈河是塊窮地方，」荆龍一面舉杯勸酒，一面說：「地上全是砂石，插不進犁尖，一年出的糧，除了糧種，還不夠一季吃的，一般人不得不靠山吃山，靠水吃水，製器皿，幹魚撈，編蘆蓆，獵野物維生，若沒有諸位來這兒，使野市買賣興旺，咱們真還不知怎麼活下去呢？」

「荆大爺，您可把話給說反了，」鄭旺說：「咱們這夥人，全是在商言商的買賣人，兩眼看在利字上，大老遠的跑到靈河岸邊趕野市，原爲獲利來的，靈河的石器，編織物和皮毛，不但養活了當地的住戶，也養活了我們，該感激的，是我們獲利的買賣人。」

「照鄭大爺這麼說法，」葉爾靖說：「保住靈河兩岸的平靜日月，咱們不管是當地外地的人，可都有份責任了；萬一真有歹人混在裏面，無風三尺浪的胡亂攪混，咱們非把他揪出來不可。」

「葉大爺說得不錯，」山戶頭領劉厚甫握起拳頭說：「黑道上那些響噹噹的人物，管它是牛鬍子、陰陽眼，還是活剝皮老許，也許他們嘯聚的人槍很多，一個指頭粗過咱們的腰眼，但他們只要犯靈河，不論明的暗的，咱們寧可把命豁出去，也不會讓他們撿走一塊石頭。」

「厚甫兄，您也甭這麼激動，」荆龍很平靜的說：「靈河兩岸各村屯，攏聚的槍銃刀矛雖說有限，但人人心裏卻哽著一口氣，這可是大本錢，我相信，任是誰來，也佔不著便宜去。我擔心的不是明著來，卻是鬼鬼祟祟的在暗中挖洞，人說，明槍易躲，暗箭難防，就是這個道理！你見不著人，卻是怎麼防法？」

鄭旺原打算說什麼，臨時嚥了一口吐沫，把要說的話又隨著吐沫嚥回去了。

這餐飯，面子上是吃得很愉快，暗地裏以鄭旺爲首的幾個皮毛商和賭場的二馬都不是味道，他們看得出荆龍請客的用意，那是明白的警告他們不要暗裏打這兒的主意，同時讓他們看出，靈河各村屯之間利害相共，拉得很緊，雖然槍銃實力有限，但大家都有豁命的決心；不過，荊龍的經驗老到，說法寬和，言詞客套，並沒有直來直往的把它點破罷了。

散席後，二馬邀約鄭旺和倪胖子幾個到他的賭場去豪賭破悶，他在賭桌上又談起這回事來。

「這一杯，咱們算是被捏著鼻子硬灌了！」他罵罵咧咧的說：「荊龍那老傢伙，明明是指著和尚罵禿驢，全沒把咱們放在眼裏，我二馬這個，」他伸小拇指頭說：「受悶氣受慣了，不當一回事兒，鄭大爺您可是這個，」他又改伸大拇指頭搖晃著說：「我不知這口氣，您是怎麼憋得住的！」

「這有什麼稀奇？」鄭旺陰陰的說：「荊龍要走的這著棋，早在我的料算之中，我才不會在乎他的虛聲恫嚇呢！我要玩，玩明的，讓他乾瞪眼看著，不信你瞧瞧，看鄭某人有沒有這個能耐！」

「您究竟打算怎樣玩法呢？」二馬探詢的問說。

「這個，我可不願講，」鄭旺說：「你耐心等著，日後你自會看得到的，我是吃皮毛飯的商人，見不得讓這兒的獵場被當地人當成獨食盆兒，我要自組獵隊，插上一腳，增加我的賺頭。」

「荊龍會肯嗎？」二馬說。

「那由不得他！」鄭旺粗聲的說：「王法上有哪條哪款不准人公開行獵的？他要橫加干預，我就具狀告官，憑我鄭某在縣城混了這許多年，打起官司來，吃虧的是對方，不會是我。」

「嗯，」二馬轉動眼珠，臉上浮出一絲笑意來：「您這是胸有成竹，怨不得能吞下這口氣的了！」

「我們一樣是走皮貨的，本小利微，」疤眼陸說：「只好跟著鄭大爺湊上一份兒。禿子跟著月亮走，好歹沾些兒光。」

「那當然，」胖子老倪說：「鄭大哥不會撇下咱們，一個人獨幹的，對付荊龍和葉爾靖並不輕鬆，即使咱們聯手組獵隊，也未必不起風波呢。」

「哪裏話，」鄭旺說：「我要仰仗兩位幫忙的地方太多了，如果能得一些好處，我哪能獨佔著？真要遇上棘手的事，倆位看在朋友的份上，也必會分擔的。」

「您儘管放心，這點義氣，咱們還算有，不會在遇上難處的時刻拔腿溜掉，讓您一個人挑擔子。」

幾個一面賭，一面談著，賭到深夜，二馬吩咐他老婆送上宵夜來，吃完宵夜，倪胖子和疤眼陸駕車回野市去了，鄭旺卻在賭場特設的煙鋪上留下來，由善於觀顏察色的二馬嫂爲他找來一個薦枕的，然後，悄悄的掩上了房門……腰懷多金的大皮商，在二馬夫妻倆的眼裏，是一尊活財神，他們既吃這行飯，對於真能賭得起的主顧，沒有不曲意奉承的道理。

和鄭旺比較起來，荊家率領馬隊的護宅師傅柳和，可就顯得太辛苦了。柳和是久走江湖的人物，嗅得出火劫後靈河岸不尋常的氣味，他更體會出這裏面牽連很廣，關係錯縱複雜，他不是當地的人，對靈河附近一帶地方的黑道人物都不熟悉，但他會把他感覺到的說給荊龍聽過。

「我說，柳師傅，你也不必爲這個費太多腦筋了，」荊龍很爽快的說：「暗中有人在動什麼腦筋，打什麼算盤，由它去，這事並不是起於這場火，而是起於當年葉爾昌那宗命案……有人阻擋咱們當地的走皮毛，要賣，得在這兒賣，要經過皮毛商以低價收購，當時，對於葉爾昌的真正死因我沒有想到，如今這場火一燒，我卻悟出這一層這理來了。」

「照您這麼說，外地那幾個想壟斷這兒皮毛市場的皮貨商，都很可疑了？」

「不錯。」荊龍說：「但我們並沒握著一絲憑據，這話，只能關上門自己說，我認爲，動靈河兩岸腦筋的人，還不僅是那幾個人，有些人想把五花八門的各種城裏的交易帶下鄉來，像賭場的二馬就是個例子，他一向就是包賭包娼的人物，夫妻倆一敲一答的捆著幹，有了那種地方，把三教九流的人頭匯在一起，是非可就多了。」

「二馬恰是那種陰邪的人，」柳和說：「這我是看得出來的。」

「即使看出來，又能怎樣呢？」荆龍說：「叉路口不在靈河的地界上，咱們不能逞蠻施橫，把他的賭場給砸掉，再說，咱村屯裏的獵戶，哪個不嗜酒，哪個不嗜賭，我只能找機會勸勸他們，不能不准他們在皮毛豐獲後，跑去放蕩放蕩，……我受各村屯的託囑出頭管事，自然有權保護靈河兩岸不受匪類的搶劫和侵擾，但我無權管到這個。我倒寧願看著正面來的，那樣，可以拉出槍銃去，痛痛快快的幹上一場，卻不願看到這裏零星的剝蝕，二馬設賭也是行業，誰能阻擋人做交易呢？」

「依照我的性子，我就把他給攆回縣城去了！」

「我說柳師傅，你是知道我性情的，剛強火爆，樣樣全佔全了！結果連葉爾靖也誤會我，弄出一場流血械鬥來，打那次之後，我算想透了，再不逞意氣了！」

荆龍的聲音蒼老又沙啞，飽含著嘆息的意味。「如今我做事，緊緊握著穩沉兩個字，不是不敢，卻是真心不願再亂跨大步兒了！像二馬，我始終注意著他，一旦叫我捏著他的把柄，那時我就不客氣了！」

「但像二馬那種人，您對他寬和，他懂罷？他會得寸進尺，不斷試探您的耐性的。」

「何止是一個二馬呢？」荆龍說：「在暗地裏，黑影幢幢的，螭魅魍魎還多著呢，有的想搶劫財物，有的想侵佔獵場，有的想用耍花招的方法，吸乾當地居民的荷包，那些傢伙日夜都在磨算著這塊地方，咱們不管他們怎樣，只要準備著就行了。」採

柳和明白這一點，他把馬隊集中屯駐在渡口南邊的小村落裏，白天只差出兩撥哨馬出去，去打

探動靜，臨到夜晚，他便親率幾匹馬，在野市左邊一帶地方出沒，監視著任何可疑的人物，一面和荆朋、荆朔弟兄保持連絡，但他卻沒有在叉路口的孟莊露過面，他極不願意打草驚蛇，那樣，反而會把事情搞砸掉，至於潛混在茶館，酒肆和賭場裏打聽動靜，是另一個護宅師傅土鱉子老雷負責的。

他所能做的，只是監視外面，必要的當口，好跟土鱉子老雷互為呼應。

十月的天氣，白晝雖然很晴和，臨到入夜後，西北風逐漸拂盪起來，撲面吹著人，帶著一股蕭瑟的寒意，淡淡的月色，慘白如霜，勾勒出一野快落盡葉子的林影，柳和領著幾匹馬，踏過這些林子，寒夜裏不見拎著燈籠的夜行人，偶爾會聽到一陣起自鄰近村落的狗叫，靈河岸的晚夜，仍然像平常一樣的安謐，看不出任何驚擾，正因為這樣，他得格外的提防著，因為荆龍說過：在暗中緩緩的挖牆角，要比明火執杖的搶襲更難肆應。

「我說，柳師傅，」一個叫王貴的騎馬的槍丁說：「咱們在夜裏騎馬喝風，真不是味道，一路甭說是人，連鬼全沒見著，這樣晃晃盪盪做夜遊神，到底要幹啥呀？真還不如找個地方，溫它一壺酒，伸伸腿聊聊天去呢！」

「王貴，你年紀輕輕的，怎麼這樣貪懶？」柳和說：「這是逗上十月，夜晚還不算冷的，要是遇著隆冬臘月，那怎麼辦？你怕要一頭鑽進牛肚裏去了?!」

吃柳和半帶斥責半帶嘲謔的一數落，王貴的臉便發了熱了，掙說：「我不怕巡夜，只覺得眼前連風吹草動都沒有，咱們這樣辛苦，有些犯不著，我不信會有誰在三更半夜裏，到靈河岸來幹什麼歹事，這兒誰都不是肉頭財主，值得綁架勒贖的。」

「嘿，」柳和說：「事情若都像你想的那麼簡單，那麼，荊龍荊大爺也不會那樣慎重其事的一再託囑了！靈河若真太平無事，野市上的那把火，會是從天上落下來的？……有人在暗裏磨算，這點你都想不透嗎？」

這番言語，說得王貴悶住聲，不再言語了。

馬蹄踐在滿積落葉的林間小徑上，聽不到得得的蹄聲，只有落葉窸窣碎裂的聲音，彷彿在神秘中預示著即將來臨的，不可測的驚恐。

前面就是叉路口的龜伏著的村落孟莊了。

飛刀柳和憑著他的直感，判定這座看起來不打眼的小村落，該是最有問題的地方，他曾把這話跟土鱉子老雷談過好幾回，他明知那些酒鋪、茶館和賭場定會藏汙納垢，但他卻不便帶著槍丁馬隊直撞進那裏去，造成驚恐和混亂，那樣反而會打草驚蛇，使明明有跡可循的線索隱藏起來。

寒夜裏的孟莊看來很安靜，只有少數燈火還閃動著，他瞧不出什麼古怪的動靜。

「咱們走罷，」他說：「經野市再繞上一圈，然後回渡口去。」

馬隊繞著野市打了個轉，也沒發現什麼動靜，又繞向渡口來，這當口，殘月業已昇至南邊，看光景，是三更已過的時分啦。辛苦，可不是？柳和也覺得渾身疲憊，倦意深沉，但他總覺得荊龍荊大爺打遠道把他聘到宅裏來，把他當成朋友看待，憑著這份感情，他就得盡力相助，把靈河這塊乾淨土護衛著，不讓它染上汙穢。

按照荊龍原先擬妥的佈置，渡口設有哨棚子，由荊朔差出兩名槍丁輪班駐守著，柳和放馬到林邊的哨棚子前面，瞧見馬燈還懸掛在棚角橫木上亮著，而哨棚裏卻是空的，兩個放哨的都不見影兒了。

「這是怎麼回事？」柳和詫異說：「太荒唐了！」

「我去找找看，柳師傅，」王貴在一邊說：「我相信他們走不到那兒去的。」

王貴勒轉馬頭去找人，很快就被他找到了，他找到的，不再是活生生的人，而是一具被捆綁在樹上的屍首，咽喉上被人餵了一攮子，血染紅了他整個的胸脯，更沿著他的褲管流到地上。

「不好了，柳師傅！」王貴大驚小怪的，聲音也打著哆嗦：「這兒出了人命啦！」

「拎著燈，跟我過來瞧瞧。」柳和迅即翻身下馬，草草拴定牲口說。

另兩個跟著下馬，一個拎了馬燈，剛轉出不遠，就見著王貴發現的那具屍體。

「糟！」柳和說：「有人強用木筏，渡河到荒灘上去了！」

幾個槍丁再一看，可不是？原繫在岸邊的木筏真的不見了，可見有人想搭筏偷渡，卻被放哨的瞧見了，對方情急，才動了殺機。

柳和算是冷靜的，有機智，有計算，即使眼前出現了駭人的事，他卻沒顯得慌亂，跨步上前，摸捏了那具死屍的肩膀，對左右說：

「咱們只是來晚了一步，屍身柔軟溫熱，我估定他遭人毒手還不到半個時辰，這個死了，另一個十有八九也是凶多吉少了！」他說：「把燈燄捻高點兒，順著渡口兩邊再找！」

捻燈再找的結果，在河邊的蘆草叢裏找到了另一個，他敢情是掙扎著想奪路奔逃的，還沒奔出五十步地，就被人追上踹倒了，他本能的站起來企圖反抗，對方卻使用鈍器擊打他，使他跌匍在泥水裏，頭和臉血糊糊的一片，連眉毛都分辨不出來了。

「究竟是誰有這麼大的膽子？」一個說。

「咱們如今該怎麼辦呢？柳師傅。」王貴說：「這樣慘的事，我還是頭一回遇到過。」

「我也猜不透，爲什麼有人要黌夜過河？即使有緊急的事，經哨上攔阻，他也該解釋明白的，也許對方是哨上認識的人，到荒灘上去辦什麼要緊的事，一旦被哨上瞧見了，他作賊心虛，恐怕日後會傳揚出去，所以才下了毒手。」柳和說：「如今木筏還沒回來，這個人還在荒灘上，我看得著人快馬回去，調出馬隊，扼著這邊的渡口，一面去通報荆大爺，讓他決定怎樣拿人。」

「我願去荆家屯跑一趟。」王貴說。

「好罷，」柳和說：「愈快愈好。」

「那我回去調馬隊，」另一個說：「立即就回來。」

兩匹馬疾捲進黑夜裏去了，這時刻，荒灘的巫堂裏，傳出了女巫尖厲的慘叫聲。

半夜三更鬧出這條駭人的血案來，荆龍顯然非常驚駭震怒，他率著人，打起燈籠火把，一路趕奔到渡口來，看了現場之後，他斷定行凶的人仍留在荒灘上，他便立即著人舉火爲號，通知對岸封鎖渡口，不容疑凶遁脫，一面遣人去新渡口放出另一隻木筏，他說：

「我不相信，在這種天氣裏，疑凶能在荒灘上棄筏潛逃掉！他能游過靈河？……只要他落在我的手裏，我非逼出個原由來，也要他抵命不可！」

「疑凶去荒灘幹什麼？爲什麼要黌夜前去，又殺人滅口呢？」柳和困惑的說：「荒灘上只有一個巫堂，巫堂裏只有一個巫女住著，狼泓裏又多的是野狼，多少年來，天沒落黑就停渡了，疑凶破了這個例子，想必是有原因在，但我苦苦的想過，卻想不透它！」

「暫時先不必追想那些了，」荆龍說：「咱們搭木筏渡河，到荒灘上捕人去。」他仰起臉，望望天頂上的星位說：「天就快亮了，我決心不讓疑凶有逃遁的機會，天亮後，更容易圍捕他。」

他和柳和率著人，搭木筏渡河，到了荒灘，很快就找到疑凶奪取的那隻木筏，這表明疑凶仍沒離開荒灘。

「荒灘有幾里寬，十幾里長，」柳和說：「樹木林莽這樣寬，在天沒放亮之前，要捕捉一兩個人真還不容易，荆大爺，您的意思該怎麼辦呢？」

「我看有兩個方法，」荆龍說：「他要離開荒灘，必會回到木筏停靠的地方來，咱們得留下一撥人，在這左近埋伏，以防他奪筏遁脫。另外，我親自帶人，先到巫堂去看看那邊的情形，然後鎖住西邊渡口，這兩個方法併用，疑凶就很難遁脫了。等到天一亮，咱們再響角調人，用圍獵的方法搜尋，不怕他插翅飛天。」

「好，」柳和說：「兄弟我就率人埋伏，您儘管去搜巫堂。」

荆龍帶人撲向巫堂，發現巫堂的門大開著，年輕的女巫小桃倒臥在血泊裏，顯見疑凶業已來過了，而且結束了女巫的性命。他捏捏屍體，也是剛遇害不久。

他沒有停留，立即趕奔西邊渡口，算是先張開網羅，把荒灘的出口都鎖住了。

荆龍計算過，無論對方是何等精實壯健的人物，在十月天的凌晨絕無法泅渡靈河寬闊的河面，硬凍也會把人凍死。

天剛放亮後，角聲把河西岸葉爾靖所率的槍隊也召了過來，當葉爾靖聽到這宗事情時，也氣白了臉，主張立即把疑凶捉住，替死者報仇雪怨。

荒灘的地方雖然不算小，但南端的狼泓算是一塊絕地，疑凶不管是一個人，還是幾個人，他們絕不會肯把自己的肉身朝狼嘴裏送，荆龍和葉爾靖一商量，便把槍丁沿著神狼樹那一線一字排開，朝北邊緩緩的逼壓過去，這樣，好像用篦子蓖蝨一樣，不怕疑凶不落網了！

他們這樣一排逼壓過去，壓到狼泓的盡北端，疑凶被發現了。

原來是荆龍宅子裏另一個護宅師傅康九，他也許發覺自己幹下血案後，已經無法走脫了，便朝北遁到灘尖上，用攮子插入自己的心窩。

「這可就奇怪了！」荆龍看到康九的屍身，極爲詫異的說：「怎麼會是康九呢？他平常沉默寡言，到荆家屯也爲時不久，他和女巫小桃平時毫無瓜葛，怎會黌夜搶筏過渡？專意來殺害女巫……」

「這確是令人費解的事，」柳和也皺著眉頭說：「如果女巫不死，也許還能問出一點端倪來，如今兩造都已身死，再查問，也不容易問出結果來了。」

「可惜失去了一個詢問的機會。」葉爾靖搖搖頭說：「也許這宗事和野市被縱火的疑案大有關聯，我不知道這康九平素爲人如何？都跟些什麼人交往？他和外地的那些皮貨商有沒有什麼走動？」

「都沒有。」荆龍說：「康九從大龍家寨來的，他照管內宅，跟外人沒有什麼交往，也沒有酗酒賭錢的習慣，除了有些冷僻，應該沒有什麼特別可疑的地方。」

「那就更怪了！」葉爾靖說：「除非他突然發瘋，要不然，怎會黌夜到荒灘來，殺害手無寸鐵的女巫？我認爲這是最大的疑點。」

儘管大夥兒議論紛紜，一樣得不到結果，荆龍只有自認倒楣，賠上了四具棺木，著人通知死者家屬，分別領回去落葬了事。

而這個謎團，始終沒人解破。

康九暴亂行凶的消息，很快便傳遍野市和遠近的村屯，外地的幾個皮毛商，這些傢伙可攫住機會大肆攻訐了，鄭旺首先表示說：

「荊龍這個老傢伙，真算是個渾蟲，野市燒了一把火，不怪他查察不精，反而懷疑到咱們頭上來，像防賊似的防著咱們，這好？原來毛病就出在他自己的宅子裏，可不是活活笑掉人的大牙？」

「這該叫家賊難防罷？」胖子老倪說：「也許連他自己都有問題呢！」

「靈河岸算是沒有人啦，」疤眼陸說：「怎會推舉這種人來理事？有他這種固執、火爆，又糊塗的人管事，靈河哪會太平無事來著？」

不單外路商客這樣講，就連當地各村屯的人，對於荊龍宅裏的護屯師傅鬧出這樣駭人的血案來，也都對荊龍頗爲不諒，認爲他聘人不當，責督不嚴，很難推卸責任，若說平白的受了冤枉，恐怕只有荊龍心裏明白了。

「也許我真的老了，腦瓜子變笨了，」他對楊大郎和石紅鼻子表白說：「當地聯防的擔子，我是沒有臉再挑下去，請楊兄出面，召聚各村屯領頭的人另行推選高明罷，我蹲在宅裏吃碗閒飯，也許還更安心些。」

「出事出得太突然，又很離奇古怪，」石紅鼻子說：「背地裏人們議論的多，風言風語總是難免的，您荊大爺又何必放在心上呢！」

「石老哥說得是，」楊大郎說：「荊家屯是河東最大的屯子，您爲地方上管事這許多年了，沒人說過您一句不字，如今，謎團沒解破，事情沒弄清，您撒手不管了，誰能接下您這付擔子？……您心裏若真犯疑難，不妨再跟西岸的葉爾靖葉兄他們商量商量，看他們的看法如何？」

「也好。」荊龍說：「我即使決定不再管事，按理也該讓他們明白，我這樣做，也是不得已的。事情弄得這樣，我不能不懷疑自己無能。」

荊龍說到做到，很快就到河西去拜訪葉爾靖和劉厚甫他們，把自己的心意坦率表明了。

「我看，您大可不必委屈自己。」葉爾靖沉靜的尋思許久說：「我認爲康九鬧出的這宗案子，絕不是單純的感情衝動，或是他私人跟女巫小桃有什麼過節，如果有，也瞞不住人的，康九背後，也許還有暗中主使的人物，一直沒曾露面，您焉知康九不是外面差來臥底的？」

「康九若真是臥底的，他怎麼會幹出這種瘋狂的事來呢？」荊龍說。

「那只是不巧被發現了，」葉爾靖說：「假設當時不發現哨棚子裏的人被殺害，他康九在殺害女巫後，悄悄溜回屯裏去，不又是一宗無頭命案麼？……這跟當年我兄弟爾昌的案子，正是同樣的，這也就是說：有人在暗地裏打荊葉兩家的主意爲時已久了！您若就此袖手不問外事，那可是正合上了對方的心意，他們必會趁機逐步的逼進靈河來的。當然，我說這話，並沒握住什麼憑據，僅是依照事情的跡象，按理猜測而已，俗說欺人之心不可有，防人之心不可無，您得顧慮到這一點。」

「葉少屯主的話，不能說沒有道理。」劉厚甫說：「您得要多加考慮。我想，天下事無論有多疑難，總有個事理在，不斷的查察推敲，總會弄明白的，這段時期，您可放不了手。」

「我也認真想過了。」荊龍說：「不統帶槍隊和全然放手不管事大有區別，也許那樣一來，我會有更多時間，單單來追究這些蹺蹊事的原委！」

「假如您有這樣打算的話，事情倒是可行，」葉爾靖仍然在慎重思考之後才緩緩的說：「不過，槍隊和銃隊在防範上不能疏忽，我總是有這樣的預感，覺得靈河就要興起大的波瀾來了，而且並不是從一方面來的，也許會使人防不勝防呢。」

「我想，槍隊銃隊在荊朔和柳和手上，防範上不會疏忽的。」荊龍說：「不過，假如再有這樣出人意外的事情發生，那可是誰也防範不了的。」

無論大家怎樣勸說，荊龍仍然打定主意，不再爲靈河兩岸出頭管事了，他的脾性，當地的人都知道的，他是說一是一，難更改，也只有由著他了。掐指數算日子，再有個把來月，就到野市收市的時辰了，臨到那時，各人歸屯歸戶，環境就會覺得單純起來，他們只盼荆龍不管事的這段日子平安度過，朝後去，局面就容易控制得多了！

荆龍決定不再管事的消息傳出來之後，靈河兩岸的居民們都很驚駭，正像他們驚駭於康九鬧出的命案一樣，認爲都是不可思議的事情，荆龍是荆家屯大房頭的老長輩，世代都是一族之長，他爲當地各村屯管事業已有半輩子了，從來也沒有出過岔子，這一回，事情竟然出在由他聘來的護屯師傅康九的頭上，使人大感意外，當然也有很多蜚短流長的閒言閒語，這可是使荆龍難以忍受的，但他怎能爲旁人的幾句閒言語，就能把這些沒有結果的案子擱在一邊，就此不管事了呢？

但事實總歸是事實，荆龍一回河東，就埋頭在宅子真不露面了，槍隊仍由荆朔率領，至於總領東岸各村屯的事，全交給了獵戶首領楊大郎了。

不錯，楊大郎確是一條肯擔當，有膽識的漢子，但他粗豪爽直，缺少心計，在經驗閱歷上，不及荆龍遠甚，真要碰上盜匪捲襲，要他明打明上，他行，像這種暗中疑雲捲盪，撲朔迷離的案件，讓他接手去追究，誰都看出他不是這種材料，所以，一聽說楊大郎接代荆龍，連小賣鋪裏的溫老爹也嘆說：

「硬要瞎鷹去捉兔子，不是專靠爪尖翅硬就能成事的，楊大郎能衝能撞是不錯的，可惜用錯了地方，旁人看不出可以，難道荆龍心裏沒有數嗎？」

「依我看，這全是荆龍安排妥了的，」史福老爹說：「他明是不管事，實際上更容易在暗裏查察，退一步看，也許對方認爲荆龍老了，更會亟亟的圖謀，這樣，暗中的線索上浮，就不難得著端倪啦。」

「兩位可甭忘記，柳和，老雷，也都是有經驗的幹家，」吳奇欽說：「有他們在，楊大郎即使粗率些，也沒有什麼要緊，何況葉爾靖葉爺的肩膀上，還挑了靈河一半的擔子呢。」

這些言語，一陣風般的刮過嬌靈的耳朵，打上次遭遇火焚野市的恐怖場景之後，嬌靈自覺突然成長了許多，早先從沒想到的，她懂得開始想了，她擔心著有不可解的事，會在靈河兩岸發生。

不久，她的擔心就已證實了，她沒有搭筏過河，去擠看女巫和康九的屍體，但她閉上眼，能想到那種淒慘流血的場景……，這件事過去之後，接著來的會是什麼樣的事呢？議論的言語，是眾多不安的浮泡，朝上翻昇著，她不懂很多外間的事情，但她覺得出康九鬧出的這宗命案之外，還有些線索通到深深的黑裏，直至目前，仍沒有誰能確實知道黑裏包孕著什麼?!

這種擔心，使她沒有再去逛野市，她瞧熱鬧的心，早已被沖淡了。

早年裏，她不太喜歡隆冬，起風落雪的大寒天，總把人困在火盆邊，有些起風訊的日子，小賣鋪裏，不論生客熟客，連一張人臉都見不著，真能悶黃人的臉。但今年，她卻默默祝禱著，盼望天快冷起來，野市早些散市，讓人人都回到家裏去，也許有些天真，她總想，要是人人都回到家，蹲在爐火邊，這世上殘忍橫暴的事，就不會層出不窮啦。

也許有些困惑難解的事，要等到鐵山來時，讓他來破解的了，鐵山雖說一樣是年輕的小夥子，比自己大不了幾歲，但他似乎比自己懂得的，多出太多。

她盼望雪後的獵季早些來，靈河早些封凍，那時候，人能踏著冰面來往，無需費時搭乘木筏，她要是見著鐵山，一定要把藏在心底的眾多言語都抖出來，該說的說，該問的問，好好兒的宣洩宣洩。

第五章　寒意襲人

不管靈河岸發生了怎樣使人駭怪的事，野市上的交易仍然很旺盛，皮毛商大量的收取皮貨，把篷車都堆滿了，石器和紡織物的銷量也很多，使當地設攤的人家，錢袋都裝得鼓鼓的，而城裏販賣日用品和各式雜貨的商販，又要盡花招，誘使當地居民鬆開錢袋口，把賺得的錢再花出去，像拉鋸般的，你來我往的拉扯著。

柳和所率的馬隊，仍不時的進出野市，梭巡照應著，但對正常的交易，他也無權干預，那些皮毛商反而當面笑他，說馬隊走錯了地方。

「光對外路人斜眼扭鼻有什麼用？」鄭旺說：「命案出在荆家屯裏面，難道不讓咱們看笑話？老實說，靈河岸這種血淋淋的笑話，我真不忍心看了，收足了皮毛，誰還願窩在這兒受罪?!」

「是啊！一把皮貨收妥，咱們立時放車走。」疤眼陸說：「讓他們自己關起門去鬧，事情就不會牽扯到咱們頭上來了。」

「我想，諸位不致錯怪到荆大爺的頭上罷，」柳和捺著性子，陪笑說：「咱們曾經一再說過，野市經不得再遭一場火劫了，這只是防範宵小，絕沒有懷疑諸位會怎麼樣？……萬一再有一場火，把諸位堆皮貨的車子給引燃了，那又怎辦呢？若不是防著這個，誰又願意成天餐風飲露的兜著馬匹在外面打轉來著？」

「您可甭當真，柳師傅，」鄭旺說：「咱們只是說幾句開心逗趣的話，老實說，靈河鬧出康九那種怪案子，咱們心裏太沉重了，康九爲什麼要那樣幹，甚至把他自己的命全貼上去呢？……他荆大爺應該查明白的，康九是他禮聘來的人，他總得對被害的人家有一番交代呀！」

「事情既鬧出來，總是要澄清的，」柳和說：「不過，荊大爺他倒很磊落，不願推卸，儘管他不再總領各村屯的事了，對於已鬧出的事，他還是要負責收拾的。」

「但願他能收拾，」倪胖子說：「靈河若再像這樣亂下去，盡出駭怪的事兒，朝後去，嚇得咱們這些外客都不敢再來啦。」

鄭旺是這樣表示，皮貨商們跟著這樣表示，來野市作交易的城裏的販子們更是一個鼻眼通氣，柳和屈於形勢，只好勒住馬頭，不再直接進入野市了，靈河岸的居民在生活上全依恃這一季的買賣，也不能開罪這些顧主，即使是荊龍當家，也不能不有一番顧慮。柳和穩沉精細，他想得到這一點。

荊龍回宅不再管事了，新挑起擔子的楊大郎夠忙亂的，女巫小桃落葬後，荒灘的巫堂便空著了，這是靈河兩岸人們難以習慣的，他們在一年當中，有許多祭典都得由巫女出面行關目，有關火與狼的，神龜石的，若干不成文的荒野律法，也都握在巫女的手裏，失去她，也就使靈河在若干事情上變成紛紜多緒了。

通常，當巫堂裏的巫女老了，按例會由她卜選她的一位門徒，或是挑揀一個承續巫堂香火的新人來接替，但這次巫女小桃被刺，無法按照往例辦理，楊大郎只有把這事交給巫門各香火堂子自行推舉了。

靈河兩岸各村屯一共有七處巫堂，而以荒灘上的這座巫堂規模最大，香火供奉最多，手握的權勢也很令人羨慕，但也有一層使人顧慮的，就是荒灘上太孤僻，一個人獨住在狼泓邊極爲危險，一般膽小的，即使眼紅那個差事，真讓她去，她也會搖股戰慄。

各香火堂的巫婆們設供品，行關目，推舉的結果，由荊家屯的大腳巫婆荊四嫂去接小桃那個位置。

荊四嫂年紀不算大，也不過卅五六歲，人生得風流俏刮，可惜年輕輕就死掉了丈夫，有人說她命硬，顴骨高，臉皮薄薄的隱泛桃花色，真是個天生的寡婦相，但她能說會道，信她的人很多，由她去頂替小桃，很多人都說是選對了人了。

「真是選對了人了嗎？」荊龍跟柳和商議這事時，搖著頭說：「我不懂，各村屯巫門的人多得很，他們為什麼要推選荊家屯的一個寡婦?!朝後不起風波便罷，一起了風波，難免又推到荊家的頭上。」

「這很難說，」柳和思忖著：「不過，人是由巫門裏推舉出來的，執事的楊大爺也會同河西葉爾靖他們一道兒辦理的，目前也只有認了，至於內情如何?您不妨找雷師傅談談，他是專管打探消息的。」

「老雷？」荊龍說：「我已跟他談過了，他究竟不是當地人，辦起事來隔了一層，他也帶著人到各處去打過轉，但連半點頭緒都沒有，事情委實太難辦，我也不能責怪他。如今，我手邊缺少得力的人能替我在暗中辦事的，長此下去，可不是辦法。」

「是啊！」柳和說：「楊大爺雖是接管槍銃隊，但他一個人的力量有限，您得幫助他保守這塊地方，不讓奸邪歹毒的人趁機插足，難就難在您無論走到哪兒，別人都認得您，出面辦事，有諸多的不便，老雷若再不靈，那就耳目盡失了。」

「我是純為保鄉保土著想，」荊龍說：「這些年來，我總認為靈河這一帶荒涼貧瘠，不會惹外人眼紅的，誰知事情並不那麼單純，等到暗潮湧動之後再行設法查究，總覺在準備上晚了一步，這真正是一步差池，步步差池，先機始終握在對方的手裏，若想追過對方，非得下加倍的工夫不可。」

「您這麼一說，我倒想起個人來，」柳和說：「那就是小一輩裏的鐵山，論身手，講機警，他都不比尋常，您若有事，不妨託囑他，他絕不會使您失望的。」

「嗯，鐵山那孩子真是塊好材料！」荊龍說。

「當然，目前要他替您辦事，他實在是顯得太年輕了一點，」柳和說：「但人都是歷練出來的，人說：不經一事，不長一智，您若早些給他充分磨練的機會，日後靈河岸若是風雲湧動，這付擔子說不定會落到他的肩上呢！」

荊龍想想，柳和說的話真是有幾分道理，自己平時總把年輕的子侄輩看成不解事的孩子，對鐵山也是如此，若不經柳和這麼一提，自己還轉不過彎兒來呢！

「好，」他說：「我這就著人去找他。」

鐵山在荊家屯一般長輩的眼裏，算不得是爭氣的孩子，荊家屯的人，以經商、務農爲正宗行業，而鐵山偏偏選上了行獵，有人曾經說過：

「他是投錯了胎了，該投到楊家莊去的。」

但鐵山不計較別人怎麼說，他不但自己行獵，還糾合屯裏的一些年輕漢子組了獵隊，和其他村屯的獵隊在靈河岸的獵場上競獵，他獵取的水獺、紅狐、野兔，要比旁人更多。

「打獵傷生的那種老話，在這兒用不上，」他說：「那是有田可耕的地方說的，這兒一片砂石，插不進犁尖，全靠皮毛野物過日子，咱們打獵，能說不是正經活兒？」

正因鐵山選的是這一行，幾年來，他跑遍了靈河上下游各處地方，也認識了各村屯的住戶，當荊龍著人來找他的時刻，他業已料中有事要辦了。

那是傍晚時分，荊龍的屋裏剛掌上燈，荊龍背著手，在前廳裏來回的踱步，沉沉鬱鬱的，彷彿在想著心事。

鐵山悄悄的進來了，屏住氣，沒敢出聲，垂手站立在邊上，等著他伯父荊龍叫喚。燈燄突突的跳動著，光暈不夠亮，荊龍巨大而奇幻的影子在壁間閃動，這樣又過了一會兒，鐵山才小心翼翼的輕輕叫了一聲。

荊龍這才從沉思裏醒轉，口裏發出一聲輕哦，抬頭望著他這個堂房的侄子，臉上顯出一絲笑意來說：

「總算把你給找來了，鐵山。」

「不知您有什麼吩咐的？」鐵山說。

「有好些事窩在我心裏，想找你談談，」荊龍呼了口氣，坐了下來，又指著身邊的一把椅子，示意他坐下來好講話。

鐵山搓搓手，荊龍便加了一句說：「要你坐，你就坐呀！」

鐵山還是坐下來了。

「打野市開市後，那場火劫，你算看到了，」荊龍說：「我曾查察過，火頭不只一處，顯係有人在暗中縱火，但一直沒追查出縱火的人和縱火的原因來！……緊接著，命案發生了，殺死荒灘上女巫小桃和兩個在渡口守哨的，疑凶竟會是本屯護屯師傅康九？可惜康九用攮子了結了他自己，一個活口都沒留下，使得這案子毫無線索可循，又變成了一宗無頭命案，這使我不得不自認處事荒疏，斷事無能，我今晚找你來，就是要問問，你對這兩宗事情有什麼看法？你幹的是行獵的行當，又在野市上設了攤位，該算是耳目靈便的。」

「跟伯父回話，」鐵山恭敬的說：「侄兒們年輕識淺，對這兩宗蹺蹊事兒不敢隨意下斷語，但我以爲，外邊打靈河這塊地方主意的，決非單只是某一方面，像皮毛商鄭旺以及疤眼陸、胖子老倪那一夥，他們袋裏有錢，城裏有勢，犯不著這樣暗中動手腳，像大龍寨的牛鬍子，單家溝的陰陽眼，老王集的活剝皮老許他們，如果要來搶劫，一定也會擰股結夥，呼嘯而來，讓他們暗中幹這些，逐步侵蝕，他們也沒有這種耐心。」

「不錯，」荊龍說：「你這番剖白很有道理，足證這宗事情，不是外地人作主做出來的。」

「侄兒也只是就事理推測罷了。」鐵山說。

「依你看以上兩種人物都不至於幹這兩宗案子，那麼又會是誰幹的呢？」

「侄兒猜想，是靈河當地有了些問題。」鐵山說：「內裏有人想幹些什麼，他們一面向外面搭線，一面要造成當地的混亂，若不起混亂，他們便無法插足得利，所以，這是裏外勾結著來的。」

「嗯，你這番話，說得太透澈了！」荊龍點頭說：「實在說，我還沒想到這一層上，它原是一面縱橫交錯的蛛網，根根相連著，單獨去找一根線，便沒有頭緒了。我找你來，不光是問你這些，卻是想讓你在暗中做些事情——把隱在暗處的這撮子人給我揪出來。」

鐵山臉色沉凝，想了一想說：

「伯父的吩咐，侄兒自當盡力，不過，依照目前的跡象，只怕還早了一點，等到事情逐漸的浮上來，揪人並不是難事，您知道，事情不久就會浮上來的。侄兒在暗中留意著，一有消息，自會過來跟您回話的。」

「好罷，」荊龍說：「你若是遇著難處，隨時跟我講，荊朔和柳和師傅兩個，也都會幫助你的。」

年輕的鐵山辭出去，荊龍又站起身來，繞室來回踱動著，在鐵山的話裏，雖然找不出哪些人可疑，他卻覺得，這個年輕人分析得很有道理，有些連他也沒有想到的，對方卻已經想到了。柳和的推薦，真是幫了他一個大忙，如今，槍隊銃隊雖都交給了楊大郎了，但他絕不能在一邊袖手不管事，眼睜睜的看著宵小得勢。

野市收市前，那些皮貨商們一個個都滿載而歸了。城裏的販子們仍然穿梭來去，把平常的貨品收拾起來，改售年貨，使野市上的一整條街，都變成五顏六色的多彩世界，賣掛廊的，替人寫紅對子的，賣香燭紙馬的，賣年畫和唱本兒的，賣新鮮頭飾的，賣花刀花槍和各式糖果的，捏五彩泥娃娃，……匯成一股濃郁的年景。開市的那場火劫以及荒灘上撲朔迷離的命案，在家家戶戶準備忙年的氣氛裏，逐漸淡了下去，幾乎沒有誰再願去追究了。

嬌靈又夥著桂英、七巧和喜妹幾個，到野市上去覓年貨，她曾有心的繞到皮毛攤位那邊去，經過鐵山當初開設的攤子，但野市移地重建過，鐵山已經不在那裏了。

她們回到河西不久，野市就已經正式收了市，緊接著，天起了頭場風訊，風尖寒得像是刀刃，早起時，遍地都落了一層硝粉似的濃霜。

寒冬來後，人們都縮伏在宅子裏，圍著爐，就著火，有些人仍然在編籃子編筐籮，有些在鑿石器，婦人們捻著線，紡著紗，或是播揀明春的糧種，在安閒裏，仍然找出活兒來做。

而小賣鋪裏的溫老爹就不成了，他年輕時受了風濕，到老來，風濕纏著人，通身的關節和膝蓋都非常敏感，使他能用身上的酸疼或是麻木來預測晴雨。

「我說，嬌靈，天氣轉壞啦，要起風飄雪啦。」他搥著腰說：「妳到屋後拔些風寒草，晾乾，替我泡些風寒酒，我要不每天喝上幾盅，只怕起不得床啦！」

嬌靈去摘風寒草，那種草，葉子厚而長，灰白灰白的，有些人叫它小艾，有些人又叫它芙蓉，這種野生植物在高崖上亂蓬蓬的長了一大片，她每年冬前，都幫著爺爺摘取它的莖和葉，攤在簷前晾乾了泡酒給他飲用。

她沒有得過風濕症，不知那種一般稱爲老人病的病症，究竟是怎麼樣的滋味，每當她看到爺爺皺著眉，一會兒搥腿，一會兒搥腰，卻想到它真是難受的病魔，夠纏人的，奇怪的是：每年都泡風寒酒，喝了酒的爺爺也只能維持著，卻並沒有真的把浸入身體的風濕驅走。

她到屋後去摘風寒草，遠遠的，看到周禿子的木筏載著幾個獵戶模樣的人過河來了。

她招起手，搭在眉上矚望著，由於距離遠了些，她看不清那都是些什麼樣的人？她心裏納罕著，野市雖是結束了，離開靈河封凍還有一段時辰，也就是說，離開隆冬圍獵的時辰，還隔著一段日子，誰會在當口過河來呢？

那會是鐵山嗎？

她搖搖頭，自覺這想法站不住，靈河兩岸的獵戶們，雖然沒有明白的劃分獵區和獵場，但在習慣上，攜著槍銃，隔河行獵的例子，卻從來沒發生過，只有河當央的荒灘是公開的獵地，兩岸無論哪個村屯都可以在那邊行獵，除開一項由巫堂頒下的禁律——不得越過狼泓，去驚擾那些狼群。

逐漸的，木筏靠近崖下的渡口了，她站起身，握著一把風寒草，出神的朝下看，木筏上的年輕漢子一個個的跳上岸來了，旁的人她不認識，但領頭的那一個，確是她早晚都在惦記著的表哥鐵山。他們雖然穿著一般的獵手裝束，但都空著兩手，沒攜槍銃和獵簍，不像是準備行獵的樣子。

「嗳，鐵山哥，我在這兒！」她大聲的招呼說。

鐵山抬起頭，一眼就看到她了，他仰著臉朝她笑，露出一排白白的、野性的牙齒。

「嬌靈，當心點兒。」他說：「崖上的風猛，當心把妳給吹落下來。妳一個人冒著風，跑到崖背上去幹什麼？快下來罷。」

「你瞧，」她說：「我在摘風寒草，替爺爺泡酒！」

「小賣鋪在崖上？」鐵山說。

「嗯。」她說：「你打渡口那邊小街上繞過來罷，我這就去跟爺爺說去，上回你要來，我告訴過爺爺了，他說我拾回一門親戚，他好歡喜。」

他點點頭，一股子喜悅像潮水股的從她心底漫上來，她把已摘的風寒草兜在衣兜裏，急急匆匆的跑回了頭屋，衝著老人叫說：

「爺爺，您知道誰來了？河東荊家的鐵山，他過河來看望您來啦。」

「是那孩子？」老人眨眨眼說：「這許多年，我沒見過他的面，也不知他長的是什麼樣子，他怎會想起過河來看我，也許嘴頭上說的是看我，心裏卻是看他表妹來的罷？……我雖老了，但我年輕過，我懂得年輕人的心。」

嬌靈的臉有些漲紅，但她低下頭望了望鞋尖，沒再說什麼。

老人朝孫女看了一眼，看出她的窘態來，便又笑著說：

「甭盡呆著，快去接鐵山去罷。」

嬌靈剛剛跨出門，鐵山和他的幾個同伴業已上得坡，走到門口來了。

「你不是說雪後到荒灘圍獵時，才得空過河來的嗎？」嬌靈說：「怎麼來得這麼早了？」

「我是到葉家屯去辦事的，」鐵山說：「趁這機會來看老爺爺和妳，……再說，我能過門不入嗎？」

「就請進屋坐罷，」嬌靈央說：「爺爺在等著呢。」

在她央鐵山進屋時，總覺少說了一句什麼話，一時情急，竟把湧到嘴邊的話給忘記了，等她想起來，脫口喊出：當心你的頭！鐵山已經一頭撞在門框上了，由於他的個頭兒高大，邁步又急了一點，這一下撞得咚咚響，連茅簷都起了震動。

「哎呀，你撞得怎樣了？」嬌靈惶急的問說。

鐵山用手揉著腦袋，仍然笑著說：「我想還不要緊，這是我初次上門拜見老爺爺，只當替老爺爺跪地叩響頭的。」他轉臉朝後面幾個同伴說：「你們進屋，最好彎彎腰，不要拿我做樣兒，皮包血的腦袋總撞不過木頭。」

原來低矮沉黯的小賣鋪，一旦湧進好幾條年輕的漢子，彷彿立即就光鮮了許多，也熱鬧了許多。老爺爺有些人老眼花了，當嬌靈把鐵山拖著和他見面時，他不斷的擠著眼，朝對方招手說：

「你走近點，蹲蹲身，讓我仔細的瞧看瞧看，這許多年，我跟你們家沒有來往，從沒有互相走動過，這回難得見了你的面，總得仔細端詳端詳，留張熟臉在心上，要不然，我又會忘記你長得像什麼樣兒啦！」

鐵山果真湊上前去，仰著臉，由老人端詳了一會兒，溫老爹邊看邊點頭，讚許他一身好骨架，一副好貌相，他說：

「鐵山，這名字取得也好，正和你的人一樣，真像一座鐵鑄的山，你坐著說話罷。」

等鐵山落坐後，老人又說：

「有宗事，我該當面謝你，鐵山，野市起火，多虧你在危急的時刻把嬌靈從火場裏救出來，你姑媽只留下這一個孩兒，跟我相依爲命的……。」

「只是恰巧遇上了，」鐵山說：「當時我也陷在火場裏，亂鑽亂撞，這幾位當時都跟我在一道兒，大夥兒用長木撞出一條火巷朝外奔，哪算救人？只能算是自己逃命罷了。」

「鐵山哥，你可甭這樣說，」嬌靈在一邊說：「我要是沒遇上你，十有八九就陷在火裏出不來啦，還有你送的那張紅狐皮，我已經做了套袖和手筒了，讓我在這兒一併謝你罷。」

「哪兒的話？」鐵山蕩出響亮的笑聲來說：「左一謝，右一謝，我在這兒還能坐得下去嗎？讓我跟老爺爺引見我這幾個打獵的朋友罷，……這幾個全住荊家屯附近，這位叫佟忠，從下面的澗溪搬來的，在靈河落戶，到他是第三代了。這位是程世寶，這位是林小眼，他是咱們一夥人裏的主意罐子，外號叫獾狗的。」

「你們年輕人，就愛嘲謔人，」溫老爹說：「給人取這個諢號，多不雅馴。」

「不要緊的，」林小眼瞇著他的那雙小眼說：「他們叫習慣了，我也聽習慣了，其實，我自問沒有獾狗那麼機警快捷，他們這樣的叫喚我，真算是抬舉了我呢，何況，這名字並不是鐵山送的，他也只是跟著人叫罷了！」

「鐵山，你平素沒到河西來過，」溫老爹說：「這回帶著幾個朋友來這邊，想必還有事辦罷？」

「老爺爺問得是。」鐵山說：「目前野市是收了市了，外地來的商販也都紛紛放車回程了，但野市開市期間，火劫和命案都還覓不著一絲線索，變成兩個解不開的死疙瘩，……晚輩雖是年輕不解事，卻也恨著在暗中搗鬼的那些傢伙，趁著落雪前這段日子四處走走，探聽探聽消息，事實上，有許多線索，都是在不經意間得來的。」

「不錯，」溫老爹說：「靈河兩岸的人都盼望日子過得平靜，沒波沒浪的那麼安逸，當然要每個人都能盡份力，不能單靠楊大郎、葉爾靖他們幾個管事的單獨撐持，這些時，我也常掛心著這宗事，不過，天寒了，人少了，沒人到小賣鋪來跟我談這些，正在悶的慌呢。」

「只要晚輩們得空，定當多過來陪您聊天聒話。」鐵山說：「不過今天要匆忙些，等歇我們還得到葉家屯走一走，看看一些在野市上新認識的年輕朋友。」

「不用了晌午飯再走？」

「我看不用了。」鐵山說：「去過葉家屯，咱們還得早點兒搭木筏朝回趕，冬頭上，夜長晝短，不用多久，太陽就甩西啦。」

「飯不吃了，茶總要多喝一盅罷。」溫老爹說：「嬌靈，你見著你表哥來了，一副熱乎乎的樣子，進門卻不招呼一聲，讓人碰了頭，如今又呆在一邊，連茶也不倒幾盅，哪是待客的禮數？」

「您瞧，我只顧著多聽您跟鐵山哥講話，把這個都給忘啦！」嬌靈有些惶亂的說。

「您甭讓表妹忙乎了！」鐵山說：「咱們略坐一會就走，朝後得空，隨時會過來看望您的。」

鐵山果真只坐了一會兒就起身告辭了，嬌靈倚在門邊，望著他和那幾個朋友遠去的背影，消失在光禿的疏林那邊，悵悵的，彷彿失落了什麼？

鐵山是個有活力，熱心腸的年輕漢子，當靈河岸暗流湧動的時辰，即使荆龍不託囑他，他也不是袖手旁觀的，但他只是一個獵手，對於獵水獺，獵獾狗和獵紅狐，他也許懂得很多，說是讓他打聽消息，追查縱火案和沒頭沒腦的命案，他在行嗎？

但願這只是人們的瞎猜疑，朝後不會再出這種可怕的事情，她相信，有一個熱鬧的年，一個漫長的冬寒季，平平穩穩的度過去，人們便會把這兩宗案子逐漸的淡忘了，像當年的葉爾昌命案一樣。

可是一陣寒意從她心底掠過去，使她敏感的覺出，事情不會如她所想的那麼單純，若真有什麼歹人在暗地裏興風作浪，連主事多年的荆龍都沒能防得了，何況乎像鐵山這樣年輕的漢子？

一陣寒風吹過來，捲起遍地的落葉，蝶群般的在荒路頭上逐舞著，她不願再看這種光景，扭回頭，坐到爐火邊來了，和爺爺共著一盆火，是她目前唯一能做的事，誰讓她是一個女孩兒呢。

第六章　暗潮

每到冬寒季，荒灘上野狼的嗥聲便分外的銳利，牠們在春間夏日不愁捕獲小獵物果腹，倒還安靜些，但當大雪蓋野，天寒地凍時，狼群的獵食受到影響，饑餓便迫使牠們騷動起來。

兩岸的人們也都知道，野狼群四出侵擾人畜，多半是在冬寒季節，一方面由於牠們的饑餓，一方面由於靈河的河面冰封，狼群滑行過冰面，像在陸上一樣的方便，所以，寒冬季來臨時，家家戶戶都把防狼當成要務，不單掛在嘴上，也記在心上。

早些年裏，巫堂裏的巫女阻止獵戶們肆意的獵狼，說是狼有狼神，護著牠的子孫族群，萬一開罪了狼神，這一方就會遭到刼難。這種說法，雖不爲人所盡信，但人們生活在蠻荒裏，對於一切未可知的事物，總是滿懷虔敬和原始的凜懼；再說，狼的價值，遠不及紅狐和水獺，而獵起牠來，危險性很高，於是便聽從了巫女，讓她夜夜在神狼樹上昇起紅燈，據說巫女所施行的一種魔法，可以把野狼拘束在牠們巢窟裏，不致四處傷人。

事實上，恐怕誰都明白，這魔法並非具有多大的效驗，其中有一任女巫，就是喪身在狼群的嘴裏，但人們一向依從的傳統習俗，是很難打破的，沒有人開頭犯禁，旁人雖然疑惑，納罕，但事沒臨身，便也都忍受了。小賣鋪的溫老爹就曾爲這事慨嘆過，他說：

「嗨，我可沒聽過人養著狼的，長此下去能不出事？」

「爺爺說的是。」嬌靈說：「但您說的話，有誰肯認真的聽啊?!」

「爺爺我老了，」溫老爹說：「看到這一步，不忍悶在心裏，總有一天，當野狼繁衍到狼泓擠不下的程度，牠們成群的遷移到兩岸來，那時候，人們就明白利害了。妳不妨把我的話記著。」

「爺爺您忘了？這種話，您早就說過，我也早就記著啦！」嬌靈說。

其實，嬌靈記著的，還不僅僅是這幾句話，她還記得爺爺講過的所有關於狼的故事，寒冬的夜晚，彤雲蓋著天，嚴絲合縫的，連一點月色和星光都不漏透下來，窗外黑得伸手不見五指，荒灘上野狼的嘷聲淒厲綿長，彷彿要把天和地都撕裂一樣。

也不知怎麼的，當她聽到這聲音的時候，她便彷彿在黑夜裏看見了狼群的影子，她總把狼群和意想裏的、隱在暗處的歹人攪混在一起，一剎間，人與狼便變成一個東西，很難分得清了。

這是一種內心恐怖而產生的幻覺，並不是真的，嬌靈心裏也有數，但這種幻覺很難驅逐得了，它們會幻變出無數奇怪的，可怖的圖景來，絞纏著，糾葛著，逐漸擴大，一直滾進她的夢裏去。

轉眼臨到十二月了，一場風訊接著一場風訊，冰雪封住道路，使靈河兩岸的人在感覺上和外間的世界暫時阻絕了，靈河還沒封凍，但在河岸近水流較緩的地方，結了一層犬牙狀的薄冰，由於過渡的人不多，周禿子弟兄也樂得清閒，一天只放兩三班木筏，落幾文錢好喝喝晚酒。

他到小賣鋪來買酒時，溫老爹問說：

「嗳，禿子，最近你耳風刮著什麼消息沒有？」

「有是有，」周禿子說：「空穴來風不能信的，有人說：大龍家寨那邊的牛鬍子，到叉路口孟家莊來過，幾個人，幾匹馬，旋風似的打了一個轉，又走了，另有一些陌生的臉孔，出現在二馬開設的賭場上，說他們是行商，又沒有捎貨，說他們是盜匪，他們又沒帶槍枝，沒幹下什麼案子。」

「荊家屯的雷師傅沒查究嗎？」溫老爹說。

「您說土鱉子老雷？」周禿子搖頭說：「他查了又能怎麼樣？誰也不能擋得旁人不過路

呀！……後來，有人傳說牛鬍子有意糾合其他各股人來踹靈河，也許會趁著年前動手，據我看，這也只是說說而已。」

「你怎敢這樣下斷語呢？」溫老爹抬起眼皮，捏著煙袋打了斜，整個上身也跟著打了斜。

「老爹，您沒看見嗎？」周禿子說：「儘管荊龍荊大爺沒再管事，楊大郎並沒放鬆槍隊和銃隊，河渡口的哨棚子仍然放著日夜哨，柳和的馬隊，荊朔的槍隊，實力夠強的，土匪願意為幾個沒到手的錢財，睜著兩眼來頂槍子兒嗎？他們的身子也是肉做的，甭說擋不得洋槍子兒，就連噴砂鐵蓮子，也照樣擋不住啊！」

「你也未免把牛鬍子他們看扁了。」溫老爹說：「股匪可不是毛賊，他們悍得很，甭說像靈河這些零散的村屯子，就是較大的鎮市，他們照樣像旋風一樣的一路掃過去，打股匪，不在乎地方大小，槍銃多寡，只要大夥兒一條心，豁命和他們相拚，若沒有這種膽氣，單憑外表的陣仗是嚇不退他們的。」

「靈河岸的人，這種膽氣是有的。」周禿子說：「這一點，我敢相信。」

「當然，」溫老爹說：「愈是溫厚老實的鄉民，愈懂得保鄉保土，怕就怕在這裏面良莠不齊，有些傢伙是兩頭蛇，有些傢伙唯恐天下不亂，更有些傢伙不露聲色，心裏卻另有打算，若不能連根拔除這些莠草，那，牛鬍子真是捲襲過來，可就很難抵禦了。」

「您還沒忘掉冬前的火劫和命案？」周禿子說：「也許那只是巧合，或是康九個人的恩怨，要不然哪會直到如今也沒查出半點眉目來？」

「在事情沒弄個水落石出之前，我可不願下論斷。」溫老爹說：「如今說什麼，我嫌太早了。」

談話當然沒有結果，而眾多的消息仍然不斷的被人輾傳著，有人說：皮貨商鄭旺願意運送槍彈火藥，賣給靈河各村屯，有人說，疤眼陸也拍過胸脯，說是願幫靈河各村屯出力，他曾託人捎信給楊大郎和葉爾靖，願意率一個獵隊下來，如果股匪不來搶劫，他們希望當地的人允許他們在獵場行獵……這是一種交易性的條件。

「嘿，」溫老爹聽著這些，搖頭說：「這些皮貨商，腦瓜裏裝著一把小算盤，一本賬算得真夠精細的，他們哪裏是真心想幫著咱們？他們只是想插腳獲利罷了！」

「這種事，瞞不過明眼人，」史福老爹說：「我想，楊大郎和葉爾靖也不會輕易答應的。」

「那當然，」溫老爹說：「不過，即使不答應他們，不起混亂便罷，一起混亂，他們仍然會想盡方法在靈河插上一腳的，——皮毛產地原就是他們獲利的根本。他們並不熱心旁的，這很明顯，他們懷的是漁翁得利的存心，希望看到這兒起亂子。」

但這種憂心的談論，也只是蹲在火盆邊說一說，天外的變化究竟如何，誰也不能料定。居民們雖然有些疑疑惑惑，惴惴不安，他們仍然磨麵粉，做年糕，修整豬舍牛欄，早晚掃積乾葉，爲過年忙碌著。

這時候，股匪來襲的風聲，突然轉緊了。

按理說，大股的盜匪很少揀著風雪嚴寒的季節行動的，一來路途泥濘，進出不便，二來一路上留下足跡或是蹄痕，容易洩露本身機密，不過，牛鬍子這些悍匪並不在乎這一點，他從不隱匿的把他的架子山搭在大龍家寨東面的山窩裏，頗有點佔山爲王的味道。……這一回，牛鬍子糾合了陰陽眼和活剝皮老許三股人屯在單家溝附近，先差了人過來，坐在二馬的賭場裏，逼著二馬出面，和楊大郎談盤子。

談盤子的意思就是先講條件，要靈河各村屯湊出一筆爲數頗巨的銀洋，雙手端出來，並且限定送款的日期，要是不答應，或是超過限期，經過催討還不見送錢的話，他們就會硬行灌撲過來了。

替牛鬍子來遞話的二馬，騎著一匹牲口，直接到楊家屯子去見楊大郎，把話給遞上了，楊大郎指著二馬說：

「好哇，二馬，靈河一帶的人可沒虧待你，這回你可現了原形啦！原來是你勾結牛鬍子這幫盜匪來捲劫靈河的？」

「哎喲，楊大爺，您可是冤死我啦！」二馬說：「我雖開設賭場，算不得正經行當，但我總是朝著高處混的，全靠當地的大爺幫忙混口飯吃，我哪兒敢做這種吃裏扒外的事情？」

「嘿，」楊大郎冷笑說：「既能替他們開盤子說價了，還用得著縮頭推諉嗎？你這一套花槍，少在我的面前耍了！」

「冤枉，楊大爺，這真是天大的冤枉！」二馬苦著臉，竟然跪倒下來說：「牛鬍子老奸巨滑，不願讓他手下人擔風險，便著人盤踞賭場，窩住了我的老婆，逼我來跑腿遞話，我要是不跑這一趟，我老婆的命就沒啦。」

二馬這樣一哀苦，楊大郎的臉色也就緩和下來，平靜的說：

「你起來罷，你既不是哈迷蚩，我也不會割掉你的鼻子，你替我傳話給牛鬍子的人，說是靈河各村屯不吃他們這一杯，當地的漢子都說的是一樣的話：要人？人一個，要命？命一條！他想捲靈河，放馬過來罷！」

楊大郎把話說得斬釘截鐵，擲地有聲，讓二馬惶恐狼狽的遁回賭場去回話去了。

事態這麼嚴重，他不得不立即召聚東岸各村屯的執事的人物，來商議抵禦的方法。石紅鼻子認為靈河兩岸的住戶老老實實，本本分分的自立謀生，原已活得夠辛苦，他們從沒怨天尤人吐過怨聲，這一回，盜匪欺到人的頭上，只有奮力自保，來它一個兵來將擋，水來土掩，和對方豁著幹上了！……飛刀柳和認爲知己知彼最爲要緊，即使和對方硬幹，也要弄清楚對方的虛實，講求防匪的方法，即速連絡西岸的葉爾靖使大家步調一致，彼此配合，才能不使股匪得逞。

「據兄弟所知，牛鬍子這回拉人屯在單家溝，是事先計算過的！」土鱉子老雷說：「他們三股人擰合起來，總有近千的人頭，這種實力，足能捲州劫縣，單憑靈河岸的這點刀矛槍銃，想硬抗他們恐怕不成，我認爲楊大爺還得慎重。」

「怎麼慎重呢？雷師傅？」楊大郎忿然的說：「難道要咱們乖乖的抬出錢去，餵送那些豺狼虎豹？老實說，他們得寸進尺，貪而無饜，有一必有二，是需索無盡的，咱們只要略一低頭，便成了水也塡不滿的坑洞，咱們寧願豁掉性命，絕不願意低頭。」

「當然不能低頭，」石紅鼻子說：「不過，兄弟以爲像這種大事，咱們仍該到荊龍荊大爺那兒去求教，憑他的經驗和閱歷，也許能拿出更妥當的方法來的。」

「荊大爺他肯再出面嗎？」

「怎會不肯呢？」石紅鼻子說：「以他那種烈火脾性，即使他不再領著槍丁銃隊，主意他一定會拿的。」

「好！」楊大郎說：「那咱們就親到荊家屯一趟，把事情攤開在荊大爺面前，請他賜教罷。這可是咱們靈河吃緊的辰光，荊大爺他一向是個有主見的人。」

他們一夥人跨上牲口，旋風般的掃向荊京屯，前不久，這一帶曾經落過一場小雪，四野凹處，還積有沒化盡的殘雪，斑斑爛爛的，由於化雪的緣故，天氣略顯溫和些，但路面卻異常的泥濘，真是能滑倒牲口，楊大郎瞧著這種光景，對石紅鼻子和柳和幾個說：

「諸位瞧著了，牛鬍子這些賊，揀著這種天氣拉出來要捲襲咱們，真是要錢不要命的幹法兒。」

「他只是等機會，」土鱉子老雷說：「也許他們打算逼二馬出面遞話，以爲不必動手，就能拿到盤子，有討價的，也有還價的，照他們所要的數目打個對折，他們也就會見好就收，不用硬幹了。」

「哼！做他的霉夢！」楊大郎罵說：「咱們憑什麼把白花花的銀洋，雙手捧給那些強盜？這兒的每一文錢都不是好賺的，他們要錢，就得拿命來換。」

「對！」石紅鼻子附和說：「這種天氣，只要咱們守得住村屯，咱們在屋裏，他們在屋外，白天還不要緊，一夜過來，就能把他們凍僵掉，不用說打了！……牛鬍子要是想不到這一層，他就枉做股匪頭兒啦！」

他們到了荊龍的宅子裏，荊龍在暖房裏會見了他們，楊大郎首先攤開了話，把牛鬍子差人盤踞了二馬的賭場，窩住二馬嫂，逼著二馬出面遞話索款的經過，源源本本的說了一遍，又把自己回絕二馬的話也一併陳明，最後，楊大郎咬牙說：

「早先只聽著風傳，沒料到牛鬍子他們果然想捲劫靈河，而且趁著隆冬季節過來索款，我想過，比咱們富裕的地方多的是，牛鬍子爲什麼偏偏揀著這塊榨不出太多油水的窮鄉僻壤？……我是寧願豁命拚的，不知荊大爺您有什麼高見？」

「牛鬍子這回來索款開盤子，我早料到了！」荊龍說：「你回絕二馬是對的！單幾股匪需索，咱們絕不能輕易答應，一旦讓他們食髓知味，那就沒完沒了啦！」

「楊兄回絕了他們，牛鬍子真會拉人來打嗎？」石紅鼻子伸著下巴，探詢的說。

「來是會的，」荊龍緩緩的吐話說：「不過，在這種天寒地凍，遍野泥濘的時辰，他們也只能擺擺陣仗，做做捲撲的樣子，只要咱們有防備，真說撲打莊屯，那根本談不上，一夜就能把他們凍死。」

「照您這麼說，牛鬍子他不是傻子，他既料到咱們不肯送錢，而他又無法撲打莊屯，他爲何偏要湊著這個時刻過來開盤子呢？」

「也許是他已經拿了人家一筆，受人的託付，不得不拉人出來做做樣兒罷？」荆龍說。

荆龍這話一出口，大家你望我，我望你，都有些發怔，柳和接著問說：

「荆大爺，您的意思是說？……有人慫恿牛鬍子出面，還給了他們的好處了？」

「不錯，」荆龍說：「我猜想是這樣的！牛鬍子如果不受旁人慫恿，他絕不會來打靈河的主意，他們這夥股匪，崛起混世許多年頭了，哪一天打過靈河的主意來著？咱們這些人，都是茅坑的石頭，又臭又硬，錢是沒有幾文，拚勁可大得很，賠本交易，牛鬍子肯做嗎？」

「照這麼說，旁人買通牛鬍子，又打的是怎樣的算盤呢？」楊大郎說。

「造成混亂，」荆龍說：「把事情給它弄得複雜了，他們好從中取利！」

「您的推想好像很有道理。」土鱉子老雷說：「但卻找不著什麼憑據啊！」

「憑據得要慢慢的找。」荆龍說：「如今看樣子還沒到時候呢。不過，牛鬍子是個老奸巨滑的傢伙，他也有他兩頭蛇的想法，假如咱們不加嚴防，他也許會撲開一兩座屯子，或是洗劫散戶，或是趁機擄人當肉票，不怕咱們不贖，這可是要及早防範的。」

「我想這樣罷，荆大爺！」楊大郎說：「如今不比平常時刻，您的經驗閱歷，都要強過兄弟多多，還是由您出面掌理槍丁和銃隊，妥加佈置，要比由兄弟統領強得多，您務必不要推辭。」

「是啊！」石紅鼻子也說：「楊兄他有膽氣，是個猛張飛，但他卻不慣拿主意。」

「不不不，」荊龍拱手說：「承諸位熱心美意，兄弟原不便推辭，但上回火劫，和後來康九命案，多少有些是衝著我來的，對方蓄意要逼我不出面，如今也是如此，……主意我是照拿，出面就不必了，這樣，反而會驚動對方，使事情變化得更難查究。」

「既然荊大爺您這麼說，我看，楊大爺也就不必推讓了。」柳和說：「依您看，對牛騆子可能捲劫各村屯，咱們該怎樣的防範呢？」

「荊家屯是南邊頭一個大屯子，也是入靈河的咽喉地。」荊龍說：「咱們最好把各村的槍銃刀子、人丁精壯，全聚集到一處，鳴鑼通告沿河各散戶，全集中到屯裏來，使對方無法擄掠，我想，牛騆子要撲本屯，他得等到風起，天變，四野再封凍的時刻，那時候，靈河的河面便凍實在了，葉爾靖所率的人槍可以隨時渡河合襲股匪，頭一陣他們佔不著便宜，牛騆子非退不可。」

「荊大爺說得極是！」石紅鼻子說：「咱們兩岸的人槍總合起來，比股匪差不到那兒去。何況咱們以逸待勞，天時、地利、人和全佔盡了，牛騆子真要拉人過來，咱們足可把他給掀翻。」

大家也都覺得荊龍的主意非常妥當，也就紛紛點頭，決定回去鳴鑼聚眾，準備槍火和火藥，爭先烙製乾糧，好在必要時聚到荊家屯裏，和牛騆子周旋。

飛刀柳和、荊朋荊朔和鐵山這些人立即忙碌起來，他們先到沿河的散戶那兒傳告消息，勸他們儘快的收拾細軟物件，撤至荊家屯裏去，然後集中槍銃，憑險據守著荊家屯的外圩牆，一面由鐵山帶著幾個槍丁過河，連絡葉爾靖，請西岸能適時的鳴角應援。

「我不信牛騆子那批烏合之眾真敢帶人砸撲荊家屯子。」荊朋說：「咱們在圩牆外挖了三道深壕，又遍插鹿角，他們想捲劫錢財，是要拿命來換的，任何會算賬的人，只消自己合計合計，就會知道是划不來的了。」

「不論他撲不撲荊家屯子，咱們總是要防備著。」飛刀柳和說：「牛騷子這個股匪頭子的脾性我很清楚，他不出面便罷，一出面，可沒有那麼容易收場的。」

事情果然沒出柳和所料，楊大郎把話擲給二馬帶回去不到三幾天，股匪就從單家溝拉了過來，三股匪眾一共有多少人槍，靈河當地的人並沒親眼見到，因爲股匪的聲勢浩大，各村屯的人一聽到這消息，早就封起柵門，不敢輕易離村外出了。

楊大郎、石紅鼻子和幾個執事的，都暫住在荊龍的宅子裏，等著和來犯的股匪拚戰，柳和的哨馬不斷從外邊帶來新的消息，說是股匪遮斷了靈河通往縣城的道路，牛騷子本人以及和他擰股的陰陽眼、活剝皮老許，都已經到了岔路口，在二馬的賭場裏住下來了。

「荊大爺，您看咱們該怎麼辦呢？」石紅鼻子說：「還在屯子裏坐等著他?!」

「咱們這叫做以靜制動。」荊龍胸有成竹的說：「依我想，牛騷子他們三股頭拉出來，少說也有近千人，這許多人在大寒天裡出動，甭講糧食了，就是燒火柴也需要很多，荊家屯沒有像樣子的村屯，供養不了他們，一個小小的孟莊經不住這批蝗蟲啃的。牛騷子不是不明白這個，他想拉開陣勢，逼得咱們湊錢送過去，他好揣了走路，這種算盤，未免打得太如意了！」

「您上回就這麼說過。」楊大郎說：「咱們決定一毛不拔，他會不會真來捲撲呢？」

「會的。」荊龍說：「狗急了還會跳牆呢，何況牛騷子、陰陽眼和活剝皮老許三個傢伙，都是兇悍成性的傢伙，很少受過挫折的，他們初撲上來，是志在必得，咱們只要挺得住這一回合，股匪強犯靈河的夢就粉碎了，風雪、嚴寒和饑餓，自然會逼退他們。」

屯子裏正在計議著，陰霾的傍晚時分，尖嘴雷公似的二馬，又騎著牲口到荊家屯來了。

二馬被帶到荊龍的宅子裏，見了荊龍和楊大郎，苦著臉，作揖打恭的說：

「荊大爺，楊大爺，我是被逼著遞話來的，牛鬍子如今住在我那兒，孟莊的股匪擠得滿滿的，所有的糧食和柴火全被他們強收去了，這兒是他催討錢款的片子，他要講的，都寫在上頭了。」

荊龍接過片子，看也沒看，就端起茶盞把它壓住了，穩沉的對二馬說：

「二馬，你也是個混人的，咱們不為難你，你回去罷！」

「不不不，這可不成呀，荊大爺。」二馬惶恐的說：「我已跟楊大爺稟告過，我的老婆被他們拘著，弄不好就要命的，您可好歹給幾句回話，讓我好交差呀。」

「楊大爺上次不是把話回絕了嗎？」荊龍說：「咱們靈河各村屯寧折不彎，他牛鬍子甭拿人不留頭馬不留面來恐嚇，他這一套，留著到別處用去，要打要撲，荊家屯就挺在他的眼下，你回去，跟牛當家的說：這話是荊某人親口講的，你下回不必來了。」

荊龍平常脾性燥烈，這一回反而顯得異常的平靜，對二馬說的這番話，不慍不火，臉上還帶著些笑容，他越是這樣的從容鎮靜，越顯得二馬張惶無措，他著了一串揖，鼠竄的遁走了。

荊龍扭過頭來，對楊大郎說：

「早先有個傳聞，說是賊人要進宅偷竊時，會先弄出些動靜來，試試家宅裏主人的反應，有什麼樣的反應，賊人便做什麼樣的決定。」

「這倒沒聽說過。」楊大郎欠欠身說。

「您說說看，」石紅鼻子說：「家宅裏的主人，通常會有些什麼樣的反應呢？」

「第一種是聽見有動靜，立刻掌著燈前後照看，查家門窗關緊沒有。賊人一落眼，就知道家人膽子小，心裏怕，又真是有幾文的，要不然，他就不會這樣小心火燭，戰戰兢兢的提防著了，這種人家，是可以找到適當的機會動手，而且絕不會落空的。」

「不錯，」楊大郎回味著說：「賊人這種判斷，可說是最爲細心，分析得也極精密。」

「第二種是不掌燈，不察看，一聽有人動靜，就放聲的咳嗽，表示小偷你甭來，屋裏有人醒著呢！」荊龍笑說：「其實賊人最不怕的就是這種人了！何以故呢？因爲這種人心虛膽怯，咳嗽只是發聲壯膽而已，真是踰越而入，家主只有求饒的份兒。」

「也相當有道理，這第三種呢？」石紅鼻子說。

荊龍端起茶盞來，消消停停的喝了兩口說：

「真正說來，這第三種人才是賊人最憚忌的，因爲他既不掌燈照看，又不發聲假咳，黑燈黑火，沒有一絲動靜，他也許早有防備，握著一管槍，或是執著一把刀，匿在門後等著呢，賊人莫測高深，只有知難而退了。……剛剛二馬過來，咱們不動聲色，也就要像第三種人一樣，讓他見著咱們堅強鎮定。……二馬這傢伙，並不可靠，焉知他回去不跟牛鬍子稟告他所見到的？」

「荊大爺，你不愧是執事多年，一身經驗的人物，」楊大郎說：「比兄弟這個老粗個兒強得多了！我可從沒想到過這一層呢。」

「如今，牛鬍子撲打荊家屯，業已成了定局了。」荊龍說：「咱們決不能讓他佔著便宜，咱們這就去察看各處行堆和哨棚子去罷……我估量牛鬍子會等到風訊再起，地殼冰封時動手夜襲，因爲地面冰住了，才行得人，跑得馬，進退方便。」

「我看，朝後咱們仍得多靠荊大爺您爲咱們多拿主意了！」楊大郎說。

「主意我會拿的，」荊龍說：「楊兄你的膽識和勇勁仍然非常要緊，打股匪就靠這一股子氣，主意再好，臨陣時寒了心，嚇了膽，仍是不成的。」

對於極可能捲襲而來的股匪，靈河這一帶居民，心理上早已有了防備，荊龍認爲最要緊的這股子氣倒是很旺盛，由於這些年來，靈河岸比較貧困荒僻，從來沒鬧過盜匪，一般人對於禦匪和防盜都缺少經驗，也正因爲這樣，一旦盜匪來了，人人都覺得氣憤，認爲牛鬍子這幫股匪太過欺人，存心不想讓人過安穩日子，爲了保村屯，保家宅，勢非豁命不可。

楊大郎利用各村屯的這股旺氣，把他們用地方團練的法子再行編組，拉到荆家屯這一線來守圩子，結實精壯的用槍銃，一般漢子用刀矛，連婦孺老弱都準備了一些趁手的木棒當作武器，好在危急時作防身之用。

二馬回去之後，沒有幾天，一場大風訊就來臨了，怒吼的狂風推來了厚厚的雲塊，孕出一場罕見的大雪來，這場雪一直落了三天三夜，屋頂上的雪都積有兩尺多厚，如果不爬上去剷雪，整個屋子都會被壓塌掉。

這場大雪一落不怎麼樣，可把股匪牛鬍子給逼慘了，他和陰陽眼、活剝皮老許這三股人原想拉出來亮相，憑人頭和氣勢就把靈河各村屯嚇倒，乖乖的雙手把銀洋捧在頭頂上貢過來的，誰知一場雪落有三四尺深，人馬都動不得了，他們出來時，打算的是速進速退，僅攜帶少數乾糧，如今窩在孟莊一帶地方，擠在幾個窮村子裏，人要糧，馬要料，而牛鬍子空著手，什麼也拿不出來，使他不得不跟陰陽眼和活剝皮老許兩個重新合計了。

「我說，牛老大，咱們原沒打算捲劫靈河岸，」陰陽眼說：「全是您慫恿著咱們來的，天時地利人和，咱們連一樣也沒沾得邊。如今，這場倒楣的雪把人吊住了，您說，該怎麼辦罷？」

「我說，老兄弟，」牛鬍子說：「臨到這種辰光，空抱怨有啥用呢？就算我算到天會起風訊，可也沒料著會落這麼大的雪呀！法子總是人想的，得慢慢的想啊！」

「哪有時間慢慢想來？」陰陽眼光火說：「咱們手下的，嘴都吊上了，說是拉回單家溝，這幾十里雪地，是怎麼走法?!」

「退既不能退，撲打荆家屯又行不通，真是難受，」活剝皮老許說：「荆家屯圩堆高，三道外壕又深又寬，平時攻撲都不容易，甭說如今遍地積雪陷人，挪也挪不動，與其說是撲圩子，不如說是當活靶。」

「也不至於慘到這種地步。」牛鬍子說：「雪後天氣奇寒，用不了三天兩日，積雪就會逐漸封凍，那時候動手就要方便得多了。」

牛鬍子不是不明白，等到積雪封凍，那要等好些日子，絕不是三天兩日，但退既不能退，只有冒險一條路可走了。

「這樣等下去，可不是辦法，」陰陽眼說：「轉眼就到年根歲底了，咱們手下的等著分幾文回去起火開灶，他們原是一鼓作氣來的，這麼一拖，把大夥兒拖得餓了肚皮癟了氣，誰還肯頂著槍口賣命?弄得不好，就弄成炸了箍的桶——散了板啦!」

「這個你放心，」牛鬍子說：「散不了的，讓他們餓著肚子走雪地，誰都知道是死路一條，只有團在一起，冒險打開荆家屯子，大夥兒才有得撈的。……荆家屯是靈河各村屯的門戶，打開它，靈河東岸就再沒有什麼能擋得住咱們馬頭的阻障啦!」

「可是，在咱們等封凍的時刻，總不能讓手底下的人餓著，」活剝皮老許說：「俗說：人是鐵，飯是鋼，塡不了肚子，還談得攻屯撲寨嗎?」

「腦瓜靈活點兒，老兄弟，」牛鬍子說：「先揀老弱的牲口殺上幾匹，等到踹開荆家屯，再擄些馬匹和走騾塡補，不就成了嗎?」

牛鬍子料得不錯，雪後不開天，風變得尖厲起來，天氣陰冷，奇寒刻骨，雪野真的開始凝凍起來了，股匪們殺牲口當做食物，把幾個小村落裏民家留下的種糧也搜刮得精光，就這麼整粒下鍋，摻混著驢肉馬肉，連湯帶水的灌他們飢餓的肚皮。

牛鬍子和陰陽眼以及活剝皮老許三個當家的人物，爲了激勵徒眾，分別騎馬下去察看，慫恿手底下的人不要洩氣，其中牛鬍子把荆家屯的槍丁銃隊說得一文不值，他挺著冬瓜肚皮說：

「你們想想，這些年咱們擰槍合股，捲州劫縣，幹一票撈一票，水子淌滿每個人的口袋，何必在乎一個小小的荆家屯子這點子雞毛鳥人，若不是這場大雪留人，咱們早就驢馱金馬馱銀的滿載而歸了，你們只消再等個三兩天，等雪面封凍得能走人，咱們便一鼓作氣湧上去，打開荆家屯，殺他們的豬，宰他們的羊，先熱鬧熱鬧，再點火燒他們的宅子，讓咱們暖暖身子。」

陰陽眼呢？可就另有盤算了。他對他的手下說：

「當初是牛鬍子糾合咱們拉出來捲襲靈河的，誰知天氣不幫忙，憑空弄來這場大雪，把人給困住了，臨到這種辰光，空摟著槍銃抱怨也沒有用啦！荆家屯，咱們是決計要攻的，但牛鬍子的人應該打頭陣，他吃肉，咱們跟著喝湯就行，要咱們頂著槍煙先上，談也甭談，咱們是既要錢，又要命……留著命才好花錢啦！」

活剝皮老許卻連陰陽眼這種投機的想法也沒有，他和他的幾個小頭目都懷疑牛鬍子這種熱切的攻撲靈河各村屯，是事先得過旁人的好處，受過旁人的囑託的，不過牛鬍子瞞著人，沒有講出來罷了。

「他是大股，咱們是小股，」老許說：「當時我就看出，這種天氣勞師動眾不是辦法，如今荆家屯堅得像隻鐵桶似的，白天攻不上去，夜晚雪光照人，什麼行動也瞞不過人的眼，十有八九是白貼！」

「您既料準是白貼了，還呆在這兒幹嘛？」他手下的一個叫劉四的頭目說：「咱們扯腿了事，他牛鬍子也不能把咱們拴著。」

「就這麼抽腿？」老許搖頭說：「留個話柄在牛鬍子手上，日後咱們可不好混了……我要眼看著牛鬍子率眾挨打荊家屯，他那隻桶散了板，咱們也好撿些人馬槍枝，到那時，退是一樣的退，退了也顯得夠意思，說好說歹，咱們總是夥得牛鬍子幹到底的。」

「無怪您是咱們的頭兒，」劉四說：「想的可比咱們這些笨腦袋瓜子周全得多。」

就這麼三股兒擰合的匪眾，各打各的算盤，各懷各的鬼胎，一道兒等下去。他們食物雖然缺乏，柴火的來處還是方便，匪眾們遣人出去鋸樹成柴，生火驅寒，牛鬍子更放出探子，沿著靈河岸逐步的刺探對方的動靜。

荊家屯幾乎沒有什麼動靜，靈河的河面封凍了，渡口的哨棚子也撤空了，枯林圍繞的一座大屯子，靜悄悄的不見人影兒，只有緊閉的柵門兩邊，兩門子母砲的砲口豎在垛缺間，像巨獸的黑眼。

荊家屯確是打算拚到底了。

探子既探不出什麼消息，荊家屯異乎尋常的沉靜，又使牛鬍子心煩，他躺在煙榻上動腦筋，著人把二馬夫妻倆傳喚過來說話，希望從二馬的嘴裡多聽到一些南平荊家屯的事情。

「我說二馬，你是個兩面混的人，我知道你的難處，——二面你都不願得罪，我當然也不願硬把難處朝你頭上加，」牛鬍子說：「我問你倆個的話，你們得照實回，不興替我打謊。」

「大當家的，您說的是哪兒話？」二馬嫂瞇瞇帶笑，嬌聲的說：「咱們夫妻倆，有那麼大的膽子，敢在您面前打半個字的誑語，你怪罪下來，我們擔當不起呀！」

「有話您儘管問，咱們是有一說一就是了！」二馬說：「如果您覺得有虛言誑語，燒紅的煙籤儘管朝我心上扎，叫疼，我就算不得混人的。」

「老弟，甭把話說得這麼重好不？」牛鬍子擰著煙籤兒打轉說：「別忘了，咱們還是朋友。我問你，你常到荊家屯走動，靈河東岸的槍銃實力，我也約略估算過，不用問你，要問的是，他們準備怎樣力抗咱們的捲襲?!」

「這個您也是明白的，」二馬說：「荊家屯本身就是幾百戶人家的大屯，十有八九都是荊家的族人，俗說，打仗要靠親兄弟，上陣尤需父子兵，一族的人攏聚起來，力量要比雜姓村落強得多。」

「這個我明白。」牛鬍子說：「我是想問問裡邊準備的情形？」

「並沒有什麼特別的地方。」二馬說：「他們把各村屯的精壯都聚合了，除了槍銃刀矛，連老弱婦孺、附近散戶逃難的，每人都找了傢伙，……這就不光拿槍銃數目計算就能估得出他們力量的啦，何況大雪蓋野，他們挖的外壕又深，他們要是沒有點兒仗恃，怎會那麼強硬？」

「嗯，不錯，」牛鬍子點頭說：「楊大郎雖是個粗漢子，但荊龍那個老傢伙粗中有細，他一向是個智多謀足，極有計算的。」

「荊龍是荊家屯的族主，您想，他會放手不管事麼？」二馬說：「假如在平常，以您這三股人槍踹開荊家屯，並不算難事，可是如今天寒風猛，遍地冰雪，甭說外壕難過得，就是圩牆本身冰得滑溜溜的，連長梯都搭不牢，該怎麼爬法？」

「嗯，」牛鬍子皺著眉毛說：「你們夫妻倆說的都是事實，你們先退下去罷。」

牛鬍子和陰陽眼、活剝皮老許三個，都明白荊家屯確有準備，也很難攻撲，但他們仍願意試試運氣。陰陽眼認爲入夜風勢尖猛，但雪光依然亮得耀眼，沒有夜暗的掩蔽，既然如此，不妨就挑著大白天，三股人分別撲打荊家屯的東面、北面和南面，好歹先試它一陣。

「西面臨著靈河的河灘，」陰陽眼分析說：「地勢平坦，又很低凹，弄得不好，被逼退到冰面上去可不是辦法，所以咱們不攻西面。」

牛騳子也研判過，荆家屯的正面是在南邊，他願意率眾攻撲南柵門，由陰陽眼攻撲東柵門，活剝皮老許攻撲北柵門，彼此互相呼應。

對荆家屯的撲打，二天上午就開始了。

守屯的人看得清清楚楚，看見股匪一群群，一簇簇的從三岔路口那邊拉出來，在白茫茫的冰封了的雪面上逐漸的散開，分成幾大股，一股拉成橫陣，在屯子的南面朝上壓逼過來，另兩股轉向屯子的東面和北面，聽不見螺號，聽不見鼓響，這彷彿是一台啞戲。

雪面雖已冰結了一層冰殼兒，但並不夠結實，那些股匪在上面走動得很慢，而且常常把冰殼兒踩破，半條腿陷進雪裡去，艱難的拔著，一面抓出他們脫落的鞋子，重新穿上。

天色雖很陰沉，但有遍野的積雪相映，使人能在幾里外看清對方的行動，甚至於能約略數得出人頭數目來。

「怪不得牛騳子的態度那麼頑硬，」柳和在圩垛的垛口旁指著說：「他手下嘯聚的嘍囉，可要比咱們料想的更多，單就這一股，少說也有七八百人啦。」

「可惜時機不對，」荆龍微笑說：「這好像沙窩裡的兔子撒不開腿，在這種天氣裏，人多沒有用場，連擺陣也擺不出威勢來了。」

荆龍說得不錯，如果換在春間夏日，人朝上湧，馬朝上騰，螺角吹得嗚都響，加上盈野的喊殺聲，一百人能造成三五百人的威勢，如今在白茫茫的雪野上，人像螞蟻一樣，遠遠看過去，近千的人也不過就是那麼幾簇兒，有些孤伶之感。他們悶聲不響的朝前推移，穿過屯子南邊一道疏落的竹林，逐漸逐漸的逼近了。

「咱們不用理會，」楊大郎發聲說，「他們是唱戲的，咱們是看戲的，我倒要看看牛鬍子耍的是什麼樣的鬼把戲？等他先開腔好了！」

荊家屯圩垛上的人，都在等待著。

股匪的橫陣，在他們的眼前，逐漸從屯外北東南三面，這樣緩慢的壓了上來。

他們朝上壓過來，近到使圩垛上的人都能看清他們的眼和眉了，那就是說：後膛槍的子彈業已能夠打得到他們了，而荊龍和楊大郎仍然用手勢阻止手下開槍。

守圩堆的人這樣的沉著，使得牛鬍子起了戒心，在鹿角尖樁外二十來丈遠的地方，他就揮手阻住左右，不讓他們再朝前進啦。

「嘜，荊家屯的人聽著！」他跨前兩步，發聲喊說：「你們替我傳句話，要荊龍和楊大郎站上垛口來跟我說話，不准替我拖延，要不然，我就揮眾撲上來了。」

「不用旁人傳話了！」荊龍站在垛口說：「我和楊大郎都在這兒，牛大當家的有話，您儘管說罷，咱們洗耳恭聽就是了。」

「我說荊龍，虧得你還是檯面上混這許多年的人，」牛鬍子說：「人都說你倔強，我看你是太不通人情，咱們三股人在靈河不遠的地方混出來可不是一天了，憑良心講，從沒犯過靈河岸，大寒天託人送話上來，要你湊合點兒，你非但不送盤子，反而要豁命動硬的，這……未免太過分了罷？我牛某人能捲州劫縣，會在乎巴掌大的一個荊家屯子？」

牛鬍子不愧是個老奸巨滑的盜魁，他看出這種情勢，若立即硬撲，十有八九討不著便宜，便把硬話軟說著，聽起來好像很緩和，實際上話裏帶刺，仍然隱含有恫嚇的意味。

「大當家的這麼說，好像這回對靈河岸的各村屯過分的抬舉了。」荊龍沉聲的說：「您開的盤子，在您也許是筆微不足道的小數目，但在靈河這塊窮鄉僻野的小地方，一年積賺的全都捧出來也湊不夠數兒，這事是楊大郎回的話，咱們沒有就是沒有，即使打腫了臉，也充不起胖來的。」

荊龍的話聽起來也很緩和，但卻軟中帶硬，那意思明顯是：沒有就是沒有，你想怎樣，咱們瞧著就是了！

牛鬍子對旁人可能不盡瞭解，荊龍的脾氣，他可是知道的，聽了對方的話，並沒有動火，反而掀起鬍子大笑說：

「旁人不用說了，單只是你荊大爺，挖個屋角就不只是這個數目，人說：真人面前不說假話，你可用不著在我牛某人面前裝窮，你們靈河岸各村屯，靠山的吃山，靠水的吃水，家家還有個屋頂，甕裡還留著些冬糧，而我手下這群亡命的傢伙，什麼都沒有，盤子開出來，只是個意思，殘年歲末了，多少得讓咱們分幾文歡喜錢。……不是沒有討價還價餘地的，楊大郎一口回絕，是什麼個道理？我倒要親自來問問看！」

「嘿，你牛大當家的，問得好！」楊大郎亢聲回話說：「你有槍有火，有人有馬，馬踩哪兒不冒出錢來？世上肥地多得很，誰願出錢你找誰去，咱們打魚曬網，晝夜行獵，賺的錢還不夠養活自家，不願應付這種需索。」

「這話可是你說的？」

「當然是我說的，你要怎樣？咱們不是全領著了嗎？」楊大郎嘿嘿的冷笑兩聲說：「什麼人不留頭，馬不留面，那一套你甭再賣了……靈河兩岸，寧願地塌土平，咱們絕不接受你的恫嚇！」

「好，好！」牛鬍子臉色變了一變，又強自捺耐著，變出一個笑容來：「你楊大郎，有種，是雄子！但我得問問你，再有幾天就過年了，你們是拿幾文不疼不癢的錢財過個安穩年好？還是非逼得咱們見真章，雙方拚得你死我活，流血見紅好呢？……不錯，目前的槍隊，銃隊，都是由你領的，你敢替這兒成千住戶當家作主，硬逼著他們豁命，留下錢，替自己買棺材？」

「咱們沒錢！業已說過了。」楊大郎絕決的說：「你還要咱們說幾遍，你才聽得進耳？」

「沒錢，其實也不要緊，」牛鬍子說：「有糧也行，咱們三股人擰合，總有千把個人頭，這樣罷，你們送上十車八車糧，讓咱們煮餐飽飯吃，吃完了，拍拍屁股走路，這總成罷？」

硬的玩不了啦，牛鬍子的話頭就變得軟了下去，他明白，如果當天撲不開荊家屯，他們便進退維谷，真的會餓倒一大片，到了這種辰光，他不得不變換花樣，想詐出十車八車糧來再講了。

誰知他這套早已在荊龍的料算之中，荊龍說：

「牛大當家的，你若真有誠意，那就響角把你這三股人給拉走，拉到十里外的土嶺子那兒，我答應放車出屯子，送你們每人一餐糧，足夠你們吃飽肚皮，退回單家溝的，……我不忍讓你們在荊家屯外餓死，……收屍入葬，每人一張蘆蓆，也是錢。」

牛鬍子划算划算，先退十多里，每人才能得到一餐糧，這還算得上是捲州劫縣的強梁？這簡直成了逃荒討乞的啦，他抬頭看看狼牙般的鹿角，三道深壕和高聳的圩垛子，暗暗懊悔著自己孟浪，不該受人慫恿，在嚴冬臘月，遍野冰雪的時辰出動人槍，如今才會陷在這種窘境裡，看樣子，荊龍和楊大郎兩個態度都很強硬，自己非得捏著鼻子答應不成了，要不然，既不能在原地僵持下去，那就得要迎向圩垛的槍口了。

「我看這樣罷，」牛鬍子雖是處身窘境，仍然討價還價說：「你這樣一提，對咱們不覺得太過分麼?我得先找陰陽眼和老許倆個過來，三股頭合計合計，條件談不攏，咱們再撲場子，這叫做先禮後兵。」

「好罷，」荊龍說：「咱們等著。」

沒等牛鬍子著人去請，陰陽眼和老許倆人都帶著護從保駕的轉過來了。

陰陽眼先開口說：「牛老大，這座屯子若想硬衝硬灌，那可太難了，不倒下兩三百口人，休想撞進去，何況門裡面還有槍樓角堡，當天攻不開，咱們全都得餓倒，凍倒。」

「我也一再想過了，」老許說：「咱們只要能訛著幾車糧，就歇手走人，顏面上也略略好看些。」

「兩位既有這個意思，事情就好辦了!」牛鬍子說：「我剛剛跟荊龍搭過話，他承允送糧。不過，他只允每人一餐糧，而且要咱們先退至十多里外的土嶺子，他才肯交糧。」

「哼!」陰陽眼冷笑說：「荊龍把咱們看成什麼啦?咱們是討飯的嗎?跑十多里雪地，只能吃餐飽飯?」

「我看如今之計，只有動武了。」活剝皮老許說：「咱們攻屯子，雖說難免倒人，但對方也得拿命賠上，大家都是一樣，我不信荊龍毫無忌憚?」

「話可不是這麼說，」牛鬍子說：「千錯萬錯，算我最錯，我不該糾合你們，在明知有風雪的寒冬拉出來，如今，荊家屯的人飽肚子打咱們餓肚子，而且今晚之前撲不開屯子，咱們會凍僵在雪地上，情勢這樣的不利，咱們只有捏鼻子受委屈了。」

陰陽眼轉動眼珠想了一陣，牛鬍子說的是實在話，自己嘴上發狠是一回事，卻不願在大白天頂著槍彈去攻撲圩堆，他只要爭點顏面，表示願意受委屈的，是作了錯誤決定的牛鬍子。

「牛大當家的，你的意思咱們雷聲大，雨點小，就這樣拔腿走人了？」活剝皮老許也充硬說：「幸虧你只折騰咱們一次，假如多折騰兩次，我這個班底真要被你給折騰散了呢。」

「我業已說過，這事全怪在我頭上，」牛鬍子苦笑說：「忍過這一遭，焉知咱們沒有捲土重來的機會？」

股匪窘急無奈的情況下，終於願意忍受委屈，答允荊龍，願意退到土嶺子去，等著荊家屯送糧。荊龍說話沒打折扣，吩咐人套了轂輪車，替股匪送了一車糧，他笑著對屯子裏的人說：

「這可不是送盤子，卻是發賑糧，靈河岸各村屯不願忍受股匪搶劫，但也不願在年根歲底的時辰，眼看著這許多漢子餓死在雪地上。」

「您這樣做，實在太仁厚了，」柳和說：「不過，您是否想到過，您讓牛鬍子這幾股人活著遁回他們的巢窟，日後，他們會再回來的。」

「那不要緊。」荊龍說：「咱們靈河岸的人，已經表明了咱們不畏邪勢，他們要來，隨時可來，到那時，這一餐飯錢，咱們得討回來的。」

股匪捲襲靈河，開始時來勢洶洶，誰也沒有料到，就這樣頭大尾小，一彈未發就草草收場了，事實上，這三股撙合的匪眾，本身的事情並沒有了結，在土嶺子那兒，他們爲了爭那一車糧，彼此反目鬧了起來，若不是爲了怕凍死在路上，三方面真的會動槍。

退至單家溝之後，三股人槍總算散了夥，罵罵咧咧的各奔前程去了，這一鬧，把牛鬍子的地位大打折扣，另兩股人發誓不再跟他撙股做買賣了。

靈河兩岸的人都額手稱慶，開始在冰雪中迎接一個平安無事的新年，不論日後還會有什麼不可知的災劫來臨，至少，眼前的日子是美好的。

對於牛騷子這批股匪退走，各村屯的人抱有不同的看法。有人認爲歸功於各村屯早已準備，荆家屯的深海高壘，遍佈的鹿角尖樁，使股匪觸目心寒，他們雖說都是些亡命徒，但真正臨到要命的辰光，他們仍得考量考量，不敢造次胡來的。

有人認爲以牛騷子那樣兇悍成性的人物，捲襲過更多更大的城鎮，絕不會在乎一座荆家屯，主要是因爲天時不利，困於無法取得搪飢的糧食，不得已，才留下一個笑柄退走，日後假如捲土重來，絕不會這樣輕鬆的就能打發得了的啦！

「其實也沒有什麼，」小賣鋪的溫老爹說：「如果天不落這場雪，土匪不是缺糧，荆家屯還不是硬挺著嗎？……只要咱們不畏怯，土匪一樣不敢把咱們怎麼樣！」

「對！」周禿子說：「連牛騷子都被咱們剃掉了頭毛，咱們還有什麼好怕的？」

溫老爹坐在火盆邊，悒悒的搖起頭來：

「那倒不一定，古人說：外賊易與，家賊難防，股匪糾眾來犯，他們明知靈河一帶貧困荒涼，沒有什麼錢財值得他們賣命捲劫，只要咱們事先有備，實在很容易對付。但這內裏面有人暗中作祟，那可就複雜得多了。」

「您還是忘不了野市上的那把火，還有康九幹下的那宗命案？」周禿子說：「其實，那都已經過去了，康九本人也死了，並沒有什麼跡象，顯出暗中還有主使的人，真要是有的話，他打的是什麼算盤？」

「嗨，老古人說的不錯，畫虎畫皮難畫骨，知人知面不知心，這人心是最難測的，誰知他懷的是什麼鬼胎？打的是什麼主意？」

嬌靈聽著爺爺的話，一股莫名的驚恐便在心裏搖撼著，她自己也不明白，爲什麼會那樣的驚悸和怖懼？也許那天去趕野市，正好遇上那一場火劫罷？有很久的日子，在夜來的噩夢中，她仍會夢著無數遊竄的火舌，像萬道金蛇不停的鑽動著。荒灘上女巫小桃被謀害的案子，她沒敢去看，而在相爭的傳說裏，她想像得到那種慘狀，使她吃飯時都有隱隱作嘔的感覺，這使她有了從裏到外的憎嫌，就很像受了城裏拉洋片的販子的欺騙，看了坐在浴缸的裸女一樣，她不得不承認這些可怕的事，帶有一種人性的汙穢，把人純淨的心都給染汙了。它同靈河上平常的日子，和野天野地的風光，都顯得極不調和，在她意想裏，這些事根本不該發生在這塊地方的，它使得古老的關於神龜的傳說，都黯然失色了。

愈是這樣想，愈覺得這種搖撼更加強烈起來，前幾天，大群的股匪來襲，使她入夜都不敢落枕，幸好它像一陣狂風般的刮過去了，眼前的年景，看來還和往常一樣，家家戶戶掛上桃符，貼上五顏六色的年畫和大紅的對聯，彷彿要用那種鄉氣的濃烈的色彩，融冰消雪，迎接滿野喧鬧的春光。但她恐懼著冰消雪融之後，在長長的荒春的陰影裏，又將會有多少新的可怖的事情流到這塊荒野地上來？天角豁開一道缺口，就任什麼也擋不住了。

不過，小賣鋪裏溫老爹祖孫倆心裏的疑慮，並沒有影響到靈河岸各村屯對於年節的歡慶，尤其是股匪牛鬍子、陰陽眼，加上活剝皮老許，三個平素殺人不眨眼的魔頭，這回傾巢而出的來犯靈河，結果連荊家屯外的一支鹿角椿也沒能拔走，反而低聲下氣的告退到土嶺子，向荊龍乞得一車糧，這使得各村屯的人，對靈河岸抗匪防盜自組的槍隊有了信心，這也使得他們對已經過去的事繼續追究下去的心意變得淡漠了。

正因爲人們料不透有人藏在暗裏打的是什麼主意？他們便寧願以爲那是偶然發生的個別事件，

其中並沒有什麼樣的陰謀。

開春時，相士呂鐵嘴又下鄉來了，他特意跑到小賣鋪來看望他的老朋友溫老爹，溫老爹正悶著，巴不得找個人聊天破悶，一見到呂鐵嘴，就熱乎乎的說：

「嗨呀，呂鐵嘴，你怎麼這許久沒到靈河來了？我還以為你忘記這個碼頭了呢。」

「這兒的人情味倒是夠濃的，」呂鐵嘴說：「若就做買賣來說，老爹，這兒哪能算得上是一處碼頭？即使野市開市的那段日子，城裏的商販大有賺頭，卻也輪不到算命打卦這一行，這兒的人都信巫堂，嫌我這走江湖的說多了嘴臭呢！」

「我可沒嫌過你嘴臭，」溫老爹央對方坐下歇著，要嬌靈端上茶來說：「你這幾個月沒來靈河岸，靈河發生的幾樁事，你可聽人說了？」

「您說是靈河野市上遭的那場火？」呂鐵嘴說：「還有荊屯護屯師傅康九幹出的那宗命案？以及最近才聽人說起的，股匪牛鬍子糾眾捲襲靈河的事情？」

「不錯，你全很清楚。」溫老爹說：「可見外面各地對這些事，都有不少的傳聞了。」

「我可不想過問啦，」呂鐵嘴搖頭說：「早些年，黑松林葉爾昌那宗案子，幾乎把我給牽連上，這回我不在靈河，天就塌下來，也扯不到我的頭上來啦。」

「其實上回那宗案子，只是因緣巧合，葉爾昌正好和你同路回來，葉爾靖追案心急，不能不問一問，你也不必久久把它放在心上。」溫老爹說。

呂鐵嘴咧開八字鬍子笑了一笑，顯出淒苦的神情：

「我是個賣嘴為生的江湖人物，就是聽著些風言風語，也沒有幾句可信的，這只是關起門來對老爹您，還能坦心剖腹說上幾句，對外人，我可是連半句閒話也不願朝外吐露了，人說：禍從口出，我混了這多年，能不愼防著這一點麼？」

「有這一層顧慮也是該當的，」溫老爹叭著煙，沉遲的說：「但咱們是相知多年的人了，我也不會把無憑無據的言語輕易傳揚出去的。」

「就因爲我信得過您，我才不瞞著您，」呂鐵嘴說：「冬天我在縣城裏聽人傳言，說是皮毛商鄭旺在暗中召募獵手和屯墾的人，他並沒言明去哪兒，我猜想，他準是在打靈河岸各獵場的主意，有了產地，他便有了更多的賺頭啦！」

「不錯，」溫老爹說：「非但是鄭旺一個，皮毛商們打靈河岸獵場的主意，可不是一天啦！你懷疑那場火跟他們有關？縱火焚燒野市，跟他們謀佔獵場，似乎是風馬牛不相及的事啊？」

「我倒不敢說那把火就是鄭旺他們放的，」呂鐵嘴說：「但凡某些人想在靈河岸做些什麼事，他們必會勾勾連連的，把事情弄得很複雜，——水不渾，怎麼好摸魚呢?!」

「誰會跟鄭旺他們勾結呢？」溫老爹沉吟著：「東岸我不十分熟悉，至少在西岸，我敢說沒有誰和城裏那尖頭販有什麼往來，更甭談勾結了。」

掌燈時分，嬌靈備了茶，溫了酒，兩個老的便對飲起來，呂鐵嘴幾盅酒落肚，話更多了起來，談到股匪牛鬍子糾眾捲襲的事，他認爲牛鬍子沒道理這樣做。

「老爹您想想，」他說，「牛鬍子不僅是在當地偷吃扒拿的那種盜匪，他們平素不作案，作案總拉到遠處，找塊富裕的地方動手，拚上一票，就能安安穩穩的吃上一年半載，爲了靈河這塊荒鄉僻野，他值得糾合幾股人，勞師動眾的在風雪裏捲撲嗎？……若說道理，依我想只有一個——有人許給他好處，讓他來造成混亂，誰知這著棋並沒走妥，一場大雪把股匪弄得狼狽不堪，反使當地的人心更旺了起來。」

「你這麼一說，我可想到了，」溫老爹說：「論地勢，大龍家寨附近遠不及靈河，牛鬍子何嘗不想盤踞這塊地方，搭起他的架子來，萬一有一天他被圍剿，這兒山連山，山接山，不愁逃遁的地方；說得更不好聽點兒，他若是佔了靈河兩岸，使這兒被股匪屯聚，變成了賊窩，光景就會不同了，娼、賭、毒品會跟著來，獵場上的獵物和出產的皮毛都會有人插足，這是想得到的。因此，毛病還是出在內裏面，荊龍應該明白這點。」

「膿瘡總有出頭的時候，」呂鐵嘴說：「咱們都會看得見的，再過些日子，等靈河開了河，四野化了凍，還會有成串的事情接著來的。」

在小賣鋪裏，嬌靈聽過很多這類的談論，當地的人，誰都關心著靈河未來的日子，關心著一切可能發生的事故和變化，但他們沒有幾個到遠方去過，能看得透外面的世界，也都是紛紛的議論和猜測罷了。

呂鐵嘴走後沒有幾天，河東傳來消息，說是荊龍和楊大郎著人到孟莊把二馬夫妻倆捆到荊家屯去了，二馬賭場也暫時被封掉了。

「其實，像二馬那個傢伙，早就該攆走的，」周禿子說：「他和他老婆倆個，夥穿一條褲子，一個聚賭，一個媒色，把城裏的汙穢都傾到靈河來，明擺的，他跟城裏的商販勾搭，就是替他們坐在靈河大門口看守這塊地的，凡是明眼，誰都看得清這一點。」

「看得清看不清是另一回事，」有人說：「但孟莊不在靈河地界上，拘二馬，封賭場，都是官裏的事，咱們這樣幹，二馬夫妻倆準會嚷嚷的。」

「嚷就由他嚷好了！」溫老爹說：「像二馬倆夫妻那種人物，早就該攆他們回城裏去啦！」

這消息傳開後，很多人都贊成把二馬逐出靈河，但二馬本人卻不買賬，他老婆也跟著撒潑，在荊龍的宅子裏大吵大鬧起來，楊大郎氣不過，吼說：

「二馬，咱們雖不是大衙門，但也有鄉保甲，一個鄉鎮按照情節輕重，有捆人送官究辦的權限，你倆夫妻在孟莊設賭包娼，傷風敗俗，咱們攆你走路，你有什麼好鬧的？」

「問我有什麼好鬧的？您問得可輕鬆！」二馬說：「娼和賭也在三百六十行裏頭，我是在靈河界外，做的過往行商的生意，好歹是個檯面上混人的，你們用麻繩勒肉，捆豬似的把我夫妻倆捆到屯裏來，我犯的是哪條王法？您楊大爺說說看？」

「你的意思是說：你們不願走囉？」楊大郎說。

「不錯！」二馬嫂尖聲的說：「你們要是蠻不講理，人業已被你們捆來了，一刀一個，殺了豈不爽快？誰叫咱們是城裏來的外碼頭，儘由你們欺壓的，招招手就來，吆吆喝就走，你們儘可做個欺壓外人的樣子給旁人瞧瞧，你們人多勢眾，就這樣對付咱們手無寸鐵的。」

楊大郎的火氣大，把桌子一拍說：「你們倆個替我聽著，二馬替股匪跑腿，開盤子說價，單憑這個罪名，你們倆個的腦袋就不夠拎的，咱們怎麼知你們跟股匪牛鬍子有什麼關係？沒辦你們這一條，讓你們拔腿走人，業已算網開一面了！」

「您可不能拿這頂大帽子來壓我，」二馬說：「孟莊不像荊家屯，設有深壕高壘，拉有槍丁銃隊，大群股匪湧過來，沒人擋得了他們，牛鬍子盤踞賭場，用我老婆當人質，逼我替他們跑腿說話，我業已當著諸位的面說明我是被迫的，你們若再拿捏著這個做把柄，那未免太不近人情了！」

二馬夫妻倆的嘴尖舌銳，楊大郎一時竟被他們給窘住了，他當然不願意揹上仗勢欺人的名聲，沒辦法，只有轉請荊龍出面來對付。

荊龍出來說：「二馬，咱們的槍丁實在太魯莽，不該用麻索捆人，我這就親自來替兩位鬆綁，由於目前的情勢不同，靈河岸不容閒雜人等混跡，你那賭場，我看還是趁早收拾爲妙，否則日後有事牽連著你們，當地居民暴怒起來，我也管不了，那時候，吃虧倒楣的，還是你們自己，誰又肯到荒鄉僻壤的地方來替你們申冤理屈？」

二馬一聽，和他老婆兩個互望一眼，不再那麼發橫了，他掂過荊龍的話頭，真有些分量，並不是藉此恫嚇他們，一旦靈河岸的居民遷怒到他們頭上，眼前虧他們準是吃定了。

「這樣罷，」荊龍又說：「我願奉上一百塊錢，算是補償你們歇業的損失，也算是致送你們的路費盤纏，你們收拾妥當了，就上路回城裏去，俗說：光棍打九九，不打加一，我已經盡可能的顧著你們的顏面了。」

「好！」二馬說：「既然您荊大爺說到這樣的話，我們要再鬧下去，我二馬也太不通竅啦！不過，在時間上，還請荊大爺略作通融，總得要等到冰消雪融，路面乾爽了，我先回城裏去安排活路，入夏前，我保證把孟莊的賭場收拾掉，您看如何呢？」

「我也正是這個意思。」荊龍的：「倆位請回罷！」

二馬夫妻倆回到孟莊去，並沒立即收拾結束賭場，荊龍也奇怪，竟然一改過去的老脾氣，用寬和的方法處理事情，使很多人都有著困惑之感。

楊大郎和葉爾靖都爲這事向荊龍請教過，他解釋說：

「兩位要曉得，二馬那個藏汙納垢的賭場，實在是暗中一切消息的樞紐，我們找著他，加上壓力，只是提醒他有些事不能做得太過分，咱們眼睛還是雪亮的……真要逼他立即歇業，消息來源就中斷了。」

法子。」

「不錯，」葉爾靖說：「表面上，可以暫時讓他維持著，暗中卻加以監視，這也是個很妥當的法子。」

「事實上，我業已關照過雷師傅留意著了！」楊大郎說：「但直到目前，還沒有握住二馬本身有什麼把柄。……看起來他只是貪利罷了。」

「目前還沒到時候，」荆龍說：「等到天轉暖了，路面乾爽了，來往的行商多了，孟莊會熱鬧起來，該蠢動的自會蠢動，那時刻，一切就會顯出些端倪來啦！」

這些關著門說的話，外邊人不會知道，當地的居民們仍然納罕著，也都在等待著一切可能發生的事情。

說著說著的，天氣逐漸的轉暖啦，靈河岸的那些樹木林叢，又都茁滿新的碧葉啦，冰早消了，雪早融了，通向外間的道路也都乾爽得不再咬住滾動的車輪了，靈河岸從事各種行業的人，全忙碌的幹他們本身的活計了。這時候，一個消息又使大夥兒震動起來了。

股匪牛鬍子備了一份厚禮，又著人用走騾馱來十大袋糧食，備帖送到荆家屯荆龍宅子裏，帖上說明年前遇風雪，借了荆家屯一車糧，如數還回來，算是清償舊債，誰也不欠誰的，但他姓牛的不服氣荆家屯的槍丁銃隊真有什麼不得了的實力，仍要捲土重來，盤價照舊，限半個月送至大龍家寨，如其不然，他四月初得要再犯靈河。

「這沒有什麼，」荆龍說：「上回我送糧，並沒要存心討好那些強盜，或是希望他們放下屠刀，立地成佛，說真的，——成佛也沒有那麼容易！我料到他們會再犯靈河的，這一回，得要顯顯咱們的顏色了。」

靈河東西兩岸的士紳們為此集議過，股匪犯靈河，仍非由東南方向進入，先撲荆家屯不可，最好的方法，是把各村屯的槍枝實力全部集中在河東，分屯荊家屯正面和沿岸的側面，要贏就贏在頭一陣上面。

「股匪的生性就是吃硬不吃軟的，」葉爾靖說：「頭一陣擊破他，寒了他們的心，喪了他們的膽，他牛鬍子一個人就有三頭六臂，也扭轉不得了！他的那些嘍囉不聽他的使喚，他非得回頭逃竄不可！」

「爾靖兄說的話，當然很有道理，」荊龍說：「不過，人說：來者不善，善者不來，牛鬍子這回不來便罷，要來，就會來勢洶洶，不會那麼容易打發的；當然，咱們並不怯懼他，但也得有妥當的準備。」

「其實，咱們準備也不是一天了！」葉爾靖說：「當地的人家，誰都知道股匪一旦撲進村屯會怎樣的燒殺擄掠，大夥兒抱定豁命保命的決心，我相信股匪撼不動咱們的陣腳，這頭一陣是非勝不可！」

「好！」荊龍頗爲稱讚的點著頭說：「適才我無意拿話激你，爾靖兄，就憑你這股子氣，牛鬍子的人來得再多，也沒有什麼可怕的了！」

真說是不怕麼？兩岸居民們的心裏總是懸懸的，因爲牛鬍子這回捲襲，不是空穴來風的謠傳，而是明打明上的事先放話，給了一個日子，越是接近那個日子，大夥兒的心裏越是緊張，甚至有些焦灼，時辰彷彿被釘時針定住了一般的難捱。

爲了安定人心，荊龍和楊大郎、葉爾靖等人，分別的騎著牲口，到各村屯巡視，荊龍告訴銃隊的漢子說：

「一般人抗股匪，雙方接火前最是緊張，容易駭懼，其實毫無可怕的地方，牛鬍子你們去年冬天不是已經見過了？他只是個肥胖的矮冬瓜，並不是什麼三頭六臂的人物，我不信他這回過來，又能施出什麼樣的絕招來?!我業已差人出去打探消息去了，有什麼動靜，隨時回報，到時候，會響鑼告訴大家的。」

荆龍真的差人出去了，那個人就是年輕的鐵山。

鐵山騎著一匹快馬，從岔路口奔向大龍家寨，一路上探聽著股匪牛鬍子的消息，按理說，牛鬍子這樣的嘯聚大批亡命，拉動起來，總有些風吹草動的跡象可以刺探出來，但一路上的村落都很安靜，並沒聽到關於股匪的動靜，一直到了大龍家寨上，鐵山才在茶樓上聽人談起，說是自打上一回隆冬，牛鬍子時辰揀錯了，帶人去捲襲靈河不成，反而使手下受凍受餓，好不容易回到老窩，他手下的小股頭目心懷怨意，拉槍離開了不少，賸下的人頭怕還不足五百之數，這一回，他是勾結海匪王四和尚那股人，圖謀再行到靈河去撈回本錢的。

「王四和尚又是怎樣的人物呢？」

「嘿，你說王四和尚嗎？」對方說：「他原是橫行海州的一個魯籍悍匪，常作獨角生意，有一身軟硬功夫，後來案子幹得太大了，官裏四處緝捕他，他無處可逃，才到廟裏做了和尚，並且有了個佛名叫淨業。」

茶樓裏煙霧沉沉的，吊燈的光和影在四壁旋移著，鐵山扮的是外地商客，做出很樸拙的樣子問對方說：

「淨業這個出了家的和尚，敢情是六根不淨，他既然削了髮，受了戒，不在佛地清修補過，怎麼又離開廟宇，做起海匪頭目來的呢？」

「嘿，」對方歪吊起嘴角說：「你以爲他真是醉心佛法去當和尚的嗎？他只是覺得廟裏的住持僧面慈心善，有意度化蒼生，他便立意哄騙，找個暫時容身的地方，躲過緝捕官兵的耳目，一有機會，就潛遁出來，幹起他的老行當來了！」

「這些海匪，在大老遠的濱海地方做案子，」鐵山困惑的說：「他們怎會和牛鬍子勾結，跑到陸上來捲劫像靈河岸那樣荒涼的村屯呢？」

「誰知道，也許牛鬍子神通廣大罷？」那人說：「一般說來，海匪的人數雖然不算多，但他們的槍械卻都是新式凌厲的，牛鬍子若不看上這一點，怎會搭上這條線？目前他是等著王四和尚一到，他就會拉動了。」

鐵山在大龍家寨逗留了幾天，隨時在暗中探聽著，他探聽出這回王四和尚將帶來一百多個人，人人都有管用的後膛洋槍，槍火很充足，這些消息，有些是牛鬍子手底下的人在酒後透露出來的，並且說是牛大當家的答應事成後，除了按股平分水子錢之外，任由王四和尚收捲當地人家硝製的皮毛，運到外埠去出售牟利。

他帶來這些消息後，荊龍問柳和說：

「柳師傅，你是在外面跑過的，見的多，識的廣，你對海匪王四和尚的根底來歷，知道得總比咱們多，不妨說給大夥兒參酌參酌，人說：知己知彼，才能百戰百勝，咱們的家人基業都在這裏，只許勝不許敗，萬一擋不住股匪捲襲，那就算連根拔了！」

柳和欠欠身子，點頭應是說：

「荊大爺，以及諸位在座的爺們，說起這個王四和尚，那可要比牛鬍子和陰陽眼那幾個股匪更兇悍得多，更陰沉得多，他的行跡，各地傳聞不一，實在沒有誰真正摸得清楚，只知他擁有大小盜船六七隻，有時也泊船登陸，捲劫沿海的地方，蘇魯一帶，不少戶人家受過他的荼毒，那真是很不堪的。」

「好在王四和尙初從遠道趕來，對靈河兩岸的地形地勢比較生疏。」葉爾靖說：「兄弟認爲咱們不能光是守著挨打，而是要當股匪初到，開始屯紮時，就差出人去狠狠的剷他一剷，……牛鬍子不會以爲咱們有這麼的膽子，打他一個出其不意，措手不及，也許有些鎭懾的效用，至少能挫挫對方的氣燄！」

「好主意！」山戶首領人物劉厚甫說：「兄弟願意帶來刀隊，找個有霧的夜晚掩殺他們一陣，背後再請爾靖兄接應，捕殺受驚潛遁的散匪，橫豎免不了這仗惡火有人傷亡也是意料中的事，怎樣打都是打，趁夜掩殺可以減低海匪洋槍的效用，也就減低咱們傷亡的程度，諸位以爲如何？」

「海匪和牛鬍子勾結，先犯東岸。」楊大郎說：「咱們不能守在荆家屯裏，冷眼看著西岸人先流血拚命，兄弟在想，如果決定趁夜掩襲，咱們不妨事先約定信號，分兩股剪向他們，兄弟也願自領一股人，跟諸位一起拉出去拚命。」

靈河岸的槍丁銃隊，老少人等，佔著個以逸待勞的便宜，各自準備著迎敵來犯的股匪，這一回，靈河西岸的丁壯，也裹著乾糧渡過靈河，匿在近岸的林叢裏，他們分由葉爾靖和劉厚甫率領著，和荆家屯約定各種進退的信號，臨敵時，彼此好互相呼應，儘管王四和尙的名號很響亮，牛鬍子也以兇悍著稱，當地漢子們在氣勢上並沒被對方震懾住。

股匪真的按照牛鬍子通告的日期，大明大白的拉過來了。他們仍然先佔了岔路口的孟莊，這一回，牛鬍子用眾多的牲口馱著糧來，那用意極爲明顯，不在靈河岸佔著便宜，他絕不會退走。

股匪初駐屯的那夜，天陰而無雨，草頭難見著星月，正是適於夜襲的好時辰。

西岸的劉厚甫，領著刀隊，大約有六七十張單刀和一些短柄火銃，悄悄的拉到孟莊外不及百丈的林莽中，荆家屯的飛刀柳和也領著二十多匹馬，在孟莊北面的林子裏埋伏著，等至二更光景，一支火箭劃出一道斜弧，升至半空，兩邊就同時發動，朝孟莊裏面衝殺過去。

牛鬍子和王四和尚沒有料到靈河岸的人有這個膽子，竟敢出動人槍夜襲他們，等他們驚覺時，對方業已滾殺進來，天太黑，一時根本弄不清對方究竟來了多少人？股匪們只有亂開槍壯壯他們自己的膽子。

這樣，在漆黑的夜暗中，便形成了極大的驚恐和混亂，敵我不分的混戰起來，有些股匪死蹲在屋裏不動，只管朝外響槍，那還比較好一些，有些股匪覺得死蹲在屋裏不是辦法，潛溜出去，想利用夜暗找個地方蹲匿，這些傢伙，十有八九死在他們自己人的槍口上，也有一部分逃出孟莊的，正好被楊大郎和葉爾靖所率的槍隊截住，連人帶槍都送了禮了。

這一陣，只打了約莫一個更次，靈河岸的人便嗚角退走了，而股匪裏面，仍然自己打自己，一直混戰到天亮。天亮後，雙方檢點人數，劉厚甫所率的刀隊只損失了七個人，柳和損失了三個人和三匹馬，而他們卻俘獲了十六個匪徒，繳得十七桿洋槍。

牛鬍子和王四和尚那邊，死傷的有六七十人，失蹤的也有三十幾個，牲口、馬匹大都被對方放走了，幸好所帶的糧食還沒被放火燒毀掉，初步估計，實力十成要去掉三成。

「哼！老子可沒料到，靈河岸的人會有這麼野悍！」

王四和尚說：「這是頭一回，我遇著這等的挫折！」

「這全是荆龍那老傢伙的主意，我猜想。」牛鬍子說：「我要是踹開荆家屯，捉住他，非剝他的皮，抽他的筋不可！咱們這就把人頭聚攏，朝荆家屯直壓過去，憑咱們的槍火，在白天硬撲能打得他們抬不起頭來！」

「不成！」王四和尚沉聲的話語有些悶鬱：「我說牛老大，你也是在江湖上闖蕩多年的人，怎會這樣毛毛躁躁的容易動火呢？咱們若是挨了對方一悶棍，就火冒八丈，那才正中對方的下懷呢。」

「依你老哥的意思，該怎辦？」牛鬍子說：「難道這場虧，就這麼白吃了？」

「我是初到靈河，地形地勢都還沒摸得清楚，」王四和尚說：「你總得引我出去看一圈，讓我心裏有個底兒，回來詳商後，再行決定怎麼打法？俗說：謀定而後動，才不會再上對方的圈套，心粗氣浮，是成不了事的。」

牛鬍子脾氣雖然火爆，但他卻不願得罪替他撐腰助陣的王四和尚，只好捏著鼻子，自認確是氣火了，才會發這種恨聲，最後他說：

「王四哥，我自知這個火燒雞毛的脾氣一時改不了啦，這回攻撲靈河，馬踹荆家屯，兄弟全都聽你的，你說怎辦就怎辦，好不好？」

「這倒不必，」王四和尚說：「你究竟是主，我是跟著撈毛的，有意見，大夥攤開來商議，總比一個人拿主意要妥當些兒，咱們這就出去察察看去。」

一個海賊頭兒，一個股匪頭兒，在護駕的人槍簇擁之下出了孟莊。馬掃一個圈兒之後，王四和尚說話了。

「靈河岸各村屯不像你所說的那樣弱，」他說：「無拘槍銃多寡，他們可真是早有防備的，河西岸的銃隊也拉過來了，和荆家屯互成犄角之勢，呼應靈河，咱們與其先攻荆家屯，不如全力猛撲列陣在平陽廣地上的西岸的銃隊，這要比仰攻高壘要容易得多，打垮了一邊，再困住荆家屯子，事情就好辦啦！」

「不錯！」牛鬍子說：「但西岸由葉爾靖率領的人槍，在實力上，並不比東岸的弱，尤其是那些山戶，都是些笨楞的野人，掄著單刀踹陣，夠悍的。」

「那沒有什麼用，」王四和尚笑笑說：「咱們槍新馬快，單怕遇上深溝高壘，無法盡行施展，抱著耗著，總對咱們不利，如今西岸的人在平陽廣地上列陣，只有一道野林子掩護，咱們響角直壓過去，什麼人能擋得住穿胸貫腦的子彈？你放心，他葉爾靖就有三頭六臂，幾陣密雨似的排槍，也就把他們打散了。」

股匪商議妥當之後，果真轉向西面猛撲過來了。

葉爾靖事先也料到這一點，他估量王四和尚捲劫的經驗充足，一定會先揀容易打的一邊動手，他早就在林野邊緣插鹿角，挑壕溝，並且用鋸倒的木段豎成一道尖齒木牆，木牆不高，只到人的胸口，但對防禦流彈卻有很大的效用。

此外，他又在陣前挖了許多陷坑，坑口掩以柴桿，敷上草皮和浮土，坑裏遍插狼牙籤，對方無論是馬是人，一落下坑去，遍身都將是血窟窿。

當然，這些設施比不上荆家屯那樣嚴密堅固，至少可以抵住股匪的初次攻撲，多耗費他們的槍火，同時，股匪轉撲西邊時，荆家屯正衝著他們的側背，只要開柵衝出一撥人，略有呼應，他們就會有了憚忌了。

葉爾靖是個穩沉心細的人，凡事反覆料算，在準備上也不存一絲疏忽，他認為唯有用這些，才能多少彌補槍枝火力的不足。

股匪嗚嗚的響著螺角撲過來了，那綿長的角聲聽在人的耳裏，有一股怪異慘淒的感覺，風推動雲片，在天頂上打著旋，偶爾有一塊陽光投落在曠野上，迅速的移動著，守在樹樁背後的槍丁們，抬眼看得見從遠處壓過來的匪眾，他們分成兩隊，右翼是馬隊，正面是海匪，牛鬍子的股匪列在左邊。馬隊顯然是兼防荊家屯的應援，列成半環狀，方向略朝北轉，只用步隊撲打西岸守衛的鄉隊。

「不要隨便開槍！」葉爾靖關照說：「等他們壓到鹿角樁前再開銃，要打就打得著，打得中，槍彈和火藥都要儘量的節省！」

這邊沒開槍，那邊的槍可呼呼叫的響開了，子彈的尖嘯聲打人頭頂上掠過，有些打在木樁上，樁後的人能感覺到那種撼動，王四和尚的手下，一陣接一陣的打排槍，蓋得防守的鄉隊難以抬頭，而牛鬍子的手下，便趁機湧到鹿角樁前動手拔樁。

這時候，葉爾靖揮手招呼下去，鄉隊開槍開銃了，由於雙方相距切近，股匪被打得照樣不敢抬頭，雙方一邊打，一邊用粗俗惡毒的言語互相咒罵著。這樣僵持了兩個時辰，股匪並沒能衝過壕溝。

晌午過後，荊家屯的柵門開了，楊大郎和柳和率著兩百多人和幾十匹馬過來應援，跟股匪右翼的馬隊應上了！雙方乒乒乓乓的打得很激烈，荊家屯的人並沒能衝過來，股匪的馬隊也沒能殺過去，根本分不出輸贏，這樣渾渾噩噩的打到黃昏時，股匪響了角，暫時退回孟莊去了。

「哼，沒見面時，人都爭著傳說，說是海匪王四和尚怎樣的厲害，見了面，也不過如此，」劉厚甫對葉爾靖說：「他除了槍枝新，也沒有什麼特殊的本事施出來，咱們只要不慌不亂，就能挺得住。」

「無論股匪有多強悍，」葉爾靖說：「這樣對耗下去，總是對他們不利，如果他們再佔不著便宜，也許牛鬍子會變出新花樣來的。」

「除了放槍響銃朝上撲，他們還能耍出什麼花樣來呢？」劉厚甫的兄弟劉厚德說：「難道他們也會依樣畫葫蘆，對咱們來上一個夜襲嗎？」

「咱們有了防備，夜襲便失去效用了。」葉爾靖說：「我想他們今夜不會再撲，看明天一早怎麼樣了？」

第二天，股匪真的改變了方法，他們不再硬撲鄉隊據守的那一線，卻繞到南邊去，點火焚燒沿河的散戶的宅子，使河邊升起好幾處烈火濃煙，然後，他們用馬隊和步隊輪番向葉爾靖所率的人槍衝殺，點火焚毀了鹿角樁，更用橫倒的長梯搭在壕上，衝向木樁築成的護牆，情勢顯得很危急，逼得劉厚甫率領刀隊奔出來，和股匪滾成團兒搏殺，雙方都有了很大的傷亡。

葉爾靖明白這種情勢，他即使把命豁上也不能退，因爲背後就是靈河渡口，他們引眾渡河，背水列陣，根本沒爲自己留下退路，他們一退，西岸的鄉隊便完全崩解了，渡口若被股匪佔據，那就等於敞開了通往西岸的大門，再沒有什麼能阻住他們了。

當葉爾靖率人和股匪拚命時，荆家屯的人又衝殺出來，雙方的人數超過千人，打得異常的慘烈，王四和尙曾經捲劫過許多城鎭，但他從沒看過這種光景，靈河岸的這些莊漢，一個個都像發了瘋，直著眼朝上湧，也不管耳際呼呼的彈嘯，開初雙方是槍戰，到後來都撞到一堆去了，像螞蟻咬架似的貼身酣鬥著，打得遍地都是屍身和血跡，靈河岸的人雖然傷亡較多，但東西兩岸的壯丁，在人數上多過股匪一倍以上，大有拚光了算了的意味。

這樣熬到傍午，股匪反而支持不住，紛紛朝後退了，王四和尙在一群護駕簇湧下，也跟著退向孟莊，但他一路上卻沒找著牛鬍子，靈河岸的人也有掄著槍銃追過來的，但人數不多，也被兩排槍打翻了好幾個，其餘的一看後面沒接得上，又退回去了。

儘管如此，海賊和股匪在喘息中還是顯得很狼狽，若不是王四和尙大吼著壓住陣，恐怕連孟莊也守不住，撒腿直奔下去了。

事實上，情形並沒有那麼嚴重，因爲荆家屯和靈河岸的兩股鄉隊，損失要比股匪更重，山戶組成的刀隊，最先掄刀躍出來和股匪拼搏，業已倒下了廿多個，葉爾靖督人挑的壕，設的柵，都被股匪突破，毀得零亂不堪，楊大郎和荆朔等所率的槍隊也死傷不少，他們也要喘息整頓。

正因這樣，海賊和股匪才算把陣腳穩住。

這時候，渾身沾著泥汙的牛鬍子出現了，他在混戰中，被對方開銃轟了一傢伙，也許距離遠了些，沒有嚴重的傷著他的骨肉，卻燒焦了他的衣褲和那把他心愛的鬍子，他皺著略被火藥波及的不很完整的眉毛，怒氣沖天的破口大罵著很多粗俗的話，也不知是罵手下人不中用？還是罵對方太頑硬？總之他是火上了，恨不得把對方一口啖掉的樣子。

「咱們這樣就算了嗎？傳出去，臉摘下來哪兒掛？」他吼叫說：「老子這回算是曹孟德遇馬超，遇上霉星！……你們這些吃人飯不拉人屎的東西打起火來，頭縮在脖子裏，跑起來，腿倒很長！」

「我說，老兄弟，甭動火性了。」王四和尚說：「甭說你霉星當頂，我也跟著連湯帶水的賣掉啦！我這些兄弟，哪個不是賣命發火，打得對方像草把似的倒人，但對方兩股聯手朝上漫，人頭多過咱們一兩倍，一時頂不住，撒腿後溜，也是習見的事情。」

「如今咱們該怎辦呢？」牛鬍子說：「乾晾在孟莊上曬鱗也不是辦法！」

「慢慢來，」王四和尚說：「法子總是人想出來的，咱們槍火還算充足，拿槍火熬他們的人頭，再有一陣，對方在人數的優勢就被抵銷掉了，咱們在靈河損失了的，當然得就地撈回本來，讓咱們虧了血本放眼走人，甭說你不願意，換了我也不幹啦！」

「說是這樣說，」牛騷子噓口氣說：「咱們手下這些傢伙，兩眼全看在利字上，銀錢一文沒見，卻遇上了一批拚命的野漢，一火打下來，心都打得發毛了，如果讓他們再熬這種要命不見錢的惡火，也許他們溜得更快呢！」

「那你做當家的，就得準備賞錢啦！」王四和尙軟軟的把一張爛膏藥替牛騷子兜頭貼上了，「我的人一併算在內，你總得多少允他們一些花紅彩金，要不然他們逼起我來，我也抗不住啊！」

牛騷子原以爲上回不得天時地利，放了荊家屯一馬，這回勾結了王四和尙捲土重來，一定會對靈河岸的鄉隊先來一個下馬威，爭回前次在這兒失去的顏面的，誰知雙方動手之後，吃下馬威的，倒是自己這一方，一天硬打硬撲，扳本沒扳回來，也只打了個半斤八兩而已，說是不騎老虎背，偏偏又騎上了，沒奈何，只好忍住心裏像割肉般的疼痛，點頭說：

「對，重賞之下必有勇夫，我準備一千大洋散下去，算是犒賞，等踹開荊家屯，打開荊龍的錢窖子，每人儘拿就是了。」

股匪和海賊不退，在孟莊重新整頓起來。

在荊家屯這一邊，也開始重新整頓，葉爾靖和劉厚甫兄弟爲了全力撐合對付犯匪，和荊龍商議之後，決意暫時放棄沿河的側面，也拉進荊家屯去，先守住這個地當要衝的屯子，他們估量到，荊家屯是牛騷子一心想拔除的眼中釘，荊家屯不破，他們不會冒險渡河去搶掠西岸的。

牛騷子和王四和尙歇了一天，然後又聚眾來撲打荊家屯了，屯子裏設防很周密，加上西岸來的人槍撐合在一起，防守上沒有漏洞，股匪再狠，也玩不出什麼新的花樣來，只有硬上硬撲一途，一天連撲三四回，在南柵門附近，他們拔除鹿角，越過兩道壕溝，一直攻到土圩垛的腳下，但還是被擊退了，到了傍晚，除了雙方倒人之外，別無結果。

天黑後，股匪又退了。

王四和尚和牛鬍子倆個，在二馬的賭場裏爭執起來。

「我說老牛，你這是把糖抹在人的鼻尖上，聞得著吃不著，那荊家屯裏，即使大洋成窖有啥用？打不開它，摸全摸不著，你慫恿我來幫忙，好爭回你失去的面子，可真是痲子不是痲子，——是叫活坑人！」

「不是幫忙，是合夥，」牛鬍子說：「講妥踹開荊家屯，水子大夥兒有份的，我幫你計算，你可是親自點過頭的，我哪敢存心坑你來著？」

「還說不是坑呢！」王四和尚說：「我的人，兩三天之內被對方撂倒幾十個，槍枝槍火都耗掉一大半了，難道非要把我這點老本熬光，才光著屁股回去重頭再混？旁的地方，難道撿不著錢財，非要在荊家屯賭命不可?!……就算咱們是合夥罷，如今遇著這種情勢，我可不幹了，荊家屯的錢財，我全數讓給你們啦，我領著手下拔腿走人，你總該沒話說了罷?!」

「兩股還踹不開一個荊家屯。」牛鬍子缺氣說：「你再半路一拔腿，不是拿我吊在這兒耍嗎？」

「那是你的事，」王四和尚說：「我不願再奉陪了，你可無法把我的人都拴著！」

「我說，王四哥，咱們都在一條道兒上的，火沒打得贏，反而自己吵吵嚷嚷的，又何必呢？」牛鬍子一瞧硬頂硬撞不是辦法了，話頭便軟了下來說：「你沒想想，荊龍和葉爾靖帶的那些槍丁，也都是人身肉做的，兩場硬火，也耗得他們精疲力竭啦，我敢說，只要重重再踹它一腳，荊家屯非手捧銀洋，一路叩頭出來求饒不可，你偏要揀這個辰光抽腿，是什麼意思呢？難道也要留個笑話在荊龍嘴裏，若干年後提起來，說是早年有個某某人，一樣在荊家屯吃癟，熬不下去了，半路抱頭鼠遁掉的。」

但王四和尚並不是容易哄的三歲孩子，牛驕子求將不成換成激將，王四和尚掂掂話頭，笑說：

「若是荊家屯真的筋疲力竭了，何必多我這個分錢的？你帶著人上去，一腳踹開柵門，彎腰撿錢去算了，我是打定主意不幹啦！」

王四和尚說不幹就不幹，當天就拉走了他的人槍，海賊這一退走，牛驕子踹開荊家屯的希望算是告吹了，他躺在煙鋪上，大罵王四和尚太不講義氣，半路抽腿，使他被懸吊在這兒一籌莫展，他又把手下各股小頭目找來，劈頭劈臉亂罵一頓發洩，發洩完了，攤開手說：

「老子這算是倒了它娘的血霉，拉來的朋友背棄我，自己的手下又都是些酒囊飯袋，我要是叫你們再去撲打荊家屯，我就是驢不知臉長了，甭它娘一個個像木樁似的站著嘔人，替我滾出去，拉腿走人，承認硬栽了罷。」

股匪也就這樣的再度退走了。

消息傳進荊家屯子，各村屯的執事們又作了一番聚議，葉爾靖認爲荊家屯設防嚴密，牛驕子雖然人多槍火旺些，但要想打進來並不容易，他這回退走是不得已，其實他若真鏖撲下去，荊家屯也是險象環生，——這場拚殺，業已把鄉隊貯作行獵用的火藥耗去大半，少數後膛槍枝原有的槍火並不多，臨時添火有困難，如果所有的洋槍因爲缺火而啞了下去，那，圩垛再高，也很難擋得住股匪的撲襲。

楊大郎卻認爲走了王四和尚，使牛驕子膽怯了，再說，兩天一晚，雙方接火的結果，屯丁鄉勇固然傷亡不少人，四股匪同樣沒佔著大便宜，在牛驕子、陰陽眼和活剝皮老許三股裏面，原以牛驕子的槍多人眾，但兩撲靈河的結果，牛驕子的實力顯然削弱了將近一半，朝後走，他不會伸長腦袋，硬碰靈河的大門了。

他這種樂觀的想法，荊龍聽了頗不以為然，他說：

「楊兄，你以為牛鬍子再次吃癟，他會就這麼認倒楣，一撤了之就算了嗎？他會另看光景，生出新的法子來折磨咱們的。」

「在這兒他都變不出花樣來，」楊大郎說：「何況他撤離靈河，您的看法，他又會想出什麼樣新的法子來折磨咱們呢？」

「我早說過，牛鬍子是三股人裏最難纏的一股，」荊龍說：「他對靈河岸的情形也最熟悉，我們目前倒不怕他聚眾硬撲，卻怕他截住這兒通向縣城和外間各埠的通路，假如他跟那些常來靈河的商販接上線，斷了土產品和皮毛的交易，咱們的生計就有了問題，假如他斷了咱們收購槍枝槍火的來路，鄉隊的實力就得大打折扣，等到那時刻，只怕咱們就要受困了。」

「他想封路，也並不那麼容易！」楊大郎說：「咱們一樣把人槍拉出去，他封哪兒，咱們就衝哪兒，他能處處設黑卡，封得咱們無法透氣嗎？」

「你要曉得，靈河岸的人都是各有行當的，他們要靠勤苦幹活，有了積賺才能過日子，鄉丁屯勇都沒有俸糧，哪能成天扛槍不幹活，由你拉出去？」荊龍說：「即使你能聚合足夠的人，衝破那些黑卡，咱們卻無法勉強那些城裏的商販一定做靈河的生意，如果一年一度的野市不能順順當當的開設，一年咱們全都得喝風。」

「荊大爺顧慮得不錯。」葉爾靖說：「咱們都是有生計的良民百姓，若跟股匪去鬥，必然會吃些虧，他們整年都做無本的營生，咱們可不成，少一文錢也買不著東西，那些城裏的商販雖都重利，但他們卻不願擔當開罪股匪的風險，假如牛鬍子差人進城去，找到鄭旺他們遞話，我想，那些人十有八九不會再下鄉來了！……牛騷子若真照荊大爺所說的這麼做，那要比硬攻硬撲麻煩得多，咱們得另想法子對付了。」

楊大郎聽著，認真再想想，這跟掄槍打火全不是一回事，他對城裏的許多事情全不熟悉，他多年領著獵手行獵，只懂得什麼樣的皮毛該賣什麼樣的價錢。他從荊龍手上接過槍隊，一向把打字朝前，不論是誰，他們不犯靈河，即算兩無瓜葛，一犯靈河，他就跟對方熬上，至於股匪會在天外幹些什麼？他就管不了那許多啦！

但荊龍聽著葉爾靖的言語，手托著下顎，認真的沉吟著，他想得到這是一個難題，一時並沒想出適當的對策來，便轉朝在座的眾人說：

「諸位對爾靖兄所說的，牛騷子可能在縣城裏所採的舉措，可有什麼妥切的對策？」

「荊大爺，」柳和欠身說：「依兄弟的看法，那些皮毛商和商販固然多很貪利，也希望多剝咱們一層頭皮，他們是否肯跟牛騷子聯成一氣，實在大有問題，您想想，靈河如果平安無事，是個很好的產地市場，能使他們獲利，這是不容置疑的。假如靈河落到牛騷子手裏，所有的獵地都被股匪霸佔，他們又能落到什麼好處？商販們多半跟著鄭旺走，鄭旺又比狐狸還精，他不會那麼輕易就應允牛騷子，來反扼靈河的頸項的。」

「咱們不妨差人進城去，暗裏探聽探聽，」葉爾靖說：「看著城裏有什麼動靜再說。」

「這也是個辦法，」石紅鼻子說：「也許鄭旺會趁這個機會出面，和牛騷子討價還價，也極可能藉機下鄉來，用牛騷子來和咱們講條件，迫咱們在皮毛經營上讓價。」

「對！」土鱉子老雷在一邊說：「機會來了，鄭旺會這麼做的，漁翁得利的事，他何樂不為？」

「所以這就好辦了。」荊龍說，「咱們以利為餌，照樣能買到槍枝火藥和糧食，如果野市開設受影響，咱們就組成商隊，由槍隊護送，把皮毛商品直接送進城去交易。總之，牛騷子可能做的，咱們不能不防著他，一面也要想出對策來，打破窘困的局面，朝後去，日子不會再像早年那麼單純了。」

荊龍和執事的人雖在憂慮著，籌謀著，但靈河兩岸的居民聽到牛騷子和王四和尙退走的消息之後，都覺得一場劫數已經熬過去了。當然，在雙方接火拚戰的時候，當地死傷了不少的人，收殮時，家屬的哭聲震野，聽在人的耳裏很覺悽惶，那又有什麼辦法呢？當地年紀較大的人都很相信命運，認定這些劫難都是天意，人們該受的，倒下去的人，命裏該當遭劫，因此把淚吞嚥著，悽惶儘管是淒惶，也強忍下去了。

牛騷子勾結王四和尙再犯靈河，雖沒踹開荊家屯，劫著財物，但也使靈河岸居民的生活受到很大的影響，他們貯存的火藥原打算用以狩獵的，如今都已耗費在和股匪的對陣上面，一時缺乏補充，使他們只有以獸籠、陷阱之類的原始方法去捕獵，而熟練的獵戶有不少人都死在戰陣上，使他們皮毛的收穫大爲減少。

「這樣可不成，」有人說：「咱們得湊筆錢，託人到縣城去補充火藥和子彈去了，皮毛上要是不能獲利，明年的日子怎麼過下去?!」

獵戶們去縣城添購火藥，半路上就被牛騷子的人截住了，牛騷子非但不容他們通過，反而把他們當成肉票，只放回一個人傳話，要他們家裏捧錢來贖。來人把消息帶回來，大家這才明白，牛騷子業已撒開羅網，把靈河對外的通道給鎖住了。

「正如荊大爺的所料，事情不會過去的，」柳和說：「長期這樣下去，無異是聽任牛騷子扼住靈河的頸子，這絕不是辦法。咱們總得想法子打開通路才成。」

「不是我說洩氣的話，這可不太容易，」土鱉子老雷說：「這兒通往縣城的道路只有一條，股匪設上幾道暗卡，打靈河出去的人，能活過第一關，也未必能混過第二關，一旦叫他們截住，不是又送幾張肉票到對方手上了嗎？這種情形，荊大爺他會想得到的。」

「假如我帶著槍隊硬闖呢？」楊大郎說。

「暗卡上的人也許不會阻攔你，」老雷說：「但你在明處，他們在暗處，難保不會有人通風報信給牛鬍子，找一撥槍手埋伏在險要的地方偷偷的狙擊你，那樣，本就虧得更大了。」

「我不信牛鬍子會長年封住道路，」柳和說：「那條路是大龍家寨、新王集、老王集、單家溝各地去縣城的路，經常有商販來往的，他既不能明著截斷道路，咱們就該有混過去的法子。」

「我並沒說不能混得過去，只是太擔風險罷了。」

「幹什麼樣的事能絲毫不擔風險？」柳和說：「我真想跟荊大爺和楊大爺討這個差，到城裏去走一趟呢！我不是靈河當地人，說話口音不同，股匪也未必能認出我來，在這種當口，我再不出面替請我來的荊大爺分憂，郡不是白拿了人家的月費了嗎？」

「你願意討這種差事，我可不願意。」土鱉子老雷說：「我認為，牛鬍子的手下會記得我，真要讓我出去闖關越卡，那只是一句話好形容——肉包子打狗。」

柳和笑笑，他對這位雷師傅毫無辦法，雖說同為護屯的師傅，倆下裏卻很少碰面，即使碰著了，雙方也很少交談，倒不是他瞧不起土鱉子老雷，儘管他的樣子有些夯夯的，一身硬功夫並不含糊，但荊龍荊大爺偏把打探消息、查緝靈河境內奸宄的差事交給他辦，他總覺得老雷不是這種材料，如今聽他說話的口氣，全不像他個頭兒那般的昂藏，倒有幾分婦人小子的味道了！

土鱉子老雷既然那樣的膽小怕事，更激起柳和冒險的心胸來，他到荊龍的宅子裏去求見荊龍，表明他願意領著幾個精壯的漢子，扮成遠地商客，到縣城裏去打聽動靜，一面找人搭線，爲靈河械彈火藥的補充盡些力。

「柳師傅能有一份心，我是異常的感激，」荊龍說：「我之遲遲沒能著人進城，實在也有我的難處在……若是找適當的人前去，牛鬍子的手下會認出來，但是找年輕的陌生面孔，到了城裏，又未必能辦得妥事情，你如果帶人上路，牛鬍子是不難認出你來的。」

「這個我知道，」柳和說：「我得想法子瞞過牛鬍子的耳目，你打算要我辦的事，我會盡力把它辦妥的。」

荊龍沉吟了半晌說：「這事，我還得找楊大郎和葉爾靖商量商量，看他們打算要添些什麼？……槍械和火藥又怎樣運回來，你要在縣城遇上鄭旺，不妨探聽探聽他的口氣，看他對牛鬍子兩犯靈河的事有什麼樣的看法？」

「好罷，」柳和說：「我等著就是了。」

其實並不要柳和久等，荊龍很快就找來楊大郎和葉爾靖議事，初步決定添購後膛洋槍十八支，槍火千發，銃槍用的鐵沙和火藥十五大桶，靈河居民的食糧六車，每車二十袋，合計一十二擔糧一車，所需款項，柳和只帶少數現洋作爲訂金，責由賣主用各種可行的方法，把貨品糧食運到地頭來，這邊點貨付款，一文不欠。

「這方法很穩妥。」柳和說：「即使我在路上遇著什麼樣意外的風險，也不會把鉅款丟失了，賣方爲求厚利，送貨的責任全都落到他們的身上，也是很公平的。」

「那當然，」荊龍說：「你準備帶幾個人上路呢？」

「人不用多，」柳和想了想說：「我打算找鐵山和佟忠兩個，另帶馬兵王貴就夠了。」

「好，」荊龍說：「柳師傅，我請你來是護屯子的，如今靈河局勢困扼，難得你願意挑這付擔子爲咱們冒險賣命，真算得患難見交情，我把『謝』字暫時收拾起來，等日後再說罷！」

「荊大爺，您說的是哪兒的話，」柳和說：「兄弟受了荊家屯的禮聘，按月取俸，事情來了，哪有歪著肩膀卸脫的道理，兄弟打算明天就上路了……」

「這兒沒有外人，我才把話說出來。」荊龍低聲的交代說：「柳師傅，想來你不會忘記野市上的火劫以及康九鬧出來的血案，焉知咱們裏邊沒潛藏著扒灰倒水的人物？你若要動身，任你自揀一個日子，悄悄的上路就成，不必驚動旁人，這該是很要緊的。」

「您的交代，兄弟理會得，」柳和點頭說：「下去之後，兄弟會和鐵山、佟忠兩人仔細安排的。」

當天夜晚，柳和把鐵山、佟忠兩人找來，在燈底商量進城的事。

鐵山認爲：從荊家屯過孟莊，至岔路口撲向縣城去，官道雖只有一條，但連接官道的岔路很多，牛鬍子未必能把每條道路都嚴嚴的封住，他們只能在沿途的茶棚野店，商旅打尖歇腳的地方廣佈耳線和眼線，專門截住由靈河這一路出去的人。

「咱們只要裝成一般商販，不把大量錢鈔帶在身邊。」鐵山說：「而且不循著官道走，牛鬍子就不容易截住咱們了！」

「鐵山說得是。」佟忠說：「官道偏東，經白沙莊、清妙庵、水月庵、小沙堆是一條路，官道偏西，經牛角莊、靈河大灣、范家鋪是一條路，咱們不妨東路西路交錯著走，一面利用橫過官道時查察動靜，如果遇著牛鬍子所設的暗卡，人數不多的話，咱們盤倒他並不太難。」

「聽說柳大叔要帶王貴一道兒上路？」鐵山說：「那個渾蟲說起話來，直著喉嚨亂嚷，又不懂得進退應對，一句話說溜了口，事情便砸了，不知您想到這一層沒有？他跟著去，十有八九會壞事的。」

「哦！」柳和說：「這我倒想過，牛鬍子所設的暗卡，那些都是久走江湖，很有經驗的人物，你越是沉默無聲，深藏不露，他們越會起疑，盯得更緊，有個粗聲顙氣的王貴在，倒使咱們真的成了生意買賣人啦……他跟我很久，外表雖粗，卻也有些心眼，說話會有分寸的。至於到了縣城之後，應該怎樣分頭辦事，到那時，我會再跟倆位計議的。」

他們商量後，決定裝成遠道商客，牽著牲口，挑著擔子，四個人前後交錯著上路，每個人相距半里一里不等，各人走各人，並不成群結隊，遇著前面有事，後面的腳程緊一緊，就可以跟上去援助。

在上路之後，他們得按柳和的吩咐，在當歇的地方不歇，即使歇，也不多歇，買了乾糧烙餅，餵了牲口，添足飲水就走。

這些都安排妥當，二天天沒亮，他們就動身了，動身的順序安排得很怪，柳和竟然把大家最不放心的粗漢王貴放在最前面，他走在第二，佟忠接著他，鐵山走在最後面。

王貴騎的是一匹褪毛的老驢，驢囊裏放著閹割牲口的用具，因爲他家祖業就是獸醫，他對閹豬閹羊這一套熟練得很。

柳和自己扮成一個趕長路的獨腳挑夫，用一根粗竹棍挑著兩籮筐自採的藥材，通常這些採自山野的藥材，像蒼朮、地黃、半夏之屬，在當地並不值價，一旦挑進城去，賣給藥材鋪，就獲得厚利，一般苦哈哈的，懂得採製生藥材的鄉下漢子，常有挑著藥材趕長路的。

佟忠呢，衣著穿戴都要整齊些，一個人趕著兩匹空放的走騾，騾背上搭著鋪平的麻布口袋，令人一望而知，他是一個馱販糧食的商客，剛在北方不產糧的多山村鎮銷掉糧，放空回程的。

而走在最後的鐵山，則扮成一個搖鼓挑擔子的貨郎，他們四個，衣著不同，行業各異，誰也看不出他們是一夥的，過了岔路口，更和別處來的行旅混雜在一起，看上去更爲自然，不著一絲痕跡了。

過了孟莊，他們轉至通向縣城的路上，春間的天氣不冷不熱，四野綠絨絨的，正是桃紅柳綠的畫圖，走在前頭的王貴嘴裏沒說，心裏卻惴惴不安，總以爲暗中有些眼睛在盯視著他，也許忽然會從路邊樹叢背後跳出幾個紅眉毛綠眼睛的股匪，掄著刀就攔住他。

但一路上，他並沒看到有什麼怪異的地方，更沒見到股匪的影子，倒是來往的商客有好幾撥人，有騎驢擔擔的，有揹包袱的，有推車趕早的，這光景，使他的疑心消失了，他平常跟著柳師傅，對柳和極有信心，一想到柳和就走在他身後不遠的地方，膽氣便頓然豪壯起來，認爲只要柳師傅在，即使遇上幾個毛賊，也能對付得了。

想著想著，便騎在老驢背上信口哼起小調來了。

從孟莊朝南走上十多里地，路邊有座茶棚子，茶棚邊另有一條路岔向白沙莊，柳和交代過王貴，要他走那條叉道，同時囑告他不要在茶棚子歇腳。誰知這小子騎的這匹老驢太老了，十多里地走下來，口角邊白沫噴湧，顯出一副很疲憊的樣子，王貴看著，老大的不忍，便拍著牲口的頸子，安慰牠說：

「老驢老驢，我曉得你累壞了，柳大叔交代我，說是不要在茶棚子歇腳，但我得讓你好好的歇一陣兒，萬一柳大叔他怪罪下來，我只好朝你頭上推了。」

可憐老驢當然是一回事，茶棚子裏熱熱鬧鬧的，對王貴也是一種吸引，不要說人有這個意思，連老驢也認得出那該是牠休息的地方。這匹老驢早年曾多次走過這條路，哪兒該歇，牠比人更摸得清楚。王貴沒有緊轡繩，老毛驢便噴了一聲鼻，逕自朝茶棚走過去，牠雖有些老眼昏花，但仍嗅得出小草驢的氣味。

王貴放眼看茶棚子裏，有不少位往來過路的客人在那兒歇著。這兒和野鋪不同，它只是一個敞著的方形茅屋，類乎亭子，裏面放著茶桌和條凳，有賣茶水和花生之類星零吃食，也有角餅之類的乾糧食品，而野鋪以吃食爲主，有酒有菜，還備有供客人落宿的客房。

王貴認爲拴上牲口，自己坐下歇歇腳再走，也是無傷大雅的事，不必全按柳和交代的去辦，把這匹老毛驢累倒在半路上，那真是太殘忍了。

王貴拴下牲口坐進茶棚子，要了茶水，屁股剛焐熱板凳，後面挑擔子的柳和就趕過來了。

柳和是多年走道的人物，做事極爲細心，接近茶棚子時，拿眼一瞄，看見那匹褪毛老驢拴在樹蔭下面，和另幾匹牲口夾在一起，他就知王貴這個楞小子是歇上啦。

這座茶棚子，是孟莊過來的頭一處歇腳的站頭，牛騎子若是佈暗卡，伏耳眼線，這該是個少不了的地方，就藉這個機會順便溜溜眼，心裏多少有個數兒也好。

這麼一轉念，他就挑著藥材，吱唷吱唷的挑到茶棚裏面來了。

他歪肩歇下擔子，找了個座頭，抬眼看見坐在他對面的王貴，臉有些紅窘，兩手夾在膝間，不安的搓動著，彷彿要跟他說話的樣子，他沉著臉咳嗽一聲，才把對方給鎮住了。

「給我沏盞茶來罷。」他說，一面舉眼打量著。

這棚子裏歇有六七個商客模樣的人，一個個看來都沒有什麼不妥的地方，靠近他的座邊，有兩個米糧販子，正在談著各處米糧的價錢，另一個布商，把一隻長形的布包袱放在板凳頭上，另有一個賣野菜的漢子，帶著兩個徒弟，帶著藥箱和刀槍把子。只有一個瘦小的中年漢子單獨坐在一邊剝著花生，一時摸不清是幹哪行的。

茶沏來了，他閒閒的掀開茶盞蓋兒，輕盪著飄浮的葉梗，那邊趕著兩匹牲口的佟忠也走進茶棚來了。

「天倒不算熱，一趕起路來，就有些熱了！」他說。

「您嫌熱？」茶棚裏的夥計笑眯眯的趕過來招呼說：「鋪裏有涼茶，竹葉泡的，我替您舀碗來壓渴！」

「還是先替我弄桶水，飲飲我那兩匹牲口罷！」佟忠大模大樣的說：「這兒到澗溪，路程還遠著呢！」

「您是澗溪人？」瘦小的中年漢子湊著搭訕說：「跑這麼大老遠的路販糧，真夠辛苦的啦！」

「嗨，跑買賣就是爲了嘴，苦了腿的事兒，」佟忠說：「哪能管得了這麼多？澗溪糧產豐足，糧價低，跑北邊賣糧，有賺頭啊。」

那瘦小的中年漢子朝樹蔭下佟忠的那兩匹牲口瞟了一眼，嘿嘿的笑說：

「馱販走糧，都是成群成趟的，你老弟卻一個人放單走，一路不怕悶的慌？」

「到北邊去的時候，倒是大夥兒成趟的，由澗溪北街的崔護崔三叔帶著咱們，不過，誰先賣了糧，誰就得放空了朝回趕，留在客地等人，乾耗客棧伙食錢，應該由誰貼補？既做買賣，就不能不把一文錢看有磨盤大啦！」

「嗨嗨，」瘦小的漢子笑說：「倒是會打算盤的。」

夥計舀了涼茶來，佟忠喝著，不再搭腔了。

這當口，小搖鼓卜隆卜隆的，走在最後的鐵山挑著貨郎挑子，一高一低的捲起兩隻褲管，把小搖鼓斜插在他的後衣領裏，不用搖它，一走動，鼓邊拴繫著的搖搥便悠盪起來，不時擊在鼓面上，發出卜隆卜隆的鬧音。

他在茶棚前歇下擔子，身上汗氣蒸騰的。

「夥計，幫忙舀碗涼茶罷，」他說：「趕起路來，春天就成了夏天啦！」

鐵山歇下來的時候，兩個糧販站起身上路了，走江湖賣野藥的師徒三個，也跟著擔起箱子，提起刀槍把子緊跟著上路了。

這一回，柳和不願再讓王貴走在前面啦，他緊緊腰絲，丟下茶錢走出去，抓起歇著的藥材擔子，打算動身上路。

「噯噯，老哥，」瘦小的中年漢子說：「你是往縣城去嗎？我也是去縣城的，咱們何不結夥趕路，一路上也有個談天聒話的，破破悶煩。」

「好啊！」柳和把眉毛皺一皺，又立即舒展開了：「不過，你是空手騎牲口，我卻是哼呀哈的挑著擔子，咱們走不到一夥去的，我肩上有擔子壓著，喘還喘不過來呢，哪還有聊天聒話的精神？……你若有精神說，我出個耳朵聽倒是很好的。」

「既然這麼地，那我就得另找個伴嘍，」他把臉轉向佟忠說：「你可是空手騎牲口的，咱們同路罷？」

「很抱歉，」佟忠說：「我聽講前面路上很不平靖，股匪牛鬍子紮了暗卡，把人擄去當肉票，咱們人生面不熟，彼此都摸不清底細，同行實有不便，再說，我這是走東路，一到白沙莊就去找親戚，也許在那邊盤桓幾天，我看，您還是請便罷。」

佟忠說話的語氣雖很緩和，實在已經讓對方碰了個軟釘子，那人並不以爲忤，反而說：

「你說的沒錯，那我就牽騾子先走一步了。」

說著，他果真去樹蔭下牽了他那匹棗麥騾子，跨上去先走了。

這一回再上路，四個人的順序略有顛倒，由飛刀柳和走在最前面，其次是佟忠，第三才是王貴，還是由鐵山走在最後押陣。

柳和出了茶棚子，立即斜上岔道，朝東線白沙莊那個方向走過去。走著走著的，佟忠便趕了上來。

「那個瘦小的中年漢子，我看可能是牛鬍子的人。」柳和提起他來說：「瞧他手上沒有貨，而且他又不像是一般正經的商賈。」

「他騎著那匹棗麥騾子，直奔官道去了。」佟忠說：「他要真是那牛鬍子的人，我想他會在前一個站頭上歇下來數算人頭的，咱們假如不跟上，他會以爲咱們心裏有鬼，存心避開他了！」

「暫時不管他會怎樣，」柳和說：「咱們還是按照當初的設想，走東線，必要時再斜回官道上去。咱們這次討差事出來，真要盡遮住牛鬍子的耳目，那是很難的，只有隨機應變，走到哪步算哪步了。」

白沙莊離茶棚子一十八里地，是個地勢低陷、莊前莊後都繞著池沼的地方，柳和一面走一面仔細瞧看著，他指著一塊溼地上留下的馬蹄的痕跡，對佟忠說：

「你可瞧著了？這就是牛鬍子的馬隊留下來的，看蹄痕，他們不久前還在這一帶活動，蹄痕都還很新呢！」

「不錯，」佟忠扭側身子，細察著，點點頭說：「這是馬群留下來的，由此可見，牛鬍子沒離這條路，他只是把逼近荊家屯的硬攻，改成鬆鬆的軟困罷了。」

「因為前後兩次捲劫沒能得逞呢？還是另有緣由呢？」柳和困惑的說：「照理講，牛鬍子不會全因惱羞成怒就不回他的大龍家寨，他又不能在這條路附近的村落裏洗劫到大量的財物，大魚是不吃浮食的。」

「依我想，他還是想在靈河上游找一塊可以進退自如的地方。」佟忠說：「但凡股匪的人槍勢力過分龐大了，他們就不能專靠淌出來的水子錢謀活，如果那樣，他們就得不停的作案子，增加官裏剿辦他們的機會，至少會招來各地民團聯手和他們周旋到底的情勢，他們要是覓得一個山頭，安置家小，平時狩獵墾屯，一年拉出去幹兩票大的，那樣，他的問題就簡單了，荊大爺看準了這一點，不能說沒有道理。」

「荊大爺的分析當然很中肯，」柳和說，「咱們若朝更深處推斷，他這樣陰魂不散似的纏繞著靈河，恐怕還有很複雜的關係，我敢斷定，股匪和皮貨商在靈河各村屯裏都伏有暗樁，不把荊龍和葉爾靖等人盤倒，他們插不進腳，也打不開局面。」

「有這樣看法的人不是沒有，」佟忠說：「但也正如荊大爺所說的，一時找不著真憑實據啊！」

「所以咱們這回到縣城去，除了添購械彈、火藥和糧食，另一方面，還得想盡辦法挖掘，讓那些潛藏的暗線逐一浮上來，」柳和說：「長期敵暗我明，那吃虧可就吃大了！」

天氣晴爽，路面乾燥，四野柳綠花紅的，趕起路來，並不覺得路長，倆人自彎進朝東的岔道，一面聊聒著，不知不覺間，業已走下七八里地了。

柳和不時扭回頭，望著騎著老驢的王貴的影子，有時候，他看得見王貴騎驢走在彎曲的路上，穿過那些若斷若續的行樹林子，有時候，林叢濃密遮住了他的身影，若從驢蹄潑起的縷縷沙塵，仍能判定他的位置。

「柳師傅，你這回怎會挑上王貴這傻小子呢？」佟忠說：「我一直擔心他在半路上會招來麻煩的。」

「不瞞你說，王貴還是我特意挑選的，」柳和說：「這裏面，更有一層道理在。……牛鬍子是什麼樣狡猾的人物，他伏下的耳眼線也都是有經驗的，他們會判別人物，要都是精明的，他們最會起疑，像王貴那種木樁似的呆頭呆腦的人物，他們連看都不會多看一眼，——誰會挑出這種木雞出門辦事呀？」

「對方不注意他是真的，」佟忠說：「但那小子的嘴不緊，要是他話頭擱不住，無意中吐出來，可不是把咱們的底都給掀出來了嗎？」

「這個你放心。」柳和說：「這小子並不真是那種渾蟲，他膽氣不大，遇事有些緊張駭懼，只是他沒經歷練，缺少經驗的關係，但他卻有一宗好處，——他的嘴巴緊得很，用句俗語形容，他是粗中有細的人。」

「哦，」佟忠這才喘口大氣說：「但願這樣就好了，要不然，咱們遇上股匪，窩到他們掌心去，那不是一窩老鼠下湯鍋——有皮沒毛了嗎？」

「前面趕到白沙莊，」柳和說：「咱們不用歇下來，等到清妙菴再歇，用完飯上路，不往水月菴，卻朝西橫過官道，奔向牛角莊。」

「這不是白繞彎兒，耗費時辰嗎？」

「我自有我的道理在。」柳和說：「這一路的地形我算很熟悉，他牛鬍子設暗卡，不會每處地方都歇，水月菴是個緊要的地方，兩邊都是蘆葦水蕩子，咱們得避開那兒，來它一個出其不意的走法，我懷疑剛才那個瘦小的中年漢子，會在野茶棚前一個站頭上等著咱們，他若是等不到人，自會以為咱們岔到東路來了，等他通知東路，準備截人的時候，咱們又轉到西路上去啦。」

「您是說，要跟牛鬍子捉迷藏？」

「那當然。」柳和說：「他的人多勢眾，咱們再強，雙拳也難敵四手，只有這樣，才有逃脫出去的機會，萬一遇上他們一處單設的卡子盤詰，咱們儘量掩飾，實在掩飾不過去了，也得要用非常的手段，在他們沒來得及通告鄰近的同夥之前先把他們給盤倒，只要過了范家鋪，股匪就無法截人啦。」

晌午時，他們到了清妙菴，那是座落在平野上的一座古老破敗的小尼菴，只有一個老尼姑帶著一個小尼姑住著，她們窮得幾乎連四個過路施主的齋飯都打點不出來，勉勉強強的端出些角黍、豆渣，湊合著讓柳和他們塡了個半飽，柳和丟下些香火錢，他們便又上路了。

「我說，柳師傅，在這兒趕路，眞危險啦！」王貴說：「您沒瞧這四野林木稀少，大塊的觀音柳田漫不過人頭，股匪的眼線，很容易發現咱們的。」

「不要緊，」柳和說：「你覺得愈危險的地方，其實愈安全，股匪以為靈河來的人，絕不敢走在這種一眼望老遠的地方，他們就不會設卡，……他們設的是表面上不驚動一般過往商客的暗卡，當然會設在緊要的地方，咱們只要避過那幾處地方就闖過去了。」

「我也是這麼想，」佟忠說：「柳師傅的經驗多，閱歷廣，不會把虧給他自己吃的。」

他們按照柳和原定的主意，散散落落的分開，斜轉向西南方向，劃過官道，這樣，正好避開了官道上一個熱鬧的站頭——米家井崖，那裏的住戶並不全姓米，但那口終年水源不涸的石井，按說卻是姓米的祖先開的，一口井的水源，除供當地人飲用外，還灌溉了一大片梨園，它有大片的蔭涼，有在樹下搭起的涼棚子，有冰涼的井水洗臉抹汗，還有隨意丟幾文就可吃了壓渴的梨子，——當然那得到伏天之後，如今即使沒有成熟的青梨可吃，行商客旅們經過那裏，打尖歇腳的仍然很多，那是在通住縣城途中的一個重要的站頭。

飛刀柳和卻存心的避開了米家井崖這一站，而從它前面三里多路的地方斜劃過去，奔向西路的牛角莊去了。

正如柳和所料想的一樣，那個瘦小的中年漢子正在米家井崖廳等著，他和另一個粗黑結實的麻臉漢子坐在一道兒，棚邊的梨樹上，拴著兩匹碩健的騾子。

「滿天星，你幫我長長眼，」瘦小的中年漢子對麻子說：「剛才我在前面茶棚子裏，遇著四個傢伙，其中總有一兩個可疑的，等一歇，他們會過來的，你認爲哪個最可疑，咱不妨踩著他，到半路上盤詰盤詰。」

「我說老趙，你這雙眼看來倒是滿亮的，怎麼老是看走了眼呢？」滿天星說：「這幾天，你說過十多個可疑的了罷？結果沒有一個是從靈河出來的，害得我白費精神幫著截人，壓後還被大當家的臭罵一頓，他說：若照這樣下去，這條官道就不會再有人敢走啦，他要扼住靈河對外的通路，可沒想開罪衙門，——明目張膽的封鎖官道，可不是辦法。」

「我又不是不知道利害，」老趙說：「大當家的講過，只要能截住靈河出來的人，按人頭計數，每截住一個，有五塊銀洋的賞金，我要是把人白白放過了，豈不是扔掉自己的錢了嗎？」

「誰它娘不知道錢是好的？」滿天星說：「但你也不能兩眼只看在錢字上，就胡亂截人啦！暗卡幹什麼的？就是要你看得準，摸得透，不動手便罷，一動手，就攫住咱們要攫的，你剛剛說那幾個可疑，可疑的地方在哪裡？能不能先說給我聽聽？」

「讓我想想看，」老趙說：「一個是糧販，牽了兩匹牲口，他說他是南邊澗溪來的，到北地去售糧，他的牲口洗刷得很乾淨，不像是走長路的樣子，我斷定即使他真的是糧販，也是到靈河去賣糧的。」

「嗯。」滿天星轉動眼珠說：「要是你看得不錯，這個糧販子確實可疑。」

「另一個是騎著一匹老驢的年輕小子，長相有些楞，滿身上腥味兒。」老趙說：「他的行業我弄不清楚，我想扯個媒兒跟他同路，他一味支吾，不讓我有套他話的機會，我認爲他也相當可疑。」

「這很難說，」滿天星說：「不過，荆龍恐怕不會差遣這種年輕的傻小子出門辦事的罷？何況咱們業已截過靈河的人了，他還會差這種人出來投奔羅網嗎？……另外幾個又是怎樣的人？」

「壓後一個是個貨郎，」老趙說：「我在江湖上走動不少年了，貨郎挑子我見過很多，通常幹搖鼓貨郎這個行業的，都是城裏的半老頭兒居多，而他一眼就看出來是個年輕的鄉下人，模樣不像貨郎，倒像是個打獵的。」

「不錯，這個人的疑點很大。」滿天星說：「年輕的鄉下漢子很少有幹搖鼓貨郎的，你能記起這些人的可疑之點，表示你確實看得很細心，不過，他們真要是由靈河出來的話，你能看出他們可疑，他們何嘗不能看出你可疑來？他們不一定再走官道，東邊西邊都有小路通向縣城，他們若走官道，早該露面了，怎會等這許久還沒見人？」

「哎喲，不妙！」老趙忽然叫起來說：「我可把這個給忘了，他們準是從茶棚子岔向東路去啦。」

「那也不用著急，」滿天星說：「他們走東路，必會經過水月菴，一樣漏不掉的。」

「漏得掉也罷，漏不掉也罷，但那筆賞金，咱們哥兒倆就沒有份兒了！」老趙有些沮喪的說：「我難得趁這個機會弄一筆賭本的。」

對方笑笑，露出一口不整齊的黃牙。

「你那腦袋怎會想到你的賭本？假如那幾個傢伙真是由靈河來的，在咱們的卡上漏了過去，你想大當家的他會怎樣對待咱們？不剝了你的皮才怪呢！」

「對！」老趙摸著後腦說：「咱們不能在這兒癡等了，得去通告前一站，咱們有快馬，不論他們走哪一路，總能兜截得到他們的。」

兩個解開牲口趕到前一站去報信時，正是柳和他們斜越過官道奔向西路的時刻。

卡上發現可疑的人物，這消息很快便傳到牛鬍子那兒了，牛鬍子歇在東路水月菴之南，一個叫酸棗樹的村落裏，正跟他的副手鄧鵬談論事情，一聽著這消息，便對鄧鵬說：

「鄧老二，我這回扼著靈河對外的通路，是存心要出出這口怨氣的，你想想，咱們拉槍闖道到如今，哪一回的遭遇比荆家屯更窩囊的，王四和尙瞧不起我，連陰陽眼和活剝皮老許倆個，也不願跟咱們摶股了，原以爲是手到擒來的事，如今變成這樣難堪，咱們若是不把靈河岸那些村屯踢開，朝後怎麼好混？」

「老大說得是，」鄧鵬說：「至少，咱們要毀掉荆葉兩族的屯子，尤其是荆龍那個老傢伙，沒有他在硬挺著，單憑楊大郎那個勇夫，是抗不住咱們的。」

「我這想透了，」牛鬍子說：「毀荆龍，用硬撲的方法不是好方法，用如今這種軟困的方法，斷絕他們糧彈的來路，不用多久，他們就難以支持下去了，荆龍那把老骨頭再硬，也是孤掌難鳴，……何況他們裏面，還潛有咱們的人。話又說回來了，今天這幾個可疑的傢伙，非得放快馬出去兜截不可，要不然，咱們這番精神就白耗啦！」

「叫人備馬，」鄧鵬吩咐扈從說：「差十個人跟我出去，沿著水月菴朝北，一路追查，他們走不了的。」

鄧鵬領著馬群捎過水月菴，沒見人影兒，他再朝北，到了清妙菴，發現了沙路上的腳印和蹄痕，一路斜向官道去了，他馬不停蹄的跟隨著蹄印斜至官道上，遇上從前一站奔回來的滿天星和老趙倆個。

「怎麼樣？」鄧鵬說：「他們沒在前面嗎？」

「沒有。」老趙說：「跟鄧爺您回話，那幾個走的是東路，您打東邊來，難道也沒遇上？」

「你們瞧瞧這牲口的蹄印子，」鄧鵬說：「他們到了清妙菴，便轉折向西，橫過官道，又到西路上去啦，咱們趕到牛角莊試試，我相信他們走不了好遠的。」

「對！」滿天星說：「這幾個人裏，一定有著極有經驗的人物，他故意彎來彎去的走，就沒想到路上會留下痕跡，他們四個人，只有三匹牲口，走不快，最多到達靈河大彎那一帶，跑馬追上去，只消一個時辰就會追上了。」

「你們這兩個傢伙，報信報得太慢了！」鄧鵬說：「你們是什麼時刻見到他們的？」

「清早在茶棚見著的。」老趙說：「咱們到了米家井崖等著，原以爲他們會過來的，誰知讓他們繞彎兒兔脫掉了。」

「從早上等過晌午，」滿天星說：「他們一共走了三個時辰，按計算，他們仍然沒到范家鋪。」

「還說范家鋪呢，」鄧鵬沒好氣的說：「讓他們一過范家鋪，那就接近城郊，咱們便截不住人啦！咱們趕快的追上去罷！」

范家鋪並不是什麼樣的關卡要隘，但那是縣城的勢力範圍，商團有一隊人駐紮在那兒，牛騷子不願意得罪他們，曾經一再告誡他屬下的人，不准越界和商團起衝突，這會使他無法專心對付靈河岸各村屯，鄧鵬明白這一點，因此，他得要在對方越過范家鋪之前兜截住他們。

他率著馬群趕到牛角莊，這是一個很貧寒的小村落，一共只有十多戶人家，沿著靈河河灣處，像一隻彎彎的牛角，莊上人都是漁戶，靠著河灣相連的大片沼潭裏的魚蝦過活，和靈河上游的散戶們生活情形相若。

鄧鵬到那兒拴馬一問，住戶說是確有幾個趕路的商販到過這裏，在半個時辰之前就朝南趕過去了。

牛角莊朝南有條小汊河，水淺可以涉渡，鄧鵬追到汊河那兒，牲口的蹄印中斷了。

「奇怪，這是怎麼一回事兒？」他下馬仔細找了一陣說：「他們也許想到蹄印會被人追蹤，涉水轉到別處去了？這幾個傢伙，倒是狡猾得很。」

「這不過是障眼法，」滿天星說：「他們涉水走一段，然後找塊草地上岸，踩一段荒再上路，讓咱們在這兒找來找去的白耗時辰，依我看，不管三七二十一，筆直追過去，他們這一套就不生效用了！」

「那倒不一定，」老趙說，「如今有三個可能，對方自己知道，他們牲口的腳程比馬慢，可能涉水橫走向上游去，找一處林叢蔽匿起來，或是向下游的蘆葦叢裏一蹲，騙過咱們追截，等到天落了黑，他們再摸向范家鋪，另一個可能才是你說的那樣，使咱們在上下游兩地搜查，他們業已直奔范家鋪去了。」

鄧鵬有些光火，罵罵咧咧的，但他找不到顯出對方正確行蹤的跡象，一時也真拿不定主意，不知對方是找地方隱匿了呢？還是已經走了，讓自己領著人朝橫裏搜尋呢？

最後，他決定先奔范家鋪，只留下滿天星和老趙兩人，帶著兩個騎馬的匪徒，從上游橫搜向下游。

「假如發現了他們，」鄧鵬交代說：「你們也不要冒冒失失的動手，只要差一匹馬，到前面來跟我連絡就成了！」

「好！」滿天星說：「咱們搜搜看。」

「要是沒發現什麼，」鄧鵬說：「我在范家鋪對面的小沙堆那邊等著，你們趕過去會合，那時再作計較罷。」

鄧鵬領著馬群追到范家鋪對面的小沙堆，沒追著人，只能找個樹蔭拴住馬匹等待著，到了黃昏時，滿天星和老趙幾個也回來了，很顯然的，他們也沒搜著那四個可疑的趕路人。

「也真是怪得慌，」滿天星在對鄧鵬稟告時，困惑的說：「四個人可不是四隻老鼠，能打洞鑽到地底下去，怎麼說不見就不見了？」

「你們沿著那條河，上下全查過了？」

「全查過啦，」老趙說：「沿河兩岸，找不到腳印和蹄印，蘆草也沒有摧折零亂的跡象，人，當然是沒見影兒了！」

「我在這兒查察過，」鄧鵬說：「路上來往的行商客旅太多，蹄印腳印亂成一片，查不出他們是否已經過去了，……不過，他們照樣可以混到縣城裏去，緊緊踩著他們，真要是靈河岸差來的人，他們不外是添槍械，買火藥和糧食，這些貨物，他們總要運回去，那時候咱們連人帶貨一起截住就得了。」

二當家的都這樣說，旁人當然不會再伸著頭找事幹，傍晚時，鄧鵬便率著馬群，返回水月菴去了。

他們退走後不到兩個時辰，柳和、王貴、佟忠和鐵山陸續趕到了小沙堆。

「哼！」柳和說：「他們不會想到咱們一路涉水繞回牛角莊的，官道一帶各村落的住戶恨股匪恨得牙癢，他們不向著牛鬍子，單憑幾道暗卡是攔不住人的。」

「都因為柳師傅細心沉著，」鐵山說：「要不然，咱們也不易脫身，足見經驗閱歷十分的要緊。咱們年輕識淺，能跟您冒險歷練，學著的可多啦。」

「哪兒話，老弟。」柳和說：「凡事能冷靜下來，按理推斷，總比糊塗冒失要好得多，其實我並沒有旁的竅門兒，咱們過了范家鋪，就算到了縣城的地界了，但事情還沒有完，要是荊大爺估得不錯，股匪知道咱們進了城，他們也會著人混進來，在暗中跟咱們鬥法的，朝後事情還多著呢！」

「那倒不要緊，」鐵山說：「縣城可不是三家村，雞毛店，容得他們猖狂的，即使牛鬍子差人進來和咱們作對，咱們也會想出對付的法子，不能讓他們佔一絲便宜，這跟獵紅狐一樣，要跟他們鬥智，壓尾還是把他們整倒，像把紅狐關進籠子。」

「只有一點我沒弄明白，」佟忠說：「您帶著咱們進縣城，除了打聽皮毛商的動靜、股匪遊說的情形，不是還要買槍械，添火藥，購糧食的嗎？但臨走時，荊大爺他並沒給錢給咱們，空著兩手怎能購著東西呢？」

「這個你就甭追問了，」柳和神祕的笑笑說：「荊大爺會做那種荒唐事嗎？既進城辦貨，總得要帶錢去，到時候，我擔保不會缺錢就是了。」

爲了四個可疑人物漏過暗卡的追蹤，牛鬍子大發脾氣，在夜晚，把卡子上的人都召聚到小村落附近的林子邊，一個個指著鼻尖破口大罵一頓，雖然他對二當家的鄧鵬略微客氣點兒，沒像那樣的罵法，但設暗卡截人的事兒，是他交代鄧鵬主持的，遁走了可疑的人物，牛鬍子當著鄧鵬的面罵人，左一句飯桶，右一句渾蟲，媽媽奶奶老子娘，一起搬出來糟蹋，罵得鄧鵬臉色發紫，額角的青筋都冒了出來，如果罵人的不是牛鬍子，鄧鵬恐怕早就翻臉了，但他一直是跟牛鬍子滾著混起來的，牛鬍子對他有一種魔禁的力量，況乎這回讓可疑的人走脫，他原就有些心虛，明知牛鬍子罵得太不成話，也捏著鼻子吞嚥了，始終跟在一旁沒敢吭聲。

「你們這些王八蛋，」牛鬍子想想又說：「辦事不力，捱頓罵算得了什麼？瞧你們一個個垂頭喪氣，像是剛出溜過的行貨，真是越瞧越不算玩意兒，你們跟我擰股兒闖蕩，我哪天虧過你們？喝酒論碗的，吃肉論盤的，上了賭桌窮吆喝，見了女人，嘿，行貨比腦袋還硬，偏生要你們辦點兒事，淨給我出漏子！」

那些傢伙眼看鄧鵬都不吭氣，也沒誰再敢說什麼了，他們都知道牛鬍子那種火雷的脾氣，發作起來，只會直著喉嚨窮吼窮罵，吼過罵過了，也就那麼一回事。

果然，牛鬍子罵得喉嚨發乾，沒見一個作聲吭氣，自己也覺得再罵下去太沒有意思了，就轉朝對鄧鵬說：

「這事是你管的，你該明白荆龍那老傢伙不是等閒之輩，在這種辰光，他不會差出一般的角色，卡子上明明發現他們可疑，卻沒能截得住他們，事情就這樣就算了嗎？」

「老大您甭急，」鄧鵬說：「剛剛在路上，我還跟滿天星他們哥兒幾個在商議，荆龍差遣這幾個進城，不外乎是買槍械彈藥，添購糧食，試試有關商販的反應，咱們臉上並沒刻上記號，當然一樣進得城，在暗中踩定他們，看他們辦妥了貨，怎樣運回荊家屯?咱們揀著那時刻，連人帶貨一起截，可要比光截人好得多了。」

「聽起來倒是個好主意，」牛鬍子的神情有些陰陽不定，仍帶三分不怎麼放心的味道：「那就按你的主意去辦罷，咱們撲打一個小小的荊家屯，業已灰頭土臉的吃了癟，再不爭回面子，那還能混嗎？」

「您放心好了！」鄧鵬說：「這一回，我會仔細籌謀，務必把人貨截著，送到您面前來的。」

鄧鵬退出來，領人回到水月菴的卡子上，當夜便召聚許多小頭目來商量，最後，他跟老趙說：

「這趟去縣城少不了你，那幾個傢伙都跟你打過照面，惟有你一眼就能指認出他們來。」又轉朝滿天星說：「你這臉麻子雖是明顯的記號，但對方沒見過你的面，論拳腳力氣，你都算是一把手，你貼著老趙，他會拿主意，你會行動，又能替他壯膽，你們哥兒倆一狼一狽，這趟差你們算是出定了。」

「跟二當家的回話，」老趙欠起身來說：「就由咱們兩個去辦事，人手太單薄啦！」

「你要什麼樣的人手，由你自己挑，」鄧鵬說：「再加上咱們設在縣城裏的幾處暗樁，東關的葉記銀樓，花鼓街的高長榮棺材鋪，碼頭上的賁工頭，他們都會幫你辦事，我覺得，人要精挑，多了反而不好。」

「二當家的說得是，」老趙說：「我只要選再兩個人就夠了。」

老趙挑出的兩個人，一個是鄧鵬身邊的護駕槍手侯小福，一個是專和外面辦事接洽的常順，他認爲侯小福辦事幹練，槍法有準頭，常順不但嘴巴會說話，而且極有心機，腦袋裏的主意多，在縣城裏的頭路多，運用靈便，有了這幾個得力的人手，他相信能制得住對方。

「到了城裏，辦事要採穩字訣，」鄧鵬交代說：「先把對方的底給摸清，然後，來它一個王小二賣麵，照人頭對湯，但卻不要得罪城裏的商販，尤其是鄭旺那夥人，還得要亟力拉攏才成。」

「這個您放心，」老趙說：「咱們商議著辦，決不會魯莽的。」

「好，」鄧鵬說：「老趙，這會兒全看你的了，你們在城裏要用錢，儘可要葉記銀樓替你張羅，只要把事情替我辦妥，假如再出漏子，老大怪罪下來，我可沒法子替你們擔待啦！」

老趙手拍胸脯，擔保一定把事情辦妥，一副很篤定的樣子，第二天，他就帶著那三個，也扮成外地商客，越過范家鋪進城來了。

牛鬍子兩次撲打靈河岸的荊家屯不成，帶領人槍在官道附近佈設暗卡，徘徊不去，這種事是瞞不住人的，不過，縣城裏的商團、民隊，一向只管自己，不論股匪在四鄉鬧成什麼樣，只要他們不擾城界，城裏就不願意多管閒事，至於衙門裏的官兵，人數槍枝少得可憐，僅夠在縣署和城門佈崗做做樣子，一切保城的事，全委由商界自辦，買槍枝彈藥，召丁募勇，全由商會募款，商會既然抱定自掃門前雪的主張，縣裏當然樂得清閒了，何況乎四鄉鬧匪情勢，照例沒有報案的，一年斃幾個無關痛癢的毛賊應應景兒，也就說得過去啦。

皮毛商鄭旺是商團的執事之一，他跟股匪頭目們都有交情，也憚於牛鬍子的聲勢，所以，他主張不管是靈河來的人，還是牛鬍子那邊來的人，在縣城裏只要不公開鬧事，商團仍然可以放手不管，假如他們拔槍鬧事，那得報由縣衙依法處斷，——他不願開罪任何一邊。

柳和領著鐵山、佟忠和王貴進城後，落宿在北門的連陞客棧裏，四出打聽，當他們摸清商團的態度後，決定暫時不去拜會鄭旺，只是完全以商客的名義，在暗中找著有關的商人，分別單獨的談生意，柳和料定了一點——有利可圖的生意，總是有人願意做的。

老趙領人進城後，在東關的葉記銀樓落腳，他也沒投帖拜會鄭旺，恐怕他們的行蹤被靈河來的人發現。

「咱們先到各客棧去蹓蹓，」老趙說：「那幾個傢伙進了城，總會住客棧的，我見過他們，一眼就能認出他們的面貌來，只要摸清他們落宿的地方，就好盯梢了，那時我先指認，再由你們出面盯梢，你們認識他們，他們卻不認識你們，這是暗打明，對方準吃虧無疑。」

「不錯，」常順說：「城裏的客棧，大大小小一共只有二十多家，兩天之內，你趙老哥就跑遍了，打聽出那幾個傢伙的下落，並不是難事，不過，你即能認出他們的面貌來，他們一定也能認出你，要是他們反盯上你，那可就明打明，誰也佔不著便宜了。」

「常兄顧慮得也有道理，」滿天星說：「我原就說過，荊龍不會在這種辰光把泛泛之輩差出來辦事，這從他們混過咱們卡子的攔截就能看得出來，咱們可不能把對方低估了。」

「這個我早就計算過了，」老趙說：「單就雙方辦事的人數來說，算是四對四，但咱們在城裡有暗樁，能動用的人手要比對方強得多，不論來軟的或是來硬的，咱們處處都有呼應，可要比對方強得多。」

「這倒是事實，」侯小福說：「不過，荊龍也有他有利的一面，——有許多靠著野市賺錢的城裏商販不願意失去那個市場，他們也會暗中維護著對方的。」

「我覺得不一定，」老趙說：「那些商販固然靠著野市賺錢，但他們在路上也要平安，不是嗎？像鄭旺他們就是個例子，咱們只能算它扯平。」

老趙一心想在牛鬍子和鄧鵬面前邀功，辦這宗事，究竟能有幾分把握暫時不管，總要先把自己人的氣給打足，辦起事來才能順遂。幾個人計議的結果，先由侯小福陪著老趙，暗中去查城裏的每一家客棧，看看那四個究竟投宿在哪裡？

老趙會計算，柳和跟鐵山也有計算，柳和雖然在路上避過了暗卡，也使鄧鵬的追截落了空，但他算定牛鬍子一定會差人到縣城追蹤著自己，不會讓靈河岸順利的獲得械彈和糧食，他不得不防著對方這一招。

他和鐵山商議過，鐵山想出一個法子來說：

「那個瘦小的中年漢子，是牛鬍子所設的暗卡上的人物，唯有他是跟咱們碰過面的，股匪若跟進縣城來，那傢伙便成了藥中甘草，少不了他那一味，咱們四個人，不妨分成兩撥，——兩明兩暗，用兩個明的做餌誘他上鉤，他雖不會公開在人面前露臉，總會在附近出沒，咱們便能在暗中察看他跟什麼樣的人物裏在一起。」

「我說鐵山，看你橫高豎大的，腦袋卻真敏活得緊，」柳和笑說：「你這主意是怎樣想出來的？」

「我是打獵的人，柳大叔，」鐵山說：「平素捕獾子，捉狐狸，不是跟對付股匪一樣？那個瘦小的中年漢子，狡猾得跟狐狸一個樣子。」

「好罷！」柳和說：「主意是你拿的，我和王貴爲餌好了，讓你和佟忠兩個在暗地裏等著，如果咱們料算得不錯，牛鬍子的人業已進城來了。」

第七章 鐵山與嬌靈

北大街的連陞客棧，是縣城裏各家客棧規模最大的客棧，不算兩側跨院，單是正身，就是五開間五進房屋，兩進又都是木質樓房，北大街是城裏最繁盛的商業街，許多做南貨北貨的大商號都設在這裏，從外埠來的商客，也都選著這條街落腳，說它是萬商雲集也並不為過。

連陞客棧正好座落在這條街的中段，它懸的招牌是客棧，但卻附設有茶樓和酒館，客人住進來，有吃有喝，又有消閒的地方，彼此約聚談生意極為方便，因此，柳和就挑上了這一家客棧落腳。

偏巧老趙和滿天星他們找人，也就從這一家找起，不用說，當天就碰上了。

在連陞客棧前面的茶館裏，設有書場子，一個從北地來的說書人丁瞎子，說起俠義的故事來精彩絕倫，楞小子王貴是個道地的土佬，長這麼大，還是頭一回進城，對城裏的那種繁華，那種熱鬧，看得他眼花撩亂，目瞪口呆，若是依照他的心意，只怕早就出去蹓躂去了，但柳和卻不讓他走出客棧的大門，王貴沒辦法，只有鑽到書場上，泡盞茶聽說書，丁瞎子那張嘴，死人都能被他說活，王貴一聽就聽上了癮啦。

柳和對於聽說書，也顯得蠻有興致，一到夜晚，也泡盞茶和王貴坐在一起聽。

「不急著辦事嗎？柳大叔。」王貴說。

「急什麼？」柳和說：「我在這兒等個朋友，我想，他就會來的。」

「鐵山他們怎麼不來聽書？」王貴想起來問說。

「他們辦事去了。」柳和說。

王貴沒再說什麼，他的心，已經被熱鬧的情節吸引住了；柳和彷彿也在聽書，但他的兩眼不時掃瞄著書場各個座頭，暗中注意著每一張人臉。他明白，股匪雖然不會在城裏大幹，但他們暗中活動不是縣署和商團能防範得了的，他們在人手上運用方便，極可能要出各種花樣，各種詭謀，而自己只帶了鐵山他們三個人，其中王貴還派不上大用場，這一回辦事的成敗，對靈河兩岸人們有很大的影響，同樣的，對牛騶子一樣有很大的影響，如果械彈、火藥和糧食運回荆家屯，這表示牛騶子設卡軟困的法術不靈，各村屯人心振奮，牛騶子當然不會再白耗時辰，如果他攔截成功，他自會藉此誇耀，會再找人擰股三犯荆家屯。

丁瞎子說了一段書，有兩個漢子進屋來了，找了靠近屋角的座頭。柳和隔著煙和茶的熱霧，朝那邊瞄了一眼，一個是黃臉凸睛的高個兒，一個是滿臉橫肉的大麻子，他們也泡了茶，但兩眼的溜溜的閃動著，彷彿是在找人的樣子。

他當然不敢立時斷定他們就是牛騶子差出來的人，至少，他直接的感到這兩個傢伙絕不是來聽書的，他故意把臉朝向丁瞎子，裝成專心聽書的樣子，但仍用眼角餘光瞄定他們，注意著那兩個傢伙的舉動，果然，那兩個傢伙的眼光落到自己這邊的座頭上來了。

哼！柳和打心底冷哼一聲，他想起這兩個傢伙跟自己從沒碰過面，在一屋子人裏，如何能夠注意到自己？不用說，是當時在茶棚子裏碰過面的那個精瘦的中年漢子指點了的，而那個傢伙卻不出面，讓生面孔出來盯梢。

究竟他們是不是盯梢來的？必得要試他們一試才好。

他轉瞧了王貴一眼，那小子聽書聽呆了，他沒有驚動王貴，悄悄的離了座，邁步朝外走，下樓走向內院去，他剛下了樓，就聽見背後的樓梯響，有人跟下來了，他沒有回頭，一直走向內院，身後那個人仍在跟著。

夜色晴和，星和月青濛濛的，柳和搖搖擺擺的穿過穿堂向二進院子走，那人故意在前院站了一會兒，才又跟過來，遠遠的吊著他。

不錯，盯梢有個盯梢的樣子，看來不是笨貨，柳和心裏嘀咕著。

到了二道院子，他沿著長廊向右首拐，盡右靠牆處有間石屋，有短廊轉折相連著，門口懸著一盞不很亮的馬燈，那是客棧裏為客人們所設的廁所。

柳和輕輕咳嗽一聲，跨步走了進去，找了一個用石塊和木板隔開的坑位，把門給掩上了，那個緊躡在他身後的傢伙也舉步跨進來，發覺這是廁所，管它有溲沒溲，也裝模做樣的小解，溺上幾滴，意思意思，柳和就著馬燈光從門縫望過去，追躡他的傢伙，正是那個麻子。

麻子解完小手，可無法再站在那兒面壁，掖起褲腰走了出去，這一回，情形恰恰相反，柳和出來，又走在他的後面了。

麻子也太急乎了一點，追蹤沒成，卻逛了一趟廁所，人家如今盯在他的身後，使他如芒刺在背，他只好再回到茶樓的書場上去，柳和也經過他和黃臉漢子所佔的座頭，回到他的原位。雙方雖然都在勾心鬥角，但除了喝茶聽書之外，一時倒沒有旁的事情可做了。

柳和愈是沉著，對方愈是不耐，那兩位不知悄悄的說了幾句什麼，丟下茶錢退走了。這些經過和曲折，聽書聽呆了的王貴，壓根兒蒙在鼓裏沒覺著。

滿天星和侯小福兩個人退出來，順著燈火輝煌的大街走了一段路，侯小福低聲說：「怎麼樣？」

「情形有些不對勁，」滿天星說：「我想看看他宿在哪兒，誰知那傢伙竟把我引進廁所去聞臭！若不是他對我起了疑，就是存心耍弄我！」

「怎麼會呢？」侯小福說：「咱們兩人和他從沒對過面，他不會突然疑心到咱們頭上來的，就拿上廁所來講罷，一前一後的情形很多，你用不著動疑。」

「好在老趙他剛剛沒看走了眼，」滿天星說：「咱們業已曉得他們在城裏，又在連陞客棧落腳，這就夠了，趕明兒，和老趙商議妥當，多派人手佈置在連陞客棧附近，使他們的一舉一動瞞不過咱們的耳目，事情就好辦得多啦……老趙不是在石坊那邊的小茶館等著咱們嘛？咱們這就過去找他去。」

兩個傢伙拔腳朝南走，一再回頭看看有沒有人跟蹤他們？確定無人跟蹤，這才放心的朝遠處石牌坊那邊走過去。

一街都是月色，更有許多燈光從街廊間的店鋪裏斜射出來，兩個人沿著街廊走，城裏夜晚仍然像白天一般的熱鬧，來往的行人很多，他們穿過牌坊，拐進一座窄巷，巷裏有座小茶館，老趙和常順倆個正在那兒等著呢。

「怎麼樣？」兩人一跨進門，老趙便急匆匆的迎著問說：「那兩個的相貌，你們總算認清楚了罷？」

「認是認清楚了！」滿天星說：「不過，對方有個三角臉的大漢精得很，我剛一跟蹤，他就起了疑，爲怕驚動了他們，咱們只好先回來了。」

「其實也不必著急，」侯小福說：「他們落宿在連陞客棧，進進出出，咱們都能盯得住，好歹也不在乎這一天白日的。」

「你們兩個也許太毛躁了一點。」老趙說：「等到對方動了疑，變化可就更大了。」

滿天星臉上的麻窩子掙得泛紅，辯說：

「我相信沒有那麼嚴重，因爲對方根本不認得咱們兩個，他就是動疑，也不會疑到哪兒去。適才咱們沒再驚動他們，就是這個道理。」

「好罷。」老趙說：「咱們既然知道對方落宿的地方，就得靠近監視，你跟侯小福兩位，不妨投宿到那邊去，我和常順兄移住到花鼓街高長榮棺材鋪，這樣，彼此連絡起來，要近便得多了。」

他們又嘰嘰咕咕的商量了好一會兒，這才分頭出去辦事，但在他們身後不遠的地方，有人在暗中把他們盯上了，佟忠盯的是滿天星和侯小福，鐵山盯的是老趙和常順，深夜時，他們和柳和碰了面，鐵山說：

「那瘦小的中年漢子，確是個領頭的人，他先到東關的葉記銀樓，過了半個時辰又跟另一個同夥拎著行李出來，叫了車，搬進花鼓街一家叫高長榮的棺材鋪去了。」

「那個麻臉漢子和靳暴眼兩個，也投到連陞客棧來啦，」佟忠說：「這明明是衝著咱們來的了！」

柳和點點頭，沉默的想了一會兒說：

「牛鬍子既然大張旗鼓的遮著官道，扼住靈河兩岸各村屯對外的通路，他就不會讓咱們輕易的進城來添購械彈糧食，這道理是明擺著的，我在沒進縣城之前，早就料到會有這種情形，我向荊大爺討了這份差事，業已打算豁命辦成這樁事情啦！你們兩個有什麼主意，不妨講給我聽聽，也讓我好參酌參酌。」

「縣城雖然很大，但客棧有限，」佟忠說：「只要咱們住客棧，很難逃過對方耳目，依我看，他們在縣城裏立有多處暗樁，在人手上佔了極大的便宜。」

「葉記銀樓和高長榮棺材鋪這兩處地方，既然容得牛騴子的人，他們和牛騴子必然有關係，」鐵山說：「他們不但人手充足，在財力上也很雄厚，咱們從鄉角落來的老土，在這一方面很難跟他們相比，照眼前的情形看，咱們辦事實在夠艱難的，城裏的商人們誰能幫助咱們？」

「這些情形，我很清楚，如今我是向你們討主意呀。」柳和說。

「主意倒是有，」鐵山說：「但柳大叔您這趟出來沒帶多少錢，您一定明白，在這種人地生疏的地方，缺了錢，很多事辦起來都不方便，比方說：咱們住在這兒做餌，把對方吊著，您悄悄搬開，單獨去辦事，……甚至另外找人去靈河，跟那邊連絡，研商如何運貨和接貨，這些事，空口說白話都是不成的。」

「錢的問題，你就不必顧慮了，」柳和顯出很慎重的樣子：「除掉這層顧慮之外，我覺得你的主意倒是可行，我趁夜就離開連陞客棧，這邊暫時由你照應著。——也不要呆著不動，完全做出辦事的模樣，去跟槍火商、糧商打交道，討價還價拖延時間，主要是吊著對方，分散他們的注意，等我把事儘快辦妥了，我自會跟你們連絡的。」

柳和說著，摸出一疊錢來，交在鐵山的手裏，他真的擔著他的藥材，獨自離開了連陞客棧，投宿到別處去了。

柳和離開連陞客棧之後，鐵山把幌子招牌亮了出來，他以侄輩的身分，公開拜會了大毛皮商鄭旺，表明這一回他是荆家屯差出來購買械彈、糧食和火藥的人，所需的數量很龐大，請鄭旺能幫這個忙。

「那邊的情形您知道的，」他說：「牛騴子兩次捲襲靈河都沒成，反而狼狽遁走，他如今是惱透了，設暗卡，鎖官道，讓當地的人缺糧缺火，……沒有械彈火藥，今年行獵大成問題，毛皮減產，野市難開了，您的生意恐怕會受很大的影響，如今您幫咱們，也就是幫您自己呀！」

「這還用說麼，」鄭旺肥臉笑得肉團團的：「我會盡力幫忙的，就衝著荆龍的面子，這樁事我也不能撒手不管咧！嗯，不過，人說隔行如隔山，我只能把販槍火的和當地糧行的人物幫你邀集邀集，生意還得要自己談，尤其是牛鬍子的人槍還沒退離官道的時辰，這些貨就算你買妥了，怎麼運，還是檔麻煩事兒呢！」

「這就感謝您了，」鐵山說：「您要誠心想幫這個忙，晚輩打算在連陞客棧設兩桌席，帖子由您出面代邀代發，不知是否妥當？」

「那行！」鄭旺一口答應說：「這可是手到擒來的事兒，你回去把帖子備妥，訂個日子，請誰的事由我來辦，到時候，包你桌上有人就是了。」

鐵山這著棋走得不賴，他在設宴請客之前，消息就飛快的傳揚出去了，各處都曉得靈河東岸的荆家屯屯主荆龍差了他的侄兒荆鐵山進城，想大批購買械彈、火藥和糧食之類的應用貨品……當然也是爲了抗禦股匪牛鬍子用的。

在縣城裏，槍火交易是一種半公開的熱門交易，販槍走火，雖說來路遠，多曲折，但交易暢旺，有暴利可圖卻是不爭的事實，其中有人販的是歐洲的來路貨，像德造毛瑟，大金鉤，九子連，捷克的後膛槍，比造的鴨子嘴，彎拐球兒等等，這類貨都以青島爲起運轉銷的地方，也有的是來自上海。

也有些槍火商承銷的是英國貨，大都運自南方，他們分爲不同的幫口，互相競價傾銷，靈河岸各村屯在他們的眼裏，是最易敲的肉頭大戶，一聽說荆龍的侄子來購貨，哪還有不趨之若鶩的？

至於城裏的各糧商，十九家大糧行也都願意爭接這筆生意，紛紛向鄭旺遞話，想找機會和鐵山碰面談談，因此，鐵山在連陞客棧設席請客的事，一時成了城裏商界的熱門話題。

這消息傳到老趙的耳朵裏，老趙樂開了，他把他的同夥召聚到高長榮棺材鋪裏來，對他們說：「怎麼樣？我趙某人闖江湖闖了半輩子，自信看人不會看走了眼的，那個年輕的搖鼓貨郎，結果真的是荊龍的侄子，他是進城來購買械彈和糧食的。」

「荊龍在這時差人出來辦貨，足見靈河兩岸各村屯缺火的情形很嚴重了。」滿天星說：「如果咱們加它一把勁，把這批辦妥的貨給截住，不把那老傢伙活活氣死，也會把他急瘋掉！」

「哼！」老趙臉色陰險的冷笑一聲說：「這樣耗下去，急瘋了他，還算他荊龍有福氣，只怕靈河內裏面都會起亂子，他們想跟大當家的鬥法，那可是戴著篷斗親嘴——差得遠呢！」

不論老趙抱的是怎樣的看法，鐵山請客談生意的事卻沒有延擱，城裏主要的槍火商和糧商，由鄭旺陪著，都按時聚齊了，在連陞客棧的大廳裏和鐵山見了面。

「今兒難得請到諸位大爺到這兒來，」鐵山拱手說：「這還得感謝鄭大爺他的鼎力幫忙，沒有他的大臉面，憑晚輩這麼一個名下不姓不曉的後生小子，恐怕還請不動諸位爺們來這兒聚面呢！」

「老弟，你可不能這樣說，」槍火商杜三說：「你是咱們的主顧，衝著這筆交易，應該由咱們聯名宴請你才對，這如今，主客顛倒了，你再這樣客氣，咱們連坐都坐不住啦！」

「主顧可不敢說，」鐵山說：「生意談得成談不成還在未定之天，有勞諸位卻是事實，就請大夥兒入席談話罷！」

在席上，鄭旺倒是挺熱心的亟力撮合這筆交易，他誇讚靈河兩岸的民風樸實，說話極有信用，尤其是荊龍，大方豪氣，跟他做交易，絕不會吃虧。

嘴上是一種說法，心裏卻抱著另一種想法，鄭旺恨荆龍恨得牙癢，但對野心勃勃的牛鬍子也深懷戒懼，他盼望牛鬍子能攻開荆家屯，把荆龍給除掉，又不願意眼見牛鬍子真的盤踞了皮毛的產地，最好的方法，則是兩面上火，使他們拚耗得兩敗俱傷，自己更能趁虛而入，盡得漁人之利了！

依目前的情形看，靈河缺乏械彈和糧食，牛鬍子要是再截斷他們對外的通路，到了秋天，野市無法開設，那兒居民的生計便成了問題，這樣，牛鬍子便有機會洗劫靈河岸各村屯，並且盤踞下去，這對自己當然極爲不利，而協助鐵山，供應他們械彈糧食，該是使他們扯平的好方法。

槍火商和糧商，兩眼都看在利字上，他們也不願意看著靈河岸各村屯被股匪洗劫，儘管股匪有時候也會著人向他們購貨，但在價錢上，往往殺得很低，使他們賺不了什麼錢。

不賺什麼錢還在其次，最主要的是跟股匪做生意，把械彈賣到歹人手裏，等於爲虎作倀，消息漏出去，很難得到旁人的諒解，所以每回交易，都偷偷摸摸的進行，這種利錢薄又擔驚受怕的事，他們的興致自然就要比跟荆鐵山做交易要淡得多了。

「鐵山老弟這回是添購械彈糧食來的，需要怎樣一個數目？槍枝要什麼樣的廠牌？不妨說給大夥兒聽聽，也好讓大家心裏有個底兒。」杜三說，「如果數量不多，咱們也許能拿得出現貨，如果數量多了，咱們也好找人去接洽，如數從外埠轉運過來。」

「數量並沒限定，」鐵山說：「也並非全買新槍，家伯父交代我，一方面看貨出價，一方面看情形收購，——這是指械彈。至於糧食，咱們最少得要買上三五百擔，飯總是要吃的。」

「這倒是很實在的說法，」糧商呂旺才說：「那你就先談購糧，再談購槍購火罷。」

「好，那就先談購糧，」鐵山說：「諸位來了許多家，我究竟該在哪一家購糧呢？諸位不妨把各類糧食的價錢，分別列單子送過來，我選擇最低的，然後再當面議妥成交的價錢，不過，我要說明一點，就是不論械彈糧食，得由賣方送至荆家屯交貨取錢，我只能在這兒略付些定錢。」
鐵山說話時，大家都是笑著聽的，但一聽到要把貨送至荆家屯才能取款時，那時笑圓了的臉又拉長了，杜三爺首先搖頭說：
「鐵山老弟，你從靈河過來，一路上的情形，你比咱們都明白，咱們並不怕路遠，只是牛騳子這一關，咱們都過不了……貨若送不到荆家屯，吃虧的還是咱們自己，這種大風險，咱們可擔不起呀！」
「也許槍枝彈藥還能想出些花樣來運，」糧商呂旺才說：「但這幾百擔糧，得運上幾百馱，想躲過股匪的攔截，決計辦不到的，這條件實在太苛了，即使有厚利擺在那兒，咱們也不敢貪圖。」
「辦法總是人想的。」鐵山說：「再說，咱們花錢買貨，總要使貨到地頭，有主意，雙方再行計較，好在我並不急，在城裏多盤桓些日子也不要緊，哪天把辦貨的事情談妥了，我再動身。」
牛騳子盤踞在官道左右，誰都明白，不論械彈和糧食，想運到荆家屯去，都得擔些風險，從鐵山說話的神情，發現他是誠心要來購貨的，他的一番話，也說得句句在理，大家便在席間七嘴八舌的商量起來。
有人認爲羊毛出在羊身上，可以花大錢，雇請商團差出大批槍隊護送，硬闖硬過，把這筆費用打在槍彈糧食的價款裏面，讓荆龍如數照付；有人認爲應以米家井崖爲界，這邊送貨，那邊接貨，就在交接的地點付錢，雙方各擔起一半的風險。
壓後鄭旺出面說：
「諸位，生意是可以做的，至於送貨接貨的方法，也不是三言兩語就能說得清楚的，諸位不妨在回去以後仔細再商量，等到有了妥當的方法之後，雙方再分別的聚面商量價錢。」

生意是有得做的，數量還是頗大，問題當然有，但仍有動腦筋商量的餘地，鐵山的這著棋，不溫不火，走得恰到好處，這就夠老趙他們忙乎的了。

老趙躲在高長榮的棺材鋪裏，放出許多耳目去打聽消息，消息倒是來得很快，說是荆家屯的侄少爺荆鐵山，代表屯主荆龍來購貨，他指明要買大批的後膛洋槍和子彈，數量等著看貨之後再行定奪，另外，他要買幾百擔糧食，少說總在三五百馱之譜，這些消息，都分別從連陞客棧，各槍火商和各糧行得來的，當然確實可靠。

老趙對滿天星、侯小福和常順幾個說：

「這消息既然是實在無訛的，咱們得著人回去向大當家和二當家的先稟告一聲，好讓他們及早準備攔截，我相信，這許多的械彈和糧食，他們不可能用什麼神不知鬼不覺的方法運進荆家屯去。」

「當然，偷運是辦不到的。」滿天星說：「不過，如果荆龍能出高價，這邊的槍火商貪利，他們也極可能雇請商團的槍隊護送貨物，咱們要是出面硬攔，雙方準會大起衝突，……把商團給得罪了，事情就不簡單了，兩面樹敵的事，大當家的肯幹嗎？」

「這可就用不著咱們操心了！」老趙說：「幹與不幹，那是大當家他自己的事，咱們只要緊聚盯上，實情實報就成啦。」

「其實，也不必把難處全推到兩位當家的頭上，」常順說：「咱們要是在城裏來它一個先下手爲強，把鐵山那個小子所帶的款子弄過來，一樣的購得械彈，買得糧食，槍火商是認錢不認人的，這照樣是大功一件！」

「不成！」老趙說：「在城裏做案子，是很犯忌諱的，弄得不好，不但咱們脫身不得，只怕連幾處暗樁也會被官裏拔掉，而今最好的方法，就是等著。」

老趙的年紀比那三個大，跟牛鬍子也最久，在這夥人裏，他是個領頭的，他不贊成常順所提的方法，常順也沒有法子，等就等下去罷。

他們著急，對方可不著急，械彈和糧食的價目單子開過去了，又要去看貨物的樣品，樣品看過了，又要討價還價，價錢像拉鋸似的，你拉過來，他扯過去，而最重要的送貨方法還耽在一邊，沒有開始研究呢！

「這可好！」常順說：「這算是急驚風遇上慢郎中了！荊龍這個老傢伙，要不是迷糊了，就是另有私心，多少人不好差遣，偏要挑上他這個寶貝侄兒！這哪兒像是在辦事？窮磨叨嘛！」

「我看事情不這麼簡單，」滿天星說：「我發現他們四個人來的，如今只有三個人露面，另一個三角臉的大漢子，卻不知跑到哪兒去啦？」

「三角臉的漢子沒露面？」老趙吃了一驚，拍了一下大腿說：「你們怎不早說呢？」

「當時都以爲荊龍的侄兒出面辦事，大家都沒注意他旁邊的人，」侯小福說：「還是這一兩天咱們才想起來的，這有什麼要緊呢？」

「糟了！」老趙說：「荊鐵山走的這著明棋，分明是幌子，故意用來吊咱們的，正因我不便露面，你們三個都著了人家的道兒了，那個三角臉，準是利用這個機會走暗盤兒，也許把械彈都運出去啦！」

「甭這麼神經，」滿天星說：「憑他赤手空拳一個人，能用什麼方法把那麼多的械彈運回荊家屯去？他就能運出去，也通不住咱們多道暗卡。」

「不，」老趙說：「我得備牲口趕回去見鄧二爺，看看這兩天卡子上有沒有發現什麼人或是什麼貨經過官道？你們在城裏，替我追查三角臉的蹤跡，如果他還在的話，要緊緊的盯上他，這個人是千萬放鬆不得的。」

老趙急匆匆的備上牲口走了，他剛剛一走，滿天星他們就發現自己實在是太多疑啦，那個沒露面的三角臉，不是大模大樣的露了面，翹起二郎腿，坐在茶樓的書場裏聽書嗎？

瞧他那個樣子，好像根本沒去辦過什麼事情。但老趙業已趕回水月庵那邊，跟二當家的鄧鵬去會面去了！滿天星不相信對方有這麼深沉的心機，故意把老趙耍得團團轉。

「也許三角臉是傷風感冒，鬧了點兒小毛病罷了！」

老趙一路奔回水月菴附近的架子山（**股匪首領盤紮的地方**），見著了鄧鵬，把城裏的情形略略說了一遍，他說起出面購貨的是荊龍的侄兒鐵山，交易至今仍沒談妥，尤其是要商人負責送貨到家，這一點，雙力爭執最大，擱在那兒一直沒能解決，他們極可能雇請商團的槍隊一路護送，再由靈河派槍隊出來接貨，要不然，這批貨就是購妥了，也不會立即起運的。至少商販們怕擔大風險，這也是事實。

「你的看法沒錯，」鄧鵬說：「械彈和糧食，都不是容易隨身攜帶的小東西，不論他們怎麼運法，想穿過暗卡而不被發現，那都是不可能的事，咱們佈妥陣勢，耐心等著，這一票算是截定了。」

「如果商團派槍護送，也照樣截留嗎？」老趙說。

「那又有什麼好客氣的？」鄧鵬笑笑說：「咱們又不想跟城裏商人敘親戚！他們若替靈河各村屯撐腰，那就是逼著咱們非幹不可！」

老趙原想把三角臉的漢子不露面，他心裏頭顧慮的事情提出來跟鄧鵬稟告的，但一瞧二當家的一副自信的神色，話到嘴邊卻留住了，他不願意討挨罵，既然他認為縣城裏起運的械彈糧食通不過暗卡，那就沒有他的事了！該說的，他不是都說了嗎？

「這幾天，卡子上沒有發現什麼罷？」老趙探詢著說：「我是說，不會有械彈糧食打這兒漏過去的。」

「那可就笑話了！」鄧鵬笑說：「我是幹什麼吃的？能讓運往荆家屯的貨打我眼皮底下漏過去？……暗卡上逐日有人回來稟報，這條路行商一天比一天少了，前天只有一些人哭哭啼啼，抬棺送葬的，卡子上的人高高興興的跑來告訴我，說那是難得的好兆頭。」

「好兆頭？」

「可不是嗎！——見材就是見財，」鄧鵬說：「這正暗示著咱們一定能把這一票貨全數截住。」

「好罷，」老趙說：「但願如此，咱們對大當家的也就都有了交代了！你若沒有旁的吩咐，我想及早趕回縣城去，事情若有任何變化，我會隨時著人來稟告的。」

老趙探詢沒得結果，又匆匆趕回縣城，連他自己也沒有想到，滿天星他們認爲已經失蹤了的三角臉的漢子，又若無其事的出現在連陞客棧了。

「替我專門盯著他！」老趙說：「我倒要摸清楚，這傢伙在白天黑夜都幹些什麼？」

滿天星找人去盯柳和，盯了好幾天，發現他賣了藥材，白天進賭場去賭小錢，夜晚就坐在書場上聽書，看來全不像能辦正經事的樣子，滿天星不耐煩了，回去跟老趙怨苦說：

「我看你準是弄顛倒了，硬把跑龍套的當成正經主兒來看，那傢伙根本不是材料，咱們要盯，也該仍然盯著荆龍的那個侄兒，他才是當家作主的人哩！如果說三角臉的漢子有事待辦，他會這樣的閒著？」

「你們不必管那麼多，」老趙說：「好在咱們人手多，要盯就盯到底，管他是正經主兒還是跑龍套！假如咱們有一點疏漏，讓他們把貨物潛運出去，大當家的可不會輕易放過咱們！」

時間一天一天的捱過去，據老趙這夥人多方探聽的結果，荆鐵山和槍火商、糧商所談的交易，一直沒能談得攏，仍然在拖延著。另一方面，荆鐵山並沒有束裝回去的跡象，他竟然在北街的巷子裏，租賃下一個宅子，從連陞客棧搬了出去，彷彿打算久住的樣子。

有人從鄭旺那兒得到消息，說鄭旺很爲這宗事對鐵山惱火，因爲這些大盤的商客，都是由他介紹引薦來跟鐵山談生意的，誰知鐵山把話說得很大，開口是要買多少桿槍枝，閉口是要買多少擔糧食，但他身邊僅攜著極少量的錢，甚至連預付訂金的錢要他掏出來都嫌勉強，人說：說大話，使小錢，總還有小錢可使，他卻是個空心老倌，光打雷，不下雨，使鄭旺自覺連他的臉面都被一層層的剝盡了。

「我的天！這兒耗下去，哪天才能等到他們把交易談成，貨色起運啊？」常順忍不住的叫說：「依我看，咱們非在城裏動手不可了。」

「笑話，動手有什麼用呢？」老趙微哂說：「他們假如真的是空心大老倌，身邊沒帶現錢，咱們動手又有什麼用呢？總不成剝他們那幾張人皮帶回去蒙成大鼓罷？這事萬萬急不得。」

正當差到城裏去的股匪小頭目老趙在那兒猜疑不定的時刻，第一批械彈已經很順利的運回了荆家屯，這批貨，有十三支後膛槍，五十發槍火，它是由柳和出價，在暗中購妥之後，裝在棺材裏，柳和跟槍火商商議，雇了一批人，扮成孝子孝孫和運棺的工人，一路上悲悲戚戚的，順著官道直闖，股匪所設的暗卡上的人還沒有那種敏活的腦筋，會想到棺材裏裝的不是死人，而是靈河兩岸集資購買的械彈。

再說：黑道的人忌諱多，一瞧見一群披麻戴孝的人，一路啜泣著，跟在棺材後面走過來，他們立刻就想到見材就是見財這方面去了，甭說沒有什麼好疑惑的，就算有一絲疑惑，也沒有誰願意去把封了釘的棺材蓋兒打開，去看看死人的那副嘴臉，因此，那具特殊的棺木，就在股匪的眼前大模大樣的抬過來了。

槍械抬進荊家祠堂，知道這事的，除了荊龍、葉爾靖、楊大郎、荊朋荊朔和老雷少數人之外，沒有旁人，荊龍把這消息鎖住了，怕萬一傳出去被股匪知道，增加柳和他們的困難。他逐一檢點了這批槍械說：

「如果在平時，各村屯說什麼也不會花這許多錢去買這些槍枝的，但如今為了抗禦股匪，委實沒有旁的辦法，只有咬著牙買它。」

「這批槍械數目雖不挺多，」葉爾靖說：「但有了它們，咱們的火力要增加一倍，牛鬍子要是不死心，糾眾再犯靈河，可有苦頭給他們吃了。」

「消息總歸會走漏出去的，」楊大郎說：「牛鬍子該知道，單憑他設下幾道暗卡，是扼不住人的了，咱們睜大兩眼，看他下一著又走的是什麼棋罷。」

其實，消息傳得之快，比預料的更快得多，消息的一半是由人由荊家屯捎出來的，另一半卻是牛鬍子自己揣忖出來的。

牛鬍子設在靠近荊家屯的一處暗卡子，眼看著一具棺材不抬到墳場落葬，卻一直抬進荊家屯去了，他們覺得蹺蹊，便立即向上稟報，牛鬍子一聽，覺得這裏面大有文章，又不是荊家屯死了什麼人，為什麼從縣城裏大老遠的運棺運到荊家屯？

等到他接到屯裏的密報，說是整整一棺都裝的是械彈時，他氣得把鴉片煙燈都給砸了。

「你究竟是怎麼弄的？」他發二當家的鄧鵬的脾氣說：「你把那些笨蛋差進縣城去，辦的是什麼事情？人家把幾十條槍都運進屯子了，你還說他們洽購械彈糧食的生意還沒談妥，老實說，連你在內，都變成一窩傻鳥啦！這碗飯，你算白吃了多年啦！」

「只怪兄弟一時粗疏！」鄧鵬被罵得連大氣也沒敢吭，也跟著惶恐的自責說：「對方的主意也想得太絕了，誰會想到他們會用棺材運械彈，又找些送葬的，一把鼻涕一把淚，暗卡上的傢伙不察，被瞞過了！」

「光說這些有個屁用！」牛鬍子說：「事情要是仍像這樣，那咱們不是白耗在這兒了？你既負責辦事，搞出一屁股臭屁，你得趕快替我揩乾淨，立即重新打點打點，你準備怎麼辦？」

「兄弟打算自己進城去看看，」鄧鵬說：「無論如何，這條線路非設法把它切斷不可，目前他們雖運進一批械彈，但糧食仍沒有起運，想使糧食通過卡哨，那就更難得多了！」

「嘴頭上光說也沒有用，」牛鬍子帶著很不耐煩的神情，揮揮手說：「你替我辦到了再講罷。」

鄧鵬對於這類軟釘子也碰慣了，照例他只有躬身應是的份兒，退下來之後，才無可奈何的苦笑著，聳聳肩膀攤攤兩手，表示他心裏對這位頭兒的憤懣，但他仍得打起精神，到水子房（**股匪掌管錢財的地方。**）去走一趟，關照他們準備送一批備用的款子到葉記銀樓去，事情究竟該怎樣辦？他還拿捏得不夠準，那得等他進了城，把各方面的情形打聽清楚了再做決定，至少他想到過，進城辦事，缺了錢，路子是很難走得通的。

他親自帶著幾個得力護駕，動身到城裏去，輾轉找到高長榮棺材鋪，和老趙見了面，忍不住的把一心鬱火又發洩到老趙的頭上。

「你們幾個都是沒心眼，沒活氣的，」他說：「我要你們進城來辦事，事情你們是替我怎麼辦的？前次你回去說：荊鐵山和這兒的槍火商、糧商談的交易還沒談妥，那可是天大的笑話，……人家業已把槍火都運回荊家屯去啦，你們還在這兒做夢呢！」

「那，怎麼會呢！」老趙不由不皺眉了：「跟二爺您回話，咱們是日夜把對方給盯著的呀！」

「你說得好聽，若真是寸步不離的緊盯著，這批槍械和子彈怎會運過暗卡？你的耳目不靈通，還有什麼話好說？」鄧鵬透著煩惱說：「你早該在槍火商那兒佈下耳目，那批貨沒離城時，你就會聽到風聲了！」

「這個我也想過，」老趙說：「說起來容易，做起來難，因為各路槍火商為搶生意，也都虛虛實實的勾心鬥角，誰都不願意把消息透露給別人，侯小福兒不是沒跑過，但什麼也沒打聽出來。」

「就算槍械的事你有難處，」鄧鵬說：「但糧食方面又怎樣呢？幾百擔糧不是少數，他們打算怎樣起運？你打聽過了沒有？」

「交易還是沒談妥，」滿天星湊上來說：「一味的在拖著，咱們多方面探聽，探聽不出旁的消息來。」

「看光景，咱們要動手了！」鄧鵬沉吟了一陣說：「雖說城裏不宜作案惹麻煩，但如果不能把糧彈運進荊家屯的這條線遮斷，咱們對大當家的沒法子交代！」

「二爺，您既然來了，凡事全由您作主，」老趙說：「您怎麼吩咐，咱們就怎麼辦！」

「我要先到荊鐵山租下的宅子附近走走，」鄧鵬說：「暗裏查察他們活動的情形，要是能找機會下手，擄住他們當中的一個，把他帶回來嚴加拷問，我相信一定能問出一番眉目來，要不然盯梢也沒有用，——他們進屋子談生意，咱們沒長千里眼和順風耳，怎能知道他們的秘密？」

「二爺說得對！」常順說：「人身是肉做的，攫著一頓拷打，逼他把心裏的秘密全吐出來，事情就好辦了！尤其是這批糧食，非截住不可！」

鄧鵬由滿天星陪了去看鐵山租賃的那幢屯子，宅子離連陞客棧不遠的巷子裏，四周有高牆圍著，大門緊閉，沒見有人進出活動，鄧鵬看了，點點頭說：

「看光景，他們有意在城裏蹲下來了！足見荊龍亟需要糧食械彈，不過，從他們運槍火的方法來看，他們還會想出新的法子運糧的，如果截不著糧，咱們久屯在官道兩旁卻不是個辦法！」

「那就得看您跟大當家的怎麼說了！」滿天星說：「他為了要踹荊家屯，把大夥兒吊在這兒，咱們底下人，誰跟他也說不上話。」

滿天星這幾句話，正點到鄧鵬的心病，他對牛鬍子憋了一肚子的怨氣，吐又吐不出，吞又吞不下，他也弄不懂牛鬍子為什麼非磨算靈河這塊荒涼的地方？難道那些荒山野嶺裏藏著什麼樣的寶物和金銀？抑或是他在荊家屯連吃了兩次虧，非要報復不可？他自己雖是二當家的，但在牛鬍子面前，跟嘍囉沒兩樣，連一句話都說不上，牛鬍子從來不敞開坎兒和他談什麼。

「咱們先不談那些了！」他悶悶的說：「替我著人守住這宅子，找機會替我攫著一個，送到高長榮棺材鋪去，咱們先得截住那批糧再講！」

「那您就先回去歇著罷，」滿天星說：「這事包在我身上，管保就在這一兩天，我會給人把您送到的。」

滿天星最先把主意打在楞小子王貴的頭上，他認為那小子不是精明人，塊頭兒不大，比較容易對付。在城裏辦事，必得要快捷，要辦得乾淨俐落，不能驚動別人，他最怕的是這些人夜晚不出門，他總無法帶著一夥人破門而入去攫人，對方雖然從連陞客棧遷了出來，但他們仍會到茶樓書場上去的，他要耐心的等著。

他自信拳腳力氣對付得三五個大漢，因此，並沒糾聚什麼人手，隨身只帶了高長榮的一個徒弟，那傢伙是抬棺的工人，肩膀上擔得三幾百斤，讓他用麻包扛人絕無問題，有他幫忙就足夠了。

夜晚初臨時，那宅子的門開了，出來的正是那個楞小子，一搖二擺的轉到街上去啦。

滿天星呶呶嘴，兩個人便一前一後的跟上了，果如所料，那小子又晃進連陞客棧的書坊上聽書來啦，滿天星和高長榮的那個徒弟小張也跟著揀了個後排的座頭，翹起二郎腿，磕著瓜子兒聽起書來。

「繩子和麻袋，你都替我備妥了？」

小張拍拍腰眼說：「您放心罷，都在我腰裏圍著呢！」

「旁的事情你不必管。」滿天星說：「你只要跟在我身後就行了，我說捆，你就捆，我說裝，你就抖開袋口裝，我說扛走，你就把袋子扛回棺材鋪就得了！」

「成！」小張說：「一切我都照您的吩咐辦！」

說書的在沉沉的煙霧裏，說到快起更的當口才散場，滿天星一扯小張，倆個人最先走出來，伏到巷口轉折處的門廊下面，等不一會兒，對方一個人踢踢踏踏的，一路哼著小曲兒走了過來。滿天星迎了上去，故意用肩膀撞了他一下，撞得王貴倒退了兩步，瞪著眼說：

「你這人也真是，幹嘛走路不長眼，硬朝人身上撞？這巷子寬得很咧。」

「啊，真對不住，小哥，」滿天星說：「你不是跟荊家侄少爺來的嘛？咱們碰過面，說來都不是外人啦！」

王貴把滿天星那張麻臉看了又看，搖頭說：

「我可沒見過你，咱們柳大叔一再交代我，跟陌生人少打交道，我得回去了。」

「幹嘛那麼急著走？」滿天星說：「你要是不介意，我還預備請你到一個好地方走一趟呢！」他說著，掄起缽盒般的拳頭，照準王貴的左太陽穴橫搗了一拳，王貴眼一翻，人就搖搖晃晃軟塌塌的坐到地上去了。

「小張，來替我捆！」他說。

「對不住，我不姓張！」一個陌生的聲音冷冷的說。

滿天星覺得不對勁，脊背卻被人用尖刀抵上啦！對方發話說：

「城裏不是雞毛店，容得你撒野，有話，跟我進屋去談談罷。旁的事你就甭管了。」

滿天星眼看事情將要辦妥時出了這種岔兒，叫人家用刀抵在脊背上，連動手的機會全沒有了，只好乖乖的被刀尖推著朝前走，另有兩個人從旁邊出來，一個扛著麻包，一個扶起倒在地上的楞小子，不用說，準備用麻包裝人的小張，業已被人家替他裝進麻包裏去了。

他進了那座宅子，對方對待他還算客氣，擺手讓他坐下來說：

「你們這一套實在不太靈光，可不是？假如真的靈驗，你就不會坐到這兒來啦！」

「我認栽！」滿天星說：「我只是奉命行事，一時粗疏，不料螳螂捕蟬，黃雀在後，這才落到你們的手裏，我還有什麼話好說。」

「好！滿天星，」問話的三角臉漢子神態安祥，微微帶笑的一口叫出麻子的綽號來說：「聽你說話，倒是滿硬朗的一條漢子，跟著牛鬍子幹股匪，有些委屈了，其實，你們用不著這般鬼鬼祟祟的跟進城，耍這一套盯梢的鬼把戲的，今夜晚，要不是你先動粗，我還沒打算請你到這兒來呢！」

「我跟老趙沒料錯，」滿天星說：「你才是真正當家作主的，用棺材運槍械那一招，想得真絕，能賜個名號讓我記著嗎？」

「那倒簡單，」對方說：「我是荊家屯的護屯師傅，柳和，你藉這個機會認識也好，下一回可不能再犯在我的手裏。」

「我道是誰，有這麼大的能耐，原來是鼎鼎大名的柳師傅。」滿天星說：「人是不熟，但您的名字，咱們卻都知道的，我還有下一回嗎？」

「當然有，」柳和說：「你以為我會取你的命，那就想岔了，我只是想告訴你，你們二當家的進城也是白進，咱們的幾百擔糧食業已運進荊家屯啦！……你們設在城裏的幾處暗樁，像葉記銀樓，高長榮棺材鋪，還有碼頭上的賁工頭，都瞞不了我，鄧鵬要你來綁人去拷問，業已晚了一大步，雞孵鴨子——枉費心機罷了。」

「我信不過！」滿天星搖頭說：「幾百擔糧走官道，咱們所設的暗卡上人，難道都是瞎子？這是絕不可能的事！你們是怎樣把它運進荊家屯的？」

「哈哈，你們這些腦瓜子想事情究竟是怎麼想的？」柳和盪出一串笑聲來說：「我說給你聽也不要緊，我在這邊大糧行買糧，責由他們運送進荊家屯取款，他們知道由縣城運糧行不通，便著人上大龍家寨子，從那邊糧行轉撥糧食，從後門運進去了。」

「柳大叔該把話跟你全說清楚啦！」這時候，鐵山才開口說：「這你該明白，牛鬍子那種虛張聲勢的做法根本沒有用的，咱們這回進城辦貨，只是做個樣子給你們看，設卡子，一樣攔不住人，截不住貨，他要真有能耐，叫他拉人合眾再打荊家屯試試，靈河岸各村屯齊心合力，只有越打越強的。」

「不錯，」滿天星說：「你們把糧食械彈都運回去了，但你們四位怎樣回去呢？咱們大當家的發狠，要把你們截住的。」

「這你就不用費心了！」柳和說：「我要帶你老哥一起上路，暫時委屈你們兩個做人質，一過孟莊，我就開釋你們，……你要知道，人肯豁命，什麼事都做得成，他牛鬍子要是不顧惜你們的性命，朝後誰還肯跟著他？」

滿天星低下頭，沒再言語了，他沒想到，今夜栽在荆家屯的護屯師傅柳和的手上，凡是捻股兒的朋友，多半都聽說過柳和的名字，確認他是荆龍左右最得力的人物，如今一見，果然很不尋常，自己認栽，只好認栽到底了。

「把這兩位暫時押下去看守著。」柳和對佟忠說：「我還得在這兒辦點事，等事情辦完，咱們就動身回屯裏去了。」

二天一早上，鄧鵬在高長榮的宅子裏剛起床不久，外頭有人來稟告，說是有人指名來拜訪，鄧鵬吃了一驚，因爲他這回親自進城，城裏並沒有外人知道，誰會在這麼一大早上指名要來看自己呢？

「二個瘦高的漢子，三角臉。」對方說。

「不妙了！」老趙在一旁神色張惶的說：「準是那個傢伙，咱們還沒找他，他卻先找上門來了！」

「不要緊，」鄧鵬說：「他要送上門來，就讓他來好了，還怕他咬你一塊肉去？」轉臉對稟事的人說：「請他到前屋看茶，我這就出去見他。」

這間棺材鋪是牛鬍子設在城裏最大的暗樁，從高長榮起，上上下下一共十多個人，都是股匪，他們用經營棺木作爲掩護，暗裏走黑貨，替牛鬍子銷贓，以及一應跑腿辦事，鄧鵬認爲對方一個人敢朝這裏闖，膽子也未免太大了一些了，他帶著老趙、侯小福和常順一起出來，對方業已在前屋裏坐著了。

「聽說這位老哥指名要見我？」鄧鵬說：「我就是鄧鵬，不知有何指教？」

「原來真的是鄧二當家的，」柳和站起身，拱拱手說：「那麼，那位麻哥沒打誑？您果然進城來了！」

「不錯，」鄧鵬說：「我進城，雖然沒敲鑼打鼓到處驚動，但也沒有心瞞著誰。敢問你老哥貴姓？台甫是怎麼個稱呼？」

「我姓柳，」柳和說：「荊家屯的護屯師傅。我想，柳和這個名字，二當家的耳風也許刮著過，人說：得人錢財，與人消災，我受荊龍荊大爺的聘，那兒有了難處，我不能不替東家分勞辦事。」

「您就是柳師傅，」鄧鵬聳然動容的拱手說：「兄弟眼拙，真是太失敬了，您這回運槍械所用的方法稱得上是一絕，不知運糧食，又有什麼高招？」

「我就是爲這個來的，」柳和說：「糧食業已全數運回荊家屯去了，您若是在城裏還要辦旁的事，不妨在這兒留著，咱們可得先回荊家屯去了！」

「有這回事？」鄧鵬半信半疑的說。

「用不著騙您，」柳和說：「糧是從後門轉運進去的，打大龍家寨起運，算路程，要比縣城到荊家屯還短上一大截兒，省了不少腳力錢。」

鄧鵬一聽，不禁張開嘴，倒抽了一口冷氣，牛大當家的枉費心機，糾眾來擋著靈河岸各村屯的前門，誰想到人家卻輕鬆的從後門運進糧食，這一點，連自己事先也沒料到過，不過，他到底是個有經驗的人，把眼珠一轉，想起什麼來，笑說：

「柳師傅果然高明……糧算您運回去了，但您和其餘的三位，都還羈留在縣城，想大模大樣的闖過多道暗卡回荆家屯，就算我肯，咱們大當家的怕也未必肯罷？……上兩回撲靈河，他憋著的氣還沒出呢。」

「您顧慮得極是！」柳和說，「不過咱們也有點兒小花樣，您手下的那個滿天星，和高老闆的徒弟小張，如今都落在兄弟的手裏，事到急處，我可不能不拿他們當成護身符了，那兩人雖不是舉足輕重的人物，至少，他們是死心塌地跟著牛大當家的幹了好幾年的人，你們若想截人，咱們就拿他們試刀，……靈河岸各村屯死了咱們四個不算什麼，你們要把小頭目的命不當命看，朝後還有誰肯跟牛大當家的幹？我這個人，明人不作暗事，特來告訴您一聲，我三天後帶人上路，您也最好先回去，跟牛大當家的說一聲，截人不截人，全在於他，如果放咱們一馬，等過了孟莊，我也會投桃報李，把滿天星和小張放回來，不傷他們半根汗毛。」

柳和這番話，把鄧鵬說得張嘴結舌，好半晌吐不出話來，他拿眼望望平素自以爲主意很多的老趙，誰知老趙也皺著眉毛；滿天星和小張兩個是怎樣落到人家手裏去的？誰也不知道，這真是來者不善，善者不來了。

倒是侯小福插上來說了兩句硬話，他說：

「柳師傅，你攫住了滿天星，又找上門來，你不覺得這樣做，太過張狂麼！」

「你說張狂？」柳和笑笑說：「靈河兩岸那些住戶，個個都是安守本分的老實人，絕不會冒犯旁人，是牛鬍子先糾眾來犯靈河，如今又扼著官道，存心要斷人生計，咱們難道束手就戮？倒底是誰張狂啊？……咱們即使作法火辣了一點，也該是你們逼出來的。」

柳和這番話，說得句句在理，侯小福脹粗了脖子講不出話來，柳和卻作了一個揖，轉身跨步，很輕鬆的走了。

常順主張追出去把他攔住，鄧鵬卻做了個手勢攔住了他，緩緩的說：

「算了罷，攔也沒有用的，我看，這件事，只有回去稟告大當家的，一切由他去作主了。」

鄧鵬帶著人回去稟告牛鬍子時，柳和果然帶著滿天星和小張，從官道上一路走向荊家屯來了。他們在城裏租了一輛騾車，把人質押著，柳和親自趕車，把一支快槍橫在膝蓋上，他走到米家井崖時，牛鬍子帶著馬隊，從斜裏橫過來把他截住了。

「早就聞說荊家屯柳師傅的名頭，這回你在城裏替荊龍辦事，真是辦得漂亮，」牛鬍子說：「我不能不帶著人在這兒跟你碰碰面，算是見識見識你這個人物。」

「大當家的，用不著這樣客氣，」柳和說，「說來臉紅，用人質來買路，該是很不光彩的下策，全是被逼出來的。」

「你怎會知道滿天星能使我顧忌，老實說，他還不夠那種分量，」牛鬍子陰陰的說：「假如我現在動手留人，你打算怎麼辦？」

「這很簡單，」柳和把快槍一順說：「那我只好先把滿天星和小張倆個打發掉，然後放手一拚，槍子兒沒眼，碰上你？還是碰上我？都沒一定，那得看咱們彼此的造化了！滿天星雖是個小頭目，但他也跟你賣命許多年的人，你若不顧他，日後誰還肯跟你幹？」

「好！」牛鬍子說：「我決計放你一馬，讓你車過孟莊，自行放人。不過，下一回我若再遇上你，可沒有這麼便宜了。」

他說完話，抖抖韁繩，朝後一招手，馬隊便像一陣風般的馳開去了。

鐵山在車後望著蹄塵說：「看來牛騸子這個股匪頭兒倒是挺豪爽的，柳大叔，您走的這著險棋，居然走對了路了，我以爲他既出面攔住咱們，絕不會這樣輕易就退走的。」

「不錯，」柳和說：「牛騸子能在這一大群股匪裏做他們的首領，總有他的一套，但這回儘管咱們能回到屯裏去，樑子卻也結下了，真若下回再碰頭，非有一個躺下不可！」

他們一路上沒再遇上旁的驚擾，車過孟莊之後，他把滿天星和小張兩個鬆了綁，釋放回去了。四個人再朝前走，不出二里地，就遇上了荊朋所率的巡騎。

他們回到荊家屯之後，被人看成了不得的英雄人物了，他們頂著極大的風險進城去，柳和把大量的錢鈔都放在當成扁擔使用的竹筒裏面，買妥了槍械子彈和糧食，更用出奇的方法，把它們運送到屯裏來，這是一宗平常人極難辦得到的大事，他們卻順順當當的辦成了，尤其最後用滿天星當做人質，逼退了牛騸子，更爲人津津樂道。

「這事聽來彷彿有些傳奇，」柳和說：「其實再簡單不過，牛騸子投鼠忌器，恐怕犧牲了滿天星，引起部下嘩變，正因爲他是老謀深算的人，我料定他不會動手的。只是一般人若沒有豁命的心，他們不敢這樣嘗試罷了！」

「照目前情況來看，咱們有了這批械彈和糧食，維持到冬初沒有問題，」荊龍說：「牛騸子一計不成，也許會另生一計，至少，他不會再扼著官道窮耗下去了。」

「我想也是如此，」柳和說：「他遮著官道的時間愈久，自然愈會影響各城鎮的來往交易，到時候會和商團起衝突，這種干犯眾怒的事，他不會幹的。」

果然，他們說了這話沒幾天，外面的巡騎便傳報了消息，說是牛騸子業已引著他的部眾，悄悄的退離官道，撤回大龍家寨子的老巢去了。

無論日後的變化如何，至少在目前，靈河上的日子又暫時恢復往昔的平靜了。

第八章 變故

即使明知這種平靜只是暫時的，當人冷靜下來，認真想它的時候，便會感到一種煩人的悶塞，但年輕的鐵山仍然覺得這平靜是好的，他又可以率著獵隊，在綠森森的林野裏回復逐獵的生活了。

這回他跟著柳大叔進縣城一趟，雖沒當家作主，獨當一面的做出什麼，至少，他承認學到了很多，柳和那種不把什麼當作什麼的冒險精神，超人一等的縝密計算，應變時沉著無驚的態度，都使他十分的欽服，他雖然拿了荊家屯的俸給，但他只是護屯的師傅，並沒有必要替各村屯去擔這種賣命的風險，他卻一肩膀承擔下來，等於從刀口上走了一趟來回，如果說目前的這份承平是他拿命換來的也並不爲過，要不然，牛鬍子怎麼會那麼快的退走?!

「人要是不怕豁命，這世上就再沒有什麼好怕的了！」柳和說這話時，一臉都是看得開、想得透的笑容。……鐵山彷彿從那笑臉上得到很多的啓悟。

他跟佟忠、程世寶、林小眼、王貴幾個，在靈河沿岸的林莽中逐獵，仍然常常談起柳大叔來。

「你以爲牛鬍子退走，真的是心甘情願的嗎？」程世寶說：「他是陰魂不散，早晚還是會來纏人的。」

「光是對付牛鬍子這批股匪，我並不覺得有什麼可怕，」鐵山說：「甭說只是牛鬍子一股，就拿上一回他勾結了海匪王四和尙一道兒來，槍新馬快，但也沒把荊家屯一口吞下去！」

「股匪既不足畏，你擔心的是什麼呢？」佟忠說。

「我是怕裏裏外外的一起來，那就很難辦了。」鐵山說：「其實，這話我已經說過很多回了，事情一天沒發生，我就一直在擔心著，直到如今，也沒有誰猜得透那會是些什麼樣的變故，總之，它糾糾葛葛的麻煩得很！」

「管它呢！」王貴說：「我這個人，一向懶得動腦筋，去想那麼遠的事幹嘛呀！該來的，就讓它來，咱們腦袋坐在脖子上，一天跑不了三頓飯。」

「嘿，」佟忠說：「誰能像你那樣樂乎？躺下來就拉鼾，你心裏從來沒放過事情。」

「其實，王貴也沒錯，他天生就是那種人，」鐵山說：「但咱們想得多，慮得多，跟他不一樣，無論如何，咱們也要想著應變，替靈河岸多盡一份力。」

在炎熱的長夏裏，日子逐漸平靜下來，彷彿這塊土地上從來沒有發生過什麼，草長著，樹綠著，很多和股匪拚鬥時死去的漢子，新墳上都已爬滿了綠草，自然總是用極快的方式遮掩住曾經發生過的人類的創傷。而靈河岸的人們很少去回首追念什麼，那些傷懷感嘆是無補於事的，他們會搬出一套話來說：

「嗨呀，過去的事，就讓它過去好了，重新拾起它來幹什麼？人死不能復生，再說，鬧股匪也不是一時一地，怎樣稀罕的事，好在荊家屯沒被闖開，咱們沒吃虧，牛鬍子也沒佔著便宜，雙方總算扯平了，它來不來都是一樣，日子還要朝前下去的。」

事實上，靈河兩岸各村屯的住戶也無法長年抓著槍，執著銃，等著和股匪拚搏，牛鬍子既然退走了，大夥兒便各自回去，採石的採石，逐獵的逐獵，編織的編織，捕魚的捕魚，大家明知未來的日子裏還會有大風大浪，但都寧願把它忘掉，連記憶裏的不快和悲慘，也藏匿在心裏，儘量的不去提它。

小賣鋪的溫老爹該是最典型的鄉土上的老人了，他始終擁抱著一種彷佛是看得透的，實際上卻有些消沉的想法，他說：

「許多天外的事，是咱們這些坐井觀天的土蛤蟆看不到的，世道人心更是難測，咱們不縮著頭過眼前的日子，又能怎樣呢？人長兩腿，天生是在地上走的，鳥生雙翅，命定是在天上飛的，旁人不守分，搞得天底下混混濁濁，咱們可不能，只好認命，守著做人的本分就是了。」

其中也有少數人不贊同這種想法，葉爾靖就是其中之一。他說：

「普天之下，一筆寫不出兩個理字，管它是誰，存心不讓靈河兩岸的人過安穩日子，咱們也就能給它一點顏色，翻它一個底朝天！正就是正，邪就是邪，從古到今也沒妥協過，人若不能照自己的意願活，活著也是白活，還有什麼意味？難道兵來將擋不是本分?!」

荆龍和楊大郎的看法，和葉爾靖大致相同，即使牛鬍子已經退走了，他們仍然聚議著，對於練鄉勇，組槍隊的事，一點兒也沒有放鬆過。

「今年秋天，野市勢必要照常的開市，」葉爾靖說：「這是事關明年一整年的村屯居民生活的大事，無論有多少難處在，咱們也不能退讓的。」

「話是說得沒錯的，」楊大郎說：「這情形，牛鬍子他們也知道得很清楚，到時候，他會想盡方法來阻撓，假如外地的商客被半途擋著，野市可就開不成了，咱們的貨物銷不出去，想買的東西又買不著，空在野地上設個集，又有什麼用呢？」

荆龍聽著，點頭說：

「他們這些股匪，不會輕易放過靈河的，野市開市前後，最是容易生事的時辰，任何意料不到的事情都會發生，這可不能不慎防著。」

葉爾靖想了一想，想出一個方法來說：

「靈河岸旁的沒有，曠地卻多得很，咱們與其年年伐木搭棚開設野市，何不劃定一塊空地，興起一座常設的集市，有了集市，便有了交易，到那時，局面就會開闊得多，黑道上的那些傢伙，想扳也扳不動了。」

「對，」山戶首領劉厚甫說：「興一座集市並不是一宗太難的事情，就按往年野市做根基，逐步擴展就成了！」

「人頭越多，地方越熱鬧，」楊大郎也說：「需的供的，都不一定要仰仗外地了，我以爲這倒是個可行的辦法，這也是澤及子孫的百年大計，一年不成，有它個三年五載，集市還會興起來。」

「諸位既都這樣說，我當然也很贊成，」荊龍說：「但想興起一座集市，跟臨時的交易不同，城裏的那許多商販人等，趕野市全是爲了逐利而來的，野市一收，他們便放車回城裏去了，假如要他們拖家帶眷的，遷移到靈河邊來安家落戶，恐怕大有問題。」

「那並不要緊。」葉爾靖說：「咱們可以計議妥當了，到四鄉八鎭去響鑼張帖子，把興集市的消息傳話出去，有人願意來的，儘管來，咱們敞開門來接人，到時候，還怕沒有人來？」

「我知道，」荊龍說：「一般興集市，也都採用這些方法，但我總有一層顧慮在，您知道鄭旺那些人，前些時曾經招丁募勇，打算到靈河岸來開墾，他們開墾是假，想在此間的獵場上插腳是真。並不是我的器量狹，沒有容人的雅量，實在是那些人別有用心，咱們這些年行獵，都遵行古老的方法，絕不濫獵，他們一來，日夜張罟，猛打窮追，紅狐和水獺之類皮毛値價的獵物，不用三兩年就會絕滅了，那之後，他們可以一走了之，留下靈河的老住戶該怎麼辦？……大門一敞開，四方流品複雜的人都紛紛朝這兒湧匯，容不得咱們挑揀了。」

「荊大爺的顧慮，實在是看得深透，」楊大郎說：「不過，咱們還有時間細細推敲，從長計議，我以爲，人是一腔血一口氣，但凡人多的地方都難免不會生事，天理王法還是最關緊的，當地執事的人要是坦直公平，少數敗類即使來了，也興不起大風大浪的。」

有關葉爾靖所提的，在靈河岸興集市的事，雖然一時沒得出個結果來，但大家都很認真的把它當成一回事看，葉爾靖認爲：一旦興起集市來，各處匯聚來的人多了，他們便是在靈河安家落戶的居民，自然也會拉槍聚銃，保衛他們的錢財產業，這樣，一面繁榮了地方，一面又壯大了當地的聲勢和實力，利害權衡，應該是利多弊少的，至於荊龍的那些顧慮，只要事先議定，來它個約法三章，即使有少數人跳踉，也不會到離譜的程度。至於這個集市設在東岸？還是設在西岸？葉家屯的人不爭這些。

「讓荊龍荊大爺他去決定就得了！」他很爽快的說。

但對於興集市的事，荊龍始終不願意出面主持，結果仍推到葉爾靖的頭上來，葉爾靖辦這事辦得很熱心，他立即選擇了東岸，去年野市設市的那塊曠地，他覺得那兒地勢平坦開闊，接近水源，外地來人不需乘筏過渡，來往異常方便。

「要是各村屯沒人反對的話，」他說：「咱們就可以著丈地畝，修道路，打界樁，定下移入的辦法，著手讓願意移居的移來建宅了。」

各村屯的住戶聽說要在荊家屯南邊興集市，大夥兒都很興奮，很快便有不少戶人家去葉爾靖所設的辦事的地方去登記，希望能遷過去建宅設店。

依照葉爾靖研定的辦法，這新興的集市，就定名爲靈河集，預計暫容五百戶人家，其中一半的戶數，讓當地各村屯的住戶先行移入，另一半的戶數，讓給外地的商戶，但對外地來的新戶，必須要經過靈河岸各村屯的執事認可，他訂下這一條的用意，就是有意限制沒有正當行業的流民的湧入，只要流進來的人不複雜，日後不會產生大的是非。

葉爾靖主持興靈河集的消息傳到外地去，各方的反映並不熱烈，很多人認爲靈河兩岸空曠荒涼，又靠著山窩，朝後也不會有多大的發展，說是偶爾去做做買賣可以，並不是適於安家落戶的地方。

正因這樣，一直展延到秋天，沒有幾戶人家移居到這兒來，倒是皮毛商鄭旺，對靈河興集市的事極有興趣，他特意備了禮，放了車過來，分別拜訪了荊龍、楊大郎、石紅鼻子，陳說他願意遷到這新興的集市上來，在這兒設一座皮毛硝製坊，並照常收購當地出產的皮貨。

「我是生意人，」他說：「當然是在商言商，講究營利，不過，憑我一個人，決計不會壟斷當地的皮毛市場，如果嫌我出的價錢低，儘可賣給旁人，至少，我在這兒設坊落戶的資格還該有的。」

「那當然，」荊龍答覆他說：「靈河這塊地，並不是誰裝在口袋裏的私產，既然公議興集市，只要是有行有業的，人人都能來，何況您鄭大爺是個大商客，跟靈河住戶有過許多年生意來往的。但這回興集市的事，由咱們公推西岸的葉爾靖兄主事，不論是誰要來這兒，都得要按他所訂的章程辦理。您還是直接跟他見個面談談罷。」

「好！」鄭旺說：「葉屯主跟我也是認識多年的老朋友了，我會去拜訪他的。」

鄭旺到設在新興的靈河集的木屋去，拜會了主事的葉爾靖，照樣把話說明了，葉爾靖很客氣，當時就表明歡迎之意，但他也說到一宗放在心裏的事，那就是靈河的獵場，新移來的住戶可以去行獵，卻要依照老規矩行事。

「您知道，紅狐和水獺這些獵物，是當地獵戶賴以維生的，」他說：「假如有人濫獵，取一時之利，讓這些獵物絕了種，朝後行獵這個行業就再難養活人了……早些時，我便耳聞您鄭大爺在城裏募人，想到靈河來行獵，因此，這番話，我不能不說在前頭。」

「葉大爺，您可真是太抬舉我了，」鄭旺笑說：「若說我經商多年，手邊攢有幾文，那是真的，我可比不得混世走道的爺們，硬到靈河來分一杯羹，連牛鬍子都辦不到，何況我鄭旺。我有七個頭八個胎，敢來冒犯你們？」

葉爾靖明知鄭旺確實難纏，但在和荊龍商議之後，還是答應他遷來設坊了。

「咱們既然興集市，就不能關起門過一輩子，」荊龍說：「要來的，總歸會來的，不論情況怎樣變化，怎樣複雜，公道自在人心，越是這樣，比咱們更年輕的下一代人，更能學到做人的經驗，咱們又何懼乎一個鄭旺來著？」

新興的靈河集還沒成形，鄭旺就帶著工匠過來建宅子了，他建的是石牆瓦頂的巨宅子，層層疊疊好幾進瓦屋，他這一來不要緊，城裏的商戶也紛紛跟著來了，僅僅一個秋季，靈河集便有了一條像是集市的街道。比較昔年臨時搭建的野市的棚屋來，在氣勢上要恢弘得多了。

當新的集市逐漸興起時，大家都擔心牛鬍子、陰陽眼、活剝皮老許那幫魔王會來搗亂，但這份擔心並沒成為事實，靈河左近都很平靜，沒見股匪的蹤跡，有人從大龍家寨那邊過來，說是牛鬍子拉人去撲打另一個遠地的集鎮——柴家口去了。

「牛鬍子算是知難而退了。」有人說：「他在靈河碰上硬的，碰得頭破血流，我不信他還有那個膽子敢捲土重來。」

「朝後的事，誰敢說得定，」也有人說：「無論他們來與不來，咱們也不能不慎防著，要不然，不單是牛騔子那一股，附近的盜匪都會覓機會來騷擾的。」

「等到靈河集興起來，股匪更難佔著便宜了，」也有人說：「就拿鄭旺他們來說罷，他們都是殷實的富戶，既然遷到這兒來，自會保家保產的，他本身就會糾聚人槍在手上，這可是想得到的。」

正因大家都想得到這一層，當鄭旺的皮毛硝製作坊裏雇請了大批的工人到靈河集上來時，沒誰會覺得驚怪，這些工人，也都攜帶著槍枝，鄭旺解釋說那是防患盜匪用的，看來也就無足驚怪啦！

葉爾靖爲鄭旺自組槍隊的事，心裏很覺不安，他曾親到荊家屯去，跟荊龍商議怎樣區處。他說：

「荊大爺，靈河集緊靠著荊家屯，鄭旺這個人有錢有勢，但卻極不可靠，如今他自己有了槍隊，日後會弄出尾大不掉的局面來的，您說該怎麼辦呢？」

「有什麼怎麼辦？」荊龍攤開手說：「目前只能由著他，你要知道，鄭旺不是股匪，他是個有招牌有字號的買賣人，他要拉槍防盜匪，有他冠冕堂皇的道理在，咱們無法硬剋制人家，……誰敢拍胸脯擔保，新興的靈河集日後若有匪患，全部保護的擔子由誰一肩承擔！咱們充其量只能暗中注意著罷了。」

「當然，目前鄭旺還不敢怎麼樣，」葉爾靖說：「但日子過久了，他的人槍勢力越滾越大，那時刻，咱們所定的規章就成了廢紙，他不聽，咱們又能怎樣？」

「你是說鄭旺羽翼長成了，就會明目張膽的和各村屯爲敵？」荊龍說：「我看他不會那樣傻，那對他絕沒有什麼好處。無論他爲人有多狡猾，這一點他還該想得通，靈河的老住戶沒有虧待他，他要是另有存心，絕得不到好結果的。」

這些背後的議論，到了荊龍那裏便被壓住了，荊龍本人雖然也很不喜歡鄭旺，但他抱著極大的忍性，他不願壓制新移到靈河集上來的住戶，他認爲那是他們自己的集市，該怎樣不該怎樣，全該由靈河集上的住戶自己去決定，荊家屯和葉家屯管不著，楊家莊和石家莊更管不著，只要不准濫獵的老規矩不被破壞，那就成了。

事實上，鄭旺並沒有在獵場插足的跡象，他整天騎著牲口到處奔跑，洽請行獵的漢子們把獵物的皮毛交由他硝製，硝妥後，他出價收購，願賣不願賣，他絕不勉強，完全是很規矩的交易方法，讓人沒有閒話好說。

鄭旺那張泛著油光的圓臉，笑得滿和善的，說起話來，嘴又很甜，很多人都認爲這位鄭老闆是個很好的人，他的作坊裏召請當地的男工和女工，硝製的皮毛一排一排的懸晾在麻索上，在秋風裏飄動著，作坊裏是一片旺氣，使靈河集也跟著逐漸的熱鬧起來。

當年野市的那種熱鬧，只是暫時的，像上湧又落下的浪花，而靈河集的熱鬧卻是恆常的，靈河兩岸的人也都打心底下把它當成交易的中心了。

「無論如何，這種集市，仍是咱們一手興起來的，」荊龍說：「誰能說它不是咱們自己的集市呢?有了它，咱們的日子，朝後會越過越寬裕了!」

人，說來也真有幾分怪氣，集市初興時，當地的住戶移入的並不算多，等到靈河集一現出旺象來，大家便爭先恐後的朝裏面搬，都想插上一腳好做交易。街道不斷朝開伸展，各行各業都在開張，爲了供應建屋，外地來了許多經營木材生意的，四外去估樹買林子，又有人在河岸邊新造了好幾處磚瓦窯，那燒窯的黑煙，雲樣的鬱結在天角上。……各村屯的婦道人家和孩子們，懷著瞧熱鬧的好奇心，約妥了來趕這座集市，每多來一回，便會發現街上又多開了幾家新的店面，有些店鋪在城裏很稀鬆平常，但在這裏就顯得異常的新鮮，像是布店裏陳列的各式花布，蠟燭店盛滿油脂的大缸，雨傘木屐店裏的師傅們，怎樣當眾表露他們熟練的手藝？新設的茶館裏，人群麇集的熱鬧情形……

靈河上也有些獵戶人家在那裏起了門面，開設皮貨鋪和山產店，鐵山就是其中的一個。他早年在野市上設攤位，覺得交易很旺盛，只可惜開市的時間太短，如今設了集，有了定期逢集的日子，交易應該更穩定，他不必把自己獵得的皮毛交給皮毛商販，使他們運銷轉售圖得厚利，他自己設店鋪，只要貨色好，價錢公道，一樣賣得出去，他不覺得鄭旺能對當地的皮毛一把抓。

新興的集市熱鬧起來，也使得靈河岸的渡口人來人往的顯出生氣來，小賣鋪裏的嬌靈，能細心的察覺到這兒比往常不同了。十個客人經過小賣鋪，會有九個都在談論靈河集這個新興的集市，有人說它是牛鬍子打靈河打出來的，若不經牛鬍子這麼一打，靈河兩岸絕不會起這麼大的變化，葉爾靖也不會提出興起一個集市的主意。

有人以為靈河岸的人多了，行業多了，不算外地，單就本身來說，也需要有這樣一個集市，好定期互相交易，即使牛鬍子不來擾襲靈河，這集市也該在這時候興起來了。……滿耳聽著興集市的事，嬌靈站到河崖的高處去，張起手放在眉毛上面，從荒灘的樹木梢尖上，彷彷佛佛的，也能看得見靈河集上參差的屋脊，一條灰龍般的迤邐著，而她眼前的世界並沒有改變，墨刁刁的河水，開曠的野地，滾佈著的砂石稜兒，都跟她幼時一樣，秋天的風走過曠野，吹著楊椏和榆錢樹的葉兒，一些早落的葉片，蝶般的舞逐著。

早些時，聽說股匪一次又一次的撲打荊家屯子，西岸各村屯真的緊張忙碌過好一陣，葉爾靖和劉厚甫兄弟倆，分別帶著槍隊，從河口搶渡，到東岸去援助荊家屯，他們和股匪怎樣開仗，怎樣互相攻襲，隔著兩道河和一座荒灘，自己根本看不見，只能聽得見隨風流過來的，綿長低咽的角聲，把白天燒著，黑夜煮著。

她不能不信那是真的，聽著牛角聲和殺喊聲，就和她在早年聽見荒灘上的狼嘷一樣，早年覺得人是好的，狼是邪性的，但等人逐漸的長大了，這種想法竟然逐漸的改變了，總覺得人不但和狼一樣的邪性，而且更爲可怕。

一個女孩子，長在砂石滾滾的野地上，如果一直不長大，任性的活著倒也好，高興就到浪上泅泳，河邊摸魚，讓太陽把皮膚曬得跟黑土一樣，但時光是留不住的，人說長就長大了，當年跟自己一樣撒野的姐妹，七巧、桂英和喜妹她們，也不是都長大了麼？……這就像是石隙裏生長出來的小野花，怯怯的顯露出它們的嬌豔的顏色，一朵，兩朵，和無邊的野地比映起來，顯得那麼孤伶。

靈河的日子就這樣的磨練著人的耐性，平常是悶寂的，鬱著什麼似的，忽然又鬱成一股股匪來捲襲的風暴，把一些年輕的漢子撕裂，流著血，斷肢缺腳的放在門板上抬回來，她在河崖上看過戰死在東岸的人運回來，有些血漬至今還留在周禿子的木筏上，這該是怎樣難懂的世界？

她不能不想著她的表哥鐵山，這些年裏，唯一闖進她自己世界的年輕漢子，但他也有好些日子沒有過河來了。人們都談論著新興的靈河集，誰來關心自己呢？

正因新興的靈河集逐漸的熱鬧了，西岸的人家趕集市的多，而東岸來的人更少了，河渡口的一些人家大都有些沉不住氣，他們來找小賣鋪的溫老爹商議，想搬到新興的靈河集上去。

「東岸有了常設的集市，這邊的渡口只怕沒有什麼生意好做了，」癩痢周三說：「靈河集也是咱們自己的集鎮，怎能把好處都讓城裏人佔去?!」

「我跟我家那口子商量過，」丁大說：「搬到鎮上去開爿絲貨店子，每天都有活水錢財流進來，這可要比守在渡口乾熬要好得多。」

溫老爹總是沉沉悒悒的叭著煙，說起話來，仍然是一副慢慢吞吞的老樣子：

「我不是不贊成新興的集市，你們該想得到，外地來的那些商販，兩眼大多看在利字上，日後爭逐起來，風波還多得很呢……咱們鄉角落裏的人，腦瓜欠紋路，是玩不過他們的，不如本分點兒，守著渡口這個老地方，西岸各村屯的人趕集市，來回都會經過這裏，哪怕沒有生意可做？又何必去湊那個熱鬧呢！」

溫老爹是這樣說了，但渡口小街上的住戶並不全聽信他，有些店家還是遷到靈河集上去了。

靈河集上推舉集主，鄭旺帶頭推舉荊龍，但荊龍說什麼也不答應，鄭旺備了禮，到荊龍的宅子裏去，堅邀說：

「靈河集的地全是荊家屯的產業，您爲了興這個集市，並沒向移入戶收取地價錢，依照古往興集市的規章，這集主根本無須另行推定，順理成章的非您莫屬。」

「不成！」荊龍說：「靈河地廣人稀，這兒只是沒人耕種的一片荒土，即使是荊家屯的產業，也並不值價，靈河集合東西兩岸的人，我有什麼道理要當集主？……我住在荊家屯，並沒在靈河集上設籍啊！」

「嗨，您若實在不幹，又該推誰呢？」鄭旺說：「我看只有推到葉爾靖兄的頭上了。」

鄭旺過河到葉家屯去，葉爾靖更不肯幹了，他說：

「俗語形容超出本分，叫『吃過了河』，這種事旁人願幹，我葉某人卻從來不幹，您鄭大爺再怎麼講，我也不會答應的，當初興這個集市，荊大爺要兄弟出面主事，那是沒有辦法，於今我又不住靈河集，集主按在兄弟頭上，怎樣也擺不平的。」

荆龍和葉爾靖既都不願幹，集主便很自然的落到鄭旺的頭上來了，鄭旺一上臺，便亟力主張拉起一支強有力的槍隊來，他說：

「集市跟村屯不同，天生要吃交易飯的，股匪牛鬍子、陰陽眼、活剝皮老許他們，既然能一而再，再而三的企圖捲襲荆家屯，如今他們也會來捲襲這個集市，咱們爲保全家口和產業，勢必要拉起槍隊來不可，這兒在荆家屯之南，誰都看出來，這兒才是咽喉之地，股匪如今若試圖再襲，我敢說：他們非先找上靈河集不可，因此，建立一支槍隊，就變成這兒最要緊的事了，咱們不能像平常一樣的困守著。」

當地經商的居民，確是吃過牛鬍子擾襲的苦頭，當然願意拉起一支本錢充足的槍隊，是最有必要的事，他們家家戶戶都願意出錢或是出人，來協助鄭旺把槍隊拉妥，至少，這樣做，對牛鬍子那幫人有很大的阻嚇作用。但鄭旺並沒驚動旁人，他出私蓄買槍添火，更在張貼招募槍丁的帖子，沒用多久，他的槍隊實力就接近荆家屯了。

當往年野市開始的時辰，城裏來的流動商販便紛紛的下鄉來做交易，使靈河集新興的街道上擠滿了人流，而新戶仍然不斷的陸續移進來，有打鐵的，開染坊和醬園的，賣布的，經營南北貨的，僅僅是幾個月，靈河集的戶數便直追荆家屯和葉家屯了。

鄭旺身爲集主，槍隊握在他的手上，再加上他的財勢雄厚，局面混的廣闊，他的身價也跟著逐漸高起來，有駕乎荆龍之上的趨勢，但他的做法卻非常的穩，到東到西的掛著他那張浮著油光的笑臉，不論對哪一個村屯的執事，都張大爺李大爺的把人抬著，俗說人抬人高，水抬船高，爲人哪有不喜歡旁人奉承的？大家對鄭旺的印象都逐漸的改變過來，誇讚他很會辦事，也很會做人。

這時候，幾乎沒有誰還記著去年野市起火和荒灘上女巫的命案了。

鄭旺多年來在野市上收購皮毛，對於靈河兩岸的各種特殊的習俗都很清楚，當靈河集熱鬧起來時，他便親到荒灘的巫堂裏，把女巫荆四嫂請出來，著人興建巫門的總堂，讓靈河集成爲巫門匯聚的地方。

他特意把年輕的鐵山請出來，讓他帶領靈河集槍隊裏的一分隊，同時教那些新募來的鄉丁怎麼使用槍械，鐵山是荆龍的侄子，他把槍隊交在鐵山手上，就表示他鄭旺對靈河沒有任何野心，同時對荆龍也很信任。

只有一點，鄭旺是逕自作主的，那就是他讓在孟莊開設賭場的二馬夫妻倆遷到靈河集來，這宗事，使荆龍頗不以爲然。

事實上，荆龍和葉爾靖兩個，都爲這事跑到集上來，和鄭旺當面談過，荆龍說：

「鄭大爺，這二馬夫妻倆全是混混兒出身，上回牛鬍子和陰陽眼他們擰股兒犯靈河，二馬是替股匪傳話的，天知道他跟那幫傢伙有沒有勾結？咱各村屯的執事曾經議定，要把他們逐離孟莊的，後來二馬說盡好話，咱們才容他暫時留下來，若不是牛鬍子再犯靈河，緊接著又封鎖官道，二馬倆夫妻早就該滾蛋了，這種紕漏筒子，你留他幹什麼？」

葉爾靖也說：

「鄭大爺，關於靈河集上一切旁的事情，我都不說話，也從來沒講過什麼，唯獨對你收留二馬，把新的賭場設在靈河集，我認爲極不妥當，說出來還望你多多忖量，二馬夫妻倆是留不得的。」

「這事我認真想過，」鄭旺說：「單凡一個集市，三教九流的人物都有，娼、賭、酒，是少不了的，二馬夫妻倆設賭並不過分，至於說他勾結土匪，那得有證據。」

「證據當時倒是沒有，」葉爾靖說：「不過，明眼人應該看得出來，二馬夫妻倆並不正經，日後你若是要證據，自然有人會給你找來的。」

「好，葉大爺，」鄭旺笑著說：「等到日後你有了證據，那就是二馬倒楣的時候了，你想我還會袒護他嗎？我活了半輩子了，只求做事公平。」

他的笑聲肉肉滑滑的，像竄動的泥鰍魚般的，使葉爾靖抓不著它，而二馬賭場，就這樣的開設起來了。

牛鬍子沒有來，日子過得寬鬆，對於這個新興起的集市上的事情，各村屯的執事們大多懶得過問，當然，大家也都曉得二馬夫妻倆不是什麼正經貨色，但開設賭場，在四鄉八鎮算是司空慣見的事情，並沒有什麼大不了，何況乎各村屯的漢子們整天辛苦逐獵，或是採石，或是撈魚，到了晚上，總得有個消閒的去處，即使二馬不開賭場，各村屯本身也有團賭的風氣，犯不著再小題大做，硬逼二馬倆夫妻離開靈河集，除非日後再有大的波動，擔心他們會從中作祟，那得到時候再說。

各村屯的執事們既然都不願多管這檔子閒事，葉爾靖也跟著放了手，對於二馬夫妻倆留在靈河集的事，好像只有荊龍才能過問了。有人問起荊龍，他即搖頭說：

「靈河是這兒住戶的靈河，可不是荊家屯的，早些年，我承諸位鄉親瞧得起，讓我有機會替各村屯做點事情，如今，我不再出頭管事了，要是凡事都出面干預，說起來也實在沒有來由，二馬夫妻倆，暫時就讓他們留在靈河集上也好，他開他的賭場，我不願說什麼，至少他沒扯著誰，逼著誰去賭，誰若沉迷在那裏，輸得傾家蕩產，那也怨不到二馬的頭上，但他若是勾結股匪，挖靈河的牆角，讓咱們抓到真憑實據，那就再沒有什麼好客氣的了。」

事實上，二馬賭場的開設，只是一個開端，鄭旺用它來試試靈河兩岸各村屯的反應，既然沒見有人站出來說話，他便更朝前放寬一點兒，找人下來經營兩家煙館。

靈河鎮的東端接上了孟莊，鄭旺並沒有多費心思，他只消把孟莊原有的那些招徠行商的各種行當略爲擴展，就使得靈河鎮有了城裏的氣味啦。

在逐漸降臨的冬寒季之前，這點兒小小的改變並沒引起人的注意，一般都認爲：靈河集是個新興的集市，越滾越大，正顯出它的旺相；照理說，既是一個集市，三百六十行哪行也缺不了的，興集之初，由葉爾靖管事，多少還挑剔一點，及後經鄭旺接手，門戶便敞得更大，幾乎沒有人再管靈河集上的事情，也像是城裏的邪門商戶，拿孟莊作爲跳板，更朝前跨了一步。

鄭旺熱心發展這個集市，有他的道理在，他正好把他在城裏經營的生意逐漸分到鄉下來，他在皮毛作坊的隔壁起房子，開設了醉花樓酒館，緊接著，又籌設一家客棧，聽說那是和疤眼陸、胖子老倪湊股兒合夥經營的。

落雪之前，柳和從鐵山那裏聽到這些消息，便對荊龍送話說：

「荊大爺，旁人不必說，難道您也眼看鄭旺這樣?!」

「鄭旺原就是做買賣的，」荊龍說：「他開酒館，設客棧，在理字上站得很穩，咱們又憑什麼攔阻他？」

「您該看得出來，這就是鄭旺厲害的地方，」柳和說：「他是在一點一滴的侵蝕靈河！」

荊龍臉色逐漸的凝重起來，深陷在某種思緒裏面，這樣過了半晌，他才緩緩的說：

「不錯，鄭旺的爲人，大家都很清楚，轉來轉去，他總在一個『利』字上作文章，靈河兩岸的皮毛和土產，他日夜打著算盤，假如靈河不讓他插腳，他仍會節外生枝，照眼前情形看，倒不如讓他在靈河鎮上把他的法寶全亮出來，這樣，咱們才能拿捏到要害，重新整頓這塊地方，膿瘡總要鼓出頭的。」

「荊大爺，您的心意我懂得，」柳和苦笑說：「不過，真要等到那時候，各村屯的人會抱著什麼樣的想法，那可就難說了！……人都是好逸惡勞的，經不得邪風的引誘，鄭旺慫恿城裏商販弄出來的那些行當，都是陷人坑，一旦有人掉落下去，甭說救不了靈河，只怕連他自己都救不了啦。」

「難！」荊龍沉重的吐出一氣，說了一個難字，便習慣的離了座，背著手，來回踱起步來，一面踱著，一面說：

「當時興集市的時刻，我倒想到過鄭旺他們會來，卻沒想到他會這麼快就把城裏那些煙酒娼賭都搬騰到靈河集上來，如今若是逼著他怎樣，理字上又有三分欠缺，他會振振有詞的說：當初是你們讓我來的，我鄭某人設皮毛硝製作坊，開設客棧，犯的是哪條王法？……他即使暗中慫恿人出面包娼包賭，也不會扯到他自己的頭上，這是想得到的。」

「難處當然是有，」柳和說：「俗話說：欺人之心不可有，防人之心不可無，在目前，您既然不便出面硬行干預，至少也得設法防著，您也曾說過：外來的股匪並不可怕，內裏面的奸宄才真可怕，鄭旺難道還不夠瞧的嘛？……好在如今正是冬寒季，轉眼就有冰雪封阻，在這一季裏，鄭旺還不會興起怎樣的大風浪來，您還有時間籌謀，若等明年開春之後，恐怕更難收拾啦！」

「你說的不錯，」荊龍說：「人說：道高一尺，魔高一丈，人心裏若是沒有邪魔，世上怎會有許多夾纏不清的亂局來著？鄭旺這檔子事，無論旁人管與不管，我是不會袖手旁觀的。」

「那就好，」柳和說：「承您瞧得起，讓兄弟到屯裏來吃上這碗飯，對靈河利害相關的事不敢不盡心盡力，說了這半天，就等著您這句話，日後您有任何差遣，只要吩咐一聲，我會豁命幹到底的。」

「柳和兄，我不知該怎麼說才好。」荊龍停住踱步，露出感念的神情說：「上回你領著鐵山幾個進城辦事，業已夠豁命的了，你實在沒有必要擔這分驚險，這些事情，照理都該是我來挑的，你知道，你留在城裏沒回來之前，我心裏是怎樣想麼?!那種難受，用不著再提了！」

「荊大爺，您可千萬不能這麼說，兄弟忝爲荊家屯護屯的人，能大睜兩眼，看著牛鬍子拔掉這座屯子？您歇著罷，我柳和這條命，好歹跟您捲在一起，各人做各人該做的，求得個彼此心安如何？」

他拱拱手辭出來了。剛走出內屋，轉過影壁牆，便瞧見土鱉子老雷站在院角，便招呼說：

「您有事？雷師傅？」

「噢，柳師傅，原來是您在裏面。」老雷掛笑說：「我以爲有外客，不便直闖進去，我有點事情要來找荊大爺談談。」

「荊大爺正在裏面，」柳和說：「累您久等，真不好意思。」他說著，抱拳拱拱手就走出去了。

柳和出了內院，在二道院子裏獨自踱了一會兒，乾了的落葉遍地飛滾著，窸窸索索的，充滿了冬來時季淒涼落寞的味道。自打荊龍辭去鄉團總領後，荊家屯裏的這座宅院，逐漸的冷了下來，荊大爺是個熱心熱腸的漢子，一向做事都是朝前直撞的，如今竟然顯出超常的耐性，這可是自己沒曾料著的。

靈河兩岸彷彿是一盤石磨，被一種看不見的力量推動著，逐漸的旋轉起來。他不能透察究竟是什麼樣的力量在暗中鼓湧？鄭旺只是其中的一股，但他能深深感覺到在暗裏，有風雲在鬱結著，一場風暴就要來臨了。

橫豎閒著沒事，爲什麼不到靈河集上去走走呢？去看看好些日子沒見的鐵山去罷！

天陰陰的，風很尖猛，他到牲口棚去，備上他的騾子。

從荊家屯到靈河集，一共只有四五里地，青騾一放蹄子，轉眼就到了。他沿著街，走到皮毛硝製作坊的斜對面，正碰上鐵山，他跟佟忠、程世寶、林小眼、王貴幾個，正在他們開設的店鋪門前整修一輛斷了車軸的篷車。

王貴首先看見他，急忙站起身，趨上來打招呼說：

「哎呀，柳大叔，您怎會想到來這兒？」

「一時心血來潮，就趕過來了。」柳和說：「咱們不是好些日子沒見面了嗎？」

「大叔來得正好。」鐵山說：「寒冬圍獵季快到了，咱們先把獵車修整修整，一等天落過頭一場雪，便打算放車到荒灘上去。」

「今年曆書上看出大寒來，」佟忠說：「紅狐皮的行情看俏，咱們早些準備，也好多得些皮毛，您先拴上牲口，進屋來喝幾盅罷，外面風尖得緊。」

「好極了！」柳和說：「我就因獨箇兒呆在屯子裏悶的慌，才騎牲口出來蹓躂，一來透口氣，順道也來看看你們。這邊逐漸成街成市了，你們生意怎樣？」

「還算好。」鐵山說。

柳和進屋前，朝對街的二馬賭場掃了一眼，一陣陣呼么喝六的呼喚聲從屋裏波傳出來，一些嗜賭的漢子們在那兒進進出出，彷彿很熱鬧的樣子。二馬賭場的規模，看上去要比在孟莊時大得多了，門口的長凳上還坐著兩個抱著火銃的門衛。

「嘿，」柳和說：「二馬這個傢伙越來越神氣了，水子錢像靈河淌水般的朝裏進呀！」

鐵山苦笑笑說：「河東河西都有不少人迷上這兒了，一旦沉溺進去，只怕一年辛苦積賺的還不夠在賭廳上送的。」

幾個人進到屋裏，鐵山又憤憤的說：

「柳大叔，各村屯的執事們敢情是打算把靈河集賣給鄭旺了？要不然，怎會沒有一個出頭管事的？如今這條街，哪還像是靈河？……二馬賭場隔壁又多了兩家娼戶，看在眼裏，不打一處生氣。」

柳和消停的拍拍鐵山的肩膀說：

「小兄弟，你的脾性，我最清楚了。我來這裏之前，曾跟荊大爺懇談過，我總覺姓鄭的玩得太過火了，難免會惹人激憤，不過，放眼去看鄰近的集市，哪個集市上沒娼沒賭？目前你總得捺耐點兒，荊大爺他不會放手不管的，……鄭旺若是聰明人，他也該知道收斂。」

「若說鄭旺知道收斂，至少目前沒有這種跡象。」佟忠說：「如今他手上握著的槍隊，業已有了三四十桿洋槍，假如他是幹皮貨買賣的，要這許多槍枝幹什麼？他在靈河集上幹什麼，並沒把各村屯的執事放在眼裏。」

「佟忠說的是事實，」鐵山接口說：「但如今正逗上隆冬，冰雪壓地，他會暫時守著，不至於有什麼新的花招，等到開了年，那就很難說了。」

柳和想了想，問說：

「鄭旺募來的這些槍丁，你們有認識的沒有？」

「認識的當然有，但都不甚熟稔。」鐵山說：「那些人不會對咱們說什麼的。」

「我倒希望你們不動聲色，」柳和說：「趁著冬閒，能跟他們廝混熟了，得機會打聽打聽，看鄭旺暗地裏打的是什麼算盤？人說：知己知彼，咱們總得要預先防範著，不能等到出了事之後再謀補救，當初興這座集市的時刻，就沒防鄭旺會有這一手。」

「這還用說嗎？柳大叔，」鐵山說：「但我總覺得，這事讓咱們辦不會收到什麼效，鄭旺知道咱們的底細，咱們防著他，他何嘗又不防著咱們。您甭忘記，上回在城裏，咱們已經跟鄭旺打過交道了。」

「讓咱們辦事，真是有一層難處，」佟忠說：「鄭旺是個笑面虎型的人物，好拳不打笑臉人，他一見鐵山，就口口聲聲侄少爺，把他呵奉著，暗地裏，他一定對於當地老戶懷著戒心，不管他有什麼打算，也不會落到咱們的耳朵裏，這可是料得到的。」

柳和點點頭說：

「這一層，你們不說我也明白，但咱們不能因著這層難處就放手不管了，總得盡力而為啊！」

「大叔您說得對！」鐵山說：「咱們有多少力盡多少力，如果打聽著什麼，一定會先告訴你的。如今，在靈河集上，外地來的新戶多過各村的人了，他們跟鄭旺走得很近，咱們再不擔這付擔子，又能推給誰呢？」

天落黑了，鐵山要店夥準備幾碟菜，溫了一壺酒端上來，就在店堂裏擺開，請柳和喝幾盅酒暖暖身子，柳和喝了幾盅酒，不禁慨嘆起來說：

「日子像靈河淌著的水，晃眼間，我到靈河來業已四個年頭了，早兩年沒波沒浪，日子好過，及後波浪一起，就一浪疊一浪的來，我是護屯師傅，不能臨著變動，找藉口拔腿，其實，離家這麼久，誰不惦記著老家窩？按照如今這種情形來看，我連跟荊大爺關說一聲回家去看望看望的話都說不出口，真夠鬱得慌！」

「這可是真話。」鐵山說：「您不但不能回去探望，為了咱們靈河，把北地的魔王牛騷子也給得罪了，這筆賬，日後還不知該怎麼算呢！」

「得罪牛騷子，我倒不在乎！」柳和吐出他的豪氣來，拍拍胸脯說：「做人，只要把良心放在正當中，得罪誰都不要緊，人生在世，得罪人總是難免的，何況牛騷子那種兇殘成性的匪類，即使有一天我捲起行李走路，不在荆家屯當這個護屯師傅了，牛騷子要找我，我仍然一個人獨領著。」

「有你的，柳大叔！」佟忠和程世寶不約而同的舉起杯來說：「就衝著您這幾句豪氣的言語，咱們就值得乾三杯！」

柳和乾了酒，亮了杯，噓了口氣，又把話題轉到牛騷子那些股匪的頭上，他奇怪的是在靈河集興集的這段日子，他竟然沒來騷擾過？

「真要我說呢，我也說不出一個所以然來，」他說：「但我總覺牛騷子和鄭旺之間，極可能有什麼默契在，據我所知，鄭旺走皮貨，也走黑貨，早就和各股的匪目有著私下的來往，說不定他們是一個唱紅臉，一個唱黑臉，互相串著玩的，當然，這話沒經證實，我不能在荆大爺面前亂開黃腔，我決意要先查出這事的底細來，然後再說。但你們最好先把鄭旺的左右人頭弄清楚，給我添些線索，那樣，查起來就方便得多了。」

「這個我知道，」林小眼說：「鄭旺身邊有個姓潘的，是他的小舅子，長脖子，尖腦袋，說起話來像公鴨子叫，有些女裏女氣的，他如今是鄭旺新開的客棧的掌櫃，人都叫他潘二掌櫃的，但凡替鄭旺接線辦事，都由他作主，鄭旺本人成天躺煙鋪，倒是很少出面。」

「好！」柳和說：「人說：常在河邊轉，沒有不溼腳的，你們能多盯著姓潘的，也許一天兩天得不著什麼，日子一久，他必會露出馬腳來的，若能證實了鄭旺和股匪勾結，咱們央荊大爺出面管事，也就有話好說了！」

他們喝酒喝到接近起更的時刻，大夥兒也談得比較深，大體上說來，如何忍耐著，在暗中注意鄭旺的動向，總算談出了一點眉目，使事情有了著手之處，柳和微帶酒意，起身告辭說：

「小兄弟夥，你們要記著，挽救靈河這塊地方全靠咱們了，朝後沒事，我會常下來打打轉，把各種蛛絲馬跡拼湊起來，不怕老奸巨滑的鄭旺不現原形！」

「大叔好走！」鐵山說：「讓王貴替您牽出牲口，這兒有燈籠，您拎一盞去好照路。」

「燈籠我看不用了，」柳和說：「這一路都是熟路，天上還有一絲星光，這兒回屯路程短，青騾一放蹄子就到，拎著燈籠反而累贅。」

柳和執意不要燈籠，騎上牲口，摸黑上路，青騾離開靈河集的街梢，風聲便掛在人的兩耳上，有些像騰雲駕霧似的。

剛出街梢約莫一里地的樣子，忽聽不遠處響了一槍，子彈呼嘯著，擦耳掠了過去。柳和很沉著，也極機警，一瞧這光景，就知道有人伏在暗中計算自己，幸好夜色黝黯，這一槍打低了一點，也偏了一點，沒能打中自己，先不管是誰了，他得亟力提防著第二槍。

他在槍音響過之後，迅即一夾騾子，一面飛奔，一面把上身屈伏在騾背上，這樣竄出一段路，他便悄然飛身下了牲口，衝著騾屁股拍了一巴掌，使青騾直奔過去，自己卻滾到路邊的荊棘叢裏，舉眼四下張望著。

正如他所料，第二槍第三槍接連著響了。

黑夜裏開槍狙擊人，除非對方沒曾注意到，要不然，槍口噴出的火燄，——雖說僅僅是一刹的幻光，卻是很難騙住人的，何況這一回柳和已有準備，一看黑裏亮起的火燄，便判定狙擊他的人，這回是兩支槍同時發射，一支槍伏在東邊，一支槍伏在西邊，天色雖黯，但他熟悉這一帶的地形，知道東面那支槍伏在孟莊背後的小亂塚上，西面那支槍，伏在靈河集北的池泓子裏。

不過，很顯然的，這兩個狙擊的傢伙伏身的地方，離開道路嫌遠了一點，夜色深濃，青騾的腳程快速，他們看不清楚，只是估量著朝蹄聲響起的方向打黑槍，有些閉上眼盲射的味道，這兩槍連青騾也沒打中，那牲口一路撒著蹄子奔遠了。

柳和沒有動，他伏在荊棘叢裏，耐心的等待著。

這樣過不了一會兒，他聽見腳步聲從兩邊奔了過來，東邊的一個先開口說：

「老楊，算是柳和這傢伙命大，三槍全沒打中他，騾子業已跑遠了。」

「也許打中了，」另一個說：「咱們沒生夜眼，看不見。不過，沒把他打得跌下牲口倒是真的，他帶傷沒帶傷，一兩天屯裏就會有消息回來。」

「你們不要管這許多了！」另一個聲音說：「咱們大夥兒到靈河集上喝酒去，柳和可甭仗著他的拳腳，就以爲他是了不得的天龍地虎，一旦碰上鐵花生米兒，照樣叫他躺著曬屌！」

如果單是兩個，柳和倒有意當時動手，放倒其中的一個，再把另一個擒服了，押回屯時去問供，看看是哪條道的人？受了誰的主使？但他很快發現，這批人不只是說話的三個人，另外腳步雜遝的又湧來好幾個，他們也騎著牲口。他聽見馬匹噴鼻的聲音，他沒有帶槍，只有幾柄攮子，這時候出面硬鬥五六個帶槍的，並不是個好方法，他只好忍了下來。

天色仍然那樣黯糊糊的。

柳和的心裏暗自納罕著，他摸不清這幫人的來路，他們爲什麼要在這兒設伏，磨算自己？他到靈河集來看鐵山，只是一個人悄悄的行動，並沒驚擾旁人，若沒有人特意通風報信，這幫人怎會預先在中途設伏，開槍狙擊自己？……這幫人究竟會是什麼路數呢？是股匪牛鬍子的手下？是鄭旺養著的槍手？還是屯子裏面的奸宄？

他原想折回靈河集去探查清楚，忽而轉念一想，覺得事情不妙！因爲對方無論是哪條路上的，他們都蓄意要對付荊龍荊大爺，如今他們趁自己離屯時設伏狙擊自己，說不定同樣會在屯裏生事，他暫時不能折回靈河集了，還是趕回荊家屯要緊。

青驃已先放走了，他只能拔腿走路，好在他腳下敏便，連走帶奔，費不了多少時辰，就已趕回荊家屯來了。

他一進屯子，便奔回荊龍的宅子，在頭道院子裏撞見了土鱉子老雷，老雷初見到他，怔了一怔，立即很焦灼的說：

「柳師傅，你是跑到哪兒去啦？到處著人找你，全沒找著，荊大爺他被人打了黑槍，你知不知道？」

「荊大爺他……他怎樣了？」柳和心裏一緊，急忙回說：「他如今人在哪裡？」

「黑槍打中他的右肩胛，人是受了重傷了！」老雷說：「如今荊朋荊朔正在照應著，要人接醫生去了，咱們得分頭調集槍丁去追查凶手！」

柳和突然遇上這種事，有些摸不著頭腦，也只有跟著土鱉子老雷一起出來，一邊走，一邊問詢事情是怎樣發生的？

「我也不知道，」老雷說：「傍晚時，有幾匹馬進屯子，說是從石家老莊來的，他們發現山窩裏有一股人帶槍盤據，要我立即轉告荆大爺防範，你從內宅出來遇上我，就是要稟明這宗事的。等我辭出來時，荆大爺他說要親自見見來人，來人進屋不久，就聽見槍響一響，當時外面的人都以爲是誰擦槍疏忽，走了火！這時刻，石家老莊來的那兩個客人也正從內宅辭出來，問說外面槍響是怎麼一回事？我告訴他們，正在查，他們就走了。誰知後來內宅裏有人發現荆大爺躺在客廳裏，身下注了一灘血，這才明白那兩個人動了手，——他們是帶著短銃的。」

「並不是出了事之後我才編派你的不是，」柳和說：「靈河兩岸各村屯的人，咱們並不是不熟稔，即使不知姓名，臉也都曾看過的，你怎能輕易放他們進內宅呢？」

「誰想過這個來？」老雷帶著懊悔的神色：「在老虎窩裏扒虎的皮，這種事誰見過？……咱們從來也沒朝這方面去想呀！」

柳和想想，委實也是，荆龍的內宅外面，二道院子就是荆家屯槍隊駐紮的地方，人和槍都集聚在一道兒，何況那兩個人是荆大爺傳見的，不能全怨到老雷的頭上，即使自己在這兒，也難免會疏忽，何況這回事情正出在自己離屯之後，自己何嘗沒有責任？

兩人把槍丁吆集起來，打起燈籠火把，在屯子內外搜尋一番，折騰到二更天，什麼也沒有見著，柳和這才轉到內宅去，看望荆龍的傷勢。

靈河岸各村屯沒有好大夫，屯裏有個半路出家的老中醫，對於療治這樣嚴重的槍傷，也沒有什麼把握。

荆龍的槍傷傷勢嚴重，家人業已不敢把他移動，只把他放到一扇門板上，在原地架高，當成臨時的床榻。他直直的仰躺著，大襖的右肩被轟出一塊焦糊的窟窿，他的肩胛骨已經皮焦肉爛，呈紫黑色，上面留有無數蜂窩般的噴砂和鐵蓮子打成的小孔，不斷朝外滲血，他的半邊臉孔也被近距離的銃火灼傷，變得青灰，上面留有黑色的斑紋。

柳和在燈火亮中看視，荊龍閉著眼，呼吸微弱而困難，彷彿暫時不能作任何言語了，他只有問屯裏那個老中醫說：

「老爹，您看荊大爺的傷勢，還有救嗎？」

「傷勢夠重的，」那個老中醫說：「火銃是在幾步之內衝著人施放的，荊大爺他閃了一下，要不是這一閃，叫打在胸窩上，那早就沒救了！」

「您是說，目前還沒有大礙？」

「這很難說，」老中醫說：「若不是荊大爺身子結壯，早年練就的一副銅筋鐵骨，這一銃轟下去，十有八九要丟命的，如今他還有氣在，就表示傷著了皮肉，也損及了筋骨，但內腑還沒怎樣。」

「我是問究竟有無大礙呀？」

老中醫皺著眉毛說：「那得看救治後他的情形如何而言，若是沒有什麼大的變化，我想還不致於丟命！我業已叫府上燒滾水，等滾水涼了，端來替他洗傷口，敷上藥，另外再熬藥灌餵他，好歹情形，兩天之內可見分曉。」

柳和光是著急也沒有用，便退到一邊來，和荊朋荊朔兩弟兄談話，把他如何去靈河集看望鐵山，回程時如何遇伏的經過詳細說了一遍，壓尾他說：

「他們找機會動手謀算荊大爺絕不是一天了，這一回，他們完全是經過細密算計的，足見設計害人的人十分的奸險陰毒，這一回讓他們得了手，少不了還有下一回，咱們非得想法子解破它不可。」

「依柳師傅您看，有什麼好法子呢？」荆朋說：「他們蓄意謀害我爹，和荆家屯過不去，我真恨不得立時攫著他們，剝他們皮，啃他們的肉！」

「不用著急，」柳和說：「發火也不是辦法，咱們得帶著人槍趕往靈河集，查問酒館和二馬所設的賭場，看看昨晚騎著牲口那批傢伙究竟是些什麼樣的人？……他們既在靈河集露了面，沒有人能一手遮天，完全的掩飾得了，即使二馬不肯說，自會有人看到的。」

「柳師傅說得是，」荆朔說：「咱們不必當著大家公開查問，一般人縮頭怕事，也許有所忌顧，不敢多嘴，若是逐個兒的探問，自會問出結果來的。」

「好！」荆朋說：「我這就帶著馬隊過去，只要有一絲線索可循，我想，不難查出真相來。我認爲，在半路上開槍狙擊柳師傅的那幫人，跟在屯子裏對爹動手的那兩個一定是一夥，只要捉住其中任何一個，逼出他的口供來，就好辦了。」

「慢點兒，」柳和說：「你這一去靈河集，千萬當心，輕易不要和鄭旺的槍隊起衝突，如今，荆大爺他重傷躺在這兒，裏外一片混亂，可不能讓人找著藉口動武逞凶。你到靈河集後，最好找到鐵山幫忙，那兒的情形他最熟悉，要是不便硬拿人，得另外想點辦法才行。」

「好，」荆朋說：「我照大叔您的吩咐去辦就是了！」

荆朋離屋後，柳和轉對荆朔說：

「二少爺，你得趕緊著人分頭去通知河西岸的葉爾靖和北邊的楊大郎、石紅鼻子，請他們連夜到荆家屯來，荆大爺一躺下身子，靈河岸情勢不穩，隨時都會有驚天動地的大變故發生，非趕緊籌謀對策不可！」

「不錯，」荆朔點頭說：「我這就立即差人去請各村屯的執事，至少讓他們明白，對方陰謀詭詐，有意發難，靈河岸又要起風暴了！」

在充滿猶疑和驚恐的黑夜裏，柳和耐著性子在內宅坐守著，土鱉子老雷進屋來，對他說：「屯裏各處搜查過兩三遍了，始終沒見著疑凶的影子，恐怕早已遁脫了。」

「這樣罷，雷兄，」柳和說：「您先把屯裏所有的人槍全集聚起來，分守圩垛和各棚哨、各棚門，慎防有人趁亂來闖屯子，熬過今夜，就好聯合各村屯準備應變了。」

臨到四更左右，葉爾靖、劉厚甫、楊大郎和石紅鼻子一干人，都得訊趕過來了。他們看過了荆龍的傷勢，一個個面色沉凝的退到外間來，詢問柳和事情發生的原委，柳和便把當時的情形說了一遍。

石紅鼻子叫說：「那兩個該殺的傢伙，爲何要藉石家老莊的名目混進屯裏來呢？咱們村後的山窩裏，並沒發現有攤槍的外人闖進去窩聚啊！」

「依我看，這事和鄭旺脫不了干係，」劉厚甫說：「伏擊柳師傅的匪徒事後敢乘馬攤槍，趕到靈河集去喝酒，可見這批人即使沒受鄭旺的指使，也會和他互通聲氣，不然的話，他們哪敢明目張膽的拉槍去靈河集？」

「要是和鄭旺有關，事情便好辦了！」楊大郎露出他魯莽的本性來說：「咱們大夥兒具名，把鄭旺邀到荆家屯來攤牌，要他把話給說清楚，他要是言語支吾，咱們就扣住他，逐走他的徒眾，佔住新興的靈河集，硬橋硬馬的幹上，憑他鄭旺攏聚的那夥毛人，我想，他們也不敢公然的和各村屯爲敵，興大風，作大浪！」

「不必激動，楊大哥，」葉爾靖說：「我看，事情不會那麼簡單，咱們全知道，鄭旺是隻狡猾的老狐狸，他怎會在他羽翼沒豐的時刻，把事情硬朝他自己的頭上扯？咱們不妨等荆朋回來再說罷！」

他們在燭光下集議著。

依葉爾靖的看法，不管這回荊龍遇刺的真相如何，靈河岸各村屯應該立即戒備，攏聚人槍，準備應變，至於查清原委，搜捕凶嫌是另一回事，委由柳和主持其事即可，這樣，各村屯才不至在突來的變故中慌亂，給予對方可趁之機。

「牛鬍子上回明打硬撲吃了虧，便改成遮道軟困，軟困不成，他們又耍出這套陰狠的詐術來，」葉爾靖憤然的說：「他們以為放倒荊龍荊大叔，靈河兩岸就抗不住他們了麼？嘿，我看未必！這只有使咱們團得更緊，這一回，他們若想趁機撈便宜，咱們就讓他們瞧瞧，靈河兩岸的人絕不是好欺負的。」

「葉大爺說的是直性子言語。」柳和說：「在荊家屯裏，槍枝人手都已經聚攏了，我相信足以應付任何變故，萬一遇上股匪大批來攻，咱們還是按照老方法，由各村屯拉起槍隊馳援，如果別處遇上亂子，荊家屯也照樣拉人出去，增添一批援手，這樣首尾相顧，彼此呼應，仍然是禦匪最好的法子。」

「東西兩岸的槍隊，還是推由楊大爺統領。」葉爾靖說：「人說鳥無頭不飛，獸無頭必散，這統籌調度的人最是要緊，您可千萬不能推辭。」

「嗨，我不是推辭，」楊大郎說：「我是個老粗筒子，早年荊大爺理事的時刻，我可是個馬前卒，他吩咐我幹什麼，我就幹什麼，……讓我動腦筋，那可不靈。諸位該記得，股匪牛鬍子兩犯靈河，荊大爺他回屯了，我領東岸各村屯的槍隊，其實，我凡事都請問荊大爺，主意仍是他拿的，如今他躺在屋裏，不能再幫我拿主意啦，這個千斤重的擔子讓我一肩挑，我怎能挑得下來？」

「那也不要緊，」葉爾靖說：「荊朋荊朔兩個，頭腦敏活，柳師傅和雷師傅又都是經驗老到的人物，有他們幫襯，您行事該很方便。按照靈河的地勢，凡是外來的亂子，都從東岸亂起，咱們西岸只有集中人槍，聽候提調，凡事總有主客之分，若把本末倒置，那就很不靈便了！再說，荊大爺的槍傷假如不起大的變化，很快就會好起來的，那時刻，不用他上陣，拿拿主意總行！」

「好罷！」楊大郎很爽快的說：「既然葉大爺您這麼說，兄弟是恭敬不如從命了！兄弟旁的不敢說有多少自信，敢爲靈河豁命倒是真的。」

楊大郎問及各村屯，大夥兒都爲荊龍遇刺感到憤慨，也都紛紛表示回去之後，自當立即召聚人槍應變。

等到天初初放亮的時刻，帶著馬隊到靈河集上去的荊朋也趕回來了，柳和迎上去，問他事情辦得如何？荊朋搖頭說：

「我去找過鐵山，那邊的酒館、煙鋪和賭場都查過了，沒見著那批可疑人物的影子，爲這事，我去找過鄭旺，他聽說屯子裏出案子，我爹被刺，柳大叔在半路上遭人狙擊的事，感到很驚詫，說是萬萬沒想到，他帶著左右的從人陪著我到處搜索，仍然沒見蹤跡，我不能空耗在那邊，得先轉回來看看。」

「鄭旺倒是很會裝佯！」柳和說：「我早已料到，他絕不會朝他自己頭上攬事的。」

「人說：強拳不打笑臉人，」葉爾靖說：「鄭旺來這套軟功，倒是極爲難辨，目前，咱們各村屯攏聚人槍，準備應變固然要緊，但荊大爺被刺重傷，柳師傅險些丟命，這宗案子懸著，讓疑凶逍遙法外，也不是辦法。」

「葉大爺您放心，」柳和臉色凝重，聲調悲愴的說：「兄弟雖是外路來的，一向蒙荊大爺厚遇，沒把靈河看成異鄉異地，這回兄弟遇人狙襲事小，荊大爺被奸徒殺傷，足見奸徒猖獗到無法無天的程度了，兄弟既然受命緝凶，自當竭盡全力，在短期內查明真相，緝獲凶徒，總之，柳和業已決心把這條命押上去了！」

這一夜，雖在感覺上危疑震撼，但在座各人心裏都能力持鎮定，沒被這一道猛烈的浪頭打翻。他們散歸各村屯之後，情勢並沒有如柳和預期的那樣起什麼變化，反而異常的平靜。只是荊龍的傷勢日漸沉重，雖然經過洗傷敷藥，但一直陷入昏迷不醒的狀態中，好幾天沒能說過一句話。

這樣熬到第九天，這個鐵錚錚的漢子溘然長逝了。

全屯的人心裏都很愴沉，柳和更是淚如雨下，不斷的用頭去撞擊棺板，抬起臉問天，爲什麼要讓半輩子爲地方出力的老人走得這樣慘？

「荊大爺，您泉下有知，該聽得見我的禱告，」他兩眼睜凸著喊說：「柳和蒙您厚待，非要找到謀害您的疑凶，替你雪冤不可！」

荊龍舉喪時，靈河集上的鄭旺親來祭弔，荊朋和荊朔兄弟雖在暗中懷疑著他，但毫無證據，只能按照對待一般弔客的禮儀來接待他。此外，二馬夫妻倆也拎著紙箔來致祭，屯子裏沒有人再說他的閒話，荊大爺是靈河岸一柄擎天大傘，如今這把傘倒了，對二馬夫妻，大家也都無心再去計較了。

屯子裏沒人計較鄭旺和二馬夫妻，但鄭旺卻在柳和面前訴了很多苦經，他說：

「柳師傅，您是知道的，我是個道地的生意人，遷到靈河集來，原因極爲簡單，就是收購皮毛方便，我跟河東河西各村屯的人，都算得上是熟悉的朋友，我可從來沒開罪過任何人，這一回，荊大爺遭人謀算，丟了性命，我微覺老有人說我的閒話，我可不能不對您當面說清楚，……我鄭旺絕不會搬石頭砸自己的腳，幹那種惹鬼上門的事情，您想想，外間那些紅眉綠眼的股匪真若佔了靈河，會對我鄭旺有一絲一毫的好處？」

「鄭旺大爺，」柳和說：「您既然心是實的，又何必在乎那些閒言閒語？由他們信口雌黃的傳講好了，像這種關乎人命的案子，沒有真憑實據，誰也不能安排您有什麼疑嫌的地方！假如外間真的有人磨算靈河這塊地方，咱們倒盼您鄭大爺能讓咱們看看您對地方所盡的力，這樣，再多的閒言閒語自然就停息了！」

「柳師傅說得好。」鄭旺說：「我爲靈河集賣命，你會看得見的，這些年來，我受了不少的冤枉，荊大爺在世時，我沒曾出過怨聲，沒吭過一聲大氣，如今，他遭人謀算，入棺歸土了，再要把嫌疑推到我頭上，我是非叫不可，我鄭旺可不是木頭人！」

「鄭大爺您請放心。」荊朋說：「靈河兩岸的人絕不會不講是非，輕信流言的，務請您不必把那些蜚短流長的閒言閒語放在心上，至少，在荊家屯，還沒聽有人說您鄭大爺的閒話。」

「我要真的在乎，這番話我就放在心裏不說了，」鄭旺說：「我說出來的意思，只是希望大夥兒心裏不要有什麼芥蒂，咱們如今是牙齒挨著舌頭，日後相處的日子還長著呢！」

在荊龍落葬時，鄭旺顯得非常的熱切，使一些原已對他疑惑的人都要慎重的重新估量了。這一冬，靈河集上沒有什麼大的變動，鄭旺搜購不少的皮毛，硝製妥當後，打捆裝運到城裏去，他本人也去了城裏，一直住到開春，才重新回到靈河集來。

荊龍死後，靈河兩岸各村屯雖推出楊大郎來主事，但和荊龍在日相比，名聲和氣勢顯然大不如前，荊家屯南邊的靈河集，已經完全落在鄭旺的手裏，彷彿成爲化外之區了。

春來後，靈河集更加熱鬧起來，外來的商戶不斷的增加，鄭旺開始大批的收買沿河的荒地召工開墾，同時，他和各家巫堂推舉出來領香的荊四嫂套得很近乎，捐出一筆爲數頗鉅的香火費；然後，他和荊四嫂會商，爲靈河集的交易買賣，日常行事，單獨的立了一套規矩，這些規矩和靈河兩岸的老規矩大體類似，對於祀祭神龜石，防火，防狼都和早先沒有兩樣，只是他不禁煙賭娼，並且在他買下的灘地上種點罌粟。

當地的老戶們沒人管這些，楊大郎和葉爾靖也沒站出來說話，本來嘛，三錢貸屋，任意唱曲，灘地是他姓鄭的花錢買下來的，他愛種什麼就種什麼，城裏也沒禁煙，到處都設有膏子鋪，鄉角落裏更沒人管得著了，若說有什麼地方不對勁，那就是鄉下人很不習慣鄭旺的這些做法，總在擔憂著，這樣變下去，有一天，靈河就會改變得不再是早年的靈河了。

「種罌粟有什麼錯呢？」鄭旺公開的說過：「若說有些煙鬼爲一口癮，弄得傾家蕩產，那只能怪罪他們自己，這口癮是他們自己染上的，我可沒硬捏他們的頸子，強迫他們去抓煙槍啦！退一步說，我不種，旁人在旁處照種，有錢的癮君子不怕買不到煙土，因此，我覺得我點種罌粟，熬膏子圖利，沒有什麼好驚怪的。」

光是他自己點種罌粟也還罷了，他又進一步的收購生土，希望當地的住戶也能種點罌粟，熬成生土讓他統購。這時候，柳和實在忍不住了，分別跑去拜望楊大郎和葉爾靖，憤憤然的說出他的看法來，認爲靈河兩岸的人不能再懵裏懵懂的聽任鄭旺這樣幹下去了。

他到葉家屯見著葉爾靖，感慨萬端的說：

「葉大爺，您該看得出，股匪牛騶子捲劫靈河岸，即使得了手，當地的人也只受害一時，但鄭旺這種做法，是挖根刨底的做法，也就是用慢性毒藥餵人，等你發覺不妥，本身業已中了毒，很難自拔了！」

「我不是看不出來，柳師傅，」葉爾靖說：「鄭旺點種罌粟，出價收購生土不是一天了，那跟股匪撲過來捲劫不同，咱們不能踐毀他的罌粟田，只能設法子約束自己的村屯，不要貪圖小利，相爭點種罌粟。」

「您不認爲這法子太軟弱了麼？」

「那又該怎麼辦呢？」葉爾靖也很爲難：「難道要咱們爲這事跟鄭旺撕開臉，去動刀動槍？柳師傅，你該記得靈河集還是我首先提起要興的，當時，我並沒想到鄭旺會帶來這許多麻煩。」

柳和從話音兒裏聽得出來，葉爾靖並沒有出面阻攔的意思，靈河岸的執事全不管了，自己一個外鄉人還有什麼好說的？

他辭離葉爾靖去找楊大郎，楊大郎表示：鄭旺點種罌粟收生土是一回事，日後尙可從長計議，荊家屯的荊龍遇刺血案，卻該早有眉目，不能再拖下去了。

無論楊大郎是與不是，柳和低下頭來，自覺十分慚愧，想到荊大爺在隆冬被刺喪命，一轉眼，已是幾個月了，這期間，自己和鐵山、佟忠、程世寶他們日夜查詢，並沒得著一絲眉目；楊大郎說的倒是實在話，與其從這宗忙到那宗，每宗事都沒辦成，還不如認準一宗事，一直辦下去辦到水落石出爲止，他掂掂楊大郎的話不無道理，因此，他對鄭旺點種罌粟，收購生土的事，也就不再提起了。

在河西，溫老爹的小賣鋪裏，對於靈河兩岸一連串的變化聽得很多，差不多乘筏過渡的客人，經過那兒喝幾盅酒時，都會跟溫老爹談起這些。

嬌靈小時候聽話時，喜歡半途插嘴，歪起頭，問這問那的，問個沒完，如今她長大了，長成奶苞鼓鼓的姑娘了，那種孩子氣便不知不覺的收斂起來了，當爺爺跟外人說話時，她只手扶著櫃檯一角，出神的聽著。

有些人認爲靈河集興得起來是好的，若沒有神龜的佑護，不可能在短短半年多的日子裏，就街屋連著街屋變得這樣熱鬧，有了靈河集，當地所產的皮毛、藥材、蘆葦、各類編織物在產銷上，要比早先旺盛得多了。

有些人也承認靈河集市面日漸興旺，確是事實，但對集上管事的鄭旺鄭大爺的做法，表示出他們的憂慮來，他們形容那個新興的集市，說是「花」掉了，到底怎樣花？他們並沒細說，總歸一句話，鄉下人看不慣鄭旺的那一套。

旁人的這些言語，打從嬌靈的耳邊過，嬌靈並沒有認真的去想它們，人世好像靈河水，沒有不起波浪的，她眼裏的靈河，幾乎沒有什麼大的改變，春天在荒曠的野地上踩著腳步，初臨時，早些怯怯的樣子，逐漸便略略放肆起來，在砂石縫中燒著綠火。

聽爺爺說過許多有關女孩兒家的規矩，說是做一個女孩兒，只要懂得紡紗織布，懂得針線活計，能夠操持家務就好了，不要丟開本身要做的事，成天伸著兩耳去聽外間的那些事情，關心它有什麼用呢？女孩兒根本管不了的。爺爺的話不一定有道理，可也不能說它沒有道理，她打心裏關心著靈河兩岸的任何事，她管不了卻也是真的。

有時她也退一步想，只要她眼裏的世界不起大變化，她便滿足了，不過，當鐵山過河來看望爺爺時，從他的話裏，她發覺情形決沒那麼簡單。

「荊家屯死了伯父，倒了一把遮蔭的傘，」鐵山說：「這案子和以往各案一樣的變成一團謎了，足見做案的人心機極爲深沉，我一直認爲，這些案子和股匪牛鬍子、皮毛商鄭旺等人，有微妙的關聯，我在靈河集開鋪子出售皮毛，鄭旺心裏不會看得慣，正因有伯父在，他沒敢怎麼樣罷了，日後會怎樣？誰又知道？」

「你也不必過分掛慮這些，」溫老爹說：「俗話說：常走夜路，總會遇到鬼的，世上玩火的人，必會被火燒著，你甭看牛鬍子那般橫行，鄭旺在眼前洋洋自得，依我看，他們一個個都混不長久。」

溫老爹鬧了一冬的風濕骨痛，人比早時更瘦了些，說話時，嘴唇不關風，吐音不挺清楚，他仍咬著小煙袋，一副慢慢吞吞的樣子，但他說的話，像石塊碰地，有很重很重的斤兩，他非常堅信他的斷定，不存一絲一毫的懷疑。這從他被風沙和歲月打熬出的臉上的皺褶裏，可以很清楚的看得出來。

「無論如何，伯父被刺的案子勢必要破的，」鐵山說：「這不是單單關乎荆家屯這個屯子，它跟靈河兩岸各村屯的關係都大極了。」

「嗨，這種話，我不知聽說過多少遍啦，」溫老爹嘆了一口氣說：「若照你們那種查法，再有多少日子也查不出眉目來的，……不是心腹人，怎知心腹話？你可聽說過周瑜打黃蓋的故事？老古人所用的法子，在目前用起來，照樣的靈驗，你何不試試看呢？」

經溫老爹這樣的一提醒，鐵山的心裏立即浮出一番主意來，他沉吟有頃，抬頭說：

「讓我回去好生想想，這可不是一個人能單獨辦得了的！不過，我敢說：無論用什麼法子偵破那種血案，時間絕不會拖得太久的。」

「當然不能拖，」溫老爹說：「目前，鄭旺在靈河集初初站穩，他的爪子伸出來，僅僅伸到河東，慢慢的，他就會打荒灘的主意，一旦佔了荒灘，他便會逐漸侵到西岸來，那時候，他假如勾結外力，靈河岸恐怕就……就很難抗禦了。」

當鐵山和溫老爹說話時，嬌靈站在一邊，一直拿眼看著他，她知道鐵山的為人，他會把靈河兩岸旁人挑不動的擔子，挑在他自己的肩膀上，這正像他早時在大火裏奮力拖救自己一樣，像他這樣的人，遇上變亂，一定會挑選艱難危困的那一面，過著刀口舐血的日子。

她自覺對他有一份不尋常的感覺，很難分辨出來，那是關心？還是憐惜？或是二者摻和了，另外還加上一點兒什麼！……總在心窩裏悶著，很難說出口的。

鐵山偶爾也會抬起臉目注著她，他彷彿把許多言語都蘊藏在眼神裏，只讓她知道。

「日後妳要是趕靈河集，不要忘記去看我，」他只在臨走的時候才這樣說：「也讓我這做表哥的，好好做一次東道。」

他要說的，難道只是這幾句話？他的眼神告訴她，還有很多言語藏在心裏，不願當著老人的面說出來罷了，鐵山在黃昏時分趕回靈河集去了，他魁梧的身影消失在斜坡的那邊，她呆呆的，心裏亂亂的像一隻打翻了的絲絡，又有些說不出的空和冷。

她不明白，像靈河兩岸這樣空曠的土地上，為什麼還會有許多的爭執和攘奪？為什麼總有奸盜邪淫的人從天外流進來，造出迭起的風波？……荆龍荆大爺死了，她曾經見過他，一個剛直倔強的漢子，脾氣有些火爆，但他大半輩子為靈河兩岸各村屯做了不少的事，這種人說什麼也不該死在奸惡之人的槍口上。

這許多時，她沒再乘筏到河東去了，她沒有眼見到那些可怕的事情，但那些事，在她心上蒙上了一層陰影，抖動著，擴大著，並化成惡夢魘壓著她，夜深夢醒時，在風裏，她聽見荒灘上野狼的嗥聲，她忽然想到，人心裏也蹲著一匹野狼，喜歡聞嗅和舐食血腥。

鐵山丟不開他的皮毛鋪子，他住在靈河集上，和鄭旺那幫人處在一起，一定有許多他看不慣的事，他的性子耿硬，和他的伯父荆龍有太多相似的地方，看光景，十有八九脫不了漩渦，早些時，他在火場裏救過自己，如今，她卻眼睜睜的看著他離去，拿不出一點辦法來。

「嬌靈，屋裏黯了，也該快掌燈了啦！」

「嗯，我就來。」

「妳在想些什麼？嬌靈。」

「爺爺，您爲什麼不勸鐵山幾句，他是年輕氣盛的人，河東荆大爺那麼一把年紀，有多少經驗閱歷在身上，臨末了，還是被人用歹毒的法子放倒，丟掉了性命，鐵山他怎麼行？」

「鐵山是個好孩子，一個好人，」溫老爹坐在黑裏說：「他做事，想得周全，能進能退，靈河兩岸如今正要靠這些有血性的年輕人撐著，妳用不著爲他操心，操心也操不了這許多。」

嬌靈打火點亮了燈，燈焰從一片沉黯中跳出來，一點搖曳的黃光，使她看到了爺爺的臉，爺爺的臉上沒有憂惶，反而露出很安心的笑容，那些隨著笑容展佈出的皺褶裏，藏著許多年輕人難懂的智慧，彷彿是從目前方興未艾的局勢中看透了什麼。

「鐵山真能應付得了嗎？」她仍帶著怯怯的猶疑。

「當然能！」溫老爹說：「上回他跟柳師傅進城，不是辦成了大事嗎？」

第九章　禍根

春三月裏，鄭旺募來的墾丁踏上了荒灘，荒灘從神狼樹起，朝北去，有幾十頃無人耕種的灘田，野林蔓生著，那原是屬於巫堂的產業，但若干年來，女巫並沒召人墾拓，任它成為一片獵場。

鄭旺看中了那塊肥沃的灘地，他便按照規章和巫堂簽了租賃的契約，約期九年，由鄭旺每年給租一百擔糧，而鄭旺握有地上作物種植的全權。

這批墾丁有一百多人，他們到了荒灘之後，便砍伐林木，種植荊棘為界，他們更在巫堂左近搭建棚屋，並且陸續接來眷口，把他們聚居的地方，叫做新屯子。

對於鄭旺這樣得寸進尺的做法，靈河兩岸各村屯的人都覺得有些憤懣，楊家屯的獵戶們失去了一處好獵場，更是動火，楊大郎本人首先按捺不住，叫嚷著，要逼迫鄭旺撕毀那張契約，但巫堂裏的人不買賬，他們看在利字上，站在鄭旺這一邊，女巫荊四嫂更明白的說：

「約紙已經簽定了，不能輕易毀掉，楊大郎氣勢凌人，沒有道理，產業是巫堂的產業，不是他姓楊的，愛租給誰、佃給誰，楊家屯憑什麼插手管事？」

「四嫂說的對，」更有人附和說：「楊大郎想把這塊地當成獵場，叫他每年也付一百擔糧……他想白白的在這兒行獵取利，那可不成！」

在靈河兩岸，巫門十八處香火堂子的勢力夠大的，巫女站出來隨意說幾句話，在鄉野人們的心上便成了律法，楊大郎再強，也未必能扳得動她。何況說話的荊四嫂是荊家屯的寡婦，荊龍的侄媳，有她替鄭旺撐腰，事情便顯得難辦了。

楊大郎沒辦法，只有先找柳和商議，柳和也覺得很難區處，問題是鄭旺在理字上站得很穩，他並非是強佔強墾，而是和地產的業主——巫堂訂了契約的，甭說私下無法管，就連打官司都打不起來，楊家屯連遞狀子的權都沒有，遞上去，官裏也不會受理。

「我說，楊大爺，您得忍下這口氣！」柳和勸慰說：「咱們明知鄭旺不是好東西，他是存心來靈河佔便宜的，但他腦筋活絡，手法高明，咱們一時拿他沒辦法……記得前不久，您和葉大爺也都勸我暫時按捺點兒的，如今該我反過頭來勸您了。」

「嗨！」楊大郎捏著拳頭，無可奈何的嘆口氣說：「如今我才明白，勸旁人忍事容易，臨到自己頭上，忍氣真是很難！不過，話又說回來，像鄭旺這種奸險的人物，咱們當真就沒法子對付他了嗎?!」

「葉大爺的看法不錯，」柳和說：「那得等機會。目前，荆大爺被刺的案子未了，我還是循著這條線去追查，只要讓我抓住他姓鄭的一絲把柄，旁人不說了，單就我柳和一個人，也絕不會放過他的。」

「但願柳師傅能查究到底！」楊大郎說：「假如再讓鄭旺這樣弄下去，咱們就要斷絕生路了。」

「荆大爺在世時，對我柳和的厚遇，我一時一刻都不敢忘記，」柳和激動的說：「這宗案子，我已發誓非查明不可，但是鄭旺那種人，咱們若想用平常的方法從他那邊探聽出什麼，幾乎是白費精神，非得另想方法不可。」

楊大郎點點頭說：

「我是個老粗筒子，讓我揎拳抹袖打上前去，我行，若論拿主意，你知道柳師傅，我是一門也不門！但我知道，拿我這鄉下腦瓜子去跟鄭旺比，那可差池一大截兒了，這方法，非由你自己去想不可了。」

「方法我倒是有了，」柳和說：「我首先想到鐵山那幾個小兄弟，他們在靈河鎮開設皮毛鋪子，他們耳聰目明，腦筋靈活，在查案這宗事情上很能派得上用場，問題是，如何能讓鄭旺信得過他們？」

楊大郎嘆口氣說：「柳師傅，這全得靠你啦，目前鄭旺業已勾結巫門，佔上荒灘，他肯出高價租下這塊灘地，必定又是點種罌粟，咱們卻要眼睜睜的看著，這不是太難受嗎？你勸我忍，咱們得忍多久呢！」

「這樣好不？」柳和說：「今年他初墾荒灘，還談不上點種罌粟的事，我答應您，就在這段日子裏把案子查清楚，如果到時候仍無眉目，那就任由楊大爺您處斷，您覺得怎麼樣？」

「好！」楊大郎說：「我拚得性命，也不能眼見鄭旺把靈河岸當成種鴉片的毒窟！」

楊大郎一辭去，柳和就著人去找鐵山，鐵山在黃昏時來到荆家屯和柳和見面，兩人談起鄭旺插足荒灘的事，鐵山說：

「據我所知，鄭旺把巫門當成牌位供奉著，巫門裏的各家香火堂子，都被他收買了……點種罌粟的事，女巫事先全知道。至於荆家屯那宗血案，集上很少聽人提起，彷彿跟姓鄭的毫無相干，林小眼成天和鄭旺的那些槍手在一起廝混，就是打聽不到半點消息。」

「林小眼是你的朋友，你們一道兒打獵，一道兒居住，鄭旺是一清二楚的，」柳和說：「他既一心提防著你，你想，他不會提防著林小眼麼?你們在靈河集的一舉一動，都落在鄭旺的眼裏，勞而無功，毫不足怪，這你早該想得到的。」

「我和幾個年輕的小兄弟也曾商量過，」鐵山說：「若想在鄭旺那兒挖出秘密，非得先使他對你信任不可，前幾天，我過去看望小賣鋪的溫老爺子，他跟我提起周瑜打黃蓋，觸動了我的靈機，如今，您就是不著人找我，我也正要過來向您請教呢！」

「當然嘍，你是荊大爺的侄子，鄭旺若想更進一步，他得在荊家屯內部動手腳，你是他要垃攏的人，但那老傢伙老奸巨滑，即使表面上對你表示放心，跟你套熱乎，但他骨子裏仍不會對你推心置腹。」

「這一層，我是料得到的。」鐵山說：「即使是使用苦肉計，也得要有時間才能成事，何況，苦肉計怎樣行法？」

「這真要費一番心血才行呢！」柳和說：「上回咱們突破牛鬍子的暗卡，進城去辦槍械和糧食，可說是一帆風順，對付那些莽賊容易，對付鄭旺，可就難得多了！」

「難處自歸有，」鐵山說：「我仍得去試試。柳大叔，您可是真正能幫助我的人，您最懂得鄭旺。」

「我是逼急了，才不得不研究鄭旺，」柳和說：「荊大爺倒下來之後，荊朋荊朔便急著要對鄭旺來硬的，不抓住對方的把柄就冒冒失失的動手，反讓鄭旺有話說，所以我好勸歹勸，把他們暫時捺住了，我跟他們拍過胸脯，這案子一定要破，這難題是我自己找的。」

「您一個人挑著，不如兩個人抬著，」鐵山說：「我雖然年輕識淺，多少能替您分分勞。」

「這真太難得了！」柳和感慨的說：「荊大爺生前，靈河連著出過案子，從葉爾昌被殺，到野市被縱火，還有荒灘女巫血案，沒有一宗被偵破過，可見內裏面也藏有奸人，誰值得信任呀？實在很難說，所以咱們談的事，絕不能輕易洩露出去。」

「我理會得。」鐵山說：「但我那幾個年輕的朋友，我敢擔保。」

「那當然更好。」柳和說：「可信的人越多，辦起事來力量越大，你回去之後，咱們分別動腦筋，拿主意，彼此不論怎樣做，都得通知對方知道，但有一點你得留意，咱們不能經常這樣碰面。」

「不要緊。」鐵山說：「朝後有事，我讓程世寶兩頭連絡就成了。」

跟柳和分了手，鐵山對這位柳師傅心裏充滿感激之情，在可以預感到的，靈河兩岸的大憂患裏，各村屯的人雖也憂心未來，但真正在出死力的人，卻是這位熱心熱腸的外鄉人，他要是爲他自己打算，他大可捲起行囊，朝騾背上一撂，辭去護屯師傅，回他的家，他並沒有必要捲進這場能使人粉身碎骨的風暴。

和他比起來，土鱉子老雷就要差他得多，論起身手功夫，雷師傅並不差到哪兒去，但他只是個護屯師傅，替荊家屯防匪防盜，只要屯裏不出岔兒，餘下的事便不願多管了。

一個柳和，能不能抗得住有錢有勢的鄭旺？鐵山從沒想過這些，他只覺得，他該跟柳師傅一樣，哪怕豁出命去，也得要守著他所堅認的，——靈河岸的人，都該公平安樂的活下去，不容有任何人破壞這些。

他在當晚找到林小眼，問到集上的情形。

「今天來了幾個皮毛商，」林小眼說：「疤眼陸和倪胖子都來了，在鄭旺那兒作客，他們究竟談些什麼？沒有人知道。」

「其實，猜也猜得出來，」佟忠說：「鄭旺雖然墾了荒灘，他是心虛情怯，恐怕各村屯結合起來爲難他，因此，他是在外面到處套交情，找援手，他找他的那些同行來，無外乎是在口頭上帶點兒甜的給他們吃，表示他並不想壟斷皮毛生意，大夥有利均沾，先把那些人穩住。」

「不錯，」鐵山說：「佟忠兄說的頗有道理！鄭旺這個傢伙，一向笑裏藏刀，他絕不會在這個節骨眼兒上得罪一個人的。」

「除開皮毛商，」林小眼說：「鄭旺的宅子裏還來了好幾位從縣城裏來的客人，他們是騎馬來的，看光景，我估量他們是商團和衙門裏下來的人物。」

「嗯，」鐵山沉吟著，「他開墾荒灘，見著各村屯沒有什麼動靜，他不知又在出什麼新花樣了！」

鐵山估量的不錯，這一回，鄭旺是以靈河集上主事人的名義，約請縣城商團的團總來作客，同時商討成立靈河集分團，在當時，商團是半公半私的地方團隊，但在氣勢上，顯較鄉團鄉隊要高上一籌，鄭旺這種作法，用意非常的明顯，他是要藉此擺脫他和靈河岸各村屯的關係，在各方面完全獨立起來，然後再以分團團統的名義，儘量設法反客而主，操縱當地的鄉團。

當然，他要的，很快就得到了。

縣裏的總商團正式成立了靈河集分團，鄭旺當上了團統。他當了團統之後，並沒有趾氣高揚，反而在宅裏擺下了幾桌酒席，著人四處送請帖，宴請靈河各村屯的執事和有資望的人物，除了楊大郎、葉爾靖、劉厚甫、劉厚德、石紅鼻子、荊朋、荊朔、史漁戶、溫老爹之外，也邀了柳和、老雷、鐵山和佟忠等人。

靈河兩岸的這些人儘管暗裏嘀咕，但也都懷有好奇探究的心理，想藉機會探探鄭旺的葫蘆裏究竟賣的是什麼藥？因此，大多去赴了席。

去赴席的人鑑於上回柳和遇人伏擊，他們個個都帶了幾枝槍護從，但這回鄭旺請客吃午飯，光天化日的，遇上那種狙襲的機會極少，而且到了靈河集之後，並沒看到鴻門宴的那種排場，鄭旺只帶著二馬和一個管門的，一直站在門口，笑著臉迎客。

等到人到齊了，大家入了席，鄭旺舉起杯來敬酒，才說了幾句話，他說：

「今兒備了這份水酒，難得邀到諸位爺們賞光蒞舍，這份盛情，兄弟著實感激，這回靈河集的商團成立分團，僅僅是預防盜匪，有了這一層名義，和縣城多少添些呼應，諸位曉得我是生意人，一向對耍槍弄棒這類事一竅不通。人說：遠親不如近鄰，日後，靈河集若真有了變故，兄弟仰仗諸位大力鼎助的地方正多著的呢！」

他仰脖子乾了一盅酒，算是先乾爲敬，大家夥也只有紛紛乾杯，沒有誰能批斷出鄭旺有什麼不是。鄭旺那張肉團團的笑臉，從這一桌到那一桌，不斷的敬酒，說些和謙的話，使有些原想詰究幾句的，也都暫時把話給嚥住了，覺得這時撂下重話，恐怕不怎麼合宜。

當他舉杯敬酒敬到柳和面前時，這位柳師傅站起身來，和他碰碰杯，開口說話了。

「我說，鄭大爺，您這一向時諸事順遂，春風得意，可是咱們卻逆阻橫生，折挫迭至，我柳某人只是個外路人，目下正追查荆龍荆大爺那宗案子，也請您多多幫忙啦！」

「啊！」鄭旺略一怔忡，便笑得更響說：「這當然，這當然，荆龍荆大爺爲地方出錢出力這許多年，是個熱心剛正的好漢子，他這一去，我鄭旺何嘗不難受來著？……可惜我初遷靈河集不久，地方上關係淺，根紮的不深，對於早年裏的風風雨雨，是是非非，更弄不清楚。不過，您柳師傅有需得我協力的地方，絕沒有不盡力的道理，來來來，咱們乾杯代誓好了。」

柳和乾了杯，他不得不佩服鄭旺的穩沉機智，和他善轉的舌鋒，若想在這方面窘住他，那真是太難了。

「鄭大爺說得真爽快，」他照著杯說：「我柳和今生今世，不敢說在旁的事上有什麼成就，至少，對荊大爺被人打黑槍的事會追究到底，非討還它一個公道不可，因此，鄭大爺您這千金一諾，在下太感激了。」

「柳師傅太過言重啦！」鄭旺舉杯央著在座的人，悄悄轉過話頭說：「請諸位不嫌薄酒無肴，多喝一盅，嘿嘿，多喝一盅。」

柳和原以為出猛拳，吐重話，會激出鄭旺的反應來，但對方輕輕一轉，不動聲色的就把它卸脫了，接著，鄭旺儘談些有關靈河集上的事情，他說起逐漸繁榮的市面，逐漸增加的四鄉來客，壓尾他說：

「兄弟也明白，娼娼賭賭這些事，不是什麼好事，但哪個集鎮又沒有呢？我鄭某人嗜幾口煙是真的，這也是多年老癮，我決不會拉任何人躺膏子鋪，尤獨是年輕的小弟兄們，我把諸位當成知己，才坦然說這些話。」

「您說的沒錯，」葉爾靖說：「不過，咱們靈河兩岸，多年來民風淳樸，不能像鄭大爺一樣，走過各處碼頭，到過許多地方，見識得多，眼界寬廣，鄉角裏的人有鄉角裏的想法，俗話說的好：土腦袋瓜子欠缺幾條紋路，因此，咱們都希望靈河集看上去純淨點兒，若仍照這樣下去，日後咱們村屯裏的娘兒們，全部不敢來趕集啦！」

「葉大爺說得是。」鄭旺說：「至少，我得把前面的正街整頓整頓，讓後街僻巷藏汙納垢，至少，嘿嘿，面方上好看些兒。」

鄭旺的話頭聽起來都很圓和，也像是推太極拳一樣，柔中帶韌，聽話的明知他一味敷衍，卻又一時拿捏不住他。

咬著旱煙袋的溫老爹，原先一直側著耳朵在聽話，最後對著鄭旺說：

「鄭大爺，您到靈河來，做了這個新興集市的主事大爺，如今又是這兒商團的團統，您要怎麼樣做，咱們鄉角裏的老土也管不了，不過，酒色煙賭這些事，都是惹禍子根苗，我敢說，靈河日後再起亂子，準是起在這些事上，如今，遍地罌粟花開得紅塗塗的，日後那都是人血，您只當我這老頭子瘋瘋癲癲說的是醉話，有一天，您自會弄明白的。」

「這個您儘放心。」鄭旺說：「靈河集正當靈河各村屯的入口，有亂，此地先亂，有事，此地先有事，真要是見了血腥，我姓鄭的先流血，您的話，我會記著。」

這餐飯，酒菜都很豐盛，受邀赴席的人都吃得不是滋味，各人都想對鄭旺說些什麼，但說也說不進去，談也談不出結果來，最後，鄭旺皮笑肉不笑的盪著哈哈，把大夥送出門了事。

在回程的路上，荆朋邀約各人到荆家屯再坐一坐，彼此敘敘聊聊，葉爾靖首先勃然作色說：

「鄭旺簡直不是東西，他今天請客，表面上是在客氣敷衍，其實，不外是明告咱們，他的面子大，手腕靈活，跟縣城上下非常熟絡，如今他接下商團的團統，跟各村屯算是分了家了。……咱們跟他談任何事情，無異是與虎謀皮，他愛理不理，咱們算是自討沒趣，諸位想想看，這個氣怎麼忍得下去?!」

「要對付鄭旺，咱們各村屯非要齊心合力不可！」楊大郎說：「他若再用攏絡巫門的方法，分別的利誘，不但河東岸被他逐步侵蝕，變得有皮沒毛，只怕河西岸也被他插進一腳，到那個時刻，再抗他可就難了。」

「咱們目前不只是單單對付鄭旺，」柳和說：「牛鬍子那幫股匪目下雖然沒有動靜，但他們始終是陰魂不散，說來就來，這使咱們裏外交煎，極難肆應，除非能用以毒攻毒的法子，先讓股匪和鄭旺耗上，咱們再來收拾殘局，這就會好得多了。」

「事情是這樣，總是想得容易，真正做得到，不知要耗多少精神。」葉爾靖說；「到時候，能做得到幾分，很難有把握，何況鄭旺是不願上當的。」

大家你一言我一語的熱烈商談著，雖說看法並不一致，顯得有些混亂，至少，每個人都覺得鄭旺的種種作法，依天長日久的看法，對於靈河兩岸各村屯居民一向保有的生活，已形成很大的威脅，這是不爭的事實。

有人認爲，與其逐漸在鄭旺佈妥的圈套裏深陷下去，不如及早和他鬧翻，使用武力，把姓鄭的硬行逐離靈河集，這種連根拔的方法最痛快，事後，鄭旺如果告官，讓他在縣城裏去遞狀子好了，官司可以照打，但他想重回靈河集，卻談也甭談。

溫老爹卻不主張這樣，他認爲這樣一來，股匪自會趁亂來襲，那時誰也抗不了，靈河兩岸一旦被股匪捲劫，全都完了。

楊大郎和葉爾靖贊成用折衷的方法，在鄭旺成立商團的同時，各村屯結合人槍成立聯莊大隊，扼住東西兩岸的河口，跟鄭旺把地界劃分清楚，彼此各不相犯，荒灘上的鄭旺的墾丁，可以經渡口來往荒灘和靈河集，但不得渡河進入西岸。

聯莊大隊共分三隊，荊朋領的一隊，由荊家屯爲主，結合附近散戶組成，葉爾靖領的一隊，由西岸各村屯組成，石紅鼻子領的一隊，由石家老莊、楊家屯合組而成，楊大郎統率這三隊，並直接管領柳和和老雷的馬隊，這支聯莊大隊暫不解散，槍械人員集聚在一起，時時提防著猝然發生的變故，等到靈河兩岸的局勢真正平復下來，再作商量。

鄭旺在宴客之後，也跟二馬密議著成立商團的事。

「鄭大爺，您是精明人，該看得出來，荊家屯倒了一個荊龍，各村屯還有人在挺著，而且對您並不信任，」二馬轉動眼珠說：「您跟牛鬍子、陰陽眼、活剝皮那幫人雖說也有些來往，但日後您運黑貨，走皮貨，獨佔一個利字，他們也難保不眼紅，兩面火烤夠您受的，憑您目前這點兒人槍實力還差得遠吶。」

「人槍我是要擴充的，」鄭旺說：「不過這種事，也得需要時間，目前我的左右欠缺得力的人手，光靠張帖子召募來的丁勇，都是混飯吃的料子，平時要他們充殼子，算人頭，可以，真要遇上大陣仗，他們不拐了槍枝逃掉那才怪呢！老實說，我不願當這種冤大頭，白白養活一批混飯吃的。」

「您要找真正得力的人手，一時真還不容易物色呢。」二馬說：「城裏來的人，光是嘴巴會講，一個個全是老鼠膽子，誰也沒有決心替您鄭大爺豁命擔擔子，像柳和鐵山那些人對荊家屯，葉爾靖對靈河西岸，楊大郎對楊家屯那樣的死心塌地，但事實上，您是急需要這類勇悍的人手，無論如何，也得把人給找到才行。」

「依你看，二馬，你能替我物色到得力的人嗎？」鄭旺說：「我也覺得各村屯裏有不少能拚的漢子，尤其是像鐵山和佟忠那樣的年輕人更是突出，但他們說什麼也不會跟我幹的。」

「您也甭以為這世上能有多少死硬的漢子，」二馬說：「有錢能使鬼推磨，錢花到了家，我不信有誰不聽使喚的。……鐵山並不是荊龍的親侄子，姓荊的多得很咧，那荊四嫂不是荊家屯出來的麼？」

「靈河當地的住戶也許有人會來投效，」鄭旺說：「要他們幹旁的事可以，但要讓他們轉頭對付他們自己的村屯，那就全不可靠啦！如今，商團我是決意成立了，一面召募人，一面要添購新槍，最近我要著人去找杜三來一趟，除了快槍，我還得高價購進連發的短傢伙，……這種貨很稀罕，在靈河兩岸，我還沒見過呢。」

「您想添購短傢伙？」二馬的兩眼亮了起來：「這實在是個好主意！他們是叫它手槍，還有匣槍來著，一支短的，是三支長槍的價錢，短槍的槍火很難進貨，價錢又極昂，不是一般人都能玩得起的。……當然，您鄭大爺不在乎，我想，除了槍火商杜三之外，兄弟我也能幫您找一找頭路！」

「這好啊！」鄭旺說：「我要是有了那些連發的短傢伙，就能彌補團裏人頭不足的缺憾，用旺熾的火力來補足它，只要貨色好，釘的槍火足，我並不太計較價錢的。」

二馬自從投到靈河集來依靠鄭旺，對於這位有錢有勢的鄭大爺，便一意呵奉到底，顯出一副忠心耿耿的樣子，鄭旺心裏有數，二馬夫妻倆都很貪婪，兩眼全落在「利」字上，但他在黑道上打滾多年，主意足，門路多，尤其在目前，自己十分用得著他，因而也表示出一份熱絡來。

「您目前打算進多少短傢伙？」二馬說：「好歹給我一個概數，讓我心裏有個底兒，我好跟人去談，再約定看貨的日期，談妥價錢，定下交貨的時限。」

「這樣罷，先替我買下匣槍五支左右，手槍三兩支，」鄭旺說：「匣槍要三膛的，槍身小，使用靈便些，手槍廠牌多，式樣繁，那得等看了貨才能決定。」

「好，我會儘快的照辦。」二馬說。

當二馬掉轉身辭去時，倆個人的臉上都浮漾出對方看不見的、奇異的笑容來。

二馬如今是貼著鄭旺混，靈河兩岸各村屯的執事，除了死去的荊龍，沒人再攆他滾蛋了，他明白鄭旺所要的那一套，他要做煙土生意，就得要用娼和賭招徠那些鋌而走險，在刀頭上舐血的主顧，因此他對自己套著近乎，骨子裏，他對自己有幾分信任？那可很難講。

這回靈河兩岸各村屯重組鄉隊，顯然在對抗鄭旺新設的商團，鄭旺表面沒動聲色，其實心裏也在七上八下的打鼓。有些事，即使他不說也瞞不了人，他手上握的人槍，在實力上，還遠不及楊大郎統率下的鄉隊，他左右也真的缺少得力的助手，這可不是張帖子招募就能招募得來的。正因鄭旺有些駭懼，他才急著要找槍火商杜三來，打算添購槍枝。

自己正好在這當口露上一手，找頭路替他買進火力猛熾的短槍，一來表現自己的能耐，同時也會贏得鄭旺的信任。

如果鄭旺的實力增強到足可和各村屯鄉隊抗衡了，那麼，在股匪、鄭旺和楊大郎之間，就成了鼎足而三的局面，那樣一來，三方面彼此都會發生不斷的磨擦，互相勾心鬥角，陷入混亂，這麼一來，自己原先所想的，便能順利的逐步進行啦。這叫它娘的有火就煽，二馬想。

鄭旺不是傻子，他弄不清二馬的來路，但他心裏有個底，二馬這個傢伙極不簡單，憑他一臉浮出的邪性，跟自己是一樣，但各邪各的道兒，他不光是靠賭場混飯，見人就作揖打躬的小角色。

認是有那麼一種認定，但以上門服務而論，二馬在楊大郎和葉爾靖那幫人的眼裏，卻是個遭白眼的臭角色，多少傾向於自己這一邊，在自己腳步還沒完全站穩之前跟他套近乎，夥著玩，多少有些好處，這回他能主動出面，替自己買進短傢伙，正是目前自己需求孔亟的，不妨放手讓他去辦再說，至於日後如何?那得看日後的發展了。

二馬騎牲口去了一趟大龍家寨，很快便把一個生面孔的朋友請到靈河集來了，他替鄭旺引介了這個人，來人周如山，是專走北路的槍火商，以青島爲貨源地，專售德製的各型槍械。

「聽說鄭大爺要進些短傢伙?二馬兄業已跟兄弟詳談過了!」周如山說：「但這些新玩意兒在偏荒地段還很少見，它的身價要比長槍高得多呢。」

「這個我明白，」鄭旺笑說：「您儘管開出價碼來，只要貨色好，我會量力而為的。」

「您能體諒那就好談了，」周如山說：「兄弟是跟德國的槍火商直接接頭進的貨，都是帶烤藍的全新貨色，這批貨還沒收到手的時刻，遠近各處的朋友聽到風聲，全都拐彎抹角的找到兄弟，要搶購它們，這回我則在大龍家寨和牛鬍子的助手鄧鵬談生意，他們出的價錢，嘿，可比兄弟想要的更多呢！」

「我跟他們可不能比了，周大爺，」鄭旺打起哈哈來，笑說：「牛鬍子幹的是沒本生意，水淌般的花錢不要緊，他自有來處，我可是個規規矩矩的生意買賣人，將本求利的，您可不能把我拿當肉頭看咧！」

「這哪兒會呢？鄭大爺，」周如山也流水笑說：「二馬兄是我的至友，他薦了您這樣的主顧，我怎敢獅子大開口？做槍火生意，不光是做一回，槍火商也不是我周某人獨佔的生意，只要能拿得出同樣的貨色，價錢方面，您儘可以比較，若有哪一家的價碼比我的更低，我決不勸您買我的貨！」

「這倒是實在話，」二馬說：「我跟周大爺的交情很厚，這筆生意，他既爽快的接下了，決沒有讓您吃虧的道理，否則，我在靈河集天天要跟您碰面的，那等於是幫著外人敲榨鄰居，我還能抬得起頭來嗎？」

鄭旺掂掂二馬的話，覺得頗有道理，便點點頭，接著問說：

「周大爺，您這趟下來，可有貨樣帶來？我想先過過目，價錢決定了，再談數量。」

「那當然，那當然，」周如山身子略略一躬，便從腰裏摘出一個青布包裹來，撒在桌面，解開包裹的結兒，包裹裏面，赫然是一支簇新的三膛匣槍和一支馬牌手槍，各釘一梭槍火。

鄭旺在燈光下看著這兩支作爲貨樣的短槍，眼裏便爆出貪婪企慕的光采來，短槍流行得很久了，他在偏荒的縣分裏，真還不常見得著，他在縣城時，也曾見人佩帶過匣槍，但都是輾轉購得的舊貨，哪有這兩支新槍這樣的搶眼？……他原先也曾領著幾個夥計幹走黑貨的買賣，最初爲防別人阻截和掠奪，每人只都帶著攮子，但如果對方用槍口一逼，攮子亮不出來，那票貨便要白白的送掉了！及後除了帶攮子，加帶了短柄火銃，那玩意兒要比手槍和匣槍笨重得多，裝藥麻煩，很費時間，不但射擊距離有限，而且裝一銃，發一銃，事實上，雙方潑火對陣，根本沒有裝藥的時間和機會，一銃轟空，那玩意就失去了作用，因此之故，在屢遭挫折後，他停止了親自運貨，改爲轉售，這樣，在利潤上無形中打了很大的折扣。

假如自己有了十支八支這種新的連發利器，火力熾盛，誰敢幫邊？這批槍添進來，除了增加商團的實力之外，他便可以考慮重新組起運黑貨的一幫人手，擒得一份暴利，真要槍火商能把這種貨色送過來，索價的高低，他真的不在乎了。

「好！」他撿起那兩支槍反覆瞧著，讚嘆的說：「這真是全新的一等貨色！」

「嘿嘿，這麼說，您算是滿意了，鄭大爺？」周如山說：「那我就說個價罷，匣槍帶四個梭子，百發槍火，每支的最低價碼是一百六十七塊大洋，手槍一樣帶四個梭子，百發槍火，每支是一百三十四塊大洋，如果是要象牙柄，嵌珍珠的，得另行計價。」

「我說，周大爺，您開出的價碼，是不是偏高了一點？」鄭旺計算說：「如今一匹好馬，也不過是卅六七塊大洋，一支槍是四匹好馬的價錢！我若是進匣槍五支，手槍三支，合併計起價來，數目真夠嚇人的呢！」

「鄭大爺，這個價碼可算是最少的了，換是別人，決沒有這樣便宜的。」周如山說：「貼本的交易，我是做不起的。」

二馬也在一邊慫恿著說：

「鄭大爺，這個價錢，如山兄弟已是打過折扣，實在不能再減了，槍只有這一批，您還是買下來罷，如果此時不進貨，那就不知要再等多久了？」

「好罷，」鄭旺咬牙說：「就照這個價碼，按我說的數量，周大爺，您何時能交貨呢？」

「十天之內。」周如山說。

鄭旺購進這批短槍的事，很快便傳到靈河兩岸各村屯去了，鄭旺明白，他買下這批火力熾盛的槍枝，靈河兩岸的人一定有所忌憚，但他爲增加鎮上商團的實力添購槍枝，算是名正言順的事，腳步站得很穩，他估量著楊大郎和葉爾靖那些人，即使心裏犯嘀咕，嘴上也無法說出什麼來。

他把他的小舅子潘二找來，跟潘二商議說：

「如今槍枝是買得來了，在咱們這些人裏，沒有幾個會用它，扣下扳機放槍，任誰都會，若談準頭，卻連門兒都沒有！你看該怎麼辦才妥當？」

「使用短槍，真要有點兒學問才成，」潘二說：「這玩意兒，槍火來源稀少，不像長槍子彈到處都能買得著，正因它是連發的，交到沒有經驗的人的手裏，閉上兩眼亂潑火，有多少槍火才夠耗的？」

「咳，你可算說對了！」鄭旺說：「我就是在心裏有了這層顧慮，才找你來商量的。」

「短槍跟長槍不同，」潘二說：「開火對陣，長槍打得遠，威力大，若講在屋子裏，或是猝然遇上了，貼身使用，短傢伙可要威猛靈便得多了，一般說來，短槍是護身的利物，豁命保命全用得著它，所以，這種槍枝，我看不能交給一般團丁使用，他們人粗腦子笨，一時摸不著使用短槍的訣竅，那真叫烏龜吃大麥，瞎糟蹋糧食。」

「你酸溜溜的說了半天，全是空話，」鄭旺說：「你說的這些，誰不知道？我問的是究竟該怎麼辦！」

「這很簡單，」潘二說：「咱們得請一位老混家，耍槍極有經驗的人到這兒來，教會一批經過挑選的漢子，等他們把短槍的特性全摸得清楚了，放槍也有了準頭了，再把槍交給他們。」

「這倒是個很實在的主意，」鄭旺轉動眼珠說：「你得替我好生想想看，在哪兒能找到這種人？」

「人倒是現成的，」潘二說：「城裏走煙土的好幾幫人，其中有個鄔學如鄔老大，你是認識的，他玩匣槍玩得非常精熟，手槍也很有準頭，你何不請他來替你調教出一批新的槍手？」

「嘿，你不提鄔老大，我倒把他給忘懷了！」鄭旺在大腿上拍了一巴掌說：「他早兩年受雇替我運過兩批黑貨，一路上很順，及後有牛鬍子他們替我護貨，我就沒再找過他！如今我這兒正需要人手，他又是個玩短槍的大行家，你不妨替我到縣城裏去跑上一趟，把他給請到靈河集來，要是他手底下有人，可以一併帶過來，在我的商團裏安置，日後咱們大幹煙土交易，仍然得有人運貨出去，有他這匹識途老馬帶領著，那是再好不過的了。」

「話就這麼說，」潘二說：「我這就替你進城走一趟，鄔老大肯不肯來，還說不定呢。」

「他願不願留在商團裏是另一回事，」鄭旺說：「至少，你得請他過來，在這兒留上幾天，教教這邊的新手如何使用匣槍。」

潘二是二天一早上的路，臨到第四天傍晚，他跟鄔學如和六七個漢子一道兒回到靈河集來了。

鄔學如跟鄭旺一見面就說：

「鄭大爺，潘二掌櫃的把話全跟我說了，我是販煙走土的人，你就是我的靠山，如今呆在城裏，也沒有什麼生意可做，不如到您這兒找碗飯吃還穩當點兒，因此，我把我的一干兄弟都帶的來了。」

「好極了，鄔兄，」鄭旺說：「這兒是新興的集市，總得有人來塡，我決不會嫌人多的，我想，小潘一定跟你提過，最近我買了一批連發的短傢伙，沒有會用的，想請你幫忙，替我調教出一批新手來。」

「那您算對了。」鄔學如頗爲得意的說：「論旁的，我不敢說，論起使用手槍和匣槍，不是我鄔某人說句狂話，我眞算是虎牙長毛——老手啦！別說是我，就是我手下的人，誰都有過使用短槍的經驗，這回我過來，就帶來三支匣槍，一支是頭膛，兩支二膛的。」

「我買的卻是三膛的，一共買了五支，全是新貨，還沒有使用過的。」

「三膛的好。」鄔學如說：「它的槍身小巧，使用起來也較爲靈便，能發揮出短槍的特性，差就差在射程不夠遠，不像頭膛和二膛匣槍，和木匣結合起來，也能當成長槍使用。」

「小潘，你替我去挑人罷，」鄭旺說：「手槍咱們留著自己用，你先挑五個身強力壯，頭腦敏活的年輕漢子，來跟老鄔學著用槍，日後這個短槍，就交給你帶領好了！挑人的時刻，也得要注意，要挑可靠的，萬一有人日後帶著槍跑掉，咱們可就虧了大本啦。」

「這個請大哥您放心，」潘二說：「要是有誰不可靠，我寧願放過他，挑笨點兒的。」

潘二下去把人給挑齊了，讓他們揹上新的匣槍，鄔學如便開始教他們如何使用這種槍。他先把匣槍拆卸了，攤放在一張桌面上，把各部分的零件怎樣拼合，詳細的做了一番解說，更把怎樣擦拭和保管的方法，從頭到尾的講了一遍，最後講到如何拉機頭，壓扳機發火？如何裝卸彈匣？如何開關保險？這些，都要比打單發的長槍要複雜些，但並不難懂，經過兩天的時間，新手們都熟練了。

「甭因爲熟練了這些，就以爲使用匣槍很容易了！」鄔學如說：「我對你們講的這些，都是死的，無論是誰都學得會的，但真正發槍潑火，打得有準頭，那就是活的了！」

對於匣槍的瞄準和發射，鄔學如也說出一套他的道理來。他說：

「用長槍，豎起牌樓，對著準星尖去瞄線，那也比較容易，因爲長槍的槍身重，槍管長，槍托抵定在肩胛上，放槍的時候屏住氣，槍身的震動不算太大，容易瞄得精，打得準。但匣槍不同，它的槍身輕，槍管短，無法像長槍那樣，慢慢的死瞄線，卻把巧妙完全放在手腕和手臂上，一伸槍就得發射。發射時，槍口會點頭，所以不能把槍正立著，得要斜偏一點兒，這樣，即使打不中，子彈也不會打到自己的腳面上。」

「鄔老大！你不是說笑話罷？」潘二在一邊插口說：「我雖沒用過匣槍，但卻從沒聽人說過，說是自己放槍，打到自己腳面上的。」

「嘿，你不相信嗎？二掌櫃。」鄔學如笑笑說：「我曾親眼看見過的，一個姓朱的槍手，真的在發槍的時候沒按訣竅，把自己的腳面打穿了。」

鄔學如單是教這五個新手用槍，就整整教了半個月，壓後要他們每人按照他所教的要領，試射三發子彈，其中有兩個居然打中了標靶子，使鄭旺爲這事樂了一整天。

「老鄔，你真是盡了力啦，」他說：「爲這個，今晚我要擺桌酒，請你好好的喝上幾盅。」

「咱們又不是外人，用不著這樣客氣的。」鄔學如說：「這是小潘挑人挑對了，一般說來，短短十多天能學到這個地步，該算不錯了，但他們的經驗、火候都還差得遠，何時該用槍？該怎樣靈活的用槍？這得要靠他們自己不斷去捉摸了。」

鄭旺心裏原有這麼一層意思，想把槍隊交給鄔學如管領，但他對姓鄔的並不放心，在關係上比潘二差了好幾層，這些槍枝是商團的精華，他沒有道理把它輕易交給外人。

潘二當然是可靠的人，但他的膽氣實在不大，比起老鄔來，那可差得遠了，唯一的折衷辦法，是把老鄔在商團裏安個隊長的名義，著他協助潘二，便中調教這五個槍手，使他們增長用短槍的經驗和學問，這支槍隊，爾後在槍枝和人數上再加擴充，成爲自己手上的老本，那時候，就不必再買黑道人物的賬，自己單獨的差人押運煙土，利就看得更大了。

鄭旺的短槍隊公開出現靈河集上，對靈河兩岸各村屯的執事來說，無異是充滿恫嚇意味的示威。但鄭旺本人並沒因爲手上的實力增強了，發過一句狂言，更沒擺出令人難堪的嘴臉，他無視於各村屯對他的防範和疑忌，經常一個人騎著牲口，到東西兩岸的屯子裏打轉，付出訂購皮毛的訂金，葉爾靖當面問過他關於靈河集上成立短槍隊的事，鄭旺解釋說：

「葉大爺，匣槍和手槍固然是殺人的利器，但得看是落在什麼人的手裏，我鄭旺是個買賣人，平素不但沒殺過人，連一隻雞也沒殺過，如今，靈河集有好幾百戶人家，並不是我鄭旺一個人的產業，正因爲牛鬍子那些股匪屢次撲襲這塊地方，爲保產保業著想，我不能不防著他，這批槍火，要是我不用高價把它搶到手，您該猜得出它會落到誰的手裏去？」

他這話，不但對葉爾靖是這麼說，對荊家屯的荊朋荊朔，對楊家屯的楊大郎，也都是這麼說，他還說：

「各村屯的人都是鄭旺的鄉親近鄰了，沒有道理疑心到我鄭旺的頭上，我既非三頭六臂，又沒有隻手遮天的能耐，靈河集是各村屯的大門，我是個替大家看守大門的人，沒有幾支新槍行嗎？我要真心裏有鬼，就不會騎著牲口，到諸位的宅門口打轉了。」

鄭旺既自稱他是買賣人，舌頭上捲動生風，一番話亮出來，就把各村屯猜疑的話給封住了，即使心裏仍有些將信將疑，但再也無法說出來，就是真的說出來，只怕也沒有幾個人肯相信了。

潘二不懂得這一層，反而對他姐夫鄭旺這種做法表示出不滿來，他說：

「大哥，對於靈河兩岸各村屯的那些土蛙子，你何必這樣委屈自己，把笑臉捧給他們去看，老實說，靈河集上，論財論勢，都比他們大得多，咱們愛怎麼地就怎麼地，誰又能管到咱們頭上？」

「算了，小潘，」鄭旺說：「我的閱歷要比你多得多，你凡事只看一層，讓我去得罪楊大郎、葉爾靖那幫人，對咱們有什麼好處？咱們添了新槍，得要先把情勢穩住，不要生出風波來，朝前走一步是一步，懂得趁風趁浪，才能在亂局裏混啊！」

「照這麼說，您買這些槍，只是做做樣子的了！」

「誰說的？」鄭旺說：「用得著它們的日子還在後頭呢，過不多，咱們點種的罌粟就要收成了，採漿，熬生土，把貨品囤聚起來，看那時的情形，看看能否自己運，這批槍就是咱們自己運煙土的本錢。」

在靈河兩岸各村屯裏，真正看得透鄭旺這種陰柔做法的，算來算去，只有護屯師傅柳和一個人，他始終沒有鬆懈他對故東家荊龍那宗案子的查究，儘管鄭旺把他本身封得很緊，使柳和找不著一絲空隙，而柳和的疑心始終落在他的身上，其實事情很明顯：鄭旺要利用靈河岸的大片土地點種罌粟謀利，他必須先拔除反對他的人。

在鄭旺的心目裏，荊龍就是這樣一個人物。

柳和唯一能夠得到的助力，就是居住在靈河集上的鐵山，以及鐵山的幾個朋友。從表面上看，鐵山在靈河集上還能站得住，鄭旺的勢力雖在急速擴展著，但他對靈河當地的老戶始終沒收起笑臉，對於鐵山更顯得客氣，但鐵山明白他的處境，——他們平常的一舉一動，幾乎全在鄭旺的眼下。

正因這樣，鐵山就和上了稀泥，他和佟忠、林小眼幾個，沒事就提著酒壺，在潘二經營的酒館裏晃盪，夜晚也去二馬賭場擲骰子，推牌九，藉著酒和賭，交結了不少鄭旺手底下的人。

鄭旺對這位侄少爺原懷著很深的疑慮，著令潘二差出耳眼線看牢他，誰知荊鐵山成天和他們攪和在一道兒，毫無秘密可言，到後來，潘二也沒有興趣再盯下去了。

鐵山曾半真半假的和潘二開玩笑說：

「嗳，二掌櫃的，你別以為我姓荊，就斜著眼看我，在荊家屯，姓荊的可多著吶！他們不多我一個，也不少我一個，我爹娘走得早，寒門小戶的，還沾不上荊龍荊大爺的光，要不然，我會這樣辛苦，靠獵得幾張皮毛混日子？咱們不妨打開天窗說亮話，我荊鐵山獨來獨往，跟誰都扯不上關係，咱們這幾個，對積錢討個媳婦，倒真有些興致，若有適合的妞兒，得煩勞你撮合撮合呢！」

「嘿嘿，」潘二笑說：「這你可找說人吶，拉皮子這一行，你該去找二馬嫂的。」

「算啦，」鐵山露出野性的笑容來：「二馬嫂找的那些妞兒，咱們這些苦哈哈的獵戶，可招架不了啊！」

「那也不一定，」潘二說：「你要真能娶著一個像二馬嫂那樣的老婆，真算有福呢，她會掙錢，會做生意，天生的幫夫運，如今二馬是靠老婆吃飯呢。」

「你說吃軟飯？」鐵山指著他的牙齒說：「那我空長著這口牙幹什麼？」

玩笑自歸玩笑，鐵山偶然也提出打獵的事。

「鄭大爺和巫堂定約，把荒灘給開墾了，」他說：「那原是咱們賴以維生的獵場，這如今，咱們只有沿著河岸行獵，到秋天，能硝得多少皮毛，那只有天知道，說實在的，這行飯還能吃多久，誰也不敢說。」

「這也是沒辦法的事。」潘二吁了口氣說：「鄭大爺他是靠走黑貨這一行維生的，點種罌粟，總得要土地才行，在這兒，唯有灘地最肥沃，最適合點種罌粟，爾後靈河集熱鬧了，你佔有鬧市的店門，不管做哪行生意，還愁沒有飯吃？」

「誰叫咱們不是城裏人來著？」鐵山道：「空有一付身架，一身的力氣，但腦瓜子缺紋路，轉動不靈，一開始就幹打獵這一行，幹久了，熟悉了，再換旁的行當，幹不了啦！咱們這些日子正在發牢騷，說是逼到實在沒辦法的時辰，也不管靈河老早就定下的禁令，打算越過神狼樹，到荒灘南邊的狼泓去獵狼了！」

「獵狼？」潘二搖頭說：「那恐怕行不通！」

「為什麼行不通？」

「那你還用問我嗎？」潘二斜吊起嘴角笑起來：「這裏的老規矩，可不是咱們外人定的，你們靈河兩岸的人，偏偏要用肥沃的灘地來養著一窩害人的狼，咱們又有什麼話好講?!」

「老規矩業已過了時啦！」鐵山也笑笑說：「若是凡事都照老規矩行事，這兒還興不了集呢……咱們商量過，狼泓是塊好地方，要是能消除了那些拖尾巴的野狼群，不久之後，那兒就會變成新的獵場了。」

潘二聽著，彷彿想起了什麼，點頭說：

「鐵山，真有你的，我敢說只有年輕人才敢這樣想，靈河兩岸，若干老規矩很嚴，多年來無人敢犯，其實，照咱們外人看，野狼群只配聚在荒山野嶺裏，哪能讓牠們在河心灘地上繁殖，用肥沃的灘地養著狼，才真是天大的笑話呢！……不過，各村屯的執事不會讓你這麼做的，他們會想盡法子阻擋你去獵狼。」

「我管得了那多！」鐵山說：「我在荆家屯活了這些年，有誰給過什麼?!我只是獵狼，有報應，讓那狼神來報應我好了，人可管不著，——難道狼群不是獵物嗎？這話，我悶在心裏很久了，早該跟鄭大爺說的。」

「不錯，」潘二說：「我姐夫從來也不信狼神這一套，還是我力勸他入境隨俗，不要爲這些事跟河兩岸的鄉紳執事們起衝突，我想，他要知道這宗事，他會站在你這一邊的。」

「我想，這事暫時也不用驚動鄭大爺了。」鐵山說：「等我準備妥當，先幹了再講，我不信河兩岸的那些執事們真能把我怎麼樣！」

鐵山說過這話的當晚，潘二就到鄭旺的宅子裏，把鐵山所說打算到荒灘上去獵狼的事，跟鄭旺說了，他說：

「我原以爲河兩岸各村屯的人，全都聽從楊大郎和葉爾靖的，誰知鐵山這傢伙卻是拗著來的，他當然沒有明說，但我聽出他的意思，……他並不滿意荆家屯。」

「嗯，」鄭旺沉沉的思索說：「至少在目前，他的話還不可輕信！你知道，他跟飛刀柳和談得很投契，柳和那傢伙對荆龍一直是忠心耿耿的。鐵山即使不滿荆家屯，他不會真的站到咱們這邊來的。」

「我看不一定，」潘二說：「他是二馬賭場上的常客，他賭得迷，賭技卻並不高明，憑他一年獵得的皮毛，根本不夠花的，對付這種人，利字當頭，他哪有不上套的道理？」

「看情形發展再說罷，」鄭旺說：「假如他真的跟楊大郎和葉爾靖衝突起來，那真是給了我們的機會，只要他們內部起了磨擦，咱們總是有利『可』圖的。」

「我敢說，鐵山若能投靠咱們，他要比鄔學如可靠得多，」潘二說：「老鄔是個亡命徒，看他那一手匣槍玩得精，驕氣得很，日後很難駕馭，倒是鐵山那夥人，鄉下土娃子，咱們只要略爲讓他們嚐那麼一點甜頭，他們就會心滿意足了！」

「這個我知道，」鄭旺說：「先讓他們去獵狼再說，當然，咱們得睜大兩眼，再看他們彼此會起什麼樣的磨擦？……到時候，我自會區處的。」

鐵山要帶著那夥年輕的獵手到荒灘上去獵狼的消息，很快便從靈河集上沸沸揚揚的傳開了；鐵山召聚了程世寶、程世發、林小眼、佟忠和王貴，準備了篷車、騾馬，攜帶了應用的糧、水和火藥，按照他們預定的日程出發了。

靈河兩岸的居民，當然也耳聞鐵山率隊獵狼的事，在大家的心裏，也都爲狼群的繁衍擔心著，每到冬來封河季，狼群經常溜過水面，到各村屯侵擾人畜，當地的住戶，沒有哪一家不詛咒著這些野狼的，詛咒儘管詛咒，大家卻都被巫門所訂下的古老的規矩魘禁住了，從沒想到越過神狼樹去獵殺那些野狼，如今，竟然出來一個天不怕地不怕的橫小子，不顧一切的要破除行之多年的禁例，大夥兒一面起了議論，一面多少還帶著讚賞的意味。

但站在執事的立場上，楊大郎的處境就夠爲難的了，他不能不按規矩行事，對這些由老祖宗傳衍下來的規矩盡力保護著，他不能大睜兩眼不管事，任由荆鐵山這樣輕舉妄動。

他在渡口攔住了鐵山的獵車，指名要跟鐵山談談。

「我說，鐵山老弟，」楊大郎說：「我不是一個全不通氣的人，這個職位，是各村屯共同推舉的，靈河兩岸有許多條規和禁律，你該是知道的。」

「我知道，楊大爺。」鐵山平和的說：「老祖宗訂的條規和禁律未必都是好的。旁的不必說了，單拿荒灘上養著一群野狼來說罷，各村屯的人心裏都明白，留著這群經常侵擾人畜的野狼，是個大禍患，大家只知道對外拚命的防著股匪捲襲，這多年來，卻沒有誰想到獵盡這些野狼，即使不開墾那片灘地，也會多出一片好獵場。」

「我也是老獵戶了，」楊大郎說：「我怎會不知道這個，說句老實話，我本人也想到過摘掉神狼樹上的紅燈，翻過狼泓，集中槍火去獵狼，但你要曉得，荒灘南邊，那些蒿草叢裏經過這許多年，一共繁衍了多少隻麼？……憑你們這幾個毛頭小子，這幾桿後膛槍和火銃能獵得盡這許多隻狼？」

「也許獵不盡，楊大爺。」佟忠說：「但凡事總有個開頭的，日後各村屯的獵隊跟著來，牠就有千百隻狼，也不愁除不盡牠們。」

「話不能說沒有道理。」楊大郎還是盡力捺耐著：「但這可是冒險的做法。」

「咱們不在乎冒這個險！」王貴說：「本來獵狼就得要冒幾分險，咱們自信有法子克制那些野狼的。」

「倒不是你們的問題。」楊大郎的聲調逐漸亢亮起來，略帶些不悅的意味說：「你們不在乎，有人在乎，你們沒想想，荒灘是東岸到西岸去必經之路，來來往往的乘筏人都要走過那段路，你們到了狼泓去一攪和，狼沒獵得著，卻會把狼群驚得四竄出來，你們敢保不傷著行人？」

經楊大郎這樣一詰問，王貴只有拿眼看著鐵山，結結巴巴的答不出話來。

原本是平和論理的局面，立刻顯得有些僵凝了。

「我說，楊大爺，」鐵山說：「像這種事，開頭總會擔幾分風險的，如果怕冒險，拖宕著不去做，日後更沒有人敢去嚐試了！……兩岸有不少的槍銃，您爲什麼不替咱們撐腰，一次除滅狼患呢？」

「好啊，鐵山！」楊大郎怫然不悅說：「你倒找著機會教訓起我來了？各村屯的槍銃是防匪防亂用的，在這種辰光，怎能輕易用來獵狼？你們先替我回去，不准乘筏去荒灘，要不然，我就要攫住你們，捆送給各族的執事公議處罰了！」

楊大郎率著鄉團封住河口，硬阻住鐵山的獵車，不讓他們乘筏渡河，鐵山只好帶著人退回靈河鎮來，潘二得到這消息，跑到店鋪裏來勸慰說：

「我想，你還是吞下這口氣算了罷，姓楊的如今總領各村屯的鄉隊，他說什麼就算什麼，你們幾個小兄弟，決計拗不贏他的。」

「我倒不是跟誰嘔這口氣，」鐵山說：「我是在爭一個理字，荒灘不是哪屯哪族的私產，任誰都可以去行獵的，要照楊大郎的做法，咱們這行飯就吃不成了！」

「你還有什麼好爭的？」潘二說：「河口被他們封住了，你們要打算硬闖，雙方非正面起衝突不可，到最後，吃虧的還是你們！」

「封住河口沒有用的，」佟忠說：「咱們可以自己另闢渡口，自己結筏渡過河去，我不信他楊大郎能有隻手遮天的本領。」

人說：初生之犢不怕虎，鐵山和他的幾個年輕夥友，真的在靈河鎮的西街梢砍木結筏，一心一意的打算到荒灘去獵狼了。鄭旺明知道鐵山這樣蠻幹是行不通的，卻始終沒出頭說一句話，他在冷眼看著靈河老戶之間產生的這種磨擦。

按理論，鐵山是荊家屯的人，既然他和楊大郎之間有了齟齬，荊朋應該出面來作調人的，但從荊龍死後，荊朋在各村屯執事裏的分量顯然不夠，他一直沒有出來調處這件事情。

護屯師傅柳和倒是騎著牲口到靈河集上來過，他約鐵山、佟忠幾個人進酒館吃飯，爲這事狠勸了鐵山一陣，他說：

「咱們跟楊家屯都不是外人，如今鬧這個意氣，何必呢！彼此傷了和氣，日後還是要處的，荊朋他不是不管，他也正在爲難呢！」

「柳師傅，您是我荊鐵山一向佩服的人，」鐵山說：「您分析事理非常明白，這回事，誰是誰非，一眼就看得出來的，您怎麼也站在楊大郎那邊，想拿軟套子套住我呢？」

「我決沒有這個意思，」柳和說：「我是個外路來的人，說的都是實在話，你若跟楊大郎鬧翻，吃虧的是你！」

「我不在乎吃多少虧！」鐵山說：「我是寧折不彎的性子，認著虧吃，吃到底了！」

「我可是看著你長大的，鐵山，」柳和的聲音帶著激動：「我這全是爲你著想，才頂著太陽跑這一趟，日後你若是吃了虧，我就很難說得上話，也幫不了你什麼忙啦！你知道你犯上牛脾氣，讓我有多難受嗎？」

「實在抱歉，大叔。」鐵山黯然的浮出一份歉意來說：「我決無意讓您難過，您的這份情，我只有心領了，但我發過誓，非要踏上荒灘，翻過狼泓去獵狼不可，楊大叔他要按照規矩處置我，隨他的便，我並不要跟誰嘔氣，我爭的是一個理字。」

鐵山執意不肯讓步，柳和脹粗頸項走了，隔沒兩天，河西小賣鋪的溫老爹也帶著嬌靈到靈河集上來啦，一些由河西遷到這新興集市上來的老住戶，丁大和丁大嬸兒他們，也都跑來勸慰鐵山，要他不必一意孤行；嬌靈提到她怎樣爲這事著急，她說：

「鐵山哥，我知道你是對的，但巫門護著那群野狼，業已成了靈河岸行之多年的老規矩了，野狼一多四出侵擾人畜，受害的還不是各村屯的老住戶？他們都自甘忍受著不出面，你一個人何必帶頭去做？你知道犯了禁忌，會受到怎樣的懲處？我每一想到這件事，就嚇得連覺都睡不著，你怎的就不聽人勸呢？」

「嬌靈，我想妳會明白的，」鐵山說：「我要是怕他們懲處我，也就不會提這事了！世上事，總有一個開頭的，這回就讓我開一次頭又何妨呢？」

不論是誰來相勸，鐵山是鐵下心來，一概不理會了，他仍然繼續僱人結紮他的木筏，準備載運他的獵車到荒灘上去。

靈河在夏季多暴雨，上游的山裏雨水多，河水更彎得混濁，挾著大量的黑沙翻騰著，洶湧著，墨刁刁的天，墨刁刁的水，給人一種心顫目眩的感覺，新的木筏結紮妥當了，正當鐵山把獵車駛上木筏，準備起渡時，楊大郎卻幫著大批的鄉隊，像撒網般的沿河包抄起來，他們截住了那只木筏，把鐵山的獵車扣留了。

「我不願說動火氣的話，」楊大郎說：「但我早些時說出口的言語絕對算數，我不能讓幾個黃口牙牙的小夥子，輕易把靈河岸行之多年的老規矩給破壞掉，你們幾個想跟我拗？火候還差得遠呢！」

「楊大叔，你這算什麼?!」鐵山跳上岸來，兩眼氣憤得發紅，勒著拳頭揮舞說：「你這是仗著人多，槍多，硬壓著我？虧你還是行獵出身的人，在靈河上游，你們有現成的獵場，有皮毛昂貴的水獺可獵，咱們呢？……人家跟巫堂訂約，開墾了灘地，廢掉了獵場，你們捏著鼻子忍受了，反過來欺侮幾個年輕的後輩，這是什麼行徑?!有本事扔下槍來，我荆鐵山不含糊半點兒，贏不了我的拳頭，想扣下木筏和獵車，談也甭談！」

「你的意思是想打架？」楊大郎說：「誰吃飽飯沒事幹了，跟你動拳頭消遣！來人，先把他給捆上。」

楊大郎一呶嘴，左右便端著槍湧上來，把鐵山給逼住了，鐵山無論有多大的能耐，到這時候也無法動彈啦，但他仍然抱理力爭著。

「我既被推出來管事，就不賣情面，也不怕得罪人了，」楊大郎說：「鐵山，你是荆家屯的人，靈河兩岸的規矩和習尙，你很清楚，我不是烘冬腦袋，不通氣的，一切當說的，我都對你說過了，你就是有意要打破這些老規矩，你們屯裏有執事的人，大可在各村屯執事聚會時提出來，博採眾議，像你這樣不顧來往行人的危險，盲目胡鬧，這可是行不通的，——你們不要命，旁人還要命呢！」

「用槍逼著我來講理嗎？」鐵山吼說：「照這個樣子，我就沒有旁的話好講了。」

「看光景你不會服氣的，」楊大郎說：「今天我就要著著實實的教訓教訓你！……取鞭子來，替我把這小子捆在樹上，我要抽脫他一層皮！」

楊大郎的脾氣火爆，各村屯的人都是知道的，但這些年來，他從無當眾鞭打過誰，可見這一回鐵山是傷著他的心了，使他不得不拿鐵山做個榜樣，樹立他統率鄉團的威信。

鐵山被捆在靈河集西街外的樹林邊，緊靠著靈河的河岸，集上有很多人圍聚在一邊看熱鬧的，一瞧楊大郎動了肝火，真的把鐵山給捆住了，有人送上皮鞭，楊大郎自己動手，一面揮鞭抽打，一面數著鞭打的次數。

大熱天，鐵山穿的是單褂褲，護不住身上的皮肉，楊大郎又是孔武有力的漢子，幾鞭子下去，鐵山的衣裳外面，就已經滲出了血痕，再抽三五鞭，他的衣裳也撕裂了，片片的飛舞著，鐵山扭歪臉孔，緊緊咬著牙齒，並沒吭聲求饒，顯出他頑硬到底的倔強來。

這時候，潘二跑出來講情說：

「楊大爺，您好不好息息氣，聽我這外人談兩句話，鐵山他年紀輕，不懂事，算來是您的晚輩，即使他犯牛脾性，在言語上頂撞了您，您好歹抽他幾鞭子，教訓過他，也就算了，難道當真的要把他打死？」

「嘿，」楊大郎鐵青著臉，氣喘吁吁的說：「他自以為他是銅打鐵澆的英雄好漢，我抽他三五十鞭子，死不了他的。」

說著，掄動鞭子，又抽開了。

潘二說不下，只有著人去告訴鄭旺，等到鄭旺趕到當場，楊大郎業已抽過了四十鞭，使鐵山的小褂子大半脫落，渾身鞭痕累累，一顆腦袋也朝一邊垂了下來，看上去只有一絲游漾氣了。

「楊大爺，您手下留情吶，」鄭旺趨上前作揖打躬的說：「人說，打狗還得看主人，鐵山是荆龍荆大爺族侄，您衝著荆大爺，也該略略放他一馬了，要不然，荆大爺他躺在地下也不安心。您沒瞧瞧，他業已昏過去啦！」

「鄭大爺，您怎麼也為他說話呢？」

「如今他在靈河集落戶，算是鎮上的居民，您打死他，這條人命我得揹在身上呢！」鄭旺說。

「您不知道，這小子有多氣人，」楊大郎停住手，把沾血的鞭子扔在地上說：「倒不是因為他執意要獵狼，他帶著人入狼泓一攪和，野狼四竄，行筏過渡的人危險不算，你安置在灘北的那些墾戶也吃不消啊！」

「鐵山這孩子，心性並不算差，」鄭旺說：「早些時，牛鬍子捲劫靈河，鎖住官道，他跟柳和去縣城買槍枝，購糧食，真也是出生入死，爲各村屯立過汗馬功勞的，您若是爲這事，把他責罰過甚了，荊家屯的人即使不說話，也會暗暗寒心的。」

「好罷，鄭大爺，衝著您這番言語，我暫時放過他就是了！」楊大郎說：「但我要他左右那些後生替我具結，爾後不得潛渡到荒灘上去攪和。他們結紮的木筏，我得拖到渡口去毀掉。」楊大郎說著，吩咐左右把佟忠、程世寶、林小眼、王貴這一干人給放掉，指著血淋淋的鐵山對他們說：

「這一回，我只是拿他做個樣子，日後誰想亂攪胡，就照這個樣，今天若不是賣著鄭大爺的面子，我要抽足他五十鞭子，再犯加倍！」

楊大郎帶人退走了，鐵山是佟忠回去卸下一扇門板來抬回鎮上去的，一時沒找著醫生，就用棉花抹上菜油，替他塗敷傷口，鐵山醒過來了，但渾身不能動，得要有人坐在他身邊，用布綁替他逐打蒼蠅。

鄭旺帶著二馬和潘二來過，看到這種情形，又嘆氣又搖頭，鄭旺並且交代潘二說：

「瞧他傷成這樣，醫生是非請不可的。你回去得先買些竹簾子來，把這兒的門窗掛上簾子，免得蒼蠅叮吮他的傷口，會發炎潰爛……」

他又對佟忠幾個訴苦說：

「說來我還是靈河集商團的團統，他楊大郎要有一分把我看在眼裏，也不會帶著人槍，逼到咱們後門口來拿人了，我強自捺著一肚子火，作揖打躬跟他說好話，要不然，荊兄弟這條命，十九要賣掉，做人真……難吶！」

「不要緊的，鄭大爺，」佟忠說：「這回鐵山沒死，咱們會替他磕頭，謝您出言搭救他，楊大郎欠咱們的這筆債，日後總有機會討還的。」

「佟兄說的不錯，」二馬說：「前些時，牛鬍子和陰陽眼他們初犯靈河，楊大郎誣指我是扒灰臥底的，唆使荊大爺出面攆我，這傢伙慣於仗勢凌人，若不給他幾分顏色瞧瞧，他簡直不知他究竟是老幾了？」

「其實，咱們沒有必要給他笑臉的，」潘二說：「對付這種人，最好就是硬頂硬撞，你越是禮讓，他越是得寸進尺，拿今天來講罷，他憑什麼要帶著人槍到靈河集來拿人？咱們空有一支槍隊，連集鎮上的住戶都保護不了，要這些人槍幹什麼的？」

「我是顧全大體，」鄭旺說：「不過，事情可一不可再，他楊大郎也應該明白，他不能依樣畫葫蘆，高興就來上這麼一手，連一聲關照都不打，我敢大拍胸脯擔保，這種事朝後不會再有了！」

「鄭大爺，」程世寶說：「我跟佟忠、王貴他們，也都是外路來落戶的，做人得要是非清楚，黑白分明，像楊大郎這條老渾蟲，這種欺侮人的幹法，咱們永不會心服的，您願意長忍這口氣嗎？」

「暫時忍忍氣，朝後再計較罷，」鄭旺輕描淡寫的說：「有些話，我倒覺得荊朋荊少屯主應該去說的。」

「對對對，」王貴搶著說：「鐵山被姓楊的下毒手，打成這樣子，荊朋沒眼見也會耳聞，難道他連半句話都不講？」

「嗨，」鄭旺嘆口氣說：「這也是日後的事了，目前最要緊的，是要替鐵山療傷，這兒找不到像樣的醫生，我得著人騎快馬到縣城去一趟，把我那位族叔鄭大先生請的來，住在這兒替鐵山調治，旁的忙我幫不上，好歹盡一份心罷了！」

鄭旺真是邊說邊做，第二天的傍晚，就把老中醫鄭大先生接到靈河集來了。

鄭大先生檢視過鐵山的傷勢，說他這頓鞭子著實挨得不輕，幸虧他身強體壯，本錢充足，只傷著皮肉，沒損及筋骨，換是旁的人，也許當時就會斷氣。他開了兩種藥方，一面熬膏子外敷，一面煎湯內服，使鐵山的傷勢很快就穩定了下來。

鐵山被鞭打的事，在靈河兩岸，沸沸揚揚的傳開去，小賣鋪的溫老爹和嬌靈、荊朋荊朔兩兄弟、飛刀柳和、土鱉子老雷都陸續來看望過他。

荊朋為這事很動火，他認為這種事情，楊大郎無論如何也該事先關照荊家屯一聲，但他事前事後竟然連一聲招呼都沒打，這顯然不把荊家屯放在眼下，太氣勢凌人了！

「楊大郎空活了這麼一把年紀，」他說：「咱們一口一個大叔喊他，難道他連人抬人水抬船的道理也不懂得？他那個鄉團團統，也還是各屯執事推舉的，他憑什麼這樣作威作福？」

當荊朋為這事大動肝火時，鄭旺卻笑著在一邊勸著，他說：「這宗事，當時我萬萬沒料到，他楊大郎竟然領著人槍，抓人抓到靈河集的後門口來，潘二先上去求情，楊大郎他沒理會，等我再匆匆忙忙跑了去說話，鐵山已經挨足了鞭子啦，我究竟是個外路人，不方便說些什麼，免得又犯嘀咕，……俗說和為貴，如今鐵山也沒丟命，您又何必為這事跟楊大郎撕破臉呢？」

「我決不是那種愛爭強鬥勝的人，鄭大爺，」荊朋說：「但在各村屯執事面前，我得把話攤在桌面上說個明白，鐵山姓荊，他就是有什麼不是，也該先通知荊家屯，先由族人規勸他，即使他不聽勸，也有族規處罰他，用不著他姓楊的直接動手！」

「您說的話，句句入情入理……」鄭旺說：「其實，這意思我何嘗沒跟楊大郎他透露過！……荊大爺遇害倒下身，屍骨還沒寒呢，楊大郎就已這樣對付姓荊的，在靈河兩岸，姓荊的是首族大戶，他楊大郎自說沒動火性，但也太不給人的面子了……」

跟著荊朋來的飛刀柳和，比荊朋更爲激動，他明白的表示，楊大郎這回事幹得太不漂亮了，鐵山爲挽救各村屯，豁著性命闖暗卡，去縣城，替大家備辦槍械彈藥，功勞苦勞俱在，他楊大郎就算秉公辦事，也得顧念到這個，假如荊家屯不爲這事出面說話，他寧可辭掉護屯的事不幹，捲起行李回家！

鄭旺這回反而不說話了，他以局外人自居，只管替鐵山養傷療治，他認爲這是分內該做的。

鐵山的鞭傷恢復得很快，不到半個月，已經完全好了。這時候，楊大郎和荊朋之間爲了鐵山被鞭打的事，雙方鬧得很不愉快。鄭旺又從杜三那裡，進了一批廠造的槍枝。

「靈河兩岸的各村屯，任何事我都管不了，」他對鐵山說：「但靈河集日後一定有發展，也會有預料不到的變化，我看得到這一步，就不能不事先有準備，我進這些槍枝，可說全是爲自保用的，不過，槍枝得看什麼人使用，生手用槍，跟燒火棍差不多，你行獵多年，在這方面算是有經驗的，你願不願擔任個名義，替靈河集上的街坊鄰舍們做點事呢？」

「本來我是自己掂過自己，著實不是材料，」鐵山說：「您成立商團，我沒敢開口討差事，您如今既這麼說，我若仍不出來，就顯得我荊鐵山太不通人情了，何況這一回，我沒死在姓楊的手上，這條命算是您鄭大爺一手救下來的。」

「好，」鄭旺拍拍鐵山的肩膀說：「你這番話說得真夠爽快，咱們就這樣說定了！等你身子骨硬棒了，你就出來領一個守集鎮的分隊吧。我把槍枝交託給你，人由你在集鎮上的住戶裡隨意挑選，總要年紀輕，有膽識，能扛得動槍的。」

「我願意出來擔任這個差事，」鐵山說：「替街坊鄰居辦事，是義不容辭的。」鐵山從鄭旺那裡，共得到七支後膛槍和五十多發槍火，再湊上些原有的刀矛獵銃，算是把一個分隊勉強湊合成了。

正當鐵山出來的時刻，外間傳來的消息，使得整個靈河地區都陷在很大的驚恐裡了。消息是說牛騶子陰魂不散，經過一年多的準備，這一回又糾合了遠近很多批股匪，在單家溝結集著，不日之間就要捲撲過來了。

荊家屯差人出去打聽過，確實的消息顯示牛騶子這回攻撲，人數之多，規模之盛，更超過往年多多，陰陽眼、活剝皮老許各股盡在其中。

楊大郎出面召聚各村屯執事議事，同時也請了鄭旺，他對鄭旺說：

「不論這一回牛騶子是衝著誰來的，靈河兩岸哪一處被他踹開了，都免不了燒殺擄掠啦，您靈河集是咱們的門戶，恰好首當其衝，咱們勢必要擰合在一起，才能增加力量，要不然，任是哪個村屯想單獨抗禦牛騶子一兩千人槍，只怕都是抗不住的，您的意下如何？不妨在這緊急的時辰提出來，大夥兒也好商量。」

「這當然，這當然，」鄭旺說：「靈河集上多半是些商戶人家，有錢有貨，這在牛騶子的眼裡，該算是透肥的對象，我雖說跟他有過些面子上的交往，但卻無法讓他不來捲劫我。這回他糾眾過來，必定先打靈河集，再取荊家屯，這兒需得諸位鼎力幫助的地方，正多著呢！」

「請放心，」楊大郎說：「咱們如今同在一條船上，咱們自會盡力支援靈河集的。」

「不管這回牛騶子糾合了多少人槍，有多大的聲勢，」葉爾靖說：「他們仍然是一群烏合之眾，只要咱們齊心合力，豁命抗禦，他就佔不著便宜了。」

「對，」楊大郎說：「單家溝離這兒不遠，他們說到就到，咱們早些回去準備，把槍隊拉聚到荊家屯來，如果鄭大爺不能在靈河集挺得住，咱們便把槍隊全都拉上去，跟股匪硬碰硬的殺個明白，不知諸位還有什麼更好的主意沒有？」

「我覺得把人槍全都攤出去，和股匪硬拚硬砸，不是個好辦法，」一向不多講話的老雷說：「股匪人多槍多，咱們緊守著屯子耗他，能省很多力氣，要是把人槍拉到平陽廣地上去，和股匪對陣，一旦挺不住，整個靈河兩岸就要被捲掉了！」

「我倒不是那意思，雷師傅，」楊大郎說：「咱們和靈河集既然是唇齒相依，牛鬍子若果撲打靈河集，咱們總不能眼睜睜的看著他們把這個新興的集市夷平，人槍合攏，要比分開來各守屯子要好得多。」

「靈河集建在平地上，」老雷說：「新建的集鎮沒有深壕，又沒築圩牆，根本無險可守，如果您有這一層顧慮的話，倒不如請鄭大爺把集上的住戶都撤進荊家屯來，要不然，爲了救靈河集，咱們得冒險輕出，恐怕會蒙不利罷？」

「我倒不是這樣想，」荊朋說：「股匪要攻靈河集，必會散開在曠野地上，正好讓咱們從側邊攻撲他們的機會，這樣，進退的主權操在咱們的手裡，我想，鄭大爺手裏的商團，人槍實力不弱，股匪再強，也不是三天兩日就能捲得掉的，還是照楊大爺的意思辦比較妥當。」

荊朋這樣一說，在座的都紛紛點頭，事情便這樣的決定了。

靈河上的日子，正像河面的風濤，一個浪緊跟著一個浪，一浪更比一浪猛，人活在世上，總得要經歷這些，總得要忍受熬煉，在狂風和巨浪撲打來的時辰，誰都不知道劫後將是怎樣的光景？……事在人爲就是了！這種老古人感慨的聲音，在人心裏飄響著，有些憤慨，也有些難以左右的無奈，和沉沉悒悒的悲愴。

牛鬍子所率的股匪，在第三天的傍晚拉到孟莊附近，十多支牛角嗚嗚的嚎泣著，把天和地都吹得淒淒涼涼的，使黃昏紅著兩眼，彷彿哭出血來一般。

「他當夜就要攻撲靈河集了！」有人猜測著。

許多人都在屏息等待著，但夜是靜默的，沒聽見殺喊和槍聲……。

第十章　風起雲湧

星網下面，景物朦朧一片，楊大郎、石紅鼻子、荊朋、葉爾靖、柳和等一干人，站在荊家屯的圩崗上，朝遠處矚望著。

靈河集橫在南面幾里之外，同樣的悄無聲息，彷彿是睡著了一樣，在孟莊東面，股匪屯紮的地方，連角聲也停息了，雙方開火前的這一刹，實在是最緊張，最難耐的時刻。

「鄭旺嘴頭上說得很像那麼一回事，」葉爾靖吐出他心裡的疑惑來：「他那種人，能信得過嗎？」

「我是信不過他的，」楊大郎說：「要不然，咱們也不會轉彎抹角的費那麼大的功夫，把鐵山那粒棋子安放在他的身邊了！想讓他跟牛鬍子撕破臉，替靈河兩岸各村屯賣命打頭陣，鄭旺可不是那種人。」

「我看事情還不止這麼簡單。」柳和判斷說：「鄭旺雖說是八面俱圓的人物，和牛鬍子這幫股匪平素有過交往，但牛鬍子這回勾結了遠近各股匪眾傾巢來犯，怎能讓靈河集阻住他的進路？如今，鄭旺的財產都在靈河集上，他怎樣也不願意打開柵門，讓牛鬍子捲劫他，在這種情勢之下，鄭旺只有兩條路好走，一是和對方拚上，護住他的老本，一是和牛鬍子談條件，讓出路來，使對方能直逼荊家屯，這兩者，得要看牛鬍子的態度如何決定了！」

「我看，柳大叔，」荊朋說：「咱們如今決不能指望鄭旺了，各村屯的人槍都已聚集在這裡，咱們隨時準備著和牛鬍子拚個死活，除非鄭旺先跟對方熬上，那時咱們再考慮應援。」

「如果有機會的話，我想鐵山他會設法把消息遞過來的，」柳和說：「不過，恐怕機會不多。在這種時刻，鄭旺不會輕易相信任何人的。」

「好歹就看今夜了！」楊大郎說：「今夜如果牛鬍子不攻靈河集，鄭旺就有和對方妥協的可能，他那種見錢眼開，六親不認的性格，哪會做咱們的患難朋友。」

他們在等待著，悠長的一夜過去了，沒聽見任何動靜，楊大郎自信他沒有料錯，鄭旺準是著人和牛鬍子談妥了條件，由他讓路，使牛鬍子得以直撲荆家屯！

事實上，楊大郎這回算是料準了，牛鬍子一到孟莊，二馬就在那邊等著了，二馬的頭路活絡，一向都替人穿針引線，二馬首先對牛鬍子說明，他這回是受鄭旺之託來的，他說：

「大當家的，我二馬對您，不能不說兩句掏心挖肺的話，鄭大爺雖不是幹這一行的朋友，卻也沾著邊兒，不算外人，如今他把根紮在靈河集上，您不是衝著他來的，就不必非要拔他的根不可，靈河集商團有近百條洋槍，還有好些連發的匣槍，您動鄭旺，靈河集當然抗不住，但您的人槍也難保沒有損失，朝後再攻荆家屯，在實力上，恐怕就要大打折扣了！」

「我當然不會衝著鄭旺來的，」牛鬍子說：「鄭大爺的意思如何呢？」

「那還用說嗎？」二馬笑笑說：「您從靈河集繞過去，直攻荆家屯子，鄭大爺他保證一槍不發，彼此不傷和氣，另外，他願意奉送一千大洋，留給您的弟兄們加點兒油水……您覺得如何？」

「聽起來倒是挺好的主意，」牛鬍子說：「鄭胖子的算盤真打得精，他保住他的人槍實力不動，來個坐山觀虎鬥，好讓他坐收漁人之利，他空口說白話的擔保可信麼？……如果這一回，我順順當當的拿下荆家屯子，佔穩了靈河岸，那就沒有話說了，如果這回我出師不利，鄭旺正堵著我的退路，他握有百十條新槍，趁機打落水狗，我又該怎麼辦？」

「我看，大當家的，您要是有這種想法，我就得勸您不必打什麼荊家屯了！還是回您的大龍家寨歇著還安心些，這近兩千人槍，甭說是大當家的您領著，就換我這不成氣候的二馬來領著，照樣把荊家屯給踩平掉！靈河兩岸各村屯即使有荊龍在也抗不住，何況如今換成楊大郎那個粗胚？他有多大的能耐，能擋得住您的馬頭?!」

「嘿嘿，」牛鬍子掀鬚大笑起來：「二馬，你它娘這張嘴，我可不能不服你！你說的有理，回頭替我轉告鄭旺，我完全按他的意思辦！要他三天之後把現大洋籌妥，替我送到荊家屯去。」

「荊家屯？」二馬瞪著眼說。

「當然！」牛鬍子說：「三天之後，你總不會讓我還留在野地上罷?!」

就這樣，鄭旺緊閉著靈河集的柵門，任由牛鬍子率著的大批股匪連夜從靈河集東面湧過去。

當鐵山見到這種情形時，他便對佟忠說：

「不對勁了！鄭旺果然跟牛鬍子有勾搭，他是敞開大門任由股匪直撲荊家屯去了！」

「鄭旺是這種人，咱們早就料準了的，」佟忠說：「咱們就是去對他講也沒有用處，股匪不來攻靈河集，你要讓他主動的打股匪，那可談都甭談了！」

「不成！」鐵山說：「雖說他只求自保並沒大錯，但這卻是只知其一的做法，你沒想想，要是牛鬍子踹破了荊家屯，他會讓靈河集好端端的挺在這兒？哼！那是在做迷夢！」

「人都是怕事的。」佟忠說：「你是這樣想，我也是這樣想，但鄭旺他是不會這樣想的，他不單是怕事，我怕他還別有圖謀呢！……他拚命的募勇召丁，買槍添火，那種野心，誰都看得出來的。」

「我想，既然時機這樣的緊迫了，不妨把死馬權當活馬醫，盡力去試試看。」鐵山說：「假如他鄭旺還有一點腦筋的話，他就該權衡權衡。」

鐵山當真在半夜跑去找鄭旺去了，他剛一提，鄭旺便把他的話給封住了。

「鐵山老弟，」他說：「咱們這近百條槍，看起來滿像一回事，但跟牛鬍子率領的股匪一比，那可連十分之一都及不上，他不來撲打咱們，業已是萬幸啦！」

「咱們必得要跟荊家屯首尾呼應，」鐵山說：「荊家屯若有閃失，靈河集一定難保。」

「我想還不至於，」鄭旺說：「到時候，咱們自會設法應付的，如今他們趁黑朝北湧，咱們怎能擋得住他們？總得要守住集鎮，等到天亮再講啊！」

鐵山一想，這也怪不得鄭旺，股匪在黑夜的野原上拉動，他們沒攻撲靈河集，集鎮上的槍枝確實也無法亂放空槍。

「無論如何，咱們要穩住，」鄭旺說：「走罷，咱們一起到柵門那兒去，著人多壘沙包。」

鐵山和鄭旺一起走到東面街梢，潘二和鄔學如兩個，正在那兒調度人手壘沙包，隔著一段空地，他們都能聽得見馬匹噴鼻嘶叫的聲音，人在行走時叫喚的聲音，嘈嘈雜雜的，過有一頓飯的時辰。

「你聽聽這動靜罷，老弟，」鄭旺對鐵山說：「像一座大山崩塌了一樣，他們沒先攻靈河集，算是咱們走運，要不然，咱們就把命完全賣上，也保不住這座集鎮的人！……你不要忘記，咱們雖有些槍枝，可是用槍的都是些新手呀！」

鐵山沒再說什麼，他轉過念頭，想到牛鬍子放開靈河集，直攻荊家屯，一定跟鄭旺之間有著某種默契，鄭旺當然不會在外人面前承認有這種事，他在牛鬍子捲撲荊家屯的時刻，是不會替靈河兩岸各村屯出力的。

「甭說是新手，就算是老手也不成，」鄔學如踱過來插嘴說：「咱們在人槍數目上，要比對方差得太多，槍火又很有限，硬跟牛鬍子對敵，決不是辦法。」

「只好等到天亮再看罷，」潘二也是一樣的說法，「等到牛鬍子和荊家屯接上了火，咱們就鬆了一口氣，好作自己的打算了。」

牛鬍子的股匪朝北拉上去，還沒有等到天放亮，就已經圍住了荊家屯，試探性的開了火，子彈朝高處走，必溜必溜的，拖帶著水浪似的槍音。

股匪不論攻撲哪個地方，他們都會按照一種不成文的慣例，一定先出面遞話，等待對方答覆，條件談不攏了再動手，頗有些先禮後兵的意味。

其實，他們採用這種方法，也有迫不得已之處，股匪頭目知道，他手下那些人要的只是錢財，不願意爲逞意氣去賣命，如果開口一要脅，就能使對方乖乖的就範，雙手捧出錢來，他們不必動手，當然是上上之策了。

這一回，天到微微放亮的時光，牛鬍子仍然放馬出陣，來到荊家屯的南門外面，放聲送話，指名要在兩岸各村屯當家作主的人物出來答話。

「你們聽著，早先我認著荊龍來的，」他叫說：「如今荊龍倒下身，入了土了！你們誰是當家作主的人物？出來跟我講話！」

「我是楊大郎！」楊大郎在圩垛間站起來說：「承各村屯推舉，如今兩岸的鄉隊由我領著，你有什麼話丟過來，我接著。」

「好！」牛鬍子說：「我姓牛的有個拗脾性，靈河兩岸屢次三番不買賬，你們欠的，越來越多了，這一回，連本帶利打總算上了！……你們頭上的角越硬，我越是要扳！」

「姓牛的，你空說狠話沒有用，」楊大郎也毫不客氣的說：「咱們人槍都挺在這兒，你有本事，儘管顯出來，你能拔掉這座屯子，愛燒就燒，愛殺就殺，金銀財寶，隨你車載驢馱，拔不掉這座屯子，你還是閉上你的鳥嘴罷！咱們決不受你的要脅！」

「好！姓楊的，」牛鬍子臉氣得發青，銼著牙說：「這話是你說的？等我拔掉荆家屯，我要親自用刀割掉你的舌頭！……夥計們，聽角聲，攻這座鳥屯子！」

角聲響了！這一回，股匪的來勢異常兇猛，也許因爲人槍糾聚得太多的關係，使他們的心膽旺壯，認定荆家屯絕對抗不住他們的攻撲，他們在角聲的催動下，從四方八面滾成團兒，一面殺喊著朝前奔湧，一面端平了槍朝圩垛上放射。

天色逐漸的放亮了，各村屯據守圩崗的鄉隊都能從晨間的藍霧裏看見那些股匪一團一簇的朝上湧，東南西三面都響起了激烈的槍聲。

葉爾靖和柳和都據守在南面那一線上，這正是牛鬍子自己率人攻撲的一面，柳和從對方射出的槍音裏聽出來，牛鬍子這股人新添了不少銳利的新式槍械，接連幾陣排槍，把守圩垛的鄉丁放倒了四五個，他們都負了穿肌透骨的重傷。

「鄭旺在這種危急的辰光，算是把咱們出賣了！」葉爾靖說：「他空握著百十桿新槍，一彈沒發，就讓股匪從靈河集街梢漫過來，直攻荆家屯，他明明是存心要看咱們的笑話。」

「葉大爺，如今用不著再說這些了。」柳和說：「自始至終，我就沒指望鄭旺會替各村屯盡一分力，咱們對牛鬍子捲土重來，倒都早有準備，他既來了，咱們只有抱定一個『拚』字！兩岸的人槍全集聚在荆家屯，屯子能守得住，牛鬍子就撈不著，屯子若是破了，一切都沒有好說的了！我想，憑著荊家屯的深溝高壘，股匪想一鼓作氣的拔掉這座屯子，還沒有這般容易。」

股匪在外面撲得兇猛，守屯子的也不含糊，大夥兒全都明白，靈河兩岸的丁壯和槍枝已經聚合在荊家屯，這兒若叫股匪攻破，每人的身家性命就落在牛鬍子的手裏了，他們說什麼也要保住這個屯子。

事實上，牛鬍子攻撲荊家屯，並沒有想出什麼樣新的方法，他對荊家屯圩牆外面的那三道間夾著鹿砦的深壕感到很頭疼，如果不能把那些尖削得像刀山似的鹿砦拔除了，他的快速馬隊派不上用場，攻撲的人想去拔除那些鹿砦，卻又暴露在對方的槍口下面，倒是陰陽眼替他想出些新的主意來。

陰陽眼在股匪頭目裏面，是智多謀足型的人物，這一回，在攻摸荊家屯之前他就想過，若不能事先想出破除鹿砦，越過深壕的方法，人再多，也破不了屯子。

他想出的法子說來很簡單，他認爲鹿砦的設置，主要的目的，在於阻滯攻撲者的行動，荊家屯的這些鹿砦，埋得深，豎得密，每一道都有兩丈多寬度，就算垛口的槍枝下對著人施放，任由你去拔除它，費上三兩天的功夫也未必能拔除得了，何況對方槍口密集，根本不容你有機會去清除那些鹿砦，因此，他認爲那些鹿砦全是乾燥的木質，最忌一個「火」字，要是把菜油和桐油澆到鹿砦上去，發火引燃，它便會在轉瞬間燎原，能先燒掉這些鹿砦，就等於剝掉荊家屯的一層皮，把三層皮全剝盡了，剩下來的深溝就比較容易辦了。

股匪們攻撲寨屯的經驗不少，通過這一類的深溝，可以結紮長梯，橫倒了搭上去當成木橋，或是拋過長繩，豎立木架，把長繩綰繫在半空間，讓人懸空揉攀過去，過了三道深溝，攻登土圩牆並不難，因爲土圩牆雖高，它卻不像磚石圍牆一般的壁立，多少有些斜度，圩堆上可以弄出坑凹來作爲踏足的地方，如果能調動長梯，順勢斜搭上去，很容易便能到達圩頂，突破荊家屯外圍的防守。

股匪們這回拚命力攻荊家屯，主要的著眼，仍然是落在錢財上，牛騶子不知打哪兒聽到消息，說是荊龍宅子裏的底財多得超過他們所想的，他對各股匪首公開的說：「踹開荊家屯，銀錢全歸你們得，我只要那些執事的人，我曾經在這兒虧本，要趁著這個機會把它一筆收清，全都賺回來。」

在頭一天攻撲時，陰陽眼的這個方法，立即就收了效，股匪們使用三大簍菜油，澆灌在頭一道鹿砦上，然後點上火，那些乾柴便燒成一片紅毒毒的烈火，牛騶子看見火起後，立刻叫角手吹響牛角，全線的攻撲便停頓下來了，他們後退百丈地，瞧著大火濃煙在清晨的霞光裏啪啪啦啦的捲騰。屯裏人當然也眼見火勢蔓延，但他們沒有法子出去救火，只有眼睜睜的瞧著大火把頭道鹿砦焚爲灰燼。

當太陽昇起來的時刻，股匪索性不攻了，他們一群一簇的抱著槍枝，半坐半躺在野地上，大模大樣的歇息，牛騶子認爲守寨的都已經成了困獸，他們沒有外援，主動權全握在自己的手裏，他要用慢攻來瓦解對方。

頭道鹿砦被焚燃時，屯裏的執事們真的大感震驚，荊家屯的這些鹿砦，還是荊龍在世時爲了預防匪盜捲襲而埋設的，牛騶子初犯靈河後，經一再加強，每一道鹿砦，都曾出動近千人力埋設幾個月的工夫，如今還不到兩個時辰就被股匪燒光了。

「不成，」荊朋說：「第二道鹿砦，咱們得盡力護住，不能讓股匪澆油引燃，要照他們的方法，三道鹿砦，不到一天就要被燒光啦！」

「傳告槍丁注意，專門瞄射那些運油執火的！」楊大郎說：「決不讓他們搭長梯越過頭道深溝來！」

這一天的白晝，股匪卻存心耗著，沒有再朝上攻，但牛鬍子動了新的念頭，他要他的二當家的鄧鵬，率領百十來人去佔渡口控制了木筏，渡河過荒灘，撲襲葉家屯去了。

渡口駐有楊大郎留下的一隊鄉丁，當鄧鵬拉槍去強佔渡口時，他們奮力抗拒，一面用木筏把人槍撤退到荒灘上去。鄧鵬空佔了渡口，卻無法渡河去擾襲靈河西岸的葉家屯和那些山村。

這使牛鬍子想以眷口作爲要脅的主意又落了空。

楊大郎說得不錯，靈河兩岸各村屯的丁壯和槍枝，都結聚在荆家屯一地，牛鬍子想捲劫這塊地方，唯一的方法就是打開荆家屯，除此而外，都是沒有用的。

天黑後，牛鬍子召聚陰陽眼、活剝皮老許、他的副手鄧鵬等人商議，看能用什麼法子，儘快攻破荆家屯。

「我看除了點火焚掉第三道鹿砦，硬攻硬撲之外，也沒有旁的路可走了！」陰陽眼說：「保屯的那些人，全知道他們的身家性命都繫在這座屯子上，一旦守不住，他們一切全完了，他們的槍枝人手雖沒有咱們多，但他們決不會甘心束手就縛的，咱們若不憑實力把他們放倒，這一趟仍然是要蝕老本的。」

「我可不是這樣想，」牛鬍子說：「前些時，荆龍遇害，可不是咱們慫恿人幹的，我敢說：靈河兩岸那一串血案，都跟我牛某人沒有關連，這足可說明：在他們內裏面大有問題。」

「對！」鄧鵬緊接著說：「咱們大當家的所說的話，句句是實，我可以在諸位面前大拍胸脯作證。咱們拉槍捲劫這兒，原是想在這兒上游的山裏找塊站腳的地方，並沒有想用打黑槍的手段放倒誰，他們內裏面有問題，咱們早就看出來的，要不然，咱們真還不會冒冒失失的動手呢！……不過，他們內中的情形，咱們也並不清楚！」

「這話說得很有道理，」活剝皮老許說：「人說：當家三年，狗也會嫌，荊龍他替靈河兩岸當家理事大半輩子，難免會得罪過很多人！這些人不敢明的找他，卻在暗地裏鼓湧著，想換換局面，咱們要是能把其中的來龍去脈弄清楚，事情就好辦了！」

「跟荊龍真正鬧翻過臉的，只有葉爾靖一個人，」牛鬍子說：「葉爾靖是個不願屈居人下的人，他以他兄弟葉爾昌被害爲名，曾經率著葉家屯的人跟荊家屯行過大械鬥。不過話又說回來，葉爾昌又是被誰害死的呢？荊龍是靈河兩岸的首戶，他不會殺害葉爾昌，去奪取那筆出售皮毛的款子的，他犯不著那樣去做。」

「我說，牛老大，您屢次三番的捲撲靈河，難道就沒安過內線？」活剝皮老許說：「假如連您都不知道一些內情，我看，今晚咱們就把這些話頭全摺收起來，甭再空談了，談不出結果來的！」

「嘿嘿，許大爺，你這是將我的軍來了！」牛鬍子強打哈哈說：「其實，有些話我關起門來說諒也無妨，我在靈河安的一顆棋子，就是二馬夫妻倆人，替我跟鄭旺搭線的，也是他們，鄭旺想在這兒插一腳，壟斷皮毛，點種罌粟，你們全知道的，在當時，我慫恿過他，想拿他來和荊龍亂攪和，但荊龍也並不是死在鄭旺手上，二馬夫妻倆很清楚。」

「老大您這麼一說，可就有眉目了！」陰陽眼轉動著眼珠說：「二馬在這兒臥底，難道他暗中跟靈河兩岸各村屯的人沒有連絡？」

「有啊！」牛鬍子說：「我第二次攻撲荊家屯是有人出錢請我來的，那筆款子，由二馬轉送到我的手上，要不然，我還不會來呢。」

「那二馬一定知道錢是誰送的了？」陰陽眼說。

「知道也沒有用！」牛鬍子說：「你們也許不會相信，送錢的不是當地各村屯的執事，卻是荊家屯的護屯師傅——土驢子老雷，你們想想，老雷端荊家的飯碗，他哪會有那許多洋錢？……他也是聽旁人使喚的。」

「這可是越說越明白了！」活剝皮老許說：「錢既是經老雷的手送出來的，問老雷不就明白了？」

「二馬也曾問過！」鄧鵬說：「但老雷死也不肯透露，如今老雷還在荊家屯裏面，咱們沒有機會跟他見面，又怎麼問法？」

「目前已經不用問，」牛鬍子說：「不過，這宗事，咱們絕不能透露出去，我想，在咱們攻開荊家屯之前，老雷還會有很大的用處……咱們攻撲到緊要關頭，他們能起來作爲內應，那可就省事多了！」

「這很難說，」活剝皮老許說：「當初他們是想藉外力造成混亂，好趁機除掉荊龍，如今荊龍已經倒下去了，他們怎麼會把靈河兩岸拱手讓給旁人？所以我認爲，咱們不管對方是那一邊的，攻開屯子，一律來它個人不留頭！」

「說來說去，還得先攻屯子！」陰陽眼又說：「在夜晚，我又想到幾個攻撲的方法，咱們不妨在幾處地方舉火明攻，吸引對方以聚攏的人槍來抵抗，但卻挑出一批人，利用夜暗，搭長梯爬過頭道壕溝，散佈菜油在鹿砦上，然後點燃它，這樣一層一層的剝皮，在兩天之內，把砦角焚光，咱們就能把人槍聚攏，搭長梯越過深壕，像尖刀似的直刺進屯裏去了！」

「好！」牛鬍子說：「我吩咐下去，著人舉火明攻，焚燒鹿砦的事，就交給你了。」

就這樣，夜來時，股匪又響角蠢動了，他們燃著火把，發聲吶喊著，在東柵門和南柵門兩處地方激烈的響槍攻撲，有幾次，業已衝至深壕邊搭上長梯，被圩垛上開排槍打退下去。

這樣打了兩個更次，三更一過，南柵門的偏西的地方，第二道鹿砦又被股匪點燃了，熊熊的燃燒起來，鹿砦一燃燒，股匪便不攻了，他們卻把槍口移到火起的地方，護著火頭，不讓屯裏的人出來撲救。

「我說，楊大爺，」柳和看在眼裏，著急的說：「若按這樣一直耗下去，第三道鹿砦也保不住了，若沒有鹿砦的阻擋，股匪可以把人槍集聚到一點上，他們愛從哪兒攻，就從哪兒攻，愛揀什麼時刻攻，就揀什麼時刻攻！咱們完全處在挨打的局面上，單憑一道圩崗子，是很難守得住的了。」

「依柳師傅你的看法，該怎麼辦呢？」楊大郎說：「照眼前的情況，即使挨打，也得硬挺著！」

「人說：打蛇打頭，擒賊擒王，」柳和說：「如今之計，咱們不能一味死心塌地的守在屯子裏等著捱打，若有人不計生死，趁夜潛出柵門，混到股匪裏面去，找機會幹掉牛鬍子，股匪群裏必定大起混亂，咱們再撥出一股人趁勢殺出去，也許能把他們逼退……我知道，這事極不容易辦，但也不是不能辦。」

「主意倒是好主意，」楊大郎點頭說：「但誰有那麼大的本領？能混到土匪窩裏去，有把握把牛鬍子放倒，這只是空想罷了！」

「要是您覺得這主意還可行的話，」柳和平靜的說：「我倒願意試一試。」

「我看這不成的，柳師傅，」葉爾靖說：「就算你能潛出柵門，混到股匪群裏去，你一個人的能爲有限，哪會得機會放倒牛鬍子？你略爲動一動，命就沒有了！」

「危險不能說沒有危險，」柳和說：「但放倒牛鬍子，我自覺並不太難，您知道，他們是很多股人撺合起來的，他們彼此也都不熟悉，他們忙著攻圩子，一時哪兒會管得這麼多？……我能在夜晚接近牛鬍子，有信心把他放倒，到時候，我會燃放信號！只有這個方法能使股匪產生混亂，你們若是見到信號，就領人衝殺出來，股匪非退不可！」

「這倒真是個好法子，」石紅鼻子說：「只不過讓您柳師傅冒這麼大的險，咱們心裏太不安了！您原來不必這樣做的。」

「說來很慚愧，」柳和說：「我早先承蒙荊大爺抬愛，聘我到荊家屯來，護住這座屯子，該是我應盡的職分，事實上，我這個差事算是白當了。荊大爺遭人毒手，案子至今還沒查出眉目，牛鬍子再犯靈河，屯子到了危急的時刻，我若不挺身豁命，哪還有臉活著？」

「好！」葉爾靖說：「柳師傅既然說得這樣爽快，咱們沒道理攔阻著你，兄弟我當初也一度跟荊大爺有過誤會，等到他辭世之後，我才覺得深深的悔恨，這一回，我願意領著河西岸全部人槍，看你的信號，立即開柵門衝出去和股匪力拚，要讓他們看看，想在靈河打主意，先得要拿命來換！」

「既然葉大爺有這樣的決心，」柳和說：「我看事不宜遲，我今夜就出去好了！」

柳和換妥衣裳，是從北面柵門潛出屯子的，他隨身攜帶著一支馬槍，十幾柄匕首，和幾枚騰空的信號，柳和一離屯子，葉爾靖便跟劉厚德弟兄倆，史漁戶、吳奇欽等人啓作準備，隨時預備打開柵門，見信號升空，便領著人朝外衝殺。

三更過後的天氣，鹿砦的殘火還在焚燒著，騰起一股一股的濃煙。股匪們仍然在曠野上麇聚著，他們並不著急，都坐地等待著陰陽眼想出來的這種剝皮的法子，一層層的把三道鹿砦焚盡，然後再攻。這一回，各股匪眾都認定荊家屯必破，他們一定撈著大油水了！

下弦月只賸彎彎的一線，現在西邊的林齒間，像一角被啃賸下來的烙餅，柳和橫扛著馬槍，從東面轉向南面繞過來，在黝黯的夜色裏，他遇著一簇簇像螞蟻般的股匪，他們有的用青巾包著頭，有的用白巾紮著臂，看起來，那都是各股訂定的記號，但股多人雜，彼此互竄，便全弄亂了，誰也不管那些啦。

柳和混在裏面跟著竄動，他心裏隱約有個底兒，牛騊子那一股人主攻南面的柵門，他本人也會在那附近出現，若想用猝不及防的方法放倒牛騊子，自己非得捺耐著，悄悄的貼近他，認準他，在這種樣的暗夜裏，最好是使用攮子，飛擲進他的後心。

在極危險的行動中，他也得籌謀脫身的法子，這倒不是貪生畏死，他對牛騊子，只要解除荆家屯被圍之危，使兩岸各村屯的人免遭荼毒，若說追究荆龍被人刺殺的案子還得自己去幹，他不必把命丟在這兒，陪著牛騊子們去走那段黃泉路。

能熬過這段崎嶇不平的日子，使靈河兩岸有個粗粗的定局，他不打算再幹下去了，他爲什麼不回到北方的老宅子裏去？在那寒傖的窩巢裏，有自己平臉塌鼻的妻，和兩個逐漸長大的孩子，日子過得清苦些，憑自己這付硬肩膀和這付身手力氣，無論如何餓不倒人，……萬一要是脫不了身，那只好認命，世上事，不能總打如意算盤，有很多是無法預料的，事先抱著某種打算也並不錯，但只能走一步算一步了。

股匪攻撲荆家屯，看來是以南門這一線爲主，柳和一路繞著走，能明顯的感覺得出來，愈到南邊，曠野地上蹲的人越多，槍枝和環帶的碰擊聲，空空洞洞的咳嗽聲，低沉的互語聲，煙火一閃一閃的亮光，都能略略判定附近聚有多少人頭。

柳和走到一條草溝邊，也在一道灌木叢背後蹲下身來，他低著頭不吭聲，他要聽聽股匪們的談話，把這一帶的情形摸熟悉，要不然，也許在找著牛騸子動手前就露出馬腳，那就沒得玩的啦！

他蹲身的附近，黑鴉鴉的蹲有十多個漢子，也都在抱著槍在等候著。

「大當家的何苦那麼急乎！」一個說：「一夜要燒兩道鹿砦，弄得咱們在這兒勾著腦袋，像姜太公釣魚似的打盹！……多一天少一天都會踏開屯子，難道荊家屯裏的人，還能勾來天兵天將解他們的圍？」

「大當家的當初屢受挫辱，他如今急著想報這個仇，」另一個說：「你沒瞧他那樣子，像連一時一刻都等不急似的！」

「算啦，他急，咱們可不急，」又有一個說：「為了踹破荊家屯，他拉各股來助陣，出口大方得很，說是：踹開荊家屯，所有的銀洋底財全歸陽陽眼和活剝皮他們得，咱們是豁著命白幹，這種沒有油水的事，幹起來哪還有什麼味道？人說：人為財死，鳥為食亡，咱們一樣都沒沾上，只好拖著槍意思意思罷了！」

「你也甭說這些洩氣的話，」原先的那個說：「荊家屯一破，靈河兩岸全是咱們的天下，就算不沾荊龍的底財，咱們還怕撈不著油水！」

「對，早些踹開屯子最好，」又有一個在一邊插嘴說：「免得夜長夢多，半途另生枝節來，咱們跟著大當家的闖州越縣，不知破過多少村鎮，可就沒有一處像荊家屯這樣難攻的，前幾回，咱們勞師動眾的捲撲過來，都貼了血本，這回若再攻不開屯子，朝後咱們不能再混下去了！……摘下這張面皮，朝哪兒掛去！」

人這樣的多，柳和一時找不到牛騸子人在哪裏，他不願盲目的亂動，只好耐著性子等待著。天快到四更了，他從天頂星顆子羅布的方位上估量得出來，他計算著牛騸子會在四更左右縱火焚燒最後一道鹿砦，緊接著，他會在天色初亮時全面進撲，時辰算來是很緊急了，他最多只能有一個更次的時間來辦這件事，而這事的成敗，對荊家屯的安危關係太大了，以他這樣沉著的人，心裏也禁不住的泛起一股焦灼來。

正在他暗自著急時，忽然聽到馬群的噴鼻聲和雜亂的啼聲，跟著有人說：

「大當家的過來了，他躲在後面過足了煙癮，精神可大得很咧！可憐咱們蹲在這兒餐風飲露，又餓又睏，等歇還要頂著槍口去攻撲屯子，真算是倒了血霉啦！」

「兄弟，」一個很機警的說：「這個牢騷你千萬不要發，要讓大當家的聽著，摘了你的頭，連肝腸屎肚兒全帶出來，他在旁的地方開彩得利，顯得和顏悅色，唯獨到了荊家屯，他的肝火就發旺啦！」

馬蹄聲一路響過來，前面有人拎著一盞燈籠，影影綽綽的照著路影兒。柳和坐著沒動彈，他略略側過身子，把馬槍橫擱在腿上，穩穩的等著。

要放倒牛鬍子，最好是在貼近之處，飛出攮子去，擲中他致命的部位，如果牛鬍子無聲無息的一倒，他的左右猝不及防，自會引起一場騷亂，自己趁亂走脫，放出信號，這是上策，自己對荊家屯南這塊地方的地形最為熟悉，隨意找一條草溝地裂子，就避過股匪的搜尋了，假如葉爾靖適時衝出來，只怕股匪連搜查的時間全沒，就會拖著牛鬍子的屍首潰敗下去。

當然，世上事不能總像自己盤算的這樣如意，萬一沒有擲攮子的機會，或是雙方相距較遠，攮子飛出去，沒有八分以上的把握，那就得開槍了！……開槍殺死牛鬍子決無問題，但自己走脫的機會也就小得多，非到必要時，自己不願意開槍，實在臨到非開槍不可的時刻，也顧不了那麼多啦！

燈籠一路搖晃著，牛鬍子在四五匹馬的簇擁下過來了，他一路咧開粗啞的喉嚨，吆喝席地坐著的股匪起來，準備點燃火把，再上去攻撲圩子，他說：

「這一回攻撲還是假的，咱們要讓陰陽眼有機會焚掉最後一道鹿砦，天快亮時，那道鹿砦燒光了，那才是咱們破屯子的時刻呢！」

也算柳和的運氣不錯，牛鬍子騎著馬，正從他身邊不遠的地方經過，他等著牛鬍子的馬頭過去，左手抓槍，右手捏出一攮子，認準牛鬍子的後心，運足力氣飛擲出去，同時藉勢一蹲身，順著灌木叢便朝西溜。

沒有誰注意那道銀色的飛弧，牛鬍子在馬背上吼著吼著，忽然把沒說完的話吞嚥了，人就伏倒在鞍上，跟隨他的護駕發覺情形不對，趕上去吆喝拎燈的挑燈照看，這才發現他們大當家的後心中了攮子，攮子直插進很深，鮮血透過衣裳朝外滲，而牛鬍子翻白著眼，氣雖沒斷，卻不能開口說話了。

「糟啦，大當家的被人暗算啦！」

一個護駕的沉不住氣，放聲這麼一叫喚，他不叫喚還好，這一叫喚，附近的股匪全都朝上圍，嘈嘈嚷嚷的亂成一團。

「是誰幹的？」鄧鵬催馬趕過來說：「大夥甭慌亂，咱們要抓住動手的傢伙！」

夜黑沉沉的，曠野地埋在無邊無際的沉黑裏，到哪兒去抓人呢，大家都在困惑著，一枚信號在半空炸裂了，緊接著，槍聲大作，被困在屯手裏的鄉隊竟然不顧命的衝殺出來了。

鄧鵬發聲潑吼，要手下人穩住，但人心一惶亂，哪還有人肯聽他的？一個跑，一群人跟著跑，子彈呼呼叫，像颳風似的在人頭頂上響著，南邊這個正面上，至少有一千多股匪，連鄉隊的人影兒還沒見著，便一窩蜂的潰散了。

鄧鵬一瞧這光景，一面破口大罵，一面著人牽著牛鬍子伏屍的那匹馬，不情不願的，也只有跟著跑的份兒了。

葉爾靖帶人這一衝，牛鬍子這一股這一退，在西邊的陰陽眼，在東邊的活剝皮老許，以及其他各小股也在莫名其妙的情形下受到波及，一鬨而散的跟著朝孟莊那個方向跑，等到天亮時，他們在孟莊東面再聚合起來，發現各股人槍都沒有什麼缺損，只死掉一個牛鬍子。

「這究竟是誰幹的呢？」陰陽眼白著臉說：「老鄧，不是我在窮抱怨，你們自己實在太不爭氣了，在這種節骨眼兒上，你手下人竟然把牛大鬍子放倒了，……荊家屯怎麼攻法？」

「旁的我不敢說，」鄧鵬說：「唯獨這一點我敢講，大當家的丟了命，決不是咱們自己人幹的，後來那傢伙曾放出信號和屯裏人聯絡，可見這是荊家屯裏差人出來幹的！不過當時天黑，又很混亂，沒能在當場捉得住那個動手的人罷了！」

「兩位先甭爭執，」活剝皮老許說：「牛大當家的後背上，還釘著一柄攮子呢！在你們裏面，誰有這種本事，能隔幾丈開外飛刀擲人，擲得這樣準，又擲進這樣深的，甭說那些手下人了，就連咱們也不成，是誰幹的，我這一說，你們就該明白了罷！」

「對啦！」鄧鵬這才恍然大悟的說：「是荊家屯護屯的師傅——飛刀柳和，除開他，沒有旁人能有這種功夫，這個人，有膽有識，上回領人進縣城去買槍彈糧食的，也是他，我曾在縣城見過他一面，真是個扎手的人物！」

「說來真令人洩氣！」陰陽眼說：「好像有能爲的人物，都在荊家屯，連一向鼻孔朝天的牛老大也栽在人家手上了，咱們還賴在這兒做什麼夢？我看，咱們還是各領各股人散了罷！」

「您也甭這麼容易的洩氣，」鄧鵬說：「好在咱們人槍都沒有什麼損失，咱們正好轉回去攻屯子，也顯顯顏色給他們瞧瞧，至少得先放倒幾個執事的，好讓牛老大死得瞑目！」

「咱們勞師動眾的來這一趟很不容易，」活剝皮老許說：「如果這一趟還不能攻破荊家屯的話，朝後去，咱們永也沒有機會再來了！所以，我贊同鄧鵬兄的看法，咱們轉回去，攻屯子！」

經過好些人一慫恿，陰陽眼不再堅持散夥了！大家明知踹破荊家屯，擄掠靈河兩岸，能撈得大油水，這塊啣到嘴裏的肥肉，怎麼捨得扔棄呢？陰陽眼儘管對攻開荊家屯不怎麼樂觀，卻想再試試運氣。

柳和的計謀，經他單身黃夜冒險，確把牛鬍子放倒了，葉爾靖確也在看見信號之後，立即開柵門衝殺出來，使股匪驚惶潰退了好幾里地，但股匪的人槍太多了，經過兩個時辰的整頓，到了傍午時分又重新圍了上來。

那是一片灰塗塗的，衣破襤褸的蟻群，帶著貪婪的野性，不知生不知死的那種光景，像是覓食的野狼群，在曠野地上喊著叫著，奔著竄著。死掉一個牛鬍子，並沒能阻遏他們捲掠的欲望。

牛鬍子死後，這些臨時擰合的股匪，推由活剝皮老許領頭，活剝皮是個陰狠暴戾的傢伙，他認爲，人槍散佈在圩崗上，僅僅是單薄的一線，如果在同一時刻全線搶撲上去，對方無法調動人手，自己便可選上一點單薄的地方，集中一批人，猛力的衝上圩崗去，只要擊破圩崗子上的守禦，進到屯子裏去，他就有方法把荊家屯裏結聚的這批人槍給打散了。

對荊家屯的全面攻撲，是在晌午時分開始的，一剎時，打得塵土騰揚，滿天都是彈嘯的聲音，股匪主要的攻撲點，選在南柵門偏東之處，就在那一點上，他們集聚了五六百人，用蘆蓆和備胎扔在鹿砦的尖齒上做成覆蓋，湧過去搭靠長梯，蜂湧的爬圩子，經過兩個時辰的反覆糾纏，雙方死傷都很慘重，但股匪仍然灌了進去。

事實並不如活剝皮老許所想的那麼順利，也許是他們對屯子裏的情形不夠熟悉，這一帶的圩崗背後，正是一片開闊的平場子，也是荆家屯鄉勇平素操練的地方，楊大郎只使用半數人槍守圩崗，另外一多半人槍都集聚在屯子中央，時刻準備著，萬一守不住屯子的外圍，有少數股匪突進來，他便能迅速的堵上，用以大吃小的方法，在極短的時間裏把這些侵入者吃掉。

領著這些預備人手的，是護屯師傅柳和，和山戶首領劉厚甫、劉厚德弟兄，這都是使股匪們頭疼的人物。頭一批突進來的股匪大約有四五十人，他們在屍堆上爬進來，還沒衝下圩崗，對方就已殺喊著堵上來了。

靈河西岸的山戶，都是些粗悍野蠻的傢伙，他們一律背著大竹斗篷，精赤著黑黝黝的上身，揮舞著亮霍霍的單刀，飛也似的撲奔而來。

那些股匪一瞧這種陣仗，嚇得心驚膽裂，轉身想退，哪兒還能退得及？只好硬著頭皮頂上，希望藉他們的撐持，使後續的人跟著突進來，如果雙方相距較遠，他們手裏洋槍的威力能發揮出來，也許真能擋得住那些揮舞著單刀的山戶。

但雙方相距得太貼近了，他們雖然放槍撂倒了對方幾個，對方卻也一湧而上，把他們緊緊的裹住了，這時刻，後膛槍顯然不及單刀，單聽喀嚓、喀嚓的刀響，有人的腦袋落了地，有人被扯肩帶背活活的劈開了。

當劉厚甫弟兄倆領著山戶團殺突入股匪的同時，柳和領著另一批人斜奔上圩崗，把適才被打開的缺口重新堵住了，這使先進來的股匪斷絕了退路，又得不到支援，在一連被刀隊砍倒了六七個之後，其餘的都跪在地上，雙手捧著槍，做了哀求饒命的矮人。

股匪首次突入，固然是受了挫，但守屯子的各村屯的鄉勇同樣在苦苦撐持，股匪的排槍一陣緊接著一陣，像山崩海嘯似的驚人，他們響角攻撲不到一個時辰，有許多鄉丁就中了槍，死的死，傷的傷，圩垛間到處都看得見血滴兒，葉爾靖那一隊裏，吳奇欽中彈死了，史漁戶也帶了傷，荆朔帶人所守的南柵門那一線，正是股匪全力猛攻的地段，不用說，他手下的死傷更爲慘重，若不是柳和率著一批塡補上來，他真有些守不住的感覺。

「牛鬍子死了，但股匪好像沒把它當成一回事似的，」荆朔滿臉都是沙土層兒，捱過來對柳和說：「他們反而攻得更兇，咱們死傷這樣重，您若不及時帶人堵上來，也許圩崗就被他們衝破了！」

「這群沒人性的畜牲！」柳和恨聲的說：「他們屢次三番撲打荆家屯，死掉一個牛鬍子，擋不住他們心裏的貪欲，咱們若不讓他們嚐到苦果，他們還是不會罷手的。」

「如今他們人多勢大，槍火又很旺熾，」荆朔說：「咱們只能窩在這兒守圩子，又能拿出什麼樣的辦法來？」

「要是股匪仍然像這樣纏撲不休的話，這道圩崗子早晚會被突破的，」柳和說：「我覺得，要想重創股匪，還得要另想辦法，那就是到必要的時刻，放棄荆家屯，退守楊家屯！」

「這怎麼成啊？柳大叔！」荆朔顯然被駭住了。

「你想想罷，二少爺，」柳和說：「股匪人數多過咱們很多，在曠野地上鏖戰，咱們沒有必勝的成算，據守圩崗子，雖說是以逸待勞，但也是雙方對耗的持局，耗到後來，咱們也沒便宜可佔！如果利用夜晚，先撤老弱婦孺，二天黃昏時，經過安排，把槍隊撤出北門，以馬隊掩蓋，撤向楊家屯去，把一座空屯子留給股匪，那就好辦了！」

「我不懂，」荆朔說：「讓股匪進來有什麼好呢？這座屯子，家父在時從沒讓盜匪捲掠過。」

「縱火！」柳和說，「留下人來縱火。」

「縱火?您是說:連屯子帶股匪一起燒?」

「有何不可?」柳和說:「臨到這種緊迫的辰光,咱們惟有重創股匪,才能救得了靈河!我願意留下來找機會縱火,我想:股匪在初夜進入荆家屯,他們爲了搜尋財物,決不會縱火焚燒屯裏的房屋,也不會連夜追趕退守楊家屯的槍隊,他們極可能屠宰屯子裏的牲畜,飲酒作樂,慶賀他們進佔了靈河東岸這座最大的村屯,我要等到他們深夜熟睡的時候,再悄悄的縱火,至少能讓一部分匪徒葬身火窟,這樣,即使他們各股人不鬧意見,也會使他們無力再攻楊家屯,……屯子燒了,可以重建,擊退來犯的股匪才是最要緊的。」

「我看,這得要先跟大夥兒商量商量才成,」荆朔說:「無論如何,撤離荆家屯是一著險棋,假如事先沒有妥當安排的話,讓股匪趁虛一捲,整個靈河岸全都完了,股匪捲劫一空不說,您不會忘記在靈河集上,保存全部人槍實力的鄭旺一旦得了勢,這兒的日子恐怕只能黑得讓人摸著過啦!」

「那當然,」柳和思索著說:「這種事,即使大家都同意這麼做,也得要事先妥爲籌謀,才能有條不紊的退出北柵門,如果時間來不及,咱們還得苦撐一兩天,先找機會撤出婦孺老弱再講。」

他們伏身在墓墳背後商量事情時,股匪仍然在撲打著各線,不過,他們有幾次搭長梯硬撲,都被守圩子的打退了,局面仍然在僵持著,由於雙方都在節省彈藥,槍聲比前一個時辰稀落了很多。但若依柳和的意見,在這時召聚各村屯執事的人來商議事情,各人還都無法離開他們據守的地方,臨到天近黃昏時,股匪的攻撲轉弱了,他們後退半里地,行起野炊來,一股股上騰的炊煙在野地的上空飄遊著。

活剝皮老許要比牛鬍子機警些,他恐怕屯裏的槍隊會趁這時衝出來,使他們猝不及防,就著令馬隊列陣警戒，用輪換的方式用飯。

這時刻，荊朔才著人把各執事請到南柵門的更棚裏聚齊，說明柳和提出的主意。

「這主意不是不可行，」楊大郎首先開口說：「就算能安穩的退到楊家屯，縱火毀掉這座築了許多年的老寨子，究竟能焚死多少匪徒很難有成算，而且，又得獨留柳師傅在險地，這都要顧慮的。」

「咱們可採折衷辦法，」荊朋說：「目前咱們抵死守寨牆，一面護送非丁壯的人等先撤至楊家屯，萬一股匪已經突進來，咱們再行撤離。也許瞧著情況有利，決定不撤了，就在這兒和活剝皮他們拚個明白！」

「對！」石紅鼻子說：「這個折衷辦法比較好，進可攻，退可守，我想，事不宜遲，咱們今夜就得運送傷病老弱的先撤，好使咱們專心對付股匪。」

楊大郎差遣土鱉子老雷擔任護送傷病老弱後撤的差事，趁著夜晚行動，同時又把情形危急時撤與不撤的信號商定，他們便分開支守圩崗去了。

第十一章 槍隊對決

雙方這樣的僵持對耗下去，是活剝皮老許最不願意的，因爲有幾個小股的匪眾業已把子彈打光了，在鄉角落裏，買子彈可不是一宗容易辦的事，非要到城裏去找大盤的槍火商不可，縣城裏的槍火商杜三，原先跟各股還有些交易做，後來在商團的壓力下，杜三也不敢做明盤交易了，只能找機會在暗中做些零星的買賣，他們能從杜三那兒得到的子彈，數量極爲有限，這回攻撲荊家屯子，有的槍枝攜有四五十發槍火，這該算是一等的，有的比較老舊的槍枝，只帶有十多發槍火，除非不開槍，一開了槍，就打一發少一發，再沒有補充的，這樣攻撲了幾次之後，各股人的槍火都很顯著的缺乏，再拖下去，把子彈全都打光，槍枝和火力的優勢就沒了。

「急也沒有用的！」鄧鵬對老許說：「咱們缺槍火，荊家屯裏那些鄉丁何嘗不缺槍火，雙方把子彈打光更好，咱們正好以人多取勝。」

「您甭忘記，靈河集上還有鄭旺在呢！」陰陽眼說：「咱們把子彈打光，而他卻槍新械足的躲在一邊看熱鬧，萬一他翻下臉來，咱們又該怎樣？」

「我想鄭旺不會倒扯咱們的腿！」鄧鵬率先搖頭說：「他日後仍得要幹那種走私生土的行當，貨一離開靈河集，就得穿經咱們的地盤，他求著咱們的時刻還多著呢！……他敢趁咱們疲累之際扯腿，他日後還要不要做這門子生意了?!」

「不必顧慮鄭旺了，」活剝莊老許說：「弟兄夥撲圩崗，累了一整天，先讓他們吃餐飽飯，好生歇一陣，好在明早五更時響角再攻，咱們既然走到這一步，不拿下荊家屯決不能抽腿的。」

股匪當夜沒有繼續撲攻，使楊大郎、葉爾靖和荊朋等人有機會把屯裏的婦孺老弱連夜撤出北柵門，並且一路護送他們進入楊家屯。

二天五更初起，牛角咽泣聲裏，股匪又合力來攻撲屯子了，這一回，他們又改變了方法，他們把人槍全部聚合，列成楔形縱陣，鄧鵬領著一群槍手，以火力壓制住守屯子的人，活剝皮老許和陰陽眼兩個，親率他們手下的大批嘍囉，抬著長梯搶攻，這樣一來，使柳和原先所訂的撤退計劃落了空，原因是時間配合不上，他們必須熬過這一天，臨到黃昏欲去的時辰，再讓股匪湧進屯子，才有縱火焚敵的機會，若在一清早就被股匪撲進來，使活剝皮老許有足夠的時間搜劫財物，到了傍晚，只怕自己還沒縱火，股匪業已先點火燒掉這座屯子了。

按照股匪攻撲的情形來看，想熬過這一天很不容易，除了在極艱困之中力拚外，別無它法可想了！

雙方糾纏至近午時分，雙方損折了不少人，股匪兩度躍上圩崗子，都被柳和領人阻住，山戶劉厚甫、劉厚德兄弟倆所率的刀隊更奮力衝上來，把股匪打退下去，股匪第二次再撲時，若干槍口對準劉厚甫放射，把那個鐵漢的胸脯打出盆口大的血窟窿來。

在股匪那邊，陰陽眼也受了重傷——他被山戶的單刀砍中肩胛，一隻左臂雖沒斷折落地，但也只有一層油皮連著罷了。

人在這種慘烈酣鬥的時刻，不會再去思想什麼，煞紅的眼瞪著對方，一心想把對方撕裂，拖著胳膊被搶救回去的陰陽眼，躺在地上還在喊著要殺光那些山戶，說完這話，他就閉上眼暈厥了。

時辰浸在漫野的殺喊聲和無數血泊裏彷彿也靜止了，硝煙，血雨，很多這樣的圖景，重複出現在人的眼裏，刻在人的心上。

股匪受了活剝皮老許的煽惑，眼看他們就要打破屯子去搶掠了，因而攻撲得更爲猛烈，到了黃昏時刻，他們終於撲了進來。

那天正巧起了晚霧，晚霧初起時，霧雰並不算濃，但轉眼功夫便越轉越濃了。這些股匪佔據了一段圩崗子，不敢冒冒失失的再朝前衝，恐怕遇上伏陷，他們必須等到後續的人不斷湧上來，由活剝皮老許親自吩咐，再行行動。

就在他們等候時，霧裏響起牛角聲、急驟的馬蹄聲，他們一時摸不清守屯的鄉隊打算怎樣，也就更加不敢動，等到他們業已湧進三四百人時，活剝皮老許和鄧鵬才從打開的柵門那邊騎馬進來。

「霧太濃了！」活剝皮老許說：「咱們總算攻開了荆家屯的外圍，如今就要撲打宅院啦，這樣濃的霧是很不利爽的。」

「我看要略爲頓一頓，」鄧鵬說：「咱們不論哪一股人，對於荆家屯裏面的地形都不算挺熟悉，平常倒不怎麼樣，如今濃霧障眼，什麼都看不清楚，裏面一旦有埋伏，咱們一頭撞上了，準吃大虧！」

「有什麼虧好吃的？」老許說：「來它一把火，全都把他們燒成灰了！」

「我說老哥，」鄧鵬說：「您敢情忘記咱們是爲什麼來的了？——若是把屯子燒光，咱們能撈著什麼？撿些殘磚碎瓦回去嗎？」

「嘿，你瞧我這個人，可真是昏了腦袋啦！」活剝皮敲敲他自己的額角說：「就算我沒說的，好不好？不過，你認爲他們會堅守著莊院，更在各處設伏嗎？」

「這說不定，」鄧鵬說：「旁的人怎樣，我還不敢說，至少，我認得飛刀柳和，他有一身能爲，心思也細密得很，有他在，對方凡事都不會沒有計算的。」

「咱們究竟要等到什麼時候呢？」

「等到霧散。」

「霧要是今夜不散呢？」

「那就明早再說！」鄧鵬說：「明天天亮之後，霧總會逐漸消散的。」

「好！」活剝皮老許有些不情不願的說：「那咱們只好暫時等著再說了，不過，我不妨差出幾個人，分路摸進屯裏去打聽打聽動靜，要是守屯的人都趁著起霧撤走了，咱們何必在這兒空等呢？」

「這倒是個很好的主意，」鄧鵬點頭說：「那就先差人摸過去打聽罷！」

人是差出去了，被差遣的傢伙一個個心驚膽戰，磨磨蹭蹭的拖延了一個更次，這才有人跑回來稟告說：

「怪奇？荊家屯裏到處見不著人影，像是一座空的屯子。」

「說它是空屯子可又不像，」又有人說：「有些豬圈和畜棚裏還有牲口在呢。人，實在是沒看見，都不知躲到哪個地穴裏去了。」

「不對勁！」鄧鵬說：「你們多帶些人，沿著圩崗再搜搜看！他們怎會不聲不響的把屯子給棄掉呢？這兒是靈河兩岸的大門！」

「也許他們真的撤走了！」鄧鵬手下的常順說：「咱們並沒圍住北邊，他們趁著起夜霧，很容易把槍隊從北門拉走，退向楊家屯去的。」

「再去探聽探聽，」活剝皮老許說：「若是找不著可以詢問的活口，咱們就衝進去，挨家挨戶的搜！」

這時候，沿著圩崗搜查的人回來稟告說：

「圩崗上也沒有人影，三面柵門都已打開，後面的人也都湧進屯子，荊家屯算是破了！」

「且不管那許多了！」股匪全部湧進屯子，使活剝皮老許更爲寬心壯膽，便對鄧鵬說：「荊家屯已經破了，咱們還有什麼好等的?!我領一半人從東面向裏衝，你領一半人從南面向裏衝，在荊龍的屯子裏會齊！」

「就這麼說，」鄧鵬說：「先把屯子全佔穩，再著人鎖住北面的柵門，然後可以讓弟兄夥好生歇上一夜，明天再著人到楊家屯那邊去探聽動靜。」

他們分別領著人，在初更時分的濃霧裏衝進荊家屯的莊院去，用單刀和長柄斧劈破一些門戶，點燃起燈籠火把來照看，發現探訊的所報不虛，荊家屯確是一座空的屯子，人全走光了。

他們通過那些宅院，逐漸逼近荊龍的宅子，發覺荊家的三道宅院的門戶全半敞著，裏面也不見人影子，鄧鵬和活剝皮老許兩個人很快的會合了，這才確定防守荊家屯的鄉隊已經悄悄的撤離了。

「不妙！」鄧鵬說：「這坐屯子並不算是咱們攻佔的，卻像是靈河的人存心放棄，任咱們湧進來的，咱們連對方一個人也沒擄到，這是怎麼一回事兒？」

「其實你也不必犯這個疑！」活剝皮老許說：「咱們屢次撲圩崗，雙方打得那樣激烈，牛大爺、陰陽眼，死的死，傷的傷，豈知他們防守的人不損失慘重？圩崗一破，他們明知守不住，當然會趁機逃跑，退到楊家屯去整頓，這可是很合理的。」

「無論如何，對方並沒有崩潰掉，」鄧鵬說：「咱們也不能大意，免得到時候後悔不迭。」

「那當然，那當然，」活剝皮老許說：「咱們這就要各股人重新整頓，替帶彩的裏傷，安排吃的，先守住荊家屯，搜取了財物再說！」

事實上，根本用不得活剝皮老許放這種馬後砲，股匪蜂湧而入，發現荆家屯業已撤空之後，大家便爭先恐後的點燃起燈火來，翻天掘地的搜刮起來了，有的在豬圈裏攫著了豬，有的在羊圈裏牽出了羊，有的打破藏物的夾牆，有的覓著了暗設的地窖，更有的在酒鋪裏抬出了成罈的老酒，便來它個殺豬宰羊，大吃大喝起來！這時候，甭說是活剝皮老許約束不了，就換了天王老子來，一樣的管不了啦！

有些小股的匪徒，在民宅裏搜著錢財細軟，立時就揣進了腰包，並且商議著，不再冒性命危險去繼續攻撲楊家屯子了，既然撈得油水，不放腿走了，那才是天下一等一的傻蛋呢！

當夜就有兩三股人退出了。

活剝皮老許聽到這個消息，急得直是跺腳說：

「大夥兒都是在一條道兒上混的，真它娘一點義氣全沒有，正當咱們要準備再撲向楊家屯的關緊時辰，這些傢伙一個個都拔腿先溜掉了，這還成話嗎？」

「他們要走，咱們又能拿他們怎樣呢？」鄧鵬說：「當時他們完全是衝著牛老大來的，牛老大一死，這個臨時拉起來的雜湊班子，隨時都會散掉的。」

「說散掉就散掉，這怎麼成呢？」活剝皮老許說：「咱們這回能攻開荆家屯子，全靠人多勢眾，假如大家分開了，氣勢也就減弱了，這些傢伙又不是豬腦袋，怎會連這一點都想不通呢？」

「他們走都走了，光在這兒說有什麼用呢？」鄧鵬苦笑說：「總不能爲這事和他們翻臉，咱們歇一夜，明天還得進撲楊家屯呢！」

「有賬日後再算好了！」受了重傷的陰陽眼躺在門板上，哼哼唧唧的說：「至少，咱們這三大股人還在，咱們一定要追撲上去，攫著那些山戶，我要親自剝他們的皮，我這條胳膊怎能白白的被他們砍斷？」

「好罷！」活剝皮老許說：「那就這樣，咱們先穩住，儘管搜刮底財，明天一早，各股整頓妥當，再撲向楊家屯就是了！」

鄧鵬所率的牛鬍子這一股人，在荆龍的宅子裏大肆翻掘，他們掘著兩只封嚴了口的罈子，以爲那就是傳說裏的底財了，鬧鬨鬨的一騰揚，活剝皮老許和陰陽眼的那兩股也都擠了過來，爭執說是見眼有份，最好是當眾打開罈口，看看裏面是什麼，然後由各股均分。

而活剝皮老許連均分還不願意，他說：

「牛老大沒死時曾經當眾講過，只要踹開荆家屯，他這股人不分錢，咱們其餘各股才分錢，不能因爲他死掉了，你們就翻臉不認賬了！」

「對！」有些小股附和說：「咱們完全是拉槍來幫忙的，槍火人頭都有耗損，分點兒錢補貼補貼，是天經地義的事，這兩罈子錢，該歸咱們得！」

「大夥兒先甭嚷嚷，」鄧鵬說：「咱們先打開罈口，瞧瞧裏面是什麼再說。」

罈口一打開，衝出一股撲鼻的酒香，原來他們挖著的，不是錢，卻是兩罈子窖藏的原泡好酒！

「是酒咱們就喝！是錢咱們就拿！」有人興高采烈的嚷說：「找端子來，打酒出來喝罷！」

灶上煮有大塊的肉，罈裏有原泡的好酒，平素在刀頭上舐血的股匪，一個個都是玩命的傢伙，抱定今朝有酒今朝醉的想法，如今見了兩大罈酒，哪有不喝的道理？

隨著時辰，他們豁著拳，灌著辣水，到了三更天，十之七八都醉得頭暈眼花了，兩個呵欠一打，摟著槍躺了一地。

三更過後不久，荆家屯裏忽然冒起幾血火頭來了，火勢蔓延得極爲快速，等到放哨的股匪見到大火，再驚惶嚷叫，已經來不及了。股匪頭目裏面，鄧鵬聽見叫喚，慌忙朝外跑，連鞋子都跑丟了一隻，而活剝皮老許更糟，他是光著腳板，提著褲子跑出來的。

也有許多醒得早的，或是酒喝得少的，在屋子裏聽著外面起火的驚呼，跌跌爬爬的朝外跑，跑出來的，都朝屯前的平場上奔匯。

這把火起得太突兀了，沒有誰知道火究竟是怎麼樣燒起來的？站在平場子上一舉眼，就見四處都是火頭，筆直的衝上天去，靈河這一帶的村屯，多半是草屋，一旦著火，轉眼間便火勢衝天，無法收拾，大火燃燒時，呼呼啦啦的響著，不一會兒，連平場子也被火熱逼得存身不住了，股匪們只有退向南面的圩崗。

也有些醒覺得較晚的，陸續從濃煙大火裏奔逃出來，在他們身後隔得不遠，火燄那邊，不時傳出哀慘的呼號聲，可見有許多人陷身在火窟裏出不來了。

活剝皮老許跑上圩崗才算清醒過來，罵罵咧咧的對附近的人說：

「不知是哪股人，也太粗心大意了！他們衝進荊家屯，攫著酒和肉，吃得酒足飯飽，把小心火燭給忘到天外去了！這好？一把火燒掉荊家屯不說，得有多少條性命跟著賠上?!」

「我看，火起得太怪了！」鄧鵬過來說：「四處見火頭，看光景，這可不是疏忽起火，我敢說是荊家屯留下人來，故意縱火的！」

「會有這等事情？」

「爲什麼不會？」鄧鵬說：「屯子燒掉了，他們日後會重建，咱們的人燒死了，再也活不回來了，就憑這一點，他們就會豁著幹的。」

火勢從數處朝一起匯合，當大火匯合成一片時，墨蝶般的火蝗子到處飛舞著，樑木的斷折聲，啪啪的瓦炸聲，牆倒聲，屋塌聲，清晰可聞。股匪看著這座屯子轉瞬間化成一片火海，他們根本無法灌救了，只有乾著急的份兒。愈是後逃出來的，愈是狼狽不堪，有些衣裳著火，一路在沙地上打滾，有些頭髮和眉毛都被火舌舐掉了，更有些被大火灼成重傷，皮焦肉爛的伏地哀嚎。

大火燒到天色快亮時，火勢才轉弱下去，各股的匪徒經過查點人數，人槍損失，總在兩三百之譜。

這種不明不白的損失，對於股匪的打擊太重了，下面的人怨聲大起，有人認爲靈河這塊地方很邪性，要不然，爲什麼每回來打這兒，總是吃大虧？

活剝皮老許仍不死心，他覺得荊家屯雖然攻破了，但並沒撈到大筆的錢財，白白的受到這麼重的損失，就半途而廢的退走，那吃虧就吃定了。

他召聚各股當家的來集議，那些小股的匪目都表示他們不願再攻楊家屯，和靈河的鄉隊纏鬥下去。

「我說，許大爺，咱們到哪兒撈不著錢？偏要到靈河這塊荒涼的地方來，打得頭破血流，又絲毫沒撿著便宜，這樣耗下去，把老本全賠光了，日後再混起來，可沒有那麼容易了。」

「靈河岸各村屯的槍隊，人數和槍枝並不算挺多，」另一個說：「但他們實在很能熬火，前幾天，咱們打得那樣的激烈，也沒能把他們打垮，到如今，打總了計算，雙方的死傷，咱們遠比他們重，真要席捲靈河的話，咱們的實力，怕也耗得差不多了。」

「鄧二哥，你怎麼說？」活剝皮老許說。

「若是想雪恨，我倒有個主意，」鄧鵬說：「咱們只用一小股人去擾亂楊家屯，並不真的攻它，聚合大批的槍枝和人頭，橫過荒灘到河西去，那邊的槍隊已經拉了出來，把葉家屯算在內，各村都只有婦孺老弱在，咱們飽掠它一番再退走！」

「果然是好主意！」活剝皮老許說。

「如今荒灘上倒是有一小隊人扼守著，」鄧鵬說：「他們把木筏靠到灘上去，這邊渡口卻沒有木筏，我想這算不了什麼難事，咱們著人動手結筏，也用不了幾天的時間，必要時，可以選一批善泅泳的，趁夜搶過河去，把對方繫住的木筏奪過來，對方人手槍枝有限，決阻不住咱們。」

在場的大小各股匪目，一聽說這樣容易就可以飽掠靈河西岸，便活搖活動的不堅持退走了，其中陰陽眼的這一股，迫不及待的要去擄掠河西岸，陰陽眼本人差點在山戶們的刀口下丟掉性命，又接連著被大火所驚，不是手下搶救得快，差點就要葬身火窟，他發狠要報這個仇。

「咱們帶的糧不多，」他躺在門板上說：「要動就儘快的動，擄掠了河西岸，咱們才能佔得穩。」

股匪在被大火燒過之後不退，反而結筏去擄掠河西岸，退守楊家屯的各人卻沒想到過，連柳和都認定他們要就是退走，要就是續攻楊家屯，因爲渡河經荒灘去擄掠西岸，看上去是輕而易舉的事情，事實上卻很輕進冒險，楊家屯的這支槍隊要是湧出來鎖住東岸的渡口，斷掉股匪的退路，他們就很難退得走了。

不過，活剝皮倒曾顧慮到這一點，他卻有著他的打算，他認爲只要把河西岸的婦孺老弱扣在手上，當成人質，不怕葉爾靖他們不低頭讓步，這可是保護自身的一帖萬靈丹，有了一層依仗，他對渡河一事，可說毫無顧忌。

他們在夜晚開始秘密的採木結筏，全力準備著用最快的方法搶渡靈河。

誰知股匪這個密謀，卻先被靈河集上的鐵山探聽著了。那天鄭旺著人抬了幾口肥豬和兩罈子酒，送給盤踞在荆家屯外的股匪，送酒的漢子裏，有一個正是楞小子王貴，他抬著酒到臨近渡口的地方，聽見有人在說起結筏渡河的事，也看到一群股匪真的在林子裏鋸木結筏，他回來之後，立即把這消息傳告給鐵山。

鐵山一聽，這可不是鬧著玩的，河西岸那些村莊和散戶，少說也有近千戶人家，這些人家的丁壯大多參加了槍隊，拉到東岸來了，各村屯雖也有些留守的，有些銃槍和刀矛，但實力薄弱，根本擋不住股匪的侵犯，假如被鄧鵬和活剝皮老許他們攻破屯子，把人質控在手裏，他再用這許多人質作爲要挾，那鄉團就無法再打下去了。

他把佟忠和程世寶找來商議，程世寶說：

「這就太棘手了，你想想看，鄭旺一心保守靈河集，外面天塌下來，他也不會管的，他是在看兩方面的熱鬧，最好是看到兩敗俱傷的局面，他不動，咱們也動不了，就算能動，憑咱們這幾支槍，幾個人，又能做出什麼樣的事來呢？」

「鄭旺在表面上雖然信任咱們，」佟忠說：「誰知他暗底下打的是什麼算盤，至少有一點是想得到的——他決不讓靈河集上的人槍拉出去管事，讓股匪得著藉口，反過來敲榨他。」

「這些我全想過了！」鐵山愴痛的說：「靈河兩岸是祖先們當年開拓的土地，我怎忍見它被股匪席捲掉，一旦他們過了靈河，佔據了河西岸的各村屯，有了許多人質握在他們的手上，咱們的鄉團實力再強也無法打下去了，我有一口氣，有一分力，也不能在這兒坐視。」

「你有什麼主意呢？」程世寶說。

「一時還沒想得著，」鐵山說：「前些時，我捱受鞭打，那是和柳師傅、楊大郎商妥的苦肉計，想用它取得鄭旺的信任，混在他那夥人裏，暗中查探荆家屯我伯父被刺的血案，如今，案子毫無眉目，我只有暫時把它放在一邊，先救河西岸要緊。」

「話是不錯的，總得要拿出妥當的法子才行！」

「無論如何，我想先過河去，」鐵山的聲音雖然很低沉，但說得很決絕：「先把消息帶到河西岸，要大家設法防備，我想，有了防備總是好的。」

「對！」佟忠說：「只要能拖延時間，使守在楊家屯的槍隊能及時應援，事情就好辦了。」

「要過河，咱們一起過河，」程世寶說：「咱們三個，加上林小眼一共是四個人，不必結筏，咱們用一根漂木就能渡過河，到荒灘上去，先見到禿頭的周大叔，商議了再講。」

「時機太緊迫了，」鐵山說：「咱們說動就動，今天夜晚，正值著我領人查哨，就趁這個機會出西街，到林子裏尋找漂木，渡河去罷！」

夜，黑沉沉的。

鐵山捻熄了手裏的查哨燈籠，一行四個年輕小夥子，便在積滿砂石的黑地裏摸索著了。眼前這種夜色，正跟靈河的處境一樣，鐵山的心裏，是酸切沉痛的，他不會忘記童年眼裏的靈河，風吹拂著原上的野草和近岸的蘆梢，捲雲在天腳下熟睡著，一切都是安靜詳和的，每年只有一季，也就是當野市開市後，靈河岸才敞開胸脯，讓外地趕集的匯聚到野市上來，各自做些交易買賣，它和各種祭典混融成眾多的新奇和熱鬧，誰也沒料到，轉眼之間，就風雲不變了。

人心最難測，可不是？葉爾昌那種豪爽的人，竟會死在黑松林子裏，女巫小桃死在荒灘上，連替靈河兩岸人盡力多年的伯父荆龍，也被人用黑槍打倒了，這些血淋淋的案子算是內憂，而皮毛商鄭旺、錢長壽、疤眼陸、胖子老倪，加上股匪牛鬍子、陰陽眼和活剝皮老許，該算是外患，這樣內外交煎，顯出人心的險惡，更勝過靈河上的波濤，他們為了本身的利害，不惜把靈河兩岸弄得天翻地覆，這也太不像話了。

「快到河邊啦，鐵山，」佟忠說：「咱們該怎辦呢？大家蹲下來商量商量罷！」

「如今，鄭旺還不知道咱們業已偷偷溜離了靈河集，」鐵山說：「我相信他很快就會知道，一定會著人來追，咱們不能在河邊久待，非立即泅渡不可。你們的槍口，完全用洋蠟封住了？」

「全封妥啦！」程世寶說。

「那就好。」鐵山說：「咱們四個，各自去尋找一根木頭，把子彈帶繞在頭上，抱著木段兒，悄悄的先泅到荒灘上去，以咱們的水性，泅過這半里寬的河面並不算難事，有半個時辰就泅過去了。」

「泅渡倒不是問題，」佟忠計算說：「這邊這道河，只有半里寬的水面，但水流帶著咱們斜下去，上岸的時候，正是在狼氹，黑夜進狼窩，不光是危險，簡直是送命去啦！」

「夥計！」鐵山忽然抓著佟忠的肩膀，兩眼發出異樣的光采來。「夥計！你不提到狼群，我還想不到，一提狼群，我倒有了主意了！」

「說罷，什麼樣的主意？」

「就是上回獵狼的老主意，」鐵山掩不住他的興奮說：「只是略為改一改，咱們計算水流，上岸時，正好是荒灘的南端，如今颳的是南風，咱們正好處在上風頭，……咱們上岸後，只要用火器發火，點燃雜草，便會順著風勢，一直朝北面捲過去，狼谷裏的狼群一見著火起，牠們必會奔竄，一些朝北去，火在牠們後面追趕，一些會在領頭的雄狼帶領下越水泅渡，東河的水面狹，西河的水面寬，這些狼群絕大部分會朝東泅，牠們正好撞到股匪盤據的地方，讓他們先收拾這些狼罷！」

「放火驅狼，可真是絕主意，」林小眼說：「但荒灘北面還有不少人在那兒，有防守渡口的，有鄭旺差來的新墾戶，還有巫堂裏的女巫荊四嫂，若是燒出人命來，那又怎樣辦？」

「不會！」鐵山說：「你忘了那些新墾戶做的事？他們把神狼樹北面的野草和樹木都砍伐掉了，沿著那一線，做起一道木柵來，火只能燒到那兒，木柵在著火前，可以阻止狼群奔竄，那些狼群只有轉向東岸，硬逼得牠們泅泳渡河。咱們快走罷！」

他們摸準了方向，各自抱著木段兒下水了，按照鐵山所說的方法，他們把裝槍彈的彈帶盤繞在頭頂上，鐵山更把攔帶的火器拴牢在彈帶上，因為萬一打火的器物被水花浸濕，他的計謀便完全落空了。

靈河的水流雖急，河面上波濤洶湧，但在鐵山和他夥伴的眼裏，根本不算什麼，他們自小便生活在這條河上，成天在水裏嬉游，浪頭上翻滾，當這種溫熱的天氣，泅過這條河簡直不算一回事，有一回，鐵山頭上頂著一斗糧踩水過河，連糧袋都沒沾一粒水珠。

不到一頓飯功夫，他們就抵達荒灘南端的尖角上了。

「你瞧，鐵山，河對岸有閃晃的燈籠光，」林小眼用手指著說：「鄭旺業已知道咱們離鎮啦！」

「管不了那麼多了！」鐵山說：「我已經看透了鄭旺那種人，——當靈河兩岸的鄉隊還能挺得住的時刻，他決不敢把咱們怎樣，如果咱們在這種危急的辰光，不捨命的挽救靈河，日後，鄭旺自會用陰毒的方法對待咱們。咱們這回既出來，就不打算很快再回去了。你們設法子堆積乾草，咱們就舉火罷！」

乾草堆妥後，鐵山取出火器，打著了火投到草上去，火燄便隨風擴散開來了。

這是靈河前所未有的事，多年來，蔓草叢生，藤莽交纏的荒灘南段，一直是野狼的天地，即使是荊龍那樣有擔當的人物，也沒敢輕言驅逐這些在傳言附會中神秘又恐怖的狼群，當靈河遭到空前的劫難時，鐵山這個初生之犢，卻不顧一切的做了，沒有誰事先會料到，這些狼群在此時此刻會被當成阻滯土匪的一股奇兵。

隨風而起的火苗，一轉瞬間，便成爲一片捲動的火海，隔著熊熊的火光，可以聽見狼群的驚嗥聲，火是驚心動魄的活物，它們沾著什麼就燒什麼，見著野草貼地走，見著樹木朝高爬，那些矗立的林叢，剎時變成一條條金蛇繞舞的紅色火柱，呼呀呼的火焰在樹梢上捲到半空去，不一會兒，燒焦的樹幹便摧折了，嘩啦啦的倒下去。

「咱們要不要先過二道河？」程世寶說。

「暫時不要。」鐵山說：「我要等大火燒過去，天亮後看看動靜，再決定是先跟荒灘上的槍隊匯合？還是先到葉家屯去和留守的人聚議，至少我敢說，狼群渡河後，會讓那些股匪頭疼一陣子的。」

「我想，這把火，河兩岸的人都會看到了，」佟忠說：「但願守在楊家屯的人，能猜出咱們舉火的用心。」

「旁人我不敢說，」鐵山說：「我相信柳大叔會猜出這把火是誰放的，他是深沉細密的人。」

「火勢朝北去，很快便能燒到神狼樹了。」程世寶估計說：「但若要等到餘燼全熄，熱力消失，火場上能走得人，至少要等兩天的時間。」

「還是等一等罷，」鐵山說：「天放亮，咱們先到西岸渡口的小賣鋪溫老爹那兒撈它一餐飽飯，那時刻，狼群撲進股匪群裏，有多大的效用，咱們不用看，聽也聽得出端倪來了！」

大火一路朝北燒，天是紅的，地是熱的，連靈河的河面也被火光照亮了，這時候，東岸渡口那個方向，響起了牛角聲和急驟的槍聲。

「果如所料，狼群過河了！」鐵山說：「活剝皮老許他們暫時不會再搶渡荒灘啦！……」

鐵山所料的光景在股匪群中出現時，那可是他們做夢也沒有想到的，最先，靠近渡口處把風放哨的傢伙發現荒灘上起了大火，急忙去稟告活剝皮老許和鄧鵬，以為這是天助其成的好事，股匪們被衝上天的火勢驚醒了，紛紛湧到岸邊來，咧著嘴帶著笑，真的來它個隔岸觀火，活剝皮老許還對鄧鵬說：

「瞧罷，二爺，這把火起得正是時候，從東岸退守荒灘的那一小隊鄉丁，這些傢伙恐怕要烤黑了，咱們火後撐筏過去，連一槍都不用放啦。」

鄧鵬的心思要細密些，忽然想到什麼，搖頭說：

「不怎麼對路！許大爺，這又不是起雷火，荒灘南邊沒有人，怎會好端端的起大火來著？這把火明明是有人存心放的，糟……荒灘南原是野狼盤據的老窩巢，大火一起，那些野狼會被逼泅渡過來的。」

「會有這回事？」老許說：「狼這玩意兒挺邪性，如果人在村屯裏，還好防著牠們，如今咱們都拉在曠野地上，沒遮沒擋的，假如狼群渡了河，雖說咱們有槍有火，狼群不致於硬撲，但臨到夜晚，那就防不勝防了！」

大火燒不到一個時辰，狼群就渡河了，那些股匪們不比老辣的獵手，他們一聽說野狼撲向他們而來，個個都先自著了慌，黑夜裏，雖有刺眼的火光照耀著，眼見的程度並不高，槍法又毫無準頭，只能靠朝天響槍驚嚇那些野畜，略替自己壯膽。

狼群被火光驚破了膽，牠們當然也駭懼槍聲，泅過了河，並沒撲襲股匪，但牠們分別的奔竄著，卻造成了股匪的驚疑、駭懼和不安，至少，使他們整夜如臨大敵，不敢闔眼。

天放亮不久，活剝皮老許便召聚各股當家的匪首，一道商量著夜來怎樣防狼。

「這樣下去不成！」一個說：「白天忙著結筏，夠累的了，夜晚再睜著眼防狼，弄得整夜沒覺睡，誰還有精神撐持下去？」

「結筏得趕緊進行，」鄧鵬說：「咱們早些渡過河去，狼群便威脅不到咱們了！」

若照鄧鵬的如意算盤，那狼群便真難以對他們形成多麼嚴重的威脅了，但天亮不多久，有人慌忙跑來稟報說：退守楊家屯的鄉團差出大撥的馬隊，出現在火燒過的荊家屯附近，遠遠監視著渡口，這一來，股匪不敢冒失的做出搶渡的決定來。

這時候，鐵山和佟忠他們，又已泅過二道河，到達了小賣鋪裏了。

溫老爹見到他們一身水淋淋的進店，瞇著眼望了好一晌才認出鐵山來，他大聲叫說：

「嬌靈，妳快出來瞧瞧，看是誰來啦，……妳早也念著，晚也念著的鐵山過河來啦！」

他的叫聲還沒落，嬌靈業已忙不迭的掀簾子出來了，她朝鐵山望了半晌，才說：

「昨天荒灘起大火，從晚上燒到天亮，我和爺爺都擔心是股匪放的火，正在收拾行李，打算到葉家屯去避一避呢！你們是怎麼過來的？」

「泅水啊！」鐵山說：「股匪正在結筏，打算到河西來搽劫，咱們聽到這消息，心裏急得不得了，便趁著機會過來了。那把火是我放的，咱們沒法子阻止股匪渡河，只有放火把野狼驅到河東岸去，還算好，這主意沒落空，野狼會使他們頭疼一陣子的。」

「我說，鐵山，」溫老爹說：「荊家屯傳說也落到股匪手裏去啦？」

「不錯。」鐵山說：「但鄉隊都退到楊家屯去了，並沒有什麼大損失，股匪攻佔荊家屯頭天夜晚，荊家屯也失火燒光了，股匪被燒死不少人，他們這幾天的攻撲，並沒佔著半分便宜。」

「牛鬍子死啦，您知道罷，」佟忠說：「咱們在靈河集上，也只聽人傳講，並沒有誰親眼見。」

「我可一點也不覺奇怪，」溫老爹說：「這些逞凶施暴的股匪頭目，一個個早晚都會死在槍口上的，牛鬍子那種人，不是早就該死了嗎？如今股匪要趁虛渡河，你們泅渡到這邊，有什麼樣的打算呢？」

「我想過，決不能讓股匪渡過河來，」鐵山說：「若真讓股匪過來陷了葉家屯，把西岸的婦孺老弱扣當人質，鄉隊就無法再打了，所以，我得想盡辦法阻止他們乘筏渡河！」

「憑你們四個人，四桿槍，是不夠的，」溫老爹說：「但河西岸留守的槍枝人手實在也很單薄，即使鳴鑼聚眾，也凝不起什麼人來了。」

「這倒不要緊，有一個算一個！」佟忠說：「咱們趁著股匪還沒行動之際，先把這邊所有能聚起的刀矛槍銃都拉到渡口這一帶來，在股匪渡河時攔擊他們，那要比任他們登岸好得多。」

「我要人去敲鑼傳告去，」溫老爹說：「你們折騰這大半夜，怕都餓壞了，我要嬌靈替你們烙餅，先吃些熱茶飯，填飽肚子再講，不管怎樣，當吃飯的時候，飯總是要吃的。」

在鍠鍠的鑼聲裏，聚集到渡口來的人頭遠比想像的要多，絕大多數都是五十以上的漢子，也有十五六歲的半樁小子，不過洋槍只有十多支，火銃有四五十支，其餘的都帶著刀叉棍棒，鐵山約略點點數，也有兩百多人。

「諸位老長輩，還有些小兄弟，」鐵山站出去說：「股匪打算結筏渡河啦，這可是臨到要命的時刻啦，咱們人數雖少，但有靈河阻隔著，股匪乘筏渡河時，是最好狙襲的時刻，咱們必得扼住渡口，把股匪給堵住。」

「股匪的人數雖多，但他們結紮不了那許多木筏，一次全都湧過來，」佟忠說：「咱們只要能打翻最先搶渡的幾批，後面知道咱們有防備，就會知難而退了！」

開頭，大家對這些老弱和這點兒槍枝能否擋得股匪還毫無把握，經鐵山和佟忠這樣一說，可把他們的氣給鼓起來了，一個五十來歲的漢子跳出來說：

「家是咱們的家，土是咱們的土，咱們只要有口氣活在世上，就不能讓邪魔詭道在眼下橫行。我想，股匪渡河時，咱們只要響槍阻擋，守在楊家屯的人立即就會殺出來，截斷股匪的後路，兩面夾攻的。」

「既然這樣，」又有人振臂說：「咱們乾脆過河去扼守荒灘那面的渡口，壓根兒不讓股匪有渡河的機會，那不是更好？」

「諸位老長輩若是肯到荒灘去，那當然更好，」鐵山說：「咱們及早商定之後，就得立刻行動了！」

「過河到荒灘去！」有人吼叫起來說：「要是擋不住股匪，咱們寧願死在那兒！」

不到晌午，這些留守西岸的人槍，便陸續的乘筏登上了荒灘，和守在那邊的一小隊鄉丁匯合上了，鐵山問及對面股匪的動靜，一個鄉丁說：

「他們並沒把新結紮的木筏推下水，昨夜那場大火，逼得野狼搬家，全到河東的林子裏去了，再加上咱們退守楊家屯的馬隊，天亮後哨了過來，股匪更沒敢輕動，算來是那把火救了河西岸啦，那許多狼群，白天匿伏著，夜晚會四出活動，股匪若是無法渡河，只有一個退字。」

「靈河集一槍沒發，」新墾戶裏的槍丁說：「不知道鄭旺鄭大爺跟股匪有什麼關係在？但咱們在荒灘上的墾戶，都是拖家帶眷的人，誰敢保險股匪登上荒灘不來侵擾咱們？因此，不得不拖槍出來防著了。」

「你們有多少槍枝在手上？」

「鄭大爺給咱們六支洋槍，其餘的槍枝都是咱們自己帶來的，後膛槍有十多支，火銃也有十多桿，雖不能說有什麼大用場，大夥兒擰合在一起，總能擋它一陣子。」

「可甭小瞧了這些槍枝，」鐵山說：「當股匪半渡時發火轟擊，直能打得他們人仰馬翻。」

他們在荒灘沿線佈陣嚴待著，但股匪並沒有渡河的跡象。臨到黃昏時，對岸的角聲大作，接著槍聲密響，好像股匪又跟東岸的鄉隊接起火來了。

「我想股匪支持不了太久的，」周禿子說：「時間耗得愈久，他們損傷越重，各股意見不合，誰也捏不攏！」

薄暮時的水霧，在河面上瀰漫著，使河對岸的景物都在霧中隱沒了，鐵山自覺周禿子的話確有道理，霧那邊的槍聲很密，鄉隊和股匪真的接上了火，雙方的情形究竟如何？隔這一道河，沒人能弄得清楚，他們只能守住渡口不動，等著變化。

這些變化，連股匪頭目活剝皮老許和鄧鵬也都沒料得到，先是荒灘起火，把討厭的狼群逐到河東岸來，按理說，各股人頭約二千人，麇聚在一起，自當不會畏懼狼群的襲擊，狼群究竟不同於虎豹，牠們畏光畏火畏響器，也不敢硬打硬上的撲襲握有槍械的人群，但這些野畜留在沿河一帶的林叢蔓草間，夜晚來時，對人的精神威脅太大了，牠使人不敢單獨走動，不敢抱著槍打盹，怕牠悄無聲息的撲上來咬斷人的喉管。

接著野狼爲患這宗頭疼事兒，楊家屯的鄉團居然遣出馬隊來監視渡河口，充分帶著挑釁的味道。在鄉隊撤出荊家屯的時刻，依活剝皮老許的認定，以爲當地鄉隊損失過重，已經接近崩潰了。鄧鵬的估計沒有這麼樂觀，但他也認爲，鄉隊也許還能勉力撐持的守住荊家屯，卻無力再行反撲。

事實上，天亮後先是馬隊出現，臨到傍晚，步隊又分成兩路，撲向火劫後的荊家屯，他們舉著旗幡，擂著胸鼓，氣勢極盛，活剝皮老許本人看在眼裏，都有些心驚膽寒，覺得自己已估量錯了。

股匪雖然屢經損折，但餘下的槍枝人頭仍然多過鄉團一倍以上，他們連日來陷在曠野地上，只想結筏渡河，到河西去飽掠一場，揣滿腰包好走路，沒想到還要和鄉團面對面的熬火，故此，當鄉團撲向荊家屯廢墟時，他們盲目開了一陣槍，便退了下來。

「咱們還要渡河嗎？」一個小頭目跑來問說。

「暫時不能渡河了！」鄧鵬說：「天色逐漸轉黑，這時刻決不能退，一退必亂，一亂必散。只能各守原地，拚命挺住，和鄉團熬上，過了這一夜再講。」

也許從荊家屯那邊反撲上來的鄉團，猜準了股匪打算渡河去侵擾西岸，他們撲襲的方向正對準渡口，而且用的是不要命的打法，顯出他們非奪回渡口不可的決心。

山戶的刀隊分成若干組，每組五、七個漢子，他們趁黑朝上摸，摸著了就動刀砍，股匪空有槍枝，黑裏見不著人，只有亂放排槍，端平了槍口放的槍，子彈根本打不著低姿爬行的人，一旦聽著殺聲大起，也不知鄉團湧進來多少人？心裏發慌，便不敢動彈，任由山戶這一百多張刀在他們當中滾著殺。

天起更時，活剝皮老許覺出不對勁來，他跟鄧鵬說：

「鄧二爺，光景有些不太妙了，黑天打爛仗，鄉團的地形熟悉，他們自會大佔便宜。」

「我知道，」鄧鵬緊緊手裏的短槍說：「不過，咱們如今也無法調動人了，只有攢著槍自保罷！對方要是逼到近處，咱們短槍的用處是很大的。」

「無論如何，他們決定要奪回渡口，」老許說：「咱們留在這兒太危險了，不妨朝南移它半里地，否則會陷死在這兒，天一亮，更不能動了。」

「許大爺，你顧慮得也是！」鄧鵬說：「咱們分別關照下去，趁黑朝南移，移到靈河集西梢去，陰陽眼這位老哥負了重傷，得著人抬著他，一路移過去。」

臨到三更天，渡口附近的股匪業已被廓清了，其實黑夜混戰中，股匪並沒有什麼傷亡，他們只是朝東朝南撤退，撤進林叢而已。

誰知道一撤，把野狼群給驚動了，這些逃避火劫泅渡到河東岸來的狼群原已驚惶失措，走投無路，股匪偏偏擠進牠們暫時藏匿的地方，於是，在黑暗裏，狼群便對落單的股匪展開突然的撲噬，使原已混亂的匪陣更爲狼狽了。

這回鄉團展開反撲，經過楊大郎、葉爾靖、荆朔、石紅鼻子、劉厚德一干人一再商議過，他們聽取了柳和的建議，認爲以養精蓄銳的鄉隊傾巢而出，去搏擊疲憊不堪的股匪，一方面是奪回渡口，焚毀他們結紮的木筏，免除他們渡過河侵擾西岸的威脅，一面是藉著慘烈的拚搏，把股匪整個擊潰，使他們退出靈河。有了這種打算，鄉丁們個個奮勇爭先，到天色初曙時刻，已經把渡口佔穩了。

而股匪並不甘心被逐，曙色初現時，活剝皮老許和鄧鵬結集了兩股人，全部使用洋槍湧上來，企圖奪回渡口，雙方在河岸一帶拉鋸，柳和恐怕前面的鄉丁挺不住，親自帶著人守住一處墳場，湧上來的股匪被他伸槍撂倒了七八個之多，在鄧鵬所率的那股人裏，老趙和滿天星幾個小頭目都吃過柳和的虧，很快便認出柳和來。

滿天星特別稟告鄧鵬說：「前面的墳場上，是荆家屯的護屯師傅柳和，這個人若不除掉，將來後患無窮。」

「你們分領著人，替我包抄上去！」鄧鵬說：「不要顧惜子彈，儘量用排槍壓蓋，我不信打不著他！」

「對！」活剝皮也咬牙切齒的說：「這個人腦筋敏活，思路快捷，對起火來，極有膽識，我也要自率槍手包圍上去，非把他給放平不可！」

股匪在極短的時間裏，集中了兩百多支洋槍把墳場圍住了，排槍打得那樣密集，打得土屑紛飛，塵霧騰揚，柳和所率的鄉丁不過卅多人，他們全被密集的槍火鎖困在墳塋背後，不要說無法走動，連抬頭都抬不起來了。

而在曠野地上，在草溝，地隙，林叢和灌木間，股匪和鄉團在態勢上，並非是壁壘分明的形勢，雙方都分成若干小股，犬牙交錯的膠著難分，有些地方，股匪圍住了鄉團，在另一處，鄉團又痛逐股匪，一時根本分不清哪一方佔了優勢？

不過活剝皮老許和鄧鵬是存心收拾柳和來的，在柳和這股人裏，就感到壓力沉重了！股匪幾陣排槍蓋過之後，柳和伏身左近，便有好幾個帶傷掛彩，滾著呻吟，柳和吼著告訴旁的鄉丁說：「豁命挺住，山戶的刀隊就在咱們背後！」

其實，他說這話時，刀隊究竟能不能及時上來增援，他是毫無把握，但他明白，這一戰事關緊要，就看哪一方面能挺熬到最後。雙方一接上火，流血傷亡總是免不掉的，自己處在這種排槍如雨的情況下，縱使有通天的本事，一時也難以施展，只有沉住氣，使手下的鄉丁不要驚慌，能多撐一刻總是好的，這種拉鋸式的拚搏，時時刻刻都會有新的變化，楊大郎他們曉得自己扼據在這邊，他會盡力支援上來的。

乳色的晨霧緡緡的靈遊著，股匪在四面八方朝墳場逼近，鄉丁們確也有些驚恐焦灼，他們看見柳和很沉著的伏身在墳塚間發槍卻敵，便也奮起精神，儘量的利用對方排槍放射的空隙，瞄著對方活動的影子開槍還擊。

當然，在墳場這一角上，股匪由兩個大頭目親率著圍襲飛刀柳和，無論在槍枝、火力和人數上，他們都占了絕大的優勢，不到半個時辰，柳和所率的鄉丁業已有十多個帶了傷的，但這些帶傷的鄉丁發現無處可退，根本也就不存退走的念頭，他們自己撕破衣褲，裹紮了傷口，咬緊牙關抓起槍來，繼續的還擊著。

股匪雖說佔了九成的優勢，但他們也知道惜命，不敢頂著槍口，明目張膽的硬欺硬上，因此，雙方仍然在僵持著。

這時候，鄧鵬揚聲叫開了，他叫說：

「姓柳的，趕快扔槍出來，咱們送你盤纏，放你回家去，你爲靈河岸賣命，不值得！」

「你省點兒吐沫罷，鄧鵬！」柳和也揚聲說：「你們若是執迷不悟，牛騙子就是樣兒，你們屢次犯靈河，鬧出多少條人命？這筆債，你們賴不了的，這正是你們償還的時刻啦！」

「柳和！」鄧鵬說：「你死到臨頭還要嘴硬？荊龍的下場也正是你的樣兒，咱們再給你一袋煙的工夫，讓你挑選是生？是死？時辰一過，首先就把你給放倒，你是想逃也逃不掉了。」

「何必浪費時辰？」柳和說：「有本事，你們儘量顯出來罷，姓柳的全部領著，我這一條命儘管不值錢，好歹要拚夠老本。」

鄧鵬說話是假，他真正的意圖，是要從柳和發話的聲音，摸準他匿伏的地方，好吩咐手下把槍口聚攏，衝準一個地方，只要柳和動一動，就能把他打碎。

柳和完全瞭解對方的用心，他一面說話，一面貼地滾動，利用墳場中的灌木掩護，他在地裂子裏蛇行著，他也利用這機會，循聲尋找鄧鵬存身的地方。

他明白他和鄉丁所帶的槍火極爲有限，儘管股匪從四面朝上逼，他們也不能輕易開槍，在這種情形之下，他如果能開槍打中匪首活剝皮和鄧鵬，便能使情形改觀。至少可以延宕時間，讓援兵衝打北面股匪的後背。

自己這條命豁出去不算什麼，而跟隨著自己的這些鄉丁不能跟著自己受累，少損失一個人，靈河兩岸的鄉團便多存一分實力，看這光景，日子裏的波浪還多著呢！

股匪既無法說降柳和，便打算用速戰速決的方法，把柳和儘快解決掉，免得突然起變化，使他們苦苦籌謀的事又落了空。

「今天不管姓柳的槍法有多準，咱們也非要把他擺平不可！」鄧鵬說：「牛老大的一條命，就是丟在他的手裏，除掉了他，靈河岸的鄉團就不足畏了。」

「人說：重賞之下，必有勇夫，」活剝皮老許說：「讓手下人頂槍子兒，咱們總得要破費些錢財，把花紅獎賞的數目給標出來，——凡是能生擒活捉柳和的，賞多少？凡是能開槍擊斃那傢伙的，賞多少？有了一個數目，不勞你我親自動手，就有人會上去把柳和放倒！」

「當然，有錢好辦事是不錯的，」鄧鵬說：「不過，想放倒柳和，確實不容易，他的拳腳功夫，飛刀絕技，以及槍上的準頭，能以一放十，一點兒都不誇張。」

「這個你大可放心。」活剝皮說：「若論單打獨鬥，我承認姓柳的確有兩把刷子，甭說咱們手底下的人，即使你我聯手合擊，也未必是他對手，但如今情形不同，咱們有將近兩百條槍壓著他，他再強也只是一個人，他手下的鄉丁業已傷亡過半，他顧得了前，也顧不了後，只要大夥兒合力打，甭說瞄著他放了，就是亂槍流彈也夠他受的，他有再強的功夫，一樣擋不得子彈啦！」

「好！」鄧鵬說：「就照你的意思辦，不過，咱們活捉柳和，又不能上秤秤了賣肉，我看，乾脆免了這一條，告訴大夥，凡是格殺柳和的，賞大洋一百，這算是很高的價錢了！」

倆人商議妥當，把小頭目召聚過來，告訴他們格殺柳和有一百大洋的花紅獎賞，小頭目再傳告給手下的嘍囉，說是誰格殺柳和，就有一大筆油水。

誰都曉得錢是好的，但命更是好的，拿錢不貼命的事兒誰都肯幹，假如拿了錢卻丟了命，大夥兒就得考量考量，究竟划不划得來了?!

「他們分成兩撥兒，」活剝皮說：「一撥兒對準那邊的墳頭猛放槍，壓得對方抬不起頭來，趁著他們無法密集還槍的空兒，你們就朝上逼，也找個墳頭或地溝蹲穩了，在近距離瞄準人影開槍，我不信他柳和會七十二變，打不中他，那才有鬼了呢！」

手下人確是依照活剝皮交代的方法做了，但活剝皮老許和鄧鵬兩個，只是願意拿錢要手下去賣命，他們自己卻不願領著頭頂槍口，這樣一來，下面的那些傢伙也都抱著碰碰運氣的心理，慢慢吞吞的朝前捱，半個時辰過去，他們橫著移動，始終不敢逼得太近。

股匪們愈是顯得畏怯，鄉丁們就更加沉得住氣了，他們每個人數過子彈，最多的還剩兩排火，少則三五七粒不等，算它一粒子彈打中一個匪徒，槍槍不空發罷，統合起來，也打不了眼前土匪的半數，他們唯一的方法就是拖宕，每發一槍打中一個，要使後面的心生畏懼，不敢立即衝上來，時間愈拖得久，對他們就愈為有利，按柳和的估計，鄉團的大隊就快頂過來了。

有一種情況，使股匪們無法再專心一致的對付柳和，因為四圍的槍聲、牛角聲和殺喊聲，一陣比一陣緊，顯見鄉團正在傾全力搏殺，股匪的人數雖多，他們卻分割成二十多個小股，彼此缺少連絡和呼應，搏殺激烈的時刻，他們本身起了極大的混亂，更由於混亂，個個心裏充滿驚疑，都覺得鄉團反撲上來，本身處境危險，一想到風緊，跟著就想到拉腿，這樣一來，各小股匪眾裏面趁亂開溜的，半天之內，就溜掉了紅頭蜈蚣李和木、吳二鬼、張小刀子等三四股人，他們一開溜不要緊，股匪的陣勢便崩潰了，土鱉子老雷率領的槍隊和劉厚德率領的山戶刀隊最先硬衝進來，和股匪滾殺到一堆。

如果股匪本身不慌亂，即使這兩隊人硬闖進來，並不算挺嚴重，可以藉著旺盛的火力，把他們逼退，但股匪本身異常混亂，臨時被推出來擔任發號施令的活剝皮老許只管要放倒柳和，根本無法照管全局，各股的嘍眾習慣上只聽從他們自己的頭領，在鄉團反撲上來時，股匪各股人也被衝得七零八落，頭顧不得尾，尾顧不了頭，在這種情形下，實力當然大打折扣，山戶的刀隊便以銳不可擋的態勢，直逼到墳場附近來了。

柳和一瞧見在初昇的太陽閃光的單刀在曠野上揮動，他就喊說：

「弟兄夥，咱們的援手殺過來了！大家挺住，準備著朝外衝，把當面的匪徒給抖散！」

刀隊像疾風般的滾壓上來，使活剝皮老許和鄧鵬兩人不得不朝轉槍口，希望用密集的槍火來退敵，這時候，被困在墳頭後面的柳和這一批人，便好趁機開槍打擊股匪的側面了。

柳和堅持不扔槍，而且挺至最後，來上一個夾攻式的打法，和刀隊互相呼應，在緊要關頭打上了冷棍，這可把活剝皮老許的肺都給氣炸了。

在劉厚德率領下的刀隊，一心要痛殲股匪，為死去的劉厚甫報仇，同時，他們也知道荊家屯的柳師傅領著的一批鄉丁被股匪緊緊困在墳場裏，他們得要把柳師傅給營救出來，因此，儘管股匪不停的發槍，他們仍然連滾帶跳的利用地物掩護，接近了墳場邊緣。

「好！」活剝皮老許狠狠的說：「一批還沒脫困，卻又撞上來一批找死的，咱們來它個照單全收，叫這兩股全有去無回躺在這兒！」

他正在發狠，忽然一粒尖嘯的子彈打中了他的腰眼，使他驚喊一聲哎喲，一屁股跌坐下去。

「我掛了彩了！」他說：「扶我起來，替我把傷口給裹住。」

「您並沒受傷，」一個嘍兵眼尖，指著說：「這一槍，只是打穿了您腰上圍的彈帶，您算是有驚無險！」

「跟頭兒稟事，」另一個趨上來說：「對面的刀隊業已進了墳場，跟柳和會合了，渡口那邊，咱們辛苦結紮的木筏，被鄉團架起來舉火，全燒啦！鄉隊沿河朝南挺，業已到了咱們背後，咱們該怎麼辦？」

「不要慌亂。」活剝皮老許說：「吩咐響牛角，把各股摟緊，如今局面混亂，咱們不能說退就拔腿，弄不好，那就真砸了鍋了。」

牛角聲響起來了，對混亂的局面毫無幫助，因為兩邊都在響角，角聲又都是同樣的，誰也弄不清楚是攻還是守?是進還是退?到了傍午時，鄉團和股匪全像蟻鬥般的糾纏到一堆去了。臨到這種辰光，股匪想退也脫身不得啦，搏鬥是異常慘烈的，眨眼就朝下倒人，雙方都在屍身和血泊裏奔逐，根本談不上誰輸誰贏了！

在一片林子裏，楊大郎自率的一隊人，遇上了用門板抬著的陰陽眼，當時陰陽眼的身邊只有四五根槍扈從著，楊大郎帶著六七十支槍一湧而上，那幾個扈從的傢伙放了幾槍，一瞧勢頭不對，拔腿就跑，把他們的頭兒扔在原地不管了。

陰陽眼的頭底下枕著一支手槍，但他身負重傷，無法抽槍自保，一個殺紅了眼的鄉丁最先搶過來，看到股匪躺在門板上，他也不管是誰，抱著槍管，倒掄著槍彈出一個圓弧，槍托正打在陰陽眼的腦門上，這一下打得很重，捱得也很紮實，陰陽眼的腦殼深陷下去，兩隻眼珠子卻跳出眶來，像金魚般的暴凸著。

「又報銷了一個！」那鄉丁說。

而楊大郎很快就認出那是陰陽眼來，他對大夥兒說：

「這是對方三大股的頭目之一，他就是陰陽眼，平時最是詭計多端，想不到今天遇到了報應！」

「楊大爺，陰陽眼翹掉了，他們這股人如今是沒有領頭的了，」有人說：「咱們何不趁勝追擊，打垮一股算一股啊！」

「對！咱們追上去！」楊大郎說。

他揮著手，自己領頭追過去，剛轉出樹林子，迎面響起一排槍，他和兩個鄉丁便齊齊的栽倒下去，一粒子彈穿透他的胸脯，這個粗豪直性的獵手便爲靈河捨掉性命了。

在墳場那邊，山戶組成的刀隊和兩股匪徒的搏殺，雙方都死傷慘重，牛鬍子那一股是股匪當中的主力，他們不但人多槍多，也最爲蠻悍，刀隊吃虧在白天，失去了奇襲的效果，兩次衝殺沒成，在對方槍口下倒下去好幾十人，股匪陸續增援上來，刀隊也被陷在墳場裏衝不出來了！

「柳師傅，咱們已經竭盡全力了。」劉厚德帶著些歉意說：「但仍沒能使你脫困，實在太對不住你了。」

「這有什麼呢？」柳和說：「即使這樣，我業已感激萬分啦！打股匪，原就是一命換一命的事兒，咱們能將本求利就夠好了。……無論如何，咱們如今人多氣壯，要比剛才好得多。股匪除了相隔一段距離放槍，他們也不敢輕易衝過來，咱們總算還有墳堆掩護，先熬著再講。」

「土鱉子老雷領著幾十桿槍在我背後不遠，」劉厚德說：「他也許衝到旁邊處去了，要不然，他應該增援上來的，他一上來，咱們的壓力就會輕得多。」

「老雷那個人，脾性怪，難捉摸，」柳和說：「他是否會很快接應上來，很難說，咱們不能指望誰來接應，我以為能先打倒匪首，就能有轉機。」

「你認得活剝皮嗎？」

「沒貼近打過照面，」柳和說：「遠看也許更不容易認出來，但牛鬍子的副手鄧鵬我倒認得，只要他肯露面，我伸槍就能打得中他。」

「也許咱們該冒點兒險了，柳師傅，」劉厚德說：「我想到一個主意，不知可行不可行？我不妨提出來，由你揣酌揣酌。」

「您有什麼樣的主意呢？」

「用詐降的方法，」那個說：「咱們刀隊上的人，先挑出一塊白巾，招搖著，讓對方停火出面說話，對方只要出面，你就有瞄準放冷槍的機會了。」

「不成，」柳和說：「這方法不太妥當。」

「嗨，柳師傅，對付這幫豺狼般的股匪，有什麼妥當不妥當的？人說：兵不厭詐，這也是出奇制勝的方法，不是嗎？」

「不！」柳和說：「寧願他不仁，不願我不義，我是江湖出身的人，即使死在這兒，這個分寸，我卻願意堅守下去。要拚，我也得跟他們拚個明白。」

「真是一條鐵錚的好漢子！」劉厚德禁不住的讚嘆起來說：「怨不得三番五次，只有您柳師傅冒大險，替靈河挑了旁人挑不動的大擔子，兄弟佩服極了。」

「現在也不是說這話的時刻，」柳和說：「劉二爺，您跟去的厚甫兄，又何嘗不是在為靈河岸賣命？刀隊裏每個弟兄，都是肯拚的鐵漢！」

他們一面在說著，槍聲一面在耳邊響著，不過，股匪也覺得一味亂放槍，浪擲子彈並不是好方法，槍聲便逐漸的稀落下來，他們只是在瞧著人影晃動才開槍。

這樣又經過了半個時辰，在沿河的方向，殺喊聲又激烈起來，荊家屯的槍丁和馬隊兩三百人在斜面湧上來，為營救墳場上的這兩批人，跟鄧鵬的這一股人接上了火，股匪有些頂不住，紛紛朝東面退，鄧鵬為了穩住形勢，帶著人迎過去，這一來，墳場外面，只有活剝皮老許所率的一股人，人槍減少了一半以上，使柳和頓時感覺到壓力大大的減輕了。

「這可到咱們進撲的時刻了，劉二爺。」柳和說：「我估計墳場外邊留下的股匪也不過百十來人，七八十支槍，他們分得很散，實力一定很單薄，咱們衝上去，對著一個方向，不難突破它。」

「活剝皮老許這股人實力原不很強，」劉厚德說：「衝散他們不是難事，不過，咱們先要知道活剝皮本人在哪兒，一鼓作氣衝上去，把他給窩住了試刀，贍下鄧鵬一個，他就非退不可了。」

「活剝皮狠是狠，但也夠狡猾。」柳和說：「他不會在這時候輕易露面的，咱們不妨傳告下去，全力朝西衝，來它個兩面夾擊，即使殺不了活剝皮，也夠他們受的。」

最後，他們決定呼應河岸那邊鄉隊，全力朝西撲過去，西面是林叢和灌木交雜的地形，刀隊一躍出墳場，轉眼便撲到林子裏，散佈在林子裏的股匪，也不過三十多個人，約莫二十多條槍，一陣排槍放過之後，刀隊就逼近了，他們拿不出旁的法寶，只好奪路逃遁。

活剝皮老許的年紀大了一點，動起來不及手下人那麼靈便，很快被刀隊截住了，跟隨他的護駕有六七個人，人人帶有洋槍，子彈也比較充足，他們理平槍口，放倒了幾個揮刀衝殺上來的鄉丁，但四面都有刀隊，使他們不敢輕易離開樹林，活剝皮絕沒想到，原來是圍困別人的，如今卻被別人困住了。

奇怪的是，刀隊一反往常的習慣，他們並沒蜂湧而上，只是遠遠的把他們圍著，這時候，柳和的聲音盪過來了，他指名的喊著活剝皮說：

「這回你姓許的可走不了啦！該扔槍買命的，不是我，卻是你，難道你能插翅飛掉不成？」

活剝皮老許果真是個悍匪，處身危險之境，仍然倔強到底，一副頑硬的態度，他也喊說：「柳和，你是屬烏龜的？怎麼連頭都不敢露呢？憑你這種樣子，還想讓我扔槍，哼！趁早甭做你的迷夢了。你若真有本事，咱們在槍上比個高低，你敢嗎？」

「你的激將法不靈了，」柳和冷冷的說：「我今天要你的命，好替靈河兩岸鄉丁們的性命作替贖，我可不是逞強鬥狠的那種人。」

「那咱們就耗著囉！」活剝皮老許說：「我這命就在這兒，誰要來取，誰就得拿命來換。」

「我要虛虛實實的攻你！」柳和說：「我要耗光你的子彈，把你生擒活捉，綁在木樁上，活剝你的皮！信不信由你，當你真被剝皮的時刻，你就明白了！」

「不成啊，許大爺！」一個護駕惶恐的說：「他們要是真像這樣玩，咱們就完蛋了！」

「你聽他虛聲恫嚇做什麼？」活剝皮老許氣說：「到這種辰光，你手上的槍才是最靠得住的，誰輸誰贏，在骰子打轉的時刻，誰敢說得一定?!」

林子是濃密的，躲是容易躲，摸也容易摸，刀隊利用樹身的遮擋逐漸的逼近，正像撒網的漁人逐漸收網一樣，落在網裏的活剝皮感到有些焦灼不耐了。

晌午過後，他又餓又渴，又非常睏倦，樹林子裏很熱，溼氣蒸蔚著，外間拚搏的情況究竟怎樣了？他是一點兒也不知道。他想：要是鄧鵬還能挺得住，那還不要緊，要是他們退走了，鄉團的人數會愈來愈多，自己一小撮人再想脫困，那就難上加難了。

鄉團在搞什麼把戲呢？人影也不見了，柳和是在耍陰謀，還是設空城計，把刀隊用到別處去了？他得想法子試探試探。

他剛剛探起頭動一動，呼的一聲彈嘯，一粒子彈便掠過他的耳際，射進他身後的樹幹。活剝皮老許一嚇，趕緊把頭低下去。

「好！姓柳的。」他咬著牙：「你真的要老子的命?!」

那可不是假的，柳和業已和劉厚德計議過，他們發現活剝皮老許陷在樹林裏，他們無論如何也要把這個土匪頭目抓到，或是把他放倒，這樣一來，三大股的匪首都死了，股匪就再也站不住了。

他們利用樹幹掩護，悄悄的移近。

柳和計算過，這樣解決被困的股匪，必得要冒較大的危險，但也是消耗對方數目最好的方法，因爲股匪槍多彈不多，槍枝有限，刀隊在近距離內突然衝上去，對方只有放一排槍的機會，等到他們拉槍機推上第二顆子彈，單刀業已揮砍到他們的腦門上了。

活剝皮料準了這種危險，當對方沒有什麼動靜時，他最是緊張，在疲憊中硬熬著，睜大兩眼四面張望，沁汗的手裏，握著那支短槍的槍柄，彷彿在這時辰，只有這支短槍才能護得他的性命。

心裏有些懊惱，無法說出口來，當時不該聽牛鬍子的綴弄，拉槍出來捲撲靈河的，一個看來極平常的地方，鄉隊之強，要超過許多有規模的城鎮，牛鬍子撲打這塊地方是爲了洩忿，自己和陰陽眼所貪圖的，不過是幾文錢，如今大錢沒見著，老本業已蝕得差不多了，這回若能脫困回去，從此不再來犯靈河啦！

還沒到傍晚呢，天空壓上一層灰雲，林子裏逐漸黯下來了，這使幾個被困的股匪都焦灼起來。

「當家的，您得拿主意啊，像這樣耗下去，對咱們不利吧。」一個說。

「我也真被弄糊塗了！」活剝皮說：「咱們原是圍著對方的，對方一個反撲，咱們倒變成被困的啦?!……四面的槍聲雖比早上稀落了些，但一直沒停沒歇，也就是說，雙方還在糾纏著，咱們的人槍應該上來解圍的。」

「要來，早該來了，」另一個說：「我看要等著咱們的人來解圍，那是寡婦死獨子——毫無指望了，那些龜孫都是屬兔子的，只知道拉腿跑。」

「撐到天落黑，咱們就有機會，」活剝皮說：「天黑後，咱們分散開來朝外摸，只要不弄出聲音來，對方便防不了，出了林子，去找咱們的人。」

「當家的說的沒錯，」前一個又說：「但您要明白，柳和極有心機，他會在天黑前解決咱們，如今離天黑至少還有兩個時辰呢！」

「我明白！」活剝皮焦灼得有些不耐，沉聲說：「但咱們也不能想得那麼多，姓柳的敢上來，那是最好，我要和他拚個明白，大夥兒見見真章！」

他們正說著，忽然聽著一陣宏大的殺喊聲，刀隊從樹後紛紛虎跳出來，揮刀潮湧而來，股匪們放了一陣排槍，確實打倒了幾個，但沒有機會再放第二槍，雪亮的單刀就當頭砍了下來，逼得他們只有橫起槍來隔架。

刀隊的人數多過活剝皮的護駕十多倍，每個護駕都被七八張刀圍住了砍，人只有兩條胳膊一支槍，有前眼沒後眼，過不了一會兒，慘叫聲便接著揚起，活剝皮聽著，真不是味道。

活剝皮的行動雖不夠快捷，但他仍是練過拳腳，孔武有力的人，當幾張刀圍著他砍劈時，他飛腿踢翻了眼前的一個，開槍擊倒側面的一個，閃過一棵樹，再開一槍，打傷了第三個，正當他想對付其餘的刀隊時，忽然覺得背後有柄刀尖抵住了他，一條冷冷的嗓子發話說：

「姓許的，你認栽罷，你的壽限滿了。」

「這算什麼呢？柳大爺。」活剝皮沒敢動彈，軟軟的吐話說：「有事，該算到牛鬍子的頭上，咱們其餘的各股人全是他慫恿來的，如今錢財沒撈著，你還忍心討索咱們這條性命？」

「是漢子，就不必說軟話來搪塞人了。」柳和說：「你拿主意燒鹿砦，攻屯子，鄉團死了上百人，你想推卸也推卸不掉的，你落在我手上，算你運氣好，換旁人，早就讓你躺在這兒了。——丟下你的槍！」

活剝皮無可奈何的把槍扔了。

臨到傍晚，渡口這一戰算是殺得分明了，股匪退向東南角的孟莊去，在曠野上留下近百具屍身，鄉隊即使算贏了，也贏得很慘，他們戰死的人數更多，初初估計，要耗去一半的實力，不過，這一火也不是沒有收穫，那就是他們至少得到了四五十條槍，都是可用的後膛槍，對於股匪而言，他們的嘍囉死了，暴屍曠野倒是習見的事，若設連槍枝都來不及撿走，那就可以看得出股匪在退走時倉促狼狽的情形了！

活剝皮老許和另外十多個股匪的嘍眾都落到鄉隊的手裏，被麻繩捆成了一串兒，有人主張把他們的腦袋砍下，祭奠死去的鄉隊，柳和期期以爲不可，他對荊朔和葉爾靖說：

「捲撲靈河的罪魁禍首仍是牛騶子，如今，他業已得了報應啦，至於活剝皮老許和這些匪徒，假使當時撞到咱們刀頭或槍口上丟命，那是活該，既然他們活著被捉，咱們就不能私自殺害他們，只能等股匪確實退走後，把他們捆送進縣署去，由官裏發落。」

「柳大叔說得不錯，」荆朔說：「咱們不能不顧忌到靈河集上的鄭旺，不要將把柄落在他的手上，按法論斷，鄉團和地方無權處決人犯，儘管如今世道混亂，好多地方都不聽這一套了，但靈河不宜開這個惡例，……若是攫著人就殺，那成什麼世界？」

「就依柳師傅的主張，」葉爾靖說：「暫時把他們看管著，等到咱們確定股匪真的退走後再仔細商量罷！」

「這回楊大郎兄不幸被流彈打中，倒下了頭，」石紅鼻子說：「咱們仍得推舉爲首的，暫請葉大爺您出來調度罷，論資歷和您在地方上的聲望，您都是推辭不了的。諸位以爲如何？」

「葉大爺出來領鄉隊，咱們全沒話說，」荆朔說：「股匪雖在連日來屢受挫折，但他們仍有近千人槍在手上，鄧鵬又是個老練的傢伙，他們暫退孟莊，略略喘息，經過整頓後，也許還會撲回來的，咱們也不能不防這一著！趁機會整頓待敵，得看葉大爺怎麼決定了。」

葉爾靖吁了一口鬱氣說：「打牛騶子撲打靈河以來，好好的一塊地方，被他攪和得天愁地慘，地方的執事和鄉丁，死的死，傷的傷，想來辛酸撲鼻，這也不是客套的時候，兄弟就暫時應命罷，退敵最爲要緊。」

「我以爲咱們不妨仍嚮角集眾，拉到荆家屯裏去，」石紅鼻子說：「那邊深壕和圩牆都還在，屯屋雖經火劫，總還留下些殘缺的房舍，要比咱們留在曠野上好得多，至少免得和野狼糾纏了。」

「石兄說的極是，」葉爾靖說：「咱們各隊先差人去照應受傷帶彩的，掩埋屍體，把人數清理後，拉進荆家屯去，我想，股匪受創很重，撤下去不會立即再拉上來，鄧鵬也要舐傷……他們彈藥照計算也耗得差不多了，儘管他們槍多，子彈不足，也狠不起來。」

「如今，渡口業已打通了，」柳和說：「我想帶幾個人設法和荒灘上的人連絡，咱們的人，一樣要準備飲食，靠河西岸的各村屯協力的地方正多著呢！」

「那就麻煩柳師傅了，你要不提起，我可真的沒想到呢。」葉爾靖說：「天快黑了，總要在天黑前連絡上，好讓他們把木筏放過河來。」

柳和帶人到渡口去，扁大的日頭早已落下去了，渡口也是雙方打得最激烈的地方，死屍雖然經人清理，但風裏仍然飄來一陣陣屍臭味，使人聞嗅著了便有忍不住要嘔吐的感覺。

「你們替我點亮一盞風燈，上下搖動，」他說：「這是咱們招呼大筏的暗號，——上三次，下三次，然後朝右橫移，對岸瞧見燈光，曉得是自己人，他們會把木筏放過來的。」

「您瞧，柳大叔，」各人指著說：「不用點風燈了，那邊不是木筏嗎？……他們業已知道股匪潰走啦！」

柳和抬臉望過去，遠遠的河對岸，籠在一層淡淡的晚霧裏，一隻木筏正破霧而出，朝這邊撐過來，因爲背著天光，看不清楚筏上是些什麼人，只能見著參差的黑影，這樣等了一袋煙工夫，木筏逐漸的近了，柳和認出駕筏的是周禿子，筏上還有幾個人，赫然是鐵山和佟忠他們。

「嚇，原來是柳大叔。」鐵山首先舉臂搖晃著，大聲的招呼說：「股匪退啦，他們結紮的木筏被燒啦，火光一起，咱們就知道啦！」

「你總算做了一宗大事。」柳和說：「舉火燒了荒灘南邊的林子，驅迫狼群來阻撓股匪渡河，保住了河西岸的各村屯，我猜想除非是你，沒有旁人能幹得了！」

木筏緩緩的攏了岸，鐵山首先飛身跳上來，柳和沒再說什麼，只是凝視了他好一陣子，然後伸出手去，拍拍他的肩膀。

「楊大爺死……了！」柳和說：「股匪只是暫時退走，他們還結集在孟莊附近，不定在什麼時候還會湧過來的，靈河岸的劫難還沒過去呢。」

「這也是沒有辦法的事。」鐵山說。

「咱們沒有去犯人，股匪偏生要找上門來，」周禿子拴妥木筏，過來說：「保鄉保土，有一口氣都得幹，死了只有認命！」

黑夜來臨時，柳和協助葉爾靖整理了鄉團各隊，按照人頭計數，這幾天的鏖殺，使鄉團的死傷和失蹤人數一共達到兩百多，而股匪的傷亡數目接近五百人，各股拉槍退走的也有六七百，也就是說，股匪目下即使再反撲上來，他們最多還有六七百人左右，雖然雙方損耗的人數都很重，但就實力而論，雙方的差距正在逐漸扯平，鄧鵬掌握的優勢是愈來愈弱了。

葉爾靖以荊家屯的這一隊放在荊家屯子的南柵門一線，以楊石聯莊這一隊放在東柵門一線，以葉家屯和山戶的刀隊放在西線上兼守渡口。

股匪在白天整天的鏖殺中沒佔到便宜，反而被逐離荊家屯和渡口，陰陽眼被殺，活剝皮被俘，但他們是否就此拉槍退走，還在未定之天，這當口，鄉團還是緊張的等待著拚搏，連悼亡悼失的時間都沒有！

鐵山和佟忠幾個人算是回到荊家屯來了，他跟柳和兩人蹲在曾經激烈拚殺過的圩垛下面，低低的談了不少的話，他說：

「我在靈河集再待下去，看樣子是不成了，這回我黃夜離鎮，在荒灘縱火，看起來只是對股匪，事實上，鄭旺心裏絕不會痛快，我若是回頭，一定會和鄭旺起衝突，我怕增加咱們的麻煩。」

「這層顧慮倒是很有道理，」柳和說：「此時此刻，靈河岸的鄉團和股匪力拚，即使把股匪逼退，也是元氣大傷，不宜和鄭旺翻臉，但你在靈河集上，有房子有店面，丟了它，你又怎麼辦呢？」

「這倒不用擔心，」鐵山想了想說：「房子是我手搭的，不值幾文錢，至於店鋪，暫時設不設都不要緊，咱們獵得的皮毛，自己可以硝製了，打捆直接運進縣城，或是賣給旁的皮毛商，鄭旺還壟斷不了整個皮毛市場。」

「咱們不能就把靈河集全讓給鄭旺，」佟忠在一邊說：「等股匪退後，咱們不妨還回到集上去，看看鄭旺會有什麼樣的反應？」

「反應即使有，我看也不會很決絕，」柳和說：「鄭旺那傢伙，有他穩實的一面，他不會明著動手的，但難保他不在暗中動手，……我是始終信不過他的。對了，有關荊大爺被刺的那宗案子，你們查察了這幾回，難道連一點眉目都沒有？」

「沒有！」鐵山鬱悶難伸的說：「咱們的苦肉計也用過，鄭旺仍然不會相信我，而對這宗血案，他手底下的人，實在也沒人知道。」

「就算有人知道，他們也不敢說的。」程世寶說：「他們端的飯碗，仍然是鄭旺給他們的，除非那人是白癡，要不然，他們決不會講出來的，性命究竟是好的……他們說了，鄭旺會放過他嗎？咱們得不著消息我倒覺得平常。」

柳和吁了一口氣，點頭說：

「我早就說過，股匪和鄭旺都很邪性，算是一剛一柔，股匪來得猛，退得也快，而鄭旺陰險的，逐漸圖謀，要比股匪更難對付，目前暫時顧不到這麼多，只有先把股匪打退再說了。」

第十二章　靈河劫難

當鄉團在夜色中待敵的時候，撤至孟莊的股匪也在整頓著，鄧鵬趁著陰陽眼死亡和活剝皮被擄之際，把另兩股的殘匪合併了，自己變成總瓢把子，他合計合計槍枝人頭，要比牛鬍子在世時的實力更強，他要是用這個實力到別處去闖蕩，足可橫州越縣，但在靈河兩岸，他自承有些膽怯心寒。

這一回，牛鬍子嘯聚遠近各股人，聲勢浩大，原以爲不消三天兩日就把靈河兩岸各村屯席捲掉的，如今怎樣了呢？連牛鬍子本人也那樣悽慘的了結了，對方固然也死傷慘重，但鄉團那樣捨命拚搏的旺盛之氣，迄未衰竭，他們居然能憑劣勢人槍奮勇反撲，奪回荆家屯，重佔渡口，自己若再執迷不悟的打下去，也許連這股人槍都保不住了，這不光是嘔一口氣的事，把命丟在這塊荒涼的地方，著實划不來。

「咱們勞師動眾的打了這幾天，」鄧鵬對那些小頭目說：「好處沒見著，人槍損失了不少，靈河各村屯的鄉隊太棘手了，你們還是堅持著要打下去嗎？」

「再去荆家屯拉鋸？」一個說：「那個被火燒過的屯子根本沒有油水可撈，賣了命也是白賣，我看，還是拉走算了。」

「就這麼不聲不響的退走，實在太沒面子了！」另一個說：「面子放在一邊，不去談它，咱們對手底下這許多空著兩手的弟兄也無法交代，我看，咱們不妨拐過頭，向皮毛商鄭旺開口，多少借些盤川，鄭旺雖捏著不少人槍，但他有錢怕事，咱們開出口去，準不會落空，能發點小小的利市，也比拍拍屁股就走要強。」

鄧鵬板著臉搖頭說：

「不！這種事最好少做，鄭旺有錢是真的，但他不是肉頭財主，他是混事多年的光棍，咱們吃過他著人送來的酒肉，再開口找他討索盤川，這就太過分了，咱們寧願吃虧吃到底，日後咱們跟鄭旺還要相處的，犯不著得罪他，路要越走越寬，沒有越走越窄的。」

股匪沒去找鄭旺，當天傍晚，鄭旺卻替鄧鵬又送上兩車酒肉來了，他本人帶著短槍隊前來拜訪鄧鵬，兩人躺到煙鋪上，低聲的談著。

「我是買賣人，」鄭旺說：「凡是有錢的事，我都願意幹，這些年，我有機會販煙走土的牟利，說來都靠諸位幫忙庇護，靈河兩岸各村屯的事我管不著，也不願意插手，我只求保住靈河集，也就夠了，我想您鄧大爺該能體諒我的苦處。」

「鄭大爺您放心，靈河集的一草一木，咱們都沒打算動過，」鄧鵬說：「這一點，我敢大拍胸脯保證。不過，對於各村屯的鄉團，咱們拚得太苦了，以如今的人頭和槍枝，我實在沒有把握再熬下去，……我的槍火不夠啦，除了退走，再沒第二條路可走啦。」

「槍火倒不是大問題，」鄭旺轉動眼珠說：「我是在這兒生根落戶的人，日後跟靈河老戶還要相處，當然不能爲你出槍火，我可以找人搭周如山那條線，供應你們所要的，多了不敢說，萬把發子彈應該有的。」

「這倒是個好主意，」鄧鵬兩眼顯出亮光來：「不知價錢怎麼樣？」

「您放心，不會太貴的。」

「交貨快不快？」

「快。」鄭旺說：「最多三兩天就到貨。周如山是北地的大盤，城裏關係多，他平常不敢直接的接下黑道上的生意，怕官裏藉機會讓他吃官司，這一回，就說是我買的火，運進孟莊，被你們截了，……但您得照價碼先付他的錢，由我轉給他。」

鄧鵬沒想到，這個大腹便便的皮毛商，竟會在這種時刻自願替自己搭線購買大批子彈，假如這筆交易能做得成，勝算便能立即大增，因爲靈河岸的鄉團經過幾日夜的拚搏，他們的子彈也耗得差不多了，誰的槍火充足，誰就能贏，這是顯然的，但皮毛商爲何要幫這個忙呢?!

鄭旺也猜出鄧鵬的心思來，笑說：

「鄧當家的，我是想在這兒插腳點種罌粟，目前擋路的太多啦，這樣，對咱們全有好處，可不是？」

「嘿嘿，」鄧鵬笑起來說：「我說鄭大爺，你不認爲這樣做，你太揀了便宜了嗎？」

「話得說回來，」鄭旺說：「我的黑貨銷得暢旺，可從沒在您那邊少花一文錢，您若是就這麼退走，我在這兒只怕很難站得穩啦！……荊家屯有個荊鐵山，是荊龍的侄兒，前夜他領著人潛離靈河集，我想，到荒灘上去縱火驅狼，就是他幹的，我在集上求自保，沒拉槍出來幫著鄉團，單只這一點，他們就不會輕易放過了！……人總得爲自己做打算，可不是？我沒有瞞什麼。」

「要是有子彈，我得考慮考慮了，」鄧鵬說：「我原先打算退走的，如今我就在孟莊多留兩天，等槍火來了再說，你能不能幫個忙？替我打聽打聽，看鄉團那邊的情形怎樣了？」

「行！」鄭旺一口答應說：「我回集上，立即著人過去打聽，鄉團儘管對我不放心，但他們也沒有什麼事情能瞞得過人的。」

鄭旺自願當免費掮客，替鄧鵬購買大批槍火的事，在荊家屯那邊的鄉團卻都蒙在鼓裏，連一向精於算計的柳和也沒有料到，他們差出去的哨馬遠遠繞著孟莊打轉，發現了股匪仍盤踞在那邊，既不進，又不退，一時弄不清他們有什麼圖謀？

「不管他們打算怎樣，」葉爾靖研判情勢之後說：「橫豎咱們決心熬上了！咱們如今守著窩，槍火糧食都要比股匪充足些，不在乎他們耍出七十二變來！」

葉爾靖接手管事，處處顯出他的穩定和練達來，他把鄉隊重新編隊整頓，也修築了圩垛和加強了柵門，他們趁著股匪沒有反撲上來前夕，清理了火場，把火後的廢基變成臨時住紮的地方，同時，他分別著人去楊家屯、石家老莊和葉家屯各地，通告住戶集糧運送過來，人加餐，馬添料，專心一意的準備迎戰。

這當口，有人來稟告說：

「靈河集上的潘二掌櫃的帶著幾個人來了，他們抬了兩罈子酒，殺了兩口肥豬，說是鄭旺鄭大爺特意差他們送過來的。」

「鄭旺倒滿會獻殷勤的，」葉爾靖說：「咱們和股匪拚火，他拉槍自保，一點忙全沒幫咱們，如今咱們把股匪逐退了，他倒來討巧賣乖了，誰稀罕他這份酒肉？我真恨不得把酒罈子砸在他的腦袋上呢！」

「您息息氣罷，」土鱉子老雷在一邊說：「鄭旺有錢怕事是事實，但他總還算沒跟股匪勾結到一起，這時刻可不宜跟他翻臉咧！」

「我說鐵山，」葉爾靖說：「依你看，鄭旺爲什麼要揀這種時刻著人送酒肉來，他安的是什麼心，你替我揣摩揣摩看？」

「潘二那傢伙，和二馬一樣，不是正經貨，」鐵山說：「他不過是藉送禮爲名，到這兒探聽探聽動靜，看咱們傷亡多少人？彈藥還餘剩若干？……脫不了就是這些事兒！他在表面上是閉門自保，暗地裏，跟鄧鵬有沒有勾結，誰也不敢說。」

「嗯，你這一說，我心裏就有個譜了！」葉爾靖點頭說：「先把潘二請進來再講！」

瘦得像猴乾兒似的潘二，看起來很猥瑣，但他那張嘴可真是能說會道，很會套熱乎，他一進圩子，就擺出一副笑臉，在葉爾靖面前，更是大爺長大爺短的，盡揀恭維話說。

「您知道的，這回股匪擰股合眾犯靈河，聲勢太大了，葉大爺，靈河集人心惶惶，像是大漩渦上的草末兒，一旋就沒影兒了，鄭大爺他手上槍枝人手都不夠，只能閉起柵門求自保，幾天來，鄉團跟股匪鏖殺，損失這樣慘重，鄭大爺他急得連覺全睡不著，心裏疚愧著咧，聽說股匪暫退孟莊的消息，他便叫我立即趕過來，帶來的一點意思，務請諸位爺們能收下。」

「我說潘二，」

「是，葉大爺，您有什麼吩咐麼？」

「談不上吩咐，」葉爾靖說：「你回去告訴鄭大爺，靈河岸各村屯對付股匪的實力還是有的，請他放心，不用靈河集的商團拉槍助陣，咱們一樣能把股匪拆得不成股兒，……活剝皮老許不是一等的狠人麼？如今咱們用牛鐲把他鎖在這兒了，牛鬍子，陰陽眼，這輩子再也神氣不起來啦！三大股的當家首領，兩死一傷，這就是鄧鵬的樣兒，虎豹獅象咱們都見識過了，咱們難道還會在乎一隻拖著尾巴的狼嗎?!」

「是是是，」潘二連連彎腰稱是說：「我知道靈河岸各村屯的鄉隊真管打，您是一把黃羅大傘，咱們都靠您的庇蔭呢。我臨來時，鄭大爺他特意交代過，他說：旁的他都不怎麼擔心，只恐怕鄉團缺少槍火，要是這邊需要槍火，送雖送不起，至少咱們能借出千兒八百發的子彈來，這當口，槍火是最要緊的。」

「不錯，」葉爾靖說：「鄭大爺他顧慮周詳，他既有這個意思，槍火我就借了，——扣起火來，沒有說嫌子彈太多的。」

「只要有您這句話，我回去就跟鄭大爺說一聲，著人點妥槍火送過來，」潘二說著，抬眼瞧見鐵山站在一邊，便笑說：「侄少爺，您原來是跑來幫打來了？無論如何，走的時候也該丟句話，打聲關照，鄭大爺他還以爲你們幾個失了蹤，到處在找呢！」

「鄭大爺他這麼關心我，我可沒想到，」鐵山說：「照這樣說起來，是我太冒失了，改天我再到靈河集上去，當著鄭大爺的面謝罪罷。」

「楊大爺呢？」潘二忽然冒出來問說：「怎麼沒見著？」

「楊大爺在亂戰中中了槍，倒下了！」荊朔說：「雙方熬火，倒人是極平常的事，這邊倒了楊大郎，股匪賠上一個陰陽眼，正好扯平，咱們不會因爲倒下了人，就心生畏怯，這塊家根，咱們就是把命全豁出去，也要保住它，決不讓股匪佔著一絲一毫的便宜。」

荊朔這番話，說得慷慨激昂，使潘二感到驚怔不安，便陪笑說：

「荊二少爺，您說得對，我只是關心著，像楊大郎楊爺那種硬漢，真不該死在槍口上的。」

「誰又該死在槍口上呢？二掌櫃的，」荊朔說：「咱們靈河岸的這些漢子，平素或漁或獵，誰都安分守己，沒殺過人放過火，股匪偏要來弄得人不得安身，倒下的這些人命，股匪得要如數賠上！……活剝皮老許被咱們捉在這兒，他也要償命的。鄧鵬假如不退走的話，他早晚逃不掉，一樣會把命給押上。」

潘二在荊家屯待了一陣，告辭回靈河集去了，他對鄉隊肯拚肯熬的情形，看得極爲清楚，回來後對鄭旺說：

「那一千發槍火，我允給他們啦，咱們兩邊上勁，他們還會狠拚的，拚光了，也怨不到咱們頭上。」

鄭旺陰沉的笑了笑，一切都如他所料想的那麼順當，他要冷眼旁觀的瞧著外力把靈河兩岸各村屯的實力耗空，使他的面前，再沒有有力的阻擋，他便能逐步的佔據獵場，開墾河岸的荒地，大批點種罌粟，這一回，雙方拚得筋疲力竭，傷亡慘重，他再動腦筋給雙方添補槍火，使他們繼續拚下去，按估計，經過這一拚，股匪不成股，而靈河兩岸的鄉團也就會耗得差不多了。

「把槍火點齊，立即給葉爾靖送過去，」他對潘二說：「甭忘記要他們立字據，這算是借的，股匪退走後，他們得如數還回來。」

槍火送到鄧鵬和葉爾靖的手裏，雙方都自以爲有勝定的把握了！鄧鵬召聚頭目來計議，決定趁夜繞過荆家屯，以迅捷奔行的方式去捲劫空虛的楊家屯子，捲掉楊家屯，並不停留，繼續朝北去，火燒石家老莊，然後朝東拐，翻過山嶺和林深草密的丘陵地，回到大龍家寨去，這樣，總算能劫取一些錢財，撈回一些臉面。

他們在夜晚悄悄的行動，繞過荆家屯的東面，沒被鄉隊發覺，但當他們接近楊家屯的時候。附近散莊子上的狗吠聲卻把葉爾靖驚動了。

「不對！」他懷疑說：「這麼三更半夜的，散莊上的一群狗叫得衝上天，必定是聽著了不尋常的動靜了，東邊的哨馬該有消息回報的。」

「天太黑，」石紅鼻子揣摹著：「哨馬不容易看得見什麼，股匪要出什麼新的花樣來罷？……

他們會大隊的摸黑行動麼？」

「這可很難說，」葉爾靖說：「鄧鵬跟活剝皮老許又不一樣，股匪屢次硬撲都沒成事，他們也許會趁黑繞路去攻楊家屯，使咱們難以兼顧。」

「嘿，」石紅鼻子驚怔起來，叫說：「他們若真這麼幹，咱我真還很棘手呢！……楊家屯、石家老莊那一帶的丁壯全在這裏，那些村屯都是老弱，被股匪踹開，就慘透了！」

「不要緊，」葉爾靖說：「我這就著人帶著馬隊捎過去，要是股匪真的繞路去撲楊家屯，咱們便尾著他們直壓過去，使他們無心去攻屯子，咱們佔了地形熟悉的便宜，一路糾纏，股匪的狡謀便很難得逞了。」

他們正說著，放出去的哨馬奔回來了，急匆匆的稟事，說是股匪趨黑越過荊家屯東面的小河汊，穿過散莊，離楊家屯只有三四里遠了。

「響角聚眾！」葉爾靖叫喚說：「咱們儘快的一路尾追過去，預計在五更天追到他們，楊家屯附近地勢開闊，就在那兒和他們拚命。」

鄉隊在夜黑裏聚合起來，大家也都聽到北方散莊子那一帶的狗叫聲，葉爾靖把這情形一說，鄉丁們全都激忿起來，有人認爲鄧鵬太卑鄙了，不來荊家屯找鄉團，一心要捲撲只有婦孺老弱的空屯子；有人認爲這是股匪在謀圖渡河沒成後的一著狠棋，真的被他們踹開楊東屯，大擄人質，握在手掌心裏，鄉團就沒法子再打了。

「馬隊行動快速，」葉爾靖說：「就煩荊朔老弟和柳師傅領著，儘快的尾追過去，最好是在股匪撲進楊家屯之前就把他們纏住，刀隊緊接著奮勇衝殺，使股匪不得不回過頭來應付，……楊家屯還留有二十多桿槍，他們閉上柵門，多少還能抵擋一陣，等到天色微微轉亮，就是咱們全力衝上去拚搏的時候了，咱們生是靈河岸的人，死是靈河岸的鬼，無論死生，都沒有什麼好遺憾的，一個人有口氣在，怎能眼看著父母妻子被股匪擄辱？如今事不宜遲，這就放馬罷！」

荆朔和柳和分領的馬隊，一共只有四十多匹馬，但他們在夜暗裏的行動，要比摸黑走夜路的股匪快到五倍以上，一過那些散莊子，就追上了股匪的後隊，荆朔年紀輕，頭腦敏活，不管三七二十一，首先用馬隊猛射，要造成一種追兵壓上來的氣勢。

果然乒乒、五四幾陣槍聲，使股匪起了混亂，他們的前隊也不得不在楊家屯外僅僅一里遠的小土丘那兒停頓下來，鄧鵬正在得意，認爲這次行動瞞過了葉爾靖所率的鄉隊，楊家屯算是垂手可得了，誰知自己前腳走，鄉隊後腳便跟了過來，使他不得不掉轉槍口，對付追來的。

究竟追來的有多少人？黑夜裏弄不清楚，馬槍的槍聲響得很，打得像塌了半邊天，加上殺喊聲和馬啼的敲響，確是使人驚心動魄。

鄧鵬唯恐後隊被衝散，他自己便領著六七個護駕的趕到後面來。這時刻，對方的馬隊正在上迫，使股匪的後隊顯出有些混亂，跟隨鄧鵬的侯小福說：

「鄧二爺，鄉團的馬隊，人數不多，實力有限，咱們也有馬隊，何不調過來跟他們對上？」

「不成！」鄧鵬說：「咱們馬隊在前面，如今天很黑，一調動就更混亂了，弄到敵我難分的程度，那真的是打爛仗啦。眼前最好的法子，就是咱們穩在原地不動，把動和靜分清楚，對方的馬群再快，也快不過出膛的子彈，就算完全看不見對方，卜準馬蹄的聲音潑火，總能打著他們，撂倒一個算一個。」

「最好能儘快把對方的馬隊打退，」老趙說：「要不然，咱們被咬住在這塊平陽地上無法分身去捲楊家屯，咱們的心機又白費了。」

老趙這樣一提，鄧鵬便臉露恨色說：「想擺脫他們，沒有那麼容易，好在咱們人槍都強過對方，等到天一放亮，咱們就全力頂住，先把鄉團打垮再說，至少要除掉柳和，咱們再行退走。」

在鄧鵬的心裏，始終無法忘記柳和，他認為牛鬍子幾次撲打荊家屯不成，就是栽在柳和的手上，打在城裏會見過他之後，他便一心要把柳和除掉，這一回，他跟活剝皮老許兩個人，把柳和圍困在荊家屯西的墳場裏，原以為捉不著活的，用亂槍打死他應該不成問題，誰知柳和得著刀隊的協力施行反撲，竟然把活剝皮老許擒去了，對於這個專門剋制自己的魔星，若不把他除掉，在這兒，他便很難撿著半分便宜了。

偏巧他手下的幾個：老趙、滿天星、侯小福和常順，都是受過柳和的罪的，當鄧鵬一提起柳和時，那幾個便都咬牙切齒，手捺著槍柄，常順說：

「我敢說：這批馬隊又是柳和率領的，荊龍沒死時，他是荊龍的死黨，荊龍死後，他仍然為靈河賣命，咱們再花多少錢也買不動他，……這種人，活著擋咱們的錢財，只有把他送上西天啦！」

「有一個辦法能撂倒他！」老趙說：「咱們佈妥人槍，任它馬隊衝進來，然後一齊發槍圍擊，他就跑不掉了！」

老趙所拿的主意並不錯，但對方並不上他們的圈套，他們很快便發現了，鄉團馬隊的攻撲，主要只是在牽制，他們的馬群在陣前交叉的橫奔，大聲殺喊，拚命響槍，造成一股氣勢，卻不正面衝上來。

面對這種情勢，鄧鵬有些無可奈何，他明知對方存心牽制，但他卻無法擺脫糾纏，在這時候，領人先去撲楊家屯，他佈妥的陣勢同樣的用不上，當對方的馬隊在黑裏奔騰之際，他手下人只能盲目的響槍，打不打得著人，不知道，但浪費子彈卻是真的。

「這樣不成，」他關照老趙說：「咱們儘管進了一批砲火，也不能這樣浪擲，你傳告下去，咱們要沉住氣，不見兔子不撒鷹，沒見著人影，決不能亂開槍。」

老趙把這意思傳告下去，馬隊的攻撲也忽然停頓了，隨著角聲大起，刀隊又滾殺上來，山戶們很蠻悍，他們毫不在乎股匪的火力旺盛，亮著刀拚命朝上跑，眨眼間就衝到股匪的後隊裏來。

聽了老趙的傳告之後，股匪沒輕易開槍，等到刀隊一鼓作氣的湧上來，他們再開槍已嫌晚了一步，雙方業已展開貼身的搏殺，即使這樣，股匪的排槍還是把衝上來的刀隊打躺下不少人，但一百張刀衝到股匪群裏一頓砍殺，股匪的後隊也不支崩潰了。

鄧鵬深恨他手下的這些嘍囉不爭氣，但他根本上束手無策，他也明白，這後隊是由陰陽眼和一部分活剝皮老許的殘部編成的，他們的首領不在了，但並不甘心被自己吞併，一遇上這種拚鬥，人人各有打算，放它幾槍應應景兒，瞧著苗頭不對，三五成群的拖了槍就走，這一崩真是崩得徹底，——連人影兒全不見了。

但刀隊的衝殺遇上股匪的前隊，就被槍火壓住了，股匪的前隊原是牛鬍子那股的精銳，雖是屢受挫折，有了損傷，但在鄧鵬的率領下還能挺得住，他們背向楊家屯，在平野上站住腳，勉力把刀隊的攻撲遏止住，這時候，天已逐漸的放亮了。

天逐漸的放亮了，葉爾靖自率的鄉團全部人槍也都趕到楊家屯南邊，股匪既然無法攻打楊家屯，又無法在陣前逃遁，鄉團一上來就開了火，鄧鵬被逼得只有開槍還擊，鄉下人把開火稱為「熬」火，這種樣硬著頭皮開槍的打法，實在有些硬熬硬挺的味道。

雙方一接上火，打得就很激烈，雙方的馬隊也在奔馳搏殺，鄉團的人數統合有八百之譜，股匪初來時，原有兩千多人，經過幾番鏖殺，連死帶傷，加上跑掉的，也就去了一千多，餘下的不過九百人左右，這一夜，陰陽眼和活剝皮老許的殘部編成的後隊又崩潰了，使股匪人數上的優勢歸於烏有，僅僅乎在槍械上比鄉隊要強些。

葉爾靖對這種情勢判斷得很準，他認為股匪的氣勢業已衰竭，不論鄧鵬有多大的能耐，他也沒有回天的法術能夠挽救了。因此，他對鄉丁們叫說：

「想想股匪屢次三番作戰靈河兩岸欠下的血債，鄉親們，今天就是咱們討還的時刻了！」

「大夥兒一齊朝上衝！」荊朔也叫說：「讓咱們替死去的親朋戚友報仇啊！」

憑著這段旺盛的士氣，大家頂著子彈朝上逼，天還沒過午，股匪的敗勢便更加顯露出來了。

太陽在人頭頂上灼耀著，大地像一扇熱騰騰的蒸籠，由於股匪存身的地方地勢平坦，除了草溝地裂子之外，別無掩蔽的地方，他們只有儘量密集，跪地舉槍，抵禦鄉隊的攻撲，他們渾身透著汗水，又飢餓又疲憊，幾乎睜不開眼來，但他們仍得要在屍堆血泊裏撐持下去，尋覓脫身逃命的機會。

這時候，鄧鵬便覺出事情不妙了。

從鄉隊啣尾窮追，攻撲得異常猛烈的情況看來，葉爾靖這幫人全是一腔怒火，存心要在這兒把自己撕毀掉，再熬下去，準是兩敗俱傷的局面，這兒是鄉隊的家根，他們在人力上還有增添的餘裕，而自己這邊，倒下一個就少一個。

計算上的不利還不是挺要緊的，最令鄧鵬惶懼的，該是他明白手下的人怨聲四起，包括若干小頭目在內，他們都埋怨牛鬍子硬把他們帶到靈河岸這塊荒蠻的地方來，他們沒撈著油水，分得好處，反而不斷的賠上性命，他們在暗中計議，不願再打下去，誰都希望早點撤走，人心渙散到這種地步，自己若再硬逼著他們撐到底，那就太不自量了。

照鄉隊這種攻撲的情形來看，不出一兩個時辰，自己這邊非崩散不可！

鄧鵬平常要比死去的牛騶子通人氣些，也頗能爲手下的嘍囉們著想，一等臨到真正危急的辰光，爲求保全他自己的性命，他就自私起來，專門爲自己的脫身作打算了。

情勢明擺在眼前，在鄉隊攻撲不停的情況下，大隊無法拉走，他想要脫身，只有召聚一批護駕的槍手和一小群馬隊，利用大隊在抵抗時悄悄的離開這裏，朝東北角的丘陵遁竄。

打定主意，他把老趙、滿天星、侯小福和常順四個召來說：

「你們幾個，都是我的心腹，咱們目前顧不到大隊了，能逃便拔腿先逃，還有機會活出去，萬一落到葉爾靖的手裏，真還不知怎樣死法呢？」

「情勢不好倒是事實，鄧二爺，」老趙說：「不過，咱們這許多人槍，可不是一朝一夕聚起來的，它可是咱們混世的老本，老本輸光了，咱們日後拿什麼混？所以我說：能撐就儘量的撐下去，您若是拔路先走掉，我敢講這幾百人槍便送了禮，葉爾靖若是吃掉咱們，甭說旁的，單就槍枝實力來說，他就會比目前更強幾倍，那時候，咱們更連報復的機會都沒啦！」

「邊打邊撤也是個辦法，」常順說：「咱們若能退到丘陵地那兒，大夥兒便都有了希望，至少，它要比陷在這塊平陽地上強得多，傷亡也不會像這樣的慘重，您覺得如何？」

「這也是一法，」鄧鵬經他們這一說，又犯起猶疑來，真的，他爲什麼光想到自己逃遁呢？這批人槍，少說還有六七百人，鄉隊再強，也無法一口吞下去，當年牛騶子不知費了多少心機才混出大股的氣候，白白丟在靈河岸這塊不打眼的地方，認真想想，實在有些不甘心。

他沉吟了一陣說：「不妨依照你的方法試一試，——邊打邊退，到丘陵地那邊再站穩。」

他們商議一陣，決定用這方法一試，老趙把股匪分成兩隊，一隊開火，另一隊後撤半里地，停住了，列陣掩護，再把前隊撤回，這樣交叉，估計用不到幾回，就會退入丘陵地了。

計議都沒有錯，可當真正做起來，什麼交叉掩護都成了空話，大家拎著槍朝東北角撒奔子亂跑，彷彿在比誰的腿快。

他們這樣一亂，鄉隊便像平時逐兔子似的猛追起來，一面追，一面嚷叫，要他們丟下槍保命，有些跑得動的，扛著槍越跑越快，有些跑不動的，只有乖乖的扔下槍，跪在地上，雙手抱著頭，甘心被鄉隊擄獲了。

不過，這種淒慘的情形，鄧鵬沒有機會看到了，當股匪的尾巴被鄉團抖散時，鄧鵬業已鞭著馬，遠遠的跑在前頭，進入了丘陵地了。

傍晚時分，他在丘陵地當中停歇下來，等待殘眾，等到入夜一共只聚合了三十多匹馬，兩百多人頭，比起率眾來時的光景，整整差了十倍。

鄧鵬想不透這個，想不透他的手下怎會這樣的不經打！幾仗硬火就把他們熬垮掉了。拿昨夜來說罷，明明還有近千的實力，他怎樣也沒料到，最後這一撤，把他的老本幾幾乎全部貼光。

不過，想想三個大股的頭目，牛鬍子、陰陽眼和活剝皮老許三個人的下場，自己不能不額手慶幸，總算還把腦袋保住了，何況死掉牛鬍子，自己便由二當家的升爲大當家的，不再看人的臉色，受人的氣了，如今槍還有兩三百，勉強湊合，還有滾大的機會，馬虎點兒，就算是有得有失罷……不過，靈河兩岸，朝後實在來不得啦！

他星夜率著殘眾翻山退走了。

也算是鄧鵬走運，他退得快，鄉隊也抱著窮寇莫追的打算，傍晚時分，他們追到丘陵地邊緣就停住了腳。這一火，鄉團的收穫出乎意外的多，他們一共擄獲股匪三百多人，繳得兩百四十多支槍，幾千發槍火。

包括葉爾靖在內，誰都認爲這些丟了槍的股匪原是飢民和混混，罪不至死，既然丟了槍，就該把他們押送到縣裏去發落，而這些槍枝、彈藥，靈河兩岸各村屯可以把它們留下，好作日後防盜禦盜用。

誰知縣裏對於大股匪捲劫鄉野的事充耳不聞，既不差隊伍下來清剿，又不在槍械彈藥上協助地方，但在盜匪退走後，他們的耳朵比驢還長，立即差人下來，約見當地的鄉董執事，指明要他們把擄獲的械彈列冊報數，不得私自隱蔽，否則便要從嚴究辦！

「在老北洋的地面上，就有這等怪事？」葉爾靖在官差走後，憤慨的說：「股匪大批捲襲，他們不見影兒，等到咱們拚贏了，他們卻趕來趁熱端鍋，那咱們死的白死，傷的白傷了！」

「您息息氣吧，」柳和勸說：「其實他們來要槍，不過是趁機訛詐，咱們把一些不堪使用的土造槍多少列冊報它個三十支、五十支的充個數，好槍留下來，這些槍械又沒烙過火印，他們怎分得出哪些是股匪的？哪些是咱們的？……拿他們當鬼待也就是了。他們得著這些槍枝，你猜他們會怎麼處置？十有八九再轉手賣掉！」

「賣掉？」

「當然啦，」柳和說：「股匪的這些槍枝都是打哪兒來的，還不是零碎從北洋軍手裏流聚起來的，他們有些隊伍，把走私槍火當成一筆活水財源呢！也許咱們這些偏遠的縣分太窮太荒涼了，那些將軍帥爺們眼角沒掛上，像這類事兒一旦開了頭，日後是想躲也躲不了的，您可不能太實心眼兒。」

「就是啊！」石紅鼻子說：「俗話說得好，拿人當人看，拿鬼當鬼看，真是錯不了的，咱們得聽柳師傅的話，好歹糊弄糊弄算了。」

大夥兒都抱定這種主意，葉爾靖便儘快的把擄獲的槍枝分配給村屯，要他們用油布包紮妥當，先下窖子窖藏一段日子，然後七湊八湊的湊齊三十多支不堪使用的土造舊槍，列妥冊子，解交到官裏去，打算了結。

槍枝的事情弄妥了，對這些被擄的股匪的處置，更是一大難題，包括活剝皮老許在內，被擄的有好幾百個人，他們雖是爲非作歹，但都還是人，不是牲畜，張開嘴來就要給他們飯吃，經過三番五次的折騰，各村屯死傷累累，一片愁雲慘霧，本身的糧食業已不夠充饑，哪還有力量擔得起養活這許多股匪被擄者？

若說把他們押解進縣城去，也不是像嘴上所說那麼簡單，幾百人犯，得差多少人去押解？如果押解的人太少，半路上遇著股匪同夥截攔，根本無力防範，要是調動鄉隊的大部人槍，靈河岸又成了真空。

想來想去，柳和想出一個法子，他說：

「這些人裏，除了頭目之外，大多也都是飢民混混，不如先逐個問話，有悔意的，就先把他們放了，餘下的，也具文列冊，暫押在原地，請官裏派人下來押解進城，這樣，他們即使不當時差人下來，好在這兒留下的人數不多，看管也方便些。」

「好，」葉爾靖說：「我看也只有用這個方法了！」

他也是急性子，說幹就幹，一天之內，經過分別的問話，靈河岸的鄉隊釋放了被擄股匪的絕大部分，只留下活剝皮老許以次的頭目二十三個，造冊報官，呈請拘提進城，把這些事全部辦妥，大夥兒才覺得，這一場大風暴總算又熬過去了。

「老天爺你睜睜眼，」楊家屯一位老婆婆禱告說：「不要讓劫難再來磨折這塊荒涼地啦！」

「老大娘，妳甭憂急，」葉爾靖說：「至少這一回，咱們算是把遠近的股匪一舉打散了，他們至少有三、五年恢復不了元氣，也不會再來了。」

股匪退走了，人們從噩夢裏醒轉過來，這才發覺，靈河岸幾乎被摧殘得面目全非了，受禍最深的荊家屯變成火劫後的遺墟，到處是焦黑的樑木和殘磚碎瓦，屯裏屯外，仍有暴露的遺屍，使逃難回來的人不得不忙於清理和整頓。

人說：一朝捱蛇咬，十年怕草繩，股匪雖然退走，但各村屯的鄉隊仍然集結著，屯住在河東岸的楊家屯。在葉爾靖的心裏，有著兩重顧忌，一方面恐怕鄧鵬陰魂不散，仍會趁虛蠢動，一方面更擔心著靈河集的鄭旺會在這時候做出落井下石的事來。

劫後的靈河，虛軟疲憊，再經受不起新的打擊了。

在同時，各執事的一再集會，商議著怎樣使靈河岸各村屯回復到過去的日子？他們需要墾地，需要糧種，需要讓漢子們回到河上和獵場去，他們必得努力的去做這些，增漁獲和皮毛的產量，才能使他們的家人和妻小挨過寒冷和饑餓的冬天。

靈河岸是孤獨荒涼的，它和外間缺少連繫，在座的人都明白，他們一切生活上的困境，都靠自己去突破，去解決，沒有旁人能幫助他們什麼，附近若干的小集鎮，早些年就在股匪的勢力籠罩之下聯莊組織尚不足自保，由於經常被盜匪捲劫，日子過得並不比靈河兩岸好，又哪有餘力來幫助旁人。

「首先咱們得掃除狼患，」葉爾靖說：「鐵山老弟為了阻止股匪渡河，火燒荒灘，使狼群奔竄到河東岸來，目前這些狼群都還廣散在荊家屯附近的林莽裏，日久必會擾襲人畜，這得要組成獵隊專門對付，狼患若不清除，日後便沒人敢在夜晚單獨出門了。」

「葉大爺，狼群是我逐過來的，當然我該全力的去收拾牠們，」鐵山首先站起來說：「儘管我不敢說一時就能除得盡牠們，至少能使牠們不敢明目張膽的出來撲噬人畜，我要用狼皮的數目來表示這一點。」

「鐵山願意出面獵狼，最適合不過了，」史福老爹說：「他原就對行獵有經驗，深知狼群的習性，咱們如今槍火也夠充足，我相信過了這一冬，狼群雖不至絕跡，餘下的，也不足爲患了。」

「荒灘地這一把火，雖然燒出一場狼患來，」葉爾靖說：「但火後的荒灘南邊一半，土質肥沃，水又便利，極宜把它拓爲糧田，這塊地的產權既不屬河東，又不屬河西，如何區處，兄弟倒希望諸位提出主張來。」

「我是河西人，」史福老爹清清嗓子說：「容我在這兒說句公道話，我認爲這回股匪捲劫靈河，荊家屯和附近散戶首當其衝，損失慘重，有些人家的當家漢子倒了下去，有些人家失去了兒子，這些田地的墾拓權實在應該交給他們，多少表示出咱們靈河兩岸人家撫孤恤苦的意思，封他們的家屬略有補償。」

「史福老爹您真是說得好！」葉爾靖說：「兄弟心裏也正有這麼一層意思，要是諸位沒有旁的話說，咱們就這樣決定罷！」

葉爾靖在這件事情上，做得公平仁厚，使那些傷心欲絕的孤兒寡婦能分到一塊肥沃的灘田，這種出糧的田地，在別處也許不算什麼，在靈河一帶，那就太稀罕了。

做這件事時，葉爾靖原擔心鄭旺會從暗中搗鬼，誰知鄭旺不但沒出來過問，反而送出二十七擔糧種，算是祝賀那些領到灘地的不幸的人家。

鄭旺帶著潘二和二馬兩個騎牲口跑來拜望葉爾靖和荊朔，口口聲聲表示歉疚。他說：

「葉大爺，我手上的商團大部分都是花錢雇請來的槍丁，他們只圖掛個名混口飯吃，真叫他們賣命去打股匪，一個個都成了縮脖烏龜啦！他們來時，跟我簽的有合同，受了傷，我都得賠錢，只爲打股匪倒下人來，我連家當子兒都抖出來也不夠賠的，所以這一回，我不是袖手旁觀，實在是幫不上你們的忙，這點苦衷，我想葉大爺您一定會諒解的。」

「好在事情已經過去了，鄭大爺，」葉爾靖說：「咱們並沒有絲毫責怨您的意思，咱們全是根生土長的人，爲自己的家鄉抗股匪賣老命是該當的，您是城裏人，下來做買賣，沒道理爲咱們流血賣命，上回承您要潘二掌櫃的送來千發槍火，咱們還沒感謝您呢，……沒有那些子彈，最後一火咱們就不容易把鄧鵬打垮掉了！」

鄭旺想到他和股匪鄧鵬之間萬發子彈的交易，臉就有些發熱，在他以爲這樣一來，股匪和鄉團雙方都會拚得有皮沒毛，撿便宜的當然是自己了。誰知鄧鵬也太不經打，被鄉隊一衝就垮不說，更把許多槍械子彈都扔棄掉，使鄉隊實力增加一倍以上，早知這樣，他何必又要叫潘二送槍火，助長了鄉隊獲勝的機會？

「葉大爺，您何必這樣客氣呢，」他嘴上說：「那只是我應該做的，像這回送糧種一樣，人說：遠親不如近鄰，我已移居靈河集，咱們都是鄰居啊！」

不管葉爾靖信不信得過鄭旺，但對方做的事不能不說漂亮，任誰也捏不著他鄭旺的把柄，當然只有笑著臉接受的份兒了。

鄭旺又找著鐵山，對他說：

「我說侄少爺，你老弟帶著人去巡查，離開集鎮，連句話也沒留，害得我一直爲你們幾個擔心，當然，你在靈河集上，行動自由沒人管，至少，你總該留句話呀！」

「我真抱歉，顧慮得太不周全，」鐵山說：「當時聽說股匪要結筏渡河，情形危急，我一急就急暈了頭，巴不能插翅飛過去和他們拚搏，阻止他們渡河，走得也真太急了，因此沒能留話。」

「套句葉大爺所說的話，」鄭旺說：「好在事情業已過去了，你們要回靈河集，請隨時動身回來，朝後少幹這些冒失的事，甭再讓人牽腸掛肚就好啦，……我講這話，並不是存心責難你。」

「我知道，」鐵山說：「我還得感激鄭大爺您的氣度呢，不過，我剛剛答允葉大爺，由我帶著獵隊，儘快消除過了河的野狼，暫時恐怕不會回到集上去照管那爿店了，……那邊的店鋪掛的是出售皮毛的招牌，但我們手邊沒有貨，想想還是行獵要緊。」

「店鋪是你們的，你們愛什麼時刻回去，就什麼時刻回去，」鄭旺打著哈哈說：「這如今，股匪退了，我可再沒有什麼好擔心的了……」

鄭旺回到靈河集去了，他在靈河兩岸鄉隊最困難的時辰，著潘二來送槍火，如今他又來送糧種，誰也不能安排他有什麼不是，一般得著糧種的人家，都誇說鄭老闆是個善心的好人。

為這事，葉爾靖一心的憂悶，他滿心的意思很難說得出來，鄭旺當真是善心的好人麼？他根本不是那種人，從他低價統購產地的皮毛，從他大量點種罌粟製成煙土的行跡來看，他是城裏極狡猾的奸商，但他對人常擺出那副肉團團的笑臉，他做出來的事，圓滑老練，使人無法公開指責他錯在什麼地方？……這意思能跟誰去說呢？當然只有柳和了。

「柳師傅，對於鄭旺送糧種的事，您有什麼樣的看法呢？」他說。

「當然，他是計算好了來的，」柳和說：「靈河的鄉隊沒有垮，若是垮了，只怕一步一個響頭叩進靈河集去求他，他也未必肯借一粒糧，很明顯的，他不願得罪咱們，撿著這時刻跑來送糧種，不但要拿它封住咱們的嘴，卸掉他當時冷眼旁觀的擔子，更用它討好賣乖，便利他日後的行事，這事是很明顯的。」

「咱們明知他的詭計，卻又無法公開點破它，這真夠苦了！」葉爾靖嘆口氣說：「我是鄉下人，遇事寧願硬打硬上，要我對付牛騮子和鄧鵬都很容易，要我對付鄭旺這種油頭滑腦的傢伙，可真不靈！」

「真的，」柳和說：「對付鄭旺確實很難，目前最好的方法，一個是等，另一個是忍，您知道，再狡猾的狐狸，尾巴總會露出來的，等到他要在靈河岸佔便宜的時候，大家的眼睛是雪亮的，他再想掩飾也不成了。」

「還是柳師傅想得周全，」葉爾靖說：「荊龍大叔去世後，靈河岸少了拿主意的，該說是吃虧不少，朝後去，就得煩請柳師傅多費心了。」

「說實在話罷，葉大爺，」柳和說：「我在外混跡多年，真該回家去啦，我總覺荊大爺他生前待我不薄，如今他那宗血案仍沒查明白，使我無法甩開手不管，您儘管放心，我姓柳的待在這兒一天，您有任何事交代我，我都會盡力去辦的。」

「依您看，鄭旺目前會不會行動呢？」葉爾靖說。

「我看還沒到時候，」柳和說，「鄭旺依恃他的財勢和他在縣城裡的路子，他若想在靈河一帶做些什麼，不會單獨直接出面，他會和北洋的官裡勾結，拿規矩法條之類的來繞人，那裏頭的花樣可就多了！」

「我最擔心的就是這個！」葉爾靖在腿上拍了一巴掌，顯得很激忿的說：「他若用這種方法耍弄人，脫不了換來一個『拚』字，咱們會豁命跟他拚上！」

「那倒用不著，」柳和說：「他不管耍出什麼花樣，天理可是寫在每個人的頭頂上的，人人都會揣忖，都會認得清那個理字！……理字上站不住，老北洋照樣會塌掉，咱們心安理得的等著就是了！」

葉爾靖回到河西去了，鄉隊也紛紛散回他們自己的村落，去從事他們自己的生計去了，股匪退後不久，日子便平靜下來，回復了早年那種空蕩，彷彿什麼也沒發生過，過往的亂動，只在人的心裡留下一點黑鬱鬱的記憶，觸景生情，心窩那團黑便會像黃昏時的蝙蝠一樣飛出來，在黯色的天空的背景下逐舞著，越舞越是迷離，隨後也就化成一片空蕩了。

只有鐵山帶著他那一夥精強壯實的小弟兄們，緊張的面對著一群飄忽的野狼。獵狼這差使，聽起來平常，幹起來才知道有多麼難，狼群可不像股匪那樣容易找，荊家屯外，天遼地闊，林草深密，荒草彎腰，牠們究竟藏匿在什麼地方，白天根本查察不出來，只能在夜晚，從牠們偶爾發出的嗥叫聲大致判斷出牠們存身的方位，第二天再一路追蹤過去。

鐵山比誰都明白，如果狼群繼續留在靈河沿岸，這兒的獵場上，獵物自然就少了，獐貓鹿兔之類的小獵物，談不上大量繁殖，都已變成狼群捕獵果腹的對象，季候業已逐漸轉秋了，這正是靈河兩岸人逐獵的好季節，他必得儘快的驅逐狼群，保住這一帶的獵場不可。

正當他和佟忠、程世寶、王貴幾個日夜奔忙的時刻，野狼群鬧出事來了，北地有一群糧販子，販糧到靈河集上來，黃昏時分過孟莊，被狼群突然撲襲，失蹤了一個人和一匹小驢，鄭旺差出一隊槍丁四處尋覓，人沒找到，小驢倒在草叢裡找到了，被野狼拖噬，只賸下一張驢皮。

「這怎麼成呢？」鄭旺說話了：「靈河集是個新興的集鎮，全靠四方的外地客商來做買賣，才能繁榮市面，出了這種駭人的事，朝後誰還敢來?!」

有人勸他說：

「鄭大爺，您也甭急，鄉隊不是業已交代鐵山，領著人在追獵狼群了嘛？」

「鐵山是幹這一行的，我知道，」鄭旺說：「但他平素也只是獵獵紅狐和野兔，獵狼的經驗不多，單靠他那幾個人，幾桿槍，怎能除得了狼患？葉爾靖回到河西去不管事，我可不能不管，咱們也得派出幾隊人去，幫著獵狼，務必要把野狼群逐回北邊的深山裡去，不能讓他們在附近擾害人畜！」

鄭旺說了這話，立即便組成三個人數眾多、規模龐大的獵隊，帶著獵車和乾糧，出發獵狼去了。這三隊人槍，分由潘二、鄔學如和二馬領著，沿著靈河岸朝北去，一直到達石家老莊北邊的山口那兒，明是獵狼，其實是藉機佔據了靈河東岸的獵場。

這情形，靈河東岸幾個村屯的人很快便發覺了，楊家屯的獵手們更爲憤怒焦急，推出人到荊家屯來找荊朔，認爲靈河集的商團不該這樣做，即使他們沒有爭獵場的意思，這樣一來，也使他們無法行獵了。

荊朔也覺得事情很嚴重，他跟柳和商議說：

「柳大叔，您看怎麼辦呢？」

「狼群侵擾人畜確是事實，」柳和緩緩的說：「這種事實，偏又首先跟靈河集扯上了關係，使鄭旺有了充分的藉口，派出他的槍隊來幫著獵狼，說起來，他在理字上站得住腳，他還會說是全爲地方著想的呢，咱們拿什麼道理跟對方翻臉？」

「這情形我想得到的，」荊朔說：「問題是鄭旺差出去的槍隊，根本不在獵狼，而是試圖侵佔獵場，這跟咱們關係太大了，有許多人家全靠行獵維生，這樣一來，鄭旺逐漸自產自銷，咱們的獵戶只有上吊了。」

「人做事全是活的，可進可退，變化實在大得很！」柳和說：「鄭旺幹事的那一套，我自信摸得很清楚，他這回並不打算真的侵佔獵場，但是在做試探，咱們態度若是強一些，他便退一些，咱們弱一些，他便進一些，咱們若是跨錯了步子，先在理字上栽了大筋斗，那他便捏定了咱們的小辮子，拎著玩了，所以我覺得不論是進是退，咱們千萬得採取穩字訣兒，決不跌倒，這樣，鄭旺同樣不會先翻臉，……我想，這只是我個人的看法，究竟應該怎麼做，還得請各村屯的執事一道兒商議。」

荊朔備妥了帖子，著人分送到各村屯去，他們很快便在荊家屯聚齊了，其中楊家屯的最為氣憤，他們的屯子裡，十戶有九戶都是從獵的，眼看著鄭旺差來的槍隊藉著獵狼為名，在獵區裡亂竄，亂開槍，把藏匿的獵物都給逐散了，這樣下去，他們即使退走，獵場也成了空的，他們這一季獲不著皮毛，一冬只能喝西北風啦！

楊大郎的侄兒楊義說：

「他鄭旺哪兒是在狼獵？他是在存心攪和咱們，這比股匪捲劫更要嚴重，他是在砸掉咱們賴以活命的飯碗，這事若不立時解決，咱們非拉槍和他拚上不可了！」

「小兄弟，你得冷靜點兒，」葉爾靖說：「你年輕氣盛，看事只看你站的這一面，鄭旺再陰毒，他可不是股匪，一沒偷，二沒搶，他是假著獵狼的名義，替地方辦事來的，你一不忍，開了槍，鬧出人命，他會遞狀子告你，官司纏身，像蟒蛇纏人一樣，輕舉妄動決不是好辦法，有話咱們不妨仔細商量，總有妥當的法子對付他的。」

「我倒不一定要跟他們對火，」楊義說：「無論用什麼法子，總得要讓他們儘快退出獵場，秋季是行獵的季節，一過這一季，咱們連明年的日子怕都挨不過去了！」

瞧著楊義那股鬱憤的神情，大夥兒心裡都很難忍，葉爾靖說：

「儘管鄭旺很狡猾，理字還能壓得住他，咱們這就著人送帖子，把他請過來見面，有理和他攤在桌面上談，看他怎麼說？咱們再怎麼對付。」

「這也是個辦法，」石紅鼻子說：「這件事，麻煩是他先找的，咱們總不願像拜山朝聖似的去朝拜他，日後弄習慣了，他更頭昂昂的，不把咱們放在眼裡啦！」

「我想，鄭旺還不至於搭那麼大的架子，」葉爾靖說：「咱們差專人送帖子請他，他會來的。」

正如葉爾靖所料，帖子送過去，鄭旺很快就騎著馬到荊家屯來了，葉爾靖央請鄭旺落座後，首先開門見山的抖出話來說：

「鄭大爺，咱們大夥兒都是熟人，也用不著繞什麼彎兒了，這一回，鐵山爲阻止股匪渡河去侵擾河西，縱火燒了荒灘，使野狼群到東岸來爲患，這是事實，不過，各村屯業已合組了一支獵隊專門來對付狼群了，您鄭大爺差出三股人幫忙獵狼，維護地方安靖，咱們異常感激，不過，這三股沿河北上，分佔了獵場，東奔西逐的一攪和，咱們的獵手這一季怕就得不著獵物，聚不起皮毛來了，爲他們的生活著想，咱們不得不求您幫這個忙，先把您的人槍撤回去，至少，咱們希望這樣，您酌量情形辦罷！有話好商量。」

「天地良心，我決沒想到佔獵場的事，」鄭旺說：「我如今在靈河集管事，不能不替集市著想，野狼群在孟莊附近撲噬人畜可不是假的，如果這類事情一而再再而三的發生，誰還敢到靈河集來趕集？……你們能拉槍獵狼，我也能，爲地方做事，難道是我鄭旺做錯了？我自認對待各村屯不薄，諸位該不會因爲我熱心獵狼就記恨我罷？」

「沒有人說您有錯，」葉爾靖耐心陪笑說：「野狼群雖是殘忍狡猾，但牠們並不是虎豹，只要有專門對付牠們的人槍不斷的逐獵，牠們在平地上站不住腳，自會匿竄到北邊的深山裡去的，如今，鐵山帶著人在逐獵狼群，您該算信得過他吧？差這許多人槍出來，似乎不必了。」

「葉大爺您說得也是，」鄭旺說：「不過，鐵山兄的人槍，我看也太單薄了一點，獵狼的事拖不得，冬季正是市面上的旺季，我不能不保護靈河集附近的客商行旅，這和佔獵場無關……我決沒有這個意思。」

鄭旺笑著，話說得很平和，沒帶一點兒火氣，但他仍然沒作事實上的讓步，沒說要撤出他的槍隊。

這時候，柳和在一旁說：

「鄭大爺，就算您差人出來獵狼，佔據了靈河沿岸的獵場，使這兒許多獵戶的生活失了依憑，您總得定個期限，要不然，靈河集是繁盛了，各村屯的人也沒得混的了，您忍心看旁人上吊?!」

「期限？」鄭旺說：「這得看狼群啦！若果牠們仍不匿遁，卻在這附近林叢裏跟人打轉的話，我能不管嗎？」

「管，您當然有權管，」柳和說：「不過，集市和各村屯各有各的地界，您的槍隊儘可在靈河集附近活動，用不著越過荊家屯，至於這邊獵狼的事，可交給葉大爺的鄉團來辦理，我是個外路人，人微言輕，不過掏陳出心裏這麼一點兒意思，這樣各守地界，也許是避免衝突的好方法，您當不會堅持非越界不可罷?!」

一向能言善道的鄭旺也幾乎被窘住了，他抬眼看著柳和，笑臉僵著放不開又收不起。

「柳師傅，您說的有些道理，」他說：「我覺得，這宗事情慢慢的好商量！不過，這得看咱們雙方是不是都有誠意，要不然，那就很難啦！」

「您這話是怎麼講呢？」葉爾靖說。

「打個比方來說好了，」鄭旺說：「假如真按照地界分開來獵狼，我那邊發現狼蹤，只要把牠們攆過地界就不管了，你們那邊再把狼群趕回來，那又該怎麼辦呢？……我這可不是說笑話，世上扯皮的事多得很呢！」

鄭旺口口聲聲怕扯皮，他自己卻先借了題目扯起皮來了。

「我想不至於有這種事罷，鄭大爺，」葉爾靖說：「靈河集上所住的，有許多是各村屯移去的老戶，咱們的心術，還不會如鄭大爺您所想的那麼糟，大夥兒也都不是三歲的孩子了，誰都知道狼患是要除的，您打的比方，實在有些不可思議了！」

「不不不！」鄭旺一本正經的說：「世上有許多事，當時沒弄清楚，大家都說沒有事，結果就生出意外的枝節來了，咱們如今是先小人，後君子，把事情全當面說清楚，免得日後出了岔兒，弄得彼此不痛快，就照葉大爺您所說，您敢擔保日後沒有扯皮的事嗎？」

「我當然敢擔保，」葉爾靖的脾氣原就很急燥，聲音裏透著火氣，嗓門兒也高了起來：「今天，咱們不管道理是怎麼談法，您鄭大爺越界的三股人槍，能否先請撤回去？要不然，雙方正面鬧起來，我姓葉的挑不了這個千斤擔子！」

「何必動火呢？葉大爺，」鄭旺聳聳肩說：「我剛剛說過，有話慢慢好商量，動火也解決不了問題，我來這兒，是諸位遞帖子請我來的，諸位該不會夥著欺侮我這個外地來的新戶罷？葉大爺，您不會忘記，這集市還是您一手興起來，今天，您願意眼看著它一天天的蕭條冷落，變成鬼市？我鄭旺勢孤力單，但我要爲靈河集爭到底，野狼的禍害不談出眉目來，要我撤人，談不上。」

葉爾靖兩眼激忿得有些發紅，當鄭旺說話時，他已經把手捺在槍柄上，但柳和向他施了眼色，然後開口說：

「野狼群有多少數目，只怕誰也弄不清楚，咱們不敢擔保什麼時候能獵盡牠們，事實上，各地鬧狼，沒聽說有哪個地方使狼群絕跡的，您要怎樣談，才算有眉目呢？您鄭大爺乾脆說存心要佔獵場，還光明磊落些。」

鄭旺雖說老奸巨滑，但他卻對飛刀柳和心存憚忌，一聽柳和這樣說，急忙搖手說：

「哎哎，柳師傅，您可千萬甭栽我，我要真存這種心，甭說大模大樣的坐在這兒了，只怕來全不敢來啦！人說：老虎沒了牙，虎威還在呢，葉大爺他領的鄉團，能把牛鬍子各股悍匪幾千人打得稀花爛，我鄭旺算什麼？一個買賣人，手底下的幾支自衛槍，憑什麼跟諸位作對呀？我鄭旺可沒有那個膽子。」

「這也用不著客氣，」葉爾靖這才略爲緩和下來，冷笑一聲說：「您鄭大爺槍新馬快，財源充足，說什麼也比咱們這些鄉角落裏沒見過世面的土巴佬強得多，何況您在官裏有朋友，咱們更難比得上了，不過，有兩句不中聽的話我要說在前頭，——今天不管您鄭大爺多麼有頭有臉，我限你兩天之內，把你的人撤出獵場，不得越界，要不然，你就等著瞧好了！」

「照這樣說，您葉大爺是不談道理了？」

「不談了！」葉爾靖把槍抽出來，壓在桌角說：「我姓葉的講道理得看對什麼人！我沒有精神和你歪纏，就算我把話說絕了，你有什麼招數，儘管使出來罷！」

「這又何必呢，」鄭旺兩眼上上下下的望著說：「我鄭旺到靈河岸來做買賣不是一年兩年的了，今天在這兒，我好歹還是個客人呢！當年荊龍荊大爺也沒像這樣的逼迫過我，嘿，做人真的太難了，今天當著諸位的面，就算我鄭旺怕您葉大爺，旁的甭說了，你們不賣皮毛給我，我就砸了，我得罪靈河岸的人，就是得罪了財神老爺，不是嗎？我撤人就是了，不過，話得說回來，你們鄉隊若有帶槍越界的，我也老實不客氣捆了送官，您葉大爺既然不給面子，我得走了！」

鄭旺一走，在座的都拿眼望著葉爾靖，認爲他動火也動得太早了一點，葉爾靖說：

「諸位都聽著瞧著了，世上竟有這等夾纏不清的傢伙，簡直不可理喻，我若不動火，他永也沒完！」

「他這種人，瞧著好像很瘟，其實黏勁大得很，」石紅鼻子說：「他這樣一走，事情仍然是沒完了，風波還在後頭呢！」

「我知道，」葉爾靖沉聲的說：「正因爲鄭旺這傢伙太難纏，早晚總會鬧翻臉的，與其臨到那時鬧翻，不如現在就跟他對上，無論早或是晚，靈河兩岸仍然不會真的平靜啦！」

鄭旺差出的三股獵隊，真的在兩天之內就撤回靈河集去了，緊接著，一隊由縣城裏來的北洋馬兵就到了荆家屯，他們是押運報繳的槍械和人犯的，葉爾靖出面接待他們，除了放車幫他們運送槍械和人犯外，每人還送上一些茶水錢。

這些人並沒當時動身回去，他們在靈河集鄭旺那兒盤桓了兩天，喝得醉裏馬虎，賭得昏天黑地，據放車出去回來的人說：那些舊槍械根本沒運進城，他們在范家鋪崗哨外面就把那幾十支土造槍低價標售掉了，人犯倒是押進了城，是否依法審判，砍腦袋或是送進大牢？還是等待有人出價來贖，那就不知道了。

「活剝皮老許若是活出去，他會記恨咱們的，」石紅鼻子說：「下回若再遇上這種事，咱們先割下他們腦袋送進城，決不再留活口，……咱們實在太寬厚了！」

「也不必為這個出怨聲。」葉爾靖說：「若不是老北洋暗中慫恿，股匪在各處怎敢這樣的橫行？」

「總而言之，這種日子，不是人過的日子，」史福老爹長嘆說：「我活了這麼一把年紀，在早年，鄉下出了一條人命，都是駭人聽聞的大事，這如今一倒一大片，官裏倒不聞不問，反而藉機會撈油水，斂外快，我除了嘆息，還有什麼好說的？靈河再難回到當年啦！……」

靈河再難回到當年的嘆息，倒不光是史福老爹有，在兩岸各村屯裏，這種嘆息，風一般的掛在許多人的唇邊，靈河岸當初和外間往還較少，荒涼靜謐，人也活得寂寞安閒，哪家買進一條牛，哪家老母豬生了一窩小豬，哪個獵手獵獲一隻老紅狐，都是談論的話題，人不知道遠方的事，就那麼小天小地的過著，真是一種陶然欲醉的感覺；一旦遠方的人，遠方的事流進來，靈河的日子便起了風浪，股匪是豪奪，鄭旺是巧取，不論是巧取也罷，豪奪也罷，總是替這塊土地帶來了災難和麻煩，靈河一旦有了這些，再想消除它，那就很難了。

「管它呢！」葉爾靖總算悟出些道理來：「人就是倒著走，也走不回當年去的，咱們只兩眼朝前看才是要緊的，人再遇上什麼樣的艱難，還是要活下去的。」

說是艱難，真是夠艱難的了，秋天裏，獵隊的收穫不多，大部分的獵物都被驚遁了，股匪鏖殺後，兩岸各村屯的餘糧不多，能維持過一冬都算好的，莫論來年的荒瘠了！

所幸靈河裏的魚獲增加了不少，散戶們捕得魚蝦，就用它來曬成魚乾和蝦米，打算運到外埠去變賣了，換取糧食和應用的雜物。但從事捕魚的只是少數人家，大多數人家在秋天就已經感到飢荒了。

鄭旺被葉爾靖逼離荊家屯，他一回去就撤回那三股人，使他和各村屯鄉隊間激烈的正面衝突消除了，但他卻加強了靈河集本身的自衛，對市面的生意買賣，也訂出許多新的規約，對各村屯去趕集設攤的，增加了許多不便，他和巫門裏的人物勾結得更緊，在靈河集西邊，開設了一座直達荒灘墾地的新渡口，這些都充分表示出他和各村屯之間劃下界線來了。

有人把這些搬到葉爾靖的面前解說，葉爾靖說：

「這也沒什麼，充其量他鄭胖子恨上了我，他敢怎樣呢？靈河集不是他的私宅，他總不能擋著人不去趕集，他真要擋著人不去趕集，那也好，——咱們拉槍封住叉路口，讓他變成死集，看他感覺是什麼味道？」

鄭旺只是存心讓鄉隊的執事們不舒服，他並沒做到擋著人不去趕集的地步，因此，葉爾靖也並沒帶人封鎖靈河集，雙方心裏都結有一把疙瘩倒是真的。

當這些表面上看來並不十分明顯的暗流激蕩時，鐵山正率著他自組的那支獵隊，拚命的追覓著狼群，他追逐那些飄忽的狼群，像追逐股匪一樣。他說不出那究竟是怎樣一種感覺，黑夜裏，狼群綠火般的眼睛在林叢背後閃灼著，忽明忽滅，飄移無聲，那些被獵手們目爲邪物的野畜，激起他的憤怒，他覺得那不僅是狼，而是槍擊荆龍，截殺葉爾昌的凶手，也要逐一把他們揪出來，剝他的皮，抽他的筋！

他陷在一種執拗的狂熱裏。

黑夜的背景，使他產生一種幻覺性的輕恐，那不光是黑夜，而是人心深處所隱藏著的黝黯，那些綠色的眼睛，正像某些人欲望的閃露，那麼陰沉，那麼邪性，使他很難懂得。以柳大叔那樣的機敏，追查連續發生在這裏的血案，仍然沒有一宗踩得一些眉目，這樣看來，幹這些勾當的人，真是比狼群更爲狡猾，更爲歹毒了！至於股匪牛鬍子、陰陽眼、活剝皮老許和鄧鵬這幫人，雖也橫暴殘忍，比較起來還差上一截；他面對著狼群，不得不全心儆醒著，用他行獵的經驗對付這些難纏的野畜。

半個月裏，他和佟忠幾個，一共掠起了七張狼皮；其中有一隻大雄狼，是他們合數人之力才獵殺的，牠是那群野狼的首領，當牠被獵殺後，野狼群便分散了，一部分沿著河岸朝北奔竄，越過楊家屯和石家老莊，遁到北山裏去，另一群在楊家屯東北入山，遁入那片葉蔭濃密的丘陵，七隻狼這數目不算少，但和野狼群整個的數目相較，仍是十不及一，他不願就此罷手。

在楊家屯外，他遇上了楊家屯的獵隊，那支由楊義率領的獵隊，也獵獲了三隻狼。

「依我看，狼患雖沒盡除，也差不多了。」佟忠說：「至少這一秋一冬，牠們不會逼近村屯和集市，鬧出侵襲人畜的事情來，咱們只要留心防範著，狼群便不敢嘯聚到一起公然的活動，咱們實在不必再專門追獵牠，可以趁這機會，多獵些值價的紅狐了。」

「不！」鐵山說：「你忘了老古人所說的除惡務盡的話嗎？靈河東岸的狼患是咱們帶來的，咱們就得負責把牠們剷除掉，在那樣多的狼群裏，少掉十隻八隻算什麼？一年之後，母狼產下的小狼，就會遠超過這個數目，那時候又該怎辦？別的都拋開不論，咱們總不能依靠鄭旺糾合人槍，來替咱們獵狼啊！」

「提到鄭旺，真是不能提了！」楊義憤慨的說：「那個假仁義的傢伙，他手握著商團的人槍不動，坐看咱們和股匪熬火，假如他略伸援手，我爹也不至於中槍死掉，後來咱們釋放股匪的嘍眾，有個姓宋的透露出來，他一面撥出一批子彈來接濟鄉隊，同時給了股匪更多的子彈，單就這一點，就使人看透了他的存心，——他是想看著股匪和鄉隊全都拚光熬光，好讓他獨佔靈河。」

「有這等事？」鐵山說：「你就該早說，咱們留住人證，便能讓他沒法子再混下去。」

「沒有用的，」楊義說：「姓宋的透露的話，並不能當成證據，因為鄭旺並沒有直接出面，那批槍火是由鄧鵬從槍火商那兒買的，只是據傳由鄭旺在暗中牽的線罷了。鄭旺幹事，怎會把把柄給咱們抓住，這就是他厲害的地方。這一回，為獵狼的事，他把他差出的三股獵隊全撤回去了，從表面上看，他是對葉爾靖葉大爺讓了步，其實只有天知道，在靈河集上，他設了許多對咱們極不利的新規矩，存心刁難咱們，咱們在那兒設立土產和皮毛攤子，還得照攤子收稅呢！」

「照攤子收稅也是很平常的事。」鐵山說：「咱們附近這些集鎮，像大龍家寨，單家溝子，老王集，也都有這個規矩，只要這筆錢留作公用，就無所謂，三文不到二文的小錢，犯不著跟他計較那個。」

「若真是三文不到二文，我就不會說這個話了，」楊義說：「鄭旺攤派的那筆稅實在很重，這才算是開頭，誰知日後還要另出什麼花樣？」

楊義指出來，他們附近的林野，目前獵物要比往年稀少得多，他們行獵所獲的皮毛也極為有限，而鄭旺眼看著這一年的皮毛沒有厚利可圖，便故意壓低皮毛收購的價格。

楊義憤慨的說：

「他明知咱們的皮毛產量減少了，日子過不過去，他卻存心趁著這個機會硬行剝削，……他即使不賣皮毛，還有黑貨的生意可以飽賺，咱們可就慘了。」

「買賣是雙方面的事，」鐵山說：「價由他定，賣不賣的許可權，仍握在咱們自己的手上，咱們不一定把皮毛非賣給姓鄭的不可！在那些收購皮貨的行商裏面，新王集的錢長壽就比較忠厚老實些，咱們可以把皮毛賣給他。」

「我想，也只有錢長壽好談生意了，」楊義說：「像疤眼陸和胖子老倪，都跟鄭旺夥穿一條褲子，這些年，他們在靈河收購皮毛，不知賺了多少錢啦。」

「錢長壽人是不錯，」佟忠說：「不過，如今跟早年的情形不一樣了，鄭旺移居靈河集，手裏握著人槍，他一心壟斷皮毛市場，我看，他無須出面擋住錢長壽，只要從鼻孔裏哼那麼一聲，錢長壽也不會在這兒和他爭購皮毛了！何況鄭旺在官裏有關係呢。」

「咱們倒不在乎這些，」鐵山說：「咱們一樣的有槍枝人手，各村屯聯起手來，把皮毛打捆，直接運銷到外地的大埠頭去，他鄭旺也只有乾瞪眼，難道他真有那個膽子，敢攔截咱們的皮貨？」

「那倒不至於，」楊義說：「鄭旺究竟跟股匪不同，他有另一套方法，我說鐵山，你也不能光顧著獵狼，你得著機會，該跟柳大叔和葉大爺他們多商量，這種難題，早晚會臨到咱們頭上來的。」

「你說得不錯，楊義兄，」鐵山說：「鄭旺是靈河的一個毒瘤，早晚非割不可，要不然，咱們的血肉就會被他吸盡了！這件事，我一直放在心上的。」

和楊義談過這番話之後，鐵山認真想過，他和他的這群年輕的夥伴們，畢竟還是年輕，顧慮得不夠，想得也不一定周全，各村屯究竟採用什麼態度來對付日益增加的鄭旺那方面的威脅，還得看葉爾靖、荆朔、柳和他們怎樣決定，至少有一點他可以斷定，鄭旺替靈河帶來的災患，會超過野狼群十倍，他真的無法再一味的獵狼啦！

用什麼方法能讓鄭旺明白，他想用靈河岸這塊地方幹他骯髒的黑貨生意，壟斷皮毛市場，全是自掘墳墓的做法呢？他一時還想不出來，有些人，要比野狼群難懂得多，這使他想起小賣鋪裏的老長輩——溫老爹來。

「我要去看望看望他老人家了！」他說。

第十三章　擒賊擒王

秋風像一把利剪，剪下林叢裏無數的葉子，這個獵裝的年輕漢子，踏著落葉，一路來到河西小賣鋪的時候，嬌靈意外的瞪著他看了老半天，才驚喜的叫出聲來。

「風像棍打似的猛，妳不待在屋裏看鋪子？」他說。

「沒有客人，空鋪子有什麼好看的。」嬌靈說：「我掃了一早上的樹葉子，剛丟下掃帚，股匪雖沒打過靈河來，但東岸設了靈河集，外地的商客就不見影兒啦。」

「這倒是真的，」鐵山說：「乘筏渡河來的人越來越少，西岸的渡口就這麼荒落下來了。」

「你怎麼得空過河來？」嬌靈說。

「我原是帶著獵隊，在河東追獵野狼的，」鐵山說：「心裏梗著一些事情，想來請教老爺爺。」

「爺爺他最近身子有些不舒坦，鬧咳又鬧喘，」嬌靈說：「他常嘮嘮叨叨的念著你呢！快進屋去看看他罷！」

鐵山彎著身進屋，屋裏沉黯得像入夜一樣，老人坐在屋角的躺椅上，發出沉重的喘息聲。

「老爺爺，鐵山過河來看望您老人家啦！」鐵山大聲的說。

「啊！是鐵山？」老人說：「坐過來說話罷，這些日子，我總是念叨著你呢！靈河遇上這種大劫難，我年紀老了，拿不動刀槍棍棒了，只有眼看著你們年輕人用血肉相拚，把股匪打退，我總在擔心著，怕你有什麼險失。」

「該說是托您的福，老爺爺，」鐵山說：「我算是熬過來了，當時一點兒都沒覺著，事後再看那些死的傷的，真是又難過，又心寒，我早些年從沒想過，靈河岸會變成這個樣子！」

「嗯，」老人空捏著沒裝煙的煙桿，若有所思的嗯了一聲說：「早先的日子，一樣是治治亂亂的反覆著，世道的治亂，當然和官府有關，但人心也是很關緊要的，人心若是厚道，世道自然越來越清平，人心若是貪婪狡詐，世道非亂不可，於今靈河岸之外的地方，世風浮薄，亂成一片，這荒野地，怎會不被牽進漩渦呢。」

「你說得一點也不錯，」鐵山說：「股匪是那種貪婪的強梁，鄭旺就是狡詐的人物，比狼群難懂，我今兒過河來看望您老人家，心裏梗著許多事情，……您聽說靈河集上的事沒有？鄭旺種罌粟，設賭場，開膏子鋪，經營妓館，咱們都沒有過問他啦，如今，他更壟斷皮毛市場，讓咱們各村屯活不下去啦！我知道，您是一向主張忍事的，但像鄭旺這種貪而無厭的，該怎樣忍下去呢？」

「一般說來，忍一時之氣是不錯的，」老人說：「但對鄭旺這種人，一味忍下去不是辦法，你讓一尺，他進一丈，忍到最後，靈河就不是原先的靈河了！」

「既不能忍，那就得跟他對上啦！」鐵山說：「我擔心這樣下去，雙方早晚非鬧翻不可，鄭旺手裏握有不少的槍枝，有短槍和快槍，一旦對上火，損傷恐怕比對付股匪更大。」

「這是想得到的，」老人說：「鄭旺初來靈河，並沒有這樣大的實力，這樣壯的聲勢，他能有今天，一來是各村屯裏邊有人跟他暗中呼應，把河東荊龍盤倒了；二來是股匪幾次捲襲，使鄭旺得機坐大，我總懷疑這裏裏外外的事情都跟他有關，只是這個根，你們沒能把它刨出來罷了！」

「關於這一點，柳和柳大叔也是這麼說，」鐵山說：「我和佟忠他們幾個，待在靈河集上不是一天了，費盡心思去挖掘，到今天，連一點線索全沒有。」

「線索若真那麼容易得到，鄭旺就不是鄭旺了！」老人想了一陣說：「依我料想，發生在靈河的幾宗案子，都有很多疑點。」

「有哪些疑點，您不妨說說看？」

「不用急，鐵山，」老人說：「這些話，若是從頭說起來，那可長了，我要嬌靈跟你端盞茶來，讓我消停跟你說清楚！」

「我不急，」鐵山說：「我會仔細的聽著，再把您的話帶回去，和柳大叔商量。」

老人在黝黯的屋角嘆了一口氣說：

「葉爾昌出事的時刻，你的年紀還很小，有人在荊家屯附近截殺了葉爾昌，使葉家屯的人都以爲這事是荊家屯的人幹的，結果，荊葉兩族就起了大械鬥，雙方都死傷了不少人，……嬌靈她爹被逼著離家出走，一去多年沒有音訊，這血案究竟是誰幹的，一直是個謎，經過這許多年，所有證據都湮泯了，更無法去追查啦，但這案子使我想到一點，就是有人希望用盡方法挑撥靈河兩岸的人，希望從中取利，那宗案子是開始。」

「我還依稀記得起來，那葉爾昌死在黑松林裏，荊家屯的孩子們，有很多人都去看過他的屍首，」鐵山說：「但後來荊家屯的護屯師傅康九，爲什麼又跑到荒灘上去殺掉巫女小桃呢？」

「康九是個有問題的人物，」溫老爹說：「巫女小桃也許是得到某些秘密，對康九形成威脅，他才會放倒渡口守夜的巡丁，到荒灘去行凶，但他被人當時發覺了，才被逼自殺，康九要是不死，早就真相大白，不會一直拖到今天，大家還蒙在鼓裏了。」

「緊接著，就是我伯父荊龍的案子，」鐵山說：「對方很顯然的認爲他活著礙事，才會著人把他放倒，若把這些事連串起來，彷彿都和鄭旺有關。」

「照理推測，確是這樣的，」老人說：「咱們只能假定，鄭旺爲了要插腳到靈河來，大批收購土地，點種罌粟，做他的黑貨生意，同時設立皮毛硝製廠，壟斷皮貨，他不得不事先設法讓靈河起混亂，一方面，他勾結靈河的人作爲內線，暗中行事，挑撥、暗殺，無所不用其極，另一方面，他勾搭股匪，許以重利，使牛鬍子這干人來跟咱們拚熬，等咱們鄉團的元氣喪盡了，那就非得聽他們宰割不可了！不過，牛鬍子和鄧鵬另有野心，並沒全聽他的，才造成今天這種混亂的局面。」

「經您這一說，我明白了許多，」鐵山說：「您的推測，有些和柳大叔的推測相彷彿，不過您說得更明白罷了！依你看，該怎樣才能查明它呢？」

「上回你用苦肉計，希望鄭旺能信得過你，」老人說：「結果並沒查出頭緒來，可見鄭旺當時即使信任你，他信任的程度也極爲有限，做這種勾搭的事，鄭旺一定守密，不會輕易洩露的，但鄭旺的野心很大，朝後還會使用手段，那就得看你們怎樣注意查察了，他伏在咱們裏面的這條暗線一定還在，特別留神的話，我覺得仍能查察得出來。」

「等我回去再和柳大叔仔細商量去，」鐵山說：「各村屯的執事叫他們扛槍去抗股匪，他們都是好漢子，若講對付鄭旺，那可就差得多了，唯有柳大叔的腦筋動得快，又很靈敏周到，他拿的主意，使我非常信服，必要的時刻，我仍想到靈河集去扳扳鄭旺的虎牙！」

「你得當心了，鐵山！」老人說：「鄭旺這種人，當然不會公開要你的命，他卻會設下陷阱，佈置圈套，使你不知不覺的掉下去，一掉下去就滅了頂，再難爬得起來了！」老人說著，劇烈的咳嗽起來。

「您身子不舒坦，竟跟我說了這許多話，」鐵山歉然的說：「爲這些事情拖累您，做晚輩的，心裏實在覺得不安，您還是歇著罷。」

「什麼話？」老人倔強的說：「我在這塊地上活了一輩子，凡是靈河兩岸的事情，也就是我自己的事情，人老了，手腳不靈便了，但腦筋還算能動得，難得你有這份挽救靈河的心，我不跟你說，又該跟誰去說呢？」

一老一少在談著話，嬌靈到灶屋去張羅茶水飯食，鐵山留下來吃完飯，老人又和他談起許多旁的事情。

「鐵山，」他說：「近來我鬧風寒鬧得很兇，身子骨越來越不靈便了，到了這種歲數，真是風前燭，瓦上霜，不知那天，一口氣不來就得走啦！……嬌靈她爹，不知死活存亡，嬌靈又一天天的大了，日子過得寂寞暗淡，萬一我一走，該把她託給誰啊！」

「爺爺，您怎麼總愛說這話呢？」嬌靈怨說：「早幾年，您總是笑呵呵的，近來變多了。」

「日子不同啦，」老人說：「有許多年輕力壯的抗拒股匪，躺了遍地，這一陣子，鄉隊至少倒下了幾百人，單是河西岸的也有百把人運屍回來，我沒出去看，坐在屋裏，也聽得門前荒路上的哀哭聲。我笑？我哪兒還能笑得出來啊！」

「您不想笑就不笑，也犯不著在鐵山哥面前說這種喪氣的話呀！」嬌靈說：「您不會說走就走的。」

「我是說萬一的話！」老人轉朝鐵山說：「人活在世上，總有萬一，不是嗎？鐵山，我不會忘記，前幾年野市起大火，嬌靈的一條命是你救出來的，你該會盡力照護她罷？我希望你明白我的意思……」

老人說得這麼直率，又這麼懇切，鐵山一陣窘上來，微楞著，真不知怎麼回話才好了。

嬌靈也不再是小女孩兒啦，她偷瞥了鐵山一眼，飛快的低下頭去，滿頰浮起羞澀的紅霞，幸好屋裏沉黯，略略遮掩了她的嬌羞，而鐵山並不眼看她，反而仰起頭望著褐色的樑柱，彷彿費力的在想些什麼。

「老爺爺，」他過半晌，才緩緩的吐話說：「如今還在亂著，誰也料不定日後有什麼樣的變化？不過，我會盡力照顧著嬌靈的，您儘管放心好了。」

老人閉上眼，點了點頭，他明白鐵山心裏的難處，人在混亂的局勢裏活著，尤其是年輕力壯的漢子，甭看他們一個個長得蓬蓬勃勃的，其實最容易在意料不到的危險機遇裏倒下去，遇上那些披著人皮的野獸，殺起人來和砍瓜切菜一樣，鐵山一直反抗著這些人魔，因此，他的地位和處境更為接近危險，在這種辰光，能叫他說什麼呢？看樣子，得等到日後再說了。

嬌靈年紀輕，當然不會想的像做祖父的那樣深透，但她單憑直感，也發覺鐵山和前兩年有許多不同，靈河沒遭匪亂前，鐵山每次和她見面時，都有說有笑的，明亮的眼裏浮滿了火熱的情意，但如今他沉默下去，眼裏的那份情意雖沒消失，卻深深的潛藏了，她不願責怨鐵山什麼，但她卻為未來的動亂憂心著，哪一天，日子才能恢復到從前那樣呢？她更帶著一些摻有迷信意味的希望和認定，認為鐵山是一座雄偉的山，他會在靈河岸的風暴裏屹立著，安然無恙的。

「我還是那句老話，」老人說：「你得當心著你自己，在你對付鄭旺的時候。」

「我自當記住您的交代，」鐵山說：「我一定小心謹慎，不落進對方的陷阱就是了。」

「那就好，」老人略帶倦意的打了個呵欠，望著嬌靈：「嬌靈，妳不是成天巴望鐵山來的麼，你們年輕人去談談說說去罷，我很倦，得躺著盹一會兒了。」

嬌靈朝鐵山招招手，倆人退到門口來，鐵山回望著闔上眼的老人，低聲說：

「老爺爺的精神，真比我上回見他的時刻差池得多了，他在病著，我看得請大夫來替他看看，抓幾付藥吃，就這麼拖下去，可不是辦法！」

「這兒哪有什麼大夫好請？」嬌靈幽幽的說：「只有靈河集上的李大先生可請。」

「不錯，」鐵山說：「李子謨李大先生是大龍寨那邊移居過來的，如今在靈河集東街開設著『益壽堂』藥鋪，我認得他，這一兩天，我替妳跑一趟靈河集，把他接的來，替老爺爺把把脈，開個藥方。」

「不，」嬌靈說：「照你適才跟爺爺說的話，鄭旺在你離開靈河集後，準會疑忌你，你若冒冒失失的撞到集上去，不是太危險了嗎？我看，還是我自己去的好，——家裏的老驢走這點兒路還不算什麼。」

「你該知道，那個集市很複雜，」鐵山說：「好幾處酒樓和賭場，還有鄭旺新設的煙鋪，滿街都是酒鬼、賭鬼和煙鬼，妳一個年輕輕的女孩兒家，單獨去適宜嗎？」

「我不怕，」嬌靈說：「像丁大嬸兒和桂英她們住在靈河集上，也沒怎麼地，那些鬼能在太陽底下把人給一口吞掉？」

「這樣罷，」鐵山想想，還是放不下心，勸說：「嬌靈，妳甭施蠻了，你真的要去，最好先走荆家屯拐個彎兒，招呼我一聲，讓我陪妳去，好歹多個人照應妳，鄭旺儘管疑忌我，他也不敢大明大白的對我怎樣，……如今他還沒到顯露他真面目的時候呢！」

「好吧，就依你，」嬌靈說：「不過，你不用跟爺爺說，他不會肯讓我去接大夫的，每回我跟他提，他總說他沒有什麼病，不用吃藥花費。」

「就這麼說定了，」鐵山說：「我在荆家屯等著妳，我也該回去了。」

「我送你到渡口罷。」嬌靈說。

倆人在風裏走下斜坡，空曠的秋野顯得落索荒涼，鐵山望著逐漸落葉的林子和渡口附近的人家，一股前所未有的空茫從心底湧昇上來，他微吁了一口氣，想甩脫這種令人不快的感覺，但卻不能。人的一生太短暫了，早先他會夢想過很多事情，那些夢說來很平實，他只盼望多獲些皮毛，多積聚一些錢財，然後娶房親，一家一道的，過著安靜溫飽的日子，這些夢想，也是靈河岸的年輕漢子們共同擁有的，他明白自己是塊什麼料兒，論行獵，論耕種，論打熬力氣，替地方做些事，他是一等的，但也只限在靈河岸，人不是鳥雀，能插翅飛天。

使人難受的地方正在這點上，就是這麼一點小小的、卑微的願望，也在時間裏結了一大把疙瘩，離自己彷彿很遙遠了。

嬌靈長大啦，不再那樣刁蠻銳氣，也白淨溫柔了許多，這樣的女孩兒，正是他夢裏出現過的，還記得當年在皮毛野市上，他第一眼看她就曾心醉過，假如她不是自己的表妹，他也許更會展露出他野性的心胸，也不知怎麼地？當他認了這門疏失已久的親戚，心裏那份熱烈的情感便被囿束住了，很難吐出口來。靈河連接著起匪亂，人在刀頭上舐血，不能不把這種情懷放在一邊，不見著她時，還能暫時忘卻，可當一見著她，他便痛苦起來。

老爺爺的話暗示得很明顯，他不是木頭人，怎會聽不出來，但他幾次暗自咬牙，還是很含混的支吾過去了，不然又怎樣呢？……萬一自己在風暴裏像別的年輕漢子們一樣的倒下去，讓世上多一個紅著眼，溼了心的小寡婦，又有什麼好？他是深深愛著她的。

他沒說話，嬌靈也跟他一樣的沉默著，黃葉隨風逐舞，打在他們的身上，鐵山想起老爺爺對他所說的那些言語，分析起來，確實有它的道理，他必須要把心裏這份情感收摺起來，去面對明天了。

「外面風大，妳還是回屋去罷，嬌靈，」他說：「我這就得乘筏到河東，趕著去找柳大叔商量事情去了！接李大先生過河來看老爺爺的病，這宗事很要緊，妳要記在心上，早點到荊家屯來找我。」

「頂多三兩天，」嬌靈說：「我收拾妥當了就過河去，希望不耽誤你太多時間。」

「不會的，」鐵山說：「我也有事正要到靈河集上去，只是順便陪妳去找大夫罷了。」

鐵山傍晚趕回荊家屯子，他想去見柳和，卻先遇著了老雷。

老雷盤著辮子，正領著族裏一夥漢子在練著掄石鎖打熬力氣。在荊家屯原先聘來的三位護屯師傅裏面，土鱉子老雷的體型最粗壯，專練外家功夫，施出來硬槍硬馬，荊龍在世時，便把訓練屯丁的差事交在他的手上。

土鱉子老雷習慣上不多說話，更不像當年康九那樣神氣，柳和那般的熱切，他是拿人家一份兒錢財，幹他的一份兒差事，鐵山一開始就跟著柳和，因此，老雷跟他一直沒談過什麼，這回鐵山恰巧經過那片空場子，場子上排列了廿多個屯丁，前面放了一排六個石鎖，挨次分出號頭，老雷叉著腰，在一邊督導著。

那些屯勇的身材，看來都還稱得上壯實，他們依次出來試掄石鎖時，最多能掄動三號鎖，連二號鎖都無法掄，老雷說：

「你們平時太懶散了，力氣並不都是天生的，而是勤苦打熬，長年鍛鍊出來的。不錯，如今槍械盛行，但力氣、拳術和膽識更要緊，看你們一個個長得像木樁似的，其實全是穿衣架子，裝鐵的蒲包，連二號鎖全耍不動，恐怕頭號鎖連拎都拎不起來了！這樣下去，日後會吃大虧的，等到那時刻，再懊悔也來不及啦！」

鐵山走過那片場子，朝老雷拱拱手說：

「雷師傅您好！這有好些時沒見著您了。」

「你不是帶著獵隊獵狼去了嗎？」老雷說：「獵得怎麼樣了？」

「剝了十多張狼皮，」鐵山說：「大體上說，沿河的草棵樹叢裏，不會再見著野狼了，牠們一部分朝北竄，越過楊家屯和石家老莊進了北山，一部分打楊家屯東北，進入丘陵地，不過，野狼是狡獪的活物，還得經常防著，要不然，牠們為了覓食方便，還會回來的。」

「狼患實在很麻煩，」老雷皺眉說：「恐怕不會像你所說的那麼簡單，假如短期內得不著解決，麻煩就不止是狼了。」

「我知道。」鐵山說：「我就是為這個來找柳師傅商量的。」

「他跟二少東在裏面，」老雷說：「我是一向很少過問這些事的，不過，股匪一再鬧亂子，我帶著人火裏衝血裏滾的弄了許多日子，也已煩厭了，我拿荊家屯區區一點錢，真得把命賣上，想想很不值得，假如這兒再亂下去，我是打算辭掉這份護屯的差事，到別處去混去了。」

「雷師傅，」鐵山說，「靈河集上的鄭旺的居心，您該很清楚，咱們目前正需得力的人手，您怎能辭退呢？您是荊家屯的一根柱石啊！」

「哪兒的話，鐵山兄，」老雷笑笑說：「這兒有柳師傅就成了，我姓雷的算得了什麼。」

土鱉子老雷說完話，便掉轉臉去，叱喝著屯丁練起石鎖來，鐵山原想再說些什麼，一瞧這光景便噤住了，他聽出老雷的話音兒，有埋怨荊家屯看重柳和，貶抑他的意味。不過，這種話不能由他來勸，最好還是要由荊朔出面來說才好。

他進到荊家廳房的時刻，屋裏已經很沉黯，快要掌燈了，柳和跟荊朔兩個，仍在沉黯裏對坐著，彷彿很凝重的想著什麼。

「鐵山，你來得正好。」柳和抬著臉看他說：「我正想著人去找你商議事情呢。鄭旺已經張出帖子來，要在靈河兩岸收買田地，按照今年各季的情形來看，會有許多戶人家被逼著賣田的，這些田地一落到姓鄭的手裏，不用說，全都會點種罌粟，到那時刻，靈河兩岸等於是陷到姓鄭的手裏去了！」

「鄭旺口口聲聲說是要獵狼，其實他自己就是一匹狼，」鐵山說：「我剛打河西小賣鋪裏來，溫老爹跟我說了許多他老人家對鄭旺的看法，總之，這個傢伙太難對付了，拿他買地這宗事來說罷，他只要有錢在手上，到哪兒都能挺起胸脯買地，……除非大夥兒齊心，誰也不把田地賣給他姓鄭的，要不然，誰又能干涉得了呢？」

「難就難在這個地方了！」荊朔說：「只要寫了契，畫了押，地就是姓鄭的啦，咱們要是出面攔阻，那就變成咱們犯了法，除非咱們能解決各村屯這一冬缺糧的難處，大家便不必受他脅制去賣田了。」

「各村屯缺糧的事，想補救也不那麼容易，」柳和說：「如今各地都鬧匪亂，可說是民不聊生，哪有那麼多的餘糧？即使有錢，也未必能買到足夠的糧食，何況荊葉兩家屯子裏，根本就拿不出這許多錢來，……早先外間傳說荊大爺宅裏有巨額的金銀，那全是假話，這些故意編造的消息，實在是引動股匪的根源，依我猜想，八成是鄭旺編織出來的。」

「事情越來越明朗了，」鐵山說：「如今咱們唯一要對付的，就只是鄭旺一個，除掉他，靈河兩岸雖不敢說就此安享太平，至少不會活得這樣苦！……柳大叔，您早先為咱們多次出生入死，買槍械，購糧食，闖暗卡，除掉匪首牛鬍子，我想，這一回對付鄭旺，該由我來挑了！」

「不成，」柳和搖頭說：「鐵山，你能慷慨激昂的說出這番話，你的膽識勇氣，我都很佩服，但你卻忘了一點，——鄭旺不像牛鬍子那麼容易對付，他既能逼迫咱們，他就防著可能有人找他拚命，他左右的短槍十多支是幹什麼的？你朝那些槍口上撞，不是白送命？送命若能解決問題，那還好說，根本於事無補，那又何必呢？」

「柳大叔，您早先凡事都有一股衝勁，如今怎麼變了？」鐵山痛苦的說：「如今難處攤在面前，咱們進又不能進，退又不能退，找我又能商量出什麼來呢？上回用的苦肉計業已不靈了，我如今凡事都有施不上勁的感覺，除了找機會把鄭旺放倒，我想不出更好的辦法，我認為，不管他鄭旺防得有多嚴，只要有心，機會還是有的。」

「先不要作這種打算，鐵山，」荊朔說：「我在你沒來之前，也跟柳大叔商量過，咱們上回為獵狼的事，等於跟鄭旺撕破了臉，你不妨冒點兒險，抽空到靈河集上去走走，看鄭旺拿什麼方法對待你？從這點，多少能測出他目前對咱們採取什麼樣的態度？要是還有緩和的餘地，咱們就不必先動手，還是追根到底查那幾宗案子，一旦查出跟鄭旺有關的任何證據，扳倒他就容易得多了！鄭旺在城裏雖說人頭熟悉，但誰也不敢出面硬行包庇一個殺人的凶犯呀！」

「試，當然能試，」鐵山微微搖頭說：「不過，我看希望很渺茫，如今，河西小賣鋪裏的溫老爹病了，我要嬌靈過河來找我，我陪她到靈河集上去，那座集市還不是鄭旺的私地，我要盡力去試一試。」

這一回，柳和倒是贊同鐵山到靈河集上去，他說：

「鄭旺並沒有封鎖那座集鎮，你去走走也好，也該有人去看看鄭旺在做些什麼了？哪天你去靈河集，走的時候跟我說一聲，我會設法照應你。你放心，不到必要時我不會露面的。」

「好，事情就這麼說定了。」鐵山想起什麼來，轉對荊朔說：「我剛剛在門前平場子上看見雷師傅在領著屯丁練石鎖，他跟我談了一陣，我發覺他對荊家屯給他的待遇頗有不滿之意，……好像是怨柳大叔的地位高，他被屯裏冷落了。」

「嗨，這該打哪兒說起呢？」荊朔苦笑說：「咱們給柳師傅的薪俸和給雷師傅的薪俸，這些年全都是一樣的，咱們借重他雷師傅的地方一樣很多，柳師傅為靈河豁命，幹了幾宗大事，雷師傅要是願意冒險，一樣幹得下來，換句話說，他若不願意冒險，咱們沒誰敢逼著他幹。」

「您也不必要把這事掛在心上，」柳和說：「老雷那個人，天生就有這麼一點怪脾性，他幹任何事，都還算很賣力，即使衝著我有幾句閒言語，我也不會介意，倒是二少爺您得機會，好言勸慰他幾句也就是了。」

「也許我說話有些冒昧，」鐵山說：「我看雷師傅不光是脾性古怪，他的成見深得很，不僅是三言兩語就能消化得了的，……不過，這事可以暫時擱一步，等日後再說，我講這話，只是提醒兩位多多留意罷了。」

屋裏掌燈時，鐵山跟柳和一道兒辭了出來。

「大叔，」鐵山說：「我的獵隊還留在楊家屯東邊的獵棚子裏，獵狼的事，咱們一直沒停，我因為這幾天要陪嬌靈到靈河集去，暫時不回去了。」

「那你就到我屋裏去睡罷，」柳和說：「我外間有空鋪，咱們弄幾碟小菜，好生喝幾盅，咱們有好些日子沒在一道兒聊天過夜了。」

荊龍家的大宅子遭過火劫，損失不算重，內宅屋頂經過整修，外宅的草屋都重新蓋過，裏外的兩道長牆沒有受損，柳和住的地方，叫做東屋，在外牆裏面三間房子，連接著馬房。他所率的馬隊裏的屯勇，也都打通鋪住在那裏。

「柳大叔，」鐵山走在路上說：「您早年都回到北地老家去看大嬸兒，去年這邊一直鬧亂子，您也沒能回去，大嬸兒她一定很想念您罷？」

「多少會有一點的，她是那種放不開心的人。」柳和說：「不過，我業已託人捎了錢和信給她了，荊大爺在世時，勸我把她接的來，我也把荊大爺的意思跟她說過，她都放不下老家老宅子和那幾畝老地，一家人分在兩地，難免彼此牽掛，這也是人之常情。我不像老雷和死去的康九，他們苦練拳腳，打熬力氣，都沒有家累。」

「這倒是實話。」鐵山說。

「靈河岸若果不遇上這些接二連三的事，也許我業已把這份護屯的差事辭掉了，」柳和吁口氣說：「人逐漸的上了年紀，也就不想在外頭久待下去了，幸好我家裏的那口子，身子還算健壯，裏裏外外能操持得下來，要不然，我更不放心啦！」

「咱們走霉運，把您一直拖陷在這兒，我想想，心裏著實不安。」鐵山說：「一份護屯的差事，平時不是不可幹，大不了帶著鄉丁屯勇練練拳腳，防防宵小，但在牛鬍子那幫股匪犯境的時刻，您是火裏血裏的跟咱們一道兒賣命，荊家屯給您的，實在也太薄了！」

「話可不是這樣說，人蹲在哪兒能說沒有一個險字，蹲茅坑還會斷了踏板，走路也會跌斷門牙，何況這護屯的差事，當初是我親口允諾的，遇上事，哪有縮起脖子反悔的道理，即使賣命，我認爲也是該當的。」

「好！大叔，」鐵山說：「我佩服您的一身拳腳功夫，更佩服您這一心的豪氣……這世上，有許多受人薪俸的人，並不全是這麼想的。」

「當然，人本來就是見仁見智，各人有各人的想法，」柳和說：「至少，我柳和爲人處世，要對得住我自己的良心，把靈河岸眼前這些困難撐持過去，這是我該做的，我不敢說我能在荆家屯待一輩子，人總是會老的，有一天，當我自知不能爲這兒再做些什麼了，我會收拾行李，回到北方老家去養息去的。」

穿過那片平場子斜向東邊，轉眼就來到東屋了，柳和關照人準備酒菜，扯開話頭說：

「老弟，咱們不要再談那些了，等歇消停喝上幾盅，咱們不妨鬆快鬆快，揀些賞心樂意的事談談，我倒想問問你，你已經好幾了，沒打算成家？」

「大叔你問這個幹嘛？」鐵山說：「這兩年，靈河兩岸鬧股匪，誰都沒有心腸談這些，等到風波平息了再談也不晚，實在說，我的積蓄怕還不夠聘禮錢呢！」

「你河西那門親戚，溫老爺子是世上一等的老好人，」柳和說：「對啦，你那表妹叫什麼來著？……是叫嬌靈罷？我曾在野市上見過她，真是又嬌蠻又靈巧，如今該長得更出落了！她配你，倒是蠻合適的。」

「您說嬌靈，她還小呢。」鐵山有些臉紅說：「老爺爺上年紀了，身子不很好，我得出心多照顧她倒是真的，婚事還談不上。」

「不要這樣說，鐵山，」柳和說：「你要是不方便跟溫老爺子當面提，這事包在我身上，等到咱們把鄭旺的事處斷了，我去替你做媒去。」

「這也是日後的事，咱們先擱著罷！」鐵山說。

外間的一群屯丁，在油燈光裏自得其樂的拉著胡琴，斷續哼唱著俚俗的小調兒，鐵山聽著，一心都是感觸，早年裏，他跟佟忠、程世寶一夥兄弟去打獵，在絮叨的秋風裏，夜是那麼漆黑，那麼悠長，他們也常圍坐在獵棚子裏，拉拉胡琴，唱唱曲兒，消磨長夜，不過那時刻，心情是爽朗愉悅的，沒有今天這樣經歷憂患的愁情，人真的越巴望什麼越覺得沉重，越朝前活過去越覺得痛苦了！

他自己抓過酒壺，又把柳和面前的酒盞和自己面前的酒盞注滿，舉起杯來說：

「大叔，咱們乾上一杯罷！」

酒是辛辣的，外間仍在哼唱著，鐵山轉念想想：這些屯丁都是跟自己一道兒長大的族人，平常也全是靠田地和漁獵過日子的，他們編進鄉團的馬隊，抗禦股匪時鏖殺慘烈，血肉橫飛，其中有六七個人，連人帶馬全倒入血泊死去了，甭說是眼見，聽著都會使人難過，按理講，活著的人應該再沒有心腸拉什麼唱什麼了，事實上，沒有誰能長年鎖著眉，一把鼻涕一把眼淚的過日子，他們便在無可奈何的大的困境裏，顯出超常的忍耐，管它明天怎麼樣？這樣的拉著唱著活過去，生死無非是一陣煙，一條命橫豎就這麼豁上了。

和他們比較起來，自己是想得太多啦！人要朝前活過去，能不顧及明天麼？他不能讓柳大叔一個人來爲靈河設想吶！這幾年來，他跟著這位柳大叔，真是學會了不少處世應變的方法，愈是在艱難危困的時辰，柳大叔的那種定力，真是使人真心欽服，自認不是一時就能學得到的。

「要是嬌靈在這一兩天過河來，我就要陪她到靈河集去了！」鐵山說：「不知大叔您有什麼話交代的。這兒除您和我之外，沒有旁人，說話要方便些。」

「人是活的，事情也是活的，」柳和說：「見機而作是最要緊的，比如說你在鎮上公開活動，沒人找你的岔兒，你便先陪嬌靈把醫生請妥，先打點了讓她離鎮，然後，你便到各處走走，在鄭旺的眼睛眉毛頭上打轉，試試他的反應。」

「假如鄭旺見著只當沒見著，根本不理不睬呢？」

「那你就留著，多聽多看，鄭旺儘管守口如瓶，他想幹些什麼，總會顯出跡象來的。」柳和說：「何況鎮上有許多由各村屯遷移過去的老戶，都是你熟識的人，從他們口裏，也能挖出許多話來，總之，靈河岸不能再起亂子了，咱們不是要存心對鄭旺怎麼樣，只是要謹慎提防著他，不能讓他替靈河岸帶來新的災禍。」

「好！」鐵山說：「我會按照大叔您的吩咐，盡力去探聽動靜的。」

嬌靈也許太擔心爺爺的病，急著去接大夫，第三天一早，她就騎著牲口到荊家屯來了。鐵山備妥一匹青騾，揣上一支短柄的雙管獵銃，陪著她一起到靈河集去，他明知道一個人再強，也是勢孤力薄，跟鄭旺的那些槍手無法抗衡，尤其是鄔學如和潘二兩人所帶的短槍隊，火力之強，更是他這一支雙管銃不能比的，好在他懂得鄭旺的爲人，至少他一個人在靈河集露面時，鄭旺不會對他動手，至少不會動槍，因而，他就有恃無恐的一路上和嬌靈談說著了。

靈河集上的市面越來越熱鬧，鄭旺對於招徠新住戶，似乎另有一套鄉下人不懂的方法。鐵山一到街上，就明顯的看出來許多新戶正在造屋，街面更顯得整齊了。

「嬌靈，妳要不要去看望丁大嬸兒和桂英她們？」鐵山想起問了一聲。

「我看，還是等下回罷，」嬌靈說：「這回最要緊的是去接醫生，等爺爺身子健朗了，我會再來看望老鄰居，好在這兒不是什麼遠地方。」

「也好，」鐵山說：「那我就先陪你去請醫生，事情辦妥，妳跟李大先生一道兒先走，我留在集市上，還要辦些旁的事。」

在鐵山的引領下，嬌靈很快的就見著了李大先生，談起替她爺爺治病的事，李大先生說：「正好我這幾天要到河西山戶那邊收買幾種當地出產的藥材，妳算來得巧，我可以立即備牲口跟妳一道兒去，我開妥方子，妳就近到荆家屯的藥鋪抓藥就行了。」

鐵山把嬌靈送走，拐回他自己開設的皮毛鋪裏來，他走時，把鋪子託一個小夥計耿小斤照應著，那小夥計一見著鐵山的面，就訴苦說：

「小爺，你們這一走好些天不見人影兒，鋪子裏的貨早賣得差不多了，我如今連門都不敢開，空鋪子拿什麼去做生意？……錢我沒敢用，我的飯食錢還是找丁大叔借的呢。」

「不要緊，」鐵山說：「我跟佟忠、程世寶幾個，當時是急著回去打股匪去了，緊跟著又拉槍出去獵狼，你瞧，我這不回來了嗎？」

「你回來可要小心點，」耿小斤說：「我聽說你走後，鄭旺鄭大爺很火，他說你們的槍枝是商團的公物，走人可以，不該帶槍走，他要拘押你，逼回那幾支槍呢！」

「我知道，」鐵山說，「我這就找他談這宗事去。」

鐵山匆匆的抓起帽子，逕自過街到鄭旺宅前來，他對門口的值崗人說：

「請通告鄭大爺一聲，就說荆家屯的鐵山特來求見他，有事向他稟明。」

「好！」值崗的說：「你請少等著。」

不一會兒工夫，值崗的回來，說是鄭大爺有請。

鐵山進屋，到了鄭旺的客廳，再一看，鄭旺的屋裏坐了一屋子的客人，最使他驚奇的是股匪裏的頭目老越、滿天星，以及被縣裏拘去審問的活剝皮老許居然都出現了。

「沒想到，真沒想到鐵山老弟你竟然會來！」鄭旺說：「這些朋友，你想必都會過面的，不用我再逐一引介了罷？」

「不錯，」鐵山說：「有幾位，咱們在縣城裏都是見過面的，只是彼此道不同而已，他們捲襲過荆家屯，我是不會忘記的。」

「呵呵，」老趙打了個哈哈說：「侄少爺，您可甭忘了，咱們當時端著牛大當家的飯碗，他要咱們幹哪票，咱們就得捏著鼻子幹哪票，正所謂此一時也，彼一時也，您不會把咱們當成仇人看吧？」

「趙兄他說的是實在話，」滿天星嗓門有些像破鑼，挺響亮的，他接著老趙的話音兒說：「何況牛大當家的領頭犯靈河，結果連個屁全沒落著，自己倒裝進了棺材，他那麼一死，有仇有怨，也該一筆勾銷了，因爲他是爲頭的人物。」

「用不著對我說這許多，」鐵山笑笑說：「我只不過是靈河岸的一個獵戶，不過，我要說：你們幾度犯靈河，嘍囉死掉幾百口人，使咱們各村屯也倒下一大片，那些人的家眷，哭哭啼啼，悽悽慘慘的，究竟是爲了什麼呢，你們難道沒有家窩？沒有家口？非要抓起槍來幹這個？在靈河兩岸，誰是使你們眼紅的財主？」

「容我說句公道話吧，」活剝皮老許說：「你問咱們，咱們又該去問誰？……恐怕把牛鬍子吹口氣，吹活了從棺材拉出來問他，他也答不出來……咱們原都是耕田種地的，在家窩蹲不住，有的是土匪逼迫，有的是得罪了仇家，這才亡命在外的，人怎麼逼我，我怎麼逼人，有什麼錯？難道被逼了就去死？」

老許睜圓兩眼，說話時，兩腮鼓動著，彷彿他不虧欠旁人，倒有旁人虧欠了他什麼似的！

鐵山一時怔在那裏，過一陣才說：

「官裏把你押去，怎沒砍掉你的腦袋？」

「嘿！」老許摸著頭皮說：「如今腦袋能拿錢買，北洋軍割了我的腦袋，又不能煮了啃，只要打通關節，塞足了銀洋，揮揮手就開釋啦。」

鄭旺在一邊說：「鐵山老弟，你來了很好，有宗事情，咱們得解決的，上回你帶著幾個人離開集鎮，持的是商團的槍械，我沒栽誣你是攜械潛逃，但這幾根槍，你得如數還回來！」

「我就是爲這事來的，」鐵山說：「上回聽說股匪要渡河，我是急著去阻擋……」

「就算你有道理，也該關照一聲的，」鄭旺說：「黑夜裏藉著巡查的名義溜掉了，總有些欠妥當罷？」

「靈河岸鑿殺成那種樣，您鄭大爺擁著幾百人槍，按兵不動，您肯讓咱們拉槍去援鄉隊麼？」鐵山也毫不相讓的說。

「你又怎知我不肯呢？」鄭旺反詰說：「老弟，你是各村屯來的，那裏有你的親朋戚友在，你是應當去應援的，但我卻要採取權宜之計，保住靈河集和我的產業，咱們並不一樣。不過，你只要把幾支槍給我還回來，已經過去的事，咱們就決計不談了。」

「我帶著獵隊在忙著獵狼，」鐵山說：「這回我是特意爲這事到府上來，那幾支槍，我在半個月之內奉還，還望您鄭大爺信得過我。」

「信得過，當然信得過，」鄭旺笑說：「我還怕荊家的人賴掉那幾支槍麼？你只要丟句話，使事情有了個交代就成了。」

「好，我在這兒向您道個謝，我得告辭啦。」

「用不著那麼急著走啊！」鄭旺說：「咱們多時沒見面，見面正好多聊聊，上一回爲了我差人獵狼，河西的葉爾靖葉大爺真給我一頓好窘，今天當著你老弟的面，我不能不說幾句話，你們各村屯一向不把我鄭旺當成正經人看待，這幾年裏，先是吃足你那伯父荆龍的排頭，如今又受葉爾靖的氣，我全忍了，你憑良心說，我姓鄭的是挖過誰的祖墳了？我哪一點該忍這些氣？」

「鄭大爺，有些話，我也不能替旁人說，不是嗎？」鐵山說：「也許這許多年，靈河太荒僻了，大夥兒不習慣生活上起變動，比如說點植罌粟，熬膏子，在靈河集設賭場，開娼館，這些城裏的玩藝兒，多多少少會引起人們的議論，當然，我只是這麼猜想罷了。」

「你猜得不錯，」鄭旺說：「很不巧，偏生我鄭旺是幹這一行的，人哪能丟下他靠爲衣食飯碗的老行當？這些東西，北洋官府都沒禁，他們自己也開設官膏局，把鴉片公開販賣，他們既能放火，我爲啥不能點燈？葉爾靖他們想管我這個，談都甭談，他們未免也太過分啦。」

「凡事總得要調和的。」鐵山說：「何況彼此靠得這麼近，說來都是鄰居，假如彼此嘔上了，怕不是靈河之福罷？我這都是實在話，不知你以爲如何？」

「好！好！」鄭旺說：「鐵山老弟，你的話，我聽得句句入耳，只不過我覺得這些話，要是能跟葉爾靖他們說那就好了，這些事端並非是我造出來的呀！我鄭旺做黑貨生意，不是搬到靈河集上才開始的，你都管打聽，我什麼事是專衝著荆家屯和葉家屯來的？日後誤會越加越深，還得靠你老弟多多調停多解說呢！」

「我?!」鐵山用手指點自己的鼻尖說：「目前有關靈河的事，只怕還輪不著我說話呢。」

鐵山好不容易從鄭旺那邊辭了出來，一路走一路想，怨不得連柳大叔那樣人一提到鄭旺就皺眉毛，鄭旺這個人太不簡單了。

鐵山越想越覺得鄭旺身上有一股魔性，它能使人被一種無形的東西捆束住，軟不能軟，硬不能硬，自己這趟來拜訪他，原以爲鄭旺會爲那幾支槍動火，誰知他根本沒有動火的意味，說話寬和，顯得他好有涵養，很有氣度，本來販黑貨這檔子事，在城裡也是習見的，北洋政府在各地設立官膏局，實在也有壟斷市場搏取暴利的意思，不管一般人染上毒癮後傾家蕩產，或是身體敗壞，他們有時候抓一抓走私生土的做做樣兒，也正如鄭旺所說的不許民間點燈，總括說來，鐵山仍認為鄭旺說破嘴皮，販賣黑貨也不是正經行當。話又說回來，靈河的人無法因為鄭旺幹這一行就把槍口對著他，有關靈河那些案子，直至如今，沒有一絲跡象顯出它們和鄭旺有關，想從鄭旺這兒捏住把柄，簡直是太難了。

鄭旺儘管扭捏著鼻子忍受葉爾靖對他發脾氣，但他仍然照他預先訂妥的計劃辦事，而且膽子越來越大，從他公開的把股匪頭目朝宅子裏請，鐵山能略略看出些端倪來，他既能把活剝皮老許請的來，日後他當然也能把鄭鵬請來，這種做法，不是開門揖盜又是什麼？但那些出現的股匪，全不再承認他們是股匪，都說也已改行了，世上沒有說哪種行業不興改行的，他們只要沒當場作案，你就無法硬指他們仍是股匪，連活剝皮老許那種早該砍頭的瓢把子，官裏捉了他都把他給放出來了，其餘的還用得著說麼？

鐵山想不透這種道理，只覺得心裏悶鬱，頭腦發脹，不知該怎樣對付才好。

他走出鄭旺宅子的大門，在街上碰著了熟人丁大，丁大一把拉住他，神色張惶的說：

「鐵山，你這個小王爺，你怎麼有這麼大膽，還敢跑到靈河集上來？鄭爺為你帶走了幾支槍，記恨你記恨得入骨，發誓要除掉你，你怎麼還在集市上晃蕩呢？」

「丁大爺，您甭這麼緊張好不好，」鐵山說：「我剛剛才跨出鄭旺家的大門，我答允在半個月之內，把那幾桿槍送還他，他當面也沒說要怎樣？我想，在靈河岸上，我只是一個年輕的獵戶，算不得是什麼要緊的人物，他姓鄭的精於計算，不會拿我開刀的。」

「鄭旺那隻老狐狸，他說的話，你能聽信麼？」丁大說：「街上說話不方便，你還是到我屋裏坐坐去罷，我有許多話想單獨跟你說呢。」

丁大硬把鐵山拉到他屋裏，鐵山說：「這不怕有旁人聽了，丁大爺，您有什麼話，不妨說出來罷。」

「我先得告訴你，鄭旺這個傢伙的話，你可千萬不能聽！」丁大說：「笑面老虎，總是吃人不吐骨頭的，甭以為他當著你的面，話說得好聽，你想想，靈河集各處，帶槍的人物有多少？鄭旺想整你，用得著他自己動手嗎？他可以暗中唆使一個殺手，跟你發生爭執，開槍打死你，然後他讓行凶的傢伙溜掉，再張告示緝凶，他用這種方法整倒你，荆家屯和葉家屯都拿他沒有辦法，只有替你收屍的份兒，你想到過這一層沒有？」

「丁大爺，您若不是這樣提醒我，我還沒想到這一層呢，我究竟是實心眼兒，想事情很少拐彎兒的。」

「那就是了。」丁大又說：「假如他鄭旺花錢買人來對付你，他得了手，鄭旺會找出機會，讓凶手溜掉，你得了手，你卻溜不掉，他會以靈河集地方上管事的身分繳掉你的槍，把你收押法辦，在他，少了一筆花費，死了一個外人，可說是沒傷著一點皮毛，卻換一種方法把你給整倒了，——他按理按法辦了你，荆家屯和葉家屯也只有眼睜睜的看著，誰也說不上話，這道理，你該一聽就明白了的，所以我認為你留在這兒太危險了。」

「危險我是知道的，」鐵山說：「如今鄭旺有意跟各村屯磨擦，卻又不正面衝突上，我是想來看看他的動靜。適才我在鄭旺宅裏，見到活剝皮老許、股匪頭目老趙和滿天星那些人，這又是怎麼回事兒？您對這些，知不知道一點？」

「鄭旺跟他們來住，並沒瞞人，」丁大說：「據街坊上人傳言，鄭旺要在這兒大種罌粟，熬成生土外銷，爲了使他的黑貨運售時不被截留，他招攬黑道上的人來加入股份，獲利後按成數分紅，他不但跟股匪串連一氣，縣裏官場上的人也都有份，說起來他這也是做生意，咱們明知他這樣做，對靈河岸的住戶不利，又有什麼辦法呢？從表面上看起來，他似乎是很軟，他甚至對葉爾靖葉大爺低了頭，骨子裏，他步步逼著靈河岸的老住戶，根本就是仗勢欺人。」

「您這麼一說，我全懂得了。」鐵山點頭說：「他是想用慢刀殺人的方法，把靈河南岸一塊一塊的割掉，他用錢買地，花錢送糧種買人心，他讓股匪來把靈河鬧窮掉，鬧虛掉，他勾結各村屯裏面暗伏下的奸細，把領頭的士紳逐一放倒，這些事，他做得很小心，很細緻，誰也沒捏著他的把柄，靈河兩岸的人吞了他的慢性毒藥，不知不覺的，就失去了反抗的力量，這樣說來，鄭旺可真是狠到了家啦！」

「你說得對極了。」丁大說：「鄭旺跟股匪可不一樣，他並不用趕盡殺絕的方法，他是要靈河兩岸的人俯首聽命，處處仰承他的鼻息，我是個又老又孱弱的人，眼睜睜的看著靈河逐漸沉陷下去，但我自信還會動腦筋，把我想得到的，都跟你們年輕力壯的人說了，朝後究竟該怎樣辦？你回去得跟大夥兒多商量。」

鐵山明白丁大所說的話，絕不是危言聳聽，他早先在河西渡口做小買賣，算得上是真正的升斗小民，一般說來，只要他一家人能夠活得過去，他是極不願管外間的事的，人在哪兒活不是活？正因爲鄭旺的做法太陰太絕了，才激得他不停的去想，他真是想得深透，把鄭旺看得很清楚，自己不能不聽他的勸告了。

「我說，丁大爺，我回去會跟柳大叔他們再商量的，」他說：「這些時，鄭旺對待集上的老戶怎麼樣？」

「他沒怎麼樣，」丁大說：「這些由各村屯移居來的老戶，都是做小本經營的，沒管過他的事。」

鐵山略爲放心的點頭說：

「那就好了，你們在集上，正像俗話所說的，人在矮簷下，誰敢不低頭，有些即使受些委屈，也得亟力隱忍，鄭旺這個瘤，早晚會鼓出頭來，淌血流膿的，那時候，不開刀割它，靈河也就完了！」

「我們這些做小本生意的，縮頭忍氣早已習慣了，」丁大說：「您儘管放心，他鄭旺要對付的不是咱們，他們不至於讓咱們活不過去，倒是你，實在應該早早離開這個是非窩了。」

「正因爲鄭旺是條兩頭蛇般的人物，我想我更不能怕危險了！」鐵山鄭重的說：「我要在靈河集多留幾天，看看對方會使出什麼樣的手段來？生長在靈河岸的人，都是些多稜多角的石頭，鄭旺夢想把每一塊石頭都打磨成圓的，他自問他能嗎？」

鐵山這個人是不聽勸的，他說不走真的不走，在他自己的皮毛鋪裏歇下來了，白天，他腰裏插著短柄獵銃在街上蕩來蕩去，他一個人到茶樓去，泡上一盞茶，翹起二郎腿，悠然自得的聽書；他到潘二開設的酒樓去飲酒，他也揣著錢進二馬的賭場，不大不小的下注賭錢，潘二見了他，對他擺出一副笑臉，二馬見了他，也客客氣氣，話裏帶著奉承，很顯然的，丁大的判斷並不準，鄭旺並沒對他使出什麼手段來。

鐵山從鄭旺手下的槍丁們的話裏，聽出鄭旺正忙熬製生煙土，他要組隊把這些黑貨護送出去，老資格的走土販子鄔學如擔當了這個護送煙土的差事。

對於鄭旺怎樣經營黑貨交易的消息，鐵山並沒有興致多聽，靈河岸各村屯的人，並沒存干涉鄭旺做黑貨買賣的心，正如葉爾靖所說的，縣裏都沒管他，咱們憑哪門子管他？只要不擠逼咱們，誰願跟他姓鄭的爲仇來著?!

事實上，鄭旺既做這門生意，就得大量點種罌粟，要點種罌粟，就得大批的買地，擠逼照樣是擠逼，只不過多轉幾個彎兒就是了！

大家雖都明白這樣是另一種逼法，但因它不是直接來的，使人還能忍受，至於勾結股匪和內奸，蓄意製造事端，使靈河的丁壯有幾百人埋骨荒郊，這就決難忍受了。鐵山要聽的，還是這些消息。他只要抓住任何證據，就要擰合靈河兩岸人們的力量，把鄭旺給剷除掉！

秋季的靈河集逐漸熱鬧起來，許多外地的商客朝這兒麇聚，使不久前股匪捲襲的混亂，逐漸被人們淡忘了，鐵山發現，股匪頭目活剝皮老許一直留在這集市上，做了鄭旺宅裏的客人，老趙和滿天星一干人，也在集市上進進出出，一搖二擺，彷彿他們對捲襲靈河的事毫無關聯，更談不上心存愧疚了。

不用說，他們若沒有鄭旺背後撐腰，決不敢這樣肆無憚忌的出現，這樣下去，靈河集成了土匪窩，等於是敞開了大門，鄭旺這樣做，正是要向靈河兩岸的人顯露他的顏色，存心要瞧著葉爾靖的反應。鐵山遇著這種情形，真給困惑住了，他不知道究竟該怎麼辦？只有等回去跟柳和商量了。

不管鐵山怎樣的困惑，鄭旺卻穩穩的幹著他所要幹的，早些年，他就看準了靈河兩岸這塊荒涼的肥地，只要多募人開墾，點種罌粟，就不愁貨源，這兒旺產的皮毛運出去，能獲得對本利還帶拐彎兒，不過，各村屯的民風獷悍，在地方上管事的荊龍又是一柱擎天，想打開靈河這扇門擠進身來，可不是一朝一夕的事情。

當然，要想插腳靈河岸，先要懂得它，他趁著每年野市開場，收購皮毛之便，放了篷車來，在這兒住上一段日子，睜著眼睛去看，豎起耳朵去聽，這該是懂得靈河的第一步。

愈是荒僻的鄉野地，日子過得愈單純，想懂得它似乎並不太難，鄭旺在收購皮毛的時辰，認識了不少的獵戶，也摸清了巫門所定的那些規矩和鄉野上的若干習俗，他發現，用擲卜的方式決定野市所設的地點，掛燈在狼神樹上護著野狼，野市上的槍賽和拜祭火神等等的怪異風俗，處處都顯出這地方民智沒開，而荊家屯和葉家屯對峙，其中也有許多裂隙可循，他必得先挑起一些亂子，讓這塊地上的人本身起衝突，他才有可趁之機。

由葉爾昌被害而引起械鬥，就這樣的鬧開了。

但雙方鬧了一陣，不久便平復了，有經驗的荊龍，和沉著的葉爾靖有了諒解，靈河岸各村屯仍然拉得很緊，他們不摒拒外來的商客，但也只限於在野市上規規矩矩的做生意。

他不得不想法子走他的第二步棋，把他的心腹之人康九當成一顆棋子，打進荊家屯去做了護屯師傅，他要康九自己暗中找幫手，跟巫門裏的人搭線，允諾他事成之後，在罌粟收成的利潤裏提成作爲酬勞。

康九這個出生北地的黑道人物，以一身拳腳功夫進了荊家屯，最先確實幹得不錯，他在靈河兩岸各村屯裏佈妥了耳目，也找到了得力的幫手，他從沒吐露過他和自己的關係，二馬夫妻倆是康九引來的，直至如今，連二馬也被蒙在鼓裏，以爲他是荊家屯裏面某些人中的一份，這不能不說是康九的功勞。

但當康九跟巫門裏的人物拉線時，他犯了一個色字，他這片乾柴，遇上了巫女趙小桃那把烈火，一旦燃起來，便再也難以撲熄了。

康九那宗案子，他並不清楚，康九一死，他和靈河內部斷了線，但他能猜想得到，康九和巫女小桃姦戀情熱，一定有了很多把柄被小桃拿捏住了，小桃逼著康九要求什麼，康九一時不敢答應，小桃便以此相脅，康九在情急之餘，便想動手把小桃做掉，誰知事情洩露了，荊龍引人截擊，把康九逼得自殺了！

康九的案子發生後，鄭旺一度垂頭喪氣，有前功盡棄的感覺，但他插足靈河的心思正熾，哪肯就此罷手？於是乎，他走出第三步棋，——找出人來冒充荊家屯牽線的，說是荊龍宅子裏的底財如何豐厚，又送上五千大洋，慫恿牛鬍子去攻撲靈河，唯一的條件是要牛鬍子把荊龍擺平，有了底財的誘惑，牛鬍子便糾聚各股行動了，最使鄭旺缺氣的是，從牛鬍子到鄧鵬，股匪屢戰屢敗，反而使靈河兩岸各村屯的人愈擰愈緊了。

及後荊龍遇人狙擊丟命，楊大郎等一干人死在對抗股匪的戰陣上，都使鄭旺略感寬慰，荊龍被刺，他並沒有參與，但也卻由此猜測到，康九留下的內線，一定還在靈河內部暗中活動著，他很想接上這條斷線，卻一直找不著頭，也許作案的人認為葉爾靖和柳和追查得很緊，這陣風頭還沒有過去，不願暴露他們的身分罷？連二馬夫婦也弄不清這案子是誰做的？

他跟潘二研究過，在股匪數番捲襲之後，各村屯的鄉隊雖然打贏了，但他們當中領頭管事的人，十去其七，聲勢要比當初差得很遠，自己趁這時收買土地，販售煙土，葉爾靖事實上全管不了。

他不怕葉爾靖，卻怕飛刀柳和跟鐵山，他想除掉這兩個人的心思，一直在心裏纏繞著。他目前仍存有若干的顧忌，不願明著動手，他要消停的籌謀，要不露痕跡把這兩個人給除掉。

「誰能除掉柳和呢？」他有些苦惱的說。

「也許鄔學如的短槍隊能夠！」潘二說：「您該記得上一回，咱們買的槍手狙擊過他，因爲天太黑，槍失了準頭，讓他逃過死劫，除非他姓柳的不出面，他只要出面，咱們就該有辦法整倒他。」

「算啦吧，」鄭旺埋怨說，「你只有一張嘴能，除此之外，你還能幹什麼？你不怨你出錢買的那幾個槍手，都是些酗酒賭錢的窩囊廢，還有臉空誇這種海口？」

「我說姐夫，你也不能總爲這事責怨我，只能說柳和太精明了，加上那夜的天氣又不幫忙，才讓他漏了網，下一回，我擔保他走不了。」

「你真敢這樣說？」

「怎麼不敢？」潘二說：「堂堂一個荊龍，照樣被人很容易的放倒，他柳和拳腳功夫再強，又能比荊龍強到哪兒去？何況這回我決不會花錢亂請人，老趙和滿天星該是最合適的幫手啦！他們兩個槍法熟練，再加上一個玩槍的能手鄔學如，我不信柳和還能逃得過。」

「當然，老趙和滿天星是肯幫這個忙的，」鄭旺說：「鄔學如願不願意幹，看來還得費一番唇舌，他來領槍護土，是爲了從那上面分好處，要他對付柳和，恐怕他未必肯點頭。」

「鄔學如是個想撈錢的人，要使他出面挑起這事，也得要在『錢』字上動腦筋，我想，只要把洋錢用錢板捧出去，他還會不答應？」

「這話你替我去說去！」鄭旺說：「你一手去辦好了！」

「好！」潘二說：「我也不會用你的錢去亂拋撒，該用多少錢，我談妥之後會先報出賬來的。」

「要動手，也得找適當的機會，」鄭旺仍然很不放心的叮囑說：「柳和跟鐵山這兩個，都不容易對付，假如容易對付的話，我就不會找你來商量了。」

潘二下去之後，很快便取得老趙和滿天星的支持，但潘二跟鄔學如談起這事時，鄔學如卻沒有那麼爽快，他只認爲可以考慮，卻沒有當時答覆。

「也許他希望跟你直接談罷？」潘二說。

「小鄔是我請來的，」鄭旺說：「他一向幹的是販煙走土的行當，圖的是厚利。他跟荆家屯的人沒仇沒怨，當然不太願意去開罪人，你要他來跟我談談也好。」

鄔學如來見鄭旺時，明白的表示出他久聞柳和的名，要他動手，實在沒有把握，同時，打黑槍這種行徑有欠妥當，因爲荆家屯不止是一個柳和一個鐵山，葉家屯也不光是一個葉爾靖，這樣做，更會激起他們的反感。

「我說的可全是真心話，鄭大爺，」鄔學如說：「您甭忘記，靈河的民風極獷悍，他們仍有好幾百條槍在手裏，論起動腦筋，他們動不過您，假如講到動手的話，靈河集您手邊這些人槍還不夠他們壓的。您能不能再緩些時日，先嚐試走土，把生意做開再講。」

「我不急，」鄭旺說：「我急什麼？真正要對付他們的，倒是鄧鵬鄧二爺，他想報前一陣子在楊家屯外慘敗的仇，跟我倒沾不著邊兒。」

「您是這麼說，但旁人是不是這麼想，那可就很難說了！」鄔學如帶笑說：「柳和跟荆鐵山可都是會動腦筋的，他們要是用其人之道還治其人，又硬把您當成對象，您豈不是受累嗎？」

鄔學如不鬆不緊的幾句言語，可把鄭旺給說楞了，自覺脊骨冒出冷汗來，他還來靈河集，拐彎抹角，趁虛蹈隙朝前走，直到如今，他還沒跟柳和對上，沒覺得他有什麼厲害，但從牛鬍子捲襲靈河的事來看，柳和確實是厲害人物，他闖暗卡，設計運槍械，他單獨潛進匪陣，伸槍放倒了牛鬍子，他在荒墳堆苦苦鏖戰，卒能擄得活剝皮老許，他有謀有勇，根本無懼危險，鄔學如說得不錯，要是自己萬一沒能一蹶而就，讓對方反過來對付自己，那，恐怕連睡覺都難以安枕啦！

「我倒想過，柳和受僱替荆家屯幹護屯的差事，何苦賣死力？咱們一樣能出高薪請他，但對他那種斧頭全劈不開的死腦袋瓜子，我是開不了他的竅的了！」

「我認爲，這種人暫時不必動他倒好，」鄔學如說：「咱們若不計算他，他是不會計算人的，咱們做的是黑貨買賣，說起來當然不是什麼正經行當，但究竟跟鄧鵬、老趙他們有分別，他們要怎樣，由他們去好了，您鄭大爺大可暫時甭過問，朝後，日子還長著呢！」

鄭旺一番亟急的圖謀，可被鄔學如兜頭一盆冷水潑熄了，他一方面不甘心，一方面又不敢造次，猶疑的說：

「好，容我好生想想再說罷！」

鄭旺在反覆思量之後，覺得鄔學如的看法不無道理，他決定先把頭一批的黑貨護運出去，先牟一筆厚利再說，日子轉眼臨到冬季了，他的另一個辦法——扼住靈河的皮毛市場，使各村屯伸著頸子捱餓，這一餓能餓出什麼樣對他有利的結果來，他還得等著瞧，到那時再決定用緩或是用急。總之，靈河各村屯無法先找著他來，他並沒有什麼把柄捏在葉爾靖那幫人的手裏。

鄔學如拉著短槍隊，護運黑貨出去了。

他採用直接經營的運法，——七個人，每人腰裏纏他四十兩用錫箔包紮妥當的生土，每天夜晚出動，不走官塘大道，而走偏僻小路，或是踩荒越野，若是遇上有人想截貨，先盤明對方身分，遞上話去，能套得上交情，撒腿走人，那是最好，要是對方不賣交情，那就拔槍幹一場。

這種走土的方法，俗稱武運法，獲利豐厚，所冒的風險也極大，領隊的人必須要是老幹這行的幹家，人頭要熟，路徑要熟，頭路要廣，能在途中任何一站找到購貨的人，把貨品以適宜的價錢銷售出去。

這方法，鄭旺早先沒有用過，他收買短槍，組成槍隊，又把鄔學如請來帶隊，正是拓展他運黑貨的準備工作，因為如果日後他大量點種罌粟，收漿熬土，他必須建立幾支護運貨品的人馬，牟取更高的利潤，要是仍然交給附近黑道人物輾轉代售，大部分的利潤全被層層剝蝕掉了，那就失去他當初幹這一行圖獲暴利的原意了。

對於鄭旺這種走土販毒的做法，葉爾靖、荊朔、柳和，以及小一輩的弟兄夥，人人都氣得牙癢，葉爾靖用拳頭擊搗著掌心說：

「鴉片害人，是人盡皆知的事，不管城裏有多少家煙館，害得人傾家蕩產，但咱們靈河兩岸在鄭旺遷來之前，地上可沒長過一棵罌粟，如今要咱們眼看他運毒種毒，就這樣放手不管，心裏實在難受。」

「鄭旺藉著財勢上下勾結，硬欺咱們這些鄉角落的老土，」荊朔說：「要依我的性子，先毀掉他的罌粟田，朝後禁他栽種，他如果要告官，由他去告好了，咱們各村屯的人全出面頂著，官裏也不能把靈河兩岸的人全關進大牢去，文的、武的，聽憑他姓鄭的使，他有什麼本領，全亮出來好了！」

「兩位的話，全有道理，」柳和沉重的說：「但鄭旺目前業已成了氣候，他的手底下槍枝不少，咱們要是動手剷他的根，雙方非要流血相拚不可！……咱們不是怕他姓鄭的，我覺得除此之外，還有更好的方法，只要能避免當地居民流血丟命，那就成了。」

「柳師傅請說說看，您有什麼方法呢？」

柳和淡淡的笑了笑說：

「目前在這塊地上，真正興風作浪的，說穿了只是鄭旺一個人，人說：打蛇打頭，擒賊擒王，咱們只要把鄭旺這個禍根從地上拔掉，事情便好辦了！鄭旺不是王侯，他平素防得再緊，咱們也總能找到適當的機會，咱們不用打黑槍，就是當眾說他的罪狀，把他放倒！」

「我知道您會這樣說，」葉爾靖說：「柳師傅，咱們可不願意讓您出面去幹了，您沒道理為靈河賣這條命，您是有家室，有妻小的人。」

「命是人人都顧惜的，」柳和說：「但人在世上活著，要是見惡不除，活得委屈，活著也沒有什麼味道！您說是不是？我雖是外地來的，這些年受荊大爺的恩遇，可沒把靈河岸當成外鄉看，咱們要是還有講理的地方，怎會逼著和鄭旺去拚命？」

「柳大叔，」荊朔說：「您暫時捺耐些，我看，鄭旺雖然極有心機，但他幹這種行當，貪圖暴利，他計算旁人，旁人也會計算他，過了這一冬，我敢說他們內部就會起變化，那時刻，用不著您動手，鄭旺自己恐怕也站不住了！……鐵山回來一說到這種情形，我就有了預感，一夥圖利的聚在一道兒，沒有不打破頭的。」

商議歸商議，冬天眼看就要來了，有些散戶已經缺糧，一時張羅不到糧，只能設網張羅，捕獵小野味充飢，有些被逼著把一年聚積的皮毛擔到靈河集上去，低價出售給鄭旺，提取些糧食來延命。

鐵山和程世寶、佟忠、林小眼、王貴幾個人，從丘陵地的獵棚子挑了十多張狼皮，回到了荊家屯，他是說話算話，找了一輛車趕到靈河集去，把槍枝交還給鄭旺，雙方除了互相客套幾句，都沒說旁的。

這時刻，葉爾靖騎著牲口穿梭在各村屯之間，為了能使大夥兒度過這一冬，所有獵戶們都願意把皮毛集中起來，組成一支槍隊護運到縣城，公開標售，這樣，他們至少能夠免除鄭旺的剝削，增加些收益，好收購糧食運回來，使這一冬少受飢荒。

槍隊是現成的，他們只要集中皮毛就成了。

皮毛堆滿了五輛篷車，還沒有出發呢，靈河集上的二馬出面了，他像叩頭蟲似的，笑著臉，到處打躬作揖，口口聲聲說是鄭大爺關照他來的。

「真的，諸位老鄉親，你們何必捨近求遠呢？你們若嫌鄭大爺他訂的價錢低了，不是不好商量的，這可是正正當當的生意買賣，沒有誰能勉強誰的，鄭大爺他希望諸位能賞他一個面子，價錢大夥兒儘可再商量，免得你們把皮貨經過靈河集街梢運走，讓他擔上盤剝人的名聲。」

「我說，二馬，你如今出來說話，已經晚了。」荊朔說：「咱們業已商量過，日後靈河兩岸各村屯，不論是皮毛還是其他山產土產，咱們全都押運到外面的埠頭上去標售，有了貨，不愁沒有買主！咱們對你們那位鄭大爺沒有口味，他還是熬他的煙土，販他的毒去罷，想在咱們的頭上牟得像他運黑貨一般的厚利，那咱們這些人家，只有張著嘴喝西北風啦！」

二馬到處遊說，仍然得不著頭緒，只好很狼狽的回去了。靈河岸的鄉隊，由葉爾靖和荊朔分別率領著，把五車皮貨押送出去，鄭旺根本沒敢出面阻擋。

鐵山和柳和領著留下的槍枝和丁壯守在荊家屯，等著鄭旺的動靜，結果什麼動靜全沒有。

「柳大叔，人說：人怕狼，鬼怕惡，這話一點都不錯，」鐵山說：「鄭旺早些時種種舉措，根本就想試探各村屯的反應，咱們要是軟弱，他就會強硬，如今咱們顯出顏色來，他一樣的沒奈何！」

「鄭旺是個陰性子的人，」柳和說：「這回他退讓了，他會等著下一回，只要他活在靈河集，事情會一波一浪的層層疊起，沒有完的。不過，看各村屯的光景，儘管有許多困難艱苦，但大夥兒一條心，彼此拉得很緊，這究竟使鄭旺心存顧忌，不敢過分，這不能不說是極好的現象，能把目前的情勢穩住，等到元氣恢復過來，對付鄭旺就比較容易了。」

在鄭旺那一邊，眼看著各村屯拉起槍銃護運皮貨到外埠去，他們卻覓不出方法來攔阻，鄭旺實在很懊惱，也很氣悶，他把活剝皮老許、二馬和潘二等人都聚在一道兒計議著。

「靈河岸的這些人，都是死腦袋瓜子！」他說：「他們要是厭惡哪樣事，你再怎樣都改不了他們啦！拿販煙走土這一行來說罷，要是他們點種罌粟，收漿熬膏子，即使用低價賣給我，也比漁獵所得多得多了，他們偏偏不幹，你拿它有什麼辦法?!」

「他們一向不喜歡城裏的商販，」活剝皮老許說：「他們總認爲會耍嘴皮子的商人，十有八九都是騙子，我是鄉下出身，我最明白這個，他們對您鄭大爺從來沒有信任過，總認定你是盤剝他們來的。」

「什麼叫做盤剝？」鄭旺說：「三百六十行，無論哪行，只要是買賣，沒有不看在利字上的！我鄭旺一樣是有兒有女的人，難道不該牟利？他們寧願把皮毛運銷到外埠，不讓我訂妥價錢收購，這等於是明白的砸掉我的攤子，這太氣人了！」

「當時有荊龍在，我以爲那是領頭人的關係，」二馬說：「誰知死了荊龍，接著又倒楊大郎，靈河兩岸的人，仍然是那副倔強的老樣子，一點都沒改變，拿我這個賭場來說罷，初時設在孟莊，進來留連的，幾乎全是外路商客，各村屯來的極少，若不是鄭大爺您發展靈河集這麼個鎮市，我在這兒幾乎就混不下去了。他們把賭鬼看得和煙鬼一樣，當然沒有許多進賭場的了。」

「軟的他們不吃，硬的他們照樣不吃，有什麼辦法呢？」活剝皮老許苦笑說：「當初牛鬍子約我跟陰陽眼打靈河，誰也沒想到會在陰溝裏翻船，在這種不打眼的小地方把老本給玩乾掉，……要不是鄭兄您的鼎力，我哪能被北洋軍輕易放出來？足見靈河兩岸這些老土很不好惹，目前您跟他們翻臉來硬的，頗不適宜呢！」

「怪來怪去，葉爾靖跟柳和那幾個太可惡了！」潘二說：「若沒有他們居中鼓勵，靈河兩岸的各村屯不會那麼絕決，連皮貨都直接運銷，咱們如今像是騎上老虎背，下不來啦！」

「依我看，鄭大爺只得暫時隱忍著，」活剝皮老許說：「等到過了冬天再說罷！」

第十四章 謎團難解

當彤雲封嚴了天的時刻，冬天就來了。

靈河岸各村屯這一回直接運銷到縣城去的皮貨、山產和土產，由於得價高，獲利相當豐厚，他們把所得錢大都買了糧食，運回來對付嚴冬和長長的一季荒瘠。

鄭旺那邊沒見動靜，在壟斷皮毛這宗事上，他是失敗了，他想收買河東岸的田地，結果也不理想，一整季他只買得三塊土地，總合六十畝零一點兒，但那三塊地，得由生田墾成熟田，才能點種罌粟，那至少得要兩年的時間，目前並不能增加他煙土的產量。這兩件事辦得很不順意，鄭旺像是認了。

儘管如此，各村屯仍然是嚴密的戒備著，葉爾靖率著人到處打轉，各村屯的槍隊每夜都集中在一道兒，枕著槍枝睡覺，照例派出打更值夜的，面對著靈河集的荊家屯，防範得更嚴，荊朔動用族裏全部丁壯，重新挑壕溝，設鹿砦，修角堡，起槍樓，迎風望哨的，一直放到集外的小石橋，巡查的馬隊，每天每夜在林子裏外出入著，這些舉措，除了防範外來的盜匪入侵，多半都是爲了怕鄭旺蠢動而設的。

入冬後不久，葉爾靖帶著五六支槍在靈河集上出現了，他坐在茶館裏面喝茶，著人去找鄭旺來見面。

鄭旺由二馬和潘二陪著來了，他坐下之後，葉爾靖笑笑說：

「鄭大爺，你託巫門裏的葛巫師捎的信，我收到了，我覺得咱們需要當面談談，才約您到茶館來的。」

「您能到集上來，那真是好極了！」鄭旺漾著油膩的笑容說：「上回爲獵狼的事惹得您光火，我一直留在心裏，其實，我全是一番好意，想保全這個新興的集鎮，不能讓外來的商客出意外，……您說是不是？」

「過去的事，我不想再提了！」葉爾靖說：「如今我倒想跟您談談日後的事呢。」

「日後？」鄭旺怔一怔，然後晃動一下肩膀說：「那好啊！您要談什麼，儘管敞開來談，我全聽著。」

「那很好，」葉爾靖說：「我聽講活剝皮老許是你花錢保出來的，如今還留在你宅子裏？」

「不錯，」鄭旺說：「老許當初在老王集做瓢把子，替我護過貨，衝著這份交情，我不願見他挨槍。他的那股人，跟牛鬍子擰起來犯靈河，結果全崩了，如今只落下他一個，成爲沒翅的鳥蟲，飛也飛不起來啦，您可用不著再把他當成股匪頭兒看。」

「我不過是問一聲，沒想把他怎麼樣，」葉爾靖說：「咱們由初若想取他的命，也不會把他交給官裏去啦！那老趙和滿天星又是怎麼樣了呢？鐵山老弟在府上親眼看見過他們的。」

「噢，葉大爺，您說鄧鵬手底下的那兩個？」鄭旺說：「他們已經脫了股，不幹啦，如今他們跑單幫，做買賣，常到集上來，我不能因爲他們過去幹過股匪就……」

「我知道，」葉爾靖作個手勢，截住對方的話說：「你鄭大爺如今在靈河集管事，集上自有集上的規矩，我也管不著。不過，咱們各村屯的住戶聽了這些消息，心裏可都有些惶惶不安。」

「那得請葉大爺多美言幾句了。」鄭旺說：「我沒法子到各村屯敲鑼，喊說我決沒有勾結股匪，我真要勾結股匪，也不會是這樣做法，沒有誰願把把柄朝人手上送的，我不會傻到那種程度。」

「這我倒是信得過的。」

「您明白就好了，葉大爺。」潘二在一邊訴苦說，「如今靈河的鄉隊緊緊的看著咱們，全像防賊似的，其實，鄭大爺他只是想做生意，買田地點種罌粟，收皮毛硝製了運銷，這又有什麼不妥呢？」

「你是說荊家屯巡查放哨？」葉爾靖說：「這你可怨不了他們，各村屯其實都是一樣的，他們被股匪幾次擾襲嚇怕啦，不得不提防著，哪兒都是對你來的呢！」

「我倒不想說旁的，」鄭旺說：「靈河集想繁盛，也不能光靠外面的人，各村屯要是不支持我，把山產、土產都直接朝外運銷，長此以往，這兒的市面一定會蕭條下去，您葉大爺是當家理事的人，這一點想必會明白。」

「不錯，」葉爾靖笑笑說：「這集市是我一手興起來的，我沒有眼看著它冷落的道理，做買賣這檔子事，是雙方面的，只要價錢相宜，有利可圖，自然會有人來，強捺著牛脖子飲水也不是辦法……你鄭大爺把皮貨的價格定得那樣低，我能強迫旁人一定把貨運過來麼？」

「這是我的不是！」鄭旺說：「我也不想推諉，我敢當著您葉大爺的面大拍胸脯，朝後我不再先訂收購價格，看貨議價就得了，總之，我不能一手遮天，把偌大的靈河集揣在口袋裏，這兒四門大敞著，隨時歡迎各村屯的人來這兒趕集。」

「對對對，」二馬立即附和說：「兩位出面把話說開就好了，靈河集跟各村屯原是一家，離皮離骨的下去可不是辦法，要是彼此解了疙瘩，消除了誤會，豈不是皆大歡喜的事嗎？」

「誤會倒不是嘴頭上說說就能解得了的，」葉爾靖不慍不火的說：「那得要人心不嗔不怨才成，拿鄭大爺販煙走土這個行業來講罷，靈河各村屯的人看不慣，也管不了，但在這兒收買田地，大種罌粟，使靈河兩岸被人看成黑貨的產地，靈河岸的人，心裏是不會樂意的。」

「這個……說來我就爲難了！」鄭旺的臉色有些陰暗下來：「我是將本求利，幹的是這一行，讓我不種罌粟，就等於自砸飯碗，這恐怕……恐怕很難……」

「我用不著逼迫你，鄭大爺，」葉爾靖說：「不過，各村屯的人心如此，我不能不說一聲，日後若是起爭執，只怕仍在這方面，你鄭大爺是聰明人，該怎樣收拾，你該先有個數，我這就告辭了。」

葉爾靖走了，鄭旺目送著他的背影，陰著臉，半晌沒說半句話，他原想把局面暫時緩和下來，看光景不成了！

好罷，姓葉的，咱們走著瞧好了！

他心裏有著這麼一種聲音，火燒似的旺熾。

在表面上，葉爾靖這趟靈河集沒算白走，鄭旺算是讓了步了，他開放了那個集市，不再苛擾各村屯去趕集的人，他也不再重提收買田地點種罌粟的事情，連鐵山都覺得鄭旺這個傢伙真是吃硬不吃軟的人，每回葉爾靖一擺出硬的姿態來，鄭旺就收了兵，不敢再暗地裏伸出爪子來計算什麼了，而柳和卻另有想法，他認爲鄭旺是在等著頭一批護運黑貨的人回來。

「他根本不用著急的，」柳和分析說：「若說是皮毛罷，這一季的皮毛咱們已經賣掉了，他沒收購得著，下一季還有一年的時間，他不用急著怎麼樣；若說點種罌粟罷，他自己走貨能否走得通，圖不圖得厚利？在鄔學如回來之前，也沒塵埃落定，這個冬天，不是他動的時候，他當然落得擺出笑臉，把脾性火爆的葉爾靖給暫時穩住了！你看過毒蛇在想噬人的時候，身子總是先朝後縮，然後再向前衝的。」

「您這種看法，真該讓各村屯的人都知道，」鐵山說：「尤其是葉大爺那種人，他總認爲只要有理，他就直撞上去，不轉彎兒，對待旁人也許不成問題，遇上鄭旺，那就危險了！」

「人人都有他們自己的脾氣，不是輕易就能改得了的，」柳和說：「就是說了，也沒有多大用處，何況葉爾靖根本不算有錯，咱們只要留心鄭旺的變化，也就夠了！」

「依您的判斷，鄭旺還會有怎樣的手段呢？」

柳和的眼睛，在濃眉的陰影下直直的凝視著地面，過了好一陣，才緩緩吐出一口鬱氣來說：

「這……實在很難料定，你知道的，從野市縱火案，到荒灘女巫小桃命案，到荊大爺被刺案，咱們也都猜測過，認定跟他有關，結果，他太滑了，一樣都沒抓得著，究竟是咱們猜測欠準呢？還是鄭旺的腦瓜比咱們靈活呢？直到如今，這事還一直苦惱著我。」

「我何嘗不是一樣？」鐵山說：「心裏陰陰溼溼，好像一片雨雲裏鬱著一個沒發的響雷，真能使人裂掉！炸掉！所以我有時才會有閃電一般的念頭，想不顧一切的懷著槍衝到靈河集去，伸槍把鄭旺給幹掉，除去這個禍根，我就陪他死掉也值得。」

「可怕的倒不是一個鄭旺，卻是險惡的人心，」柳和想到什麼說：「人心裏的邪性要是不消除，拚掉一個鄭旺有什麼用？日後還會有比鄭旺更歹毒的人出來，這世上還是得不著真太平，咱們如今要做的，似乎是要把姓鄭的底牌全數抖開，攤晾在太陽底下，讓世人睜開眼來看個清楚，是非黑白都融進人心去，這樣，鄭旺才真的被扳倒了，再也站不起來了。」

「悶！」鐵山說：「這一冬的日子，陰陰鬱鬱的，長著啦，愈是表面上沒波沒浪，愈覺得難受，柳大叔，如果您不在這兒，我會覺得這塊荒涼地上好像只有我一個人似的。」

「快甭這麼說，小夥子！」柳和笑起來說：「你難道忘記了，河那邊還有你表妹嬌靈呢！你若真悶著沒事幹，就常過河去看望她罷，免得讓她成天盼你，把頸子都盼長了，花朵的日子，也是人過的日子，作一個漢子，不能成天想著刀矛槍馬！」

「我真常想著，」鐵山說：「老爹的病最近不知怎樣了？但我心裏總很悶鬱，很不平靜，見了面也不知該談些什麼？還是等一陣子再過河罷。您不知覺著沒有？我總覺目前這種平靜不尋常，不久定會有事故發生。」

人有時真會有一種不尋常的預感，鐵山說了這話還不到三天，有人在靈河集上傳來消息，說是鄭旺頭一批運出去的煙土，在北邊兩百三十多里的凌家河地面上出了事，被人截扣了，鄔學如所帶的七個人，有四個被對方打死了，僅剩三個跟他回來，還有一個是帶了槍傷的。

「人爲財死，鳥爲食亡！」柳和嘆說：「貪利像這等的貪法，就愚得可憐了……鄭旺把算盤打得太如意啦，他沒想到他貪，有人比他更貪，他刮漿熬膏子，還忙乎了很久，旁人伸槍一攔就取走了，他反而落得個人財兩空，真要有點兒悟性，就該歇手啦！」

「您說鄭旺會歇手？柳大叔，我可死也不相信，」鐵山說：「他根本不是那種人呀！」

「等著瞧罷，」柳和說：「靈河集上的鄭家宅子裏，如今正聚著一大群人，像是熱鍋上的螞蟻，正急著籌商對策呢！鄭旺還會不會在明年擴大罌粟的種植，如今也該有個決定了。」

鄭旺在凌家河丟失煙土的消息，很快就傳遍了靈河兩岸，荆朔說：

「那個鄔學如，原是個走土販毒的慣家，鄭旺是花了高價把他請來的，一個再有本事的煙毒販子，一隻手也遮不了整塊的天，鄭旺混人頭，也只是在縣城、大龍家寨、單家溝、新王集和老王集這一帶，出了這個地面，遇上更狠的，他照樣沒門兒了！」

鄭旺這次人貨兩失，損失相當的重，他所購的短槍，也丟失了六支，鄔學如自覺沒有面子，收拾行李回縣城去了，死者的家屬們，跑到鄭旺宅裏哭鬧，逼得他又得花錢消災，他這種狼狽的情形，許多人冷眼旁觀，都把它當成一場熱鬧看。

鄭旺本人還強自鎮定，亟力撐持著，他連著擺酒設宴，請了幾次客，所請的多半是附近各地的土匪霸爺，很明顯的，他是想摸清劫走那批煙土的，究竟是哪門哪路的人物，希望能找出關係，轉彎兒遞話，把那批黑貨給討回來。

看情形，他這份心機也算白費了，他最大的指望，原是落在兩個人身上，一個是在靈河敗走的鄧鵬，一個是混秋了水的活剝皮老許，這兩個渾身土氣的井底之蛙，見識也非常有限，根本幫不上他的忙。

整整一冬天，鄭旺在靈河集的宅裏鎖著眉毛，沒能做出任何事情來，各村屯住戶裏，有些老年的人，反而覺得他可憐可嘆了！

「這正合上了老古人說的話：天生一物降一物，惡人自有惡人降啦！總有一天，鄭旺會毀在他自己手上的。」

鄭旺呢？也算是有超常的忍勁，他沒有責怪鄔學如丟掉他的煙土，反而說好說歹的把他留了下來。他對鄔學如說：

「販煙走土這種事，本就冒了極大的風險，誰也不敢說一路上就不會出岔兒，這回在淩家河地面上遇險，你已經盡了力了，損失當然是有了損失，我卻不能因此就怪罪到你的頭上，日後，我需要你幫忙的地方更多著呢，你怎能辭職不幹，一走了之？」

正因爲鄔學如是個老幹家，深知販煙走土的苦處，鄭旺這樣一挽留，他仍然回到靈河集來了，他跟鄭旺建議，朝後如果運煙土到北地的大埠頭去，事先必得要跟沿途的黑道人物打妥交道，該打點的，先如數打點，一路都安排妥當，黑貨才能順順當當的運到地頭，要不然，派再多的人去護貨，照樣會有險失。

「人說，強龍不壓地頭蛇，」鄭旺說：「在這一點上，我是疏忽了，總以爲有槍護送，這批貨不會出問題的，我當時也太信任短槍隊啦！」

「槍隊並不是全不可信任，」鄔學如說：「但那得看什麼情況，要是憑空被對方窩倒，連拔槍抗拒的機會都沒有，這樣，短槍再銳利，也都是空的，咱們那夜落宿凌家河，事先毫無跡象，誰知道半夜會出那種事？當時想拔槍也來不及，只有倉促應戰，雙方實力不成比例，煙土被沒收是必定的，人能活回來一半，業已算是奇蹟了！」

「這責任當然落在我身上，」鄭旺說：「我在籌謀時，只想到眼前的幾個人，卻沒考慮到遠處，這朝後去，我非借重鄧鵬鄧二爺和宅裏的許大爺，先把這一路的黑道人物說通不可！另外，在押運的人手上，我得盡力加強，我決不會把這些難處，全推在你的頭上。」

他總算死拖活拽的把鄔學如給留了下來。

鄭旺自己明白，他本人只能拿煙槍，不是武混家，他手底下最需要勇悍的人物，目前除了鄔學如，就沒有人了，早先他很想收攏鐵山，後來才發現，鐵山那種人不是拿錢或設計能收買得了的，對柳和，他更是死了這條心。

他收買不到這兩個人，便經而妒恨起他們來……他手底下若真有幾個像他們那種硬紮的人物，今天的處境，就不會這樣的爲難了。

「鄭大爺，貨既然丟失了，您著急，懊惱，也沒有用，」二馬勸說：「好在鄧鵬鄧二爺也已答允幫忙去查察，也許把話說開了，還能取得回來！」

「我看是寡婦死獨子——全無指望了！」鄭旺說：「在走黑貨的事沒擺平之前，你們得想法子擴展靈河集上的生意，增加些收益來彌補損失了，我發誓要使丟失的錢從各村屯的頭上賺回來，四門大開，讓他們儘量的來趕集好了。」

「您這倒是好主意，」潘二說：「旁的不說，單就這一季的年貨生意，就能狠撈它一大筆的。」

「備辦年貨的事，你們兩個去料理去，」鄭旺說：「利也不必看得太重，免得葉爾靖又喊著，說是咱們吸他們的血。」

二馬和潘二兩個，真的去備辦各種各類的年貨去了，靈河集自然的熱鬧起來，人煙輻輳的情形，比之當年野市初開市的光景更勝過許多。鄭旺貼出開年市的帖子，另外對各村屯的執事們分送請柬，邀約他們到集市上來主持開市的節目，這些節目，完全按照當年野市開市時的習慣，由荒灘上的女巫荆四嫂主持，由葉爾靖、荆朔、石紅鼻子、劉厚德等人陪同辦理。

「股匪的亂子早已鬧過去了！」他說：「咱們為什麼不趁著年前年後，大夥兒聚在一起熱鬧熱鬧呢？我鄭旺明知賣了力不一定討好，我也幹了。」

年市的消息傳至各村屯去，人們一面感到興奮，同時也覺得詫異，在這之前，大夥兒都以為鄭旺出師不利，頭一回販煙走土，就在淩家河地面上栽了個大筋斗，丟失了全部煙土和短槍，又死傷了四五個人，應該關起門，抱著腦袋嘆氣了，誰知他會有這樣大的耐勁，把那件事全擱在一邊，大做起年貨買賣來？

懷疑、驚愕和議論，全是另一碼事，年總是要過的，有錢沒錢，到集市上去逛逛也是好的，至少也能瞧瞧熱鬧啊！有些婦女和孩子，更翹頭盼望這日子盼得很久了，什麼叫太平呢？鄉下人業已把它看得很小很小，——只要眼前不見血，人能過得去就是太平了。

接到請柬的執事們，由葉爾靖召集，彼此認真的商議過，大家都認爲，儘管鄭旺這個人爲人十分刁滑，大家對他也極不信任，但他設年市，做正經買賣，這件事並沒有錯，不能不給他留點面子，因此，各村屯的執事不但答應參加，還差出人來練槍、練鼓，準備出會，藉機會添幾分熱鬧，而這種熱鬧，自從野市火劫後，有許久不曾有過了，這一回，能在年前恢復當年的熱鬧，總是人心裏久久企盼著的，人極不願把日子扔進醃缸，悲哀愁苦的過下去，死也對抗股匪戰陣上的那許多人，經過一夏一秋，墳頭上都已經長草了，再想那些也沒有用啦！

「趕集去罷！」

「是啊！趕集去啊！」

在年市正式開市前，人潮也已從各地向靈河集上湧過來了。

鄭旺這回真算下了大本錢，他把他手下的商團，全都拉出來設攤位做買賣了，貨物之多，品類之繁，比較當年野市更不知多出若干倍，春聯、掛廊、年畫紙、各式鞭炮、唐花瓷器，張掛擺設得滿街鮮豔，大盤香豎有一人多高，點燃起來，一街都是香味，廉價的土花布，花刀花槍，泥雞泥人兒，頭花髮攏，蛤油和面膏，辮結和褲腳帶兒，各種農具和日常用品……雜陳著，凡是靈河兩岸人家所想要的，應有盡有，乍看上去，彷彿把整個城市的商品都搬過來一樣。

既然有人有市，各村屯的也都擔著山土產來出攤子了。

只有一點遠不及往年，那就是經過股匪的捲襲，日子過得極苦，一般人家荷包要比當年薄得多了。

年市上的熱鬧吸引了很多人，但鐵山卻毫無興致，始終鬱鬱的守在柳和的屋子裏，柳和對他說：

「鐵山，你年紀輕輕的，不該這麼悶鬱，我幾次讓你過河，你總推說沒空，這陣子有空了，又卻抱著頭悶在屋裏，你爲什麼不過河去走走呢？」

「實在說，我擔心出事，柳大叔。」鐵山終於說出他心裏的話來：「如今鄭旺開年市，表面上顯得很和氣，我知道他決不是真心的，愈在這種看起來沒事的時刻，愈會發生意想不到的事情！」

「不要緊，」柳和說：「屯子裏有我在，馬隊裏的人也都不離屯子，並不少你一個人。」

「多一個人也該是好的，」鐵山說：「您知道，南院雷師傅都騎著牲口上靈河集去賭錢去了，他手底下跟著去的，總有六七個，咱們真正留著護屯子的，連平常一半的人手全沒有。」

「旁人都可以離開屯子，老雷他就不應該了！」柳和說：「他領了荊家屯的薪俸，護屯是他的職務，他怎能輕易的離屯呢？」

「您怕不知道呢，」佟忠說：「雷師傅業已跟少東家說過，歲底他就不再幹了，他打算辭掉這份差事，回他老家去，聽說是鄰縣有人請他去帶鄉隊，兼拳術教習，薪俸比這邊高些。」

「倒不是薪俸高低的問題，」柳和微微一笑說：「老雷的心情，我想我多少猜得出一些，他是不願在這塊多是非的地方再待下去，爲荊家屯賣他那條命，再說，他多少對我有些妒忌，……因爲我做事太熱切了。其實，他並沒有什麼錯，人分三六九等，各人想法不同，沒有誰能勉強誰怎樣的。」

「雷師傅就是這點不讓人佩服，」鐵山說：「大家同是護屯師傅，又沒分什麼高下，他用不著這樣爭的。」

「我得去跟二少東說，」柳和說：「想方法挽留他，萬一日後有變故，他畢竟是一條得力的臂膀。」

「看光景是不容易留得住了，」佟忠說：「我聽南院那邊的人說，他把行李全捆妥啦，連過年他都打算回去過了呢。」

「當然，靈河的大風大浪過去了，」柳和說：「目前至少表面上平靜無事，他要是告個假，回去過年，闔家聚上十朝半月，倒也無可厚非，若說就此不幹，也真太突然了，荊家屯沒有誰得罪他，他怎好無端的辭退呢？」

猜測和議論是一回事，土鱉子老雷仍然走了，臨走時，沒來跟柳和辭行，連荊朔替他準備的餞別酒宴他都沒吃，說他脾性怪，也不至於怪到這種程度，鐵山以爲他這回辭離荊家屯，多少有些兒負氣的成分。

他這一走，荊朔一時沒聘著旁的人，屯裏的鄉丁就推由鐵山來統領了。看起來，這是一宗很尋常的事，只是屯子裏走了一個護屯的師傅，但緊接著，又有事故發生啦！

這事故是靈河兩岸從來沒有發生過的，——荒灘上神堂裏的女巫荊四嫂失蹤了。因爲年市開市時，有些祭典得要請她去主持，葉爾靖著人去告訴她，送信的人去敲神堂的門，根本沒人應，用力一推，門是虛掩著的，女巫不在裏面，起先那個人還沒以爲怎樣，還坐在外間乾等，等了老半天，還沒見著人影子，掀簾子朝裏間一看，一屋子雜物紛陳，箱篋打開，彷彿被人翻弄過。

那人覺得事情很蹊蹺，立即回葉家屯去，把事情對葉爾靖說了，葉爾靖也覺得不對勁，帶人過河去查看，找遍荒灘，問過新來的墾戶，都說沒見著，最後問到鄭旺新開的渡口，擺渡的後生說：

「您問荊四嫂？她昨兒上午一個人打這兒過渡，到靈河集去趕集，並沒攜帶箱籠，……哦，不對，在她過渡前，有個漢子牽著牲口，馱有箱籠，不知那是不是她的行李？她去靈河集還沒回來呢。」

「嗯，」葉爾靖說：「咱們渡河，也許她是到靈河集上的巫堂去作法事去了。」

他趕至靈河集的巫堂，那邊主事的巫童老孫也搖頭說是沒見過她，葉爾靖又兜了個圈兒，轉至荊家屯拜訪荊朔，把這情形跟荊朔說明了，他說：

「女巫原是各族推舉出來的，但荊四嫂畢竟是荊家門裏出來的人，既出這種事，我知道了，查不出究竟，不能不來這兒跟你說一聲。」

「奇怪了？」荊朔說：「她收拾細軟物件，離開巫堂，會到哪兒去呢？」

「這兒沒有外人，恕我說幾句胡亂猜測的話，」葉爾靖說：「荊四嫂年輕輕的死了丈夫，做了寡婦，身上燒著一把火，她怎能長期埋在荒灘巫堂那座沉黯的屋裏，熬著空空洞洞的日子，她會不會跟哪個野漢子有什麼首尾，跟人捲逃掉了？」

「我想她犯不著那樣罷？」荊朔說：「按照巫門裏准嫁不准偷的規例，一個巫女要是偷人養漢，被捉著要捆起來動火燒的，何況跟人捲逃？」

「那倒不一定，」葉爾靖說：「俗話：走了！走了！一走就了！它巫門的規例再嚴又怎樣？天外的世界大得很，她一走出靈河岸，巫門到哪兒找人去？我奇怪的是，猜不透她究竟跟誰相好？誰經常乘筏去荒灘，我想，回去詳細問問周禿子，他總該知道的。」

「您這一說，我倒想起來了！」荊朔說：「咱們屯子裏的護屯師傅，土鱉子老雷前兩天辭了差事不幹了，老雷擔任這一帶的巡察，他經常一個人乘筏去荒灘，會不會是？……不過，也不會的，——老雷是有家室的人啊，他怎會幹出這種傷風敗俗的事來呢？」

「傷風敗俗倒在其次，」葉爾靖沉吟了一陣說：「若把巫女小桃的命案和這件事連在一起來看，這裏面恐怕會另有文章，你想，荆四嫂原住在荆家屯裏，她要是跟那位雷師傅有什麼首尾的話，恐怕老早就有不尋常的關係在了，你不覺得耐人尋味麼？」

「葉大爺，您說得著實不錯，」荆朔說：「我想，等我跟柳和柳大叔仔細推敲後，再給您回話罷！也許在這宗事上，使咱們能挖掘一些直蒙在鼓裏的秘密來呢！柳大叔他心思細密，辦事想的周全，我想，您一定會信得過他的。」

送走了葉爾靖，荆朔立即去找柳和，把荒灘巫堂裏荆四嫂失蹤的事對他說了，更說起葉爾靖對土鱉子老雷的懷疑，他說：

「柳大叔，事情也算出得巧，荆四嫂早不走，晚不走，偏要揀著這時刻走，又帶著全部細軟，正好是雷師傅離屯的那一天。」

「當然，世上巧合的事情很多，」柳和很冷靜的想了一想說：「咱們也不能因此就以爲是老雷幹的，不過，實在也有若干值得人起疑的地方，……荒灘的巫堂有田產、女巫的香火費、燈油費也有流水般的進賬，她的日子要比一般人安穩寬綽得多，若沒有特殊的緣由，她是犯不著捲遁的。」

「老雷這個人，看上去粗傍傍，直衝衝的，」荆朔說：「並不像是亂勾搭女人的人物，荆四嫂就是有心偷漢子，也不至於揀著他？錢財、貌相、粗壯的老雷有哪點能打動人心的？」

「女人的心、男人的貌相，都很難據以論斷什麼，」柳和說：「要朝深裏追察，得要從過去查起，荆四嫂是打這屯子裏出去的，在她出道前，跟老雷之間有沒有什麼不尋常的關係？……男女之間，一旦要是勾搭上了，日後便很難割得斷，即使情形不允許他們常來往，也會藕斷絲連，暗地走動的。」

「老雷平素練力氣，打熬筋骨，生活過得挺簡樸，挺刻板的，」荆朔說：「我從來沒聽人說過有關他的風風雨雨的傳聞，這該從何處查起呢？」

「事情由我來辦罷，」柳和說：「鐵山和他那些年輕的朋友，常在屯裏各處走動，對這些事，耳朵要比咱們長一些，也許他們也知道得多些兒，另外，我要問問筏上的周禿子兄弟，看看老雷乘筏過河去的情形，再問問南屋那些屯丁，看看雷師傅平常生活裏，有什麼微小的細節，總之，在咱們沒握住有把握的線索之前，似乎不宜冒冒失失的領人去追逐老雷。」

「是啊！」荆朔也頗有顧慮的說：「老雷辭離荆家屯，不赴替他餞行的席，雖然嘴上沒出怨聲，但臉上已有怨色，咱們要是追出去，就算把他追著了，而當場沒見到荆四嫂，咱們連口都不敢開，否則，話柄落到他手裏，他會說是荆家屯故意栽誣他。」

柳和著人把鐵山找來，鐵山弄清事實之後說：

「據我所知，荆四嫂早先跟雷師傅之間倒是沒有什麼，但死去的康九，人很風流，曾在暗地裏和她有走動，不過，荆四嫂是族裏的寡婦，康九再大膽，也不敢挑明，他究竟是伯父請來的護屯師傅，不能不顧忌背後的閒言閒語！」

「你這一說，我又悟出點兒道理來了！」柳和說：「康九去荒灘殺害小桃，是因爲小桃一度也跟他有些不清不楚的關係，——當然這都是猜測，等他發現小桃用什麼要挾他，或是握住了什麼不能洩露的秘密，他已經在暗中動了除去她的念頭。讓咱們再逐步的朝前推測，……康九有了這意思，但並沒立即動手，後來他跟荆四嫂有了夾纏，兩個女人起了妒，他擺不平了，小桃才向他使用威嚇，康九才決意動手。細節上，也許和所想的大有出入，但大體上可以斷定，荒灘命案，荆四嫂知道某些內情。」

「這麼說，咱們不必再耗時辰啦，」鐵山說：「咱們這就備齊馬匹，拉出去搜捕，一個帶著箱篋行囊的女客，儘管她動身一整天了，照估計，她也走不了多遠的路，快馬追出去，兩個時辰就能追得著她。」

「那是照一般說法。」柳和說。

「大叔，不照一般說法怎麼說？難道她能飛？」

「要是她一個人走，也許會投宿野鋪，很容易查得出來，但如果真是由老雷帶走的，那就不簡單啦！」柳和說：「那就表示老雷跟康九之間，也有不尋常的關係在，這裏情形也就複雜了。老雷真要帶她走，他爲有不知道咱們會追的道理？……他也許早有接應，或是根本不走官道，外面的道路很多條，還有水路可走，你到哪兒去找去？你備了馬，帶了人出去，也只是白費功夫罷了！」

「難道就這樣的眼看著走掉？」鐵山說：「如果他雷師傅和荊四嫂跟荒灘命案有關，他們跟伯父被刺的案子極可能也有關，他們要是這樣的高飛遠走，早先的那些案子只怕都破不了啦！」

「你不必這麼急躁，」柳和平靜的抬起眼來，望著鐵山說：「人說：山不轉水轉，他們不會躲到天外去，只要有心查訪，不管他們去了哪裡，一樣查訪得出的，假如咱們的推測不錯，這段日子，老雷不會回家，也不會露面，咱們如果放馬一追，他們心虛情怯，更會避得遠，咱們要是裝著毫不知情，老雷那種人，過不了很久便會露面了，……目前你不出面，巫門的人會出面的，因爲荊四嫂壞了巫門的規矩，但巫門的人只是在靈河岸有力量，一出靈河，他們空著手便沒有力量了，老雷怎會讓他們捕回荊四嫂來火燒棍打？同時，巫門出面有個好處，那就是使老雷誤認爲事情簡單。」

「這倒是個辦法，」鐵山說：「但您猜想，老雷會朝哪個方向去，又會在什麼地方露面呢？」

「這就很難說了。」柳和說：「咱們談了這半天，都只是猜測，事實如何？根本沒人知道，咱們既在鄭旺那邊得不到線索，只有轉循這條新線索再追，目前靈河集年市快開市了，你還是準備料理賽會的事去罷，這事咱們談過去，不妨暫時擱在一邊，由我再查證著，這好像拼七巧板一樣，要用頭腦，更要有耐心才行。」

荊四嫂捲逃後，正如柳和所判斷的，十八家巫堂裏的巫童和巫女都大為聳動了，他們紛紛趕到靈河集來聚會，大喊著要把荊四嫂追回來，用亂棍打殺。

幾個老巫婆領頭商議說：

「捉回她是另一回事，但靈河集就要開年市，行關目得要有人領，誰去遞補荒灘那座巫堂呢？」最後她們仍然選出接替的人來，那是靈河集上一個外來的墾戶的女兒，有些人從這跡象上敏感的判斷，鄭旺是在暗地裏花了錢，使巫門裏的人都落入他的操縱了。

巫門裏喊要捉荊四嫂，但是只聽雷聲響，不見雨點落，一個個嘴動身不動，喊了一陣就沒下文了。

年市開市時，葉爾靖、石紅鼻子、劉厚德以及年輕的荊朔、楊義等執事的人，都領著他們村屯裏的漢子，敲鑼打鼓的來到了靈河集，鄭旺擺出笑臉來迎接這些人，雙方看起來一團和氣，根本沒談及女巫荊四嫂和老雷的事情，鐵山在集市上走動，總覺得熱鬧裏隱含著一股不調和的氣氛，靈河跟往昔不一樣了。

跟他一道兒來的佟忠也頗有感觸的說：

「鐵山，想當年設野市，全是各村屯自己在賣貨物，城裏來的商販大都是下來買貨的，順便捎些日用的貨物來交易，如今這整條街上各個年貨擔子，都是鄭旺一個人的，他是換個花樣來搜光各村屯人們的口袋。」

「是啊！」鐵山說：「但買賣是願打願挨的事，一般人家再窮困，年總是要過的，哪怕端碗喝稀湯的，紅紙對聯也總得貼上，取個光鮮，鄭旺原就是生意人，他在生意買賣上取巧，咱們可沒話好說。這跟他點種罌粟，販煙走土不同啦！」

「其實，說也是白說，咱們是忍著，忍著，什麼都得忍著，眼看靈河就這樣的落到鄭旺的手上去了。」佟忠說：「不知葉大爺他們想過沒有?朝後去，靈河兩岸的人該拿什麼挨日子?」

「我的心情也陰陰的，跟頭頂上蓋滿灰雲的天一個樣兒。」鐵山說：「這滿街的熱鬧，我都沒精神去看了，咱們找個地方喝兩盅去。」

「嘿嘿，」佟忠笑說：「咱們是孫悟空，翻再多的筋斗，也翻不出如來佛的手掌心。——酒館也是鄭旺開的，借酒澆愁，一樣的掏口袋。」

他們仍然跨進潘二的酒館去了。酒館裏也擠了不少的酒客，鬧鬨鬨的，和街心的鑼鼓對著嘈嚷，兩人叫了一盤辣椒小魚，一碟鹽水花生，兩壺衝勁很大的小粟子酒，一杯遞一杯的澆灌著。

「我說鐵山，雷師傅走了，女巫荊四嫂跟著捲遁了，你去跟柳大叔談過，他究竟是怎麼說?」

「叫我暫時忍著。」

「又是忍?」佟忠說：「若依我的性子，就帶人立時追出去，哪怕一直追到老雷的家窩，也非把他倆個攫住不可！」

「你以爲老雷會拐了一個女人回家嗎?——他有妻子兒女，你又不是不知道的！」

「總不能眼睜睜的看著他們這樣走掉呀！」佟忠說：「何況大夥兒都覺得另有蹊蹺呢！」

倆人的酒喝得越多，鐵山的心裏愈是像翻泡似的，彷彿有無數的話想朝外湧，他彷彿覺得有一種受困的感覺，鄭旺在商業上扼住了靈河岸的人，這跟股匪洶湧來犯大不相同，你不能爲這個就跟鄭旺翻臉，總得要有振振有詞的道理才成，要不然，鄭旺只要一兩句話，就把人堵回去了：你有本事，你來做生意好了！天底下，哪有攔著人做買賣的？甭說自己沒有辦法，只怕柳大叔一樣的爲難。

不過，這事不是自己一個人能辦得了的，與其把它鬱在心裏，不如暫時放開它，專心去辦另一件事。他想到這兒，便對佟忠說：

「你想，雷師傅假如真的拐走了荆四嫂，他會往哪兒去呢？」

「老雷是在北邊混的，他當然還會到北邊去，」佟忠說：「他若不跟大戶人家護宅，就是開館授徒，問題是荆四嫂究竟是不是他拐走的，咱們根本沒弄清楚，咱們這種假設的說法，是站不住的。」

「我倒想出個主意來了，」鐵山說：「我回屯去找柳大叔和荆朔二哥商量，讓我備一份禮，騎馬到雷師傅家裏去一趟，事情就容易弄清楚了，假如荆四嫂失蹤和他無關，雷師父一定是單獨回家，要不然，他就是沒回去，只要去一趟，事情就能弄清楚了。」

「我奇怪你爲什麼特別看重這件事，」佟忠說：「荆四嫂是巫門裏的人，她壞了巫門的規矩，巫門裏都沒有差人出去找她，咱們又不是官裏專辦刑案的，管她幹什麼？就算是老雷拐走了一個寡婦，那也是他自己的事，用不著咱們操這份心。」

「嗨，」鐵山說：「我不得不把話再說一遍，荆四嫂失蹤這件事，關係著靈河岸早先發生過的命案，如果老雷跟這事有牽扯，……他極可能就是外間預伏的內線。你這總該繞過彎兒來了罷？」

「噢，原來是這樣的？」佟忠說：「你若不說明白，我一直都以爲荊家一族爲顧臉面，覺得寡婦跟人家跑了，惱羞成怒的要找老雷算賬的呢！」

兩個人都喝了些酒，說話直著喉嚨嚷，並沒有壓低嗓門兒，他們說話時，潘二在櫃檯裏面正撥著算盤核賬，一聽鐵山的話，驚詫的抬起臉來，手指便停住了。

當天夜晚，鐵山回到屯子裏，跟荊朔和柳和提到他白天想到的事，他極願意備一份年禮，在年前就趕到老雷的宅裏去，當面送上，看看雷師傅是否業已回到家了。

荊朔和柳和都覺得這是個很好的主意，一來可以表明荊家屯的人對雷師傅這些年護屯的辛苦極表謝意，二來也可說明荊家屯並沒冷淡他，同時也能藉機探查荊四嫂失蹤，是否和他有關。

「你去一趟當然是很好，」柳和說：「不過，如果老雷真的是外間伏在靈河內部的一條暗線的話，這一條線決不會是他一個人，他走了，暗線還在，他們若是知道你出門的動機，他們會使用各種手段阻止你的，因此，這事不能露出風聲，否則，你就很危險了。」

「我想，這話只是咱們三個關起門在說，不至於露出什麼風聲的。」荊朔說。

「不對，」柳和突然想到說：「這話你是在靈河集潘二的酒館裏跟佟忠說過不是？佟忠能聽著，也許旁人也會聽著了！」

「這好像和鄭旺無關，」鐵山說：「難道老雷這根線是他安的？」

「很難說，」柳和說：「總之，鄭旺不會和靈河內線之間毫無關係，他當然不會願意有人追根刨底，在表面上他不會怎麼樣，但他也許會在暗中設伏謀算你，你雖然年輕力壯，身手敏捷，但江湖上的見識還很淺，你一個人出去，一路上太危險了。」

「柳大叔，您不必爲我擔太多的心，」鐵山說：「這一路我很熟悉，揀一匹快馬，我的行動很便捷，我會避過許多容易出事的地方，揀僻道走。假如夥同旁人，反而更為顯眼了。」

「這樣罷，」柳和說：「你實在要走一趟，我以為除了秘密動身之外，還得要差出幾撥人，每隔兩三個時辰一撥，由前面的一路留暗號，後面的一路跟著，這幾撥人揀定途中一個站頭聚齊，然後顛倒次序再走，如果有人追蹤的話，就很容易發現，也好彼此呼應了。」

「大叔，這點兒小事，用得著勞動幾撥人嗎？」鐵山說：「有誰當真會對我動手呢？」

「這件事很要緊。」柳和說：「你要明白，凡是費盡心機，阻止你去追查荆四嫂失蹤之謎的人，都和這件事有關，咱們要查，就得查它個徹底，能把謀算你的人窩倒，有了一兩個活口，一盤詰，就知道端倪了。如果你走到地頭，老雷已經單獨回家，而中途又沒遇攔截的，那條線索就得暫時拋開，另循新路再查啦！」

「好罷，」鐵山說：「既是這樣，那就請大叔您一手安排好了。」

過了一天，柳和便把這趟出門查訪的事給安排妥當了；鐵山帶著送給土鱉子老雷的禮物和雙管短柄獵銃，騎馬上路走在前面，由佟忠跟著，雙方相距六七里地，佟忠的後面跟著程世寶，程世寶的後面，由柳和自己押陣。

從荆家屯到老雷的家，共有一百七十里地，要經過大龍家寨、朱家灣、包家驢店、二道嶺子幾個大的站頭，柳和主張在包家驢店聚頭，然後再按三、二、一、四的順序上路；那就是說，把佟忠放在最前面，程世寶跟著佟忠，鐵山跟著程世寶，他本身不動，仍然在後面押陣。

「這樣很好。」鐵山說，「有您出動，這一路我更有把握啦。」

「我得把佟忠和世寶兩個找來，一道兒商量細節。」柳和說：「尤其是各種暗記、暗號、暗語，都要記得純熟了，在路上首尾傳貫，用起來才會靈活，咱們必得要注意可疑的人物追蹤，也不要驚動盤住在大龍家寨附近的股匪鄧鵬，才能設法攫住想動手的人！這趟事情成與不成，都看你們幾位齊心合力了！」

爲了使行程和連絡細密無間，柳和使細布畫了四份地形草圖，把沿路各站頭的情形，逐一的解說了一番，鐵山和佟忠這三個人，都是很高明的獵手，非常機智穩沉，當然一點示就全明白了。

年前這段時間，正是所謂四九臘月心，滴水凍成冰的天氣，這天天還沒亮，一匹馬的馬蹄，敲打著含冰的凍土，激迸出清脆的蹄聲，旋風般的取道孟莊，轉向大龍家寨那個方向奔了過去。

隔了一頓飯工夫，第二匹馬也上了道，這樣一連放出四匹馬去，蹄聲被朔風捲走，人和馬的影子也沒入在宏大的荒涼的原野背景當中了。

灰雲低低的壓著，風猛得使人幾乎難以睜眼，沙塵捲盪成的黃霧橫隔著，在這種樣的季節，路上難得見到遠行的人。

柳和這回同意鐵山的意見，也有著不得已的苦衷，這許多日子來，他苦心積慮的想從鄭旺那兒挖掘到一些線索，結果什麼都沒得到，目前鄭旺在遠地受了挫折，回過頭來，對各村屯擺出笑臉，使得偵破命案的事變得更難了，想來想去，也唯有從老雷和荆四嫂這條線上去下功夫，也許還能得些眉目。

不論結果如何，他明白事情的關鍵，那就是在這次查察的行動當中，如果有人動手阻攔，他就能斷定老雷和荆四嫂和各案都有微妙的關連，要不然，旁人就不會出頭來攔阻了，他決心要攫住攔阻的人，逼他們吐露出攔阻的緣由來，有了一絲線索，他才有追查的方向。

這一路上會發生怎樣的情形？沒誰能預料得到，他親自出來押陣，是要在任何情形之下，盡力保護鐵山和他兩個年輕的夥伴，前一陣的亂局，業已使靈河岸有力的人倒下了不少，朝後安定這塊荒涼地，都得要靠這些年輕人了，自己受聘替荆家屯護屯，還能幹多久？再強的人也並不真是銅打鐵澆的，挨上一粒子彈，照樣會倒下去，他不能不爲保持靈河的元氣盡力。

若說這一回遇上攔阻的人，自己就能有把握佔上風麼？這也很難說，既沒有十足的成算，也只能走一步算一步了。

路上的頭一站——大龍家寨，就是個很難過的關口，龍家寨的本身也有鄉保長，也有自衛隊，但那只維持地方上的一個形式，實際上，全在鄧鵬勢力控制之下，由於鄧鵬接替了牛鬍子之後，仍把那兒當成老巢，那兒的市面還算安靜，鄧鵬本著兔子不吃窩邊草的原則，對他的老巢附近的地面不加擄劫。

有些住戶根本都是入了夥的，鐵山他們幾個雖是分開來單獨上路，但要想平安無阻的通過這個集鎮，卻並不是一種容易的事，他一路上爲這事擔心顧慮著。

結果正如他所料，他的馬一踏進大龍家寨，便被一群帶槍的漢子給堵住了，爲首的一個，正是盤辮子的瘦個兒老趙。

「我說，柳大爺，您總算叫咱們給等著了，站在風口裏等人，真不是滋味呀！」

柳和略怔了一怔，微笑說：

「老趙，你倒是料事如神咧？這麼大冷天，你怎會知道柳某人要路經大龍家寨來著？」

「前面那三個小兄弟說的。」老趙說：「您不該忘記罷，上回您帶他們進縣城，騙了咱們一手，我跟他們都是碰過面的，尤其是荆家屯那位侄少爺，他的面貌我記得很清楚，咱們這兒來了遠客，若不留他們一留，哪兒算是待客之道？」

「是你作主留客？」柳和說。

「不敢。」老趙笑說：「是鄧大當家的，他問出您在後面，便把他們哥兒三個一併留著，等您這主客一到，一併上桌，熱鬧些兒。」

「留客像這樣的留法兒？」柳和說：「你們鄧大當家的這桌酒，簡直就是鴻門宴囉！」

「像咱們這股人？差得遠啦！」老趙說：「哪有那麼大的氣候，咱們鄧大當家的倒有交代，他說他有幾句實心實意的言語，一直想當著你的面陳明，可惜一直沒有機會，今天你柳大爺路過大龍家寨，機會總算來了！」

柳和一想，那三個既已被對方留下，自己無論如何是走不了啦，鄧鵬即使真的擺下鴻門宴，自己也非去不可了。

「好罷，」他說：「難得鄧二爺有這番盛情，我就討擾他這一頓了。」

他翻身下馬，把韁繩交在一個漢子手裏，擺手說：「煩請你領個路罷。」

一群人把柳和簇擁著，表面上是請，實際上是押，穿過大龍家寨的南街，朝東拐的一座巷子裏，那兒有座古廟，廟門附近有帶槍的把守著。

「就是這兒，柳大爺，您先請罷。」老趙說。

柳和剛邁進廟門，鄧鵬就已經掛著笑迎了過來，把拳拱手說：

「柳大爺，真沒想得到，這種大寒的天氣，您會路過大龍家寨，要不是我留住了前面那幾位老弟，真怕錯過迎候您的機會了！」

「好說，」柳和說：「咱們不在同一條道兒上，這回借路趕過大龍家寨，不敢打擾，你鄧二爺這樣的留客，柳某倒是有些身不由主啦！」

柳和這樣一說，鄧鵬的臉上有些熱了起來，急忙說：

「您千萬甭誤會，是老趙發現鐵山老弟路過，先把他截住再跟我說的，鐵山老弟很坦然的說出您在後面，我因為心裏有話要跟您當面陳明，所以暫時把三位都留住了……如今他們都在裏面，我以禮相待，沒敢讓他們受一點委屈。」

聽他說得這麼誠懇，柳和說：

「也許我是誤會了，但老趙留客的態度實在不敢恭維，您有話，到裏面說罷，這一頓我是擾定了。」

鄧鵬住在這廟的偏殿，酒席業已擺妥，就等著上菜，柳和進屋一看，鐵山、佟忠和程世寶三個果然都在裏面，看光景，鄧鵬真的沒有為難他們。

大夥兒分賓主坐上了席，上了酒菜，鄧鵬說：

「柳大爺，咱們前幾回碰面，算是彼此敵對，實在並不是我的本意，當時是牛鬍子當家做主，我和手底下的這幫兄弟都得聽他的，其實，我從沒動過捲劫靈河的念頭，那是一塊窮鄉僻壤，跟我家鄉一個樣兒，我小時候，家鄉鬧土匪，我算是飽受其痛，恨起來自己也拉槍闖蕩，混了半輩子，卻又害了旁人，心裏這份滋味，就甭說了！……我說這番話的意思，您定能明白，我對靈河岸的人沒有任何敵意。」

「好，鄧二爺，您開門見山的這番話，說得扒心亮肺，實在使人感動，」柳和說：「過去的事，總是過去了，誰也不能再記恨誰，我受聘替荆家屯做護屯師傅，牛老大帶人去犯荆家屯，我不能不出力，我跟牛老大何嘗天生有仇？人總是要盡職的。」

「容我用這杯酒乾杯謝罪罷！」鄧鵬舉起杯先乾了一杯說：「無論如何，牛老大犯靈河，我算是幫凶，靈河兩岸倒下去一大片人，我心裏是日夕不安，不過，我要當著您和鐵山老弟說清楚，回來後，我想透了，跟我的這一大群人，都是走投無路的苦漢子，我不能說丟下他們不管，單獨洗手，我是調教他們去做有本的買賣，朝正經路上去走，有的到了能夠自立的時刻，隨時走他們的路，在如今在這種人吃人的世道，我只能這麼做了。」

「鄧二爺，您有這番心意，柳某不得不佩服，」柳和說：「衡量眼下的情形，這該是最好的法子」。

「我的人槍都駐在大龍家寨。」鄧鵬說：「沒領北洋的番號，又不是地方團隊，沒本行當又不幹了，道地的四不像，除了做生意，不足的，跟當地保甲商妥，由民間維持著，……勉強也算保護地方罷。」

「這樣也很好。」鐵山說：「不過，據傳靈河集上的鄭旺跟您還有走動？……我在那邊聽不少人談起，老趙和滿天星常在那邊作客，活剝皮老許混垮掉了，如今是由鄭旺養著，算是門前清客。」

「不錯。」鄧鵬說：「鄭旺為了販煙走土，要經過這個地盤，他屢次三番著人過來找我，送上厚禮，要我給他方便，老趙他們是我差過去的，我的條件是不管靈河的事，也不管他幹哪行，煙土經過這兒，我也無意留難，但我決不派槍替他護土，至於活剝皮老許，他也許有他自己的打算，事不干己，我也就管不了那麼多啦！當著四位的面，我說的這些，句句都是實情。」

「鄧二爺，您所說的，我也句句都信得過！」柳和說：「你我都不是治得了天下的人，做人憑良心就夠了，這一回，我跟幾個年輕人是替老雷送年禮，順便查察一宗案子去的，討您這頓酒，完了就得上路啦！」

「老雷辭掉護屯的差使不幹了？」鄧鵬說，「前些時一片混亂他不走，亂過了反而辭掉差事，這又是為什麼呢？我記得當時他倒是領著槍隊，很賣力的。」

「原因他沒明講，只說是另有差事，待遇要比在荊家屯豐厚些。」柳和說：「其實並非這麼簡單。」

「雷師傅辭差回去，該經過大龍家寨的。」佟忠說：「他要是經過這兒，您也許會知道。」

「沒有。」鄧鵬說：「下面沒說有這麼個人，他也許是走旁的路繞過去了，柳大爺若是不說，我根本還不知道有這回事呢！我倒想問問，老雷在荊家屯護宅多年，他會跟什麼案子有牽連呢？」

「其實也沒有什麼不能說的，」柳和說：「您該知道，不管外間局勢怎樣混亂不安，早幾年，靈河兩岸的日子還是過得清苦平靜，沒有什麼大的波浪，自從葉爾靖的兄弟葉爾昌命案發生後，風濤就起來了，先是荊葉兩屯起械鬥，接著是野市起大火，荒灘女巫命案，疑凶康九自殺，荊龍荊大爺被刺……這一串都是內部的案子，大夥兒都覺得蹊蹺難解，估定裏面有內奸，但沒有一宗案子破得了，始終是個謎團，這一回，雷師傅辭差走路，有些負氣的意味，在他離開荊家屯的同時，荒灘上的女巫荊四嫂也失蹤了。」

「當時咱們也追查過，」鐵山說：「荊四嫂早年跟康九有過往來，康九天生風流性子，他去荒灘殺害小桃紅，似乎和小桃紅之間也有夾纏不清的地方。康九死後，老雷也去過荊四嫂的宅子，荊四嫂這次失蹤，據渡口的人說，是見著她空手過渡，另有人替她搬運行囊，也就是說：她並非無故失蹤，卻有捲逃的跡象，也許她的走，跟雷師傅的離屯只是時間上的巧合，但太巧了，不能不令人起疑。」

「兩位這麼一說，我算聽懂了，」鄧鵬說：「任何一個地方情形多半相同，那就是內憂比外患更使人難以爲活，外患容易抵禦，起自人心的內憂，有時候無跡無形，真使人很難區處，靈河岸的人懷疑老雷，不是沒有道理的，人心總是難以猜測的啊！」

「鄭旺這個人，我不知該說他是靈河的內憂呢？還是外患呢？」柳和說：「他先是從城裏來趕野市，收買當地出產的皮毛，及後趁著牛騸子掀起的動亂，葉爾靖提議興起一個集鎮，他是趁虛而入，主宰了靈河集，……這一切案情，似乎都跟他得寸進尺的做法有關，但他可進可退，忽硬忽軟，始終和靈河岸黏著，又從不露破綻，使人捉不著他的把柄，奈何不得他！關於這個人，不知鄧二爺有什麼見教的？」

鄧鵬搖搖頭說：

「我跟姓鄭的，一向沒打過什麼交道，對他知道得不多，當初牛老大攻打靈河，據我所知，鄭旺並沒出面，有人來見過牛老大，單獨談過，來人據說是荊家屯的人，我當時是二當家，但牛老大並不信任我，談話時我不在場，事後牛老大只是跟我約略提過，記得那麼一點影子而已，至於來人的面貌如何，都已模糊了！」

「嗯，荊家屯的人？」柳和尋思著：「荊家屯會有什麼樣的人，會花許多錢勾結牛老大去捲撲靈河呢？這在道理上，無論如何是說不通的！……也許鄭旺不直接出面，卻假藉名義，挑動牛騸子犯靈河，他好從中取利罷？」

這頓酒席，大都是在喝著酒談說著，問題雖是越談越深，越深越複雜，一時得不出結果來，但柳和不得不承認，由於鄧鵬的善意和坦直，使他得著許多新的觸動，拿它和事實參證，鄭旺的陰謀更到了昭然若揭的地步，這一回，只要再找到荊四嫂，事情就會明朗了。

完了席，他們拱手道別，鄧鵬不但沒加絲毫的留難，反而把他們的牲口餵飽，讓馬匹飲過了水，這已經充分表示出鄧鵬雖是蹚過渾水，但他做人卻夠忠厚坦直，比當初的牛鬍子大不相同。

「咱們後會有期啦！柳爺！」他說：「單望您這一趟，能找著您要找的人，把那些懸案查出眉目來，打這兒朝北去朱家灣，一路上不會有什麼，再朝北，我就管不著了，您一路當心著查察罷！」

他們仍然依次出發，天氣變得更壞，不停飄起細細的寒雨和碎雪來，從大龍家寨到朱家灣，算是鄧鵬原有的地盤，在路上，不必擔心會有什麼岔事，但寒風像刀似的絞著人臉，使人覺得在這種季節出遠門，真是受不盡的風塞之苦，因爲四個人前後錯開一段路，還得忍受著寂寞，連個聊天說話的人都沒有。

柳和一路走，一路仍在苦想著，荊四嫂這個女人，她是靈河岸土生土長的女人，嫁到荊家屯，跟外人一向沒有什麼接觸，除了康九和土鱉子老雷之外，她在外面少有投奔的地方。

爲她的事，他不止一次和鐵山研究過，雖然許多事情還有待查證，至少有一點他能確定，那就是荊四嫂若沒有極不尋常的事故，她根本用不著放棄荒灘的巫堂，巫女在靈河兩岸，頗爲一般住戶看重，巫堂的田地佃種分租，每年都有收益，而香火燈油的捐助費用更多，她可以吃得飽，穿得暖，比出門在外忍受風霜強得多。

正因爲這一層的論點支持，他才有信心找得到她，他覺得荊四嫂跟老雷在一道的可能性極大，他冒些風霜，受些雨雪走這一趟，非常值得。

真的，他柳和耍拳弄棒出身的人，來到荊家屯轉眼多年了，像靈河岸這樣荒涼，這樣偏僻的地方，自己初來時，真把它當成洞天福地看，這兒純樸的風俗，單純的生活和歡樂的景況，都深深感動過他，誰知變化起在人心裏，一樣是風波迭起，了無寧日。

他被捲在左一場右一場人爲的風暴裏，像一個人在靈河洶湧的波浪上浮沉，雖然沒到精疲力竭的程度，也覺得非常疲倦了，他沒有讀過多少聖賢書，不會教化人，至少，他要盡力讓這塊荒土粗粗的安定下來。

這一回，要是能找到荊四嫂，掏問出一些隱藏的秘密，再依照這些線索抽絲剝繭，破掉歷年來的血案，使主凶難以遁形，也算是了去他的一宗心願了！

人，有時會覺得活著很無奈，當初是覺得外間風雲險惡，才跑到靈河對岸來應聘的！到這兒幾年，也厭煩了這裏的日子，若說靈河的日子不好過，普天之下，哪兒又能覓得一塊乾淨土呢？

想著想著，彷彿得著深一層的了悟了！人既活著，就得挺胸面對眼前的事，躲也躲不了，逃也逃不開的，越是有了逃遁的想法，愈會爲自己帶來莫大的苦惱。

他在風裏抬起臉來，這才發現，雨和雪落得更大了，四野煙迷迷白茫茫的，鎖住了人的眼，使人只能看見一條泥濘夾著水屑的路，路兩邊林梢裸露出的光禿的枝柯，這條路，他來靈河時曾經走過，後來回家探眷，走的是另一條通向正北的官道，就沒有再經過這條舊道了，如今舊地重臨，多少有些滄桑的感懷，真的，要是能懲處凶頑，使靈河局面粗定，也該讓由荊朔、楊義、鐵山他們這幫小兄弟們管事，自己好辭掉這份差事，回家養息去啦。

從大龍家寨到朱家灣，只有四十里地，要是在平常時刻，把馬匹鬆鬆韁，兩個時辰就趕得到，但如今頂著朔風和雨雪趕路，就慢了很多，等柳和到達時，朱家灣的街頭業已初亮燈火啦。

朱家灣靠著另一條河，這條沒有名字的野河，有時洪流洶湧，有時乾得滴水全無，露出河心龜裂捲曲的土皮，彷彿是龜殼一樣，只有灣處是一大片沼潭，雖生出密密的野蘆野草，把這小得可憐的集鎮圍繞著，臨到冬寒季，沼潭也乾涸了，無人收割的蘆葦桿子，帶著些焦黃乾枯的殘葉，東倒西歪的豎在窪地上，殘葉在風裏互擊著，很像是起了場急雨。

這集鎮在規模上，似乎還不及荊家屯和葉家屯，由於很少有外路客商經過，百業都很蕭條，遇上這種雨雪交加的年根大寒時分，天一入晚，很多店面都上起門，稀疏的幾處燈亮閃爍著，像荒墳燐火似的，柳和不用向別人詢問，逕自騎了馬到鎮上唯一的一家客棧裏來了。

他朝客棧前院邊的牲口棚看了一眼，從棚口吊著的風燈光亮裏，一眼就認出鐵山他們的馬來，那三匹牲口業已卸了鞍，就槽進食了。

他入房洗了把臉，轉出來和鐵山碰了面。

「這一路沒有什麼動靜。」鐵山說。

「這是因爲還沒離鄧鵬的地段，」柳和說：「好歹要看明天，看有沒有人追來？因爲咱們起步在前，若有人存心想阻攔，他們也要等明天才能趕得上。要是他們連夜趕夜路的話，三更過後，他們就該到了。我目前只能這樣猜測，並沒有把握。」

「提防著總是沒錯的，」鐵山說：「咱們用完晚飯，就各自關上門休息，養精蓄銳的等著他們，即使沒等著，明早上路也得耗精神的。」

「那你就在便中轉告世寶和佟忠兩個，要他們加意提防就是了。」柳和說：「這兒是鄧鵬地盤和北邊地盤的分界，即使外路有人來對付咱們，他們也不會揀著這個地方動手的，……除非他們暗地裏開黑槍，使人拿不定究竟是誰幹的，這種事，他們在靈河上也曾玩過，咱們要提防的，也正是這個。」

這一夜，他們關起房門歇著，一面留神外間的動靜，但一直到五更天，都沒聽著什麼。天由雨夾雪，轉成真正的大風雪了。

「要冒著風雪上路嗎？」程世寶說：「人能挺得住，牲口怕也吃不消。」

「咱們歇著。」柳和說：「咱們這回出門，並不是在於急著趕路，而是在追查荊四嫂失蹤的謎底，要是讓風雪把體力和精神都耗盡了，遇上攔阻咱們的人，又怎樣對付？好在這趟出門盤川帶得足，一路都可以停留，朱家灣這個地方，正在鄧鵬地盤的邊緣上，說來比較安全，同時，我估計假如有人追蹤咱們，一定也會經過這兒，必要時，咱們就在這兒動手把他們制住，詢問原委，然後再按圖索驥的追下去，也不失是個可行的方法。」

「好！」鐵山說：「大叔一向是有主意的人，您既然這麼說，咱們就在這兒歇著好了！」

朱家灣實在很荒冷，沒有消遣的去處，他們只有窩在客棧的前屋客堂裏，剝鹽水花生，喝小菜子酒破悶，由於禦防寒氣侵襲，店家把窗洞都用麥草封塞住了，屋子正中放著一支黃泥大火盆，燃著一盆麥殼火，使一屋子都瀰漫著煙氣，塞悶雖是很塞悶，但也十分的暖和。

客棧裏並沒指望在這種天氣還會有過路的客人上門，門前的迎客燈籠都沒有點亮，大門用厚重的棉門簾擋住，夥計們也都在櫃檯裏面喝酒烤火，樂得消閒。

「我說，禿瓜、小癩，你們這些懶蟲，」賬房先生手捧水煙袋，踱過去說：「外頭雪落有三寸深啦，也不替我掃條路出來？等到明天，得要用鐵鏟子啦。」

「嗳，陳四爺，掃了也沒有用的，」那個叫禿瓜的小夥計說：「雪既然沒停，今天掃了，一夜過去，又積起來了，壓後還得用鏟子鏟，不如等到天開了，雪停了，咱們一次幹，……這辰光又沒有新的客人會投宿，掃它幹什麼？您還是坐下來，消停喝幾盅罷！」

「嗨，你們幾個，越來越不像話了！」陳四爺說：「你怎敢斷定沒有客人會來投宿？」

「誰會冒著這麼大的風雪走這條舊道，兩邊都沒有大的城鎮，何況又到了接近年根的時刻了。」小癩說：「除非有不得了的急事，沒人會路過朱家灣的。」

他們正在說著，外面傳來馬蹄聲和馬匹噴鼻聲，陳四爺精神一振說：

「怎麼樣？你還說沒人會來呢，這不是有客上門來了？快去打簾子迎客，替客人牽馬上槽！」

柳和在喝著酒，他卻時時注意外面的動靜，他覺得小癩說的話很有道理。——除非有不得了的急事，沒人會路過朱家灣的。外面真要有客人來投店，準是有急事的了！

禿瓜趕過去，還沒伸手掀簾子，外面業已有人掀簾子進屋來了。

「是鄔學如！」鐵山悄聲傳話給柳和說：「他就是鄭旺請到靈河集來的槍手，替鄭旺走煙土，在凌家河丟掉貨的傢伙。」

鄔學如進屋後，跟著進來三個倒揹洋槍的，一個佩帶匣槍的，看樣子，都是靈河集商團裏的團丁，鐵山雖不能一口叫出他們的名字，但看他們的面孔卻都不陌生，有兩個是在賭場上跟他碰過面的。

「嗨，鄔學如鄔老哥，」鐵山出口招呼說：「在這種天氣，你怎麼也出來啦？」

外面雪地上的光線太亮，使屋裏顯得更黯，鄔學如初進屋時，並沒看見鐵山在，等鐵山打過了招呼，他留神再看，才認出是鐵山，便作出訝異的神情說：

「原來是鐵山老弟，大年下你不蹲在荊家屯過冬，幹嘛也頂著風跑出來呢？」

「我是跟柳大叔出來的，」鐵山說：「荒灘的巫女荊四嫂捲逃了，咱們不能不追究。」

「那太巧了。」鄔學如說：「我領著的這幾個，也正是追查荊四嫂失蹤的事才出來的。」

「是鄭大爺吩咐的嗎？」鐵山說：「這事跟他的關係不大啊！」

「這是巫門裏差來的人，」鄔學如說：「荊四嫂走了，她席捲的細軟財物都是巫堂的公產，他們要追回這筆錢財，正式具狀告到鄭大爺那兒去，鄭大爺既在靈河集上管事，就不能不管，巫堂追得緊，鄭大爺便差我帶人出來追查，大風大雪天，這真是一趟苦差事。路上遇著這場大風雪，腿都凍僵了！」

他把兩手捧在嘴邊哈了口熱氣，搓搓說：

「夥計！有熱的飯食，替咱們弄些來，溫兩壺酒，搪搪塞！」

他剛坐下身，忽然又站起來，朝柳和拱手說：

「對不住，柳師傅，在下又飢又冷，連禮教全忘掉了，您的大名，靈河集無人不知，可惜在下緣薄，一直沒有承教的機會，您若肯賞臉，不妨和幾位小兄弟一道，咱們併成一桌，消停再喝它幾盅。」

「我看你不必客氣了，」柳和說：「等幾位吃罷飯，閒聊的時間還多著，雪不停，也上不了路。」

這兩方面猝然遇上，對鄔學如來說，自覺很意外，但他究竟是久在外面混人頭的人，立刻擺出笑臉，把他的驚愕和尷尬掩飾住，他到靈河集上投靠鄭旺之後，一直沒和這位柳和柳師傅碰過頭，聊過天，但他早就聽過飛刀柳和的名頭，對他存幾分凜懼，如今風雪逼人，把自己逼到朱家灣唯一的這家小客棧裏來，雙方聚在一間屋子裏，大眼瞪小眼的面對著，實在不是滋味。

臨到這時刻，鄔學如只有抽了一口氣，硬著頭皮吃喝，他知道離開這客棧，反使己方露出可疑的行跡來，而且外面風雪漫天，他也無處可投，好在他確實帶了巫門裏的人出來，使他臨時扯了個理由搪塞過去，饒是這樣，他仍覺著柳和那雙銳利的眼光投落到這邊的桌面上，冷冷的逡巡著，這使他有芒刺在背的感覺。

柳和把鄔學如這張桌面上的幾個，逐一的看了看，他臉上便泛起奇異的笑容來，冷靜的握著酒杯，在手掌心裏輕輕旋轉著。

不管鄔學如領人出來，真正的意圖是什麼？他卻看出鄔學如心虛情怯，估定他在這兒不敢有所行動。一般在外走動的人，都最忌匿在暗處的對手，如果鄭旺確有攔阻荊家屯追查荊四嫂的意圖，那麼，鄔學如這把子人業已浮了出來，這就比較容易對付了。

柳和知道鄔學如這個走煙土的人，碼頭到得多，有些江湖見識，槍玩得很熟，也有些拚勁，充其量是個老練的打手型的人物，得勢時凶狠毒辣，真到遇上扎手的人物，要他玩命時，他又未必狠得起來了！

鄔學如狠在什麼地方呢？憑他的拳腳身手，三五個合起來也不是鐵山的對手，他狠在那管匣槍上，那管三膛匣槍使用起來極爲靈便，越是靠得近，潑火出去越有準頭，這種新玩意兒的威力，當然十倍於鐵山他們所帶的短柄獵銃了。

從鄭旺差出鄔學如這件事上看，鄭旺本身確有若干可疑的地方，他在靈河集管事是不錯的，荊四嫂失蹤的案子，和靈河集並沒有什麼關係，巫門裡的人真要追究這事，也該去找葉爾靖，怎麼會單單找到他的頭上？就算找到了他，他也不會立即差了鄔學如領著人槍，冒著大風大雪趕出來，把它當成重大的案子辦。……由此可見，鄔學如這趟出來，有一半是追查荊四嫂，另一半是在對付自己，他對付荊四嫂的方法，極可能是因爲她知道若干秘密，這些秘密吐露出來，可能對鄭旺極爲不利，他就吩咐鄔學如追緝她，除她滅口。鄭旺照自己所推斷的，既然有除掉荊四嫂的可能，那麼，鄔學如同樣會全力阻攔自己和鐵山查案了。

他腦子裏迅速的旋轉著，盤算種種的可能！

外面的風聲像狂濤巨浪般的猛烈，隔著緊閉的門窗和沉重的門簾子，仍能聽得見風的咆哮聲。他想：這場風雪，何時能夠過去？不知道，看光景，至少也得三四天的樣子，既然對鄔學如起疑，不如故意和對方套近些，隨便的閒聊瞎扯，也許能從對方的話裡套出些口風來。

他打定主意，對鐵山他們幾個丟了個眼色，便站起身，端著酒杯，緩緩的踱過去了。

「來來來，請坐罷，柳師傅！」鄔學如瞥見柳和過來，急忙的起身讓座說：「讓我替您斟上，這麼大寒天，難得在這兒碰上。」

「寒天出門，追查這麼個捲逃的巫女，真比在大海裡撈針還難，」柳和勾了張凳子坐下來說：「說來真巧，這種難處偏被咱們遇上了，你以爲她會往哪兒走呢？」

「這個，我也弄不清楚，」鄔學如聳聳肩膀，撒開兩手苦笑說：「您知道我是在城裡混的，專幹那一行，荊四嫂這女人的來龍去脈，我全不清楚，若是知道一些，也不會請這位巫門的老薛帶領了！」

柳和倒是認識這個略顯斑頂的姓薛的老巫童，他跟鄭旺套得很近乎，這趟出來，居然也帶了一支短槍在身上。

「老薛，荊四嫂是你們巫門裡的人，」柳和說：「她的行蹤，你心裡該有點底兒了！」

「回柳大爺，」那老巫童很油滑的笑說：「天下那麼大，誰能料準她朝哪個方向走來？不過，從咱們都能在朱家灣碰頭這宗事情看，您想的，跟咱們想的，大體上都差不了許多，那就是跟荊家屯那位雷師傅辭離有關！」

柳和笑了一笑說：

「本來嘛，人同此心，心同此理，大夥兒都會這麼想的，事情太巧合了，可不是？但後來我又懷疑起來，懷疑老雷是否這麼笨？他會在這時刻拐走荆四嫂，把明顯的線索留給咱們？」

「他雷師傅笨不笨是一回事，」鄔學如說：「咱們既然懷疑到他的頭上，就得認真的先查個明白，真要跟他沒有相干，咱們再去找另一條線索，這樣逐步逐步的查下去，要比閉上眼亂撞好得多。我這是粗人說直話，柳師傅您不要見怪才好。」

「哪兒的話，」柳和說：「鄔兄想的周到，咱們既然都是爲這事出門，趁機會彼此研究研究，對大夥兒不都有幫助嗎？我是在想，假如老雷沒涉及這宗事，你們的第二條線索又是什麼呢？」

「荆四嫂不是石縫裏迸出來的，」老薛說：「她有娘家，有三親六故，都能查訪，她總不能飛到天外去。荆四嫂是個土生土長的鄉下女人，沙灰地上的螞蚱，——跳不高的，我認定她走不到太遠的地方去，抓住她只是早晚不同罷了！」

「照這樣說來，鄔兄是決定先去找老雷了？」柳和說：「咱們既是辦同樣的事，實在用不了這許多人手，巫門把荆四嫂拐帶公產逃亡的事，當成案子報給鄭大爺，咱們實在不必再加上一槓子，等到雪停了，開了天，鄔兄大可帶著人先動身，咱們就好拉馬回頭了，我相信，找荆四嫂這麼一個女人，用不著勞師動眾，郎兄一個人一管槍就辦得了，她荆四嫂還會反抗不成?!」

「不不不，柳師傅，你先打退堂鼓，那可不成！」鄔學如急忙說：「單是一個荆四嫂，抓她會像抓雞一樣的容易，但事情跟老雷扯在一起，那就不那麼簡單了，老雷在他家鄉那一帶，聞說很有些勢力，人說：強龍不壓地頭蛇，咱們幾個雖然帶了槍，但人手還是很單薄，要借重您的地方正多著呢。」

「老雷會這樣嗎？」柳和的話，總是不即不離的吊著：「假如真這樣的話，又不是你我解決得了的啦！」

「如果事情跟老雷有關，他會乖乖的跟咱們回靈河嗎？」鄔學如說：「那他必然會翻下臉來對付咱們，他佔著人和地利，事情就會很扎手，有您在，也許會好得多，至少，您在北地是大有名聲的人。」

「是啊，柳大爺，」巫童老薛也附和說：「俗話：人的名兒，樹的影兒，您柳大爺朝哪兒一站不能辟邪？」

「嘿嘿，」柳和打了個哈哈說：「兩位可真是抬舉了我了，我柳和若真有那種能耐，還會眼睜睜的看著荊家屯鬧出那許多事故？到如今連一宗案子都沒有偵破，我的名聲早叫自己給弄砸啦！」

「您甭這麼說，」鄔學如說：「那些暗裡弄出的案子，您連要找誰都不知道。這跟目前的情形不一樣，咱們若能雙方聯手，找荊四嫂這麼一個女人，我想該不算太難，老雷也比較容易對付。」

「這事我一個人也作不了主，等我跟鐵山他們小弟兄三個面議了再講。」柳和說。

由於鄔學如的堅持，柳和覺得想擺脫他們實在很難，他處在這種情勢下，不得不盤算和鄔學如一道兒趕路的問題了：在人數上，對方有五個，己方有四個。在武器上，鄔學如和老薛兩個用的是短槍，另外三個商團的團勇，用的是三支長槍，這三長和兩短，在搭配上很有威力，俗說：長槍怕貼，短槍怕彎，意思是說：長槍在較遠的距離比較容易發揮威力，如果被人貼近了，威力便會大減，而短槍在近距離使用極為靈便，如果被人嚴密監視著，失去拉槍的機會，那就是被彎住了，有槍等於沒槍。

按照這種情形，柳和決定如果不能甩脫他們，那就得緊緊的貼靠著他們，使他們當中這兩支短槍無法亮出來，因為彼此緊貼後，短柄獵銃的威力一樣很大，彼此算是半斤八兩。

正因鄔學如也是個有計算的人，柳和便想到對方的計算，雙方都面對面，彼此認識，先動手的一方，不動便罷，要動，就得把對方全部擺平，得能滅口，要不然，決不敢輕動。……自己都能想得到的事，在他鄔學如的腦子裡，恐怕早就打過轉了。

後進店的幾個喝罷了，吃足了，夥計收拾了桌面，端上熱茶水來，柳和招呼一聲回房了，鄔學如卻帶著他的團丁推起牌九來了。

一般說來，像鄔學如這種煙土販子，常年過的就是這種昏天黑地的日子，帽殼裡帶著寶盒兒和骰子，兜肚裡帶著牌九，不論走到哪兒，有賭場就進賭場，沒賭場就自己圍起來開賭，非把兩眼熬紅不爲過癮。

不過這一回，鄔學如的心並沒落在賭字上，他萬沒想到會在朱家灣的小客棧裏，和柳和、鐵山他們撞在一起，在他帶人出來的時刻，鄭旺、潘二就和他秘密談過，鄭旺認爲抓回荆四嫂的事最爲要緊，而阻止鐵山他們先找到荆四嫂，同樣要緊，要他先設法阻攔鐵山，一面加緊尋覓荆四嫂，如果先把荆四嫂除掉，消除了顧慮，就不必再對鐵山動手，如果對方先抓住荆四嫂，那就非得下狠著兒不行了！

當然，在當時自己並沒把鐵山放在眼裡，鐵山雖是年輕力壯的漢子，行獵很有經驗，算是靈河兩岸獵戶當中的高手，但論起闖碼頭，走江湖，他還黃口牙牙的嫩得很，尤其是荆家屯沒有新式的短槍，等於有翅無毛，自己若想對他動手，隨時伸槍就能把他放倒！

不過，到這兒一看，鐵山不只是一個人，還帶了兩個夥友，兩個夥友倒無所謂，那最難纏的人物飛刀柳和竟然親自出來了。

也不知怎麼的，鄔學如一見到柳和，心裡便有些發毛，膽子先怯了！……傳言可不是假的，柳和能在槍林裡放倒牛鬍子，足見他是大有能耐的人物。

既然心虛膽怯，根本沒有把握，那就得裝著根本沒有這回事，把心情放鬆下來，利用推牌九來掩飾自己的慌張了。

鄔學如一推起牌九，佟忠和程世寶倆個不請自來，也湊上了熱鬧，柳和卻在房裏和鐵山計議起來。

「剛剛我跟鄔學如所談的話，你都在一邊聽著了！」柳和說：「鄭旺顯然特別注意上荊四嫂捲逃的事，他才會在年根歲底的風雪裡，打出他手邊唯一的王牌——精於槍法的鄔學如，他一面要謀捉荊四嫂，一面也會盡力阻攔咱們追查這宗事情，這是很容易想得到的。」

「不錯，大叔。」鐵山說：「我也疑心鄭旺差遣鄔學如出來是別有緣故的，但鄔學如這傢伙不是個兒，在凌家河丟失煙土，您就看出來了，他很會虛張聲勢的為他自己亂吹噓，其實根本沒有膽子，這是城裡那些混混們的通病，何況他幹這種事，擔很大的風險，卻得不著什麼好處，他不會真替鄭旺賣命的。」

「你分析得固然有些道理，但鄔學如有槍握在手上，也不能大而化之不提防著他，」柳和說：「人說不怕一萬，單怕萬一。咱們時時戒備，總沒錯。」

「話又說回來，讓鄔學如貼上了，很不方便，」鐵山說：「那會耽誤咱們查案的。」

「我知道，」柳和說：「不過，依目前情形來看，硬要甩脫他們也未盡妥當，咱們不妨和他們同路，別別苗頭，看誰有能耐先找到荊四嫂？到那時，看鄔學如怎麼來，咱們就怎麼去！剛剛我曾經想過：鄭旺這個人，專門在暗裡幹鬼事，他不會要姓鄔的正面跟咱們衝突，所以，咱們若能先他一步找到荊四嫂，挖出底細來，姓鄔的此行就落了空了。」

「這像雙方搶獵一樣！」鐵山說：「看誰的腦筋動得透，誰就能先獲得獵物，您這麼一說，可吊起我的胃口來啦！」

事實上，鄔學如並沒想得那麼細密，他覺得循著老雷這條線去找荊四嫂，能不能有結果，還在未定之天，一陣驚愕和尷尬過去之後，他把心放寬了，他到靈河集來投靠鄭旺，是志在牟利來的，誰知出師不利，頭一回出馬，在凌家河就馬失前蹄，栽了跟斗，自己厚著臉皮回來，心已經冷了很多。

這門生意有波折，朝後該怎麼做法？這才是使他大動腦筋的事，至於殘年冒著風雪來出這趟差，對他來講，原就是額外的事，如今仍端著姓鄭的飯碗，不得不點頭答應幫他辦，即使辦不成，自己多少盡了一分力，他鄭旺也該沒有話好說了。

他十分憚忌柳和，但卻明白一點，那就是他若不先動，對方同樣不會為難自己，如今事情八字還沒有一撇，他不必為這個傷太多的腦筋，消停的朝前走著再講。

賭牌九，他做莊家，骰子轉得靈活，他的牌運不差，每付牌都有好點子，吃的多，賠的少，幾付牌推下來，佟忠和程世寶倆個就輸得有些鼻青臉腫了！

這倒也不壞，他想。

「鄔大爺，您的手風太順了，」佟忠說：「照這樣推下去，不到半夜，咱們這點兒賭本就要被您吸乾啦！」

「你的天門不旺，我的上門更它娘的霉氣，」程世寶說：「我是有賠無吃，連一把也沒贏過，我得去放泡溺，轉轉椅子，換換運氣了！」

「噯，你去順便把柳大叔和鐵山找來，」佟忠說：「外面風雪這麼大，早早熄了燈，窩在被窩裏幹什麼？不如一道兒上桌，樂它一樂。」

程世寶去轉了一個圈兒，果然把柳和跟鐵山兩個扯來了，他也重新添了注，又賭了下去。

鄔學如的手風順，也就顯得很樂哉，他塞了一把錢給店夥，要他換上罩燈，燃生一盆明火，再準備些好的酒菜，大有鏖戰通宵的意味。

柳和佔天門，正跟鄔學如面對面的坐著，他沒說什麼話，只是穩穩的下注，彷彿顯得專心一致的樣子，其實，他的心思根本沒放在牌上。

燈光照在鄔學如的臉上，那張臉瘦削得像刀劈似的，額上鬢邊豎著短短的青色鬍渣兒，和額間的幾條皺紋相映，有一股滾捲於風塵的味道。

他不想追究鄔學如的出身和過往，三百六十行都是人幹的，在生活裏翻身打滾，當然會爲本身的利害作打算，因而就刀光血雨的熬上了，他過去的日子，他的那些經歷，仍都包孕在那張臉上，藏留在他額間的皺褶裏，柳和用他多歷練的眼，一眼就能看得出來。

自己跟鄔學如這個人有仇嗎？沒仇！有怨嗎？沒怨！沒仇沒怨但偏偏撞上了！憑著自己這身功夫，對付鄔學如這種人，只要伸出兩個指頭，輕輕一捏，就能把他給捏扁，但犯得著嗎？他不過是受鄭旺指使的人，最好能在事情沒發生之前，找機會拿話點醒著，免得使他爲鄭旺丟命，經過靈河那場亂局，柳和實在不願意再開殺戒了。

而鄔學如一旦上了賭桌，全付精神就聚集在牌上，他一面催著骰子，一面呼喊著，抹牌時，也在嗆喝著，使柳和無法跟他說話，這樣賭到四更初起，寒雞啼叫的時刻，柳和打了個哈欠，揣起錢來說：

「你們興致濃的，不妨再玩下去，我得回屋裏歇著去了！明兒若是停了風雪，咱們還得留點兒精神趕路呢！」

「我說，柳大爺，您甭急乎，」鄔學如說：「這種風雪，明兒不會開天的，你有的是補覺的機會，檯面上缺了您，那就冷清得多啦！」

「鄔兄，咱們出來是辦事的，」柳和說：「你要是有興致，日後回到靈河集，我陪你賭它個三天三夜都成，如今，案子毫無頭緒，我的心思很難落在牌上。」

「你既缺少興致，那咱們就吃了宵夜散局罷。」鄔學如說著，略略數一數堆上的錢，頗有見好就收的意思。

賭局散了，換到飯桌上，談話的機會也就多了，鄔學如對柳和說：

「久聞柳大爺您的功夫出色，尤其是柳葉刀耍得精熟，簡直是神乎其技，但您很少亮過，咱們什麼時刻才能有一開眼界的機會呢？」

「飛刀是一種古老的暗器，任是誰，只要勤練就成，實在算不得什麼！」柳和說：「何況目下槍械時新了，我這一套更不算一回事啦！你身上那管匣槍，要比我的那一套靈光得多。」

「我何嘗想玩槍來著，」鄔學如說：「可是，我在城裏混世，又幹上販煙土這一行，出門就有風險，我沒有您那樣身手，不佩槍拿什麼自衛？……我這管匣槍要真的威風八面，在凌家河，那個筋斗就不會栽得那樣重了！我差點把飯碗都給砸掉，你不提匣槍我還不臉紅，一提匣槍，我可就連頭都抬不起來了。」

「其實，我帶的這十來把飛刀，也多半是緊急防身用的，」柳和說：「若不到性命交關的緊急時刻，我輕易不會用它，除非我臨到萬不得已的時刻，……那是說有人存心衝著我來的話。」

「我想，還沒人敢捋虎鬚罷？」鄔學如說。

「很難講。」柳和說：「在江湖上，出人意料的事情多得很，尤其是出門在外的時刻，我不能不小心翼翼的提防著。飛刀雖不能像匣槍射得那麼遠，但它出手便捷，要比匣槍從拔槍到發火更快，而且沒有聲音，也許就佔著這麼點兒便宜罷，直到如今，我還沒遇上存心衝著我來的人，倒不是我柳和有什麼能耐，只因為我為人還算平和，沒跟誰結過樑子。這樣一來，旁人也就不至於對我怎麼樣了！」

「飛刀會比匣槍更快？」鄔學如帶著一份不敢相信的神情：「我是說，我是對於玩槍很有幾分自信的人，總認為拔槍發火，要比暗器之類的老玩意兒快得多，聽柳大爺您這麼說，我有些不自量，很希望試一試，也好藉這個機會讓大家開開眼界。」

「怎麼試法呢？」柳和微笑說：「你的子彈不用說了，我這匕首飛去了，一樣會傷人見血的！」

「這樣罷，」鄔學如指著橫樑上的一個木孔說：「請鐵山兄擊掌為令，我把卸掉彈夾的匣槍拔出來，拉起機頭，對準那木洞壓下扳機，柳大爺您同時拔攮子飛擲出手，這樣，誰快誰慢就不難分出來了。」

「這倒是個好主意，」柳和說：「我的攮子都插在靴外的皮囊裏，你先卸彈夾，等準備妥當了，就請鐵山老弟擊掌。」

鄔學如果然卸下彈夾，重新把槍插進腰眼，說一聲他也已準備妥當了，鐵山拍了一聲掌，鄔學如立即拔出槍，拉起機頭，他還沒來得及把槍口瞄準那個木洞，只覺眼前銀光一閃，一把飛刀業已從柳和手裏直射出去，不偏不倚的嵌進那個小小的木洞，由於去勢急勁，刀身入木四分左右，刀柄還在微微的顫動著。

柳和亮了這一手，真是精采，連鄔學如帶來的靈河集上的團丁都齊聲的喝起采來，鄔學如一驚一愣，連扳機也沒再壓，就很懊喪的把匣槍插回腰裏去，朝柳和抱拳拱揖說：

「柳大爺果真是名不虛傳，我打心裏佩服了！」

「甭說這些，」柳和說：「我這點小玩意，要不是你催促，我真不敢當著人賣弄的……我教過鐵山和佟忠他們幾個年輕的小兄弟，他們也許比我更快更準呢。」

鄔學如一聽，暗暗的叫起苦來，他原以爲雙方真的動起手來，匣槍要佔九成勝算的，但柳和露了這一手之後，他明白匣槍並不是萬寶靈丹了。再聽柳和說鐵山和佟忠他們練過飛刀的絕技，心裏更有了怯意，日後雙方果真動手，自己拔槍慢了一剎，那自己的腦袋豈不是變成那個木洞了麼？

吃完宵夜，大家分別回房去，鄔學如仍然在想，他到靈河集來投靠鄭旺，說穿了不過爲一個利字，靈河集若是不好混，他仍可以回到城裏去討生活，上回替鄭旺運土，在凌家河業已遇了危險，這回來捉拿潛遁的女巫荆四嫂，自己可以辦，但若因此開罪柳和，這事實在幹不得，弄得不好，命就白貼了，荆四嫂捉不到，回到靈河集，大不了捲行李滾蛋，這要比飛刀插進腦袋裏去要好得多，他對付柳和，根本沒有把握。

第二天，風雪沒停，他們又在客堂的火盆邊碰了頭，柳和有意無意的對他說起荆四嫂的事：

「我也不必瞞著你，老鄔，在你沒到靈河集之前，那兒發生了好幾宗懸疑的案子，葉爾昌死在黑松林子裏，野市被人縱火，荒灘女巫小桃命案，加上荆龍荆大爺被人打黑槍。……這些懸案，多少總和荆四嫂有關，所以，咱們必須找到她，逼出她的口供，這要比鄭旺替巫門追回她所捲走的公物錢財更緊要得多，咱們必須要在捉住她之前把話說清楚。」

「柳大爺，您說四，我不說五，」鄔學如陪笑說，「依您看，該怎麼辦呢？」

「我看這樣如何？——咱們一旦捉住她，她所帶的巫門裏的公物錢財，悉數由你和老薛帶回去，而荊四嫂這個人，必須要交給咱們帶回荊家屯去，這樣，彼此皆大歡喜，不傷和氣，鄭旺他也沒有道理爲難你，他如果堅持要人，等荊四嫂劃了供，讓他自己到荊家屯去要，好歹跟你老鄔無關。」

「這個，老薛，你覺得如何？」鄔學如轉問說。

「荒灘的女巫業已換了人了，」老薛說：「按理說，巫門裏若是捉住荊四嫂，會按例處斷她，但靈河兩岸如今是葉大爺當家作主，荊四嫂既然和那些血案有牽扯，咱們並不堅持非要人不可。」

「好罷！」鄔學如硬著頭皮說：「老薛既不堅持，我又堅持要人幹什麼？咱們如果同時找到荊四嫂，讓柳大叔您快一步，人既到了您的手裏，我回去也好說話，我總是替鄭大爺辦事的，多少有些難處。」

「我知道，」柳和說：「到時候，我自會盡力減少你的難處，鄭旺他沒道理當著人面爲難你……除非他有什麼隱私，怕經由荊四嫂的口被牽扯出來，他在目前會把嫌疑朝自己頭上戴？我看他精明得很，不會幹出那種傻事來的！」

「柳大爺，有您一隻肩膀替我擔待，我就放心多了！」鄔學如軒開眉說：「您是肯承擔的人物，我的難處也就不必再說啦！」

「那就這麼辦好了！」柳和認真的拍拍胸脯說：「假如日後鄭旺爲難你，一切都包在我身上！」

論起混世走道來，鄔學如也該是個成得精作得怪的人了，但他遇上柳和之後，覺得他平素那一套全都施展不了，柳和那雙眼睛，黑亮的灼灼照人，要比他的飛刀更爲銳利，只要他抬眼一看，就彷彿把人的五臟六腑全洞穿了，他說起話來，卻又很謙遜溫和，使人無法和他針鋒相對，這使他不得不改變主意，盡力避免和柳和衝突了。

風勢持續了三天，雪總算停了，但這場雪落得太久，一野的積雪有兩三尺深，出了門，連路都摸不著了，柳和跟鐵山面議動身上路的事，他說：

「這場大雪，把路封得嚴嚴的，若等天晴化雪，一路泥濘更不好走，待在朱家灣不要緊，但會把咱們的事給耽誤掉，咱們年前若不回屯裏去，荊朔準以爲咱們出了岔事，他們再糾合人手出來找咱們，那不是成了張郎找李郎了嗎？……急也沒有用，咱們總得想個法子上路才成。」

「兩尺來深的積雲並不能擋得住人，」鐵山說：「如果人多，一道兒上路，前後都有照應的話，咱們就能先摸到包家驢店去，在這種時刻起程，冷的罪是要受的，再就是怕單獨走，不小心陷進雪穴去，拗斷了馬腿，人多就不容易發生這種事了。」

「你是說，要咱們跟鄔學如那夥人一道兒上路？」佟忠湊上來說：「我看這並不是好主意，鄔學如是個老混家，隨時會改變主意，咱們三個跟柳大叔在一起，鄔學如要是得機會拔槍把咱們制住，在半路上來一個滅口，咱們便連一個通風報信的人全沒有了！」

「我不以爲鄔學如會有那麼兇法！」鐵山說：「人沒有不惜命的，有柳大叔在，他還不敢盲動。」

「你們倆人先不必爭這個，」柳和說：「依我看，鄔學如願不願意那麼急著上路，還說不一定呢！咱們目前不必管他，明兒一早，先牽馬上路好了，從腳下到包家驢店，只有五十多里路，走得再慢，傍晚前就可以到達，依眼前天氣來看，只能走一段算一段。」

二天他們動身時，果如柳和所料，鄔學如推說路太難走，他們要等上幾天再定行止，鐵山沒說什麼話，心裏卻暗自奇怪著，柳大叔爲什麼會料準鄔學如不願上路呢？

等到策馬上路，他才覺得鄔學如也許有他的道理，這種雪後的天氣，實在不宜趕路，那要比迎風冒雪更難走得多。

天是半陰半晴的天，雪層很厚，偶見一絲慘白的陽光的影子，淡得在若有若無之間，一野的積雪，倒顯出刺眼的光亮來，風雖不再那麼猛烈，發出動人心魄的虎吼，但卻異常尖寒，像薄薄的刀刃般的割著人臉，使人正面迎著它時，有喘不出氣來的感覺。

人說：霜前冷，雪後寒，真是一點也不假，他想：穿了這麼厚重的皮大襖也護不住暖，風把人都給吹透了。

由於在朱家灣遇上了鄔學如，柳和臨時改變了計劃，再上路時，四匹馬相距得很切近，顯然有方便彼此照顧的用意，即使這一路上不會出岔子，人也苦透了。若是和人相比，馬匹更苦得多，牠們要費力的蹀著積雪，像跋涉無盡的流沙，一路跳躍著走，路面埋在積雪下面，根本不知高低深淺，只有從路兩邊的樹林和聳起的土阜去揣摸路眼兒，如果不把韁繩控穩，一旦踏進草溝去，牲口就會拗斷了腿，尤其是走在最前面的鐵山，一絲一毫都不敢大意，因爲後面的三匹馬都正循著他那匹馬踏出的蹄印一路走過來，使他無形中成爲引路的了。

這樣走到近午，天上的灰雲越積越厚，又變得陰沉起來，而風勢也更加勁猛啦！

奇怪，鐵山心裏嘀咕著，按照常例，在一場風雪之後，很少會接連著再來另一場風雪的，天氣的轉晴，眨眼怎會又陰了下來呢？

事實上，天不但轉陰，風勢更狂了，風頭貼地來，反朝上捲，把積雪面上的雪層吹了起來，漫空飛舞著，這雖然不是落雪，卻變成了一片迷人眼目的雲霧。

糟了，鐵山想：這種倒楣的天氣，遍天徹地茫茫白，人和馬被罩在雪霧當中，根本分不清方向，也不知該走哪條路了？在這種緊要的辰光，自己假如走岔了路，使大夥兒一路跟下來，巴不上宿頭，無論你身子再健壯，也熬不過這種滴水成冰的天氣，非要凍倒人不可！

自己既沒有把握摸得準去包家驢店的路徑，那只有停下來，等後面的佟忠、程世寶和柳大叔，大夥兒聚齊了再商量啦。

四個人聚齊了，連柳和也沒有把握摸得準路徑，但他認定風從西北來，他們朝東北角走不會有錯，儘管雪霧漫天，但路南邊戴雪的枯林卻還能顯出路的寬度來，只要不走羊腸小徑，就是多繞幾個彎兒，也會通向包家驢店的，而且凡是路寬的道路，每隔五七里地，路邊總會有村舍、野鋪和茶亭，可以打尖歇腳，暫避風雨。

「朝東北走罷，」柳和說：「不必再分開了，這種天氣，四個人走在一起，彼此有照應，若是風勢不歇，到前面找處地方歇下來再講。」

四匹馬斜向東北走，每個人的身上都沾著被風吹揚的雪層，很快便結成了冰屑，使衣服外面彷彿加了一層冰殼兒，動一動就窸索作響。

天氣雖冷成這樣，柳和的一顆心卻是異常熱切的，從表面上看，老雷辭退和荊四嫂捲遁，彷彿是無無緊要的事，但依柳和的看法，那卻是有關靈河岸爾後如何度日的最要緊的事情，若能藉此使那些血案的真相大白，把匿在暗處的惡人給揪出來，便拔除了一大禍根，爲這個，自己再忍受多少困苦也是值得的，同時他也明白，鐵山他們小弟兄幾個，全跟他抱著同樣的想法，這一趟出門，若是查不出荊四嫂的下落，所有的辛苦都算白費了。

「柳大叔，」程世寶在馬背上說：「咱們遇上了鄔學如的時刻，他很有跟蹤咱們的意思，趕後您在客棧裏露了一手，鄔學如又臨時變了主意，跟咱們分開了，可是，我總覺得他很不可靠。」

「我也是這麼想。」鐵山說。

「當然，像鄔學如那種人，我並不會輕易相信他，」柳和說，「他在朱家灣客棧裏，逼於形勢，知道跟咱們無法正面衝突，如果真的走在一起，荊四嫂一旦被咱們掌握住，他就沒有機會了，他讓咱們先走一步，他自覺另有機會能找到那捲遁的巫女，也許悄悄就把她做掉。」

「他要真有這樣的打算，那咱們該怎麼辦呢？」佟忠說。

「我已經有了打算了。」柳和說：「這場雪霧，可算幫了咱們一個大忙，咱們走的這條路，根本不是通向包家驢店的路，它是到窯塘去的叉路，前面再有七里地，就是窯塘了。」

「咱們岔到窯塘去幹什麼呢？」

「等著。」柳和說：「讓鄔學如走在前面，咱們反跟著他，看看鄔學如和老雷之間會演出什麼樣的戲來？這些都是很要緊的。」

「爲什麼說雪霧幫了大忙呢？」鐵山說。

「鄔學如販煙土跑北地，」柳和說：「他對這一帶的路徑很熟悉，平常的日子，咱們在雪地裏騎馬趕路，最容易留下行跡，像四匹馬踏出的雪印，一看就看出來了，唯有風吹的雪霧能把它彌平。」

「您說得太玄了，大叔，」鐵山更顯出困惑來說：「您又怎麼知道天會起勁風，吹成這片雪霧的呢？您當真會有未卜先知的能耐？」

「我哪兒會有那種能耐？」柳和說：「我是在客棧裏聽那禿頭夥計說的，——他抓撈著他的禿頭，說他頭皮奇癢，明兒還會起大風，我知道禿子多半會預測天氣，這才決定上路，這是倒躡著鄔學如的絕好的機會。」

「原來是這麼地！」鐵山吐了口氣說：「看來咱們要跟大叔您學的經驗還多著呢，像這類的事，您不說，咱們再怎樣也想不到的。」

「人在江湖上走動，無外乎是經驗二字，」柳和說：「路走得多了，眼見得廣了，經驗便逐漸的增加了，不一定是跟著我才能學得到。」

在雪霧裏跋涉了兩個時辰，他們到達一處密扎的枯林，翻過枯林子，前面就是窯塘了。

窯塘在幾座林木叢生的土阜下面，早先是因爲起在土阜坡面上的幾座磚瓦窯起土的關係，由人工挖掘而成的，後來也許因爲年成荒亂了，很多人即使建宅子也不用磚瓦，幾座磚瓦窯就廢了，僅有一處燒製粗陶器的窯洞還在維持著，土阜下面，原有一個燒窯人聚居的小村落，那些人家也紛紛的改換了行業，搬的搬，遷的遷，僅賸下少數幾戶人家，煙囪裏還昇起炊煙。

「咱們先不必到村裏去驚動那些人家。」柳和說：「咱們先把牲口牽進廢窯裏去，覓些柴枝，生起火來暖暖身子，再到村裏去買些食用的和牲口的飼料，廢窯洞裏，地方寬敞，又很聚氣，只要凍不著、餓不著就成了；等到天氣適合起程的時刻，咱們再去包家驢店。」

想不到柳大叔竟然利用這種惡劣的天氣，和鄔學如他們捉起迷藏來了？鐵山想想，倒是很滑稽的事，這正像他設計捕捉狡獪的紅狐一樣，不過，對付像鄔學如那樣的人，可要比對付紅狐更難得多了。

雲霧越來越濃，到了天色轉晚，只聽見一片風吼，雪層像箭鏃般的貼地飛射上半空去，那情景，要比落雪更強猛得多。

四個人牽著馬進了廢窯，鐵山才覺得自己被凍透了，渾身上下都是冰，使大襖在振動時索索作響，像披上了一層鐵甲一樣。

不可。」

「我說，大叔，幸好您知道這兒有廢窯和村落可以歇馬安頓，要不然，咱們非凍倒在雪裏

「這就是路熟的好處，」柳和說：「我若不是經過計算，決不敢把你們帶出來。」

「世寶兄，你拴妥牲口，我和佟忠倆個，到附近林子裏撿些斷枝來生火罷，」鐵山說：「先得把濕衣和濕鞋烘乾，還得弄些鋪草來。」

「那邊就有現成的草和柴火，不必出去另撿了！」柳和指著說：「這兒靠著下面的村落不遠，村裏的人家把這兒當成柴房啦，柴枝和牛草都有，你們先把火給生起來罷！」

程世寶拴妥馬匹，佟忠抱了一堆柴枝，鐵山取出腰裏掛著的火器袋兒，用火刀火石打火，把一堆活火給生了起來，一剎時，大夥兒就覺得溫暖透胸了。

「這座廢窯，平常不會覺得怎麼樣，」佟忠感觸的說：「如今看來，可就是救命的地方，連馬都牽得進，外面不留一點痕跡，真夠隱秘的。」

「稍等一陣兒，我要單獨到村裏去走一趟，」柳和說：「下面有個燒窯漢子老汪，跟我熟悉，我得找他張羅些熟飯食和馬料來，先把人和牲口餵飽。」

柳和到村裏去打了個轉，跟來了一個消瘦的半老頭兒，敢情就是燒窯賣碗的老汪，他揹來了半袋麥麩和豆子，先替他們拌料餵馬，然後轉到火邊來，搓著手說：

「柳大爺，想起來還是當年在大龍家寨上跟您見的面，那年我遇上不講理的惡棍，橫著鬧，要把我的一挑碗給砸掉，若不是您加以援手，我哪還會活在這兒燒窯啊！今天說什麼也沒想到，您會在這種天氣帶人路過窯塘這種小地方。」

「我說過，我是下來辦宗事情，天轉晴了就動身。」柳和說：「吃的熱食煩你張羅，一切照價

折算。」

「您甭這麼說，這是應該的。」

「窯上情形怎樣？」

「還算過得去，」老汪說：「幹咱們這一行的，多半很勞苦，俗話：燒窯漢，嘴兒烏，算得有，賺得無，不過，如今粗陶用具賣得暢旺，價錢低，利也看得薄，但賣得多了，混嘴還是混得飽。」

「嗨，人在如今這個世道，能混飽一家人，就算是有福的了！」

鐵山望著火燄，默默的聽著，鄉下人多數都把苦鬱在心窩裏，若不遇上真正相知的人，他決不願意把那些和著眼淚的苦楚抖露出來，人在最難過的時辰，溫飽兩個字變成最高的願望，賣碗的老汪溫了嗎？他只套一件空心的破大襖，赤腳套著一雙蘆草編的窩鞋，足踝凍得青紫了，起了不少魚鱗斑。說他飽了嗎？那更未必，能這麼半飢半飽的活下去，他也已很滿足了。

老汪烘了一會火，便披上麻袋，奔來跑去的張羅，他挽著籃子，送來半籃粗饅頭和熱呼呼的湯菜來，然後又拎來一壺熱茶，暖烘烘的火和熱的飲食，使四個冒著風雪趕路的人恢復了精力，柳和對老汪道謝說：

「你不必再爲咱們忙乎了，若有外人問起，你只要不透露出咱們在這兒就成，明天的飯食，你可總做一趟挑來好了，這兒火不熄，又有乾草可睏，凍不著人的。」

四個在窯塘過了兩天兩夜，沒有旁的事可幹，只有偎著火邊，鑽進乾草窩去睡覺養神，第三天風停了，天氣真正轉晴，他們帶了老汪爲他們準備妥當的乾糧上路，走回官道時，柳和指著一路朝北去的牲口蹄痕說：

「瞧罷，鄔學如他們剛剛經過這兒，朝包家驢店去了，馬糞還是溫熱的呢！」

「咱們要是緊緊牲口，也許很快就追得上他們。」程世寶說。

「不，」柳和說：「讓他們走在前面，咱們只在後面跟著，也許會有事故發生。」

「依您料斷，會有什麼樣的事故呢？」

「很難說，」柳和說：「我只有一種預感，荊四嫂捲遁這宗事情既然不簡單，咱們出來查察這宗事情，一定也不會順利的。鄔學如雖是鄭旺差遣出來的，情形跟咱們並沒有兩樣，不信你們就瞧著罷！」

當天傍晚，他們趕到包家驢店，才知道事情已經出來了，包家驢店地當三叉路口，市面要比朱家灣熱鬧得多，那條街的街面上，有很多租驢的店鋪，也有兩家略具規模的客棧，柳和他們抵達時，正想掛馬落宿，但迎面抬出一口輕輕的白木棺材，棺材由兩個扛伕抬著，後面跟著一個撒紙錢的，挽著細柳籃子，一面走，一面捏些紙錢漫撒著。

「見材（財）有喜！」程世寶習慣的說了一句。

「這是誰出殯？前頭沒有鼓樂，後面沒有送葬的。」佟忠也在犯猜疑。

柳和也覺得，如果是包家驢店的人，再窮再苦，即使連白木棺也睡不起，用蘆蓆捲了抬去埋，但也該有人跟著送殯，啼哭著，帶些哀戚的氣氛，這口白木棺從客棧裏抬出來，不用說，一定是住店的客人有了急病亡故的了，他一時心念一動，問了一聲說：

「這是哪一位出殯啊？」

「一個住店的女客，」撒紙錢的人說，「她是五六天前投宿到客棧裏來，到這兒第二天就暴斃了，死因可疑，咱們不敢抬埋，經地方查驗後，才裝棺的。」

「您知道她姓什麼？」

「您去問客棧掌櫃的去罷，」撒紙錢的說：「咱們只管抬棺材埋人，三塊錢包辦到底。」

「不會就是她罷？」鐵山說。

「這可說不定，」柳和說：「先進去問問再說。」

柳和拴了牲口，踏進客棧，就看見鄔學如那一夥人正困坐在一張桌子上發楞，見到柳和進來，鄔學如首先搶著說：

「柳大爺，您不是先走的嗎？怎麼現在才到？」

「路上遇著狂風雪霧，迷了路了，」柳和說，「歇了兩天，白繞一個大彎兒才摸上正路。剛才那口棺材裏抬出去落葬的過路女客，該不會是她罷……荊四嫂年紀輕輕的，怎會暴斃在客棧裏呢？」

「嘿，據掌櫃的形容，那女客的年紀、貌相，就是她，十有八九錯不了的。」巫童老薛說：「掌櫃的說他們這兒過路的客人落宿，都沒問過姓名年齡，他並不知道她是否姓荊。」

「這很簡單，」程世寶說：「巫女荊四嫂，咱們誰不認識她，咱們去對地方上保甲上關說一聲，打開棺蓋來瞧一瞧就知道了！趁目前棺材還沒葬下去，還來得及。」

「這是唯一的辦法了！」柳和說。

他把掌櫃的請過來說：

「很對不住，咱們是靈河岸來的，咱們那兒一個巫女，捲了巫堂的財物逃走了，咱們一路追查過來，依您的形容，這個在貴店暴斃的女客很像是她，但咱們必得要請地方保甲來，開棺看一看才能確定。」

「這沒有什麼爲難的，」掌櫃的說：「咱們開客棧，最怕遇上這種晦氣，女客好好端端的住進店，卻裝棺抬了出去，連那口白木棺材還是咱們貼錢買的，你們要是早出面，咱們就不必這樣費神了；這樣罷，大爺，地方保甲，我替您找的來，您要開棺，查驗，怎樣都可以，這抬埋的費用，請大爺您掏錢吧。」

「這是小事，」柳和說：「不論這具女屍是不是咱們要找的人，一切費用我全願意墊出來，您這就開張單子，我付錢好了。」

請地方保甲，那掌櫃的腿快得很，他是只要有人出面，有人付錢，就無一不好的。

當地的保長包老爹，是開驢行的，他來後對柳和說：

「幾位既是靈河岸過來查案的，開棺是應該的，老實說，這兒天高皇帝遠，咱們地方就真出了人命案，咱們也無法辦案，人說：多一事莫如少一事，少一事莫如了一事，咱們也不會報官，自找麻煩的，老實說，這女客死得很有文章，她的頸間有瘀痕，好像是被人扼殺的，這兒掌櫃的和店夥都沒看見有人進客棧，一宗沒頭案子，咱們根本辦不了，又找不到苦主，只好先替她埋下去。」

「一切等稍後再講，先開棺再談好了。」柳和說。

包老爹點頭說：

「也好，我這就著人通知抬埋的，要他們等一等。」

柳和、鄔學如等一群人，跟著包老爹，趕到街梢亂葬崗子上，就在原地撬開棺蓋。

沒錯，棺裏躺著的，正是他們辛苦追趕尋覓的巫女荆四嫂，她的頸間確有明顯的紫色瘀痕，鄔學如看了，反吐了一口鬱氣說：

「咱們硬是慢了一步了！荆四嫂這麼一死，追回巫門公有財物的機會更渺茫啦，我看我得帶人回去對鄭大爺交差去啦，辦人命案子，可不是我分內的事。」

「那你就自己決定罷。」柳和說：「荆四嫂是荆家屯裏的人，有些事情，我想在這兒弄清楚，也許會多耽擱幾天。我受了各村屯的託付，這案子不得不追下去了！」

柳和回到包家驢店的客棧裏，把整個的情形逐一問過，掌櫃的說：

「她是一個人來投宿的，當時她雇有一個趕驢的人，那個驢腳伕是外地的生面孔，咱們並不認識，他也只幫她拎下一個包袱，一口箱子，就趕驢走掉了。……她說她在這兒要住幾天等個人，咱們當然沒管她究竟等誰，但她要等的人並沒露面，她已經死了。」

「不會是那個驢腳伕，」柳和說，「這是很容易想得到的，——他真有謀財害命的意思，大可在半路上找一處荒僻無人的地方動手，過後刨個坑把她埋掉，又怎會把她送到包家驢店的客棧來呢？所以，我敢斷定凶手是另有其人。」

「大叔，您說得很有道理，」鐵山說：「荆四嫂很精細，錢財不會在中途露白的。」

「當然不會是那個腳伕，她付了驢錢，那腳伕當天就趕著他的驢回南邊去了。」掌櫃的說。

「那可能就是她等的人了！」鐵山說。

「那可就奇怪了？」柳和說：「她等的人爲何不在客棧露面，就暗中動了手呢？」

疑團糾結著，事情無論怎樣兀突，總歸已經發生了，荆四嫂也已經不明不白的送了命了，柳和也問過夥計，大家都搖頭說是根本沒見著外面有人來看過死者。柳和到荆四嫂生前所住的那間房裏仔細察看過，據夥計說：死者是死在床鋪上，棉被蓋得好好的，房門閂著，足見殺害她的人，是翻窗子進屋的。

那是在落雪之初，如今一場大雪和一場大風，使一切可能尋覓的痕跡全覓不著了。

當夜，柳和跟鐵山幾個，在客棧的火盆邊圍坐著，議論起這件事情來，鐵山說：

「鄔學如這回受鄭旺差遣出來追緝荆四嫂，取回公物錢財全是幌子，他根本是要殺害荆四嫂滅口，大叔您可以想得到，荆四嫂一死，他便不再逗留，立即帶人轉回靈河集，連公物錢財也不再追啦！」

「荆四嫂死後，她的行囊箱篋全不見了，」佟忠說：「可見凶手把她所帶的細軟全給吞沒了。」

「會不會是客棧裏的夥計看見錢財，起了貪意，下的毒手呢？」程世寶說：「當然我只是在推想，說不定也有這種可能。」

「不錯，」柳和說：「遇上難題的時候，咱們大夥兒不妨多推想，只要有可能，都說出來，大夥兒再仔細的參詳參詳。」

「這家客棧是老客棧了，」鐵山說：「包家驢店是南來北往的孔道，客棧裏落宿的客人很多，什麼有錢的商客沒有，多少年來，也沒發生過謀財害命的案子，說客棧本身單單看上荆四嫂的錢財，就動手謀算她，不是絕無可能，實在可能性極少，這要是真的，那這家客棧不是成了黑店了嗎？」

「鐵山說得不錯，」柳和說：「一般客棧，最忌諱店裏出這種事情，他們的生意要做下去的，這種事情鬧出來，影響生意，正經客棧不會幹的。」

「那就得另想了，」佟忠說：「鄔學如他們走在咱們前面，但相距不遠，從死者死的時辰來推算，也不可能是鄔學如他們動的手，荆四嫂死時，咱們和鄔學如那幫人正在朱家溝呢！」

「鄭旺會不會用鄔學如做幌子，事實上，先已差出另外的人手，把刑四嫂給做了，而使咱們不會疑心到他的頭上？」鐵山說：「鄭旺那種人，什麼鬼事都幹得出來，我不能不異想天開的懷疑到他頭上去。」

「時辰也不對。」柳和說：「咱們知道荊四嫂失蹤，即刻就準備動身，算來已經夠快的了，鄭旺的人難道能插翅飛出來？再說，荊四嫂不會把她的行蹤洩露給鄭旺，他的人又怎會在包家驢店找上她？」

「如果這些想法都站不住。」鐵山說：「那又得落回雷師傅的頭上去了！這條路，是他回家常經過的地方，一路上的情形他很熟悉，他若把荊四嫂哄出來，當然不會帶她回家去，在半路上賣個關子，要個花招，悄悄的在暗地動手把她做掉，然後回家，誰又能硬憑猜測，把人命案子硬栽在他的頭上呢？」

「很難說，」柳和沉吟了許久說：「照一般情形看，老雷不致於有這麼深沉的心計，不過，案子既然茫無頭緒，咱們又處在欲罷不能的光景，那只能循著這條線一直追下去，看看結果再說了，也許這不是老雷直接動手幹的，而是經他找人出來幹的，在情形沒有弄清楚之前，只能算是猜想罷了。」

「要是老雷真的涉嫌的話，」鐵山說：「他同樣會對追查這事的人不利，這兒再朝北，更靠近他的老家了，咱們得照柳大叔在動身時叮囑的話，加意防範著才好。」

「不錯，我也有這層顧慮在。」柳和說：「鐵山，我不是存心當面誇獎你，你真的是越來越細心練達了，靈河岸上一輩的人，要是有你這樣的細心，凡事都有周密的計算，靈河岸也許不會有今天這樣一波一浪的亂局啦！」

「大叔，您這樣說，我就臉紅了！」鐵山窘說：「其實，這些都是跟著您身後撿的一星半點，我沒能跟著您練好功夫，學著您善用腦筋，用處好像更大得多！您早先不是常對咱們說，遇到事情，要冷靜沉著，仔細考量嗎？又說：出門在外，凡事小心爲上，這些話，我從沒忘記。」

「年輕人不定性，」柳和說：「我早已看出你們幾個都是好材料，難得遇事能這麼穩，一點也不慌躁，像這樣認真的辦事，再難的事情也會辦得成的。如今，荊四嫂已經暫時葬下去了，咱們也不會在包家驢店多停留了。目下離新年越來越近，咱們明早就得繼續上路了。」

「既然這樣，咱們就早些歇罷。」鐵山說。

鐵山回了房，歇在他的那間客房裏，天已過了三更了，客房屋頂上有一方天窗，黑黑的天幕上，雲縫裏透出一兩顆星子來，明滅不定的眨著眼，勾引他久鬱在心裏的思緒來，他有些困倦，但卻睡不著了。

經歷了一場亂，跟柳大叔出門辦事跑了兩趟，使鐵山深深覺得自己成熟了許多，但也在同時失去了早些年那種單純無憂的生活裏的快樂。從情感上來說，他仍然固執的喜歡早年的歲月，做爲一個鄉野的獵手，常時生活在靈河兩岸廣大的林野裏追逐著獵物，夜來圍坐在獵棚子前的篝火邊，隨便拉扯些什麼，話頭兒扯得愈遠愈好，許多朦朧的事，像天幕上搖曳的星子，不管是心裏想著或是眼睛望著，都一樣的美好。

他記起野市上的熱鬧風光，人群湧動著，那許多被陽光照亮的笑臉，又淳樸，又安詳，他更記起和隔河的表妹嬌靈初遇時的光景，當時想到大水沖倒龍王廟，一家人不識一家人時，有些啞然，如今，嬌靈反使他有了牽掛，——靈河漢子們，該給那些婦孺們一種怎樣模式的日子？這彷彿是本身很難左右的了。

人沒有不盼望過好日子的，鐵山堅信著這一點，但他在眼前的困境中苦苦思索，彷彿也悟出一些道理來，光是在感情上著想，人的希望都很美妙，但當人們在眼前爲生活謀算時，便橫生邪心，變爲邪行，像搬了磚砸中了自己的腳，把希望裏的美夢砸碎了，反深陷進痛苦裏去了！

眼前這些重疊的波浪，逼得人要拚命的朝前去掙扎浮游，不管它是誰造成的，活著就要掙扎下去，挑起這付擔子，以柳大叔這麼一個外地人，都那麼熱心的挑了，自己哪還能有半點畏縮呢？自己的夢碎了不要緊，能替別人造一場美夢倒也值得，這總比縮起脖子活在痛苦裏要強。

想到有些倦意時，遠近的寒雞，業已一聲疊一聲的蹄叫著了，柳大叔既決定上路，今天就得過二道嶺子，該是起身備馬的時刻啦！

他正想著還沒動身子，房門外業已響起畢剝的敲門聲，柳和低聲的呼喚著他說：

「鐵山，起身備馬罷，這種天氣趕長途，動身愈早，落宿愈早，咱們打算今天晌午越過兩道嶺子，入夜趕到老雷的家裏去，再晚回程，就趕不上在荊家屯過年啦！」

「大叔您先走一步，」鐵山說：「我這就去備馬，我平素無拘在哪兒，只要一躺下，就睡得很沉酣，不知怎麼的，昨夜根本睡不著了。」

「這情形我也有過，」柳和說：「再忙再累再緊張的日子，心裏總鬱著些事，值得去前思後想的。」

鐵山趕到畜棚去，馬匹已經用過麩料，柳和跟佟忠正在上鞍子，他對柳和說：

「大叔，您剛才正說到我心裏去了。昨夜我忽然心血來潮，想起靈河兩岸早年的日子來了，跟如今情形相比，心裏難免有許多感觸，等到想睡時，天已經亮了。」

「嗨，日子像河水一樣，絕不會朝後倒著淌的，」柳和鬱了一晌，才鬱出這麼一句話來：「咱們兩眼還是朝前看罷，追查荆四嫂這宗新的命案，就算有了眉目，咱們要辦的事還多著呢！暗處也許有人用槍口對著咱們，哪容得咱們去描夢？」

他們動身過二道嶺子，天氣不算很糟，但寒冬臘月裏，殘雪遍野的時辰走山路，三彎九曲的，也夠瞧的，為了抵禦寒風割臉，柳和扯下護耳，緊繫在頸間，鐵山也放下他的蘆叢形的老羊皮綴成的帽子，僅把一雙眼露在外面，這一路上很荒涼，也很平靜，沒見著什麼過路的行人，更沒有遇上攔阻。

當天夜來時，他們終於摸到土鱉子老雷的家宅。

鐵山上去敲門，有人應聲出來開門。

開門的是雷嬸兒，她不認識鐵山。

「我們是打靈河荆家屯來的，」鐵山說：「想來看望雷師傅，送份年禮。雷師傅這些年替荆家屯護屯，多次遇上股匪來捲劫，為咱們出了不少力，這是屯裏人家的一點心意。」

「老雷他不是在荆家屯麼？」雷嬸兒說。

「他辭差不幹了，雷大嬸。」柳和上來說：「怎麼？他沒有回家來？」

雷嬸兒有些茫然的樣子，隨即臉上昇起一絲怨懟之色來：

「他沒回來，也從沒講過，橫豎這些年他在外面，我在淘弄這個家，幾間灌風的老屋，像土窯黑洞似的，哪能裝得住男人？」

老雷真的沒回來過年，那他又該到哪兒去了呢？

柳和沒再追問雷嬸兒了，他知道問也是白問的。

雷嬸兒倒是很熱切，她讓柳和幾個進屋，為他們生火暖身子，忙裏忙外的替他們餵牲口，又替他們張羅了飯食和宿處。

在談話裏，雷嬸表示出：老雷這些年受僱替荊家屯護屯，屯裏給老雷的錢和糧食，老雷常託到北地走糧的馱販老駱帶回來，多雖不多，糊口總勉強夠用的。

「老雷他要辭差，他上回回家並沒跟我提起過，」她說：「我是個沒主張的人，外面的事情，我一個婦道人家，什麼也不懂，跟我說也沒有用，所以他也從來不跟我提這些事情，不過，我想他早晚會託人捎信來的。」

柳和噓了口氣，老雷不在宅裏，一時怕也查不出他的行蹤來，看來這一趟算是白跑了，除了在包家驢店，知道荊四嫂也已送了性命外，一切眉目都沒掌握到手。

他們歇了一夜，趕回到荊家屯之後，幾個人都彷彿像做了一場夢一樣……

第十五章　無法無天

年景不算好，有些傖寒的味道。

但靈河兩岸的人，拚命的擠出一些歡樂來，強顏裝飾他們心目裏極爲重要的節令，說它是討吉祥也好，是感天恩也好，總隱隱的透露出人心裏，希望的種芽仍在迎候春天，不斷的萌發，人們會在心底下這樣的勸慰著自己：今年日子過得不怎麼好，也許到了明年，光景就不同了，而這種樣的慰語，在上一年或上上一年，也曾同樣期望過的，也像如今一樣的迫切，人們慣把希望裏沒曾實現的，都存留著，再用它編織成新的夢境，在新春擂響的鑼鼓聲裏，人心是熱烈微顫的，一度冷卻了的希望，也會重新熾燃，一如鞭炮放花，一如春聯或掛廊紙般的火紅，要真是前面沒有夢境，人活著還有什麼意思呢？

冒著一路風雪出去又回來的幾個，都沉沉默默的沒當著人說過什麼話，也都把新年的熱鬧看得很淡。

柳和會見過葉爾靖和荆朔，把這趟出去的情形詳細說了一遍，說到荆四嫂在包家驢店被人謀害了，連她隨身攜帶的包囊行囊也被人取走了，從頭到尾，沒有人看見她和老雷在一起待過，當然也難以硬憑一般揣測，就斷定老雷一定跟這案子有牽連，至於老雷，他根本沒回到家裏去，如今人在哪兒也不知道？

柳和對這點，並不太擔心，他認爲人活著總歸有落腳之處，老雷的行蹤，目前雖難掌握，但早晚他總會出現的。

「您曾經說過辦事情不必心急，按部就班的辦下去，早晚總會有結果的。」荊朔說：「目前的情形既已如此，不妨暫時把它放在一邊，等春來再說。」

「我看也只好如此了，」葉爾靖說：「至於鄭旺那方面，不管他怎樣擺笑臉，行奸詐，咱們是瞎子吃湯圓，心裏有數，謹慎的防著他，我想，儘管他一肚子壞水朝外淌，一時也奈何不了咱們。」

「我卻不這麼想，葉大爺。」柳和說：「打表面上看，各村屯和靈河集之間，似乎是在僵持著，一時沒有什麼進退，但事情決不會長年累月就這樣僵下去的，咱們躺著睡大覺，聽由鄭旺像老鼠般的日夜挖牆角，再是堅牢的房子，有一天也會被挖塌掉的，鄭旺的心性，葉大爺您是知道的，他總是得寸進尺的存心佔便宜，遇上你硬擋，他就停住不動，遇上你軟和些，他就咄咄的朝上逼，那些賣了的田地，咱們收不回來了，他點種了的罌粟，咱們也不能把它拉了燒掉，僵下去，對咱們有百害而無一利，總之，這個傢伙留在世上，天生就是要害人的。」

「我何嘗願意跟他妥協來著？」葉爾靖說：「但他比泥鰍魚還要黏滑，抓也抓不牢，鎖也鎖不住，這幾年裏，靈河一帶大大小小的血案和動亂，沒有一樣能扯得上他的，至少他沒留一絲把柄和證據，咱們按道理做事，根本就動不了他，又有什麼辦法呢？」

「您分析得不錯，」柳和說：「但我的性子偏不信邪，總想找他的把柄，伸手捏殺他。」

柳和是這樣的梗著，但鐵山和佟忠他們小兄弟幾個，算是暫時把這些困惑的事情拋卻了，鐵山說得好，人要活得爽性，事情來了一肩挑，不要思前想後的困著自己，他們從新修整的祠堂裏，搬出鑼鼓傢伙來，敲打得震天價響，使沉寂多時的大地，加添了新春的活力。

靈河集上的鄭旺又出花招了，說來沒人會覺得奇怪，鄭旺不是耍旁的花招，只是用了個一字訣：賭！

靈河集上，原就設的有好幾處賭場，由二馬夫妻倆個包辦其事，靈河兩岸各村屯的住戶們，平時日子過得省儉，就是趕集赴市，腰裏也沒有多少閒錢去留連那種地方，二馬的常客，多半是生意買賣人，或是路過靈河集的販子們。

不過，遇上新年新歲，光景就大不相同，愈是在荒僻的鄉角落裏，人們越是把新年看得重，因平常的日子過得太單調太刻板了，一逢新春，便盡情的享樂，即使平素從不賭博的人，也會押上幾注，擲幾把骰子，希望爆出個滿堂紅來，爲自己帶來一番好運。

鄭旺就有這種生意眼，他也摸透了鄉下人的心理，在新春前後，他把靈河集上三樣法寶，酒、賭、娼，同時祭了起來，尤其著重在賭字上，那些賭場，一開就是六七張檯面，裏面吃的喝的都有，棉門簾子紅炭火，人進屋去，通身暖和和的，賭場裏賭的花樣多，牌九、紙牌、骰子、寶，你愛坐著賭或是轉著賭，悉聽尊便。

單靠這些方便招徠顧客還不夠，最使人眼紅的，就是那些堆在賭檯上的大把的銀錢，只要你敢咬牙下大注，碰上手風順，運氣好，吃進一把就夠人吃一季的，誰不想去碰碰這種運氣呢？

上街叫做趕熱鬧，湊賭當然也是湊熱鬧了，人就有這麼一股邪性，有一個人朝賭場裏擠，抓著大把贏來的錢，興高采烈的一路叫嚷出來，包管會有一大群人跟著湧進去，想趁機也贏上幾文。

在荊葉兩家屯子裏，荊朔和葉爾靖也明知鄭旺在變花樣斂錢，因爲無論輸來贏去，你總得丟下水錢來，只有賭場本身是淨賺不賠的。但新春開賭，原是多年的老習慣，並不是從鄭旺手裏開頭的，知道了也無可奈何，不但找不上鄭旺，甚至沒誰能伸手攔著人，不准去靈河集上去賭的，這樣一來，鄭旺便發了一大筆財了。

有些古板的老年人，瞧著這情形，便罵起鄭旺來，說他誘人走邪路什麼的，一面扶著枴杖，氣呼呼的跑到靈河集賭場上去找他們的兒子，說是揪住他們，使用枴杖把他們打得抱頭鼠竄的回家。但等到了賭場上，左瞧瞧，右看看，原來這麼熱鬧法兒，骰子在大海碗裏搖晃著，人們怪腔怪調的呼吼著，煙霧騰騰的，大疊的銀洋顯出誘人的光采來，眼界開了，若不賭上幾把，真是白做了半輩子人了！

結果兒子也不找啦，自己倒賭迷啦！老太婆來找老頭兒，自己也揎起衣袖，擲骰子趕點兒來了！不管當初怎樣罵過鄭旺，一旦贏了錢，什麼事都變得美好啦！

賭在新年裏成了一股歪風，把無數人吹得身不由己，滴溜溜的打轉，旋來轉去，仍然離不開賭檯，真正沒賭的，倒是鄭旺自己，他穿著長袍馬褂，手端著加了絨罩的水煙袋，這裏轉到那裏，到處跟人打拱作揖的說著吉利話，胖臉上漾著得意的春風。

「鄭旺這個老雜種，一肚子壞水！」葉爾靖一到惱火的時刻，開口都是帶罵的：「真虧他想得出這種主意，他想就在正月裏把各村屯所有的錢給吸光？」

「不管在哪兒，賭場本來就是這個樣子，」柳和說：「這光景，也不能全怪鄭旺，他並沒強拉硬扯，把人扯進賭場去賭，說來說去，還是怪在各村屯的漢子頭上，他們自己嗜賭，經不得引誘，要是大家齊心，不進靈河集上的賭場，鄭旺還有什麼辦法？」

但嗜賭的人一經賭開了，九條牛也無法把他牽回去，贏的人相信他們的手風，要趁勝追擊，藉機大斬，輸的人心有不甘，要湊錢撈本，有些人成天成夜窩在人聲煙霧裏，把眼睛都熬紅了。

人說久賭必輸，葉爾靖和柳和不賭，都能冷眼看事，悟得出其中的道理，因為賭場聚賭抽頭，贏了要打水錢，你贏過來，打一次水，他贏回去，再打一次水，這樣打來打去，檯面上的錢都流進鄭旺的口袋裏去了。

整整一個新春，靈河集變成一座瘋狂的賭窟，連許多穿紅戴綠的姑娘們，也都擠到那兒去賭，她們尖氣的叫嚷著，沮喪的掏荷包。

葉爾靖眼見這種情形，若再持續下去，日後賭風不歇，逐漸成了習慣，那樣，各村屯在經濟上便會更為乾涸了，而這正是鄭旺處心積慮要做到的，他唯有使各村屯都窮得過不了日子，他才好使用利誘的手段逼使大夥兒就範，乖乖的聽他指使。

他要盡力的攔阻這種情形的氾濫。

他騎著牲口，在兩岸各村屯裏奔跑，和各村屯執事的人談論這事的緊要，更幾乎挨戶去勸說，勸他們不要沉溺在靈河集上的賭場裏。

「但凡賭博這種事，久賭必成習慣。」他說：「輕則勞命喪財，重則人亡家破，賭債更是欠不得的。假如說是新年應應景兒，湊份熱鬧，那倒無可厚非，真的人人都想贏，那麼輸的人又該是誰呢？」

「葉大爺，您的話說得極有道理，」有人說：「不過，您該到靈河集的賭場上去，對那些賭客去說，如今，那些喜歡賭錢的老幾，全都到靈河集上去湊熱鬧去啦，他們說，那兒檯面上的現鈔銀洋堆成堆，誰要有運氣，撈上幾把大注，那就夠全年花用的。」

「天底下哪有這等的如意事兒？」葉爾靖搖著頭，沉沉的嘆了一口氣說：「賭錢就像蛤蟆淘井，越淘越深，誰敢說一定能贏？萬一輸了呢？不是傾家蕩產了嗎？」

「葉大爺，您是不迷著賭的人，才會有這樣的看法，」對方說：「假如不相信運氣，他們就不會變成豁命一搏的賭徒了！」

葉爾靖跑了幾天，卻沒有收效，看樣子，靈河集上的賭市，非要延到二月二，龍抬頭的日子之後了！他管不了河東岸的村屯，便和山戶首領劉厚甫計議，在河西的渡口設卡，勸阻河西岸的漢子們過河去聚賭，這種辦法雖很消極，但卻確實有效，葉爾靖本人就留在溫老爹的小賣鋪裏，遇著有人要過河，他就出面陳詞，把鄭旺設賭的居心抖露出來。

一直在病著的溫老爹，對於鄭旺設賭的事，也露出深惡痛絕的神情，他說：

「鄭旺最先點種罌粟，熬膏子毒害人，世上人如果都抽上那要命的玩意，成天離不了大煙鋪，這世界還成什麼世界！等他頭一回運煙土，在淩家河被劫，折了老本了，他又利用新春，大肆設賭斂財，他是打扁了頭猛鑽撈錢的路子，根本不管旁人死活。」

「要依我當年的性子，」葉爾靖說：「我就會拉槍到靈河集上去，硬封他的賭場！他要告官，由他去告，我就是來它個禁賭！」

「這樣做，也太強硬了，」老人就：「大新年裏，聚賭的風氣並不是此時此刻才有的，說來也是多年的老習慣了，不過沒像如今鄭旺這樣，有存心誘賭之嫌，你若真砸他的賭場，他手底下一樣有人有槍，雙方鬧翻了臉，又得流血見紅，那種情形，是誰都不願見到的。」

「嗨，老爹，難處就在這裏了！」葉爾靖說：「硬也硬不起來，退又無處可退，大家公推我替各村屯管事，我說的話，又沒有人願意聽，咱們要真是爭氣的話，大家全不去靈河集，不進鄭旺的賭場，我也就不會夾中，受這種夾棍罪啦！」

「除了硬封鄭旺的賭場之外，方法還是有的，」溫老爹說：「最好的方法，就是說動各村屯的長輩或執事，逐戶勸告，要大家不要迷溺賭博，尤其是那種吸血的賭場，更是進不得，開初勸說時，大家也許不會肯聽，不過，幾天之後，一定會有在賭場上輸慘了的，拿他們做例子，再說就會有用了，咱們若是不管鄭旺怎樣設賭，卻不受他的誘引，鄭旺必會計窮的。」

「我看，也只有照這個法子辦了！」葉爾靖說。

葉爾靖正打算要過河去，遇上鐵山到小賣鋪來了，鐵山挑了兩張他自行硝製的上好皮毛，趕過河來，替溫老爹拜年，恰巧遇上葉爾靖在這兒，葉爾靖問他這兩天東岸的情形如何？鐵山說：

「不能提了，連荊家屯的屯丁也都跑到靈河集上去賭去了……聽說搬到靈河集去做買賣去的丁大，把他做買賣的本錢都輸光了不說，還向鄭旺拉下了好幾百塊錢的高利貸，丁大根本還不起這筆賭債，鄭旺要逼他的閨女去做小。」

「你是說，鄭旺要娶桂英去做小？」嬌靈插上來問說：「可憐桂英真要被逼嫁給鄭旺，真要被糟蹋死了！」

「鄭旺上五十歲的人，說什麼也不該糟蹋人家的黃花閨女，」鐵山說：「如今丁大孀兒跑到荊家屯告狀，連柳大叔都爲這事動了火啦！」

「我看我這就得過河去了！」葉爾靖說：「咱們光在背後發議論，如沒見諸行動，鄭旺也許錯以爲咱們奈何不得他，愈來愈猖獗啦。」

「您要過河，我願陪您一道兒過去。」鐵山說：「爲這事，荊家屯已經鳴鑼聚眾，柳大叔和荊朔的意思，是著人對鄭旺打關照，要他不要用賭債去逼迫人，如果他不聽，還是一意孤行的話，那只有耍硬的了！」

傍午時，葉爾靖過河到荊家屯，荊家屯確是鳴鑼聚眾，聚起百十來人來，由荊朔在跟他們說些什麼？也許和新年新歲的氣氛不相襯，那些人蹲在風裏，顯得散落慵懶，好像對動武毫無興趣的樣子。

而柳和並不在那裏。

「好了，葉大爺來了，」荊朔瞧著葉爾靖過來，便停住話，趨前說：「剛剛我還在跟屯裏人談起鄭旺的事，大家七嘴八舌，意見很多，我想請您爲這事說兩句公道話，咱們究竟該怎麼辦？事情經過，鐵山想必已經告訴過您了！」

「不錯，」葉爾靖說：「鐵山跟我說了這事，我也滿頭冒火，所以才立即趕過來，想跟這邊合議，籌商對策，咱們可以忍氣不砸掉他的賭場，但不能忍見靈河岸的閨女受他姓鄭的逼迫。」

「葉大爺，您息息氣，」荊家屯人堆裏，有個年長的說：「其實這樣的事，全該怪在丁大頭上，做老子的不爭氣，賭輸了錢，欠了鄭旺的債，無力償還了，要把閨女押給人家做小，像這種沒骨頭的漢子，他自己都沒有臉面，還要咱們陪著他去爭？」

「也並不是爭什麼，」荊朔說：「柳師父也已帶著佟忠到靈河集上去找鄭旺說話去了，我們的意思是欠債還錢，不能硬討人家的閨女，丁大他償不起賭債，我願意出面代償，如果鄭旺不通人情，我就要爭到底了。」

「我想，這樣做很好，」葉爾靖說：「不管他鄭旺是什麼樣的人，他也拗不過人情理法，這宗事，按情按理，姓鄭的也沒有什麼可強硬的地方，還是等柳師傅回來，聽消息再談罷。」

他們等著柳和，柳和在晌午過後不久就回來了，果如葉爾靖所料，鄭旺在柳和面前顯得很好說話，據他說：丁大原就嗜賭，賭輸了就借，他那筆賭債，是逐漸積起來的，他屢次跟丁大提到這筆錢，丁大就允諾很快設法歸還，一拖再拖，最後是丁大主動提出要把桂英嫁他做小抵債的，他並沒逼迫丁大這麼做，而且也沒答應收桂英做妾，不知怎麼地，消息就這麼傳開了。

「鄭旺的話，當然也未盡可靠！」柳和說：「不過，他的態度倒很和氣，他說：我鄭旺五十出頭的人了，一把年紀在身上，怎會喪這個德？我又不是沒子嗣的，不過，丁大欠的錢一定得還，債，我是要討的。……我當時說出荊家屯願替丁大償還這筆錢，鄭旺哈哈一笑說，那最好，他荊二少爺要是出面代償，我減收一半，算是給荊家屯一個面子。……事情就這麼了結了。」

「鄭旺這個傢伙，真不簡單，」葉爾靖說：「不論什麼事，咱們總難捏住他的把柄，人說：光棍不打笑臉人，咱們明知他貪得無厭，得寸進尺，也當他的面窘過他，他全能吞得下，受得了，你拿他又有什麼辦法?!既然暫時沒事了，我看就不必讓大夥兒蹲著吹冷風，還是散了罷，咱們幾個，還是進屋去商量好了。」

葉爾靖不死心，話題仍著重在鄭旺設局誘賭的事情上，他說：

「也許是我這個人太不識時務，在許多人迷著賭的時刻，一張臭嘴嘮嘮叨叨的獨發怨聲，其實這是一宗要命的事，年過了，還有一年的日子要數著過呢，新正月裏，就把壓箱子的錢全送上賭檯，朝後的日子怎麼過法？若照這樣下去，豈不是人人都做了丁大?!」

「關於靈河集上賭風熾盛的情形，我也跟鄭旺當面提過，」柳和說：「我直接了當的勸他早些歇手，他跟我打了個馬虎眼，說是集上設賭的有許多家，那些賭場和臨時所設的賭局，並不是由他經營的，他得召聚各賭場老闆商議著辦，那就是說，他打算拖延拖延，到新正過後，他撈飽了就歇手。」

「他當然不會長年這樣幹下去的，」葉爾靖說：「這一帶的人，口袋裏根本也沒有這許多錢讓他掏，我爭的就是正月這個月，咱們即使不正面對付鄭旺，勸止各村屯的人去賭也是該做的。」

荊朔贊成這個辦法，他們決定在荊家屯南邊，旱河上的小木橋頭設卡，但凡由各村屯去靈河集的，必定會經過那裏，這樣一來，不管是東岸和西岸去靈河集的，全能攔得住，葉爾靖願意跟荊朔一道兒出面做這件事。他說：

「如果勸止人賭錢也會得罪人的話，我葉爾靖願意挑起這個擔子來，要怨，讓他們怨我好了！」

「葉大爺說得不錯，」荊朔說：「凡人做事，只要把心放在正當中，應該不怕任何擔待的，我雖然年輕，也願意跟著葉大爺您學樣。」

小木橋頭設卡哨確實有效驗，葉爾靖和荊朔兩個，在兩天之內，一共勸回去好幾十個想去靈河集賭錢的漢子，按照葉爾靖的估計，這樣連續守它十天半個月，鄭旺的那些賭場缺少大批賭客，雖不至全部關掉，至少也會關掉大半。

鄭旺也知道葉爾靖和荊朔他們會作梗，他一直不講話，逕自關照二馬，把臨時開設的賭局都停了，二馬一結賬，除掉雜支，一個新年裏，水錢他們就落了一千多塊現大洋，全都從各村屯賭客身上賺得來的。

「聽說荊家屯和葉家屯的兩個執事帶人守在小木橋頭，把來鎮上賭錢的漢子全勸回去了！」二馬說。

「讓他們留在野地上喝風好了，」鄭旺說：「咱們賺夠了，立即就收攤子，誰跟葉爾靖那條蠻牛拗這個勁？我寧願吃飽了飯，睡覺養精神。」

等到鄭旺把臨時設的賭場都關掉了的消息傳來，葉爾靖和荊朔已經守了五六天了。

鄭旺歇掉賭場，卻差了潘二出來，向葉爾靖和荊朔討索子彈的費用，那是在打股匪的時刻，向鄭旺要子彈時欠下的，當時葉爾靖和荊朔都答應過要歸還這筆錢，鄭旺來討索這筆錢，是宗正經事兒，葉爾靖和荆朔不能說不給，只有硬著頭皮，答應在月終前張羅齊了送過去。

子彈是分給各村屯用以抗匪的，當時開火很容易，扳機一壓，子彈就出膛，等到召聚各村屯執事來南議收這筆款子，有些村屯的執事的臉就拉長了。

「咱們倒是叫鄭旺難住，」石紅鼻子說：「出正月門，面前就橫著一季荒春，叫咱們挨家挨戶去討錢，有些人家根本拿不出來呀！」

「再怎樣困難，也得想法子，」葉爾靖說：「我不能拿這些話跟鄭旺去說，作爲拖欠的藉口，那咱們在姓鄭的面前，再也話不出硬話來了。」

「石大爺，」荆朔說：「抗股匪，保地方，是大家的事，子彈費原就該分攤的，年能過，賭也能賭，怎好說拿不出這筆錢？即使有些人家真有難處，咱們執事的人也該先把錢湊齊墊上，按限期送歸鄭旺，咱們不能在他面前丟人咧！」

「荆朔兄說得對，」楊義說：「咱們楊家屯應攤的錢，我回去立即去湊，不足的我先墊，決不能讓鄭旺看咱們的笑話，幾千發子彈的錢，當真能難倒靈河兩岸嗎？鄭旺那傢伙，大約是爲了咱們勸阻賭客，藉機出難題報復，他這樣做，未免太小心眼兒了。」

「其實，這是各村屯的事，原不該由我來插嘴講話的。」柳和說：「俗語說得好：寧欠閻王債，不欠小鬼錢，這不光是上回買子彈一宗事如此，朝後也該記著——不跟鄭旺打銀錢買賣上的任何交道，否則愈弄愈虧，有一天，各村屯窮得添不起槍，買不起槍火，那時再起匪亂，咱們拿什麼保全自己？衝著對方槍口拍巴掌，成嗎？」

「柳師傅，你真是看得遠，你這番話，也提醒了咱們了。」葉爾靖說：「咱們若真是這樣欠缺計算，總有一天會遇著這種情形的。」

這次聚會，主要的事雖是籌款還債，但大夥兒都覺得跟鄭旺相處，對方加給各村屯的無形威脅太大了，從表面上看，股匪潰敗之後，靈河兩岸像是回復到當年太平無事的光景了，人們看到的是鄭旺那張滿是油光的笑臉，好像他從來就沒動過火，事實上，他千變萬化的興出花樣來，讓人踩進陷阱去，無怪葉爾靖嘆說：

「前些時，我在河西小賣鋪裏跟溫老爹聊天，談起人世上許多事，溫老爹說，這世上只要出一個邪性的人，就會有許多人跟著受累。拿這話證諸鄭旺，可是一點也不假！如今靈河岸的日子，有他一個人在攪和，就興得起風，作得起浪，使人得不著安穩。」

「溫老爹雖不是讀書的，」柳和說：「但他老人家年紀大，閱歷深，一輩子看過聽過的滄桑事很多，再加上他冷眼看事，憑悟，也悟出道理來！他看鄭旺，真把鄭旺的為人看透了。」

「老爹也跟我說過不少，」鐵山說：「問題不是在鄭旺點種罌粟，不是在他設賭包娼，問題還是在於咱們自己，咱們不貪，就不會陷進對方圈套，咱們不貪，就不會落進對方的牢籠，我是個打獵的，我設計捉獵物，獵物跟人一樣，全為了貪字才落進網罟的。」

「不貪，這兩個字，說起來好像很容易，」柳和感慨的說：「如今這世上，真正做到不貪兩個字的能有幾個?!鄭旺的厲害就在這裏，他懂得人的心性，你是獵獸的，他卻是獵『人』的！可嘆的是，一般人都以為自己很聰明，其實有許多地方，跟獐貓鹿兔一樣的蠢笨，我看，朝後去日子正長著，只好讓大夥兒碰破了頭再學乖才成，一兩個人空喊，是喊不進人心去的。」

是否世上有些人天生就是邪性的？鐵山認真想過，像鄭旺這種人就是個值得人去推究的例子，他也極聰明，一腦門子主意，他也該想得到，他已經年過五十了，在世上還有多少年好活？為什麼還要凡事苦苦的算計，非得損人利己不成呢？如今靈河的日子，就因為多了他這麼一個人，便把所有的住戶都攪得不安，老古人說過：一泡雞屎壞缸醬，該是最好的形容啦！

各村屯總算把鄭旺的那筆子彈費清償了，開春後，鄭旺果然大肆點種起罌粟來，種植的面積，要比上一年增加了兩倍，在鄭旺點種罌粟的同時，石家老莊那邊傳來消息，說是又有一幫匪徒在他們背後的山裏嘯聚，那是活剝皮老許的殘部。

「這簡直是前門有虎，後門有狼了！」葉爾靖說：「我早就懷疑鄭旺當時把活剝皮老許養活著，一定別有用心，我敢說這回活剝皮老許重新嘯聚，全是鄭旺聳弄出來的，他想用老許牽制咱們，使咱們無暇顧及他種植罌粟的事，他走出這著棋，實在夠狠的。」

「活剝皮老許原就是個狠人，」柳和說：「鄭旺利用他，他何嘗又不利用鄭旺？這兩個人互相利用對他們彼此都有好處，這樣一前一後的夾著咱們，時間愈拖得久，他們人手槍枝愈會增加，對咱們不利是明顯的。」

「不過，活剝皮老許是嚐過咱們厲害的，」楊義說：「目前他還沒像當初的牛鬍子那樣，拉下來捲劫靈河兩岸，他們只是在山裏活動著，咱們無法把鄉隊的人槍全拉出去找著他打。」

「咱們這許多平民百姓跟股匪的情形不同，」石紅鼻子痛苦的說：「咱們不能吊起犁耙，成天拎槍打火，日子還是要靠苦著掙著朝前過的，咱們不怕速戰速決的拚上幾場硬火，最怕這種樣子拖著過，夜夜都睡不了安穩覺，這可把人熬慘了。」

「我說，石大爺，您說的這些苦楚，咱們也都深具同感。」荆朔說：「不過，事情到了這一步，喊苦也沒有什麼用的，我覺得，各村屯築壕溝，埋鹿砦，隨時準備著，就沒有什麼可怕的，莫說如今他活剝皮老許才嘯聚一小撮殘眾，他就是混到當初牛鬍子那種實力又怎樣？他不來犯便罷，一旦真的想捲劫，咱們一樣會把他打垮掉！」

「少東你說得好！」柳和說：「咱們佔著以逸待勞的便利，大家為保鄉保土力拚，單憑這股氣，就夠那些匪徒瞧的，他們固然幹慣了沒本生意，要起錢來很狠，但他們一樣的貪生惜命，當要錢又要命的時刻，他們就會抱著頭力求保命了。」

正如荊朔和柳和所說的，靈河兩岸的執事們，雖然知道面臨新的艱困，但他們守著家窩，無可退讓，心裏梗著的一股氣是如此亢沛的，葉爾靖主張仍然採用聯莊法，他以各村屯單獨編組成隊，一莊有警，莊莊應援，各村屯在牛鬍子率眾捲撲時，都有過開火對敵的經驗，槍枝人手也都有老底子在，各人自信用它對付新崛起的活剝皮老許還綽綽乎有餘，葉爾靖說：

「咱們不必為外面的風風雨雨就先自驚慌，平常該幹什麼的，照樣幹什麼，捕魚、砍柴、行獵，一切照常，各村屯的槍隊不要疏於戒備，遇事拉槍就成了！」

「葉大爺說得是，」楊義說：「東西兩岸各村屯相距不遠，一有槍響火起，大家都聽得見看得著，應援也很方便，我認為活剝皮老許想騷擾靈河，目前他還沒有這個力量，也沒有這麼大的膽子！」

「老許不來，咱們大可不必管他，」荊朔說：「荊家屯和葉家屯靠靈河集最近，咱們可以聯手監視鄭旺，不讓他再朝北進，他要是把罌粟點種到這邊來，咱們就放馬踏平他的罌粟田，跟他來硬的，——橫豎這種衝突，早晚總是會來的。」

「至於對付鄭旺，我倒有點看法。」葉爾靖說：「咱們明知他是反覆多變的人，咱們自己的腳步卻不能不站得穩，假如要對他玩硬的，那得著人跟他把話說明白，這叫先禮後兵。」

「也好，」荊朔說：「葉大爺既為各村屯當家理事，這事就勞您出面對鄭旺去說好了，也許是我年紀輕，血氣旺盛，我對姓鄭的所作所為，早已有些不耐煩啦！」

鄭旺不聾不瞎，他對各村屯的反應瞭若指掌，他的罌粟種植地區儘量朝靈河集南邊伸展，並沒朝北開拓，在同時，他跟縣城的槍火商杜三，北方的槍火販子周如山兩個往來密切，拉得很緊，春天這一季，他不斷的添購槍枝和槍火，也張貼招兵募勇，使他手下商團的實力，一天比一天增加。

在這種情勢下，鄭旺仍然沒放下他的笑臉，他把靈河集開放著，和各村屯之間公開的交易，他也經營各類土產收購，轉運到外地去出售，各村屯儘管有許多人不滿意鄭旺，認為他有存心剝削之嫌，但各村屯都需要一個像靈河集這樣的集市，他們既不能另興一個集市取代靈河集的地位，又無法捨掉靈河集，再恢復一年一度的野市，最後，仍在不得而已的情況下，和鄭旺交易著，忍受對方看不見的盤剝。

沒有人懊悔當初興起這個集市，惹鬼上門似的引來了鄭旺，但葉爾靖心裏的苦楚，不光是緊皺雙眉就能表示得出的。——當初興起這個集市，實出於他的一力主張。

如今鄭旺樹起他的招牌，也養成了他的勢力，攆也攆不動，擺也擺不脫了，鄭旺的各種作法，不即不離，使他連動武的機會全難揀得著，這使他有被困之感。

鄭旺經營土產生意，和楊家屯、石家老莊不少的住戶來往，更有些人家向鄭旺借錢，用產品作抵的，只有荆家屯在態度上比較強硬，把他們的貨品，直接裝車運銷到外埠去，堅持不跟靈河集打交道。

「如今若是不對鄭旺動手，朝後去，怕只有荆家屯和葉家屯兩座屯子在苦苦撐持了！」葉爾靖感慨起來：「如果咱們先動手，總得有個站得住的道理才成。一直到現在，咱們並沒拿捏住鄭旺的把柄，非要跟他兵戎相見不可，只好眼睜睜的吊著！」

葉爾靖隔著河在著急，荆朔的心裏比他更急，荆朔傳他父親荆龍的代，脾性剛直火爆，他也看清了這種情勢，鄭旺決不會主動找上各村屯的麻煩，他在明顯的拖著，吊著，特意對散莊散戶買好，只把荆葉兩座屯子撇在一邊，這樣拖到最後，各村屯的力量分散了，鄭旺就會細吞慢嚼，把靈河兩岸都吞噬掉。

他把這意思抖出來，跟柳和和鐵山商量，他說：

「事到如今，咱們也管不了那許多了！咱們得集中全屯的人手，請柳大叔您好生調教，有槍的操練發槍，沒槍的苦練拳腳，早晚是用得著的。」

「這付擔子我願意挑，」柳和說：「當初老雷在這兒教拳腳和棍法，多少還有點底兒，認真調教，不出幾個月，管保人人在臨陣時都會施展。不過，我還得抽出時間來，再追查那些毫無頭緒的舊案，若能查明那些案件的底蘊，各村屯便能團結起來，不受鄭旺的分化了。」

「您提到那些案子，使我心裏像刀割般的難過。」荆朔說：「尤其是我爹被刺的案子到如今沒破，我這爲人子的，怎能對得起他老人家？我連凶手是誰都沒著邊！」

「我跟鐵山都盡力追查過，」柳和說：「不過，那些舊案都沒留下可循的線索，唯一能找出些線索的關鍵人物荆四嫂，也在包家驢店遇害了，只有一個老雷，如今也行蹤不明，我仍想追查下去。」

「大叔，」鐵山說：「您要是需要幫助您的人手，我跟佟忠、世寶他們，可以隨時聽候差遣，拳腳我不敢說，但論起槍法來，我還勉強能調教一些生手。」

「這個，你不說我也會找上你們的，」柳和說：「咱們如今的槍枝和槍火都比從前充足，大都是收繳股匪得來的，老實說，屯裏的丁壯懂得使用後膛槍，發射有準頭的，真還不多，槍枝不是燒火棍，不加苦練，到時候一樣派不上用場的。」

鐵山懂得使用後膛槍，但並不十分熟悉教法，在這方面，平時不用槍的柳和，見識卻要比他廣得多，他詳細說明牌樓（即標尺）和準星的關係，如何從乩孔望準星？如何用準星對準目標正下方？牌樓上標尺和實際距離的計算和訂定的方法，發射時，槍托如何抵緊肩部？手肘如何立直，呼吸如何調節等等。

「我說，這些您都是打哪兒學來的？」鐵山說。

「沒吃過豬，也該見過豬走路罷？」柳和說：「當年鎮勇們在此地操練，我都看過，不過那些兵勇，人又笨，膽子又小，教的是一套，真正放起槍來，又是另一套，——他們照樣閉上雙眼壓扳機，砰的一聲響，聽起來是子彈出膛，有那麼一分熱鬧罷了！」

「行，」鐵山說：「我就照您所講的教他們好了！」

荊家屯確是在準備著，而鄭旺的人槍，在靈河集上也沒閒著，那些啇團的團勇，都由鄔學如帶領著行操練，潘二還領著一批馬隊，不斷巡視那些罌粟田，怕有人踐踏它們，鄭旺也同樣嚴防著荊家屯和葉家屯會藉故發難，先找上他的麻煩。

這時候，石家老莊和股匪活剝皮老許的殘部起了衝突了：股匪的馬隊悄悄的出山，在石家莊背後的草野上，劫奪了莊上人牧放的六頭耕牛、兩匹驢子和一大群山羊，等到石紅鼻子得了訊，率著人槍追出來，股匪業已遁走了。在靈河兩岸各村屯裏，耕牛是最要緊的牲畜，開耕田地無法離開牠們，股匪劫了牛去，好像擄了人去同樣的嚴重，石紅鼻子看見本莊受到這種損失，發狠說：

「活剝皮這個狗東西，他渾名叫活剝皮，慣常是剝別人的皮，這回我卻要捉住他，讓他也嚐嚐挨剝皮的滋味。咱們拉槍進山去找他算賬，非把牲口討回來不可！」

石紅鼻子召聚起一百多人，四十多桿洋槍，還有部分火銃和刀矛，像獵隊拉出狩獵般的拉進山裏，每人都攜帶了好幾天的乾糧和飲水，他是決心要捉活剝皮老許去的，山裏雖然廣大荒涼，地勢複雜，但他所帶的莊勇，都是在當地土生土長的，平常經常進山採石，熟悉那些山徑，石紅鼻子認爲一定能找到那些股匪殘眾窩藏的地方，奪回被劫去的牲口來。

進山不遠處，有道狹長的谷口叫青石谷，股匪扼住那個咽喉之地，和石家莊的人幹上了，股匪居高臨下，佔盡地利，排槍打得石紅鼻子他們難以抬頭，隔著一段距離，活剝皮老許叫喊著說：

「石紅鼻子，老傢伙，你還是識相點兒，領著你的人回去罷，你們在平陽地上安家立戶，每人頭上都有個屋頂，咱們在山裏忍受著日曬雨淋，沒上你們的扒戶，沒擄你們的肉票，業已夠客氣了，牽你們一些牲口，宰了塡肚皮，你還小氣巴啦的來追？這就太沒人味啦！」

「我說，姓許的！」石紅鼻子也喊叫說：「依你平素的所作所爲，你就有八顆腦袋也不夠換的。上回咱們捉住你，可沒要你的命，靈河的人不要你感恩圖報，你爲什麼還要來騷擾？你的人味又在哪兒？」

「我混了這許多年，在靈河栽了筋斗，」活剝皮老許喊說：「我的老地盤被鄧鵬佔啦，我不佔山窩又該佔哪兒？我在哪兒栽的，就要打哪兒討回來！」

「今天你要是不把牲口交回來，」石紅鼻子說：「你害得咱們丟掉耕牛，無法開耕。這本賬，咱們是沒完沒了的，我非剝你的皮不可！」

「嘿，空說狠話嚇不著人！」活剝皮老許說：「這有本事，就衝過來瞧瞧？倒看是誰剝誰的皮?!老實跟你說了罷，你那幾隻牛的皮，咱們業已先剝掉啦！」

石紅鼻子恨得咬牙，不再說話了，揮手要左右搶攻，雙方開火打到傍晚，股匪從容的退離了青石谷，因爲天已黑了，石紅鼻子恐怕中埋伏，不敢輕率的追進狹谷，等到天亮再追，股匪早已不見影子了，他帶著人在山裏窮搜一天一夜，毫無所獲，不但牲口沒追回來，反傷了幾個人，貼了好幾百發槍火。

爲這事，石紅鼻子找過楊義、荊朔和葉爾靖，他怨苦的說：

「如果荊家屯是靈河的前門，石家老莊就該是靈河的後門，你們幾位只管看著前門，專意對付鄭旺，其實，鄭旺只是個買賣人，並沒明搶暗劫，那要比股匪強盜差上一截，如今活剝皮擾襲咱們的莊子，牽走了牲口，單靠我手底下那點人槍，根本捉不住他，你們既說是採聯莊聯防的辦法，就得協助石家老莊奪回牲口才是。」

「石大爺，您該知道，活剝皮老許早就是栽定了的，他被送進官去，全靠鄭旺把他活動出來，鄭旺把他接回靈河集，收爲門下清客，爲的是什麼？」葉爾靖分析說：「他就是要把活剝皮老許再扶持起來，用他來擾亂咱們的背後，使咱們備多力分，咱們要是把人槍都拉去追逐姓許的，那可就如了鄭旺的願了。您想想，後山重疊，地方那麼廣大，要咱們和股匪兜圈子，捉迷藏，會有什麼樣的結果？——恐怕只是白耗精神罷了！」

「我也很贊成葉大爺的說法，」荊朔說：「依眼前的情勢看，活剝皮老許只能偷偷的騷擾，無法大舉捲襲，而鄭旺不斷的購槍添火，擴充人手，咱們略一疏忽，他的勢力就會飛快膨脹，等到他的實力超過咱們，他把臉一抹，可就不是如今這副模樣了！」

「我認爲防著前門固然不錯，但對活剝皮老許也不能姑息，」楊義說：「讓他一次得手，難保沒有下一回，等他看透了石家老莊無法對付他，他的膽子就會越來越大，到時候，只怕連楊家屯也逃不了啦！」

「楊義兄，依你看該怎樣區處才好呢？」荆朔說。

「我一時也沒想出來該怎樣，」楊義轉朝著柳和說：「柳大叔，您一向是有主意的，您出個主意，能兩面都顧得到，那當然是最好了。」

「對付活剝皮老許，單靠屯子裏的人槍是不夠的，」柳和說：「我並不是說他人槍實力強，而是說行蹤詭秘，你們不知道他什麼時刻會突然冒出來侵襲？又無法丟開活計，成日成夜的防著他，在這一點，你們首先就吃了虧，至於荆家屯和葉家屯，即使出動人槍去協助，那也是虛耗人力，不切實際，——人越多，聲勢越大，對方也越是容易躲，我以爲，最好要撥一股人，人手和馬匹都不要多，有二十多人足夠了，但槍要新，火要足，行動要快，拿這股駐守在楊家屯和石家老莊一帶，用來專門對付活剝皮老許，那要好得多。」

「這倒是個絕好的主意，」楊義說。

「主意確實不錯，」石紅鼻子也點頭說：「但該由誰來主領這股人呢？」

「這，我倒樂意推薦，」柳和說：「我認爲荆家屯裏的佟忠和程世寶兩位老弟，就夠單獨挑得起這付擔子，他們去年秋天曾率著獵隊打了一整季的野狼，打老許，和打野狼的情形差不多，他們只要帶著原班人馬過去就成了，至於槍械，荆家屯決計替他們挑新的，槍火也帶足，不過，在他們的糧食和馬料方面，倒盼石大爺和楊義兄能就地支援，免得他們往返奔波。」

「這個絕無問題！」石紅鼻子說：「這是應該的，佟老弟帶人過去之後，吃的用的，咱們和楊家屯分攤就成了，我想，楊老弟也不會說二話的，是不是？」

「那就這麼說，」楊義說：「只要佟兄和老許他們遇上，咱們兩個村屯的人槍，也會很快拉出去應援的。」

他們這麼計畫時，鐵山坐在一邊沒說話，他最初禁不住的納罕著，這一回柳大叔讓自己的助手出面，領人去對付活剝皮老許，卻把自己丟在一邊不提，這是什麼意思呢？不過，他立即想到如今他是跟柳大叔做幫手，替荆家屯全屯操丁練勇的，柳大叔一時離不開自己，或許另外會分派給自己旁的差事？因此，他也就沒開口討這份差事幹。

等到石紅鼻子他們散去之後，柳和拍著鐵山的肩膀說：

「老弟，我可不是存心讓你坐冷板凳，你別忘了，除掉幫我操丁練勇，咱們要幹的事，還多著呢！」

「您不說，我也想得到的，大叔。」鐵山說：「爲了使靈河兩岸的人家活得安定，我業已豁出去了，但這兩年，我費盡心機，什麼事也沒幹得出來，我真是越想越不是滋味。」

「這怎能怪你？」柳和說：「我何嘗不是一樣？」

「我哪兒能跟您比，大叔！」鐵山說：「股匪捲襲時，您出過大力，冒險除掉牛鬍子，協力捉住活剝皮老許，出生入死好多回，這些事，靈河兩岸無論是誰也比不上您，您這只是拿話寬慰我罷了！」

「我倒不是指那些真砍實殺的事，」柳和噓了口氣說：「我是指對付鄭旺，我和你一樣，什麼事都沒做得出來，倒不是你我如何蠢笨，而是對方太有心機了！但我決不死心，人說：常走夜路，總會遇到鬼的。又說：常在河邊轉，沒有不濕腳的，儘管鄭旺他一肚壞水，他若不知收斂，我就不信他沒有把柄會落在咱們的手上？我是盼你沒事常去靈河集打打轉，跟鄭旺的左右貼得近些，這條線不能讓它斷掉。」

「您知道早些時，我跟鄭旺貼得夠近了。」鐵山說：「時間也不能算短，但許多事情，我仍然得不著一點頭緒，再去，會有用嗎？」

「我想，總比隔絕要好。」柳和想了想說：「你光是接近他手下那些團丁是沒有用的，鄭旺要幹什麼機密事，只怕連鄔學如都不會清楚，但他的心腹潘二，和他的智囊二馬，卻是關鍵人物，你注意這點就成了！」

「不錯，」鐵山說：「這兩個人，一個是邪惡奸猾，一個是狼行狽狀，跟鄭旺確實是臭味同投，但他們都夠世故，也都很油滑，不容易露口風的。」

「你要曉得，像鄭旺這種人，他們在短期內處得是其甜如蜜，但他們各人都有他們自己的打算，日子久了，難免會有衝突和磨擦，目前咱們別無它法，只有靠著耐心守候，他們內部有了裂縫，事情就好辦了！」

「對！」鐵山說：「二哥他不是答允替丁大償還賭債的嗎？我這回就藉這個名義，到靈河集找潘二送款，順便探探路去。」

鐵山真的到靈河集去找潘二送款去了，有一段日子沒趕靈河集，他驚奇的發現這個集市變得很快，鄭旺用煙酒賭娼作爲招徠，使南來北往的商客都在這兒逗留，附近集鎮上的人，也有不少趕來湊熱鬧的，這集鎮確比初興的時刻繁盛得多了，但大部分的生意，都掌握在鄭旺的手裏，真有日進斗金的味道。

有了這個邪性的集市，靈河兩岸各村屯反而無人理會了，鄭旺在表面上開放這個集市，也讓各村屯的人攜帶當地的山產和土產來出售，但售出物品後所得的錢，多半花在酒樓茶肆和賭場上去，仍然落進他姓鄭的荷包，……人有幾個真正經得起誘惑的？

潘二待鐵山挺客氣，硬拉著他，請他喝酒聊天，鐵山一心悶氣，憋不住說：

「酒呢，我倒願意喝幾盅，天卻沒有什麼好聊的，二掌櫃，咱們是道不同啊！」

「侄少爺，您可千萬甭這麼說，」潘二笑著：「再怎麼說，我只是替人家當夥計的，若不動腦筋替人家賺錢成嗎？……其實，我這個人最愛交直性朋友了，在我潘二的眼裏，你是最夠朋友的人啦！」

「這倒挺新鮮了，二掌櫃，」鐵山說：「咱們並沒認真相處過，你怎知我夠朋友？」

「嗐，有些人，不用相處，一樣看得出來，」潘二說：「鄧鵬鄧二爺手下的老趙和滿天星他們，都曾談起過你，他們稱許你是柳師傅最借重的人物，也是靈河岸年輕一輩人裏最算得上個兒的，你爲人說話都很坦直爽快，在如今，難得得很啦！」

「那些道聽塗說的話，你相信？」鐵山把杯笑說：「也許這是你逗著我聊天的方法罷？」

「也可以這麼說，」潘二說：「我聽講，荆家屯跟葉家屯對老鄭的許多做法很不滿，你們屯子裏日夕操丁練勇，準備著和這邊的商團動手？我想，這事情太嚴重，今兒難得遇上你，不能不談談。」

「操丁練勇原是很平常的事，」鐵山哦了一聲說：「何況活剝皮老許糾合了殘眾盤踞後山，月前曾經騷擾過石家老莊，不定哪天就會開火，上回股匪捲襲，你們集上的商團單求自保，血肉相拚的，仍然是咱們，咱們不操丁練勇行嗎？誰說這就是衝著鄭旺來的呢？」

「但願你們沒有這意思，那就好了！」潘二說：「真臨到那時候，咱們各爲其主，那多傷感情！」

「老實說，鄭大爺的諸般作爲，說是讓咱們鄉下人看得慣，那是不可能的，」鐵山說：「煙、酒、賭、娼，鄭大爺他這四個字佔全了，如今的靈河集，成了什麼樣的集市啦？他要一味這樣逼得人沒路走，日後難保不起磨擦，雙方若真鬧起來，那就非傷感情不可了！」

「這也許就是城裏人跟鄉下人不同的地方，」潘二說：「其實，煙酒賭娼，在城裏是司空慣見的事，哪條街巷不見煙鋪、酒樓、賭場和娼戶？大夥兒喜歡這個，這些行業才會站得住，又不是鄭旺他開的頭，創的例，怎能把怨毒全加在他的頭上？」

「城裏是城裏，鄉下是鄉下，」鐵山說：「無論怎麼說，把這些玩意兒帶到靈河來，卻是由鄭旺開頭的，他一面設賭斂財，一面推銷毒品，更搦住各村屯的頸項。等大夥兒到了難以爲活的時刻，事情就會鬧出來了，日後究竟如何，不是光憑你我說一說就算了的。遠的不說了，單拿最近活剝皮老許嘯聚殘部來說，多數人全看得出來，老許背後是誰在撐腰的，鄭旺他自己都不在乎，你又何必替他擔心呢！」

「嗨，照你這麼說，那誤會實在太大了，」潘二說：「鄭大爺他是在檯面上混混的人，他不願輕易開罪人，活剝皮老許確在這兒做過客，鄭旺沒有攆他，若說集上的商團替股匪撐腰，那就弄岔了，鄭旺會有這麼笨，做這種明明顯顯落形跡的事？……老實說，早先股匪捲劫靈河，先找荊家屯和葉家屯，如今股匪若是坐大了，他們一定會先破靈河集，他們原就是要撈取錢財的！鄭旺不會搬石頭去砸自己的腳，結果還落一場誤會在頭上。」

倆人一面聊著天，一面喝著酒，鐵山覺得潘二很會講話，無論對著什麼樣的事，他總能分析出一番道理來，把各村屯對鄭旺的懷疑和怨恨輕輕的推掉，他當然不能相信潘二的話，把鄭旺當成好人看待，但事情仍然是撲朔迷離，一時很難論斷。

他放開這些，又把話題引到另一方面去。

「去年臘月裏，我跟著柳大叔出門去追荊四嫂，在路上碰著鄔學如，據他說：鄭大爺受了巫門的託囑，差他出去追捕荊四嫂，索回巫門公物的，後來，荊四嫂在包家驢店遇害，鄔學如就這麼回來了，公物沒覓著，這案子就這麼有頭無尾的交了差了嗎？」

「這我就不清楚了，」潘二說：「像這種無頭刑案，商團也好，鄉隊也好，都是破不了的，除非巫門管事的人具狀再告到縣裏去，不了，又能怎樣呢？有人說，荊四嫂被害，十有八九是跟荊家屯辭離的護屯師傅老雷有關，這事應該追究的是你們，和靈河集的商團沒有什麼相干，荊四嫂究竟是荊家屯的人啊！」

「爲這事去搜捕老雷嗎？毫無憑據，咱們也不會這樣幹的，」鐵山說，「不過，我相信任何事情都有因果在，不會不露相的，若說時間久了，證據都湮沒了，案子就不會破了，我看倒沒有那麼簡單，我不是地方執事，管不了那麼多，但我冷眼旁觀，也有這樣的想法。」

「你還有想法，我卻忙得根本管不著身外的事，」潘二說：「這些店面，整天潮水般的湧著人，單是每晚盤賬，就把人腦袋盤昏了，正如你所說：咱們既管不著，又何必想那麼多呢？」

潘二是圓得能滾的人物，鐵山怎麼聊，從對方嘴裏都套不出幾句有邊際的話來，倆人喝完了酒，鐵山不死心，又轉到二馬的賭場上去，閒閒的下了些小注，他的心並沒落在賭字上，只是想看看動靜，伸著耳朵，多聽聽那些人講話，他覺得有時候，正經八拉的閒話，問不出什麼來，倒是不經意間聽著的閒言閒語，還會有些用處。

在一個賭紙牌的桌面上，坐著幾個女混家，她們衣著入時，濃妝艷抹，一眼看上去，就知是二馬嫂那一流的人物，鐵山想聽她們說些什麼，又不方便過分靠近，便在她們隔壁一個推牌九的檯面上找了個座位，押押游門兒，注下得很小，沒把輸贏放在心上，卻側著耳朵，留神聽著她們聊聒。

「鄭老闆這個人也真怪的慌，」一個穿黑緞夾襖的說：「我來這麼久，一直沒見著他那口兒露過面，跑裏跑外，替他照管內宅的，倒是二馬嫂。」

「他把家安在城裏，一直沒動。」另一個說：「咱們那個鄭大嬸兒，是個麻子，鄭老闆從不肯讓她當眾露面，他很要面子，不願讓人品頭論足，說他枕邊人是麻子，他才任情一個人下鄉。」

「十個胖子九個虛，」又有一個插口說：「加上年紀也這麼一把了，又有一口老癮，能躺上煙鋪，任事都不想啦，他也不在乎那個麻臉老婆的。」

「他虛不虛，妳怎麼知道？」穿黑襖的笑說：「妳要是二馬嫂，說這話還差不多。」

「噓……」三個說：「妳能不能小聲點兒？讓二馬聽著了，臉面掛不住。」

「算了罷，那個睜著眼的活王八。」穿黑襖的說，「他若是有骨氣的，早就不該再端鄭旺的飯碗了，二馬嫂當著他的面陪鄭旺躺煙鋪，二馬只配提茶倒水，他自己都捏著鼻子認了，還擋得旁人說閒話？」

鐵山一聽，原來鄭旺竟跟二馬嫂有一腿，怪不得他對這夫妻倆倚為心腹，不過，二馬這個傢伙，口口聲聲說他是個老混家，怎會這樣不顧顏面，甘心戴綠帽子？

二馬貼著鄭旺，除了設賭斂財之外，多半是另有所圖，也就是說，不論鄭旺有心機到什麼程度，他手底下的這些人，有的是為混些薪給來的，有的是為牟暴利來的，各有各的打算，他們內部並沒捏得攏，不能像各村屯的鄉丁屯勇一樣，全是自己族裏的子弟，為了保家保屯，甘心把命賣上。

一般都把潘二和二馬兩個當成鄭旺的心腹左右，連二馬這樣的人，和鄭旺都有瓜葛，其他的人，那更不必說了！自己能想得到的，鄭旺何嘗想不到？這也許就是他不願對各村屯動強的緣故罷？牛騷子當初捏合的人槍要多過鄭旺十倍，牛騷子三番五次打靈河，全都吃了大虧，鄭旺不能量力，他真要把實力擴展到能壓得住各村屯，還早得很。

他離開賭場，回到自己的店鋪裏去，耿小斤接著他，對他說：

「侄少爺，鋪子裏沒有貨，這些日子，我連門全不敢開啦，整天憋著沒事好做，能悶黃人臉，我看，您還是乾脆把鋪子歇了罷。」

「暫時歇一陣倒是可以，」鐵山說：「不過，這個門面我倒無意盤讓掉，你真要閒的慌，可以關上門，到處蹓躂蹓躂，替我把耳朵放敏活點兒，聽著什麼，看著什麼，跟我說說也是好的。」

「在靈河集上，您想還能聽到什麼旁的事罷？」耿小斤怨苦的說：「前些時，二馬替鄭旺跑腿，聽說是到大龍家寨去，跟鄧鵬打交道，談雙方合夥運煙土的事，結果並沒談得攏，鄧鵬不想再沾靈河岸的邊了。」

「這個，我想得到，」鐵山說：「年前我跟著柳大叔路過大龍家寨，曾經見到過鄧鵬，那位鄧二爺要比當初的牛騷子明事理得多，他不會再跟鄭旺勾結的。你還聽到什麼旁的沒有？」

「二馬又進城去啦！」耿小斤說：「鄭旺跟二馬嫂有曖昧，儘把二馬支出門，在外面打轉，二馬裝著不知道這回事，其實，街坊上誰都清楚，潘二的手下人更繪聲繪色的傳講著，說是鄭大爺手裏有的是錢，鮮花嫩蕊不去挑揀，盡揀破爛。」

「這很難說，」鐵山說：「二馬嫂有些姿色，人又風騷，也許鄭旺偏偏喜歡那個調調兒，這檔子閒事，咱們可沒有精神去理會它。」

「誰又理會它來著？」耿小斤仍然是怨腔怨調的：「你越是不理會，這些狗皮倒灶的傳聞，越是朝你耳根兒裏頭鑽，真夠煩人的，尤獨當人閒著沒事的時刻最怕聽了，有時候，我覺得很難再在靈河集待下去啦。」

「你說的是實在話，」鐵山說：「我也不得不實實在在的勸你，你得學著忍耐，想當年我的脾性也很躁烈，但當我跟柳大叔出過幾次門，才悟到這個『忍』字的重要，這世上，看不順眼的事還多著呢，拿二馬嫂這件事來說罷，做丈夫的二馬都不管了，咱們又何必多事？這可是八竿子也打不著的閒事。」

鐵山在臨走之前，拿話勸慰了耿小斤，又交代一些事讓他去辦，他當夜並沒留下，單獨一個人騎著牲口回到荆家屯去了。

到了屯裏，他立即去看望柳和，對他說起這些，最後他說：

「這回到靈河集上去，雖說沒有白跑，但也只聽到這些小零小碎的事，跟偵破那些懸疑的案子，幾乎是毫無關聯。」

「那倒不然，」柳和說：「甭小瞧了這些零碎事，隨著日子過去，逐漸的疊壓起來，咱們便能看出鄭旺活動的趨向，我認爲鄭旺目前的作法，都是在爲他的煙土生意在鋪路，他把觸角朝外伸，拉攏黑道人物入夥，就是怕再蹈凌家橋的事情的覆轍，想穩賺它一筆。」

「不錯，」鐵山點頭說：「這情形，我也約略能看出些端倪來，他添購了不少的槍械和人手，並不光是爲防著咱們而設的，日後大半會用到護送煙土那方面去，值得顧慮的是……假如鄭旺護土成功了，牟得了暴利，他就更會樂此不疲的幹下去，根鬚也會越紮越深，那時候，咱們就是有心拔除他，恐怕也拔除不掉了。」

「我想，這倒用不著多顧慮，」柳和說：「通常，只知逐利的一群，爲著一個利字，暫時擰合在一起，時間一久，他們內部就會有糾紛，鄭旺目前可以張勢自得，但談不上在這兒紮根，各村屯的住戶多半明白他的行事爲人，不願對他交往，他的根朝哪兒紮？石頭上栽花是栽不活的，鄭旺若是做得過火，逼得太甚，血流五步的事，早晚會落在他的頭上，那可是他防不了的。」

四月裏，靈河兩岸的人，總算把一季荒春熬過去了。揹著雙馬子的老相士呂鐵嘴，到荆家屯裏來了，隔著一大段時間沒見面，呂鐵嘴看上去風塵僕僕，顯得又老又憔悴，只有那雙眼還吉裏骨碌的透著精神。

鐵山在村口遇著他，邀他進屋，弄些酒菜來招待他，鐵山認識呂鐵嘴，那相士卻不認識鐵山了。

「我的眼太拙了，」呂鐵嘴說：「你們年輕的這輩人太多了，我實在分不出誰是誰來。」

「我叫鐵山，我跟河西小賣鋪的溫家是表親。」鐵山說：「您該想起來了罷？」

「哦，不錯，早時野市起大火，就是你把嬌靈救出來的！」呂鐵嘴說：「溫老爹不止一次跟我提起那件事，他沒口的誇讚你，說你不但是個好獵手，也是靈河兩岸年輕人裏面最肯上進的人物。」

「溫老爹他誇我誇得太過了！」鐵山說：「我只是熱心勤快，個性爽直罷了。」

「這就夠啦！」呂鐵嘴說：「牛鬍子屢次三番捲劫靈河，這一帶算是吃了苦，我這個走江湖的，差點把這塊地方賣掉了，今天我初來，路經靈河集，那座集市變得像城裏一樣的淫靡，想來真叫人傷心，原打算過河去探望溫老爹的，河上收了渡啦，溫老爹他一向時身子還好罷？」

「不怎麼好，」鐵山說：「去年一冬都鬧風濕，嬌靈到鎮上去接醫生替他瞧看了好幾回，如今天轉暖，他的病似乎也輕些了，前不久，我還去看望過他老人家，他說話要比去年冬天顯得有精神了。」

「這回我在老曹集遇上屯裏的雷師傅，」呂鐵嘴說：「他是辭了荆家屯護屯的差事，如今受聘在老曹集，曹景曹大爺那兒，他把靈河岸鬧匪亂的情形一一說給我聽，我才知道的。那位雷師傅在這兒做了好幾年，亂時沒辭差，如今怎會辭差不幹的呢？」

「只能說是人各有志罷，」鐵山說：「他執意要辭差，咱們也挽留不住他，也許鄰縣老曹集給他的薪俸多些，事情又不像這兒這樣忙罷？雷師傅帶著人，在抗股匪時認真出過大力，他在不在荊家屯做事，照理說，咱們都該感謝他的。」

「從你這幾句話，就看出你做人很夠厚道，」老相士說：「能想著旁人的好處，忘記旁人的壞處，這是很難得的，靈河岸上一輩人，沒有幾個有你這麼寬宏的。」

「寬宏嗎？我看未必，」鐵山笑笑說：「我實在很急躁，有時候，對於某些人，我覺得我一點也不寬宏，這世上，天生有那麼一種邪性的人，您精通相術，該看得出來的，咱們若對那種人寬宏，咱們就會很難活下去了。」

「嫉惡如仇跟寬宏是兩碼子事，」呂鐵嘴說：「假如對惡人一味容忍，一再退讓，那不是寬宏，那就該算爛老好了，對惡人退讓決不是寬宏，那是縱容。」

也許是幾杯酒落肚的關係，呂鐵嘴說話逐漸顯得精神起來，左一杯右一杯的，喝光了一壺酒，頭朝半邊歪了，鐵山扶他到榻上歇，呂鐵嘴上床便扯了鼾。

鐵山無意中得著了老雷的信息，便抽身到柳和住的東屋去，把這事說給他聽。

「呂鐵嘴說，老雷如今在鄰縣的老曹集，曹景曹大爺那兒做事，我想，這消息不會有假，呂鐵嘴曾經碰到過他的。」

「這真是個好消息，」柳和說：「老雷的脾氣、個性，跟我都不太投合，但他那個人，還算是個直性子老粗，我想，老曹集離腳下不過兩百六七十里地，如今一路乾爽，快馬一日的腳程就能趕得到，我想抽空去走上一趟，跟老雷先碰個面，把女巫荆四嫂的事講給他聽，看他是怎麼個說法？」

「當然，以您的經驗閱歷和身手，單獨出門不生問題，」鐵山說：「不過，老曹集離這兒究竟遠了些，老雷如果不是加害荆四嫂的疑凶，那當然不會出事，如果荆四嫂被殺和他有關，您單身到那兒去，那就太危險了，我想，我可以陪著您上路，到老曹集去走一趟，真的要遇上什麼情況，總多一個幫手。」

「也好。」柳和說：「我帶你一道兒，旁的忙不用你幫，你可以做個證人，要是老雷抖露出一絲和那些血案有關的事，或是牽上了鄭旺，多個證人總是好的。」

「您打算何時上路呢？」

「當然越快越好。」柳和說：「我心裏積鬱很久了，如今巴不得立即就動身才好，那麼，咱們先跟荆朔老弟講上一聲，明天一早就備馬上路好了。」

鐵山沒到過老曹集，更沒聽說過曹景這個人，柳和曾經到過那裏，也耳聞過曹景這個人，曹家是當地大族，族裏不少讀書人，曹景是族主，也是個很氣派的紳士，在格局上，當然勝過荆家屯。

柳和急於要去找老雷，鐵山嘴上沒說，心裏卻暗自猶疑著，這趟出門究竟能得著什麼？如果老雷不是疑凶，那就什麼也得不著，如果老雷真的涉嫌，柳大叔用什麼方法，能把老雷帶回來審問？世上沒有人甘於自認他的罪行的，老雷再是粗人直性子，也不會伸著腦袋讓旁人去砍，何況他跟柳大叔倆人一直相處得並不和睦，這回他辭差，也就是因爲嫉妒柳和得勢才引出來的。

儘管他有著疑慮，他還是跟柳和上路了。

靈河岸的初夏，山青草綠，連河岸邊的砂石稜兒看來也變得柔軟起來，靈河集朝南去，大片的罌粟花田展佈著，紅塗塗的花朵開得又密又艷，鄭旺帶著人，經常巡視這些成長的罌粟，察看那些青色的罌粟果子，督導工人採漿，爲了保護罌粟，他在幾塊田當中設了草棚子，每座棚子裏都設置人槍，日夕守望，並相互呼應。

在凌家河遭到一次攔截，使鄭旺覺得，用少數人護送煙土仍然不是好辦法，像鄔學如那樣槍法精、經驗足的人物，照樣栽了筋斗，換旁人領隊更不成了，他若想在這種生意大幹，就得專組護運槍隊，一面和北洋駐軍單位勾結，一面和各地黑道人物修好，才能使貨品運到地頭。

他把能言善道的二馬差遣出來，遊說各方，先做好連絡，然後再設法把煙土運送出去，這一回，決不再蹈凌家河的覆轍了。

二馬一走，他就跟二馬嫂兩個攪和到一堆去了，人說：飽暖思淫慾，鄭旺也不會例外，早先在城裏，他藉著起堂會，接條子，也跟幾個嬌媚的紅妓泡過，但總覺得並不很如意，倒不是那些雌物娘們姿色不佳，而是他覺得那類女人眼裏只看著錢鈔，一味的虛情假意，胡亂糾纏，他又怕遇上有暗病的貨色，怕病毒傳給自己，一旦染上梅毒，腦門上開了天窗，那可不是好玩的。

正因爲有了這層顧慮，他來到靈河集時，專心忙著他的事，有好一段日子，他沒沾那些風塵女人的邊，那時刻，經常在他身邊走動，他又能看得進眼的，只有一個二馬嫂。

二馬嫂三十來的年紀，也該算是殘花一朵了，鄭旺初看她，並不覺得她怎樣的吸引人，二馬嫂經常來來回回的打他眼前過，無論是說話的聲音，眉梢眼角，有意無意顯露出來的神情，都使他有些心旌搖盪，看久了，越看越順眼，他略爲作點兒暗示，就把她給搭上了，但礙著二馬也常在面前，偶爾找機會偷一偷，往往不能盡興，這種到唇不到肚的點心，太不過癮，他跟二馬嫂商量過後，才決計把二馬支出去辦事，二馬一走，倆個長枕大被的在一起，便少了一層顧忌了。

鄭旺雖迷戀上這個女人，但他的生性卻不願意信任任何人，他問過二馬嫂說：

「我是個虛鬆油膩的胖子，品貌都談不上，你肯跟我相好，究竟是看上我哪一點？妳說吧，這個疙瘩要是解不開，我是安不下心來的。」

「二馬那個皮包骨的賭鬼，油油滑滑，永世沒發達不說，他腦袋裏儘裝的是一個賭字，哪天輸火了，真能把我給賣掉……他若有一分心在我身上，我也不會背著他做這種事了！」二馬嫂說：「您鄭大爺做事有計算，檯面拉得大，我喜歡，這還不夠嗎？」

「妳是說，妳喜歡我販煙走土這個行道？」

「不錯，」二馬嫂說：「外人都以爲二馬能言善道，其實大部分主意，全是我拿的，咱們如今捧您的飯碗，同在一條道兒上，也許我會幫你拿拿主意，出出點子。」

「嗯，妳真說得好！」鄭旺被奉承得骨頭都變輕了，哈哈大笑，摟住二馬嫂說：「我手底下，如今正缺少個跟我拿主意出點子的，妳能幫我這個忙，那就太好了，我看，哪天得空，等二馬回來，我乾脆找他來談談，把咱們的事明白的告訴他，必要時，我出錢替他另找一個，讓他把妳送給我也就罷了！」

「您以爲二馬是用花轎抬我進門的？那可就錯了。」女人說：「我跟他也是在賭場上認識的，那時候，他在城裏混光棍，混得很慘，我在田家賭場幫閒，他有心，我有意，就那麼攪混在一堆，旁人也便叫起我二馬嫂來了，其實，我跟他也是露水鴛鴦，愛分就分的。」

「不管怎麼樣，二馬不會願意丟掉妳這塊寶，」鄭旺說：「我又不能爲這事當真得罪了二馬，咱們不妨把這事先吊上一段日子，先替二馬安排個人，等他跟她兩個也攪和上了，那就好辦啦！」

說鄭旺真的迷溺女色麼？也不盡然，他在靈河紮根，始終沒紮得穩，他知道老一輩的石紅鼻子、劉厚甫、葉爾靖，年輕一輩的荊朔、楊義和鐵山都反對他，這和他早先所想的大不相同，他原以爲只要荊龍倒下去，靈河岸其餘執事的人就不在話下了，如今他才覺得當初的算盤打得太如意了，這些人擰得很緊，使他無法用急迫的方法對付，這使他深覺苦惱，白天忙碌著，還不怎樣，到了夜晚，面對著一盞熒獨的煙燈，他就惶惶然的感到怖懼，潘二、鄔學如和他們分率的人槍，並不能使他壯起膽來，他尤其懼怕柳和這個名字，他竟然能在股匪群裏，把牛騶子給幹掉，可見他的功夫和膽識都非比尋常……一個人這樣駭懼太難受了，他身邊得有個伴兒，二馬嫂這個女人，天生是個好伴兒，他與其說迷溺，不如說需要來得確當。

二馬嫂早先在孟莊設賭場，她認識各村屯不少的人，也熟知靈河岸發生的各種事情，他跟她提起什麼，她都能拿出一套她的想法和看法來，這要比二馬出的零星點子，比潘二出的邪門主意都要好得多，和她談一陣子，便能使自己得到幾分寬慰。

「鄉下人，都是擰腦瓜直性子，一時兩時不會轉彎兒的，」二馬嫂說：「假如逼得過緊，他們把你當成仇人看，那，凡事都難做了，我以爲你不動聲色，不發火氣，逐步逐步慢慢來，是決不會錯的，等到他們弄習慣了，就不會大驚小怪了，……如今罌粟開得一片紅，他們誰又說什麼來著。」

「我也知他們是擰腦瓜，直性子，」鄭旺說：「但我實在惱火葉爾靖和柳和那幫人，他們一直在找機會留難我，葉爾靖在荊家屯爲了獵狼的事當眾窘我，柳和爲丁大的賭債，一個人出面來打關照，打關照是假，恫嚇我是真，這些，我都捏著鼻子受了，還要怎樣呢？難道要我姓鄭的跪在地上叩響頭？每當我想到這些，就恨不得立時把他們從地上抹掉！」

「不成！你能抹掉一個，卻抹不掉一群，」二馬嫂說：「直至如今，他們還疑心靈河那些凶案都和你有關呢！」

「我當然看出這個，」鄭旺說：「他們這樣猜疑，也實在太冤枉人了！旁人不知道，妳跟二馬總該明白，我鄭旺從來沒出面得罪過誰，更甭談殺人縱火了！」

鄭旺心裏的話，即使對二馬嫂也不願吐露半句，他跟康九那層關係，只有他自己明白，他相信，靈河岸各村屯的人即使深入追究，也只能查到康九身上爲止，無論如何扯不到他的頭上，因爲康九已經死了，沒人會供出這個秘密，他落得來一個概不認賬。

「賭場有人傳言，說那些案子是康九策動人幹的，」二馬嫂說：「他們以爲康九背後還有個人，那就是你……又說，股匪犯靈河，也是你勾引來，說你是用借刀殺人的計謀，趁亂在這兒紮根。」

「這……這究竟是誰信口雌黃亂說的？」鄭旺叫說：「斷這些事，得處處有憑據才行，不能光憑猜測，我要是真有這麼大的本領，早就佔山爲王，落草爲寇去了，不會還在這兒花本錢收購皮毛，費精神點種罌粟，熬土牟利了，我屢次三番對他們說過，我只是個生意買賣人，他們偏偏不相信，叫我有什麼辦法？」

「你說的不錯，」二馬嫂說：「當初二馬和我，跟康九暗中有過往來，康九並沒當我們的面提到過你，他只說是他跟靈河岸某些人有連絡，想讓靈河改改樣子，……讓大夥兒都能插進一腳做生意。」

「這想法倒是許多人都有的，」鄭旺說：「當年靈河岸的人，一致推舉荊龍管事，荊龍依他的主意，把大門緊緊的關著，這也不准，那也不准，每年只有野市開市那段日子，外邊的人才能在指定的地點做一票生意，那個紅臉漢子太剛強了！」

「一點都不錯，」二馬嫂說：「我們在孟莊設賭場，曾經被他攆過，完全是一副氣勢凌人的樣子，我想，後來康九說那種話，似乎有意要把荊龍放倒，他只是沒指明罷了！」

「但康九死在前面，荊龍被人打黑槍，另有其人！」鄭旺說：「這足以說明跟我無關，老實說，荊龍這麼容易就倒了下來，連我都沒想到。」

「你以爲這樣說，旁人就會相信麼？」二馬嫂說：「你大約不會忘記，荊龍被人打黑槍那天夜晚，柳和在靈河集上趕夜路回去，走到半路上，在黑地裏被人用亂槍猛蓋一陣，算他機警，沒有被打死，接著就發生了那回事，首先柳和就會懷疑到你的頭上。」

「那只是太巧合了！」鄭旺說：「二馬和小潘兩個，都是我的心腹左右，我若著人帶槍出去解決柳和，他們兩個不知道，難道還有天外的人跑來聽我差遣？硬把這些事都栽在我的頭上，那可就太無稽了！」

「管它有稽也好，無稽也好，」二馬嫂說：「旁人才不會管你那麼多，各人抱著各人的想法，你總不能使斧頭劈破旁人的腦袋，把他的想法取出來，把你的想法塡進去，如今情形就是這個樣子，你該有你自己的打算，你打算怎樣解這些疙瘩呢？」

「妳這一問，可把我給難住了！」鄭旺爲難說：「他們要真當面逼問我，我還有個解釋的機會，他們不問，我怎能跑去釋明這些，那不是弄成『此地無銀三百兩』，越描越黑了嗎？」

「這話你只能對我說，」二馬嫂說：「你既然有這些難處，更要及早拿出辦法來，要不然，他們早晚還會找到你頭上來，打官司要憑據，把你擺平，並不見得要憑據，他們要是先做了再說，你可沒機會了！」

鄭旺一想，可不是？即使靈河岸大多數人都不會對自己怎樣，少數幾個人若真抱著這種想法，對自己實在是一種極大的威脅，尤其是飛刀柳和最難招惹，他果真疑心到自己頭上，一旦動起手來，自己這顆腦袋雖保不透風，照這種情形看，柳和早晚會動手的，二馬嫂要自己拿辦法，該拿什麼辦法呢？

「妳可真的會拿生意，」他說：「妳不妨替我想個辦法看？」

「嗨，我的鄭大爺，我能拿出什麼樣的辦法？」二馬嫂說：「早晚你跟荆家屯和葉家屯總會對上的，你若不把葉爾靖那些人盤倒，你在靈河集決待不安穩，與其等著他們日後準備妥當了來對付你，倒不如先發制人，也許還要好些。」

「好！」鄭旺說：「這可不是鬧著玩的，各村屯力能打垮牛鬍子上千人，何況我手底下這點兒人槍，談到玩硬的，我還不夠玩的，妳得讓我靜靜的想一想，再找小潘和鄔學如他們來商量商量。」

鄭旺一個人對著煙燈，想了半個夜晚，越想越覺得心虛情怯，極爲駭怕，不錯，這些日子，他跟槍火商杜三、周如山他們來往頻繁，他不惜高價搶購來不少新槍和槍火，但潘二新從城裏招募來的團勇，十有八九都是老弱殘兵，有些是吸毒的老槍，有些骨瘦如柴，風都能吹倒，這些貨色，不知要比牛鬍子的人差池多少倍，真說讓他們揹根槍，吃份糧，充個人頭數，決沒問題，若拿他們跟葉爾靖他們的莊丁火拚，那就不是個兒了！

他更顧慮到，他若趁著這種時刻和各村屯翻臉，自己毫無取勝的把握，一旦敗了下來，對方趕盡殺絕，逼得自己在靈河集存身不住，那，這許多罌粟和新熬的煙土，這許多辛苦蓋起的房舍和商鋪，也都跟著連根拔，那可就慘啦！

他著人把潘二和鄔學如兩個找進屋來商議，潘二一聽說要跟各村屯對上，嚇得臉白唇青，渾身哆嗦，嚅嚅囁囁的，根本拿不出主意。

鄔學如也是一臉凜懼的神色，連連搖頭說：

「鄭大爺，倒不是我膽小怕事，這個，千萬動不得，各村屯經過股匪捲襲的亂動，雖說損失了不少丁壯，但他們的人頭要多過咱們好多倍，咱們的團勇多半是充人頭擺樣兒的，一接火就垮，到時候，他們逃走了不算，連槍都能替你扛去賣掉……旁人不說，單只荆家屯的一個柳和和打狼的鐵山，就夠人對付的啦！」

「我何嘗不明白這個？」鄭旺說：「但靈河岸這些個鄉巴佬，腦瓜子都很固執，說死了也說不通，咱們聚娼設賭，走土販煙，在他們眼裏，就像挖了他們的腦子一樣，你不找他，他們還是會找得來的。即使目前不找，也只是早晚之間的事罷了！」

「不錯，」鄔學如說：「不過，依我看，目前這段時間，葉爾靖他們不會先動手的，咱們不妨等這一季的罌粟取完後，熬成土，先護送出去，賺它一大筆回來再講，對付他們的法子，總是人想出來的。」

「對對對，」潘二急忙團著舌頭附和說：「有利先拿，決不會錯的，咱們做買賣不犯大法，他葉爾靖揑不著把柄動手。」

「對！」鄔學如說：「我這兒倒有了新主意。」

「有什麼主意，你快說罷。」

「我說：憑您鄭大爺的財勢，和在縣城裏的交往，您何不說動當地的北洋駐軍，弄它個把兩個排的，移住到靈河集上來，由集上貼補他們一點，您可以拿防禦盜匪擾襲做幌子，實際上，就是防著各村屯先動手。」

「好主意！」潘二說：「鄉巴佬沒有幾個不怕見官的，就連柳和也不例外，他們要撲靈河集，那不就是公然跟北洋駐軍對抗了嗎？到那時，一側身朝旁邊一站，裝成沒事人，那葉爾靖他們就吃不了兜著走啦！駐軍吃了虧，會饒他們嗎？……那時城裏一聲號令，調它一個團下來，不把他們當成土匪辦那才怪了呢！」

「你瞧我腦袋罷？簡直生了鏽！」鄭旺拍拍他的腦袋說：「這種主意，我怎麼會想不出來呢？照這樣說，這樣的事太容易辦了！明天我就備馬，親自到城裏去走一趟，城裏的郭團長跟我不算生疏，只要花筆錢打點打點，讓他弄一個排下來，駐紮靈河集，就等於貼上了門神，甭瞧只是紙印的哼哈二將，拿它避邪，還是很有用處的，至少，能震懾葉爾靖，那是毫無問題了！」

在恐懼中發現這麼個妙主意，鄭旺的臉上便解了凍，泛出笑意來，就好像一個落水的人攀住一塊飄木，便緊緊的抓牢了它。

第二天，他騎著馬，帶著幾個護丁，出門到縣城去了，北洋軍駐紮在縣城裏的那個團，團長叫郭海山，人長得高高大大的，兩頰泛紅，高高突起，不過，因爲腰骨帶過傷，走路時，一肩高一肩低，硬梆梆的有些像是一具僵屍，這傢伙在附近幾縣當中，自居人王，根本沒把那些鄉紳縣長放在眼裏，每回出巡，隨從的衛隊足足出動整個一個排，兩挺歪脖子機關炮裝上彈夾，其餘的一長一短的雙掛槍枝，顯出他不世的威風來，只是有一點比較隨和，那就是一見到白花花的現大洋，他便瞇起眼，露出牙，顯得很好說話了。

鄭旺進了城，先投帖找到城裏的萬事通——一個姓陸的士紳，姓陸的跟郭海山一向有勾結，鄭旺說明來意，希望駐軍能撥一個排下去，在靈河集駐紮，以防盜匪猖獗，請對方幫忙向郭海山遞話。

「郭海山這個人，你是知道的，你跟他空口說白話，你就是說上三天三夜，他照樣不會派出一兵一卒，如果先有了打點，情形就不同了，甭說派一個排，派一個連下去，他也會答應的。」

「這您儘量放心，您最好安排我跟郭海山面談，我會先謝謝您的。」

鄭旺有的是錢，這一謝就先送姓陸的五百個大洋。

姓陸的做東道，把郭海山約出來吃晚飯，飯後讓鄭旺陪著郭海山躺煙鋪，鄭旺當然提到這件事。

他說：「貴團差出的駐軍，食宿全由地方供應無缺，您這邊也等於省卻了一筆開銷，一個鄉角落的小集鎮若有官兵留駐著，宵小之類的人物，行動就有了顧忌，咱們要的就是平靜。」

「你說是防匪，我可不信，」郭海山說，「你是怕你的搶隊拉出去護送煙土的時刻，拿我的隊伍來填補，這倒是很輕鬆的主意。」

「團長，」鄭旺說：「真人面前不說假話，我也用不著瞞您，對我當然有些好處的。」

「既然對您鄭大爺有好處，那我得要開價了！」郭海山說：「咱們都不算外人，我也不願意漫天討價，您五千塊錢送得起罷？」

「一句話！」鄭旺說，「因爲這個價錢並不太大，我還能拿得出來，我那邊的集市，目前要靠駐軍去撐檯面，這是事實。」

「五千塊錢是給我的，」郭海山說：「假如日後有開火的場合，我得另收子彈費。」

「當然，當然，」鄭旺急忙說：「這個條件順理成章，我沒有二話好說。」

「那，事情就這麼說定了，」郭海山說：「明天我就下令，讓第三營替我差出一個排下鄉去，我也算是賣了您鄭大爺的面子，假如我把隊伍拆散，四鄉八鎮這許多地方，我哪有這許多人槍去分配？」

鄭旺把五千塊的銀紙交給郭海山，這筆生意便做成了，郭海山派出來的一個排，只有十七個人，而且衣裳破爛得像一群乞丐，好歹他們都有軍衣，說起來是官兵，要不然，鄭旺只怕連老本都蝕光了。

靈河集上，真的有駐軍下來守護了，鄭旺像接大差一樣的，把那十幾個衣破襤褸的官兵接進鎮市，放了兩串龍鞭，擺了兩桌酒席，更替他們在柵門附近備妥了屋子，使那個姓金的麻臉排長，笑露出他的一口金牙來。

鄭旺和潘二的這著棋，算是巧著兒，明知把這個排弄下來駐紮，根本擋不住盜匪，但用他們做幌子，足以緩和葉爾靖他們的找碴兒，他估量各村屯人多嘴雜，誰也不願意冒著開罪駐軍的危險來爲難自己，自己只當是花錢消災，請這排人來看守門戶，保護罌粟的，金麻子雖是個行伍出身的老兵油子，但他那雙眼會認人，更會認錢，俗說，有奶就是娘，那麼，有錢的主子就是爹了，因此，他對這位鄭大爺，不能不小心侍奉著。

金麻子排長帶人下來駐紮的消息，很快便傳到各村屯執事的耳朵裏，葉爾靖首先動火說：

「這全是鄭旺生出來的鬼主意，他勾結北洋駐軍，駐到靈河集來替他撐腰，以爲這樣便能高枕無憂，放手大幹，哼，咱們偏不理它這一套。」

石紅鼻子比較老成，他分析說：

「鄭旺如今躲在背後，把活剝皮那股土匪和金麻子領的北洋軍都教唆出來威迫咱們，咱們不論和哪方面拚上，都會弄得焦頭爛額，讓他坐收漁利，這事，咱們儘管鬱了一肚子火，也得等柳師傅回來，從長計議，咱們打活剝皮老許，倒沒有太多顧忌，用槍對付金麻子，那就得顧慮後果了！」

「我看暫時不必動，」荊朔說：「得看那個金麻子會有些什麼舉動？他要是縮在靈河集上不動彈，咱們也不必去找他的麻煩，他要是張牙舞爪，咱們再想法子肆應，總要讓他知道，靈河岸的人也不是好惹的。」

「主要的問題倒不在金麻子，」楊義說：「以他一個破爛的排，人頭合攏，也不過一個班多一點兒，就算他替鄭旺當護駕，也未必能護得了，咱們可以撇開他，專找鄭旺，只要姓鄭的心存畏懼，不敢胡來就成了。」

「柳師傅帶著鐵山出門，也已不少日子了，」葉爾靖說，「他循著老雷那條線去追索，不知究竟能查出什麼來？假如能有一點跟鄭旺有關，咱們決不放過他，儘管他有通天的能耐，把北洋兵弄來護駕，我也非剝他的皮不可！」

葉爾靖一提到柳和，許多張臉都沉凝下來，柳和這一去頗擔風險，大夥兒原都爲他擔心著，誰也不知道他究竟怎樣了？只有荊朔比較開朗些，他說：

「諸位不必過分擔心，柳大叔爲人我很清楚，他膽大心細，再加鐵山佐助，我相信他決不會辦不成事的。」

「這也很難說，」葉爾靖搖著頭：「老曹集離這兒太遠，土鱉子老雷既去投奔曹景，顯見他們必有關係在，柳師傅再強，也只是倆個人，俗說：強龍不壓地頭蛇，他們這樣逕找老雷，在江湖上很犯忌諱，怎能叫人不擔心呢?!咱們盤倒鄭旺的希望，都寄託在他們兩人的身上了。」

他們在焦灼的等待著，駐紮在靈河集上的金麻子，領著幾支槍在荊家屯和葉家屯露面了。他分別找荊朔和葉爾靖講話，他說：

「我叫金重和，旁人在背地後都叫我金麻子，當面都叫我金排長，這回，團長要我帶著排裏的兄弟駐紮靈河集，替這一帶地方保民防匪，我和許多弟兄這樣辛苦爲你們地方上做事，你們多少也得意思意思！」

「我說，金排長，旁的鄉鎮你不住，偏偏要駐紮到靈河岸來，該算你的運氣不好，」荊朔說：

「你該知道，靈河是塊窮的地方，實在缺少油水，咱們各村屯，該完的糧，完了，該納的稅，也納了，十戶有八家難得有餐飽飯吃，對您這個排，恐怕供養不起呀！」

「我也沒要你們供養，」金麻子說：「你們表示點兒就行，多了，我不嫌多，少了，我也不嫌少。」

金麻子的臉皮太厚，明是軟討，實是硬訛，儘管荊朔滿心不願意，仍然硬著頭皮，送給金麻於五擔糧食和一百塊銀洋。

但等金麻子過河去葉家屯，見著葉爾靖，把他對荊朔所說的話再講一遍的時候，葉爾靖當面就回絕了。

「你們有的是薪餉，何必又來這兒硬剮咱們的肉？」他說：「有一個鄭旺業已把咱們的情形弄得很慘啦，哪還能再加上您這一份，我看，您還是瞧在大夥兒鬧窮的份上，把咱們饒過了罷！」

「嘿嘿，」金麻子笑說：「我在荊家屯遇上荊朔，他還算通氣的，二話沒說，就送上五擔糧食和一百大洋，在當時，我就覺得他太小兒科，誰知到了這兒，竟然會遇上一毛不拔的，您葉大爺既不講交情，那也就算了，日後咱們還會碰面的。」

「不錯。」葉爾靖說：「您雖只是個排長，芝麻綠豆好歹也是個官兒，在靈河兩岸人的眼裏，不用說，都把您金排長當成人物看，您這回既打著旗號，安民剿匪來的，我也不妨告訴您，如今咱們背後，正鬧活剝皮老許，您大可出馬擒賊，亮亮威風，真要替靈河岸辦出一兩宗事情來，那時候，咱們寧可勒緊褲帶，也得湊合些錢糧來孝敬您，至於一見面就索禮，咱們給了，您怕也不好意思接受罷？人說：無功不受祿，不是嗎？」

「鄉角落裏，居然出了能人？我可真的沒想到，」金麻子說：「聽你說話，真有一套！」

「不敢當，」葉爾靖說：「我倒是個吃飯的，不過，當地各村屯抬舉我出面管事，咱們各村屯的漢子，雖談不上誰是能人，至少，牛鬍子糾合多路股匪捲劫這兒，前後三回，被咱們殺得七零八落倒是真的！我手底下的這許多人槍，真要想向北洋軍買官做的話，應該弄個團長不成問題，不過，我不願意披套軍裝在身上，到處訛人是真的，我是土人說土話，您可甭見怪。」

葉爾靖這番話，直把臉憨皮厚的金麻子說得血朝上湧，臉脹成豬肝色，但他瞧著葉家屯的槍枝人手這樣眾多，一時不敢發作，強自吞嚥了。

「您也甭以爲我金麻子是那種人，我不過是替這些苦哈哈的弟兄說話，」金麻子擠出笑來說：「人說靠山吃山，靠水吃水，咱們來到這兒，不靠當地百姓，又靠誰？可憐我那些弟兄，連一雙草鞋都穿不上腳，您忍心看著，一點兒都不願施捨嗎？」

「好罷！」葉爾靖有些不情不願的說：「銀錢、糧食，咱們送不起，每人送你們一雙草鞋，還是送得起的，您回靈河集之後，咱們一定替您送草鞋過去就是！」

金麻子在靈河兩岸各村屯走了一趟之後，他總算明白鄭旺爲什麼要請郭海山指撥人來駐紮了，他曾經多次換防調動，到過許多地方，所見到的一般百姓，乖得像一群綿羊，說什麼應什麼，連討價還價的情形都很少見到，而靈河岸各村屯的人全不是這樣，他們槍枝多，火力旺，根本沒把他這個排長看在眼下。

金麻子從行伍滾到排長，辦事多少有些分寸，他是抱定得機會揩揩油敲敲竹槓，但不願從他手上生出事端來，假如出了事，損失了槍枝人手，郭海山一定會讓他吃足排頭，他看出各村屯的人太強勁，充滿鄉土野性，也看出鄭旺點種罌粟，普設賭場，包庇娼戶，這套玩意兒使鄉下人承受不了，鄭旺無法自處了，才進城活動，把自己這排人弄下來做擋箭牌的。

如果雙方真的起了衝突，自己這排人夾在當中，該怎樣是好呢？這倒是個挺麻煩的事兒，疙瘩打得很緊，一時很難解得開。既然很難解得開，金麻子也不願強解，他決意先縮頭不管事，多吃幾天飽飯再講。

鄭旺很快就看出這個金排長很圓滑，不是容易哄騙的人物，因此，他特意多送錢和糧，使金麻子的手頭寬鬆，一時並不急著跟他談什麼。不管他再怎樣圓滑，鄭旺卻把金麻子這種人看得很清楚，認定他只要有了錢，準會花到吃喝嫖賭四個字上，等他花成習慣，自己便可以在錢財上牽著他走，不怕他不言聽計從。

用駐軍做擋箭牌，只是鄭旺的初步意想，他打算用金麻子和葉爾靖、荊朔他們起磨擦，再去從慂郭海山出面，靈河岸的槍隊，可以對抗牛鬍子所率的股匪，他們怕沒有那樣大的膽子，能抗得了官兵，只是駐軍和各村屯再開一場火，整個靈河岸強悍的漢子們，大半都躺平了，那時候，自己包娼也好，設賭也好，點種罌粟也好，再沒有誰能阻攔得了啦！

當鄭旺打著這種算盤的時刻，二馬回來了，他神色倉惶的拉住鄭旺說：

「鄭大爺，您知不知道，荊家屯的柳和跟鐵山兩個人，到鄰縣的老曹集查案去了！……他們還是對女巫荊四嫂那宗案子起疑心，要一路追根到底，這回他們出去，是專找土鱉子老雷去的。」

「他們去找土鱉子老雷，關我什麼事？」鄭旺說：「荊四嫂又不是我差人出去殺的！老雷跟我也沒有什麼關係，我都不在乎，你緊張個什麼勁兒？」

「我能不緊張嗎？」二馬說：「我跟我老婆倆個，當初跟老雷暗中走動，老雷又是康九的助手，康九的背後還有撐腰的，人說，要得人不知，除非己莫為，柳和他只要拎著老雷的尾巴根兒一抖，大夥兒的原形可就都現出來啦！」

二馬一提到康九這個名字，鄭旺心裏便犯嘀咕了，但他仍然不動聲色，穩住勁說：

「康九的背後有誰撐腰？這話只有康九本人才能說得清楚，老雷不是康九，他怎麼會知道？倒是你夫妻倆跟老雷暗中走動的事，不能不說是個把柄，柳和若是攫住了老雷，逼他招供，定會把你給扯上的。柳和帶著鐵山去老曹集，這消息，你是在哪兒聽著的？」

「在大龍家寨，一個朋友悄悄跟我透露的，」二馬說：「接著牛騶子當家的鄧鵬，如今的態度變得很多，柳和再次經過大龍家寨，鄧鵬酒宴請他，顯得很要好。」

「這就怪哉了?!」鄭旺困惱的說：「鄧鵬佐助牛騶子三打荊家屯，他跟柳和正是冤家對頭，怎會把柳和當成朋友看待的呢？」

「我說，鄭大爺，我二馬承認您很聰明，」二馬轉動眼珠說：「不過，天底下的事，出人意料的多得很，咱們若朝反面想，就不難明白了，——柳和要不把牛騶子擺平，鄧鵬哪有機會成爲大當家的？鄧鵬上了台，做法跟牛騶子全然不同，他把那股子人用來跑單幫，收地稅，做買賣，穩當的營生，發誓不再拉出去做案子，他既然不再打算捲襲靈河，樂得做做順水人情，這在道理上並不是說不通的。」

「那你去大龍家寨見著鄧鵬了？」鄭旺說：「他對你的言談態度，又怎樣呢？」

「很冷淡。」二馬說：「鄧鵬關照我回來跟您說，從此他不再過問靈河這一帶的事了。他不但一口回絕了我，連對活剝皮老許差去的人也不見，顯見他無意出面替老許撐腰，……我試探過，拿錢也買不動的。」

鄭旺沉默下來，他一向以爲有錢能使鬼推磨的，事實上，這些年他把錢當成法寶，確是無往不利，但那陣風吹了過去，如今，竟然冒出鄧鵬這種人來，錢若失了靈，他就不知該怎麼辦啦。

「假如沒有鄧鵬的支持，咱們日後運黑貨出去，頭一關就是個大問題，」二馬說：「鄧鵬雖然不再做案，但他的人手槍枝都還在手裏捏著，除了差一個番號，也等於是大龍家寨的一支駐軍，他要想截下一批煙土，咱們又拿他有什麼辦法？除非開槍潑火，拚得頭破血流，……壓後能不能取回煙土還是問題呢！」

「依你，該怎辦？」鄭旺說。

「鄭大爺，我要有主意早就拿出來了，怎會說這許多讓您爲難的話來著？」二馬說：「鄧鵬跟不跟咱們合作，那還能緩一步，最愁的是柳和去找老雷，就在這三幾天內就要回來了，那時候，我二馬哪還敢蹲在靈河集？您能拍胸脯保證柳和不來找我嗎？」

「我拿什麼保證？」鄭旺說：「靠金麻子這幾個歪歪倒倒的人和十多桿爛槍，能唬唬鄉隊，但決擋不住柳和的，他若連我也找上，我自己照樣的對付不了，……不過，我懷疑柳和爲什麼一定會找你？跟老雷暗中走動，並不算什麼，你開賭場，又沒瞞著誰，柳和早就知道的，他要爲這個找你，早就找上了，何必等到今天？」

「我也不能再瞞您啦！」二馬說：「野市縱火的事，是我找人幹的，老雷給過我一筆錢，說是康師傅給的，我當時並沒想到會燒死人。」

「你這麼一說，我這兒可不能容你了！」鄭旺說：「我要留你，柳和會以爲我存心包庇你，把我當成慫恿你作案的，我看，我不如給你一筆錢，你趁著柳和沒回來之前，拔腿先走罷！對外就說是出門做生意去了，你既常常出門，也不會驚動誰的，等到日後看動靜再講，也許柳和陰溝裏翻船，倒栽在老雷手上，那就沒事了！」

「也好，」二馬想了想說：「依目前的情形看，我是三十六計，走爲上計，但我把老婆留在這兒，她一樣會擔風險的，我是放不下心啦！」

「這，你儘管放心，柳和還不至於找一個年輕婦道的麻煩，我盡力替你照顧她也就是了。」

二馬是在當天夜晚走的，鄭旺給了他一千大洋的銀票，二馬走後，鄭旺是憂喜參半，憂的是事情雖無明顯線索可循，卻逐步逐步的逼近了自己，喜的是，趁著二馬抗風他去的時刻，自己撿得二馬嫂這塊寶，那一千大洋等於是她的身價銀子，也用不著再勞精費神的替二馬另行物色女人啦！

「二馬跟你說了實在話，」二馬嫂犯愁的說：「你把他給支吾走了，但事情仍在這兒懸著；姓柳的找不著二馬，他會找到你的頭上來的。你能說靈河前後那些案子，跟你全不相干嗎？」

「不要緊，」鄭旺自己寬慰的說：「姓柳的如今能不能從老雷那兒挖到什麼，還在未定之天，咱們等著再說，我會想出應付他們的法子，如今靈河集上的商團，還有這許多的槍枝人手在，他也未必就能怎樣。」

嘴上是這樣說，但一顆心仍然不停的在打鼓，他叫潘二調集短槍隊，日夜把守著前宅和後院，每到夜晚，更著人守更巡邏，雖然這樣未必能擋得了柳和的行動，至少，有防範總比沒有防範要好。

過不久，潘二來傳告消息，說是柳和跟鐵山兩人業已回到荊家屯來了。

「他們沒把土鱉子老雷帶回來？」

「沒有。」潘二說：「只是他們兩個。」

「那就怪了！」鄭旺自言自語的說。

按理說，柳和這趟去老曹集，分明是衝著老雷去的，荊四嫂在包家驢店被殺害，老雷涉有重嫌，柳和找到老曹集，雙方必會起衝突，柳和若不擒住老雷，老雷當然也不會放過柳和，事情總有個結果，不至於就這樣空手而回，除非老雷及早得訊躲開了，使柳和撲了空，或者老雷根本就離開了老曹集，雙方沒能遇得上。

「你最好能替我打聽打聽，」他說：「看他這回去老曹集辦事，究竟辦得怎樣了？咱們不能蒙在鼓裏，等著柳和來收拾。」

「這事只怕很難辦，」潘二說：「柳和出門，只有少數人知道，他辦事的經過情形，我想，只有荆朔、葉爾靖和少數執事的人知道，他們不露口風的話，我到哪兒挖根刨底去？」

「你不妨在賭場和酒樓茶館裏多佈耳線，」鄭旺說：「事情終究瞞不住人，只要有一點風聲透露，便會輾轉相傳，也許聽來的傳言不盡可靠，至少，順著它的脈絡，咱們能摸得著一些底細。」

「好！」潘二說：「柳和能否查得出靈河前後各案的根由，也就看他這一回和老雷碰面的情形而定了，不管事情怎樣難辦，我也得盡力替您打聽的。」

果然過沒幾天，柳和跟鐵山去老曹集尋找老雷的消息，便在靈河集的酒樓茶館裏沸沸揚揚的傳開了，一般人都知道柳和去找老雷，和荆四嫂先失蹤後被殺有關，但卻很少有人懷疑到鄭旺的頭上，因此，說話也就沒有顧忌了，不過，議論儘管議論，大多是胡亂猜測，沒有誰說得出柳和這一趟去老曹集，跟老雷碰沒碰面？結果又是如何？因此，潘二所佈的耳線聽來聽去，也摸不著頭腦來。

「您放心，」潘二對鄭旺說：「姓柳的要真是挖根刨底的得著了什麼消息，他即使不來找您，也該來找二馬，但他如今沒見一點動靜，顯見他是落了空，您又何必擔這個心呢？」

鄭旺吐了一口鬱氣，沒有說什麼，揮揮手，讓潘二退出去，仍著人把鄔學如找來，問他煙膏子熬得怎樣了？

「頭批煙漿全熬妥啦，」鄔學如說：「一共九百多條生土，裝成八十多包，看樣子，還得等上個把來月，在入伏前起運。」

「好，」鄭旺說：「你除了著人照顧罌粟田之外，得把槍隊集中，最近集上很可能會有事端。」

「您是指哪方面的事呢？」鄔學如說：「如今金排長在這兒駐紮，不論他那個排有多少人，總是官裏的，貓不捉老鼠，你能說他不是貓？」

「你不用管那麼多了。」鄭旺說：「金麻子駐到靈河集，只是做做幌子，使各村屯的那幫人不敢輕易的公開找麻煩，要是有人撇開金麻子，直接找上門來，還得靠咱們自己，你照我的話下去準備著，總不會錯的。」

替自己的安全作盡了安排，鄭旺心裏仍然覺得不安，躺在煙鋪，心驚肉跳，有一種不吉的預感。二天上午，有人報說葉爾靖帶人到集上來了，登門來拜會他，鄭旺很怕跟葉爾靖打照面，但他上了門，自己也沒法子躲，只好硬著頭皮，吩咐請進。

葉爾靖進屋落坐，開門見山的說：

「最近活剝皮老許在北面山裏窩聚，經常拉出來騷擾地方，上個月，他們牽走石家老莊不少牲口，接著又進擾楊家屯，這些消息，您鄭大爺該聽說了罷？」

「不錯，」鄭旺說：「我略有耳聞。」

「活剝皮老許在靈河集您的宅子裏做過客，」葉爾靖說，「按說您跟他多少有份交情在，無論咱們一向相處得如何，靈河這塊地卻是割不開來的，您不會袒護著股匪，冷眼旁觀的瞧著不管事罷？」

「您說我會袒護股匪，那真是笑話了！」鄭旺說：「活剝皮老許早先跟我有過交往確是事實，我走煙土，在哪條道上沒有朋友？他進官沒丟命，出來投奔我，在我這兒住過一段日子，也是事實，我三番五次勸過他改行，做些有本的行當，他不肯聽我的，仍然去嘯聚殘部做他的本行，我拿他有什麼辦法？……他要是不講情面，捲劫起靈河集來，我一樣用槍口對著他，您要說是拉槍聯防，我同意，彼此商量個辦法出來，我的商團裏的人手槍枝都願意出動的。不過，保守集市是我的本分，您該明白。」

「我倒不敢勞動您的商團。」葉爾靖說：「但這兒既然有了駐軍，他們剿辦股匪是應該的，我是來找那個金排長的，恐怕來得冒昧，煩您引見引見。我得要他拉槍出去，幫咱們安靖地方。」

「替葉大爺您引見，那可容易。」鄭旺浮露出笑臉說：「我這就著人把金排長請過來跟您見面，若說要他拉槍出去幫您剿辦股匪，我看還是算了罷，金排長手底下一共十來根槍，那些兵爺們，嘿，一個個吃喝嫖賭外帶吹大煙，哪還經得起陣仗？他們活著出不了力，死後一口棺材還是要睡你的，您找這些廢物，何苦來呢？」

「吃糧扛槍不上陣，駐到靈河來，倒對咱們耀武揚威，這算哪一門兒？」葉爾靖冷笑笑說：「他要是打算縮頭不管事，咱們就請他的這排人滾回縣城去。」

「葉大爺，您息息氣，」鄭旺說：「這可不是鬧著玩的，當然，您開罪一個金麻子不算什麼，他不過是北洋駐軍裏的一個芝麻綠豆官兒，但他頭頂上那個郭海山郭團長，可不是好惹的人物，您若是動了他的部下，他會把大隊開過來，拿靈河各村屯當土匪辦，那時刻，他的機關炮潑火像淌水一樣，誰能抗得了？」

「我只是說說氣話，並沒要把金麻子怎樣，」葉爾靖說：「不過，郭海山要真的存心偏袒他這種不爭氣的手下，他就把大隊開下來試試，有幾挺機關炮一樣唬不了人，他要真有能耐，當初就不會縮著頭躲在城裏不管事，讓牛鬍子、陰陽眼和活剝皮老許那幫股匪鬧翻了半邊天了！」

「好罷，葉大爺，」鄭旺說：「剛剛我業已說過的話，也不用再說了，免得您以爲我存心拿郭海山嚇唬您，您待會兒見著金麻子，該怎麼談，就怎麼談，好歹都跟我沒有關係。」

鄭旺差人出去，不一會兒功夫，那個歪卡著舌帽的麻臉排長，搖搖晃晃的進屋來了，他的半邊臉上，很顯然的受過傷，倒不是刀疤痂結之類的傷痕，而是被火銃遠遠的轟中過，留下許多青黑的斑痕，那些火藥滲進皮層洗不掉，使他臉上的麻粒兒被染了色，看上去有些陰慘的味道。

他進屋後，並沒理會坐在一邊的葉爾靖，一面脫掉帽子，捏著帽舌在臉上搧風，一面露出那幾顆俗氣的金牙，呵呵的笑著說：

「我說，鄭大爺，你這麼急著差人叫喚我，敢情是替我說媒說成了？我這種人，疤麻癩醜的，在城裏找不著老婆，只好換到鄉下來碰碰運氣了！」

「不忙乎那個，金排長，」鄭旺說：「憑你這付塊頭，這身骨架，又是領兵帶隊的官兒，哪怕娶不著中意的，如今我請你來，是爲你引見一位朋友，這位就是葉爾靖葉大爺，他是靈河兩岸各村屯的管事的。」

「葉大爺？不錯，」金麻子微怔一下，笑說：「咱們曾經見過一面。」

「葉大爺他是地方上有能爲的人，也是葉家屯的族主，」鄭旺說：「當年股匪牛鬍子率著上千人來撲打靈河，就輸在葉大爺的手上。」

「不錯，」金麻子臉上的驕狂之色立即收斂了，彎彎腰說：「我在縣城裏也曾耳聞過，當時實在料不到，地方上的鄉隊會有這麼強的實力?!……那不是比咱們整團人都強嗎？」

「哪兒的話！」葉爾靖說：「股匪撲過來捲劫，咱們鄉下人都爲保產保命橫下心來，捨死力拚，打不贏股匪，什麼都沒有了，哪能跟你們相比？你們都是三操兩點，列上花名冊，受過訓練的，一個抵得咱們十個，您這做排長的，不用說，更是久經戰陣的老手，靈河集有您這一排人開來駐紮，咱們的膽氣全跟著壯起來啦！」

「您甭客套，葉大爺，」金麻子被對方這一誇，麻凹裏全激奮得淡紅了，搖晃著腦袋說：「我這個人不說假話，我吃糧十多年，走南到北，到過不少地方，大大小小的戰陣也都經過，但我手下的這幾個傢伙不是材料，一個個東倒西歪，發了癮，連眼都睜不開，若說擺擺樣子還在譜，真刀真槍，那就玩不來啦！」

「能擺擺樣子也好。」葉爾靖說：「咱們這兒，目前還遇著點兒麻煩，少不得要請你幫忙呢。」

「要是擺擺樣子能幫得上忙，」金麻子說：「那我倒樂意幫這個忙，我手下的那些料，不能讓他們總是閒著，越閒越會惹事生非，能替他們找點外快也是好的。」

言下之意，暗示著：幫忙儘管幫忙，多少得有些好處，要不然，即使我金麻子願意，我手底下的那幫傢伙，可是不會願意的。

「那有什麼問題呢？」葉爾靖是明眼人，當然懂得聽話聽音兒，當下便接口說：「請您出面幫忙，哪有白幫的道理。」

「我還沒問葉大爺是什麼事呢？」金麻子說。

「說起來鄭大爺很清楚，」葉爾靖說：「早先有個活剝皮老許，原跟牛鬍子和陰陽眼一道兒捻成股，來捲撲靈河，最後，牛鬍子和陰陽眼都躺平了，老許被咱們捉住送官究辦，但他神通廣大，居然被釋放出來，在靈河集上盤桓過好些時，如今他召聚殘眾，在後山嘯聚，不時出來嘯擾，咱們差了佟忠和程世寶倆個，領著荆家屯的馬隊不斷出巡，防著他們，但咱們實力不夠，無法進山去全面進剿，老許既然仍在靈河一帶活動，足見他並不畏懼咱們，這就得要借您的大力了，您只要拉槍出去轉上一轉，表示官裏要剿辦他們了，老許聽著風聲，也許就會遠遁的。他的實力有限，得罪不起官兵。」

「這個，這讓我想一想了。」金麻子臉色一變，沉吟說：「葉大爺，拉槍出去剿辦股匪，這可不是鬧著玩兒的，萬一那個活剝皮老許吃了什麼衝藥，來個翻臉不認人，乒乓五四的對著我開槍，我這個排可經不住砸的，即使我本人逃過了，我的手下被打光了，我的排長還能幹得成嗎？」

「你以爲活剝皮老許會有多大的膽子？」葉爾靖說：「他要是敢公然開槍打你，那就等於衝著駐軍郭團長開槍，他有膽子承擔這個擔子？」

「不不不，葉大爺，話可不是這麼說，」金麻子聲音有些抖索說：「股匪天生都是蠻悍歹毒的性子，幹事沒有譜兒的，萬一他出了格兒，最先遭殃的是我，我看，這實在是太冒險了，萬萬動不得的。」

「我說，金排長，」葉爾靖說：「假如像當初牛鬍子那樣的大批股匪使你有了顧忌，那倒也罷了，活剝皮老許只糾合了區區幾個毛人，你都推三阻四的不願出頭，我看，你最好還是帶著你的人回縣城，沒事泡泡戲園子，逛逛花街，那最安穩不過了！」

葉爾靖說話不轉彎兒，一向不替對方留餘地，金麻子那張臉被他搶白得一會兒脹紅，一會兒煞白，本想認真發作，手都朝槍柄上貼了，但被坐在一邊的鄭旺用眼色示意壓了下來。

「葉大爺，您可甭動火，」鄭旺說：「實在也怪不得金排長，他是個起碼官兒，官卑職小，權限也極有限，弄得不好，就是上面的出氣筒兒，不論他幹什麼，一排人捏在手裏，太平無事，一旦把兵給損折了，上面會說：沒有接到命令，誰叫你多管閒事來著！罵一頓還算好的，那個郭團長一生氣，吆喝一聲槍斃，金排長他這條命可就沒啦，您能怪他膽小怕事麼？」

「對對對！」金麻子藉機轉圜說：「鄭大爺他這番話，全說到我的心坎裏去啦！我奉命到靈河集來駐防，上頭一再關照我，要採『穩』字訣，萬不可輕舉妄動，要是人槍受損失，唯我是問，我是當不了家作不了主哇！」

「既然是這樣，我也不願逼你金排長勉爲其難的幫咱們剿辦股匪了！」葉爾靖說：「不過，我也得請金排長記著，咱們有事求你，你沒能幫得上忙，朝後，你可不能再下鄉去索討糧草了，靈河是塊窮地方，沒有什麼油水，除了鄭大爺他是有錢的大老闆，其餘的，都是吃不飽飯的人家，我想，鄭大爺他既能養得起商團，多你這個排也不算什麼，你就幫他照管靈河集罷。」

葉爾靖說完話，沒再多留，起身告辭走了。

金麻子對鄭旺說：「嘿，靈河岸的這些傢伙，敢情都是吃辣椒長大的，衝得很！這個姓葉的脾氣像它娘火燒的一樣，適才我忍不住，幾乎拔槍。」

「動不得，老弟台，」鄭旺說：「你大明大白的拔槍幹掉葉爾靖，各村屯的人會立刻鳴鑼聚集起來，那時刻，不管你的後臺有多硬，你本人卻永也回不了縣城啦，你回不回去是另一碼事，害得我跟著受連累，他們會說是我慫恿你動的手，那我怎麼解得開這個疙瘩？」

「當然，我還不至於真的那麼冒失，」金麻子說：「不管咱們駐軍的實力如何硬，我在靈河集還是勢孤力單，我不得不忍著點兒。」

「說真話，葉爾靖固然脾氣急躁些，他還不算靈河岸最厲害的人物，」鄭旺說：「我勸你更要當心兩個人，一個是柳和——荆家屯的護屯師傅，一個是鐵山，荆家屯年輕的獵手，這兩個人實在是很難對付的。」

「有這回事？」金麻子說：「您不妨說說看，這兩個到底厲害在什麼地方？」

「柳和是聞名的武師，他的飛刀又準又快捷，熟練得能當成短槍使。」鄭旺說：「股匪總瓢把子牛鬍子就死在他的手裏，這個除了武的，他的腦筋最是機敏，膽氣也很豪，叫人防不勝防。」

「鐵山又如何呢？」

「鐵山嗎？他是靈河岸知名的獵手，沉著冷靜，也像柳和一樣的會動腦筋，會拿主意，柳和把他當成最得力的助手，鐵山這小子年紀輕，學什麼會什麼，一手槍法，不輸荊家屯上一輩的神槍荊龍，我原打算跟他套套近乎，請他帶商團的，誰知他跟柳和一鼻孔出氣，把我當成仇人看待，弄得我惶惶不安。」

「照您這麼說，若是設計把這倆個給除掉，靈河岸各村屯就容易對付了。」

「嗨，說是這麼說，」鄭旺嘆口氣說：「當年荊龍管事的時刻，我也曾這麼想過，但等荊龍倒下去，下一輩的人又紛紛起來，似乎比一個荊龍更難對付。」

「鄭大爺，您可甭著急，」金麻子說：「主意是人想出來的，講起抓槍上火線，我不敢說，論到出主意整這幾個鄉巴佬，我也許還算靈光，咱們消停的拿主意，沒有整不倒的人，他們再強，並不真的是銅打鐵澆的。」

金麻子這一說，真是說到鄭旺的心裏去了，他早先倚仗康九在內裏面策動，康九一死，他左右最缺的，就是幫他出點子拿主意的人了，儘管他沒事躺煙榻，也想出不少主意來，但沒有人幫他去做，金麻子以一個當地駐軍排長的身分，背後有人撐腰，使他有了護符。這種人，最能幫他出力，若是挑動金麻子出面辦事，成了，自己大有好處，不成，有金麻子去挑擔子，金麻子挑不起，背後還有郭海山擋著呢，自己可不是坐享其成怎麼的?!

「好，老弟台，今兒沒事，我陪你多喝幾盅破破悶罷！」鄭旺說：「靈河岸管事的這些傢伙，沒有一個夠混的，他們那種腦袋瓜子，裝什麼就是什麼，毫無一絲靈活氣，而且，專門擋人的財路，他們若是有點兒光棍氣味，我到靈河集這麼久，早跟他們處得近便了，哪還會有今天葉爾靖的這種樣兒？——他以為你駐靈河集，是我一手活動來的，他才會存心來找你的麻煩，你說氣人不氣人吧？這種虧，你願意吃嗎？你捏著鼻子吃這回虧，轉眼還有下一回呢！」

金麻子眨眨眼，一心犯著嘀咕，他原以為城裏駐軍下了鄉，應該威風凜凜，有一份小朝廷的風光，等到移駐靈河集，才知道事情全沒有想像的那麼如意，這裏的地方武力，聲勢大，實力強，一個排根本不在他們眼下，鄭旺腰纏多金，在各種邪門生意上大摟其錢，利用自己當成門神，葉爾靖他們不諒解，又把自己當成鄭旺的腿子看待，兩大之間難為小，兩邊他可不願輕易得罪哪一邊，只好拖著混著再說，不過，適才葉爾靖盛氣凌人，那麼衝著自己來，這口氣極難吞嚥，只有暫時喝它一頓排遣排遣了！

鄭旺在宅裏請金麻子喝酒，一面盤算著葉爾靖的事，活剝皮老許如今活動在後山，準是給各村屯很大的威脅了，葉爾靖才會找上門來，壓迫金麻子帶人出去剿辦，他明知金麻子這個排毫無實力，根本沒有剿辦股匪的能力，還要跑來囉唆，這明明是把話說給自己聽，好藉口找麻煩的。

葉爾靖這樣出面找岔兒，倒不算挺嚴重的事，自己日夜擔心著的柳和跟鐵山兩個，回來後迄今沒露面，才是使人寒慄的謎題呢！

若論對付柳和，好像自己身邊的人，誰都沒有用處，這個金麻子，看來也不會比潘二和鄔學如強到哪兒去，但人在困境裏，總希望多拉幾個幫手，金麻子大小有個官銜在頭上，把他拉緊，總能多添一分力量，也許碰上運氣，能先把自己最駭懼的兩個給除掉。

買得金麻子做幫手，沒有旁的法門，只有靠大把花錢，白花花的銀洋是亮眼的，哪怕金麻子不動心！

夜晚的燈光不挺亮，兩人一面說著話，喝著酒，一面各想各的心事，過了一晌，鄭旺找出話來說：「老金，你是道地的行伍出身，從丘八老爺混到排長，前後也辛苦不少年了罷？」

「可不是，鄭大爺，」金麻子說：「整整幹了十四年啦，最早我是跟郭海山連長揹匣槍的，趕後來他爬到團長的位置上，嫌我麻臉不好看，放我出來當班長，正巧開了幾火，排長打死啦，我就補上了。」

「郭團長也真怪氣，揹匣槍也要挑好看的，」鄭旺說：「我就不相信那些白臉後生當馬弁，危急時能派上什麼用場，好看是好看，一點兒不實在呀！」

「他是主子，咱們跟著他端飯豌的，還有什麼話說，」金麻子帶著認命的意味，但仍含半分怨苦說：「我哪敢說：麻子有什麼不妥？人家朱洪武一臉麻，還照樣面南背北的登基坐殿當皇帝呢！我的麻子儘管沒有朱洪武的大，揹揹匣槍，跑跑勤務也不成嗎？……我這是把心裏話抖出來，說給您鄭大爺聽，您甭笑話我，但我實在沒敢當著團長講這個！」

「講幾句實在話，又有什麼關係呢？」

「不成啊！」金麻子說：「講了準捱踢，我這屁股已不知捱了多少馬靴尖啦，我倒願意他把我放出來，如今當上排長，旁人伺候我，我又何必作賤，再倒過頭去伺候他？我揹上武裝帶，挺起胸脯，人乎人乎的，不再擔驚受怕，不是很樂哉嗎！」

「這倒是實在話。」鄭旺說。

「放到靈河集來駐防，我真開心透了！」金麻子有了幾分酒意，說話也就更放得開了：「這一來，天高皇帝遠，我才有機會消停的陪您鄭大爺喝幾盅，換是在城裏，可沒這等的逍遙，團長打夜牌，或是召妓侑酒，弟兄們上大崗，我只有巡哨的份兒。」

「既然放出來了，也不必再提當初啦！」鄭旺說：「我看你的面相，可不像一輩子只幹排長的角色，如今有機會獨當一面了，你得多爲自己打算。」

「這話是怎麼說呢？鄭大爺。」金麻子有些困惑，但也饒有興致的追問著。

「當然，你當排長，這一排人是你的本錢，人生像是一場賭，你若膽小不敢下注，你永遠只有這麼多的本錢，講到升遷，機會不多是可以想得到的，」鄭旺進一步分析說：「唯一的辦法，就是要用這點兒本錢翻起來，多多益善。」

「您說這個，我懂，」金麻子說：「問題在於怎麼樣的翻？弄得不好，血本無歸，連這個排長也幹不成了，那不是慘矣哉了嗎？」

「你這種顧慮，已經跟我說過好幾回了，」鄭旺說：「老實話，這全不是問題，咱們兩個假如合作得好，轉眼你就會有升遷，你問怎麼合作？這很簡單，你當初跟郭海山郭團長當過貼身馬弁，有機會在他面前進言，只要他肯答應幫我護土，我願意照他開的盤口付現。」

「您是嫌錢多脹手？」金麻子說：「就憑您槍隊上這許多人手，護運黑貨出去，根本不成問題，幹嘛要找著郭團長去送錢？」

「倒不完全是運貨的問題，」鄭旺這才把話兜轉到正題上來說：「葉爾靖那種神氣，你算是領教過了，我來靈河，是花了錢買了地點種罌粟的，跟他們有何相干？葉爾靖他們屢次三番要馬踏罌粟田，搗毀我的根本，當然，他們只在嘴上說，並沒真的做出來，我卻以爲，膿瘡總有鼓出頭的日子，我不能不防備著。」

嘴上只說的是葉爾靖，其實，他已經含混籠統的把柳和跟鐵山都包括進去了。

鄭旺說到這兒，略頓了一頓，又接著說：

「你我兄弟不是外人，所以我才特意拜託你，在郭團長面前爲我說一說，事情辦妥了，除掉郭團長那兒應付的款項我照付之外，對你老金，我當然要維維人情，多了不敢講，千兒八百的，我鄭旺還拿得起。」

金麻子一聽，兩眼便亮了，乖隆冬，鄭旺真是捨得，千兒幾百銀洋還說小意思，自己拿餉，幹幾年也拿不了這許多，這在自己來說，可是一筆巨大的數目，何況乎只要進趟縣城，在郭團長面前動動嘴唇就拿得到手，這種錢，真是賺得太輕鬆了！

「鄭大爺，您太客氣啦，」金麻子露出感激的神情，推辭說：「我移駐靈河集，爲地方上跑跑腿，說說話，按理都是應該的，倘若白拿您這麼一大筆錢，那成什麼話？那太不好意思啦！」

「我倒不慫恿你大把撒錢，四處亂花銷什麼的，」鄭旺說：「你打了這多年的光棍，早該成個家啦，到時候缺錢成嗎？萬事齊備，欠了東風還是不成的，你甭把它當做錢，老弟台，只當我暫你借來的一陣東風好了！」

「人家是萬事齊備，才登壇借風的，」金麻子說：「我它娘的八字還沒見一撇，光有風一樣的派不上用場呀！您上回提過，說是幫我物色的。」

「不錯，」鄭旺說：「我正在替你找呢！」

兩人談談講講的，喝酒喝到起更，金麻子起身告辭時，鄭旺封給他一百大洋，說是做路費用的，金麻子吃了人家的嘴軟，喝了人家的心熱，當時便答允二天起程，替鄭旺拉這一趟線了。

從靈河集到縣城，騎馬不到一天的路，哪兒用得著這許多的路費？金麻子進城後，並沒立即去見郭海山，卻先到娼寮裏去擺闊，然後到賭場去過癮，一直到盡了興，才去求見郭海山，把鄭旺的這番意思，一五一十的說給郭海山聽。

「很好，」郭海山說：「我原本以爲靈河岸那一帶荒鄉僻壤，沒有什麼苗頭，也沒打算派人駐防的，既然靈河集上的鄭旺在做皮毛和黑貨生意，活水財源滾滾而來，這麼說，我派你下去還派對了！你回去跟鄭旺去說，就說郭團長他親口保證，願意替他扛，靈河岸各村屯若是不許他點種罌粟，我會立即調人出去，把爲首的帶綑回來，你不妨把我蓋了印的空白告示多帶幾張回去，照我的意思寫妥，替我張貼到荊家屯和葉家屯的祠堂門上，看他們會有什麼動靜！」

「是！」金麻子說：「我照辦！不過，鄭大爺他說，您若真肯幫他這個忙，得請您開個價，他會如數送錢進縣城來的。」

「這倒是挺利爽啊！」郭海山笑說：「他既然做得很夠意思，我就不願攫著機會狠敲他的竹槓了，你讓他先送兩千塊錢，最好讓出一家賭場。」

「您也有在靈河集設賭的打算？」

「還用我親自照管嗎？」郭海山說：「經營的事由你負責，每季替我結妥賬，替我把賺得的錢繳上來就得了！人說，家有黃金萬兩，不如日進分文，這話原是一般做小本生意的人說的，但我拿來掂掂，一樣用得上，你得替我日進分文罷。」

「照顧一兩家賭場，並不是難事，」金麻子說：「但對付靈河兩岸的那些鄉巴佬，可真不容易，團長不會不聽人說過，各村屯的槍隊，不論人槍實力都強得很，一旦他們撕破臉皮夠瞧的，到時候，您要是不差人下去，那我這條小命，也許就陪著鄭旺玩掉了！」

「瞧你那付膽小怕事的德性，」郭海山說：「敢情你是屬老鼠的？就照我說的去回話好了，靈河岸的那些野人，若是對靈河集找碴兒，使你那排人略有傷損，那我便師出有名，可以明白的拉出去剿辦了，你幹了半輩子，還不懂得我的脾性，我哪天讓手底下人吃過大虧來著?!」

聽到郭海山這麼說，金麻子便夾緊兩腿，行了個歪斜不正的洋禮退出來啦，一千大洋才花掉百十塊，業已使金麻子像飛進了天雲眼兒，樂得暈暈陶陶的，這回從靈河集，取得那一大批款子，我金某人不就是個小財主了嗎？

樂自歸樂，金麻子仍然打定主意，決不正面出頭幫著鄭旺，去開罪各村屯的那些人，不管郭海山怎麼說，到時候，那些人的野性一發，吃虧倒楣的，還是自己。

第十六章 圖窮匕現

當鄭旺利用金麻子跟郭海山搭上線的同時，荆家屯荆朔的宅子裏，也在很緊張神秘的忙碌著，謎底總算揭曉了，但知道內情的，只有各村屯的執事少數幾個人。

柳和跟鐵山兩個到了老曹集之後，並沒先找老雷，柳和認爲像這種事，即使找著了老雷，逼著問他，他也決不肯吐露的，他不是官府衙門裏的辦案人，不能抓住老雷嚴刑逼供，到時候，反而會惹得曹景的誤會，因爲有這種顧慮，他決意單獨去見曹景，把事情的前因後果說清楚，在靈河岸前後發生的各案，老雷確有若干涉嫌之處，他要看曹景對這事有什麼看法？如能使曹景答應不管事，那時再找老雷，事情就簡單得多了。

想單獨去見曹景而不讓老雷知道，卻是一宗難事，因爲老雷在老曹集也幹的是守宅護院的差事，任何人去見曹景，都得通過老雷那一關。

老曹集並不是多麼大的集鎭，全鎭也不過千戶人家，兩個外地來的陌生人在鎭上久留，也難瞞得過老雷的耳目，尤其是他犯案心虛，更會留神防著來人追查，柳和把這些顧慮提出來和鐵山商量，鐵山想了想說：

「咱們先不進集鎭，找個熟悉老曹集情形的人，很自然的掏問掏問，把情形先摸清楚，比如說：曹景總不成整天蹲在屋裏，他會出門走動，他有什麼樣的習慣和嗜好？他常會去哪些地方等等的，因爲唯有在他單獨離宅的時刻，咱們見他談事，才能不讓老雷知道。」

老曹集南邊兩里多地，有個村莊叫小麥家莊，柳和跟鐵山兩個扮成收購當地土產藥材的商客，在麥家莊找地方蹲下來，跟那兒的人提起收購藥材的事，那兒有個茶棚帶有客房的，叫麥家茶棚，老闆麥存仁，是個樂天愛聊聒的老頭兒，聽說柳和來收購藥材，他笑呵呵的說。

「收購藥材，懂得摸到這兒來，算是摸對了門路啦，這兒的枸杞、半憂、山藥、蒼朮……好多種藥材都是遠近知名的，只是兩位來得略爲早了一點，要是等入秋來，那才正是時候呢！」

「秋後咱們還會再來，」柳和說：「咱們這次打算收購藥材的數量多，得先來這附近看看，知道點兒行情，有沒有旁人先來訂貨的？免得到時候來這兒，收購不著，那咱們不是空費精神了嗎？」

「說得也有道理，」麥存仁說：「老曹集曹景曹大爺家，就開得有兩爿中藥鋪，他是每年都來訂藥材的，不過他們所要的數量並不太多罷了！」

「曹大爺咱們倒是聽說過，他不是在地方上混人的嗎？」柳和輕描淡寫的說。

「你們遠客都是只知其一，不知其二，」麥存仁有些認真的味道，「不錯，曹大爺他在地方上管事，也非常的好交朋友，跟縣裏各方面都相處得好，幹起事來，兼些江湖味道，但他決不光是混人的，他可以說得上是個極正派的紳士。」

「這話怎麼講呢？」鐵山故作愚騃的問說。

「這太容易解說了。」麥存仁說：「曹大爺自幼攻書進塾，經史子集，滾瓜爛透，他老人家的道德文章，品格爲人，遠近沒誰能比的，他不酗酒賭錢，宅裏不設煙燈，一切沾上酒色財氣邊兒的不良嗜好，他全沒有，平常也只種種花，養養鳥，寫寫字，看看書，你能說他不是正正經經的好紳士嗎？」

「照您這麼說，咱們是把曹景曹大爺看錯了？」柳和說：「他老人家若真如您所講的這麼有學養，咱們既到了這兒，真該到曹家集去，寫兩份拜帖，備些禮物，上門去求見呢，只當是拜碼頭，從他那兒討些教益也是好的……咱們不能光顧著做生意，忘了該有的禮數啊！」

「不錯，」鐵山說：「單不知人家曹大爺願不願接見咱們這兩個不速之客呢？」

「其實，你們全弄錯了！」麥存仁說：「你們真要想見曹大爺，根本不用寫什麼拜帖，備什麼禮物，曹大爺他挺不喜歡繁文縟節的這套習慣的禮數。」

「難道要咱們空著兩手去登門嗎？」柳和說：「何況人生面不熟的初次登門，未免太說不過去啦！」

「那有什麼要緊？」麥存仁說：「曹大爺每天天不亮，就會拎著鳥籠子下鄉來溜鳥雀，有時也會抽個空兒到這邊茶棚來坐坐，跟人話話家常，你們只要肯起早，不拘哪天都會在這兒遇上他，一面喝早茶，一面聊聊，那就成了。」

「當真這麼容易遇上他嗎？」鐵山說。

「嗨，我麥存仁哪天騙過人來著？」對方說：「趕明兒曹大爺來了，我跟兩位引見引見就是了。」

連柳和也沒想到，原以爲很難辦的事，經過麥存仁無意中穿針引線，使他和鐵山兩人二天絕早就跟曹景見了面，曹景確不如外間傳說的那樣，他上了年紀，特別的慈和近人，一股文人雅士的氣質，這在一般鄉野，是很難得見到的。

「兩位既來收購藥材，咱們算得上是同行了，」曹景說：「人常說『同行相妒』的話，這對我是用不上的，我開設兩爿中藥鋪，不是逐利，而是爲濟世活人作打算，我用的藥材有限，您要收購藥材，那太好了！」

「區區柳和，倒非真的是收購藥材來的，」柳和說：「實在是另有要事，不得不先單獨跟您見面，請求您能鼎力相助，幫咱們一個忙的。」

「您是飛刀柳和？那我真失敬了！」曹景拱手說：「您不是受聘在荆家屯護宅的嗎？這麼大老

遠的趕奔老曹集來，想必是事關緊要了？」

「不錯，」柳和說：「曹大爺，您不愧是飽學之士，在下這回跟荊鐵山老弟一道兒過來，是爲了靈河前後幾場血案和雷師傅有關，前來辦案拿人的，有人打聽著了，說是老雷受聘在您的府上？因此，不得不跟您先作陳明，求您能夠諒解。」

「會有這等事？」曹景略露吃驚的神色。

「是的，曹大爺，」鐵山在一邊弓身說：「雷師傅他在荊家屯好幾年，平素很盡責，爲人又很梗硬，咱們怎樣也不會懷疑到他的頭上，去年冬天，他辭差離去，咱們族裏的巫女荊四嫂，在同時失蹤了，咱們一路追查，查到包家驢店，荊四嫂業已被人暗裏下手殺害啦！荊四嫂是屯裏另一位犯案死去的師傅——康九的姘婦，老雷跟康九私交很厚，康九爲人風流，曾經在荒灘殺害前一位巫女小桃，在當時，他原想滅口，但事機不密，被先伯父荊龍發覺，帶人逼上荒灘，康九便自行結果了他自己，而荊四嫂握住了康九不少的把柄，也許有些是跟雷師傅有關的，咱們雖沒敢斷定荊四嫂就是雷師傅殺害的，卻查出不少蛛絲馬跡來。」

「嗯，」曹景說：「老雷來老曹集，是康九的一位堂兄康範農推介的，我平素也聽過他的名號，知道他爲人很梗硬，卻沒想到他會幹這種事情。」

「老雷是被康九拖下去的，」柳和說：「靈河在這幾年來，除了鬧股匪，前後發生過不少案子，每一宗都是血淋淋的，像野市被縱火，接著是荒灘血案，荊龍荊大爺被人打了黑槍，以至荊四嫂的命案滾水翻泡似的層出不窮，咱們不能不出全力追查，找出真凶來。」

「我倒無意替老雷說話，」曹景說：「辦案子，得靠確證，單憑蛛絲馬跡去推論是不夠的，老雷假如一推六二五，全不承認，柳師傅，您又有什麼方法，迫使他非認罪不可呢？」

「這個，在下業已想過了，」柳和說：「只要您答應不管事，讓咱們跟老雷有單獨對面處斷的機會，在下有把握在老雷身上找到證據，不論哪一案，我要使他自己認罪，其餘的案子，也就有了底兒了！」

「好！」曹景說：「老曹集跟靈河，一個天南，一個地北，彼此毫無瓜葛，我沒有道理插手阻攔這檔子事，兩位可以直接去找老雷，當面了斷，我答允兩位，曹家族裏的人決不管事就是了。」

有了曹景這幾句話，柳和覺得事情要好辦得多了，他和鐵山兩個，可以立即到老曹集上去找老雷，他懂得老雷的性格和爲人，儘管他會犯下凶案，但他卻缺少足夠的心機去湮滅一切的證物，同時他說話不會轉彎抹角，極容易被人捏住把柄，即使他惱羞成怒動起手來，自己也不會制不了他。

「老雷如能洗脫他的罪嫌，我想兩位也不會爲難他，」曹景說：「假如他真的犯了罪案，這種不可靠的人，不單是我不願再留他，只怕老曹集上所有的人都信不過他，當然，咱們也不能再聘他了。不過，有一點我要說明白的，那就是你們要如何處置老雷，你倆位盡可把他帶走，切不能在老曹集上做掉他，使咱們受人命官司的牽連，這一點，不知柳師傅願不願接受？」

「您說的是哪兒話？」柳和連連抱拳說：「您吩咐的，咱們一定照辦，您覺得在什麼時刻找老雷才比較適當？您一定知道得很清楚。」

「人說，打鐵趁熱，當然是愈快愈好，」曹景說：「時間愈拖得久，愈不妙，萬一讓老雷聽著風聲，拔腳溜掉了，這付擔子，我也實在擔得不起。」

「那咱們明天一早就去好了！」柳和說。

柳和跟鐵山兩個第二天大早跑去看老雷，老雷正在曹家的宅院裏舉石鎖，打熬力氣，突然見到柳和跟鐵山進來，他楞住好一會兒，連說：「沒想到，真沒想到兩位會摸到這兒來？兩位怎會知道我在老曹集來著?」

「聽過路人講的,」柳和說,「雷師傅,咱們在荊家屯相處好幾年,您走的當口,少東設宴替您餞行,你不參加,竟然連一聲關照都不打,也未免太過分了,咱們之中,可沒有誰得罪過你呀!」

「那怪我,怪我疏忽不合禮數。」老雷說:「我走得太匆忙了。」

「雷師傅,您這一疏忽不要緊,去年年底,柳大叔跟我冒著大風雪,一路跋涉,摸到您的府上去,荊家屯的族人感念您幾年來護宅守院的辛勞,特意備了一份禮,讓咱們替你送過去,誰知並沒碰著您。」

「我月前回去過一趟,」老雷說,「真要謝謝兩位,不過,說我在荊家屯如何辛勞,那可談不上,比起您和柳師傅來,我等於是吃閒飯的閒人一個,有了你,顯不出我來,這是我辭退的最大原因,既然有你就夠了,何必畫蛇添足,多著我這麼個閒人呢?」

「您怎能這麼說呢?」鐵山說:「您在抗股匪時,拚殺得渾身染血,您平素教練莊丁屯勇,也不知灑了多少汗水在地上,這些族人都不會忘記的。」

「記著不記著,我都不計較了!」老雷說:「不過,兩位這一回穿州越縣的找到老曹集上來,指名要見我,不知有何貴幹?」

「真人面前不說假話,」柳和說:「乾脆直截了當的跟您說了罷。在您離開靈河的同時,荒灘上的巫女荊四嫂也跟著失蹤了。」

「哦,」老雷點頭說,「您這一說,我全明白了!荊四嫂她失她的蹤,跟我有什麼相干?顯見兩位是把雷某看成疑犯來的了?」

「那倒不敢,」柳和說:「不過,咱們一路追尋她,到了包家驢店,卻發現她躺在薄木棺裏朝外抬，經過勘驗，荊四嫂死於他殺，她隨身攜帶的行李、錢鈔和細軟箱籠，也都被人取走了，因此，咱們這回出來，是想跟您碰個面，問一問您知道多少？應該說是虛心討教來的。」

「既然你這麼說，」老雷冷哼一聲說：「那我不妨告訴兩位，荊四嫂不是瘸腿女人，她的兩條腿長在她自己的身上，她愛去哪兒？我管不著，我辭了差，一路朝北，並沒見過荊四嫂，其餘的，我更不知道了！」

「我說，雷兄，您說的不錯，咱們大老遠的跑來看望您，您不好讓咱們就站在院子裏講話罷？」柳和微微一笑說：「能否容我跟鐵山進屋，擾杯茶喝。」

「請！」老雷說，他的臉色逐漸平靜下來。

他想想，也許自己心裏太過緊張了，對方一問到這宗案子，他就有點沉不住氣，其實這又何必呢？這兒是老曹集，不是荊家屯子，柳和跟鐵山，再強也只是兩個人，他們又不能來硬的，怕它做什麼？

把柳和跟鐵山央進屋，著人沏上茶來，柳和又說：

「雷兄，我不是存心討您不快意，那荊四嫂拐走了巫堂裏的若干錢財細軟，巫門裏追案追得很緊，她被人殺害在外面，這案子不查明凶手是不會了的，咱們若不是實在著了急，怎會跑來煩擾您？我知道，您跟康九私交很厚，而荊四嫂跟康九的關係一度也很密切，康九是荒灘血案的凶嫌，在那宗案子之後，連接著已發生好幾樁凶案，但都沒有破過，因此，荊四嫂成了知悉若干底蘊的關鍵人物，不用說，殺荊四嫂滅口的人，也許就是血案的疑凶了！」

柳和一面這樣分析著，一面拿眼瞅著老雷，細察他臉上神情的變化，老雷沒有鄭旺那套本領，不管他表面上加何遮掩，仍然看出牽強來。

「柳大叔說得不錯，」鐵山說：「疑凶爲怕荆四嫂把秘密宣洩出去，才會把她哄離靈河，在包家驢店動手，又辦妥了事，又攜著了她攜帶的錢財，可真是一舉兩得，極妙的算盤。」

「兩位這樣咄咄逼人，能叫我不動火麼？」老雷作聲說：「你們要是以爲荆四嫂的命案是我做的，何不直截了當的說明白？要轉七個彎，抹八個角，話裏帶刺，老實說，我很不習慣這一套！」

「雷兄，您這扯到哪兒去了？」老雷越是動火，柳和越是穩沉，他說：「咱們只是把情形詳細解說給您聽，事實如此，決沒有栽誣您的意思。」

「破案子要證據，如今光憑猜測是沒有用的，」老雷嘘了口氣說：「人證和物證，你們都拿不出來，又憑什麼陷人入罪來著？」

「人證被一個個的殺害了，」鐵山說，「咱們就有通天的能耐，也無法把死人從墳裏刨出來作證。」

「人證找不著了，但物證還不難找得出一些來，」柳和說，「雷師傅，最要緊的還是在這兒，人人都有顆良心在，即使他不承認，他這兒也會覺得不安的。」

柳和一面說著，一面用手拍著胸脯。

「嘿嘿，」老雷突然笑了幾聲說：「我已經料定了兩位這一趟是衝著我來的，我逃也逃不開，躲也躲不掉，不過，這兒不是荆家屯，而是老曹集，曹景曹大爺最講公道，你們無憑無據，想栽人拿人，恐怕辦不到！」

「您放心，老雷，」柳和也笑笑說：「咱們在一道兒待過幾年，我深知您的脾性和爲人，您也該明白，我決不是那種無理的人，您要是信不過，我可把曹大爺這位德高望重的朋友請出來做個見證，三朝對面，把這事給擺平，鄭旺在靈河集的作爲，您看得慣麼？咱們要是一步步的退讓下去，靈河兩岸這塊乾淨土，早晚會被他給毀掉，您何苦爲這種人撐腰呢？我想，我的話業已說得夠明白了，咱們不必非撕破臉皮，立見真章罷！」

「曹大爺他不會管這事的，」鐵山說：「柳大叔和我昨天一早業已跟他碰過面了，我看，這事還是咱們在私底下了斷比較妥當，雷師傅，您覺得如何？」

「我跟鄭旺毫無瓜葛，」老雷說：「如何會替他撐腰？這些事，你們從頭就弄岔了，只有一點我承認，荆四嫂是我幹掉的，至於原因，倆位可以不必再追問了，俗話說得好，屎不撥拉不臭，您柳兄也是老江湖，懂得光棍打九九不打加一的道理，不要追下去，對大家都好。」

「雷兄，您這算是給了我一個大難題了！」柳和顯出極爲困惑的神情來說：「您知道，荆四嫂的命案，不是靈河岸人們心目裏的大案子，股匪幾度捲襲，屍橫遍野，倒人無數，如今不是太平盛世，但荆龍荆大爺威震一方，他究竟死在誰的手裏？誰動的手？誰是指使的人？這案子無論懸上多久，也是要破的。」

「是荆四嫂！」老雷平靜的說：「是荆四嫂買人殺的，那兩個傢伙，如今投在鄭旺的商團裏，當了團丁！」

「荆四嫂雖做了寡婦，但她仍算是荆家族裏的人，」柳和說：「她爲什麼要對她的族長動這種毒手，她是侄媳，跟族伯會有這種深仇大恨？」

「那倆位可就不明白了！」老雷說：「無怪你們錯把雷某當成十惡不赦的人了。我若真是那種人，就不會捨命抗拒股匪啦，子彈歪一歪，我還會站在這兒，跟倆位說話嗎？我追蹤荆四嫂，把她做掉，就是不想使靈河岸的人全知道事情的真相，我存心躲你們躲不掉，那有什麼辦法呢？」

「雷師傅，」鐵山說：「這兒只有三人六耳，您要是信得過，跟咱們說清原委，我敢保證柳大叔和我決不回去傳告，使眾人皆知就是了！」

「我信得過，當然信得過！」老雷苦笑說：「不過，我得先從我本身說起，我確也有過不是，那就是當初上了康九的套。」

「康九怎樣把套給你上了？」柳和說。

柳和這樣一逼問，老雷那張臉，黑裏泛出紅來，顯得非常窘迫的樣子。

「我這個人，沒有什麼旁的嗜好，偏喜歡咪幾口老酒是真的，」他說：「我跟康九，拳腳不是一個路數，性格也全不相同，當然不會跟他裹在一道兒，但康九來到荊家屯，原因頗不簡單，他一個人勢孤力單，亟須要拉幾個幫手，偏巧他認爲我木訥，容易利用，就找到我的頭上來了！他最先並沒跟我提過一個字，我住南院，他住西院，他只是經常在夜晚來找我聊聊天，聒聒話，兩人弄幾碟小菜，兩壺老酒，彼此對酌著。

「我這個人，沒有旁的毛病，就是好喝幾盅，一喝開來，就收不了韁啦！

「康九平素爲人，我多少知道一些，當年我跟他叔叔混世，康九就是一股公子哥兒的味道，時常拈花惹草，不過，論起做朋友，他還算不錯，爲人也很江湖。至於私底下的生活，咱們各行其事，我也管不著。就這樣，我和他成了酒友啦，喝酒談天的時刻，他經常在無意中透露出一些事來，比方說，他對荒灘上女巫小桃很有意思，想找機會馬上她。同時，他又常去荊四嫂開設的小酒鋪裏飲酒，眉眼言談之間存心吊她。

「我當時也曾勸過他，我告訴他，咱們受聘到靈河岸來，好歹是個護宅師傅，言行舉止，旁邊有許多隻眼在看著，千萬不可胡來亂來，日後對荊龍大爺也不好交代的。但康九有他的看法，他認爲他原就是個打光棍的漢子，沾沾這些娘兒們，並不算什麼。

「我對他說：靈河岸巫門的人不可動，你千萬不能害了小桃，也害了你自己！但我說這話時已經晚啦，他跟巫女小桃業已打得火熱啦！

「有一回，我到西院找康九喝酒聊天，他跟我拚上了酒，左一盅右一盞的，喝到起更，我不知怎的就喝醉啦！醒來時，發現自己睡在康九的床上，旁邊睡著個赤條條的女人，那正是小桃，我正在驚駭著，康九從外面撞進來，指著我說：『好！這回咱倆穿上了一條褲子，誰也甭再扳著臉講誰了，按照靈河岸巫門的規矩，跟巫女通姦的，要用亂棍打死，你大明大白的跟小桃睡在一個被窩裏，有確實把柄，你還有什麼話好說？』」

老雷說到這兒，聲音鬱鬱的，露出悔恨的樣子。

「雷兄，你再說下去罷，」柳和說：「這其中的許多曲折，你不說，咱們根本不知道。」

「我是中了康九的圈套，那時候，身不由主的就陷進去了，後來我才知道，康九是跟皮毛商鄭旺搭線的，巫女小桃也被鄭旺買通了的，康九正是黑松林截殺葉爾昌的正凶，但我有了把柄落在他手裏，沒有勇氣當著眾人的面揭露他的秘密。」

「康九為了掩飾他的諸般作為，他又夥上了一個人，那就是大少東荊朋。」老雷說。

他這話一說出口，柳和跟鐵山兩個都微微的驚怔得變了臉色。

荊朋這個人，在荊家屯族人的眼裏，是個溫厚篤實的年輕人，跟他爹荊龍的脾性相反，但更知道應對的禮數，也更顯得和藹可親，一直到他死在股匪捲撲荊家屯的戰陣上，人前人後，對他都沒有半句微詞。如今老雷指他和康九結夥，無怪柳和跟鐵山兩個都大感意外了。

「我說，雷師傅，闖江湖的人，都要在舌上積德，」鐵山說：「如今荊朋埋骨地下，若沒有真憑實據，你可不能誣指他！」

「我為什麼跟兩位打誑來著？」老雷說：「不過，罪不在荊朋身上，——康九使用對待我的方法對待了大少東，這回，他卻用荊四嫂作餌，說起來是叔嫂通姦，這個把柄被康九牢牢的抓住，荊朋硬是抬不起頭來啦！」

「康九這個該死的東西，他死在荒灘上，算是遭了報應！」柳和說：「你若不掀底，我怎樣也不會料到他竟然會用這種邪惡的手段來陷害人。」

「那康九爲什麼又要到荒灘去殺害小桃呢？」鐵山問說。

「詳細的情形，我並不很清楚，」老雷說：「可能跟爭風吃醋有關，康九並不喜歡旁人多知道他的秘密，小桃也許拿這個要脅他，才引動他的殺機，他並沒料到當時被人發現，又被逼到沒有退路的地方。」

「我想，康九和小桃，兩造都已經死了，這事也就不必深究了！」柳和說：「我倒想要知道，荊四嫂爲什麼要買人槍殺荊大爺？」

「康九唆使荊四嫂纏住荊朋，」老雷說：「他們雖在私下裏走動，但日久生情，按照靈河岸的民情習俗，這兩個根本不可能在一起，入了迷的荊朋，心裏夠苦的。」他頓了一頓，又說：「那荊四嫂便逼著荊朋，要他帶著一筆錢，跟她一道兒到遠處去過日子，荊朋可被她給攔著纏著，拉著扯著的，弄得惱火透了。那時康九業已死了，沒有人再要脅他，只有荊四嫂使他苦惱不堪，他迷戀著她，但沒名沒分，見不得人，他也知道他不可能攜著鉅款跟她私奔到外地去，那樣，他就等於是把靈河岸這塊根生之土給賣掉了！正巧股匪來捲襲，靈河緊張動亂，兩人的事被耽擱下來，荊四嫂被巫門裏推爲荒灘的巫女，但她對荊朋仍然不死心，這事，荊龍荊大爺微有所聞，也問過荊朋，荊朋當然不敢承認，荊龍爲了維護他的孩子，便著我跟他在一起看著他，不讓他乘筏到荒灘上去。荊四嫂知道荊龍從中作梗，認爲非除掉荊龍，她跟荊朋兩人就好事難諧，於是，她便買人暗地裏打了荊大爺的黑槍！」

「照這麼說，這其中的緣由始末，您是早就知道的了？」柳和說：「那您爲何不當眾說明，使咱們能捕下荊四嫂問罪呢？」

「柳師傅，」老雷兀自搖搖頭說：「荊大爺待我不薄，荊朋又歿在對抗股匪的戰陣上，我若一張揚出來，固然辦了荊四嫂，但事情也全都抖露出來了，我只有在暗中盤算著，如何單獨找機會除掉荊四嫂這個邪性的女人，一來算是替自己贖罪，也替荊大爺報了仇！」

「事情大體上我總算明白了！」柳和噓了一口氣說：「您又是怎樣除去荊四嫂的呢？」

「荊四嫂心虛，她雖然暗中買人幹事，但總怕一旦案發，會把性命丟掉。」老雷說：「她約了當時打黑槍的凶手到荒灘巫堂去見面，商議著捲逃的事，被我暗中吊上了，所以在她約妥走脫的日子，我便急急匆匆的辭掉差事，一路追躡著她，追到包家驢店。我深夜進屋，一把拎起她來，當面逼問，讓她親口招供，我做了筆錄，讓她打了指模在上面，這份供狀，如今還存在我身上！」

老雷說著，探手入懷，取出一張狀紙來說：

「這就是證物，人說：殺人償命，欠債還錢，要在承平年間，這事自有官府去過問，用不著我插手去管，但如今世局混亂，我怎能眼睜睜的看著這邪性的婆娘消遙法外來著？事情這樣默默的做了，我也不想再回靈河了，我以爲這樣最妥當了，兩位，你們覺得不是麼？」

「這樣罷！」柳和說：「我跟鐵山這就回去，事情總算有了眉目，我回去也不再跟各村屯的執事去講，至於鄭旺那方面，他本人雖沒親自動手作案，至少，康九是他教唆的，他是主謀，咱們決不會容他脫身的。」

柳和跟鐵山在回來的路上，感慨萬千的談說起來。

「雖說人生在世一場戲，各演各的本兒，」柳和說：「但演出來的，有的是忠孝節義，有的是奸盜邪淫，這其間的差別可就太大了！人若有一點悟性，就應該感覺出來，不會讓自己身敗名裂的。」

「大叔，這話說來像是很容易，其實做起來極難，」鐵山說：「拿荆朋大哥來說，可說是荆龍伯一手教導出來的人，竟然也會落進康九的圈套，跟荆四嫂夾纏不清，誰會料得到呢？世上有許多人，腦瓜子不能說不聰明，偏就缺少您說的那種悟性，才會把人世弄成這種樣子，這又怪得了誰呢？這情形，我想不只是靈河一地如此，普天世下都是一樣。」

「你說的有道理，鐵山，」柳和說：「這幾年靈河起變動，使許多年輕人都懂得多，長得大了，人說：不經一事，不長一智，憂患日月，更能使人體會到人的心性，它才是禍患的根源。所以才有人說：安危禍福，起於一念之間，聰明跟悟性是兩回事，有聰明沒悟性的人，是假聰明，有聰明又有悟性的人，才是真聰明，可惜天底下這種人太少了。」

一路上林木葳蕤，一片滾延的濃綠，使鐵山感到和上一回出門時積雪蓋野，枯林戮天的景況全不相同了，季節就是這樣的輪移著，一個人的一生，也會很快的在這種自然的輪轉中消逝的，自己真有那種燭洞世情的穎悟麼？

只怕沒有，如果說人生是一局棋，能看上三兩步的，就已經是高手了，日後的靈河會變成什麼樣子呢？自己是看不透的，柳大叔曾經說過，不管自己能看多遠，做事只要對得過良心，與理無虧，與法無忤，總離不了大譜兒，有些事，如果不做它，反而覺得心裏不安，不如就做了它，拔除鄭旺這種人，看來正是自己該做的事了。

也許有些人把存活看得很重，鄉野流傳的俗語都說：好死不如賴活著，也正因一般人儘量的容忍退縮，才會使得邪惡的人使用心計，一步一步的逼人罷？

自己早先沒曾想到過，像鄭旺這樣的人，一個人就使得靈河兩岸活得雞犬不寧，他仗著財勢，和北洋官裏勾結，用郭海山的駐軍當成護符，他為牟取暴利，公然收買荒地，墾成種植罌粟的煙田，他唆使康九暗殺葉爾昌，嫁禍給荊家屯，使荊葉兩家反目成仇，一度興起械鬥，河東和河西兩岸幾乎崩裂，一計未成，他再買通牛鬍子，率著大批股匪犯境，使靈河岸年輕的丁壯死去上百的人，連年弱婦孺都跟著遭殃，上天若真有好生之德，也不是對這種人而言的，蒼天也有雲遮霧掩的時刻，這種人竟容他活在世上，也算天被烏雲遮掩住了！

「柳大叔，」他說：「我想，咱們回去之後，沒有旁的事情等著做了，要有，也只有一宗，就是把鄭旺的尾巴根兒抖露出來，直接找他算總賬啦！」

「姓鄭的這本賬，早算晚算，早晚總要算的，」柳和說：「不過，這事最好由我來擔待，你不必過分操心。」

「哪能這樣講呢？大叔。」鐵山說：「靈河岸畢竟是我根生土長的地方，我為它賣掉性命也是該當的，您總是個客人，沒道理讓您去冒這個險。」

「我認真計算過了！」柳和說：「我倒不是跟你爭著去冒險，而是為各村屯的人著想，鄭旺如果背後沒有硬扎的靠山，單憑他的商團那點人手槍枝，他敢在靈河岸這樣的張狂嗎？當然他會將駐軍作護符，你們動鄭旺很簡單，可是事後駐軍會用這個名目，大肆蹂躪靈河這塊地方，假如由我單獨出面，情形就不同了，正因我是外地人，死活只是一條命，跟各村屯扯不上大關係，我辭了事，一個人大拍胸脯認賬，官裏也不會多攬事的，……誰的命不是命啊？」

「這可萬萬不成，」鐵山說：「您屢次三番為靈河冒大險，業已夠多的了，這一回，明知道您冒大險，卻叫咱們袖手旁觀，那怎麼行？咱們既能抗得了牛鬍子，同樣不在乎當地的駐軍，郭海山拿什麼名目，有多大的膽量，敢把靈河兩岸夷平？我敢說，只要鄭旺一倒，甭說郭海山不會出面，就連鄭旺本身拉的班子，也會跟著散板，所以我認爲，這事由咱們大夥兒一起出面做，要比您單獨出面好得多。」

「這樣罷，」柳和說：「這是一宗大事，咱們兩個人在路上也商量不出結果，只好回去，跟各村屯的執事們再去慎重商量了！」

兩人回到荆家屯，柳和把到老曹集跟雷師傅會面的事，含糊籠統的說了，略去了荆朋的那一段，把它推在死去的康九一個人的頭上，指明康九確是內奸，而荒灘的兩個巫女，小桃和荆四嫂都是他的幫凶，康九殺害了小桃，老雷除掉了荆四嫂，但殺害荆龍的兩個凶手，還留在鄭旺的商團裏，老雷取的有荆四嫂的供詞，按圖索驥，不難把那兩個傢伙揪出來。

葉爾靖的脾性最急，他認爲應該直接去找鄭旺要人，逼他立即交出人犯，他說：

「靈河前後各案，鄭旺本人雖沒直接動手，但他實在是幕後主使的罪魁禍首，他商團裏那些招來募來的，咱們都可放過，但他本人和那兩個凶手得要償命！」

「找他談是沒有用的，」荆朔說：「像鄭旺那種人，他怎肯傻到把他自己的命雙手捧著朝咱們的手裏送？這事一傳到他的耳朵裏，他就會先發制人，跟咱們對上啦！」

「依柳師傅您看，該怎麼辦才妥當呢？」石紅鼻子說。

「我跟鐵山爲這事一路爭執著，」柳和說：「當然，我們不能把這次去老曹集的情形透露出去，鄭旺哪怕耳風刮著一星半點，他也會設法預防，我估計那兩個被荆四嫂收買的槍手，如今已不在靈河集了……目前，咱們也不必再查證什麼，應該直接去找鄭旺，逕數他的罪狀，逼他供出那兩個凶手來，然後把他做掉，他不管有多大的能爲，差一口氣，他就再也無法興風作浪啦！」

「我的看法跟柳大叔一樣，」鐵山說：「問題出在由誰動手？柳大叔堅持要由他自己單獨去冒這個險，我實在不能同意，這是靈河兩岸各村屯自身的事，哪有眼看著讓柳大叔去賣命的道理？」

「對！」楊義說：「無論如何，咱們不能讓大叔再為咱們去冒這個險了，要是諸位信得過，我願意到靈河集走一趟，把鄭旺給撂倒。」

「不！」鐵山說：「鄭旺既然是各案的主凶，我就得出面找他，替荊龍伯父報仇。」

「兩位不必爭，」荊朔說：「我爹的死，既然追出了行凶的人，那兩個人我得親手刃掉他們，找鄭旺的事，還是交給我去辦好了！」

「我看這樣罷，」柳和說：「這不是誰逞英雄的時刻，我看，靈河集是鄭旺的窩巢，他手邊的人槍可不是少數，無拘是誰，單獨進去，即使有機會辦事，事後也很難脫身，咱們最好先平下心，靜下氣來，商議個最妥善的辦法，一舉把鄭旺翦除掉，——一個人單獨去是不成的。」

「柳師傅說的話，極有道理，」石紅鼻子說：「靈河集不是什麼金湯雷池，但鄭旺的槍枝人手也不可小覷了它，咱們預先妥為籌謀，謀定再動，沒有除不了他的道理，幹這事，各村屯都有分，用不著爭的。」

「鄭旺這個人極有心計，大家都知道的，」柳和說：「但凡一個人，虧心事做得多了，他心裏有底兒，總是在暗中慎防著，怕旁人對付他，他的宅前宅後一定會有人留在那兒守護著，咱們要是不能一舉成功，反而打草驚蛇，那再想除掉他，可就更難了。」

「依您，該怎樣動手呢？」楊義說。

「靈河集有集市，鄭旺還不至於駭懼到封閉柵門的程度，」柳和說：「咱們不妨以趕集作買賣的身分，分別到街上去，人數不用太多，但要找大膽心細的，各人帶上短槍和匕首，人挑出來之後，咱們再商量動手的方法。」

「人太好湊了，」葉爾靖說：「我算一個，荊朔算一個，加上鐵山、楊義，連您一共五個，我想是足夠了！」

「不成。」柳和說：「您和荊少東倆個千萬不能出面，您一出面，鄭旺的眼線就會注意到，他們會立即向鄭旺通風報信，鄭旺會想到，假如沒有什麼特殊的事故，荊家屯和葉家屯當家主事的兩個人怎麼都來了？他一起疑心，想動他就難啦！」

「咱們不行，您要挑什麼樣的人呢？」

「至少有幾張生面孔的，」柳和說：「這樣，分散在眾多趕集的人群裏不會太顯眼，辦起事來，才會方便得多。」

「這樣罷，」鐵山說：「最好是讓帶著人去防範活剝皮老許的佟忠和程世寶暫時回來，幫著咱們辦辦這件事，他們倆人夠得上是大膽心細的，信得過。」

「很好！」柳和說：「那就著人去傳喚他們回來好了，我、你、楊義老弟，加上佟忠和程世寶，一樣是五個人，辦這件事，人數夠了。」

把五個人找齊之後，柳和說：

「鐵山老弟，你不妨先到靈河集上去，好在你那邊有爿店鋪，還有耿小斤在那兒看守著，你以整頓店鋪爲名，在那兒住下，一面悄悄的留意鄭旺宅裏的動靜，如果你去老曹集找老雷的消息漏到鄭旺的耳朵裏去，你在靈河集上露面，鄭旺必會著人注意的監視著你。」

「要真的這樣，我該怎樣做呢？」

「很容易，」柳和說：「你不妨大模大樣的走進潘二開設的酒館，遇著熟人，大談你去老曹集的事，假話由你編，只要不透露真實情形就成，這樣，鄭旺的心就會覺得寬鬆了。辦妥這個，你就在集上等候著，咱們的人一到齊，就找機會動手啦！」

「這我知道了。」鐵山說。

「佟忠跟楊義老弟，你們兩人要做的很簡單。」柳和說：「到時候，你們倆個不妨喝上幾盅，帶著醉，在鄭旺左近的街頭發生爭吵，使很多人都出來看熱鬧，鄭旺門前守宅子的警衛，你們要使得他們出面干預，和他們夾七夾八的糾纏不清，使我有機會闖進鄭旺的宅裏去。」

「柳大叔，他們都有事幹了，我呢？」程世寶說。

「你在後街上看守牲口。」柳和說：「我辦完事，打後門出來，那時大夥兒在後門會合，出南門朝北繞，再回荆家屯。」

「立即就動手嗎？」鐵山說。

「不，」柳和說：「據我料算，鄭旺這一批煙土該在月內起運了，咱們等鄔學如帶著人槍上路之後再動手，那時靈河集鄭旺身邊的槍枝人手最薄弱，比較容易對付，至於金痳子和他手下的駐軍，他們決不會多管這檔子閒事的，咱們根本不必顧慮。」

「對！」佟忠說：「除掉鄭旺這個毒蟲，他那些手下準是樹倒猢猻散，誰願意再爲他出面追究呢？——一個死掉的人，是不會付錢的了。」

「你們帶著馬隊去防範活剝皮老許，情形怎樣了？」柳和問說。

「咱們經常在楊家屯東面的丘陵地一帶梭巡，」佟忠說：「但活剝皮那傢伙狡猾得很，根本就沒再露面，咱們一直沒遇著他。」

「馬隊不用撤，」荆朔說：「我跟石大爺合力防著他們就是了。我認爲活剝皮這股子人，陰魂不散似的纏著咱們，全受鄭旺的唆使，等到鄭旺一除，咱們就能全力對付，憑活剝皮老許那點實力，很難在靈河附近站得住腳的。」

一切都計劃妥當了，只等著鄭旺的煙土押運出去，靈河集上的商團槍隊離開，他們就好動手剷除鄭旺，但這時候，郭海山的駐軍卻突然開了下來，駐軍駐紮在孟莊和靈河集，派人向靈河兩岸各村屯要糧要草，郭海山張貼出告示，說是要到大龍家寨去剿辦土匪，不用說，許多人都猜得出來，郭海山所指的土匪，就是鄧鵬那批人了。

「說什麼剿辦土匪？」柳和說：「郭海山只是眼紅鄧鵬的那批人槍，想把他繳械編併，增加他自己的實力罷了，其實，鄧鵬業已洗手，不再作案啦！」

「就是啊！」鐵山說：「放著活剝皮這一股不管，反而要去剿辦鄧鵬，真是說不通！」

「他們即使去剿辦鄧鵬，也該把隊伍拉到大龍家寨附近去的，」荊朔說：「大龍家寨離腳下好幾十里地，他們駐在靈河集做什麼？」

「嘿，」柳和說：「這真很難說，也許又是鄭旺搗的鬼，他的人槍要拉出去押運煙土，他怕靈河集空虛，便透過金麻子，把郭海山的隊伍誘下鄉來，名義上是要剿辦土匪，其實是拿駐軍來威嚇咱們無法動他的手。也許他還會挑撥郭海山跟咱們對上，好使他從中得利，他是什麼事情都幹得出來的。」

郭海山的隊伍開拔下來，但不是整團，只是一個營，加上郭海山本人的一個衛隊，他的團部就臨時安在鄭旺的宅子裏。

這事使葉爾靖很緊張，他到荊家屯來，召聚各村屯的執事人商議，要怎樣應付這種突來的情

況?山戶首領劉厚德說:

「咱們不必慌,俗說:兵來將擋,咱們不妨穩住勁,看對方有怎樣的舉動?郭海山如果真的想編併鄧鵬的人槍,他會開拔到大龍家寨去,他要糧要草,咱們做平民百姓的,只有照付,只要他不存心爲難,咱們倒不是不能忍氣的,假如他聽信鄭旺的教唆,存心跟咱們作對的話,咱們管它什麼駐軍不駐軍,一樣的理平槍口對著他,我不信他會比牛鬍子更強!」

「能忍,咱們當然儘量的忍。」葉爾靖說:「實在忍不住了,咱們也就管不了那許多啦!」

「我看我仍得先到靈河集上去,」鐵山說:「一面打聽打聽郭海山的動靜,一面摸索鄭旺的底,看他又會耍出什麼新的花樣。」

「那你就去試試罷,」柳和說:「不過,面對著奸狡巨猾的鄭旺,你千萬得小心點兒,不要在咱們對鄭旺動手之前,節外生枝的鬧出事端來。」

「我知道,」鐵山說:「我不會把咱們議定的事情搞砸了的。」

鐵山去了靈河集,一向不肯出頭的股匪活剝皮老許又在靈河背後活躍起來了。活剝皮帶著人從東面的丘陵裏竄出來,突然的攻撲了楊家屯,在葉爾靖率人救援時,又立即退走了。

「這可真是怪事?」葉爾靖說:「活剝皮是打家劫舍的股匪,按理說,郭海山的駐軍以剿辦土匪的名目開下來,活剝皮應該躲到一邊去,避避風頭才對,哪有說反而出來攻撲屯子的?除非他跟郭海山有默契,知道駐軍不會找他。」

「其實,想通了也就無足驚怪啦!」柳和說:「鄭旺跟郭海山一鼻孔出氣,活剝皮是鄭旺慫恿出來的,不管名目一不一樣,他們都是一條道兒上的,郭團長當然不會找到活剝皮的頭上去,這是很顯然的。」

「若照這麼說，鄭旺是先衝著咱們來了，」葉爾靖說：「恐怕不久就會有動靜。鄭旺這個傢伙，他一向不自己出面，關鍵仍在郭海山的身上。」

「他會把咱們怎樣呢？」石紅鼻子說：「他打著剿辦土匪的旗號下鄉來，他要糧，咱們送糧，要草，咱們送草，咱們並沒抗他，我認爲他找咱們的碴兒毫無緣由！」

「天底下凡事都要有緣由，人間就沒有亂局了！」葉爾靖說：「石大爺，您是耕田種地的土腦袋瓜子，不管用的，郭海山全不是如咱們所想的那種人物。」

「防人之心不可無，」荊朔說：「不論郭海山的態度如何，咱們把槍隊集攏，嚴密的防著他總不錯的。」

「對！」柳和說：「鐵山也已到靈河集上去了，若有什麼對咱們不利的動靜，我想，他一定會通告回來的，諸位若是不放心，我願意到靈河集上去走走，順便跟鐵山碰個面，有事，兩個人好商量。」

「嗨，」葉爾靖嘆口氣說：「咱們靈河岸這兩年走霉運，總是一波未平，一波又起，原不願讓柳師傅您爲咱們冒險的，但處在這種節骨眼兒上，論機智，論經驗，咱們處處都得借重您的大力，少不得又要煩勞您了。」

「葉大爺，您可甭這樣說，我柳和受聘在荊家屯做事，不算是外人，靈河有事，當然也有我的一份兒，」柳和說：「哪怕是刀山油鍋，該闖的，我決不能退讓。我是在想：鄭旺平時瞇瞇帶笑，不敢輕易對咱們怎樣，如今他勾來了郭海山，光景便不同了，我怕他會對鐵山不利，鐵山一個人留在集上，實在太孤單啦！」

事情還沒有發生，但每個人都感覺到氣氛很不對勁兒，柳和在二天清早，就騎了馬到靈河集上去了。

第十七章 決死一搏

那天正逢趕集市的日子，也許四鄉的人們風聞集上駐了兵，前來趕集做交易的少了很多，柳和的腳力很快，四蹄翻花，轉眼就越過旱溪，來到靈河集的東街梢了。

集上沒有特別加佈崗哨，兩個商團裏的老弱團丁坐在柵門邊的哨棚子裏賣呆。

柳和催馬進集鎮時，早已計算過，他本身雖不是什麼頭角崢嶸的人物，但鄭旺的手下人多半認識他，他與其躲躲閃閃的引人起疑，不如就這麼大大方方的騎著馬直闖進來，假如鄭旺有這個膽子對自己動手，就讓他來好了，這要比躲躲閃閃好得多。

橫豎自己進鎮，是瞞不過鄭旺所佈的耳線和眼線的，這樣進來，或許不至使鄭旺起疑。

他到了大街中段，在鄭旺宅子的斜對面的廊柱拴了馬，逕走到鐵山開設的皮毛鋪子裏來。

耿小斤站在櫃檯裏面，還以爲有客人上門，一抬眼見是柳和，便露出驚訝的神情說：

「柳大叔，您怎麼在這辰光趕到集上來了？」

「怎麼？」柳和說：「有什麼不對勁的？」

「不，沒……沒什麼！」耿小斤說：「只是北洋駐軍開下來了，那個郭團長如今正在鄭宅作客，您總是聽說了吧？他們說是下來剿辦土匪的，但他們全迷在煙酒賭娼四個字上，那些喝醉了的兵爺，昨兒在街上喝醉了唱唱，歪腔邪調的鬧了大半夜。」

「那咱們可管不著，」柳和笑笑說：「鐵山他人呢？該不會睡懶龍覺罷？」

「他剛出門，」耿小斤說：「到西邊的橫街去蹓躂去了，西街是獵市，有賣噴沙火藥的，賣獵器和鷹的，他打算買一隻兔虎兒回來調教調教。」

「他要飼鷹，倒犯不著花錢去買，」柳和說：「他伯父荊龍的宅裏，如今還飼著他生前所玩的獵鷹和兔虎兒，荊朔又不行獵，賣掉牠們，他又捨不得，日後要鐵山接手飼養，也是一樣。」

「他也不是真的打算買鷹什麼的，」耿小斤說：「他只是想藉機會出去走動走動，看他這趟到集上來，一臉鬱鬱的，好像有很重的心事，您是他最尊重的長輩，您來了可好，可以勸勸他了。」

柳和點點頭，他料定鐵山沒跟耿小斤透露出一絲口風，本來，剷除鄭旺是靈河岸一宗最緊要的大事，他不會輕易透露的。

「鐵山也算生不逢辰，你們年輕人，其實都一樣，」他對耿小斤說：「這幾年，兵來馬去，日子過的不像日子，行獵不安心，皮毛生意受影響，又無法積賺下錢來，依鐵山的年紀，早該娶房親了，但他跟我出門好幾趟，差點把命給賣上，他心裏委實不是滋味，這情形，我是很清楚的，等我見著他，我自會勸他的。」

「那就好了！」耿小斤說：「您見著他，最好勸他先回荊家屯，不要再留在集上晃。」

「你說的不錯，」柳和說：「如今郭海山這個魔頭駐紮在靈河集上，一般人等，在他眼睛眉毛邊晃蕩，不是一宗好事，過了這段時刻就無所謂了！」

集市上趕集的人不多，柳和從店鋪裏望出去，看得見對街廊柱上拴著的十多匹馬，那是郭海山衛隊騎乘的，另外，在鄭旺宅子的門邊，四人值著崗，其中兩個是團勇，兩個是郭海山的護兵。

「我這就到西邊橫街去蹓躂蹓躂去，」他說：「你安心守著店鋪，不必等我。」

柳和出門沿著街廊走，並沒發現有人跟蹤他，街對面的酒鋪和賭場裏，喧嘩四起，光聽聲音，就知道異常熱鬧，他想得到郭海山帶來的那些兵勇，一駐紮下來，就是找著煙酒賭娼的門路，鄭旺所經營的那些生意，樂得藉這機會大撈一筆，真要這樣的話，他和鐵山活動時機會也就跟著增加了。

西街的獵市倒顯得有些冷清，獵戶們很少趁著這個節骨眼兒來趕集的，只有鎮上兩三人愛玩鷹的，胳膊上架著蒼鷹和兔虎兒，一邊聊天，一邊放溜，鐵山蹲在一處斷牆的土墩上，胳膊上也架了一支灰鷹。

「柳大叔，您怎麼也來了？」他看見柳和時，略爲有些驚愕。

「我是來看看你的，」柳和說：「怎麼，你新買了這隻鷹啦？」

「還沒成交呢，」鐵山說：「我打算先養兩天試試，如果牠管用，再談價錢，行獵的人有隻鷹，有許多意想不到的方便。我看，大叔，我還是陪您回店裏去罷，在這兒不太方便。」

「情形怎樣？」柳和壓低聲音說。

「您知道的，」鐵山說：「郭海山這回調一個營下來透著奇怪，他從來很少離開縣城的，據說鄭旺孝敬他十封煙土，不過沒經證實就是了！」

「不管它郭海山，」柳和說：「鄭旺有在街上露面沒有？」

「沒有，」鐵山說：「他很少出來。前後門都佈有四個崗哨，闖進宅裏去的機會太少了。」

「你在靈河集露面，對方沒有什麼動靜？」

「看不出來，」鐵山說：「我照您的話，在酒館和賭場都打過轉，也見過潘二，他除了照樣客氣之外，沒見其他的反應。」

「咱們走著聊。」柳和說。

走在路上，柳和又說：

「我這次到靈河集來，主要是想弄清楚鄭旺把郭海山勾引下鄉的緣由？姓鄭的疑心生暗鬼，總恐懼著咱們弄清底細，找到他的頭上，因此他成天動腦筋，想把各村屯執事的人全都擺平，把靈河兩岸放在他的口袋裏，他算是真的瘋狂了！」

「鄭旺是瘋了，但郭海山該不會跟著他發瘋，」鐵山說：「他用什麼藉口來找咱們的碴兒呢？」

「那就得由咱們先探聽了。」柳和說：「我實在不願眼見靈河岸的人再歷一場劫難，咱們力量雖很微薄，能挽回多少，就挽回多少。」

「據說郭海山是鄭旺請來談煙土的事的，」鐵山說：「鄭旺的手下人都這麼說，他們準備再擴大罌粟的栽種面積，鄭旺願意拉郭海山合夥，這回他是下鄉看地來了，同時也想對靈河兩岸亮亮威，讓咱們不敢動他，這當然是鄭旺的主意。」

「恐怕還不如傳聞這麼簡單。」柳和說。

「那就看他們的好了！」鐵山銼銼牙說：「亂世的人，砧上的肉，他們愛怎麼剁，就怎麼剁，愛怎麼砍，就怎麼砍，也許碰著硬骨頭，崩了他的刀口。」

兩人走到大街上，離店鋪不遠，忽聽有人在一邊放聲招呼說：

「早啊！柳師傅，您這麼一早上趕集來，是有什麼急事嗎？」

柳和一扭頭，發現招呼他的，正是鄭旺的爪牙潘二，潘二腰裏插著匣槍，瞇著眼，露著牙，笑得有些陰陰的，他看了潘二一眼，毫無驚異的神情，因爲他進集市之前，早已料到一定有人注意他，靈河集不算大集市，根本藏不住人，他也沒作躲藏的打算。潘二的出現，早在他的料算之中，只不過略爲早了一些罷了。

「原來是潘掌櫃，」他說：「我是來找鐵山談事情的，聽說靈河集來了貴客，你們鄭大爺真有臉面。」

「您是說郭團長帶人下來?」潘二說:「您若見到四處張貼的告示就明白了，他是帶人來剿辦土匪的，跟鄭大爺毫無關係。」

「好個剿辦土匪，」柳和說:「又徵糧，又要草，放著活剝皮老許那股人不管，在這兒躺煙鋪，恐怕只有潘掌櫃的是這麼想吧?」

「告示上是這麼說，」潘二訕訕的說:「我們做買賣的，當然希望他真的去剿辦剿辦，讓地方上平靖些，他剿與不剿，我們哪能管得著?倒是咱們鄭大爺很想見見您是真的。」

「那你跟他說，我在鐵山的店鋪裏，」柳和說:「人說，行客拜坐客，我本當去拜望他，怕他正陪著郭團長，沒有空，我若逕去就太冒昧了，他何時有空，通知我一聲，我去看他如何?」

「說來真巧，」潘二說:「他現在就有空，讓我陪著您，和鐵山兄一道兒過去罷。」

「行!」柳和轉朝鐵山望一眼說:「要沒有你潘掌櫃的領著，衝著鄭宅門口那四人大崗，我這做小民百姓的，兩腿都有些打軟，想進也進不去呢!」

無論鄭旺存的是什麼心，柳和毫沒在乎，他自從在老曹集弄清真相之後，對於鄭旺這種陰毒的人恨之入骨，早就存心把命豁上了。同樣的，鐵山也有這種想法，他原不讓柳和單獨冒這個險，柳和既不退讓，他當然願意陪他到底。

潘二領著他們兩個，經過鄭旺前門口的崗位，朝內宅裏走，柳和再一看，郭海山這個傢伙，官不算大，倒是蠻會擺排場的，他的警衛排，全排都佈在宅院裏，兩挺機關炮也一左一右的架在院角，儼然是一付如臨大敵的態勢，不知這是他平素的習慣，還是心裏有鬼?或是耳風刮著了什麼，怕有人冷不防的對著他動手?

柳和瞧著這種光景，心裏嘿然的冷笑了一聲，心想郭海山和鄭旺這兩個狼狽爲奸的傢伙，本身的所作所爲，甭說使旁人憤怒，連自己內心也覺得不安，才會無日無夜的防人暗算，若是這樣，他們真該先想想自己做了些什麼？前門崗後門哨的站著、防著，以爲這樣就能擋得了有心人麼？

動手不動手，早動手和晚動手，主動的權限操在自己的手裏，他一點也不擔心鄭旺能逃避掉，鄭旺變本加厲，勾結郭海山下來威嚇靈河兩岸的人，只能在短期間使他暫獲苟延罷了。

過了二道院子，潘二擺手請說：

「柳師傅跟鐵山兄，這邊請，鄭大爺正陪著郭團長在花廳裏躺煙鋪呢。」

走到花廳門口，潘二放聲說：

「鄭大哥，荆家屯的柳師傅跟鐵山兄兩個，已經來看您來啦！」

「好！」鄭旺在裏面說：「快請兩位進屋，跟郭團長見見面罷！」

鄭旺說話的語氣透著客氣，好像跟早先沒什麼兩樣，但嘴動身沒動，柳和進屋時，發現鄭旺非但沒有趿鞋，躺在煙鋪上，連坐全沒坐起身來，那個光腦袋的郭海山，捏著煙槍就燈猛吸，眼皮全沒朝上抬。

嘿！揹著牌坊賣肉，——好大的架子！

對於郭海山，柳和倒不願說什麼，但鄭旺早先對待各村屯的人一向笑臉相迎，全不像今天這樣踞傲，這使他自覺不悅，但忍了口氣，並沒露出聲色來。

「柳師傅，跟鐵山老弟，」鄭旺這才用手肘支撐起半個身子說：「聞說兩位這些時追辦荆四嫂被謀害的案子，奔東跑西的，非常辛苦，我心裏也很感激著，因爲我在靈河集上管事，巫門裏報過案，若沒有個結果，我的面子上很不好看，也很難交代，兩位雖爲靈河岸奔跑，多少也是替我解決難題，我不知該怎樣謝兩位才好。」

「這倒用不著，鄭大爺。」柳和說：「我帶著鐵山跟幾位小弟兄去過包家驢店，也去過老曹集找過雷師傅，什麼全沒得著，看來這案子，跟靈河早先各案一樣，荊四嫂也只有冤沉海底了。」

鄭旺聽了話，哦了一聲，臉上的神色立即緩和下來，又擠出些笑意來說：

「二位請坐，容我來跟兩位引見引見，這位就是大名鼎鼎的郭海山郭團長……這是荊家屯護屯的柳師傅，這是荊鐵山老弟，是當年靈河老主事荊龍荊大爺的侄兒，正巧兩位到集上來，我便著人請他們來見過您的。」

「嗯，請坐罷，」郭海山嗯了一聲說，「先用茶，等歇我有幾句話，要跟兩位聊聊！」

柳和跟鐵山兩個交換一個眼色，坐了下來。

即使在屋子裏面，靠牆也站了三個郭海山的貼身馬弁，每人腰裏插著匣槍，手都捺在槍柄上，彷彿郭海山早已知道柳和是什麼樣的人物，特別加意防範著。

在這種情形下，連鐵山都有些捏了一把汗，但柳和神色自若，對郭海山說：

「團長您有什麼話，請說罷，咱們洗耳恭聽就是了！靈河兩岸的居民聽說您下來剿辦土匪，大家都伸長脖子在等著呢。」

郭海山這才抬起臉來，把柳和上上下下打量了幾眼，撐起半邊身體來說：

「你們放心，我既然帶著隊伍來到這兒，不會白徵你們的糧草，總要做點事兒，讓地方百姓瞧瞧，要不然，我不是白來了？」

「郭團長他這回下來，是剿辦牛騔子那股殘眾來的，」鄭旺說：「隊伍暫駐靈河集，一等糧草預備妥當，就要開向大龍家寨去，各村屯應該相信的。」

「團長他怎麼說，咱們怎麼相信，」鐵山說：「鄭大爺，您聽說誰不相信來著？告示上說是要糧要草，各村屯儘管自己少吃沒燒的，也要拚命湊足數送的來，沒誰吱吱牙迸出一聲『不』字，難道這還不能表明？」

鄭旺被頂得乾咽了一口吐沫。他狠瞪了鐵山一眼，但沒當時發作出來。

「柳師傅，」郭海山擺動煙槍，把話接了過去說：「我聽說你去年寒天和月前，兩次經過大龍家寨，跟股匪如今的頭目，那個叫什麼鄧鵬的見過面，可有這回事？」

「不錯，」柳和說：「鄧鵬原是牛鬍子的二當家的，牛鬍子捲撲靈河，前後三次之多，燒殺擄掠，當時縣裏沒有官兵下來，這兒各村屯只有聚集人槍拚命對抗，牛鬍子死後，股匪被鄉裏槍隊打垮，鄧鵬退回大龍家寨，我見著他時，他也已洗手不幹，但槍枝人手仍然捏在手上，做些跑單幫的生意維持，真實情形如何，我是局外人，不得而知，至少，鄧鵬是這麼親口講的。」

「我倒有幾分奇怪，」郭海山說：「你們當初跟牛鬍子對火廝殺，打得死傷累累，你們經過大龍家寨，鄧鵬竟不藉機扣留你們，反而把你們當成客人看待？是你柳師傅跟他姓鄧的有交情？」

「哪談得上交情？」柳和說：「那是牛鬍子每次捲襲靈河時，採用封寨的方法，使靈河岸的人缺糧缺火，我帶著幾個弟兄混出屯子，到縣城去採購槍火糧食，當時牛鬍子差人出去追截，領頭的就是鄧鵬。」

「照這麼說，你們更是冤家對頭了？」

「不錯，」柳和說：「咱們運槍械，運糧食，全部成功了，鄧鵬算是栽在我的手上，這回我經過大龍家寨，鄧鵬提起當年的事，他頗有懊悔之意，表示他不願再幹股匪，這都是實情。」

「聽起來倒真有味道，」郭海山說：「但我卻不能相信，正因爲我這回要去大龍家寨剿辦鄧鵬，而你們跟鄧鵬又有些交情，所以我要把你們暫時留下，等我剷掉鄧鵬再放人！」

柳和看看躺在煙榻上的鄭旺，頓然明白這又是鄭旺出的主意，歹毒的借刀殺人的方法，在他用起來輕鬆寫意得很，彷彿他根本沒有參與，完全處身事外，他不但處身事外，當郭海山決定扣人的時候，更貓哭耗子假惺惺，做出一副吃驚的樣子來說：

「我看，郭團長，柳師傅在抗拒股匪時，真是施出渾身解數，捨命相拚，他們兩位在靈河岸各村屯人們的心目裏，可都是英雄人物，而且這兩位又都是我的熟朋友，這回是我請他們到宅裏來的，您若把他們扣留，當然，在您是公事公辦，但等您抽腿一走，留下鄭旺我在靈河集，我就慘了，……各村屯要都來興師問罪，我是百口莫辯啦！」

「我也不怎麼爲難他們兩位，」郭海山說：「一等我解決掉鄧鵬，立即就放他們回屯裏去，在這兒，他們有吃，有住，根本是做做客，有什麼不妥呢？」

「這也得要跟各村屯主事的葉爾靖關照過才妥當，」鄭旺說：「您下來剷辦土匪，需得地方上支持，不能爲著這事把地方上士紳得罪了，朝後事情便不好辦啦！」

「也好，」郭海山想了一想說：「那就著人去把葉爾靖找來，我把事情跟他說明白就是了！」

兩個人一人唱紅臉，一人唱黑臉，一敲一答的說得煞有介事，把柳和氣得額角暴青筋，但四支匣槍在監視著，人已經落在他們的手上，他不願輕舉妄動。他弄不清郭海山的葫蘆裏究竟賣的是什麼藥？恐怕他會用這種方法，把各村屯的執事一個一個的誘的來軟禁，到那時，人質窩到郭海山的手裏，鄉隊投鼠忌器，想動不敢動，那就只好任憑郭海山和鄭旺宰割了。

「我看，團長您不必麻煩啦，」柳和說：「我跟鐵山兩個，實在跟鄧鵬沒有什麼關係，您既然信不過，咱們也樂意在這兒多留幾天，也好顯個清白，至於說軟扣兩人就得罪地方，根本用不著多這一層的顧慮，我日後出去，會解釋明白的。」

「不錯，柳師傅，你究竟是在江湖上混過，很明白事理。」郭海山說：「我這樣做，也有我不得已的苦衷在，希望兩位體諒，暫時委屈幾天。……來人，請柳師傅和荊老弟到後面去好了。」

柳和明白，鄭旺教唆郭海山這樣做，只是一種試探，看看各村屯對這兩個人被扣，會有什麼樣的反應？不管是郭海山和鄭旺哪一個，一時都不敢把自己和鐵山怎麼樣！但若是不設法阻遏，聽憑鄭旺教唆下去，那，後果可就堪慮了。

郭海山嘴上說得客氣，事實上，是用四個人四支匣槍，把柳和跟鐵山押到後屋去的，比起一般人犯，只差沒有繩捆索綁罷了。

柳和跟鐵山兩個早先都沒踏進鄭宅的後院，這回被押進來，才知道後屋裏有個活門，活門裏是一道夾牆，夾牆下面有一間很大的地室，造得異常嚴密堅固，北地有許多富戶的家宅，爲了收藏珍貴的財物，大多設有這類的夾牆和地室，那是防盜防匪用的，而像鄭旺這種人在自宅裏挖設地室，其居心就頗爲可疑了！

四支槍押著他們兩個，經過活門，在黑黝黝的夾牆角道裏走了一段路，然後再從地道入口一級一級的踏下去，到了地室裏面，發覺居然有窗，窗是一排橫窗，不大，加嵌了兩層鐵窗櫺，外面透進來的窗光很黝黯，也不知通向什麼地方？看來好像在樹蔭下面。

「柳師傅，委屈您兩位，」一個馬弁說：「只好委屈您兩位，暫時在這兒歇著了！」

包鐵的晉木門被推上了，外面響起落鎖的聲音。

鐵山把這間地室睃視一番說：

「大叔，這不像是唱書的所唱的地牢嗎？」

「不錯。」柳和說。

「我看情形很糟，」鐵山說：「鄭旺不會相信咱們的話，他始終疑心咱們在老曹集遇著雷師傅，也許已經探聽出他的底細，他面上不露聲色，卻讓郭海山出面，把咱們關起來，他的居心歹毒透了。」

「我知道，」柳和說：「如今看到這情形，遠比當初我想的嚴重，……我想，郭海山和鄭旺如今正面議著如何處置咱們呢！」

「咱們走進鄭旺的宅子，沒有人證，」鐵山說：「外邊見不著咱們，會以爲咱們是神秘失蹤了！鄭旺如果在這地室裏把咱們處置掉，再來個毀屍滅跡，誰都不會知道，那時刻，他再來個搖頭不認賬，誰能指明人是他害的？那時，這案子不是又成了無頭案子嗎？」

「你說的，並非沒有可能，」柳和沉重的踱動著說：「不過，當時有槍口對著咱們，動一動會當場丟命，咱們只能穩住，等機會再說。」

「會有什麼樣的機會呢？」

「人活著，總有機會的。」柳和說：「也許我這次到靈河集來，明知危機四伏，還是不顧一切的硬闖，是太冒失了一點，但人說：不入虎穴，焉得虎子？再大的危機，總是値得冒一冒的。」

鐵山開始繞著地室走動，踩踩地上鋪砌的方磚，敲敲四邊的磚壁，又用手握著窗櫺，用力扳動，希望能發現什麼，但最後，他搖搖頭說：

「這地室造得太牢固了，咱們根本沒有遁出去的機會！」

「我根本不打算從這兒遁出去，」柳和說：「那十足會顯出咱們心虛，一旦從地室遁走，郭海山會指咱們勾通股匪，鄭旺會疑心更重，那咱們就失去剷除他的機會了。」

「那該怎辦呢？」

「等著！」柳和說：「機會總是有的。」

鐵山在黝黯的光線裏看著柳和，柳和仍然是一副氣定神閒的模樣，沒顯出絲毫的慌亂懼怯來，他這幾年跟隨柳大叔出門，沒有一次辦事辦不成的，儘管遭遇到眾多綜錯複雜的變化，柳大叔都能憑著他的機智和膽氣逐一克服它，這使得自己、佟忠和程世寶對於柳大叔十分欽服，認爲跟他在一起，即使遇上再大的危險，也是有恃無恐的，柳大叔總有辦法應付。

地室裏還算不錯，有桌椅和床鋪，至少被扣押在這兒，還不至於受多大的罪，只是行動不自由罷了！柳和拖過一把椅子坐下來，繼續對鐵山說：

「這回鄭旺用這種方法把咱們扣押，他算是出了格兒，換是平常，他還不敢這麼做，可見他背後，也有旁人在慫恿著他！」

「那會是誰呢？」鐵山說：「慣出主意的二馬，如今不在集市上，潘二鬼頭鬼腦的，只配做做鄭旺的應聲蟲，還談不到拿主意。」

「是二馬嫂那個女人！」柳和說：「我想，除了她就沒有旁人了。」

「嗯，二馬嫂，她確是個拳頭上站得人的女光棍，」鐵山說：「沒想到她會跟鄭旺夥到一起，連她丈夫二馬也踢在一邊不管啦！」

「這有什麼好奇怪的？」柳和說：「二馬嫂是個很有野心，但又深藏不露的女人，二馬油腔滑調，行事猥褻，沒有什麼正經，東飄西蕩的混了許多年，錢沒錢，勢沒勢，仍然在鄭旺的下巴底下等露水吃，二馬嫂眼見鄭旺節節攀高，她跳個槽又算得了什麼？說起來倒很順理成章，二馬只有乖乖戴上那頂綠頭巾了。」

「二馬嫂跟咱們又沒有深仇大恨，」鐵山說：「她幫著鄭旺，用借刀殺人的方法，綴弄郭海山出面，找個邪岔兒把咱們軟扣住，又是什麼意思呢？」

柳和平伸出一隻胳膊，用手指輕彈著桌面說：

「她嘛？她是唯恐天下不亂！她跟鄭旺，貪圖的是什麼？是人？鄭旺的年歲比二馬要多一大把，品沒品，貌沒貌的，憑哪點也不會使女人迷戀。她的兩眼自然落在一個錢字上，天下要是不亂，鄭旺要是不倒下，她什麼都得不著，她慫恿鄭旺，假郭海山之手扣起咱們倆，就是想讓各村屯和鄭旺大起衝突，她好找機會撈錢，也許會捲帶細軟，學荊四嫂那樣的逃離靈河集，到外埠去另開碼頭，鄭旺跟她姦戀情熱，也許看不到這一步，我可是旁觀者清，替他看到了！」

「旁的事情倒容易懂，」鐵山嘆口氣說：「這人心人性，真的是難懂啊！柳大叔，您想的真夠深透，我一時根本沒想到這一點的。」

「這是事理，」柳和說：「但對咱們目前的處境並沒有什麼幫助，咱們目前最好的方法，就是平心靜氣，以不變應萬變，看他們怎麼來，再作決定。郭海山想繳掉鄧鵬那股人的槍械，恐怕沒有那麼容易，鄭旺要想整倒靈河岸各村屯的執事，也沒有多大的成算，咱們等著。」

「看樣子，也只有等著了，」鐵山坐下來，這才想起他胳膊上架著的那隻兔虎兒。

「對啦，大叔！」他說：「這地室造得牢固，人是無法出去了，但這隻灰鷹卻能出得去，咱們只要除去牠的眼罩，把牠送出窗口，牠就會飛回我那位飼鷹的朋友那兒去的。」

柳和把眼轉落到那隻戴著皮眼罩的猛禽的身上，不禁發出笑聲來說：

「這真是笑話，郭海山和鄭旺兩個直管躺在煙榻上吩咐押人，他手下那些笨蛋也沒想到這隻鷹，咱們要把一張字條縛在牠的腳爪上，放牠飛回去，這樣一來，鄭旺就想在暗中把咱們處置掉也不成啦！事不宜遲，咱們趁著他們還沒想起牠的時刻，立即把牠放掉罷！」

老鷹腳爪上總要縛個字條兒才成，可是地室裏根本沒有紙墨筆硯，怎好寫字條兒呢？鐵山想起一個辦法，把他白小褂兒的口袋扯下一個來，柳和便用攮子在磚縫裏挖出一條青灰，試著寫字在布上，居然能清晰的辨出字跡來。

鷹便從窗洞飛走了，他們在鄭宅被押進地室的消息，也跟著飛走了，第二天傍午，這消息就傳到葉爾靖和荊朔那裏，葉爾靖再也捺耐不住他的怒火，他到荊家屯，撞鐘聚合了一些槍枝人手，要他們嚴守住圩崗子待變，然後著人飛馬傳信，把各村屯的執事召齊會商說：

「郭海山假剿辦土匪爲名，帶兵下來騷擾靈河，更揑個名目，先把柳師傅和鐵山扣押了，如今兩人被關在鄭旺後屋的地窖裏，這該怎麼辦？大夥兒都該立即決定出一個主意來！」

「柳大叔爲咱們出生入死，」荊朔說：「他對靈河岸的生者死者立有大恩德，咱們有一口氣在，決不能讓他那樣被鄭旺整死！即使有郭海山當護符，咱們也得顯點顏色給他看，逼他非放人不可！」

「對！我就是這個主意，」葉爾靖說：「人不管在什麼局面，都得活得有個人樣兒，寧願拚光熬光，也不能向鄭旺這種邪貨低頭！他勾結土匪，販賣黑貨，又插足靈河，造孽多端，莫說死一次，死十次也不爲多！」

「葉大爺！」一向穩沉的石紅鼻子也激動起來：「您說的，全是大夥心裏的話，郭海山若是堅持不放人，咱們就找著他拚，在北洋地面上，這種事早先也有過，他們不是天王老子，民間就抗不得的。」

「郭海山只帶來一個營，數人頭，論槍枝，也很有限，」葉爾靖說：「咱們把各村屯人槍全數合攏，至少有他三四倍，不妨一舉把靈河集拔掉，連郭海山和鄭旺一鍋熬掉它，日後會有什麼事，咱們擔當！我不信誰能使靈河岸的人都滅絕。」

「對，一切全依葉大爺，」山戶首領劉厚德說：「咱們就這麼辦了。」

在靈河集裏躺煙榻的郭海山和鄭旺，正商議著如何解決那兩個被扣押的人時，各村屯已經紛紛響角聚集人槍，準備拉上來開火了。

鄭旺一向是心思細密的人，沒料在最緊要的關節上一時疏失，漏了一著兒，使他苦心挖成的陷阱塌了邊兒了，正加鐵山所料想的，鄭旺真有看機會行事，把兩人暗害掉的意思，他認爲拔掉柳和跟鐵山這兩顆眼中釘，靈河岸各村屯就去掉一半依恃，也許辦這種事有些冒險，但這種險是值得冒的。

郭海山來到靈河集，得了鄭旺的十大包煙土，又徵足了糧和草，業已覺得很滿意了，鄭旺在他面前肆行挑唆，把鄧鵬那股人槍形容得透肥，鼓勵他進兵大龍家寨，很快便可把鄧鵬吃掉，將人槍歸併到自己的旗下，這塊肥肉已經聞著香味，若是不吃實在有些可惜，因此，他把心思都花在如何吞吃鄧鵬的事上，至於扣押柳和跟鐵山，對他，根本是一宗玩笑的事，他既沒抱什麼成算，也沒以爲關個把人，或者碰高興斃個把人，會惹起什麼麻煩。

兩個人躺在煙鋪上，由二馬嫂陪著，鄭旺對郭海山舉上主意，二馬嫂就在一旁輕輕的敲敲邊鼓，提到柳和，二馬嫂故意伸出舌頭來說：

「團長大老爺，這個柳和可是厲害的人物，他的兩邊靴繞子上都插的有攮子，他對攮子比人拔匣槍還快，也極有準頭，當年牛鬍子就是被他撂倒的，這樣的人，您可不能得罪他，萬一得罪了，就再也放不得啦！」

「柳和跟大龍家寨的鄧鵬，明是通著的。」鄭旺說：「他們無非是想阻攔我做黑貨生意，人說：擒虎容易縱虎難，您要是抬抬手讓這兩個人出去，那就糟了，他們能把江河湖海的水都給攪渾掉！」

「嘿嘿，」郭海山笑笑：「鄭老闆，你究竟是生意買賣人，心像芝麻綠豆粒兒，一個柳和算什麼，充其量他練過幾天拳腳功夫，身手比旁人敏捷些兒，一粒黑棗餵進去，他照樣一翻兩瞪眼，伸腿上西天，我手裏斃過的厲害人物，可不在少數，也沒見什麼冤魂來糾纏過我。」

「難就難在您不能斃他了！」鄭旺輕輕激著他說：「我跟您說過，他是靈河兩岸人們心目裏的英雄人物，您要真的動火斃了人，您還想回縣城嗎？」

「會有這麼嚴重？」郭海山說，「那我倒想試試靈河岸的這幫鄉野猴頭有多厲害了！」

聽他說話的口音，彷彿一口氣拗上來，會立即拉槍把柳和給斃掉似的，但他把眉毛一皺，嘆了一口氣，又躺下身子說：

「何必呢，我只想到大龍家寨去繳鄧鵬的槍械，沒有開罪靈河兩岸的意思，柳和既是在江湖上混出名聲來的人物，該明白事理，我押他幾天，再客客氣氣的放人，該說的話都已經說明白了，他沒有道理找到我的頭上。」

「對，柳和可能不找您，但他會找我的，」鄭旺說：「他會指出關人的主意是我拿的，尤獨是鐵山那個年輕漢子，脾性極衝，一火就拔槍，我可連跟他解釋清楚的機會都沒有了。」

「如今人在咱們手心裏，你也不用這樣急，」郭海山說：「咱們有時間消停商議。」

「恐怕沒有消停的時間了，團長大老爺！」二馬嫂犯愁的說：「柳和跟鐵山在靈河集上憑白無故的失了蹤，人到哪兒去了呢？不管有沒有憑據，他們都會認定是鄭大爺搞的，到那時，咱們就慘了。」

「總之，人您已經扣了，」鄭旺說：「黑鍋我也已經揹上了，如今要是狠一狠，秘密把他們做掉，不留一絲痕跡，事後再一口否認，他們找不著證據，一樣沒辦法！」

郭海山陰惻惻的笑笑說：

「鄭老闆，咱哥兒倆可算是朋友，柳和是你的仇家，他擋的是你的財路，他跟我可沒有冤仇，萬一日後惹上麻煩，要我替你擔這付擔子，那我就太划不來啦！」

「我說，團長，您無論如何得幫兄弟這個忙，」鄭旺拱手說：「我決不會讓您白幫這個忙，您要是有顧忌，我就讓我的人動手好了！」

兩人正說著話，潘二急匆匆的跑進屋來說：

「事情不妙了，北邊各村屯拉起槍隊，一直壓過來了！」

「有這等事？他們膽敢造反，過來攻撲駐軍嗎？」郭海山說：「他們真要衝著我來，我就要架起機關炮，把他們當土匪來剿辦！」

「倒不是一定會開火，」潘二說：「他們由葉爾靖率領著，說要找鄭大爺討人來的，柳和跟鐵山被軟禁在地窖裏，這消息已經洩出去了。」

「奇怪？」鄭旺說：「難道這裏面有內奸？」

「不是，」潘二說：「據葉爾靖說，是鐵山把他架著的鷹放出去了，鷹的腳爪上捆的有字條兒，咱們扣押他們的情形，葉爾靖全知道啦！」

「這……這可不好辦了！」鄭旺臉色有些蒼白的樣子：「葉爾靖平時已經看我不順跟，這可找到更大的藉口來找我的麻煩了。」

「不要緊，」郭海山說：「人既是我下令扣押的，應該和你無關，我得要出去，到圩崗上跟那個葉爾靖見見面，他如果態度蠻橫，我偏不放人！我倒要看這鄉角落裏的一撮槍隊究竟有多大的膽子？有多大的力量，敢在太歲頭上動土！」

「您要去，我不能不陪，」鄭旺說：「如果事情能有轉圜的餘地，我勸你也不必開火，免得您領人走後，這筆賬仍記在我的頭上。」

郭海山下床端整了衣裳，鄭旺和潘二陪著他，一直走到圩崗上去，郭海山朝外一望，野地上的槍隊展佈著，有步隊，也有馬隊、槍枝和人數，莫說他一個營比不上，就把全團都拉的來，也沒有這麼多。

在靠近柵門的路上，有一群馬隊，領頭的一個大聲說：

「我是靈河西的葉爾靖，我指名要找郭海山和鄭旺出面講話！」

「我是郭海山，你有什麼話，儘說罷！」

「好！」葉爾靖說：「咱們的柳師傅和鐵山老弟被你下令扣押了，可有這回事？」

「不錯，那兩個人是我下令扣押的，」郭海山說：「因為我要到大龍家寨去剿辦鄧鵬那股土匪，而柳和跟鐵山那個年輕人，跟鄧鵬有過交往，我怕他們把消息洩漏，所以要把他們看管幾天，等我剿辦了鄧鵬，我一定會放人的，你們用不著替他們擔心。」

「咱們各村屯的執事願意為他們兩人作保，保他們決不把消息漏出去，但你得立即把人放掉，」葉爾靖說：「你扣押也罷，鄭旺扣押也罷，我只知道你們要立即放人，否則我攻開靈河集，把這集鎮燒掉。」

「首先你要弄清楚，你這是在和誰說話？」郭海山說：「我以駐軍團長的身分，要你把你的槍隊退開，要不然，我就要架上機關砲掃人了。」

「郭海山，你甭欺咱們鄉下土佬，沒見過世面。」葉爾靖說：「你要持強把橫不放人，咱們就開火，你怎麼對待咱們的人，咱們就怎麼對付你，不信你就試試看罷！」

葉爾靖把話說絕了，使要面子的郭海山無法轉圜，他仗恃著駐軍的身分，有番號，有後臺，拿來對付靈河岸的這幫土牛木馬還不是問題，他說：

「你們包庇通股的人犯，阻攔我的公務，我就拿你們當土匪辦，來人！把機關砲替我架上，讓他們嘗嘗滋味，我要不把靈河兩岸鏟平，把我這個郭字倒寫！」

兩邊終於開上了火了！郭海山這個營的兩挺機關砲，打得像水淌似的，子彈落處，煙塵四起，氣勢果然很驚人，打了一梭火，葉爾靖和荊朔所率的槍隊被逼退了半里多路。郭海山一看火力奏效，吩咐左右拉出靈河集，一直追迫下去。

槍隊逐步退進荊家屯子，郭海山一直追逼到屯子外面，機關砲衝著柵門打，這一回，槍隊不再退了，也開槍還擊，乒乒乓乓打了半天，到傍晚，根本沒見輸贏。

郭海山的機關砲雖然厲害，但遇著荊家屯的土圩崗子，也就沒有什麼了，那些子彈打出去，變成曳著火尾巴的地老鼠，尖著頭朝土裏打洞，打洞不怎麼樣，一顆顆可都是錢啦！

北洋各地駐軍，上面根本不管補給，得就地徵糧徵草，耗掉的彈藥，自己設法去補，假如這是去大龍家寨打收編，有得耗的，日後繳了鄧鵬的械，還能補得回來，拿來打靈河，爲爭一口不相干的閒氣，大做貼本的生意，真是窩囊透了。

這麼一生氣，郭海山的煙癮就更大了，躺在鄭旺宅裏的煙鋪，連著吸了口鍋煙，一句話都沒說出來。

「葉爾靖這幫野性的猴頭！」鄭旺說：「真是太不像話啦，他們竟然敢公然抗官，沒想到這有多大的罪名?!」

「算了！」郭海山說：「這種事，其實多得很，我遇過也不只一回了，到頭來總是不了了之，上頭高高在上，根本不管這種屁事，我只要不丟槍，不折人，上頭不怪罪，就算沒事。」

「既然雙方開上火了，」鄭旺說：「您總不能白貼子彈，在哪兒耗掉的，應該打哪兒補回來，您可以拿荆葉兩家屯子的槍彈塡補。」

「我何必捨近求遠呢？鄭老闆，」郭海山抬眼望著鄭旺說：「我這場火，算是爲你打的，你的商團有槍有火，應該補貼我一點兒罷？」

郭海山的話頭軟軟的，但這一記軟竹槓兒，把老謀深算的鄭旺敲得啞口無言，鄭旺明知郭海山是獅子大開口，決不是少數一點子彈就能打發得了的，但事到如今，他找不出旁的話來推託，只有硬著頭皮乾笑說：

「團長您說的是，說的是，照理這筆子彈應該由兄弟我來拿的，不過，我的槍枝都已拉出去護送煙土去了，屋裏並沒留下多少槍火，就算花錢添置罷，也沒有那麼快當啊！」

「這個，我全知道，」郭海山說：「我可不是藉這個名目來敲你的竹槓，你知道，沒有充足的槍火，我就很難騰挪施展了，除了在靈河，要給葉爾靖他們一點顏色看，我還要去大龍家寨繳械，子彈若是這樣耗法，日後不是我繳人家的械，只怕是人家繳我的械啦！」

「那您得關照下去，要他們省著打，沒有十拿九準的把握，萬不可隨意放空槍。」

「你以爲我沒關照過？」郭海山惱火說：「那是沒有用的，我的這些兵，一開火，就靠槍聲壯膽子，你若不讓他放聲音出來，對面朝上湧，他們不轉頭朝後跑才怪了呢，所以我得請你幫忙，把你手邊存的子彈先墊出來，讓我發給他們去用，我不能光衝著荆家屯打幾梭子就算了事，——咱們的面子還沒爭回來呢！」

郭海山這麼一解說，聽來滿合情理的，鄭旺更沒話可說了，他召喚潘二過來，要他把存留的槍火全數點交給郭海山手下的郝營長，潘二說：

「洋槍子彈，鄔學如帶去的人，每人帶了五排火走，如今存下來的，也不過三箱，一般槍枝可用，機關砲是用不上的。」

「那也甭管了，你著人先把三箱槍火，著人抬去送給郝營長罷。」

三箱槍火的數目雖極有限，但郭海山的眉毛便略略舒開了一分。他說：

「我只帶一個營下來，槍枝人手都還不夠，葉爾靖依靠荆家屯那座屯子，我的槍火發不了威，說是硬攻硬撲，讓守圩子的落了便宜去，我不幹，能想個什麼法子把他們引誘出來，架起機關砲一掃，就完事了。」

「葉爾靖雖是脾氣火爆，」鄭旺說：「但他也是經驗老到的人物，您的兩挺機關砲亮了相，他們知道這玩意的厲害，您想，他們還會拉出來頂槍子兒嗎？」

「他們若不肯拉出來跟我對火，就這麼耗下去，那可不是辦法，」郭海山說：「與其弄到最後，弄成僵局，逼得我把柳和跟那個荆鐵山放掉，我倒不如先找機會跟他們兩個談一談，看看怎樣，假如葉爾靖肯讓步，貼我一些槍彈，我就把這兩人釋放掉，彼此落個不傷和氣，也是一個方法。」

「不成，團長，」鄭旺說：「放虎歸山，成嗎？」

「我還沒決定呢，」郭海山說：「讓我先把他們兩個找來，問問再說。」

他要馬弁去把柳和跟鐵山帶出來，態度比前兩天更和氣的問說：

「我留你們兩位在這兒，並沒把你們當成人犯看待，如今葉爾靖爲了出面要人，竟敢對駐軍開火，這可鬧得太不像話了，你們放鷹帶信，惹出這麼大的風波來，你們想到什麼嚴重的後果沒有？」

「回郭團長的話，」柳和說：「靈河岸的民風確是比較強悍，但也不是不講理的，咱們爲了保家保產，跟股匪屢次血肉相拚，那時候，駐軍可沒加以援手，如今你疑心咱們會私通鄧鵬，輕易地把咱們軟禁，鄉下人會信服麼?他們發了驢勁，不是容易扯得轉的。」

「柳師傅說的是實在話，」鄭旺很會見風轉舵，順著賣人情說：「當時我就跟團長您說過，柳師傅和鐵山老弟跟我都不見外，他們會跟鄧鵬勾搭壞您的事？這太不可能了，您早該放他們回屯裏去的。您這樣做，也算幫了我一個大忙，免得旁人以爲這是我出的餿主意，慫恿您扣人的，柳師傅您在這兒，天地良心，從頭到尾，我可沒說過半句慫恿郭團長的話，日後您可得幫我洗刷呀！」

「扣人出於我自己的主意，」郭海山說：「放不放的權也在我，跟鄭老闆毫無相干，我今天先讓荊鐵山回去，告訴葉爾靖，一味蠻幹，對他沒好處，我要委屈柳師傅你留在這兒做人質，讓葉爾靖答允我的條件，然後我再放人，要不然，我也太沒面子了。」

「我請求團長先放柳大叔回去。」鐵山說：「讓我留在這兒當人質好了，橫豎有人握在您手裏。」

「那不必。」柳和說：「你回去，我留在這兒也一樣；不過，我想聽聽郭團長有什麼條件？如果讓靈河兩岸的人無法接受，咱們又何必回去白跑呢？」

「說得好！」郭海山說：「我的條件，說來並不苛刻，決不使你們居中說話的人爲難，我要你們再湊五十擔糧，一萬斤草，補貼我三千發槍火，使我好開拔到大龍家寨去打鄧鵬，葉爾靖只要答允，他一手交貨，我一手放人，……這三千發槍火，算是貼我今天機槍張嘴的損耗，並不算過分。」

「駐軍下來徵糧徵草，即使需索略多些，也並不算過分，」柳和說：「您要的槍火，數字太大了，咱們後山還有活剝皮老許那股匪徒經常會來騷擾，咱們若是沒有槍火，那就受制於人啦，我看，千發以內還好商量，多了，各村屯拿不出來，葉爾靖葉大爺他也無法作主答應的，我說的都是實情。」

「好罷，」郭海山說：「算是衝著你柳師傅的面子，一千發就是一千發，我略爲吃點小虧，也不算什麼，俗語說：吃虧人常在，這樣，葉爾靖該沒話好說了罷?!」

鐵山當天被釋放了，葉爾靖聽了這個條件，悶鬱鬱的氣惱著，但柳和扣在對方手裏，使他無從發作，只好使各村屯分攤，把郭海山所要的糧草和槍火湊足。雙方約定在旱河的小橋頭收貨交人。

誰也沒料到，郭海山使出了最狠的著兒，他把上妥彈匣的兩挺機關炮預先架妥，雙方交換了貨和人之後，葉爾靖、荊朔陪著柳和走回去，還沒走多遠，對面的機關炮便交叉的打起掃射來。

鄉隊沒有防備，機關炮的火流像網一般的罩過來，葉爾靖首先中彈，很多鄉丁在奔忙中紛紛倒了下去，一刹時，草野變成了屠場，充滿了驚呼和呻吟。

郭海山想必是要趁這機會來個趕盡殺絕，一梭火打完，又接上一梭，葉爾靖和荊朔帶出來的鄉隊，至少被打倒數十個人，郭海山除了用機關炮猛掃之外，他手下那個營也跟著搶上來；鄉隊一直退到荊家屯才算站住了腳，匆忙的開槍還擊，柳和跟荊朔略一查點，楊義失了蹤，葉爾靖和石紅鼻子在當場就中彈死去了，鐵山的左臂也被子彈擦去一塊皮肉，鄉丁傷亡很嚴重，可以說是上了郭海山的大當。

郭海山的隊伍並沒再攻圩崗，當時就撤了回去，第二天就開拔向大龍家寨去了，但留給各村屯的，卻是一片像火焰般的憤怒。

墨刁刁的靈河的流水，不分日夜的流淌過去，靈河兩岸的土地，仍是野稜稜的老樣子，但過去的日子永不會再回來了，當初那種單純原始的風俗和生活，當初神龜石的神話，在人的心裏都變黑變淡，成爲一種夢影，人隨著日子過下去，慢慢的發現，人和自然的親和，在人和人的關係上是無法假借的，世上有些人，你無法把他們當成人看，郭海山和鄭旺就是活生生的例子。

「是靈河岸倒楣？還是普世都有這種事呢？」連鐵山都有些困惑了。

「咱們管不了那麼多和那麼遠了！」柳和銼著牙說：「凡事有始，總歸有終的，咱們怎樣處置郭海山和鄭旺這種人，才是要緊的事！要是任由他們活著，咱們在世爲人，豈不是白活？我要帶人追下去，先在郭海山身上討回一個公道來！」

「我也不再阻攔您了，大叔，」鐵山說：「您去追郭海山，鄭旺交給我來辦！」

正如柳和所說，凡事有始，總會有終的，郭海山帶人到大龍家寨去剿辦鄧鵬，被鄧鵬誘陷到山原去，趁夜撲上去鏖殺，前後不到兩日夜，一個營就被打垮了，郝營長陣亡，郭海山帶著他的衛隊一個排，加上一些賸落的殘眾朝縣城裏跑，跑到白沙莊附近，夜晚，起大霧，被柳和帶人困住，柳和身上中了三槍，仍然硬撲上去，把匕首插在郭海山的胸脯裏。

在同一個夜晚，鄭旺被人刺殺在他宅裏的煙鋪上，潘二聽到鄭旺的尖叫，立即趕過來，四支匣槍乒乒一陣亂打，刺殺鄭旺的人仍然逃掉了，事後他們發現西牆外留下血跡，估量對方已經中槍帶了傷，他們順著血跡找到靈河邊，潘二認爲對方是失足跌進靈河去了。

鄭旺一死，真是樹倒猢猻散啦，首先潘二就捲了細軟，拐了二馬嫂一道兒拔腿溜掉啦。跟鄭旺來端飯碗的，一瞅大勢不妙，乾脆翻箱倒櫃，把鄭宅拾得一乾二淨，呼嘯而去了。

負了傷的鐵山爲避追趕，帶傷泅過靈河，穿過荒灘，當他到河西小賣鋪前，伸手敲溫家柴門時，已經筋疲力竭，等嬌靈端燈出來開門時，他便暈倒在她面前了。

「誰半夜三更的擂門？」老人躺在屋裏說。

嬌靈端燈一照，便認出是誰來，她朝後退了兩步，幾乎鬆手砸碎了燈。

「是鐵山表哥，」她說：「他渾身濕透，肩上帶了傷，還在流血呢！」

「快替他包紮，」老人說：「我撐起來幫妳。」

鐵山的傷勢並不算重，只是肩胛擦傷，但他一路奔跑，又帶傷泅過靈河，失血過多，一時起了暈眩，經過溫老爹灌他兩口酒，替他抹乾身體，抬上床，用乾被焐著，不到半個時辰，他便醒轉過來了。

「這是在哪裡？」他這樣自問說。

「你不用多講話，鐵山，」溫老爹說：「我已經把你傷處紮妥，你歇著好了。」

「是老爺爺？」鐵山說，微闔起眼：「我要告訴您，我總算把鄭旺給除掉了。」

「嗨，這孩子，」老人嘆息著：「他是除掉一個人？還是殺掉一隻狼呢？」

靈河岸的人，並沒爲郭海山和鄭旺被誅滅歡欣過，橫在他們眼前的日子仍然很艱困，很悠長。鐵山沒有死，他廢了半隻胳臂，無法再舉槍行獵了，他也沒有再出頭管靈河兩岸的事，娶了嬌靈之後，接手管那爿小賣鋪，過著清淡的日子。

那年的冬天，他和嬌靈在傍晚的朔風裏接到一個落魄的中年客人，那客人望望鐵山和嬌靈，一臉茫然的神情，問說：

「請問這兒還是溫家小賣鋪嗎？」

「是啊！」嬌靈說：「多少年，一直都是。」

「有位溫老爹還在嗎？」

「在啊！」鐵山說：「您要找他？」

溫老爹在躺椅上還沒站起身來，那人奔過去，便跪著叩頭說：

「爹，我回來了，當年荊葉兩家屯子鬧械鬥，我在這裏左右爲難待不下去，以爲外地會好些，誰知走遍了許多地方，覺得還是靈河岸最好，我便回來了！」

「嗨！傻孩子！」溫老爹無力的說：「等你想通了這個，你媳婦的墳上已經荒草沒了膝，你連女兒女婿都不敢認啦！一個人的一生能有多長？你的前半輩子，就這麼飄流浪蕩的過去啦……你走後，這裏發生的許多事故，你不聽也罷，你在外地聽見的另一些事故，我想，也足夠你煩惱的了，……但凡是人的事故，也不外就是這些罷！」

嬌靈這才知道，跪在爺爺面前的這個人，就是自己離家多年，沒音沒訊的父親，他聽了爺爺的話，一臉茫然若失的神情，過了好半晌，才用雙手抱著頭，痛極的啜泣起來，沒有聲音，只見他抖動的雙肩。

「爹！」嬌靈禁不住撲過去叫說：「媽去世了，還有女兒在呢，我是嬌靈。」

「嬌靈？」做父親的有些迷迷惘惘的：「妳媽埋在哪兒？她怎會？……怎會……」

「那年起時疫，」溫老爹說：「你又離家出了遠門，嬌靈她媽染上啦，只能說是命罷，人，有時候也只能認命三分，才能活得下去，這些年，靈河兩岸起的大波瀾，使我這行將入木的老人都覺得心寒。」

鐵山呆呆的站在一邊，看著這位一身風塵的岳父，看他微微斑白的兩鬢，看他一臉被風霜打熬出的皺紋，忽然他覺得外間的世界太遼闊了，充滿他不能瞭解的事物，但他寧願記得柳大叔的言語，他並不想，也無法全般瞭解那廣大的外間世界，他生長在靈河這樣的鄉角落裏，做個土生土長的人，單求能抱住做人的原則，求得心安無愧，反而更容易活下去，像柳大叔那樣，拿一命拚掉郭海山，不也是很轟轟烈烈嗎？

柳和的墳，就埋在靈河岸邊，各村屯集議，把他的家小都接到荆家屯來定居，經過這些變亂，靈河又恢復了當年的平靜了，股匪活剝皮老許失去了鄭旺的支持，也引著殘眾退走了，鐵山被推定掌管靈河集，他把這個集市當成皮毛和土產交易的自由市場，任何地方來的商販，只要喊出適宜的價錢，都能從這裡買到他所需要的皮毛和其他產品。

嬌靈的幾個姊妹淘，桂英、七巧和喜妹，都分別出嫁了，桂英嫁佟忠，七巧嫁給程世寶，愛作嗔的喜妹，也嫁給了王貴，靈河的漢子在屢次的變亂裡，倒下去一半，活著的，仍然在漁獵耕種的本行上活著，並且朝前盼著，未來的日子隨著風，誰也不知那將會怎樣？

（全文完）

靈河

作者：司馬中原
發行人：陳曉林
出版所：風雲時代出版股份有限公司
地址：10576台北市民生東路五段178號7樓之3
電話：(02) 2756-0949
傳真：(02) 2765-3799
執行主編：朱墨菲
美術設計：吳宗潔
行銷企劃：林安莉
業務總監：張瑋鳳

初版日期：2018年7月
版權授權：司馬中原
ISBN：978-986-352-554-7

風雲書網：http://www.eastbooks.com.tw
官方部落格：http://eastbooks.pixnet.net/blog
Facebook：http://www.facebook.com/h7560949
E-mail：h7560949@ms15.hinet.net
劃撥帳號：12043291
戶名：風雲時代出版股份有限公司

風雲發行所：33373桃園市龜山區公西村2鄰復興街304巷96號
電話：(03) 318-1378
傳真：(03) 318-1378
法律顧問：永然法律事務所 李永然律師
北辰著作權事務所 蕭雄淋律師

行政院新聞局局版台業字第3595號 營利事業統一編號22759935

定價 ：480元

國家圖書館出版品預行編目資料

靈河 / 司馬中原著. -- 初版. -- 臺北市：風雲時代,
2018.03 面；公分

ISBN 978-986-352-554-7（平裝）

857.7 107003062